KB163139

ADONIS

아도니스

ADONIS 아도니스 vol.7

초판 1쇄 인쇄일 | 2017년 01월 19일
초판 1쇄 발행일 | 2017년 01월 26일

지은이 | 남혜인
펴낸이 | 박성면
펴낸곳 | (주)동아

출판등록 | 제396-2007-00071호

주소 | 경기도 파주시 문발로 115, 세종출판벤처타운 201-A호
전화 | (031)8071-5201
팩스 | (031)8071-5204
E-mail | bear6370@hanmail.net
홈페이지 | http://blog.naver.com/lion6370

정가 | 11,800원

ISBN 979-11-5511-775-0(04810)
ISBN 979-11-5511-397-4(SET)

ⓒ 남혜인·2017

이 책은 (주)동아가 저작권자와의 계약에 따라 발행한 것이므로
본사의 서면 허락 없이 어떠한 형태와 수단으로도 본서의 내용을 무단으로
복제하는 것은 저작권법에 의해 금지되어 있습니다.

잘못된 책은 교환해 드립니다.

ETERNAL BLISS
ADONIS

아도니스

Part 02
vol.07

남혜인 장편소설

동아

24. 에이지 편

24. 에이지 편

"놈을 찾아라!"

이사벨라 바하무트는 제 궁에 귀환하자마자 만신창이가 된 몸은 아랑곳 않고 바하무트의 휘하에 있는 모든 정보단체의 수장들을 호출했다.

'세상에.'

통신 마법 수정구를 통해 간접적으로 마주하고 있든, 직접 배알하고 있든, 수장들은 하나같이 머리를 푹 숙인 채 벌벌 떨고 있었다.

'결벽증이 있는 이사벨라 황녀 전하께서…….'

언제나 완벽한 아름다움으로 존재해 온 황녀가 이토록 엉망진창인 꼴을 한 건 처음이었다.

이사벨라는 남의 피를 제 몸에 묻히는 것을 싫어했다. 그리하여 마법과 채찍으로 상대를 피떡으로 만들면서도 저는 새하얀 설원에 있는 것처럼 언제나 깨끗한 모습을 유지했다.

그런데 현재, 미끈했던 머리카락은 폭탄을 맞은 것처럼 산발이 되어 있었고, 백옥 같던 피부는 흉하게 까져선 살 껍질과 말라붙은 피로 더러워져 있었다.

망토를 두르고는 있으나 그 밑으로 삐져나온 드레스 자락은 넝마 수준이었다.

어떤 미친놈이 그녀를 저 상태로 만들었는지는 몰라도 정말로 제정신이 아닌 게 분명했다. 감히 대 바하무트 제국의 황후가 되어 세계 정복이라는 위업을 달성할 권력자를 저렇게 만들다니.

머리가 아플 정도로 지독한 살기를 뿜어내는 황녀의 앞에서 수장들은 숨소리조차 내지 못했다.

'그런데 누굴까?'

자타공인 최강의 무력을 자랑하는 바하무트 황족.

복종만을 강요하는 절대자를 저렇게 만들 수 있는 강자가 이 세계에 존재했다니.

'황족을 죽일 수 있을 만큼 강한가?'

위험한 흥미를 느끼는 자들도 있었다. 바하무트 제국에 강제로 흡수당하여, 치솟는 반발심을 속 깊이 묻어 놓고만 있던 자들이었다.

하지만 바하무트가 쓸 만하다고 판단하여 존속을 허락한 단체의 수장들답게, 유능한 그들은 그 감정을 일절 드러내지 않았다.

"본 황녀와 비슷한 키와 체구를 가졌으나 나이와 성별은 불명이다. 강한 정령을 부리는 것으로 보아 상위 이종족으로 추정되나 확실하지 않다. 마지막으로 확인된 장소는 롯소 산맥, 바실리스크의 구역!"

이사벨라가 새까만 눈을 번들거리며 명했다.

"검을 특출하게 잘 쓰는 놈들의 소재를 파악하여 리스트를 만들어라. 책임지고 있는 구역을 벗어나서 정보를 모아도 좋다."

각 정보단체는 반드시 책임져야 하는 구역이 하나씩 있지만, 그와 별개로 어디서든 자유롭게 정보를 수집할 수 있다.

하지만 보통은 제 구역에서만 집중해서 활동했고 활동 구역이 겹치는 경우는 드물었다. 자기가 맡은 구역에서 일을 제대로 못하면 엄중한 처벌을 받기 때문이었다.

"기한은 한 달, 이 기간에는 정보가 부실해도 벌하지 않겠다. 그리고 놈을 찾아낸 이에게는 막대한 상을 내릴 터!"

벌이 사라지고 상이 생겨난 순간, 수장들의 눈빛이 변했다. 잔인한 것과는 별개로, 바하무트 황족이 내리는 포상은 늘 어마어마했다. 게다가 황녀가 '막대하다'는 말까지 붙인 포상이라면?

이사벨라가 앉아 있던 의자의 팔걸이를 꽉 쥐었다. 나무 재질의 팔걸이는 그녀의 악력에 힘없이 부서져 나갔다.

"이십여 년 동안 찾아도 깜깜무소식인 도둑 계집의 자식은 제쳐 두고, 이 자식부터 찾아!"

"명을 받듭니다!"

머리를 조아리고 있던 이들이 일제히 답했다. 그중 수정구로 이사벨라를 대면하고 있던 페인과 에이지도 대답했다.

"대체 어떤 놈이야."

이사벨라의 소집이 파한 후, 페인이 이를 갈며 테이블을 주먹으로 쾅 쳤다.

늘 여유롭던 페인이었으나, 최근에는 대형사고가 연달아 터져 대서 얼굴에 먹구름이 끼지 않는 날이 없었다.

얼마 전에는 라이프 공장 다섯 동 중 하나가 완전히 파괴되었다. 정말로 미칠 노릇이다.

'건물이야 다시 지으면 돼. 방어 마법은 주인님들이 복구해 주실 테고.'

문제는 일을 해 줘야 할 동족이 많이 죽은 데다, 납품 일자가 다 되어 가던 중에 라이프를 몽땅 빼앗겼다는 것이다. 이 사건 때문에 발생한 잡음이 한두 가지가 아니라서, 페인은 한동안 식음을 전폐하고 일만 해야 할 정도였다.

페인이 머리를 움켜쥐었다.

'제기랄.'

먹이사슬에서 어중간한 위치에 속한 흑여우족은 살아남기 위해 먹이사슬의 꼭대기에 군림하는 바하무트 황족을 주인으로 삼았다. 주인의 힘이 곧 그들의 힘이었으므로, 흑여우족은 언제나 바하무트의 세계 정복을 꿈꿔 왔다. 페인도 마찬가지였다.

페인은 제 시대에 세계 정복이 이루어지길 바랐다. 그래서 바하무트 제국이 세계를 정복하는 데만 집중할 수 있도록 몸을 혹사해 가며 평생 뒷바라지를 해 왔다.

그는 라이프 제조를 주도한 공로자였다. 라이프 공장 건설을 도맡아서 했고, 고스트라는 불길한 헛소문을 만들어 내 라이프

생산을 순조롭게 만들었다. 라이프를 이용해 잔인하고 강한 기사들을 육성하는 방안을 내놓았으며, 라이프를 남부대륙의 돼지들에게 판매하여 돈도 벌고 성향도 타락시키는 계획을 제시했다.

블랙폭시의 덩치를 배로 불리고 수익을 극대화하여 남부대륙 암흑가의 패자로 등극시킨 것도 페인이었다.

그리하여 약 200년 전부터 카마트로스가 등장하기 전까지, 페인은 역대 블랙폭시의 수장들 중 최고로 훌륭하다고 주인님들께 평가받아 왔다.

그런데 최근에는 되는 일이 없다. 페인은 주인님들이 제게 가졌던 완벽한 신뢰에 흠집을 내고, 세계 정복을 늦춰 대는 방해자들이 너무나 증오스러웠다.

황족의 사생아도.

카마트로스도.

이번 일을 저지른 놈들도.

'이 새끼들, 찾으면 뼈째로 갈아 마셔 버리겠다.'

페인이 이를 갈았다.

'공장을 파괴한 놈들은 분명 작정을 하고 쳐들어왔다. 조직적으로 행동하는 걸 보면 분명 특수한 목적으로 활동하는 단체일 거야. 어디지? 시디얀 내 거대 도적단? 진자이 쪽 사제들? ⋯⋯설마 카마트로스는 아니겠지.'

같은 편이지만 딱히 친하지는 않은 블랙폭시의 나머지 두 책임자, 에이지와 브루스는 페인의 고민을 방해하지 않았다. 페인이 결론을 내리고 말문을 트기만을 얌전히 기다리고 있었다.

그룬데왈스 기사단의 몰살, 라이프 공장 폭파.

이번에 잇달아서 터져 댄 사건들이 워낙 대단했던지라, 페인의 뜻에 따라 블랙폭시의 행동지침에 변화가 있을 예정이었다.

'흐흐.'

브루스는 흙빛이 된 페인의 얼굴을 들여다보며 꼴좋다고 생각했다. 늘 혼나고 구박만 당하다가 페인이 된통 당하는 꼴을 보고 있자니 고소했다.

"둘째 주인님께서 말한 놈, 대체 누굴까."

그 와중에 페인이 입을 열었다. 브루스는 제 감정을 내색하지 않고 큼, 하고 헛기침을 한 후 말했다.

"이종족인 거 같은데?"

"살아남은 놈들의 말로는 여러 정령을 다뤘다고 하니 이종족일 확률이 높겠지."

"이종족이면 찾는 거 어렵잖아. 한 달 내로 가능한 건가?"

"막연해서 답은 안 나오지만 명하셨으니 뒤져는 봐야 해."

"주인님도 정말 너무하시지, 그런 쥐꼬리만 한 단서만 던져 주고 찾으라고 하시는 건 좀……. 대상이 이종족이 아니라 인간이라고 해도 어렵겠네."

브루스가 쩝쩝거리며 입맛을 다셨다. 페인은 아까부터 가타부타 말이 없는 에이지를 보았다.

"나도 따로 알아는 보겠지만, 이번 일은 블랙폭시의 정보담당인 에이지 네가 전적으로 도맡아서 해야 한다."

페인을 흘끗 쳐다본 에이지가 고개를 절레절레 저었다.

"가능하다고 생각해?"

"그래도 해야지."

"뭐, 그래. 그런데 그럼 카마트로스는 어떡해? 그쪽이 우리 할 일이잖아."

"넷째 주인님께서 주신 기한이 한 달밖에 안 돼. 한 달 동안은 공장을 파괴한 조직과 주인님께서 언급한 놈을 찾는 데만 집중한다. 일단, 라이프가 우리의 판매 루트 말고 다른 루트로 유통되고 있는지 잘 살펴."

"흐음."

에이지가 품에서 수첩을 꺼내 불성실한 태도로 끄적거렸다.

끼익—

"그럼 난 뭐 해?"

마르가리타가 페인의 약초실로 이어지는 지하의 문을 열고 나오며 말했다.

"난 카마트로스를 상대하려고 로안느에 온 거예요. 시간 낭비하고 싶지 않아."

"으음."

"한 달 동안 정말 손 놓고 있게요? 보통 놈들이 아니라서 하루빨리 처리하는 게 좋을 텐데. 둘째 주인님이 지원군은 언제 보내주신대요?"

"아직 고민 중이라고 하셨다네. 밀루우테 경의 보고로 보통 놈들이 아님을 인지하셨다고 하니 지원의 규모는 기대해도 될 걸세. 그동안은 대기하며 쉬는 게 어떤가?"

또각또각.

마르가리타가 옷에 묻은 먼지를 털어 내며 테이블로 다가왔다. 허리를 슬쩍 기울여 수첩을 훑고 있는 담담한 낯빛의 에이지를 흘끔댔다. 그러더니 입술을 말아 올린 채 페인에게 말했다.

"지루하니까 싫어요. 그래서 말인데, 그동안 나 혼자 일을 꾸며 봐도 되려나? 주인님께서 테오도르를 뒤집어 놔도 된다고 하셨으니까 내가 한번 해 볼게요."

"흠? 어떻게?"

"당신 약초실에 '재밌는 풀'이 있던데, 내 마법과 함께 그걸 사용하면 테오도르 전체를 정신없게 만들 수 있어요."

"그렇게 해 주면야 좋지. 마음껏 가져다 쓰게. 그런데 무슨 풀을?"

"비밀. 나중에 준비가 끝나면 당신한테는 이야기해 줄게요. 보안 문제가 있으니까."

마르가리타가 에이지의 어깨 위에 손을 얹더니 그리 말했다. 에이지는 그녀를 무시했다.

"새끼 고양이도 궁금하니?"

허리를 천천히 숙여 에이지의 귓가에 입술을 가져간 마르가리타가 달콤하게 속삭였다.

"알려 줄까? 너에겐 바로 말해 줄 수도 있어."

에이지는 그녀의 손을 확 떨쳐 내고 자리에서 일어났다.

"필요 없어. 아무튼 회의는 끝난 거지? 난 할 일이 많아서 간다."

마르가리타는 얼얼한 손을 주무르면서 빙긋 웃었다.

"잘 가렴. 다음에 또 보자."

그녀는 제 손을 몹시 무례한 태도로 쳐 낸 에이지에게 별말 하지 않았다. 그냥 평범하게 인사할 뿐이었다.

"별일이군."

마르가리타는 저를 무시하는 것을 싫어했다. 그 점을 이곳에 있는 모두가 알았기에 에이지에게 한마디 쏘아붙이기라도 할 줄 알았으나 그녀는 별다른 반응 없이 에이지를 배웅했다.

누가 봐도 꿍꿍이가 있어 보이는 모습이었다.

"……."

마르가리타를 무시하고 나가려던 에이지도 잠시 멈칫했지만, 돌아보지는 않고 그대로 다시 걸어서 나가 버렸다.

마르가리타의 눈이 샐쭉하게 접혔다.

'그래, 계속 그렇게 솔직하게 행동하렴. 가면을 벗고 네 밑바닥까지 보여 보라고. 이번 기회에 네 본색을 드러낼 수밖에 없게 해 줄 테니 마음껏 속내를 표출해 봐.'

그녀는 손에 뺨을 받친 채 입꼬리를 말아 올렸다.

'우리 고양이는 가게의 생선을 정말로 지키고만 있었을까?'

2학기가 시작되었다.

이아나가 학술원에 들어온 지도 1년 반. 앞으로 학술원에서 보낼 시간도 딱 그만큼 남았다.

그리고 오늘은 개강 첫날.

이아나는 푹 쉬면서 여행에서 얻은 지식을 숙지하고 몸과 마음을 가다듬었다. 그 후에는 앞으로의 일정을 정리해 보았다.

2학년 2학기는 이때까지와 별반 다를 바 없이 조기 졸업을 위해 고학년 과목까지 함께 수강하느라 눈코 뜰 새 없이 바쁠 예정이다.

3학년이 되어서도 바쁘겠지만, 1, 2학년일 때와는 다른 점이 하나 있다. 바로 실습을 나가야 한다는 점이다.

원래 4학년부터는 매 학년마다 귀족의 저택이나 변방으로 한 달 동안의 실습을 한 번 이상 나가는 게 원칙이다.

따라서 재학 중 최소 세 번은 실습을 나가야 한다. 하지만 조기 졸업자의 경우에는 교수의 허락만 받는다면 실습 한 번만 필수로 나가고 졸업할 학년 이후의 실습은 면제받을 수 있었다.

이아나는 예전에 약속한 대로 차이판 후작의 엑사티움 기사단에 지원할 예정이었다.

백작가의 옹호와 슈나이더의 영입 제안으로 사정이 조금은 나아졌지만, 이아나가 귀족들에게 껄끄러운 존재인 건 여전했다. 약속이 아니더라도 공정한 성격으로 유명한 차이판 후작가에 지원하는 것이 이아나로서도 최선이었다.

또, 낯선 사람들과 부대껴 가며 스트레스를 받는 것보다는 이미 안면이 있는 이들과 지내는 게 낫지 않겠는가.

한편 고학년 커리큘럼에 있는 몇몇 강의는 저학년 강의의 심화판이라, 저학년 강의의 성적이 매우 높은 경우 원한다면 면제받을 수도 있었다.

학부생 대부분이 격 높은 검술을 배우고 싶어 학술원에 입학했기에 면제받는 경우는 드물었지만, 이아나는 당연하게도 면제를 받았다. 학술원 생활은 최소한으로 줄이고 검술 수련과 카마트로스 활동에 집중할 예정이었기 때문이다.

아직은 카마트로스에서 별다른 지령이 없었기에, 이아나는 검술 수련에 매진하고자 마음먹었다.

"우와아아, 이게 얼마 만이야!"

학기 초에는 검술학부의 오리엔테이션이 있기 때문에 모든 검술학부생이 제1검술회관에 모였다. 거기서 이아나를 2개월 만에 본 에이지가 눈물 나게 반갑다며 난리를 치더니 그녀의 코앞에서 훌쩍거렸다.

"섭섭하게 말이야. 여행 끝났으면 얼굴이라도 한번 내비쳐야지. 방에 콕 틀어박혀서 뭘 한다고……."

"자, 이거."

이아나가 에이지의 말을 끊고 뭔가를 불쑥 내밀었다.

"헉."

에이지는 이아나가 손에 쥔 것을 보고 충격받은 얼굴을 했다.

"설마 선물이야?"

"그래."

이아나가 그에게 건넨 것은 기로하이 사막에서만 나는 회귀한 원석들로 엮은 팔찌였다.

단단한 끈에 검붉은 원석들이 줄지어 꿰인 팔찌는 단순하면서도 특이한 분위기를 풍기고 있었다. 에이지는 그 팔찌가 마음에 쏙 들었다.

"타로 말로는 자기네들 마을에선 행운의 상징이라던데. 여행 기념품으로 괜찮은 것 같아서 사 왔다."

"완전 기뻐! 고마워!"

에이지는 정말로 감동했다.

에이지가 팔찌를 차며 회희낙락하는 걸 보고 있자니 사 온 이아나도 뿌듯해졌다. 이아나가 뭔가를 주면 다들 좋아하면 좋아했지 싫어하진 않았다. 그들의 반응을 통해, 이아나는 호감 있는 상대에게 선물을 주는 기쁨을 알아 가고 있었다.

에이지는 정말 기쁜 표정으로 팔목에 찬 팔찌를 만지작거리다가 물었다.

"여행은 어땠어?"

이제 에이지에게는 섭섭함이 남아 있지 않았다.

"음."

잘 다녀왔긴 했는데, 온갖 일이 다 있었다.

이아나는 공개적으로 말하기 껄끄러운 이야기들만 빼고 이것저것 다 말해 주었다.

이아나의 얘기를 가만히 듣고 있던 에이지가 물었다.

"재밌었어?"

"위험한 짓을 많이 했지만 재밌었지. 얻은 것도 많고."

에이지가 피식 웃었다.

"다친 덴 없고?"

"없는데."

"다행이네."

"당신도 여행을 많이 가도록 해. 얻는 게 많으니까."

"그랬으면 좋겠다. 나 진짜 아쉬웠거든……."

에이지는 작게 중얼거리곤, 손바닥에 턱을 괸 채 이아나를 들여다보았다. 그 시간이 좀 길어지자 이아나는 책장을 넘기던 걸 멈추고 마주 보았다.

"왜?"

"참 대단하다 싶어서."

"뜬금없이 뭐가?"

에이지가 몸을 바로 펴며 어깨를 으쓱거렸다.

"그냥 전부 다. 하여튼 위험해도 뭐든 열심히 하는 거 보기 좋으니까 항상 하고 싶은 걸 해."

"말 안 해도 그렇게 할 건데?"

"그렇지?"

에이지는 영문 모를 소리를 하곤 히죽 웃었다.

"타로랑 헤레이스는?"

"타로가 늦잠을 잤어. 헤레이스는 타로랑 같이 가겠다고 먼저 가라고 해서 후다닥 왔지. 이아나 양 보러! 그런데 아르하드 선배랑 무슨 일 있었어?"

"……왜?"

"뒤에서 시선이 장난 아니잖아. 뒤통수 꿰뚫릴 것 같은데. 그리고 왜 같이 안 있고 따로 앉았대? 싸웠어? 어떤 놈들은 헤어진 거 아니냐고 쑥덕거리던데……."

이아나는 침묵을 지키다가 뒤를 슬쩍 보았다.

돌아보자마자 눈이 딱 마주쳤다. 그런데도 아르하드는 시선을 피하지 않고 이아나를 계속 빤히 쳐다보았다.

"싸우기만 한 거지? 저렇게 열렬하게 쳐다보는데……."

힐끔, 힐끔.

에이지뿐만 아니라 다른 사람들도 둘의 이상한 모습에 관심을 가지고 간간이 흘끔거리고 있었다.

검술회관에는 이아나가 먼저 와서 앞쪽에 앉았고, 얼마 지나지 않아 도착한 아르하드가 뒤쪽에 떨어져서 앉았다. 그런데 둘은 말 한마디도 나누지 않았다. 1학기 말, 교제 소식으로 학술원을 강타했던 유명인들이 저러고 있으니 이상했다.

웃긴 건 아르하드가 이아나의 뒤통수만 뚫어져라 쳐다보고 있다는 거다. 그 탓에 이아나가 찼다느니, 아르하드가 바람을 피웠다가 후회 중이라느니 뇌로 소설을 쓰고 있는 이들도 있었다.

"싸운 것도, 헤어진 것도 아냐."

"그럼 뭔데? 나 궁금한 거 생기면 아무것도 못 한단 말이야. 가르쳐 주라, 응?"

에이지가 입을 열지 않는 이아나를 쿡쿡 찔러 대자 그녀가 결국 토해 내듯 말했다.

"나도 몰라."

"엥?"

"내가 뺨에 키스를 했는데."

"크헉. 쿨럭."

어리둥절한 표정을 짓던 에이지가 사레가 들리는 바람에 기침을 해 댔다. 빨개진 얼굴로 쿨럭대는 모습이, 이아나의 눈에는 몹시 한심해 보였다.

그런데 에이지뿐만 아니라 근처에서 이아나의 말을 들은 이들도 별반 다르지 않은 반응을 보였다. 이아나는 뭔가 말을 잘못했나 싶었다.

그녀가 얼굴을 구길 즈음 정신을 차린 에이지가 말을 더듬으면서 말했다.

ADONIS
아도니스

"뭐, 뭐라고? 이아나 양이 뭘 해? 내 귀가 잘못됐나 보다."

"키스했다고. 뺨에."

"……."

현실임을 깨달은 에이지가 그녀를 멍하니 쳐다보았다. 이아나가 당당하게 물었다.

"왜. 문제 있나?"

"아, 아니, 그건 아닌데 안 그럴 것 같던 사람이 그랬다고 하니까……. 여행 전만 해도 선배만 적극적으로 들이댔지 이아나 양은 부담스러워했잖아? 내가 이때까지 봐 온 이아나 양답다고 생각했거든. 그런데 갑자기 연애 행각을 적극적으로 했다고 하니까, 이아나 양답지 않은 것 같으면서도 그렇게 확 질러 버린 게 이아나 양다운 듯한 이상한 기분이……."

"연애 행각이라."

이아나가 묘한 기분으로 중얼거렸다.

"뺨 키스는 친한 사람들끼리 친애를 표현할 때도 많이들 하니까 딱히 그런 쪽이라고는 생각하지 않았어. 그냥 하고 싶어서 한 것뿐인데…… 연애 행각이었나?"

"나, 순진한 딸을 시집보내는 부모의 마음을 알 것 같아."

"뭐라는 거야?"

이아나가 되도 않는 소리를 한다는 듯 혀를 차자, 에이지가 여전히 이아나를 주시하고 있는 아르하드를 흘기곤 이해할 수 없다는 듯 물었다.

"그런데 저 사람, 이아나 양 엄청 좋아하잖아. 뺨에 키스까지 해 줬으면 달라붙어서 개처럼 꼬리 흔들고 있어도 모자랄망정 왜 저러는 건데?"

반지 만든답시고 며칠이나 일도 제대로 안 하고. 이아나의 약지에 끼워져 있는 반지를 본 에이지가 속으로 이를 갈았다.

에이지는 며칠이나 행방불명됐다가 돌아오자마자 반지 한 쌍에 미친 짓을 하기 시작하던 아르하드를 떠올리고 고개를 절레절레 저었다.

"나도 모른다니까? 그리고 내 뺨 키스가 아르하드가 그렇게까지 반응할 만한 행동은 아니야."

"맞거든? 이아나 양은 자기 남자에 대해서 어떻게 그렇게 몰라?"

"당신은 뭘 얼마만큼 안다고 그렇게 확신하는 거야?"

"으이구. 자기 남자한테 관심 좀 가져 주라."

이아나는 에이지의 잔소리를 들으면서 미간을 좁혔다.

그녀는 며칠 전, 보고 싶었다고 말하며 뺨 키스를 한 직후에 아르하드가 어떻게 반응했는지를 떠올려 보았다.

"아…… 나도."

멍청한 목소리로 그리 말한 것 말고는 별 반응이 없었다.

그는 평소와 똑같았다. 학술원으로 함께 귀환하면서 여행에 관해 얘기하기도 하고, 이아나가 친 사고에 적들이 어떻게 반응할 것인가에 대해서 의논하기도 했다.

그 외에도 시시콜콜한 대화를 꽤 많이 나눴는데, 지금 생각해 보면 전부 아티팩트로 한 번씩 했던 얘기들이라 똑같은 이야기를 직접 만나서 또 한 셈이다.

하지만 아티팩트를 통해 이야기하는 것과 얼굴을 직접 보고 이야기하는 것은 느낌이 다르다. 그러니 한 번 더 대화를 나눌 수도 있는 것 아닌가? 그 부분은 별로 이상하지 않았다.

그 후 기숙사 앞에서 평범하게 헤어졌고, 이아나는 방 안에서 칩거하며 여독을 풀고 지식을 정리했다.

사실 이아나는 누군가의 뺨에 키스하는 것이 처음이라 조금 민망했었다. 하지만 아르하드가 특별하게 받아들이는 것 같지 않자 민망함은 서서히 가셨다. 이제는 시간이 많이 지나서 그런지 완전히 담담해졌다.

에이지가 이렇게까지 호들갑을 떠는 걸 보니 제가 못 보고 넘긴 게 있나 싶어 기억을 되짚어 봤던 이아나는 고개를 설레설레 저었다.

"아무리 생각해도 별다른 반응이 없었어. 별로 좋아하는 것 같지도 않고."

여행 시작 전 아르하드가 제 이마에 키스했을 때도 그는 담담했는데 저 혼자 어색해했었다. 물론 당황해서 아르하드의 반응을 자세히 살피진 못했지만 그랬던 것 같다.

이아나는 결론을 내렸다.

"아르하드 입장에서는 인사와 같은 수준이 아닐까 싶다."

일반인들끼리는 하기 뭐한 '친분 과시용' 인사랄까?

"……너무 좋아서 머리가 제대로 안 돌아갔나? 굴러들어 온 호박에 날아 차기를 해서 우주로 보내 버리는 사람이네."

"자꾸 이상한 비유 들지 마."

"아, 됐고. 그럼 왜 떨어져 앉아 있어? 평상시랑 같다며?"

"떨어져 앉아 있는 건 별로 이상하지 않아. 학년도 다르고, 각자 친한 동기들이 있으니까. 그런데 그건 그렇다 쳐도…… 이상하긴 이상하다."

"뭐가 이상한데?"

"날 쳐다보고 있잖아."

"저 선배, 이아나 양을 항상 저렇게 쳐다보는데?"

"저 상태에서 시선을 한 번도 안 떼어 놓는다는 게 문제지. 나한테 다가오거나 말을 거는 것도 아니고."

말을 걸 생각도 않고 저렇게 쳐다만 본다.

지금의 아르하드가 오히려 며칠 전보다 더 이상하다. 처음에는 그냥 쳐다보고 있구나, 하고 무심하게 넘겼는데 그 시간이 길어지다 보니 무슨 문제라도 있나 싶었다.

조금 신경 쓰이던 도중에 에이지가 지적하자 더 이상한 것 같다.

"뺨 키스 이후로 무슨 일 있었어?"

"그 이후로 처음 만난 거다. 좀 피곤하기도 하고, 생각할 것도 많아서 방에 계속 틀어박혀 있었거든."

"그러니까 별일 없었다는 거지?"

이아나가 긍정하자 에이지가 미간을 좁혔다.

"진짜 이해 못 할 사람이네. 혹시 머리가 굳어 있다가 후유증이 이제야 나타난 거 아니냐?"

"농담도."

이아나가 어깨를 으쓱거리고 있는데, 앞문으로 올해 검술학부

부장과 교수가 들어왔다. 그쯤, 타로와 헤레이스도 허겁지겁 뛰어 들어와 이아나와 에이지 옆에 앉았다. 그들은 몹시 초췌했다.

"아, 우리는 그저께 도착혔는디 아직도 피곤혀서…….."

"힘들어서 죽는 줄 알았어요."

헤레이스의 하얀 피부는 햇볕에 타서 구릿빛이 되어 있었다.

그는 이아나와 떨어져 티타누스에 머무는 동안 그늘에 앉아 있을 시간이 없었다고 했다.

수인들은 이아나를 인정했지만, 그와 별개로 인간과 다시 승부를 벌여 인간에 대한 패배를 설욕하고 싶어 했다. 그 대상은 이아나와 함께 온 헤레이스가 되었다.

그런데 헤레이스의 실력도 범상치 않았다. 수인들은 흥이 올라 너 나 할 것이 없이 대련을 신청했고, 헤레이스는 거절하지 못하고 상대해 주다가 너무 힘들어서 앓아눕고 말았다.

대련 순서가 뒤쪽이던 수인들은 애가 탔다. 타로와 헤레이스가 떠날 때까지 시간이 얼마 남지 않았기에 자신들과 대련을 해 주지 못할 것 같아서였다.

수인들은 헤레이스에게 온갖 보양식을 가져와 먹였고, 그는 건강해졌다가 앓아눕고 건강해졌다가 앓아눕고를 반복하면서 결국 대련을 마쳤다.

하지만 출발해야 할 즈음에는 완전히 뻗어 버려서, 결국 타로가 헤레이스를 업었다.

이아나는 시웨아의 힘으로 하늘을 날며 일직선으로 귀환했지만, 타로와 헤레이스는 귀환할 때 시디얀이 아니라 롯소 산맥을 경유했다.

그런데 영역 침범으로 인한 시디얀과 진자이의 다툼이 한 달 만에 큰 전쟁으로 번지는 바람에, 그 부근의 롯소 산맥 전체가 전쟁터가 되어 버렸다.

타로와 헤레이스는 위험천만한 전쟁터를 지나다가 몇 번이나 죽을 고비를 넘겼다고 했다.

그런데 문제는 그들의 전쟁뿐만이 아니었다.

"드래곤 때문에 몬스터들의 구역이 엉망이 됐거던."

롯소 산맥의 서부에서 출몰한 드래곤은 8월 내내 대륙 최고의 화제였다.

모든 몬스터들 위에 군림하는 절대자이자 롯소 산맥의 지배자 인 검은 드래곤은, 인간의 역사가 시작된 이래 롯소 산맥 중심에 서 단 한 번도 벗어난 적이 없다고 했다.

그랬던 드래곤이 엉뚱한 장소에 등장함으로써 어느 정도 고착 화되어 있던 몬스터들의 질서가 무너졌다.

몬스터들의 영역이 모조리 섞이면서 몬스터가 들쑥날쑥하게 퍼 졌으며 인간들이 오랜 시간을 들여 형성해 놓았던 통행로도 무용 지물이 되었다.

"전쟁 아니면 몬스터. 와, 오는 내내 진짜 뒤질 뻔……."

"전 타로 형님 등에서 깨어나자마자 제 머리 위 나뭇가지에 있 던 뱀 몬스터한테 머리를 뜯길 뻔했어요."

"드래곤은 대체 뭐 하는 놈이여? 그놈 때문에 난리여, 난리."

먼 옛날부터, 수많은 사람들이 드래곤에게 도전했다가 뼛가루 한 줌 남기지 못하고 죽어 갔다. 죽음의 역사는 드래곤을 결코 이길 수 없는 신적 존재로 만들었다.

그런데 그런 존재가 갑자기 이상행동을 벌였으니, 사람들은 신기해하면서도 불안에 떨었다.

인간이 절대 넘어설 수 없는 벽. 잠재적인 불안 요소.

드래곤이 롯소 산맥 중심에 얌전히 있을 때는, 드래곤에 대한 관심도가 음주를 하면서 안줏거리로 삼는 수준에서 그쳤다.

하지만 날갯짓하는 모습을 한번 보인 이후에는 그 관심도가 상상을 초월할 정도였다.

드래곤은 딱 한 번 하늘에 날아오른 것만으로 롯소 산맥의 생태계에 엄청난 영향을 미치며 서부 대륙과 남부 대륙의 교류에 큰 타격을 입혔다.

만약 드래곤이 세계 전체를 돌아다니면 어찌 되는가? 브레스를 대지 위로 뿌려 대고 다니면 살아남을 인간이 있을 것인가?

"만나는 사람마다 세계가 멸망하는 거 아니냐고 하던데요."

헤레이스의 말대로 입에 거품을 물며 이 세계의 종말설을 떠들어 대는 사람들도 있었다.

그런데 남부 대륙에 뿌리를 박은 왕국들이 이 농담 같은 가설을 진지하게 받아들이고 세계 회담을 개최했다. 드래곤이 행동을 개시하기 전에 전 세계가 힘을 합쳐 그를 토벌해야 하는 거 아니냐는 주제로 말이다.

"다들 엄청 불안해허던데. 그 이후로 또 드래곤이 잠잠혀서 약간은 수그러들었어도, 오는 내내 드래곤 얘기만 허더구만."

타로가 투덜거리는데 그 사태의 주범 격인 이아나는 할 말이 없었다.

하지만 드래곤이 세계를 멸망시킨다는 얘기는 어처구니가 없다.

상상하기 어려울 정도로 오랜 세월을 한 곳에만 머무르며 세계의 균형을 유지하고 있는 그들을 추앙하지는 못할망정 토벌이라니?

"······."

드래곤에 대한 의식의 흐름이 테라노우딘으로 이어지고, 테라노우딘의 인간화에서 멎었다.

'인간이 될 수도 있구나.'

이아나는 무의식적으로 아르하드를 쳐다보았다가 또 그와 눈이 마주쳤다. 그녀는 정말 영문을 모르겠다는 듯 고개를 갸웃하곤 다시 얼굴을 앞으로 돌렸다.

그리고 2학년 2학기 오리엔테이션이 끝날 때까지, 아르하드의 시선은 떨어져 나가지 않았다.

결국, 이아나는 오리엔테이션이 끝나자마자 아르하드에게 성큼성큼 걸어갔다. 그는 이아나가 제게 와서 제 손목을 잡아챌 때까지 그녀를 빤히 쳐다보고 있었다.

이아나가 힘을 주어 당기자, 아르하드는 다소곳하게 일어났다. 잡아끌자 목줄 잡힌 멍멍이처럼 얌전히 질질 끌려갔다.

쾅!

이아나는 얌전한 태도의 아르하드를 데리고 제일 먼저 문을 열어 밖으로 나가 버렸다.

"와아."

그런 아르하드의 꼴을 보고 있던 에이지가 한숨에 가까운 감탄성을 흘렸다.

"저 사람이 저렇게까지 끌려다닐 수 있네."

"왜요? 아르하드 선배, 이아나 양한테는 원래 엄청 약하시잖아요."

헤레이스가 보기 좋다는 듯 미소 지었다.

"맞는 말이긴 한데, 그래도 웃겨."

"원래 더 사랑하는 사람이 지는 거랑께."

타로는 다 이해할 수 있다는 듯 고개를 끄덕거렸다.

에이지는 아르하드에게 별 이상함을 느끼지 못하는 둘을 쳐다보며 썩은 미소를 지었다.

"그래. 모르는 게 약이지······."

이아나는 검술회관을 나와서 인적이 드문 곳으로 향했다. 사람이 없는 건물 뒤편에서 이아나가 돌아섰다.

"뭐 하시는 겁니까?"

"뭘?"

이아나는 영문을 모르겠다는 듯 반문하는 아르하드를 빤히 올려다보다가 앞으로 성큼 다가갔다. 아르하드는 흠칫 놀라서 뒤로 물러났다가 벽에 등이 닿자 더 뒷걸음질 치지 못하고 멈춰 섰다.

"갑자기 왜 이러시냐고요."

"내가 뭘 했는데."

"절 쳐다봤잖아요."

"쳐다보는 거야······."

"아침부터 뒤통수가 얼얼하도록. 한 번도 눈을 안 떼고. 지금도."

"······내가 그랬었나?"

아르하드는 그런 자신을 몰랐다는 양 멍청한 소리를 했다. 이아나는 그를 이해할 수가 없었다.

'대체 뭐야?'

그날, 이아나는 아르하드가 별다른 반응을 보이지 않아서 뺨 키스에 대한 민망함을 버림과 동시에, 그가 특별히 좋아할 만큼 그 행위가 대단하지는 않은 것 같다고 생각했다.

그리고 기숙사 방에 돌아와서 곰곰이 생각해 본 결과, 아르하드의 반응을 이해했다. 그냥 손등에 키스하는 것처럼 뺨에 입술을 비비는 것뿐인데 뭐가 문제인가 싶었다.

결국, 이아나는 뺨 키스는 제가 하고 싶을 때가 아니면 특별히 할 필요가 없다는 결론을 내리고 '특별한 행위 목록'에서 삭제했다.

그런데 아닌 걸까?

이아나는 아르하드를 벽에 가둔 채 제 결론에 의문을 품었다. 이아나가 아르하드를 쓱 훑다가 저를 또 멍하니 쳐다보고 있던 아르하드와 눈이 마주쳤다.

말없이 서로를 주시하던 중 이아나가 말했다.

"제 얼굴에 뭐 묻었습니까?"

"안 묻었어."

"그런데 왜 그렇게 쳐다봐요. 무슨 생각을 하고 계신 겁니까? 설마 며칠 전의 뺨 키스 때문입니까?"

이아나는 대놓고 물었다가 흠칫 놀랐다. 아르하드의 얼굴이 갑자기 화르륵 붉어졌기 때문이다.

그 변화가 너무나 적나라했던데다, 그 열기가 일시적인 게 아니라 오랜 시간 지속되자 이아나는 할 말을 잊었다.

"미안."

아르하드가 빨개진 얼굴을 옆으로 돌리며 사과하자 이아나도 정신을 차렸다. 아르하드가 갑자기 이러니 이아나도 기분이 조금 이상해졌다.

"정말 그때 일 때문입니까? 미안해하실 것까진 없는데, 그때는 아무렇지도 않으셨으면서 왜 갑자기 이런 반응을……."

"당시엔 네가 그런 행동을 한 게 너무 뜻밖이어서, 네게 뺨 키스를 받았다는 사실을 제대로 인지하지 못했어. 너와 헤어지고 돌아온 후에야 조금 쑥스러워지더군."

지금 이러는 걸 보니 조금이 아닌 것 같은데.

후유증이 뒤늦게 찾아온 게 아니냐는 에이지의 추측이 정답이었나 보다.

'나를 얼마나 좋아하길래 뺨 키스 따위에 이런 반응을 보이는 거야?'

이아나는 스스로가 한심하다는 생각이 들었다. 이제 보니, 아르하드는 사랑한다는 말만 안 할 뿐이지 좋아하는 티는 저 혼자 다 내고 있었다. 이런 걸 단순히 주군과 부하의 유대감이라고 생각하고 있던 제가 멍청하게 여겨졌다.

그의 마음을 알아차린 후부터는 여러 의문들이 생겨났다.

'아르하드는 왜 감정을 숨겨 왔을까?'

이아나는 바로 답을 찾을 수 있었다.

아마 제가 시종일관 사랑에 대한 부정적인 인식을 내비치며 겁을 줬기 때문일 것이다. 그도 저만큼 관계가 나쁜 쪽으로 변하는 걸 원치 않으니 감정을 억눌러 왔을 터였다.

"넌 그날 이후 코빼기도 안 비치고. 그게 현실이었나, 꿈이었나

헷갈려서……. 그래서 나도 모르게 너만 계속 쳐다봤나 보다. 미안해. 방금 제대로 정신 차렸어."

이아나는 조금 초조한 기색으로 어쩔 줄 몰라 하는 아르하드를 빤히 들여다보았다. 그는 제 두 팔 사이에 갇힌 상태인 주제에, 제가 풀어 줄 때까지 벗어날 생각이 전혀 없어 보였다. 이아나는 생소하고 묘한 기분을 느꼈다.

'나 좀 이상한데.'

저보다 훨씬 커다란 아르하드가 덩칫값을 못 하고 제 팔 사이에서 몸을 구기고 있는 게 귀여웠다. 똑똑하고 냉정한 주제에 제 뺨 키스 한 번에 정신을 차리지 못하고 멍청하게 굴었다는 점도 귀여웠다. 제가 부담을 느끼고 꺼릴까 봐 감정을 숨기려고 애쓰고 있다는 점도 아주 귀여워 보였다.

왜인지 속이 부글거리고 심장이 세게 조여든다.

아르하드를 쿡쿡 찌르고 싶다. 더 자극하고 싶다.

이아나는 뺨을 슬쩍 기울였다.

"왜 그렇게 쑥스러워하시죠? 고작 인사용 뺨 키스일 뿐인데. 당신도 여행 전에 잘 다녀오라면서 제 이마에 키스했지 않습니까?"

"……인사……."

"제가 잘못한 건가요? 앞으로는 하지……."

"아니, 아니."

이아나는 어떤 대답이 돌아올지 알면서도 물었고, 아르하드는 이아나의 예상을 저버리지 않고 냉큼 부정하며 그녀의 말을 막았다.

"절대 네가 잘못한 게 아니다. 나는 다만 네가 갑자기 그런 식으로 다가오니까 심하게 놀랐을 뿐이야. 네 말대로 뺨 키스는 인사용으로도 쓰이지만, 일반적으로 그런 인사를 잘 하진 않잖아."

"물론 일반적이진 않죠. 정말 친분이 있는 이들끼리만 가능한 행동이니까요. 그런데 제가 알기로 연인끼리는 만났을 때 평범한 인사 대신 뺨이나 이마에 서로 키스해 주는 경우가 많더군요. 우리, 연인인 척하고 있잖아요? 그래서 해도 괜찮겠다 싶어서 했습니다."

핑계에 불과하다. 사실 그런 것을 다 따져 가며 키스했다기보다는 저도 모르게 충동적으로 저질러 버렸다.

오랜만에 아르하드를 보니 반갑기도 했고, 마중 나와 준 게 기쁘기도 했고, 전에 이마 키스를 해 준 것이 생각나 갚아 주고 싶기도 했고, 무엇보다…… 아르하드를 온전히 '이아나' 제게만 붙들어 놓고 싶기도 했고.

이아나는 스멀스멀 기어오르려 하는 불쾌한 불안감을 내면 깊숙이 처박으며 무시했다.

"그렇지, 맞아. 내가 서툴렀을 뿐이야. 난 내가 연애 천재인 줄 알았는데 사실 초짜였나 보다."

이제야 제대로 머리가 돌아가기 시작한 아르하드가 농담을 섞어 답했다. 계속 뺨에 키스받으려고 머리 굴리는 소리가 여기까지 들리는 것 같다. 이아나가 슬쩍 웃었다.

"재밌네요. 능글맞게 굴면서 절 가르치려 하더니, 결국엔 당신도 초보였습니까?"

"그렇더군. 아는 것만 많고 경험은 없어서 그런가 봐. 연애를 글로 배웠다는 말을 이럴 때 쓰는 건가. 면역이 되어 있질 않아."

"그래서 소감은?"

"소감?"

"좋습니까? 싫습니까? 사실 전, 당신이 이마에 입 맞춰 줬을 때 기분이 꽤 좋았거든요. 당신은 어땠나 궁금합니다."

이아나는 솔직한 감상으로 아르하드를 쿡 찔러 보았다.

아르하드의 얼굴이 또 달아올랐다.

대답을 듣지 않아도 알 것 같았다. 아르하드는 의외로 감정 변화를 숨기는 데 서투른 사람이었다. 좋으면 피부에 열이 확 오르니, 아르하드의 호불호는 얼굴색만 봐도 알 수 있었다. 아르하드가 그렇게 확실하게 반응해 주니 이아나도 기분이 좋았다.

'아, 이건 나한테만 그러나.'

그렇게 다른 사람과 차별 대우해 주는 점이 또 좋았다.

'앞으로 실험을 좀 해 봐야겠군.'

어떤 행동에 어떻게 반응하는지 궁금했다.

물론 아르하드는 제가 뭘 하든 다 좋다고 할 테지만.

"당연히…… 좋았지. 네가 내게 품은 호감이 느껴져서 기뻤고, 또 네가 그런 행동을 해 주는 사람은 나밖에 없을 테니 널 독점하는 기분이라서."

그랬구나. 단순한 인사용 키스였지만 그런 기분을 느끼고 심하게 좋아한 거였어. 이아나가 마음속에 있는 아르하드용 실험수첩에 정보를 기록하고 있는데, 아르하드가 불안함이 살짝 깃든 표정으로 물었다.

"……다른 사람한테는 안 하는 거 맞지?"

그의 질문에, 이아나는 아르하드가 아닌 타인의 뺨에 입술을 붙이는 상상을 해 보려 했다. 하지만 되질 않았다. 상상하기도 싫었다.

그렇구나. 아르하드는 제게 정말 특별하구나.

이아나는 입술을 씰룩거리며 말했다.

"그런 짓을 남한테 왜 합니까? 당신 한정이에요."

"다행이다."

이 상황이 설레기도 하고 믿기지도 않았던 아르하드가 넋을 살짝 놓은 채 중얼거렸다. 이아나는 그런 그를 귀여운 것을 보듯 관찰하고 있다가, 여전히 붉은 기운이 감돌고 있는 그의 뺨이 시야에 들어오는 순간 익숙한 충동에 사로잡혔다.

뺨 키스가 아르하드에게 꽤 특별한 일이라는 걸 알아 버렸지만, 이아나는 이미 그 행동을 손등 키스처럼 별것 아닌 일로 내면화해 버렸다.

이 차이는 어떤 결과를 낳을 것인가?

"그리고 난 연인 관계를 떠나서 네가 그렇게 상처를 극복하고 새로운 시도들을 하는 게 좋……."

이아나가 말을 하고 있던 아르하드의 멱살을 갑자기 휘어잡았다. 아르하드는 불시의 기습에 맥없이 멱살잡이를 용납했다.

"왜……."

잡은 멱살을 그대로 확 잡아당겨 얼굴을 제 눈높이까지 내린 이아나가 그의 뺨에 또다시 키스해 주었다. 그 키스는 며칠 전의 것보다 훨씬 더 진하게, 훨씬 더 오래도록 계속되었다.

뜬금없는 스킨십에 아르하드의 눈동자가 흔들렸다. 그리고 아르하드가 무슨 생각을 하고 있든, 이아나는 며칠 전 그의 뺨에 키스했을 때와는 다른 기분을 느끼고 있었다.

그때는 처음으로 시도하는 뺨 키스라 민망함과 어색함이 강했고, 또 아르하드가 어떻게 반응하는지를 살피느라 막상 제가 어떤 느낌을 받았는지 기억하지 못했다.

하지만 지금, 여유가 생긴 이아나는 키스를 통해 오감을 풍부하게 채우는 감각들을 확실하게 느끼고 있었다.

코끝으로 그의 단정한 체향이 밀려들었다. 시선은 어느 때보다 가까이서 얽혀 들었다. 조금만 상처가 나도 쓰라릴 정도로 예민한 입술을, 탄탄하고 깨끗한 피부가 온기로 자극했다.

그 모든 감각들이 골고루 섞여 따뜻한 친밀감이 되었다. 심장에 묵직하게 내려앉는 친밀감은 아르하드와 더 가까워진 듯한 기분을 선사했다.

또, 맹세하며 손등에 키스할 때만 사용했던 입술로 다른 이의 손길이 닿을 리가 없는 그의 뺨에 제 온기를 남기자, 그를 독점하는 듯한 나른한 만족감까지 들었다.

"……."

그 기분들을 마음껏 만끽한 이아나가 아르하드에게서 천천히 떨어져 나갔다. 그녀를 내려다보는 아르하드의 눈동자에는 물음표가 백만 개 정도 떠올라 있었다.

이아나는 아르하드의 멱살을 놓아주며 태평하게 말했다.

"전 초보인 건 맞는데, 한번 이해한 부분을 습득하는 건 빨라서요."

아르하드는 말없이 이아나의 입술이 닿았던 뺨에 손을 얹었다. 마치 무뢰배에게 희롱당한 여인 같았다. 하지만 싫은 눈치는 절대로 아니었다. 아르하드가 중얼거렸다.

"지금 것도…… 인사야?"

"아뇨. 그냥 하고 싶어서 했습니다."

아르하드가 저를 사랑하는 걸 돌이킬 수도 없겠다, 제 멍청함으로 거짓 연인도 되었겠다, 사랑에 대한 거부감도 사라졌겠다, 이아나는 그냥 마음 내키는 대로 행동하기로 결심했다. 굳이 여러 가지 이유를 달아 가며 마음과 다르게 행동하고 싶지 않았다.

마음이 흘러가는 대로 몸을 맡기면 된다. 아르하드는 제가 무슨 짓을 하든 저를 사랑할 테고, 거부하지도 않을 테니까.

그녀가 싱긋 웃었다.

"당신이 이런 반응을 보이니까 재밌네요."

오늘 여러모로 얻어맞기만 한 아르하드가 이아나의 미소를 가만히 지켜보면서 입술을 열었다, 닫았다를 반복하다가 결국 내뱉었다.

"이아나, 궁금한 게 있는데."

"네."

"너 혹시 여행 때 뭐 잘못 먹었어?"

아르하드가 흐트러진 호흡으로 물었다.

질문이 정말 뜬금없다. 이아나가 아르하드를 어이없다는 듯 쳐다보면서 고개를 저었다.

"왜 그렇게 생각하시죠? 여행을 하면서 여러 가지로 깨달은 게 많아서 마음 가는 대로 행동하기로 했을 뿐입니다."

이아나의 대답을 가만히 들으면서, 그녀의 대답을 되새기고 또 되새겨 본 아르하드의 눈빛이 점점 가라앉았다.

"잘못 먹은 게 아니라는 거지? 마음 가는 대로 행동하는 거고? 그럼 혹시 너……."

머뭇거리던 아르하드가, 이아나가 코빼기도 안 비추던 며칠 동안, 이게 꿈인지 현실인지 고민하다가 현실 쪽으로 추가 기울었을 때 몇 번이고 곱씹곤 했던 의심을 마침내 꺼냈다.

"날 좋아해?"

"좋아하죠."

"아니, 아니. 그게 아니라."

이아나의 대답이 그의 의도를 비껴가서 제대로 헛발질을 하자 아르하드가 제 머리를 한 차례 헝클어뜨리곤 다시 물었다.

"나를 남자로 보고 있냐고."

"당연히 남자로 보고 있습니다. 당신이 여자는 아니잖아요."

이아나는 아르하드가 돌려 말하는 걸 알아듣지 못했다.

그랬지. 이 여자가 괜히 직설적인 화법을 좋아하는 게 아니었지.

아르하드는 결국 굳게 결심한 후 묻고 말았다.

"사랑에 가깝다던 네 감정이, 혹시 지금은 거기에 도달했냐는 말이야."

그제야 질문의 의미를 깨달은 이아나의 표정이 묘해졌다.

이아나의 변화를 느낀 아르하드가 한 걸음 성큼 다가가, 이아나가 도망가지 못하도록 손목을 꽉 움켜쥐었다.

"그냥 하고 싶어서 했다는 게…… 무슨 뜻이야?"

잡지 않아도 이아나는 도망갈 생각이 없었다. 그저 어떻게 대답해야 할지 생각할 뿐이었다.

이아나는 아르하드와의 관계를 몹시 소중하게 여기고 있었으며, 변화에 대해서는 아주 조심스러웠다. 그와는 평생을 함께 보내야 하며, 한번 변하면 돌이키기 어려웠기 때문이다.

그러니 변화해야 한다면 절대 후회하지 않을 방향으로, 의심의 여지도 없이, 아주 신중하게 판단한 후에 변하고 싶었다.

사랑도 마찬가지다. 아르하드가 저를 사랑하고 있다는 건 알고 있지만 제가 그를 사랑하고 있다는 확신이 없기에, 이아나는 관계의 진전을 유보하고 있었다.

그에게 뺨 키스를 한 건 분명히 충동적이었다. 하지만 그것이 사랑에 대한 확신으로 이어지지 않았다. 뺨 키스는 친애하는 사람들끼리도 종종 하는 거니까.

이아나는 확신하지 못하는 제 마음에 대해서 왈가왈부하고 싶지 않았다. 얼떨떨한 기분인 채로 관계를 발전시킬 의지는 절대 없었다.

당분간은 지금처럼 모호한 관계를 유지하며, 이것저것 실험해 보면서 제 마음을 알아 가고 싶은 게 이아나의 솔직한 심정이었다.

"말 그대로입니다. 하고 싶어서 당신의 뺨에 키스했습니다."

이아나는 관계의 변화에 대한 제 겁쟁이 같은 마음만 감추고 솔직하게 대답해 주기로 했다.

"해 보니까 꽤 괜찮다는 생각도 들고, 당신도 좋다고 하고, 별것도 아니니 하고 싶을 땐 하려고 합니다. 뺨 키스는 친애의 표현으로도 많이 쓰이니 그런 제 마음이 이상하지 않다고 생각합니다."

"……."

"그리고 이왕 연인 행세를 하게 된 것, 여행 후부터는 당신이 말한 대로 놀이를 한다는 기분으로 그 관계를 즐겨 보기로 마음먹은 상태였습니다. 다른 사람들이 제 뺨 키스를 연애 행각으로 생각하던데, 잘됐다 싶더군요."

차분하게 말을 끝맺은 후, 이아나는 숨을 고르다가 다시 입술을 떼었다.

"사랑에 대한 건 잘 모르겠습니다. 그러니 역으로 묻죠. 당신은 왜 제 이마에 키스했습니까?"

이아나는 폭탄을 던지듯 되물었다.

"왜 사람들 앞에서 저를 좋아한다고 말하고, 저를 끌어안았습니까? 당신은 방금 제 뺨 키스를 사랑과 연관 지었는데, 당신은 저를 사랑해서 그런 행동을 했습니까?"

아르하드는 뭐라고 답할까.

고백? 아니면 발뺌?

사실 아르하드가 고백한다고 해도 그녀는 아직 제 마음을 확신하지 못했고, 그렇기에 당장에 뭘 어떻게 할 수 있는 건 아니었다.

하지만 아르하드가 오래도록 저 때문에 마음을 숨기고 있었다는 점이 귀여우면서도 미안했다. 그래서 아르하드가 그냥 저돌적으로 사랑을 고백해 오는 것도 나쁘지는 않을 것 같다고 생각했다.

이때까지 저 때문에 감정을 꼭꼭 감춰 온 시간들을 보상해 주고 싶은 심리랄까. 거짓된 관계로나마 제 감정을 표현하고 싶어

했던 그가 가엾지 않은가. 제 마음에 확신이 설 때까지 아르하드가 기다려야 하는 건 똑같겠지만, 말로 내뱉으면 속이라도 시원하지 않을까.

발뺌을 하더라도 나쁘진 않다. 아르하드도 버틸 만하다는 거고, 지금까지와 똑같은 생활이 유지되어 제가 생각할 시간이 충분히 주어진다는 거니 말이다.

자, 어쩔래?

"……."

아르하드는 무슨 생각을 하고 있는지 모를 표정으로 대답을 기다리고 있는 그녀를 빤히 바라보았다. 이아나는 피하지 않고 그를 마주 봤지만, 그 시간이 점점 길어지자 조금씩 불편해지기 시작했다.

'뭐지?'

느낌이 이상하다. 이건 마치.

"너랑 똑같아."

아르하드가 마침내 입을 열었다.

"그냥 하고 싶었고, 연인 관계를 즐겨 보고 싶었으니까 그리 행동했어. 사랑에 대해선 나도 잘 모르겠다."

아르하드는 발뺌을 선택했다. 그런데 왜 이런 상황에서 이런 기분을 느끼고 있는 건진 몰라도.

"그런데 이제는 너도 그렇단 말이지? 좋네. 공평한 느낌이라서."

싸움을 거는 듯한 느낌이다.

파직.

얽혀 든 시선 틈에서 투명한 불꽃이 튀었다. 서로를 향한 적대감은 전혀 없음에도 대치 상황에 돌입한 느낌이 들었다. 검으로 서로를 겨누고 있을 때와 비슷한 긴장감이 감돌았다.

그리고 뭐가 달라졌는지는 몰라도 아르하드의 분위기가 조금 변해 버린 느낌이다.

"그럼 이젠 제대로 즐겨 봐도 되는 건가?"

아르하드가 이아나의 손목을 홱 잡아당겼다. 이 이상한 상황 때문에 살짝 당황한 상태이던 이아나가 그대로 끌려가 아르하드의 어깨에 코를 박았다.

이에 항의할 새도 없이 아르하드의 한쪽 팔이 이아나의 허리를 휘감고 다른 팔은 어깨를 끌어안았다.

"엄청 기대돼."

이아나가 밀쳐 내기도 전에 아르하드가 얼굴을 천천히 숙이더니 그녀의 귀 가까이에 느릿하게 입술을 가져갔다.

"순화해서 말했지만, 사실."

강아지 아티팩트를 귀에 가져다 댔을 때처럼, 목소리가 고막을 찌르듯 가까이서 들려왔다. 하지만 아티팩트를 통해 듣는 목소리와, 세게 끌어안긴 채로 실물에게서 직접 듣는 목소리가 그녀에게 미치는 영향력은 궤를 달리했다.

그가 속삭였다.

―네가 내 뺨에 키스해 줬을 때 좋아서 정신이 나갈 뻔했거든.

"……."

보통, 누군가의 정신을 쏙 빼놓고 마음을 송두리째 훔쳐 가는 행위를 악마의 유혹이라고 한다.

"그러니까 앞으로의 시간은 더 즐거워질 것 같아."

악마의 유혹은 이런 게 아닐까? 이아나는 어떠한 반응도 하지 못하고 굳어 있었다. 아까 그를 놀려 먹었던 것의 배만큼 반격당해선, 파묻힌 얼굴이 새빨개졌다.

"거짓 관계일 뿐인데 난 왜 이렇게 즐거워하고 좋아하는 걸까? 연애 초짜라서 모르겠는걸. 넌 나보다 똑똑하니까…… 혹시 내가 왜 이러는지 알게 되면 알려 줘."

건물 뒤편으로 사람이 오고 있는지, 여러 사람의 웃음소리가 들려왔다. 그들의 목소리가 점점 커져 가는데도 아르하드는 그녀를 풀어 주지 않았다. 오히려 더 세게 감아 안았다. 그러다 그들이 결국 건물 뒤편에 도착하자, 아르하드는 그들과 눈을 마주쳤다.

"헉."

그들이 자리를 피해 주려는 생각을 하기도 전에, 아르하드는 이때까지의 언행에 정점을 찍었다. 그들의 앞에서 도장을 찍듯, 이아나의 머리에 아주 사랑스러운 연인을 대하듯 입을 맞췄다.

졸지에 구경꾼이 되어 버린 이들이 쿨럭, 하는 기침을 내뱉곤 도망쳐 버리고 난 후에야, 아르하드는 만족스러운 얼굴로 이아나를 품에서 풀어 주었다.

그런 상황은 전혀 모르고 몸을 경직시키고 있던 이아나가 아르하드를 올려다보았다. 그는 여유를 되찾은 듯 뻔뻔한 낯을 하고 있었다.

"지금부터는 안 봐준다. 네가 멋대로 하는 것처럼 나도 이제 하고 싶은 대로 할 거야."

'봐줬다'고?

이때까지는 또 '봐줬다'는 소리?

파직.

또 한 번 마주치고 있는 시선 중앙에서 불꽃이 튀었다.

아아. 이거, 그러니까…….

싸우자는 거지?

이아나는 본능적으로 이 대치가 검술 승부와는 또 다른 '승부'라는 걸 깨달았다.

이아나는 아르하드가 제가 그의 사랑을 알고 있다는 걸 눈치챘을지도 모른다는 생각이 들었다. 알려 달라는 말의 뉘앙스가 그랬다.

즉, 그는 제게 도전하고 있는 것이다. 제가 그의 마음을 알아주고, 그에게 사랑을 먼저 고백하게 되는 승리를 기대하며.

아니, 그런데 어이가 없다.

자기 마음을 숨긴 게 '봐준 거'라고?

예전부터 '봐준다'는 말에 민감했던 이아나는 승부욕에 화르륵 불타올랐다. 이아나도 뻔뻔한 낯으로 웃어 보였다.

"네. 잘해 봐요. '봐주지' 말고."

이로써 이아나는 그 둘의 인생에 또 다른 중요한 승부가 시작되었음을 확실하게 인지했다.

패배와 패배. 회귀 전의 삶은 그렇게 끝을 맺었다.

승리와 승리. 회귀 후, 이아나는 그 멋진 결과를 위해 달리고 있었다.

그녀는 제가 아르하드에게 기사 맹세를 함으로써 그가 제게서 승리를 거뒀다고 생각했다. 이제 제가 아르하드를 이기기만 하면 끝난 듯하면서도 이어지던 회귀 전의 승부는 아주 좋게 마무리될 것이라고 여기며, 이아나는 아르하드를 이기기 위해 열심히 수련하고 있었다.

하지만 착각이었다. 이제야 인지한 바지만 아르하드는 저를 아직 이기지 못했다.

아르하드가 바랐던 '이아나' 중에, '검'은 일부였을 뿐이다. 아르하드는 그녀를 사랑하고 있었고, 그녀의 사랑을 바라고 있었으며 그녀를 통째로 독점하기를 원했다.

그래서 그는 이아나가 계속해서 자기가 그의 것이라고 말해 줘도 불안해했던 것이다. 승리하지 못했으니 계속해서 초조해하며 그녀를 갈구할 수밖에 없었다. 현재 그녀와 그의 진검 승부가 무승부를 그리고 있듯, 감정 승부도 여전히 무승부였던 것이다.

그런데 욕심일까?

상황이 이렇게 되고 나니 감정 승부에서도 이기고 싶다. 순순히 져 줘서 아르하드가 여유를 가지는 것도 좋지만, 뭐랄까. 이 잘난 남자가 결국엔 인내심이 바닥나서, 제 밑바닥까지 보이며 사랑을 절절하게 고백하고, 안달복달하며 집착하고 매달리는, 그런 모습을 한번 보고 싶다.

저만 검술로 제 밑바닥을 보인 게 짜증 나기도 하고. 이때까지 봐줬다는 말이 괘씸하기도 하고.

제 안에 소악마 한 마리가 살고 있는 모양이었다.

승부욕의 화신인 이아나는 아르하드가 결국 인내심이 바닥나서 제게 고백한다는 감정적 승리도 거두고 싶어졌다.

이아나는 아르하드의 입술이 닿았던 머리에 손을 얹으며 아르하드를 꿍꿍이속이 있는 표정으로 슬쩍 살폈다. 마찬가지로, 아르하드도 똑같은 표정으로 이아나를 살폈다.

둘은 마주 보며 웃었다.

2학년 2학기는 빠르게 지나갔다.

이아나는 너무 바빴다. 6년 과정을 3년으로 줄이려니 수업도 하루 종일 들어야 했고 밤을 새워 가며 과제를 해도 그다음 날이면 또 과제가 쌓여 있었다.

하지만 검을 쥔 이후부터 하루 종일 검술 수련으로 몸을 혹사시키는 데는 익숙해져 있던데다, 정신력이 일반인을 월등히 넘어선 이아나는 전부 잘해 냈다. 주변에서 지켜보는 사람이 질려서 혀를 내두를 정도였다.

선배, 후배, 동기 가릴 것 없이 그런 이아나에게 감명을 받은 학부생들은 그녀를 따라 해 보려다가 얼마 안 돼서 나가떨어졌다.

그녀가 그냥 싫어서 욕하는 사람은 있어도, 그녀의 노력에 손가락질하는 사람은 없었다. 괴물 같은 재능, 그리고 재능보다 더 빛나는 노력 때문에 그녀의 명성은 날이 갈수록 높아지기만 했다.

이아나는 수련장, 도서관, 기숙사 이 세 곳만 오가느라 마음과는 별개로 아르하드를 따로 만나러 갈 시간이 없었다. 그리고 아르하드는 평범하게 학술원을 다니고 있는지라, 낮에는 시간이 남아도는 편이었다.

결국 아르하드가 바쁜 그녀를 보러 왔다. 수련장에서는 대련을 하느라 예전부터 함께 있던 편이었지만, 이젠 도서관까지 찾아와 함께 있었다.

아르하드는 강의실, 수련장, 식당 이 세 곳이 아니면 절대 만날 수 없는 희귀한 사람이었다.

그래서 아르하드가 등장한 날부터 도서관에는 여학생들의 수가 눈에 띄게 늘었다. 그의 잘생긴 얼굴을 쳐다만 보고 있어도 행복해졌으므로, 아르하드는 힘든 학술원 생활의 치료제나 다름없었다.

'크흑.'

그래 봤자 높은 나무 꼭대기에 달린 포도였고, 예쁘고 무서운 호랑이에게 자진해서 따 먹힌 지 오래였지만.

여학생들의 질투심이 아르하드가 흐뭇하게 쳐다보고 있는 이아나를 향했다.

아르하드는 옆에서 얌전히 책을 보다가도, 공부에 집중하고 있는 이아나를 아주 오랜 시간 애정이 듬뿍 담긴 시선으로 보기 일쑤였다. 상냥한 눈에서 뚝뚝 떨어지는 애정이 어찌나 짙은지, 연인이 있는 여자들도 부러움을 느낄 지경이었다.

쳐다보다가 인내심이 바닥날 때면 이아나의 동그란 머리를 쓰다듬으며 좋아했고, 그녀가 공부하는 것에 관심을 보이다 가르쳐 주고 뿌듯해하는 등 끊임없이 그녀에게 치근덕거렸다.

그런데 놀라운 건 평소 아주 무뚝뚝해 보이던 이아나가 그런 아르하드를 가만히 내버려 두다가도 마주 보거나, 뺨을 살짝 붉힌다거나, 머리를 쓰다듬는 아르하드의 손 위에 손을 마주 얹어 주거나…… 나름 다정한 반응을 보인다는 것이었다.

일반인이었으면 별것 아닌 행동으로 치부되었겠지만, 그 유명한 이아나다.

싸늘하기로 유명한 사람이 작게나마 한 사람의 애정에 반응하는 모습이 어찌나 사랑스러워 보이는지, 이아나를 흘끔흘끔 보고 있던 남학생들은 물론, 노려보던 여학생들도 심장이 쿵, 하고 내려앉을 때가 있었다.

그래서 이아나뿐만이 아니라 아르하드에게도 부러움을 느끼는 지경에 이르렀다.

아르하드도 선을 긋는 차가운 왕국 남자이지만, 이아나는 정말 다가가기도 어려운 사람이었다. 다른 사람한테 있는 대로 찬바람을 쌩쌩 풍기는 사람에게 특별 대우를 받으면 기분이 얼마나 좋을까?

그리고 절절하던 짝사랑이 이뤄져서 행복해하는 아르하드의 모습이 어찌나 보기 좋은지…….

결국 이아나와 아르하드의 조합은 외양으로나, 느낌으로나, 성격상으로나, 최고의 조화를 이루고 있었다. 마치 한 편의 잘 짜여진 극에 등장하는 멋진 커플을 보고 있는 것 같달까. 이는 거의 모든 이들이 인정한 상태였다.

'잘 어울려…….'

그 후, 특이한 현상이 벌어지기 시작했다. 그들을 응원하며 흐뭇하게 지켜보는 사람들이 많아진 것이다. 심지어는 그들의 로맨스를 상상하며 황홀해하는 사람들까지 생겼다.

"이아나 님, 잘했어요."

아르하드가 도서관에 온 첫날부터 리키젠은 아주 기뻐했다.

이아나와 리키젠은 암묵적인 스터디 메이트였는데, 이아나를 따라다니던 아르하드도 그들의 스터디에 자연스럽게 동참했기 때문이다.

"리키젠, 학술원에서 애기하는 건 오랜만이다."

"네."

존경하고 흠모하는 아르하드가 맞은편에 앉아 있자, 늘 평상심을 유지하던 리키젠의 목소리가 유난히 떨렸다.

"이아나가 네가 아주 똑똑하고 좋은 친구라고 말하던데, 앞으로는 이런 식으로 만날 일이 많을 거다. 공부든 뭐든 모르는 게 있으면 물어봐."

리키젠은 날듯이 기뻐했다. 이아나에 대한 호감도가 급상승한 건 당연하다.

그날 이후, 리키젠은 아르하드에게 잘 보이기 위해 더 열심히 공부하기 시작했다. 오늘도 마찬가지였다.

"콜록."

리키젠이 기침을 했다.

"콜록, 콜록."

기침은 멈추지 않았다.

리키젠은 가져온 병의 뚜껑을 열고 따뜻한 물을 벌컥벌컥 마셔 댔다. 그러고도 기침은 멈추지 않아, 리키젠은 황급히 손수건으로 입을 막고 물까지 뱉어 냈다.

이아나는 책에서 눈을 떼고 괴로워하는 리키젠을 보았다.

리키젠의 기침은 며칠 전부터 시작되었다.

처음에는 목에 먼지가 껴서 그러는 건가 싶을 정도로 가끔이었다. 하지만 갈수록 빈번해지더니, 요즘 들어선 따뜻한 물을 입에 달고 살 정도로 증세가 심각해져 있었다.

"콜록, 콜록."

그런데 기침을 하는 건 리키젠뿐만이 아니었다. 도서관에서는 리키젠의 기침은 티도 안 날 정도로 다양한 기침 소리가 울려 퍼지고 있었다. 도서관의 고요한 평화는 깨진 지 오래였다.

"독감이 유행하나 본데, 너도 걸린 거 아냐?"

리키젠이 고개를 끄덕거렸다.

"그런 것…… 같, 쿨럭, 쿨럭."

리키젠이 빨개진 얼굴로 기침을 멈추려고 했지만 결국 실패하고 도서관 밖으로 뛰쳐나갔다. 한참 후에야 손수건으로 입을 막고 들어온 리키젠이 쉰 목소리로 말했다.

"감, 쿨럭. 감기에도 걸려 본 적이 없는데 의외……."

"요즘 아르하드가 앞에 있다고 무리해서 그런 것 같은데."

"좀 열심히 한 건, 콜록. 사실이지만 평소 공부량보다 조금 많았을 뿐입니다. 전 항상 모든 시간을 공부하는 데 할애하니까. 콜록."

하긴. 리키젠은 강의를 들을 때와 식사를 할 때를 제외하면 항상 도서관에 있었다. 늘 열심히 공부하던 리키젠이었으니, 더 열심히 한다고 해 봤자 책 백 권 위에 한 권을 얹은 수준이다. 아니, 오히려 아르하드에게 정신 팔려서 공부를 덜 하지 않았을까?

"약이라도 먹지그래."

"전 약 자체를 혐오해서요. 입에 넣기도 싫습니다."

이아나는 리키젠이 드러낸 혐오감을 이해했다. 그는 마약쟁이가 제어하지 못한 욕망의 피해자였으므로 약에 대한 불신이 극에 이를 만했다.

그때 앞에서 책을 보고 있던 아르하드가 아무렇지도 않게 한마디를 툭 던졌다.

"약 먹어."

"네."

"……."

이아나는 어이가 없어서 리키젠과 아르하드를 번갈아 보았다. 과거에 아르하드의 오른팔이었던 리키젠은 지금도 그 싹수가 보였다.

"콜록!"

이아나는 주변을 둘러보았다. 기침을 하고 있는 사람들이 눈에 띄었다.

이래서야 도서관에서 공부를 하는 의미가 없었다. 기숙사 방에서 공부하는 게 훨씬 집중이 잘됐다.

이아나가 책을 덮으며 일어났다.

"리키젠, 병원에 가라. 그리고 며칠간은 도서관에서 공부하지 말고 기숙사에서 쉬어."

"전 괜찮……."

"가."

"네."

아르하드를 통해 병원에 가겠다는 리키젠의 확답을 받은 후, 이아나는 둘을 데리고 밖으로 나왔다. 도서관 밖에서도 기침을 하는 사람들은 쉽게 눈에 띄었다.

그들은 타인에게 감기를 옮기지 않으려고 마스크를 썼다. 하지만 노력이 무색하게도, 기침 증세는 산불처럼 빠르게 번져 나가고 있었다.

개중에는 기침을 너무 심하게 해서 목이 쉰 나머지, 목소리가 나오지 않는 학생들도 있었다. 이대로 목소리를 잃는 것 아니냐는 불안증도 덤으로 퍼지고 있었다.

그런 이들을 지켜보던 아르하드가 말했다.

"이아나, 밖으로 나가서 테오도르 상황을 좀 살펴보자. 나간 김에 리키젠을 병원에 데려다주면서 병원 관계자와도 대화를 나눠 보지."

아르하드가 중얼거렸다.

"퍼지는 기세를 보니 유행병이 확실해. 심각성을 확인해 둬야겠어."

이아나가 생각에 잠겼다.

'이 시기에 심각한 유행병이 돌았었나?'

기억나지 않는다. 회귀 전의 기억은 너무나 희미해져 있었다. 이제는 이번 생에 너무나 익숙해진 나머지 회귀했다는 사실도 간혹 잊을 정도였다.

"저를 병원에, 쿨럭, 쿨럭. 데려다주시겠다고요?"

리키젠이 기침을 하면서도 놀라서 묻자 아르하드가 고개를 끄덕거렸다.

"네가 진짜 병원에 갈지도 모르겠고, 이아나도 걱정하니까."

"선배님이 가라고 하시면 당연히 갑, 쿨럭, 니다. 하지만 데려다주신다니 거절하진 않겠습니다."

리키젠이 이번엔 이아나를 보며 뿌듯한 미소를 지었다.

"역시 제가 줄을 잘 섰군요. 이아나 님, 앞으로도 잘 부탁, 쿨럭, 쿨럭."

"시끄러우니까 입 다물고 있어."

리키젠이 코웃음 쳤다.

"이아나 님도 참, 쿨럭, 솔직하질 못하네요. 사실 제가 말을 하면 기침을 더 하니까 입 열지 말라는 따뜻한 마음……."

"환자를 패는 건 취미가 아닌데."

이아나가 중얼거리며 손을 슥 들어 올리고 나서야 리키젠이 아부하려던 입을 다물었다.

세 명 모두 오늘 수업을 끝낸 상태였기에, 그길로 학술원 입구 쪽으로 걸어갔다. 그들의 옆으로 훌쩍훌쩍 우는 여학생이 지나갔다.

"쿨럭, 의사 돌팔이 아니야? 왜 안 낫는 거야. 흐윽. 학술제 전에는 꼭 나아야 하는데."

리키젠이 걱정스러운 표정을 지으며 쉰 목소리로 말했다.

"난리 났네요. 이래서야 학술제도 할 수 있을지……."

시월에 열리는 학술제는 겨우 이 주를 앞두고 비상에 걸렸다.

학술제는 전 세계의 사람들이 몰려드는 축제다. 이런 시국에 학술제가 열렸다간 유행병으로 판단되는 이 질병이 전 세계로 전염될 터였다. 그래서 이번 해 학술제는 취소돼야 한다는 말도 심심찮게 흘러나오고 있었다.

"콜록, 콜록."

학술원뿐만 아니라 테오도르 전체가 기침 증세를 앓았다. 리키젠을 데리고 도착한 병원은 환자들로 북새통을 이루고 있었다.

기침 환자들만 모인 병원에 계속 있다 보니, 귀를 시끄럽게 괴롭히는 기침 소리로 노이로제에 걸릴 것 같았다.

"난리도 아니에요. 병명도, 원인도, 치료법도, 모두 불명입니다."

리키젠을 접수시키고, 아르하드가 주머니에 쿡 찔러 준 봉투 때문에 잠시 시간을 낸 간호사가 이마에 맺힌 땀을 닦아 내며 푸념했다.

"계속 기침에 좋은 약을 처방해 왔지만 낫는 분은 없었어요. 돌팔이라며 항의하는 사람들만 늘었죠. 냉정하게 말씀드리자면 병원에 오셔도 소용없습니다. 치료법이 발견될 때까지는 차라리 집에서 아무것도 안 하고 쉬면서 체력을 회복하는 게 나아요. 기침을 며칠이나 하다 보면 체력이 눈에 띄게 떨어지거든요."

그 말을 들은 즉시 리키젠은 기숙사로 귀가 조치되었다.

당분간은 공부를 자제하고 쉬기만 하라는 아르하드의 말에 공부에 강박증이 있는 리키젠은 잠시 불안한 모습을 보였지만, 결국 스트레스 안 받는 책만 읽겠다며 순응했다.

"너도 당분간은 외출을 자제해. 사람 많은 수련장에도 가지 말고."

리키젠을 돌려보낸 후, 이아나까지 여자 기숙사 앞에 데려다준 아르하드가 말했다.

"전 병에 안 걸립니다. 리키젠은 운동을 안 해서 그런 거예요. 전 너무 건강해서 탈이니 걱정 마십시오."

"운동이 문제가 아니야. 검술학부에도 걸린 녀석들이 많잖아."

이아나가 피식 웃었다.

"당신도 조심하세요. 걱정됩니다."

그 말에 아르하드의 표정이 부드러워졌지만, 그다음 말에 약간의 신경질이 담겼다.

"심장도 안 좋으시면서, 나중에 기침하다가 갑자기 심장에 무리가 와서 쓰러지면 어떡합니까?"

"그놈의 심장은 그만 좀 신경 써. 내가 너한테 문제를 보인 건 카란켈 바위 산맥에 있을 때뿐이잖아."

"그래도 약은 꼬박꼬박 챙겨 먹어야 하지 않습니까. 왜 이렇게 병약하신 겁니까?"

"병약……."

헛웃음을 지은 아르하드가 몸을 틀어 손을 뻗었다. 손은 벽을 짚었고, 기숙사 쪽으로 가려던 이아나의 발걸음을 가로막았다. 이아나는 굵은 팔뚝이 갑작스럽게 눈앞에 나타나 저를 구속하자 눈을 깜빡이다가 그를 올려다보았다.

눈이 마주쳤다.

아르하드가 천천히 고개를 숙였다. 이아나가 피하지 않자, 간격은 몹시 좁아졌다.

"내가 그렇게 병약해 보여? 그런 말, 너 말고 다른 사람한테서는 한 번도 들어 본 적이 없는데……."

코앞에서 후각을 자극하는, 서늘하면서도 부드러운 체향.

눈앞에서 어른거리는 퇴폐적인 느낌의 미끈한 흑발.

닿을 듯 말 듯 한 거리에서 달싹여지는 나른한 입술.

듣기 좋은 목소리로 속삭이듯 중얼거려지는 은근한 말.

농밀한 감정으로 짙어진 황금빛 눈동자.

"정말 그렇게 보여?"

아르하드는 아닌 척하면서 사람 한 명쯤은 통째로 홀리고도 남을 묘한 분위기를 줄줄 흘려 댔다. 요즘 들어 아르하드가 자주 하는 짓거리 중 하나였다.

이아나가 회귀 전과 회귀 후를 통틀어서 한 번도 본 적이 없는 낯선 모습이었다. 오싹한 페로몬을 있는 대로 뿌려 대며 "네가 나한테 안 홀리고 배겨? 어서 넘어와." 하고 유혹하는 것 같달까.

다 필요 없고 내가 원하는 대답을 해 줘. 내 꼬임에 넘어가 원하는 대로 해 줘.

그리 말하는 것만 같다. 철 방패로 감성을 두르고 사는 이아나도 처음에는 심장이 덜컥한 적이 몇 번 있을 정도였다. 이아나도 그럴 정도니, 다른 사람이었다면 일찌감치 홀려서 돈이고 물건이고 다 바쳤을 것이다.

"……."

몇 번이나 겪었음에도 여전히 가슴이 술렁거린다. 이아나는 눈을 가늘게 뜨고 아르하드를 흘겼다.

한 달 전, 아르하드와 이아나 사이에 둘밖에 모르는 대전쟁이 발발했다. 이 전쟁은 무구와 마법이 아닌, 말과 행동으로 벌이는 전투다. 누가 먼저 이 관계를 파투 내느냐가 승부의 관건이다.

이아나가 판단하건대, 아르하드는 분명 이 거짓된 관계를 벗어나 새로운 관계로 진전하기를 바라고 있다. 유혹적으로 구는 이유는 제가 빠르게 준비를 마치고 먼저 시작을 끊어 주길 원하기 때문이리라.

하지만 이아나는 그럴 생각이 전혀 없었다.

'봐줬다'는 말에 괴상한 승부욕이 발동해서는, 설령 준비가 되더라도 그가 먼저 매달리며 고백해 오지 않는 한 움직이지 않을 작정이었다.

첫날, 집에 와서 곰곰이 생각해 보니 저는 아직 검술로 그를 이기지 못해 낑낑대는데 아르하드만 좋아서 희희낙락하는 건 불공평했다. 역시 너무 쉽게 져 주기에는 분했다.

아르하드는 검술 승부에서 언제나 최선을 다해 주고 있으니, 이아나도 이 승부에서 최선을 다하기로 마음먹었다. 아무렴, 승부는 최선을 다해야 후회가 없는 법이다.

그래서 검술로도, 감정적으로도, 그들의 전쟁은 여전히 진행 중이다.

"응?"

아르하드가 대답을 재촉했다. 하지만 학습이 빠른 이아나는 가슴의 술렁거림을 무시할 줄 알았다. 강철처럼 단단한 이성은 유혹에 넘어가지 않았다.

이아나가 입을 열었다.

"당신, 학술원에서 병결로 유명한 병약한 미남……."

"그런 쓸데없는 건 제쳐 둬."

병약한 이미지가 더욱 굳어질 것 같아, 아르하드가 빠르게 말을 막았다. 그리고 아르하드가 빈틈을 보인 찰나를 노려 이아나가 그의 얼굴을 한 손으로 콱 붙잡아 옆으로 틀었다.

쪽.

혈색 좋은 이아나의 입술이 진득하게 뺨에 달라붙었다. 떨어져 나갈 때는 붉은 잔흔을 남겼다. 살짝 빨리면서 생긴 야릇한 흔적이었다.

이아나는 최근 제 감정에 충실하며 많은 것들을 학습해 나가고 있다. 그중에서 뺨 키스는 가장 발전한 경우였다.

익숙해진 뺨 키스는, 이아나에게 있어 인사와 친애의 표현 외에 또 다른 의미를 갖게 되었다.

바로 영역표시다.

붉은 인주를 묻힌 도장을 찍는 것처럼, 입술로 뺨을 짓눌러 흔적을 남기면 제 것이라 낙인찍는 것 같은 기분이 들었다. 몹시 마음에 들었다.

하지만 가벼운 키스로는 미끈한 뺨에 표식을 남길 수 없었다. 그것이 마음에 들지 않았던 이아나는 학습에서 더 나아가 연구를 하기에 이르렀다. 그리고 몇 번의 실패를 거친 결과, 이아나는 성공했다.

아르하드의 뺨을 만족스럽게 바라본 이아나가 조용히 속삭였다.

"그럼 들어가세요."

"……."

침묵하는 아르하드의 얼굴을 놓아준 이아나는 그의 팔을 치우고 성큼성큼 기숙사로 향했다.

이아나는 여태 아르하드에게 몇 번이나 이마 키스를 당했다.

손 인사를 대신하는 평범한 인사라고 생각했지만, 사실 그의 이마 키스는 단 한 사람, 이아나에게만 그리해 준다는 특별한 의미를 담고 있었다.

그 독점적인 의미에 어쩔 줄 몰라 하던 때도 있었지만, 말 그대로 학습이 빠른 이아나는 한 달 만에 익숙해진 상태였다.

하지만 아르하드는 익숙해지질 못했다. 뺨에 닿는 따뜻한 온기는 여전히 그의 모든 것을 멈춰 버리는 마법이었다.

그러니 아르하드는 계속해서 그녀에게 질 수밖에 없었다.

이아나는 슬쩍 뒤를 돌아보았다. 아르하드는 어느새 벽에 기댄 채 손으로 얼굴을 가리고 있었다. 이아나는 저 손 뒤의 얼굴을 예상할 수 있었다. 분명 새빨갈 것이다.

이아나는 그런 아르하드가 웃겼다. 그리고.

'귀엽네.'

덩치가 저보다 커다란데다 소름 끼치도록 잘생긴 남자가 뭐가 귀엽겠냐마는, 이아나가 꽂히는 지점은 외모가 아닌 그의 행동에 있었다.

저렇게 모두를 홀릴 듯한 얼굴을 가지고, 모두에게 카리스마적인 존재로 군림하는 주제에, 제 뺨 키스 한 번에 굳어 버리는 게 귀엽지 않은가.

아르하드의 반응에는 심장을 자극하는 흐뭇한 요소가 존재했다. 그래서 이아나는 요즘 들어 그의 반응을 즐기고 있었다.

이아나가 아르하드의 반응이 어떨 것이라고 예측하고 여우처럼 행동하는 건 절대로 아니었다.

이아나에게도 살아온 세월이 있고, 스킨십에 대한 지식은 당연히 있었지만 그건 겉핥기에 가까운 대강의 지식이었다. 세부 사항에 대해서는 새하얀 백지 상태일 정도로 몰랐다. 제 행동들이 상대에게 어떻게 받아들여질지, 또 어떤 느낌을 줄지는 전혀 알지 못했다.

'직접 해 보면 그만이지.'

이아나는 그 무지를 인지하고 있음에도 무시했다. 남에게서 지식을 얻기를 거부했다. 아르하드와의 관계에 한해서는 다른 뭔가에 영향을 받지 않고 직접 경험하며 배워 가고 싶었기 때문이다. 아르하드의 호불호도, 제 감정도.

덕분에 이아나는 무지 속에서 즐거웠다. 이아나는 유쾌한 기분으로 가볍게 걸음을 옮겼다.

정체 모를 기침병은 사그라질 줄을 몰랐다. 의사들이 기침에 좋은 독한 약을 처방해도 효과는 전혀 없었다. 전염병은 원인 불명인 상태로 테오도르 전체에 퍼져 나가며 사람들의 마음에 불안감을 심었다.

그리고 마침내 첫 사망자가 나왔다.

사망자는 기침병이 발병하기 전부터 병원에서 골골거리던 노인이었다. 기침은 노인의 삶을 지탱하고 있던 미미한 체력을 고갈시켰고, 결국 그를 죽음으로 몰고 갔다.

노인을 시작으로, 취약 계층에서는 사망자가 속출했다.

여태 별다른 병력 없이 건강했던 사람들도 멈추지 않는 기침 때문에 일상을 포기해야만 했다. 목이 너무 아프고 몸이 축축 처져 일을 제대로 할 수 없었다. 아직 기침병에 걸리지 않은 사람들이 눈총을 줘서 정신적 피로감도 심했다. 그래서 기침병을 앓는 사람들은 집에 틀어박혀 밖으로 나오지 않게 되었다.

이런 상황에서 학술제가 취소된 것은 당연하다.

학생들은 아쉬워했지만 당연한 결과라고 생각했다. 들떴던 마음을 가라앉히고 이 괴이한 질병이 하루빨리 사라지기만을 바랐다.

그런데 가을의 축제는 학술제뿐만이 아니다. 11월에는 수확제가 열리는 라오스감사절이 있었다.

가을은 작물을 수확하는 계절이었으며, 9월부터 시작된 추수는 현재 거의 끝난 상태였다. 11월 초에는 추수한 곡식들로 다양한 음식을 만들어 축제를 열고 제단에 첫 곡식을 바치며 라오스 신을 찬양하는데, 그날이 바로 라오스감사절이었다.

그리고 테오도르의 시민들은 이번 라오스감사절에 수확제를 즐길 수 없을 듯했다. 축제를 할 분위기가 아니었다.

"웃차, 이게 마지막인가."

창고에 밀 포대를 밀어 넣고 손을 탁탁 턴 농부가 옆에 있던 동료에게 아쉽다는 듯 말했다.

"풍년인데 아쉽네. 수확제, 참 재밌었을 텐데."

"열리지 않을까? 학술제는 학술원 자체 행사라서 취소할 수도 있는 거지만 수확제는 로안느 전역에서 모두가 즐기는 축제잖아. 만약 수확제가 열리지 않으면 테오도르 전체가 침체될걸. 무엇보다 놀고먹는 게 하는 일인 윗분들이 수확제를 얼마나 좋아하시는데 취소되겠냐."

동료가 수확제가 개최될 것이라 주장하며 침을 튀기자 농부도 일리가 있다며 고개를 끄덕거렸다.

"그렇지. 무조건 죽는 병은 아닌 것 같으니 열릴지도."

수확제가 열릴 것인가 말 것인가, 이는 병에 걸리지 않은 멀쩡한 사람들만 할 수 있는 배부른 고민이었다.

약을 먹어도 차도는 보이지 않고, 나라에서 내놓는 해결 방안은 없고, 죽는 사람은 하나둘 나오고······.

하루하루 불안한 마음만 쌓여 가던 병자들은 자기의 기침에도 노이로제를 보이고 있었다.

"테오도르 전체가 저주를 받은 게 아닐까?"

"못된 마법사가 마법을 걸었을지도 몰라."

해결책이 전혀 보이지 않자, 사람들은 급기야 기침병을 질병이 아닌 마법적 현상으로 의심하기 시작했다.

"쿨럭."

리키젠은 아예 앓아누웠다. 기침 때문에 목소리는 아예 쉬어 버렸고, 식사를 제대로 하지 못하는 바람에 체중은 눈에 띄게 줄었다.

"전염되는 건 아닌 모양인디?"

타로가 리키젠의 상태를 보러 온 에이지와 헤레이스 앞에서 머리를 긁적였다.

"리키젠이 하루 종일 방에 누워서 쿨럭대두 난 멀쩡하잖여."

타로는 올해도 리키젠의 룸메이트였다. 그래서 병에 걸린 리키젠과 오랜 시간 한 공간을 공유했지만, 그는 아주 멀쩡했다.

에이지가 혀를 찼다.

"네가 너무 심하게 건강한 거 아니냐?"

"건강 문제는 아닌 것 같지 않아요? 검술학부에도 병 걸린 사람들 많잖아요."

"전염 조건이 있는 걸까."

"떠들려면…… 나가서 좀 떠들어 줘요……. 쿨럭."

"아, 미안하다."

"그리고 말해 둘 게 있는데."

리키젠이 잔뜩 쉰 목소리로 힘겹게 말했다.

"저, 내일, 쿨럭. 기숙사 나가려고요. 도저히, 쿨럭, 쿨럭. 안 되겠, 쿨럭."

말 몇 마디 했답시고 기침 증세가 심하게 도졌다.

리키젠은 이불에 얼굴을 파묻고 한참이나 기침을 하다가 겨우 안정되었다. 그가 퀭한 안색으로 머리를 들었다.

"헉, 허억. 타로 형님에게도, 동기들에게도, 엄청난 민폐입니다. 제 사전에 절대 있을 수 없다고 생각했던 휴학까지 염두에 두고 있어요."

"정말? 하긴, 휴학계 내는 애들이 한둘이 아니더라. 너무 많아서 학술원 전체가 휴교령을 내려야 할 판이야."

에이지가 혀를 차며 물었다.

"갈 데는 있고?"

리키젠은 기침병 환자들만 입원시켜 놓고 그 치료법만 전문적으로 연구하고 있는 병원이 있다고 말했다.

에이지는 이미 그 병원에 대해 알고 있었다. 그곳에 들어가면 비싼 돈을 내면서 토 나올 정도로 맛없는 저염식만 먹어야 한다는 사실도.

에이지가 리키젠을 안쓰럽게 쳐다보았다.

"먹고 싶은 거 있냐? 오늘 작별 선물로 사다 줄게."

없다고 말하려던 리키젠은 이내 무엇 하나를 떠올리고 입을 다물었다. 입 안에 침이 고였다.

"빵이요."

"맞다, 이 자식 빵쟁이지."

그날 에이지가 사다 준 빵을 맛있게 먹은 리키젠은 다음 날 짐을 싸서 기숙사를 나섰다.

남자 기숙사에 들어가지 못해 리키젠의 상태를 말로만 듣고 있던 이아나는 학술원의 정문에서 친구들과 함께 그를 배웅해 주었다.

"건강해져서 오겠습니다, 쿨럭."

"죽지만 마."

이아나가 조용히 중얼거렸다.

죽지는 않을 것이다. 그는 회귀 전, 황제가 된 아르하드의 옆에서 건강한 모습으로 저를 증오했으니까…… 라고 해 봤자 상황이 너무 바뀌어서 이젠 확신도 못 하겠다.

리키젠이 탄 마차가 먼지구름을 만들어 내며 멀어졌다.

"난리네, 난리여."

타로가 쯧쯧 혀를 찼다.

"걱정이네요. 어서 치료법을 찾아야 할 텐데."

마차의 뒷모습을 바라보던 헤레이스가 친구들에게 말했다.

"저는 가 볼 데가 있어서요. 들어들 가세요."

"잘 다녀와."

헤레이스가 어딘가로 가 버리고, 타로도 라랏슈아의 곁에 있겠다며 사라졌다. 이아나는 이런 때일수록 수련을 더 열심히 하겠다며 자리를 떴다. 정문에는 에이지만 남았다.

"……."

에이지는 고민에 빠진 채 한참이나 우두커니 서 있다가, 심각한 표정으로 몸을 돌렸다.

그날 밤, 카마트로스의 비상소집이 열렸다.

"마르가리타의 짓입니다."

션이 단언했다.

"약 두 달 전에 어떤 풀과 마법으로 테오도르에서 분탕질을 쳐 보겠다고 했었습니다. 확실합니다."

"그 풀이 어떻게 생겼습니까?"

지젤이 나섰다.

"제 부하 중에도 병에 걸린 이가 있어 따로 살펴봤지만, 원인을 알 수 없어 치료가 불가능했습니다. 하지만 마르가리타가 사용한 풀의 종류만 알 수 있다면 제가 치료법을 찾아낼 수 있을지도 모릅니다."

지젤이 물었지만, 션은 고개를 저을 뿐이었다.

"요즘 저를 보는 마르가리타의 시선이 심상치 않아서 깊게 알아보지는 못했습니다. 그런데 이런 결과가 나올 줄은 몰랐네요."

"마르가리타는 저주와 질병 마법에 특화된 마법사지. 그 마녀의 짓이 맞다면, 풀의 어떤 특수한 성질과 마법이 합쳐져서 이런 사태를 만들어 낸 거다."

"문제는 풀과 마법이 어떤 원리로 섞여 이런 괴이한 질병의 형태로 퍼져 나간 건지 모른다는 거군요."

"아니. 답은 알아."

"네?"

아르하드는 테이블을 손가락으로 툭, 툭, 두드렸다.

"내가 환자를 유심히 살펴본 결과, 기침은 마법이다. 마르가리타보다 뛰어난 마나 제어자라면 마법을 파훼할 수 있겠지만, 그 여자는 대단한 실력의 마법사다. 로안느에서 마녀의 마법을 깰 수 있는 사람은 거의 없을 거야."

이아나는 고통받던 리키젠을 떠올렸다.

'내가 그 병을 없애 줄 수 있다는 소리군.'

그때 아르하드와 눈이 마주쳤다. 그는 이아나가 무슨 생각을 하고 있는지 짐작했다는 듯 고개를 저었다.

'그런 생각 하지 말라고…… 왜?'

답은 금방 나왔다.

시디얀의 라이프 공장에서 바하무트 일족이 설치한 마법을 파훼했을 때, 이사벨라와 아르하드는 그 여파를 알아챘다. 마르가리타도 그럴 수 있다는 소리다.

이 세상에 파편 수혜자의 마법을 깰 수 있는 이는 얼마 없다. 블랙폭시가 카마트로스의 보스에게 이를 갈고 있고, 바하무트가 공장 파괴자를 찾고 있는 마당에 그런 짓을 했다간 수사망이 대폭 줄어들 터다.

지젤이 치가 떨린다는 듯 몸을 떨었다.

"그 여자, 정말 대단하군요. 마법은 일정 시간이 지나면 해제되지 않습니까? 지속하려면 계속해서 집중하고 있어야 하고요. 그런데 두 달이 넘도록 그 많은 사람들에게……."

"아니. 마법이 지속되는 건 풀의 성질 덕분이다."

"로 님은 그 풀을 알고 계시나요?"

"알고 있어. 하지만 내가 알고 있는 풀과 같다고는 할 수 없다. 그 풀은 블랙폭시의 권한을 넘어서서 바하무트 측에서 아주 많은 실험을 거쳐 개량했고, 요즘에도 개량하고 있는 비장의 풀이니까."

"설마……."

아르하드의 말을 듣고 무언가를 짐작한 션의 목소리가 험악해졌다.

"그…… 풀입니까?"

아르하드는 션을 가만히 쳐다보더니 고개를 끄덕였다.

"……."

이아나는 션이 주먹을 꽉 움켜쥐는 걸 목격했다. 부들부들 떨리는 그의 손에서 엄청난 분노가 엿보였다.

늘 유들유들하던 그가 감정을 주체하지 못하는 모습을 보이는 건 처음이었다.

"그 풀은 여러 가지 기능을 한다. 일단, 마나를 잡아당기는 성질이 심각하게 강해서 마법을 고정시킬 수 있다. 풀을 빻아 낸 가루 한 알이 마법진을 새길 수 있는 아티팩트와 같다고 보면 된다. 마르가리타는 기침 마법을 덧씌운 후 그 가루를 테오도르에 뿌려 댔을 거다."

"······전염병은 아니군요. 일단, 아주 비싼 풀이라서 한정된 구역에서만 뿌렸을 겁니다. 알아보겠습니다."

"그럴 필요 없어."

아르하드와 션의 눈이 마주쳤다.

"사태가 이렇게 된 마당에, 우리가 원인을 안다고 해 봤자 할 수 있는 일은 딱히 없다. 너도 알잖아? 그 풀이 얼마나 독한지. 이미 사람의 몸에 들어갔다면 유일한 치료법은 시간뿐이다."

"제길! 미친 거 아냐? 그 풀을 어떻게 일반인한테······!"

퍼억!

분을 이겨 내지 못한 션이 벽을 쳤다.

"발원지를 알아보다가 들키거나 감정 조절에 실패해서 마녀에게 빌미를 주지 마."

"······그래야죠. 저, 감정 조절이 안 돼서 나가 있겠습니다."

션은 씨근덕거리며 문을 박차고 나가 버렸다. 아르하드가 션의 이상한 모습에 당황한 기색을 보이는 간부들에게 말했다.

"풀의 정체는 알려 줄 수 없다. 션의 역린이고, 너희가 알아 봤자 할 수 있는 일이 없으니까. 그러니 우리가 생각해야 할 부분은 이 사건이 로안느와 블랙폭시의 양패구상을 노리는 우리에게 득이냐, 실이냐."

그 냉정한 말에 모두가 침묵했다.

"블랙폭시 조직원들 중에도 환자가 다수 발생했다. 이 사태가 계속되면 로안느의 세가 꺾이는 건 당연하지만 블랙폭시의 세력도 줄어든다. 페인이 이 사태를 계속 관망하고 있을 리는 없어.

마녀가 무슨 의도로 이런 일을 벌였는지는 모르겠지만, 때가 되면 알아서 마법을 거둘 테지. 우리가 손해 볼 건 없으니 우리는 그때까지 아무것도 하지 않는다. 조직원들에게 건강만 주의하라고 해."

"정말, 마녀가 무슨 생각인지 모르겠군요."

"그러게요."

간부들이 중얼거렸다.

"재밌어, 정말 재밌어."

마르가리타가 마른 입술을 말아 올려 웃었다.

"이대로라면 나 혼자서도 테오도르를 함락시킬 수 있겠는데?"

마르가리타는 괴기스럽게 생긴 흑색 풀을 쥐고 있었다. 풀은 짐승의 날카로운 이빨처럼 삐죽삐죽한 잎들이 잔뜩 달려 있어 아주 흉했고, 이상한 썩은 내까지 풍겼다. 그런데 풀의 주변에는 마나가 농밀하게 어른거리고 있었다.

"후후후. 역시나 굉장해. 새로운 전술로 생각해 보시라고 주인님들께 건의드려야지."

마르가리타가 풀을 빙글빙글 돌리는 걸 구경하고 있던 페인이 한마디 했다.

"그 풀을 이런 식으로 써먹다니. 돈 낭비일세. 재배하는 게 얼마나 힘든 줄 아는가?"

마르가리타가 삐쭉거리며 웃었다.

"물론 알죠. 연구 재료로도 조금밖에 공급 못 받으니까요. 하지만 더 멋지게 개량시켜 준 건 우리 쪽이잖아? 그 연구에 힘을 보탠 나에게는 이만큼의 약초를 마음대로 사용할 자격이 있어요."

"그건 맞는 말이지."

"그러게 약초 안 아깝게 그냥 다 죽여 버리자고 했잖아요. 당신이 말려서 하찮은 기침병으로 바꾼 건데."

"우리 조직원들도 다 죽을 수 있는 일이었네."

"우리 쪽 마법 정도는, 귀찮지만 내가 풀어 주면 되죠."

페인이 침묵했다.

그는 변덕스러운 마르가리타를 믿지 못했다.

몇 명을 제외하곤 세상의 모든 인간을 벌레 취급하는 그녀가, 과연 제 시간을 들여 블랙폭시 측 환자들을 직접 보고 마법을 풀어 주는 수고를 할까?

마르가리타는 상당히 충동적인 여자였다. 처음에는 잠깐 해 주더라도 나중에는 어떻게 나올지 예상할 수 없었기 때문에 찝찝했다.

"아무튼 내 덕분에 테오도르 전체가 난리가 난 데다 카마트로스들도 얌전해져서, 당신들이 공장 파괴자를 찾는 데만 집중할 수 있었잖아?"

부정할 수 없다. 마르가리타가 부린 수작 덕분에 얻은 게 많았다. 시간도, 돈도.

"약속대로 11월 말까지일세."

"알았어요. 알았어. 그런데 말이에요."

마르가리타가 샐쭉하게 웃었다.

"투자를 얼마나 하느냐에 따라 돌아오는 게 있는 법이에요. 누가 알아? 생각지도 못한 대어들이 걸릴지. 이건 당신 임무에도 도움이 될 거예요. 내 마법을 아무나 깰 수 있는 건 아니거든. 주인님들이 찾는 놈이나 카마트로스의 보스 급은 되어야 파훼할 수 있을 테니, 혹시라도 파훼되면 바로 그 위치를 추적해 볼게요. 기다려 봐요."

페인이 순순히 고개를 끄덕거리자, 마르가리타가 제 뺨에 손바닥을 댔다.

"실은요. 난 이번 일로 새끼 고양이 한 마리를 관찰하고 싶을 뿐이에요."

"알아. 아직도 에이지가 의심되나?"

"응. 그 앨 실험한 '실험자'로서 느낌이 이상하달까……. 그러니까 주인님들이 이 사태를 더 키우는 걸 허가해 주셨으면 좋겠네. 이 정도로는 한참이나 부족하거든."

그때, 페인의 반지가 붉게 빛났다.

반지를 통해 하달된 두 번째 주인의 명령에, 마르가리타는 웃었다.

에이지.

원한에 가득 찬 목소리가 그의 발목을 잡아챘다.

살아 있으니 좋아?

목소리는 발목을 타고 기어올라 그의 허벅지를 감싸고, 그의 허리를 조이고, 심장을 쥐어짰다.

비참하고 구질구질하더라도, 살아 있으니 좋아?

다른 사람들을 괴롭히면서도, 살아 있어서 좋은 거야?

마침내 목을 조르고, 얼굴까지 뒤덮은 채, 귓가에 속삭인다.

우리는 이렇게 다 죽었는데.

너 혼자 살아남아서.

원수에게 알랑거리며 살아 있는 꼴이라니.

그냥 살아 있는 게 좋은 거지?

더러운 놈.

에이지는 소리 없는 비명을 질러 댔다. 아니야, 난, 살고 싶어서 살아 있는 게 아니야. 당신들의 복수를 하려고, 그래서 살아가고 있는 거야.

그러자 목소리가 안심했다는 듯 말했다.

그럼, 복수를 끝내면 죽어.

소름 끼치도록 단호하게 그의 인생을 결정지었다.

지옥에 떨어져 버려.

"아악!"

에이지가 비명을 지르며 일어났다. 일어나자마자 충혈된 눈으로 사방을 살폈다. 아직 밤이었기에 주변은 잔잔한 어둠뿐이었다.

하지만 에이지는 그 어둠 속에서 자꾸만 뭔가가 보이는 것 같았다. 그 뭔가가 현실에서도 속삭일 것만 같았다.

"야아, 갑자기 왜 소리를 질러……."

"아, 미안. 안 좋은 꿈을 꿔서."

비명 때문에 잠에서 깬 룸메이트의 핀잔을 들으며, 에이지는 이불을 머리끝까지 덮어 스스로를 감췄다. 땀으로 축축하게 젖은 몸을 웅크렸다.

'제길……'

에이지는 신경질적으로 땀범벅이 된 새하얀 얼굴을 정신없이
닦아 내렸다.

기침병이 테오도르를 괴롭히고 있었지만, 수확제는 예정대로 열
리기로 결정되었다.

최근, 기침병이 걸리자마자 죽는 치명적인 질병이 아닌데다 전
염병도 아니라는 연구 결과가 있어서 사람들은 조금은 마음을 놓
았다. 병의 원인이나 치료 방법은 아직 밝혀지지 않았지만 그래
도 미지의 병이 서서히 분석되고 있음이 보여서 안심한 것이다.

또, 몇 년 만에 찾아온 풍년은 우울한 기운이 감도는 와중에도
사람들의 기쁨이 되었다. 테오도르에는 분위기를 전환할 무언가가
필요했으며, 풍년을 축하하고 라오스 신에게 감사를 드리는 수확
제는 그 무언가가 되기에 적합했다.

그래서 왕은 일찌감치 수확제를 열겠다고 선포했으며 사람들은
축제를 준비하며 활기를 조금씩 되찾아 갔다.

하지만 수확제 며칠 전, 테오도르는 침체의 극치 속으로 빠져
들었다. 기침병 환자들의 증세가 심각해졌기 때문이었다.

누런 구토를 하고, 붉은 피를 토하고, 열 때문에 사경을 헤매
고…….

이 증상들은 기침과는 달리 장기에 악영향을 심하게 미치는 탓

에, 사망자 수가 급격하게 증가했다.

심지어 기침병에 걸리지 않았던 사람들 중에서도 이런 증세를 보이는 이들이 있어 테오도르의 분위기는 바닥을 기었다.

이아나 일행은 리키젠이 입원한 병원에 병문안을 왔다. 병원의 분위기는 최악이었고, 리키젠을 지켜보는 일행의 기분도 최악이었다.

"쿨럭!"

리키젠이 붉은 피를 왈칵 토했다. 한참이나 그렇게 객혈을 하다가, 축 늘어진 채 죽은 사람처럼 잠들었다.

환자들 중에서도 리키젠의 상태는 심각한 편에 속했다. 곧 죽을 사람처럼 피를 토하는데, 저러다 갑자기 비명횡사하는 건 아닐지 지켜보는 사람이 불안할 정도였다.

"……."

더불어서 에이지의 안색도 날이 갈수록 안 좋아지고 있었다. 말을 걸어도 그에게서는 평소처럼 유쾌한 답이 돌아오지 않았다.

"형님도 혹시 아픈 거 아니에요?"

걱정이 되었던 헤레이스가 물었지만, 에이지는 고개를 저으며 얼버무렸다.

"그건 아닌데, 기분이 많이 안 좋네. 리키젠이 아파서 그런가."

에이지가 중얼거리면서 잠든 리키젠의 손을 꽉 쥐었다.

이아나는 착잡한 얼굴로 리키젠을 보았다. 그녀는 리키젠을 단숨에 낫게 할 수 있었지만, 아르하드가 그것을 허락하지 않았으며 이아나도 정황상 그럴 수 없음을 알고 있어 그의 고통을 방치하고 있었다.

이아나는 확실하게 인지했다.

이 정도로 로안느를 뒤집어 놓을 큰 사건이었다면, 회귀 전에 몰랐을 리가 없다.

즉 이 사건은 회귀 전에 일어나지 않았으며, 완전히 새로운 사건이라고 할 수 있다.

그러니 리키젠이 죽을 수도 있다.

리키젠이 정말로 위험해진다면 손을 놓고 보고만 있을 수는 없다. 그때가 되면 리키젠에게 걸린 마법을 풀겠다고, 이아나는 결심했다. 아르하드도 분명 그리 생각하고 있거나 다른 방법을 찾고 있을 터였다.

그런데 진짜 문제는 마법을 푸는 게 아니라 마법을 없애더라도 계속 몸에 남아 있을 풀의 잔해였다. 아르하드와 션은 얼마 전 그 독한 풀에서 파생되는 병이 제일 큰 문제라고 언급했었다.

"……."

이아나는 낯이 검게 죽은 에이지를 살폈다. 며칠 전 션의 모습과 에이지가 겹쳤다.

션을 괴롭히는 풀이 대체 뭘까?

뭔데 그 유능한 아르하드가 치료할 방법이 없다고 단언하는 걸까?

션의 역린이라고 해서 건드릴 생각도, 알아볼 생각도 없었지만, 이쯤 되자 이아나는 궁금해지기 시작했다.

이아나는 아르하드에게 풀에 대한 정보를 얻어야겠다고 생각했다.

그리고 동시에 사키를 떠올렸다. 아르하드는 해결책이 없다고 했지만 이 세계에서 최상위급 의사인 사키의 의견을 들어 보고 싶었다.

"후우……."

아파서 끙끙 앓는 리키젠을 눈에 담은 후, 에이지는 발을 질질 끌며 블랙폭시의 아지트로 향하고 있었다. 페인이 일 관련해서 할 얘기가 있다며 그를 불렀기 때문이다.

최근 기분이 몹시 저조한데다, 오늘 새벽에 꾼 꿈과 리키젠에 대한 죄책감 때문에 감정도 잔뜩 흐트러져 있던 에이지는 이성을 살짝 잃은 상태로 아지트에 도착했다.

그리고 문을 열자마자 그의 눈에 보인 것은, 마녀였다.

"어머나, 새끼 고양이 왔어?"

그를 고양이라고 부르는 잔인한 실험자.

마르가리타…….

순간 에이지는 감정 조절에 실패했다.

"……내가 언제까지 당신에게 그 취급을 받아야 해?"

그는 달려와서 마르가리타의 멱살을 꽉 잡아챘다.

"난 이제 당신에게 휘둘릴 처지가 아니라고 말했어!"

마르가리타가 에이지의 뺨을 치는 선택지를 보류하고, 배부른 맹수처럼 에이지를 내려다보았다.

"우리 고양이, 정말 많이 컸네?"

"입 닥쳐. 날 그렇게 부르지 마. 한 번만 더 그렇게 불렀다간 죽인다."

에이지가 마르가리타의 목을 세게 움켜쥐었다. 마르가리타는 조여 오는 힘에 고개를 뒤로 꺾으면서도 가소롭다는 듯 입꼬리를 비틀었다.

"죽여 봐."

마르가리타가 희게 웃었다.

"과연 네가 날 죽일 수 있을까?"

마르가리타가 뾰족한 장침으로 에이지의 턱을 찔러 올렸다. 장침이 찌른 에이지의 턱에서 피가 조금씩 흘러 은백색의 장침을 붉게 물들였다.

에이지의 손이 떨렸다. 마르가리타가 헤죽 웃었다.

"죽이겠다면서 내 목을 움켜쥔 손에서 어째서 떨림이 느껴지는 걸까. 공포가 각인되니 나에게 손을 대기 쉽지 않지?"

"……."

"네가 날 죽이겠다고? 바하무트의 피를 훔쳐 간 더러운 암캐와 같은 피가 흐르는 노예 따위가. 황실마법사장의 제자이자 백작인 나, 마르가리타를? 웃기지 마."

"난 지금, 고문장에서 당신에게 고문을 받던 꼬마가 아냐."

에이지의 눈에서 푸른 귀기가 타올랐다.

"온몸이 당신 장침꽂이가 된 채 실험을 당하면서 비명을 지르던 꼬마도 아니야. 환상을 보며 절망하지도 않아. 당신에게 살려 달라고 애원할 필요도, 채찍질을 받을 필요도 없어. 당신의 스승과 당신을 비롯한 그의 제자들에게 더 이상 실험당하지 않아도 돼. 난 지금 당신에게 이런 취급 당할 이유가 없어. 그런데 왜……."

"그래 봤자 넌 에이지잖아? 개구리가 되었다고 올챙이 시절을 잊으면 되니?"

마르가리타가 붉은 혀로 입술을 핥았다. 입술 위로 범벅이 된 침은 번들거리는 독과 같았다.

마르가리타의 입술이 길게 휘어졌다.

저 입에서 얼마나 지독한 말이 튀어나올까.

에이지는 마르가리타의 입 안으로 손을 집어넣어 혀를 뽑아 버리고 싶다는 충동에 휩싸였다.

"주인님의 아래를 핥고 신분 상승한 남창 주제에."

"닥쳐."

"가족들의 시체를 밟고 저 혼자 살아남은 패륜아 주제에."

그 말을 듣는 순간 에이지는 숨이 막혔다. 저도 모르게 마르가리타의 멱살을 놓고 뒷걸음질 쳤다.

"……닥쳐."

"어머, 이젠 가족 얘기가 나와도 고개가 뻣뻣한걸? 네가 뭘 잘못한 건지 잊은 거야, 에이지?"

마르가리타의 구두 소리가 에이지의 뒷걸음질을 쫓는다. 틈을 벌릴 시간도 주지 않고, 마르가리타는 에이지에게 마른 몸을 바짝 붙였다. 나뭇가지 같은 손이 천천히 에이지의 팔을 매만지며 올라가 그의 목까지 도달했다.

아, 지금 이 빌어먹을 여자의 목을 세게 졸라 목뼈를 꺾어 버릴 수만 있다면 얼마나 좋을까.

그녀의 뒷목을 양손의 네 손가락으로 감싸고, 툭 튀어나온 연골을 엄지손가락으로 세게 짓눌러 죽일 수만 있다면.

에이지는 상상 속에서 마르가리타를 수십, 수백, 수천 번 죽여

왔다. 하지만 몸에 각인된 공포는 에이지를 떨리게 할 뿐, 그녀에게 손을 대게 하지는 못했다.

"너는 살아 있는 게 잘못이잖아."

에이지가 마녀를 죽이지 못하자 마녀의 저주는 잔잔하게 흘러 들어와 에이지의 심장을 쥐어짰다.

"너의 다른 동족들은 주인님들에 대한 분노로 발악할 때, 너는 살려 달라며 우리들의 가랑이 사이로 기었지. 기억 안 나? 내 다리 밑으로도 기었잖아, 고양이?"

마르가리타는 에이지의 거친 입술을 매끄러운 엄지로 만지작거렸다.

"동족들이 피를 흘리며 주인님의 손에 죽어 갈 때, 너는 주인님의 발에 키스를 했지. 두려움에 가득 차, 삶을 갈망하며, 이 입술로."

희고 가느다란 마녀의 손이 에이지의 뺨을 상냥하게 쓰다듬었다.

"우리에게 정신을 개조당할 때나 채찍을 맞을 때 질렀던 비명들, 기억나지 않니? 그때의 넌 정말 귀여웠어. 그런데 잠시 떨어져 있었다고 이렇게 반항적인 눈빛을 할 줄이야. 건방진 고양이 같으니. 정신이 붕괴 직전까지 갔는데도 확실하게 세뇌당하지 않은 걸까? 과연 악마의 파편이로구나."

마르가리타는 발꿈치를 바짝 들어 올려 말이 없는 에이지의 귓가에 입술을 가져다 댔다.

"너는 네가 벗어난 줄 알았어? 에이지, 넌 안 돼. 영원히 구원받을 수 없어. 그런 너를 구해 줄 사람도, 네가 의지할 구석도 하나 없지. 넌 이 생 내내 고통만 받다가 쓸모가 없어지면 버림 받을 테고, 죽임을 당하겠지. 그리고 너는 지옥으로 떨어질 거야. 네 어리석은 동족들이 살고 있을 그곳과는 다른, 지옥에."

마르가리타는 에이지의 정신을 말로 갈기갈기 찢어 냈다.

파르르 떨리는 에이지의 눈꺼풀 속에서 사라져 가던 초점이, 깊숙한 곳까지 들여다보는 듯한 마르가리타의 시선에 꿰뚫렸다.

"너 혼자."

입술이 속삭였다.

"영원히."

타악!

에이지는 마르가리타의 멱살을 잡아서 벽으로 거칠게 뿌리쳤다. 강한 힘에 벽에 등을 박은 마르가리타가 한 번 비틀거리고는 비스듬히 에이지를 쳐다보았다.

마르가리타의 질 나쁜 악담에 에이지는 오히려 차분해져 있었다.

에이지는 마르가리타가 찌른 상처에서 흐르는 피를 손등으로 닦아 냈다. 에이지가 금방이라도 누구 하나 얼려 죽일 듯한 냉한 시선으로 그녀를 마주했다.

마르가리타는 푸르르 떨었다. 소년에서 청년으로 성장한 노예의 눈에서는 오싹한 전율마저 느껴질 정도로 잔인한 증오가 흐르고 있었다.

"씹어 먹어도 모자랄 년……. 주둥아리 닥치고 하던 일이나 해."

한차례 욕설을 지껄인 에이지는 마르가리타와 같은 공기를 잠시라도 마시기 싫어 방에서 나가 버렸다.

마르가리타는 붉은 자국이 남은 흰 목을 어루만지며 홋, 하고 그를 비웃었다.

제까짓 게 뭘 할 수 있다고.

하지만.

마르가리타는 에이지가 박차고 나간 문을 보며 고개를 갸웃했다.

에이지는 사생아에게 악마의 파편을 공유받고 있다. 그래서 에이지를 마법으로 세뇌하는 건 불가능했고, 방금 한 말들은 어린 에이지에게 채찍을 휘두르고, 고문을 하며 무의식까지 주입했던 말들이다.

그러니 세뇌가 온전했다면 겁을 먹고 얼어붙거나 다리에 힘이 빠져 주저앉아야 마땅했다.

하지만 에이지는 반항했다.

마르가리타가 웃었다.

"정말로 한 번 더 세뇌 과정을 거쳐야 할 것 같은데, 고양이……?"

리본(Reborn).

다시 태어났다는 의미에서 붙여진 풀의 이름이다.

리본의 베이스가 되어 준 풀, 미스틱(Mystic)은 다른 물질에 비해 그저 마나를 강하게 붙잡고 있는 단순한 기능만 했다. 마법이 발현되기 위한 마나의 구조를 고정시키지도 못했다.

하지만 그 기능을 눈여겨본 이들이 미스틱을 개량하기 시작했다. 개량 과정에서 수많은 죽음을 집어삼킨 미스틱은 다시 태어났다.

실험자들의 입맛에 맞는 각종 성질들이 추가되었으며 결국 아티팩트처럼 마법까지 담을 수 있게 되었다.

이아나는 리키젠의 병문안을 마치고 학술원에 귀환하자마자 아르하드를 찾아가 풀에 대해 물었고, 그는 꽤 성실하게 대답해 주었다.

"수많은 죽음이란……?"

"션과 나의 핏줄인 로이긴족의 죽음을 말한다."

아르하드가 천천히 말을 이어 갔다.

"어머니가 나를 임신한 채 도망가 버리자, 로이긴족 전체가 바하무트에서 죄인이 되었다."

죄인이 된 로이긴족은 처음에는 엄청난 강도의 고문을 받거나 분을 이기지 못한 바하무트 황족들에 의해 잔인하게 죽어 나갔다.

하지만 로이긴족 반이 죽어 나갔을 즈음, 블랙폭시의 보스 페인이 미스틱을 가져와 로이긴족을 이용해 개량해 달라고 요청해 왔다.

페인은 재탄생한 미스틱이 바하무트의 세계 정복에 도움이 될 것이라고 강하게 주장하였으며 황족은 그 요청을 받아들였다.

그 후, 살아남은 로이긴족은 실험용 쥐보다 못한 신세로 전락했다.

"파편 수혜자들이었던 로이긴족의 육체는 마법 실험용으로 적합했다. 바하무트의 마법사들은 로이긴족의 피, 뼈, 살, 심장……

등을 이용해 미스틱을 개량했고, 산 채로 임상 실험까지 했다고 한다. 리본은 그 결과물이야."

잔인하다. 이아나는 로이긴족이 라이프 공장에서 목격했던 끔찍한 일들보다 더 심한 짓을 당했을 거라고 확신했다.

"나는 로이긴족이 어떤 일을 겪었는지 정확히 알지 못해. 하지만 션은 태어났을 때부터 동족과 함께 바하무트에 있었다. 그 모든 일을 겪은 당사자란 소리다."

에이지는 놀랍게도 로이긴족이었다.

아르하드와 동족이라는 소리다.

"그래서 션은 리본에 대한 극심한 트라우마를 가지고 있어. 혐오하고 증오하면서도, 무척이나 두려워해. 션 앞에서는 리본의 얘기를 되도록 꺼내지 마."

이아나는 조심스레 고개를 끄덕거렸다. 션은 과거에 노예였지만 현재는 블랙폭시의 간부, 그렇게 되기까지 얼마나 악착같이 살아왔을지 상상도 잘 가지 않는다.

션의 상황을 이해하고 나니 그의 삶이 품고 있을 피 냄새가 물씬하게 풍겨 오는 것만 같았다. 다소 과장된 듯한 유쾌한 행동들은 그런 그를 숨기는 단단한 가면 같은 게 아니었을까?

그래서 더 대단했다. 자신의 증오를 억누르고 가면을 뒤집어쓴 그는 바하무트를 완벽하게 속이고 있었다. 이사벨라 같은 괴물들을 아주 오랜 세월 동안.

션은 정말 강한 사람이구나.

그리 생각함과 동시에, 그가 아주 지쳐 있겠다는 생각이 들었다. 죽음과 삶의 경계선에서 겉과 속이 다르게 행동하는 건 보통

담력으로 할 수 있는 게 아니다.

조금만 실수해도 굴러 떨어질 사선에서 싸우는 건 잠깐이라도 극심한 피로감을 준다. 그런데 션은 쉬지 않고 계속 그렇게 살아 왔다.

이아나는 에이지를 떠올렸다.

에이지는 가끔, 아주 가끔 저도 모르게 몹시 지친 기색을 보이곤 했다. 하지만 누군가가 가까이 다가가면 곧장 피로감을 감추고 유쾌한 얼굴과 몸짓으로 응대하였으므로, 에이지의 지친 모습은 잘 떠오르지 않았다.

그는 그렇게 혼자서 과도한 피로를 감내해 온 것이다.

그럼 그 피로는 어떻게 풀어 온 걸까? 그것이 쉽게 풀 수 있는 종류의 피로감인가?

가슴속에 쌓아 놓고만 있는 건 아닐까? 어쩌면 정말로 꾹꾹 눌러 참고 있을지도 모르지.

이아나는 션과 에이지를 완전히 동일시하는 자신을 깨닫고 입술을 꾹 다물었다.

'에이지, 션은 당신이지?'

이아나는 이제 완전히 확신하고 있었다. 션과 에이지는 동일 인물이라고.

그동안 션이 제게 이상할 정도로 친근감을 보인다거나, 가끔 에이지가 아르하드에게 익숙하게 틱틱거릴 때마다 확신은 더해져 갔다.

그 밖에도 뚜렷한 증거는 몇 가지 더 있었다.

'엘로냐의 낙원에서 나와 처음 만났을 때, 블랙폭시 조직원을 겁 없이 처리한 내게 호기심을 가졌었지. 그 사건 이후 블랙폭시의 보복이 전혀 없는 게 조금 이상했는데, 에이지가 따로 손을 써 준 걸지도 몰라.'

'자기가 아주 위험한 조직에 들어가 있다고 말했었어.'

'아르하드가 내게 준 약의 정체를 알고 있었다. 그리고 그 주인이 몹시 위험한 인물이라고 경고까지 했었지.'

'학술원 경매에서 나를 50만 골드에 사 간 사람이 아르하드라는 걸 알았으면서도 별로 동요하지 않았어.'

이아나는 에이지의 쾌활한 얼굴을 떠올렸다.

로베르슈타인 영지에서 여러 사건을 겪고, 인간관계에 경직된 상태에서 테오도르에 상경했을 때, 그녀의 첫 친구가 되어 준 사람이 에이지였다.

친구들 중, 그녀에게 긍정적인 영향을 가장 많이 준 사람도 에이지라고 할 수 있었다.

이아나는 현재, 에이지를 아주 소중한 친구라고 생각한다.

'그런데 당신이 그렇게 살아왔다고?'

바하무트와 블랙폭시에 대한 적대감이 더 깊어지는 느낌이다. 옛날부터 그들의 잔인한 행태들이 마음에 들지 않았는데, 에이지의 이야기를 듣고 더 심해졌다.

아르하드가 블랙폭시를 흡수하더라도, 이아나는 그들과 절대 친해질 수 없을 것 같았다.

아르하드가 바하무트의 황제가 될 테니 따르긴 하겠지만, 바하무트에 대한 애국심 같은 게 생길 것 같지도 않았다.

"리본 때문에 생겨나는 병은 무엇입니까?"

일단, 이아나는 제 의문부터 해결하기로 했다.

"사람의 몸에 들어간 이상 이미 늦었다고 하셨습니다. 왜죠?"

"리본의 개량된 성질 중 하나가 특수한 '중독성'이다. 마약상을 담당하는 페인이 가장 신경 쓰는 부분이지. 다른 마약과는 다른 원리로 작용해서 중독 증세를 치료할 방법이 없어."

리본을 한번 섭취한 사람은, 그 직후부터 리본을 또 섭취하고 싶다는 엄청난 갈증에 시달리게 된다.

"리본은 아주 비싼 풀이니 많이 뿌리진 않았을 테고, 테오도르 시민들이 섭취한 건 극소량일 거다. 당분간은 이유 모를 갈증으로 힘들어하겠지만 시간이 지나면 괜찮아질 거야."

"리본을 과량 섭취하면 어떻게 되죠?"

"리본의 중독성은 마약 중에서도 최상위급에 속해. 리본 중독자는 주기적으로 리본을 섭취하지 못하면 죽는 게 낫다는 생각이 들 정도로 정신적으로나 육체적으로나 엄청난 갈증에 시달려. 그리고 오랜 기간 리본을 복용해 온 사람은, 섭취하지 않으면 진짜로 죽는다."

"여러모로 끔찍한 풀이군요."

"맞아. 리본으로 이렇게까지 일을 벌일지는 생각도 못 했어. 속셈을 모르겠군."

"바하무트를 공략하는 건 다다음 해부터지만, 일이 돌아가는 걸 보니 계획에 수정을 가할 필요가 있어 보입니다."

"네 말이 맞아. 바하무트 쪽의 움직임이 심상찮아. 대비책을 마련해 두는 게 좋겠어."

이아나는 잠시 머뭇거리다가 물었다.

"마법은 언제 풀릴까요?"

"곧 풀릴 거라고 생각하지만…… 알 수 없지."

"리키젠을 내버려 둬도 괜찮겠습니까? 제가 보기엔 아주 심각한 상태였습니다."

"네가 로안느에서 특정 인물의 마법을 푸는 건 절대로 안 돼. 위치 추적의 단서가 된다. 알고 있지?"

"네."

"리키젠은 나중에 내 부하로 만들 녀석이니 방법을 찾아보고 있다. 한 녀석쯤은 어떻게든 되겠지. 아, 이 모든 사태를 해결할 수 있는 간단한 방법이 하나 있긴 해."

"뭐죠?"

이아나가 관심을 보이며 묻자 담담한 대답이 돌아왔다.

"마르가리타를 죽이는 거다."

"마녀를 죽인다라……. 요즘 페인의 저택에 틀어박혀 있는데다, 앞선 일로 경각심을 가졌는지 무척 조심스레 행동해서 꼬리가 잡히질 않더군요."

"그렇지. 그런데 마르가리타가 안전 방비까지 다 해 둔 상태에서 카마트로스 손에 죽는다면 바하무트 측에서 카마트로스에 대한 경계수위를 높일 거다. 어쩌면 황족 측에서 나설 수도 있어. 그러니 카마트로스가 따로 그 여자를 죽이려고 움직이지는 않을 거다. 하지만 발견한다면 즉시 죽이는 걸 방침으로 한다. 이해하겠지?"

"카마트로스인 것을 들키지만 않으면, 개인적으로는 마르가리타를 죽여도 된다는 뜻이군요."

"그래. 하지만 이아나, 로안느 왕국민들을 구원한다는 마음으로 움직이지는 마."

그런 마음을 가지진 않았다. 안타깝긴 하지만, 이아나는 지인 한정으로 마음을 열었을 뿐 본성이 자기중심적이었다.

다만, 마르가리타를 죽이고 싶어졌다.

이아나는 쥐새끼처럼 쥐구멍 속에 숨어 모습을 드러내지 않는 마르가리타를 떠올리며 미간을 찌푸렸다.

에이지의 트라우마를 리본으로 상기시킨 것도 괘씸하지만, 그 여자에 대한 분노와 살의는 이미 제 마음속에 심상찮게 응어리져 있었다.

실수한 것도, 의도한 것도 아니지만, 적을 몰살하는 임무에서 마르가리타를 보지도 못하고 놓쳤다는 게 자존심이 상했다. 그 여자의 마법 때문에 아르하드 앞에서 볼썽사납게 운 적이 있는 것도 짜증 났다.

이아나는 그 여자가 케이거스 드미트리와 동급으로 싫었다. 아니, 그보다 더 싫었다.

'보이는 즉시 죽여 주마.'

이아나가 눈을 사납게 빛냈다.

"사키, 정말로 와 주실 줄은."

며칠 뒤, 사키 셀츠스가 이아나를 찾아왔다.

이아나는 리본에 대해 아르하드에게 듣자마자 사키에게 연락해 리본이 가진 중독성의 치료법에 대해 상담했다.

리본이 탄생하게 된 배경은 빼고, 리본에 대해 이것저것 말해 주자 사키는 관심을 보이며 곧 찾아가겠다고 말했었다.

시디얀과 진자이의 전쟁은 길어지고 있었고, 진자이의 고위계급에 속하는 사키는 전쟁의 후방에 동원되어 바쁠 터였다. 하지만 사키는 이아나의 말 한마디에 그녀를 찾아와 주었다. 이아나는 사키에게 고마움을 느꼈다.

"이아나 님이 저의 도움을 청하시는데 어찌 찾아뵙지 않겠습니까. 조만간 신전의 성물을 보실 수 있는 자리도 마련할 테니 기다려 주세요."

"천천히 하셔도 됩니다. 문제는 리본인데…… 바쁘실 텐데 이렇게 와 주셔서 감사합니다."

이아나가 감사 인사를 하자, 사키가 손을 내저었다.

"전쟁이 잠시 소강상태로 접어들어서 괜찮습니다. 그리고 테오도르가 괴질로 고통받고 있다는 소식을 일찌감치 듣고, 이아나 님을 걱정하고 있던 참이었습니다."

이아나는 리키젠이 입원한 병원으로 사키를 데려갔다. 사키는 죽은 듯이 기절해 있는 리키젠을 살피더니 단언했다.

"말씀하신 대로 마법이군요. 사악하고 강한 기운이 느껴집니다. 왜일까요? 공장의 마법보다는 약하지만, 그것을 마주하고 있을 때와 같은 기분이 듭니다."

둘 다 악마의 파편 수혜자가 시전한 마법이니 같은 느낌이 들 수밖에 없다.

하지만 역시 대마법사라고 해야 하나.

이아나는 질병의 원인이 마법이라고만 말했지, 바하무트에 대해서는 전혀 언급하지 않았다. 그러나 사키는 마법의 성향과 느낌을 꿰뚫어 보고 바하무트 일족이 공장에 시전해 둔 마법과 바로 연관시켜 버렸다.

"리본의 샘플을 얻을 수는 없겠지요?"

"어려울 것 같습니다. 유통되지 않는다고 했거든요."

이아나는 잠시 생각하다가 말했다.

"하지만 리본의 베이스가 된 미스틱이라면 곳곳에 존재할지도 모르지요. 미스틱은 참고가 되지 않나요?"

"참고는 가능하지만 말 그대로 참고입니다. 제대로 연구하려면 반드시 리본이 필요해요. 그런데 이아나 님, 리본에 관해서 드리고 싶은 말씀이 있습니다."

"무슨……?"

"여기는 듣는 귀가 많군요."

"그럼 이쪽으로."

사키가 할 말이 궁금했던 이아나는 그녀를 곧장 인적이 드문 산책로로 데려갔다. 그러고도 주변을 몇 번이나 둘러보고, 이아나에게 사람이 없음을 확인받은 사키가 조용히 말했다.

"미스틱, 제가 라이프의 원재료로 의심하고 있던 풀입니다."

라이프.

생각지도 못한 말에 이아나가 눈을 깜빡거리는데 사키가 침착하게 말을 이었다.

"마나와 신력은 생명의 성질만 빼면 동일한 구조의 기운입니다. 미스틱은 마나를 고정하는 풀입니다만 신력도 극소량 정도는 붙잡을 수 있기 때문에, 리본을 몰랐던 저는 미스틱이 라이프의 원재료라고 생각하고 있었어요. 하지만 라이프에는 중독성, 마법 고정 등등 미스틱으로는 설명할 수 없는 특수한 성질들이 많아서 미스틱 외의 다른 재료가 들었다고 추측하고 그 재료들을 추적하고 있던 중이었습니다. 그런데 이아나 님의 말씀을 듣고 보니, 미스틱이 아니라 미스틱을 개량한 리본이 라이프의 재료로 쓰인 것 같습니다. 그러니 묻겠습니다. 이번 사태는 바하무트의 짓입니까?"

사키는 이미 확신하고 있었다. 이아나는 순순히 긍정했다.

"역시."

사키가 옆에 메고 있던 가방에서 상자 하나를 꺼내 들었다. 그녀가 상자의 뚜껑을 열자, 익숙한 병들이 보였다.

"이아나 님의 말을 듣고 라이프의 샘플을 몇 개 가져왔습니다. 라이프의 원재료가 리본이라면, 라이프가 바로 리본의 샘플이겠지요."

"라이프……."

이아나가 병을 만지작거리다가 물었다.

"그동안 라이프에 대해 알아내신 것이 있습니까?"

"아직은요. 그동안은 라이프의 기능에 대해 정리해 봤습니다."

첫 번째, 신력으로 수명을 늘리고 젊음을 유지할 수 있게 해 준다.

두 번째, 중독성을 이용하여 부유층을 중독시키고, 지속적인 구매를 유도한다.

세 번째, 마법 고정이 가능하다.

"추측건대, 바하무트가 라이프의 제조자라면 부유층에 판매하는 것과는 별개로 첫 번째 성질로 강한 군사를 따로 키우고 있을 가능성이 높습니다. 두 번째 성질로는 신뢰하지 못하는 부하들에게 먹여 배신을 방지하고 있을 수 있고요."

사키의 가정은 이아나의 생각과 완전히 일치했다.

'아르하드가 먹는 약은 어떨까?'

그가 준 약은 라이프처럼 불쾌한 느낌이 나지 않았다.

'아르하드는 주기적으로 발작한다고 했어. 그건 심장병 때문인 걸까, 약 때문인 걸까. 약 때문이라면 그 약은 라이프와 어느 정도 일치할지도…….'

아르하드의 약을 떠올리던 이아나의 생각이 에이지까지 닿았다.

'혹시 에이지도 먹고 있는 건 아닐까.'

라이프가 배신 방지용으로 쓰인다면 그런 용도로 섭취당하고 있을 수도 있다는 생각이 든다.

"이아나 님께서는 리본의 중독성을 치료할 방법에 대해 물으셨지요. 안 그래도, 저는 요즘 라이프의 중독성에 대해 연구하고 있었습니다."

먼저, 사키는 리본과 라이프에 대해 정리해 주었다.

리본은 미스틱을 개량한 풀이다. 미스틱은 마나를 잡아당기는 단순한 기능을 했지만, 리본은 마나뿐만이 아니라 신력까지 완벽하게 잡아당길 수 있게 되었다.

개량과 동시에 리본은 강력한 중독성과 마법을 고정시킬 수 있는 성질을 가지게 되었다.

라이프는 리본을 짜낸 즙에 신력을 고정시킨 약물이라고 추측

된다. 라이프 공장에서 보았듯, 신력을 짜내는 과정에서 어두운 사념이 깃들었다.

사키는 라이프를 통해 파생되는 병이 대표적으로 두 가지라고 말했다. 바로 중독 증세와 사념에 의한 성격의 변화다.

"성격의 변화는 아시다시피 라이프에 깃든 사념에 의한 것입니다. 자아가 약할 경우 대부분은 사념에 영향을 받아 포악해지는 쪽으로 변화를 겪지요. 개중에는 환각을 보며 광증에 시달리는 사람도 있습니다. 제가 직접 확인한 바예요."

이아나가 미간을 찌푸렸다.

"생명 연장을 위해 라이프를 복용하는 사람은, 단순히 오래 살기 위해 그 모든 것을 감내하는 겁니까?"

"처음 복용할 때는 그렇게 될 거라곤 생각도 하지 못하죠. 뭔가가 잘못됐다는 것을 인식하더라도 라이프에 중독되어 어쩔 수 없이 사 먹게 됩니다. 하지만 이상함을 깨닫는 건, 극소수뿐입니다."

라이프로 인한 성격 변화는 대부분이 알아차리지 못한다. 물들듯이 자연스럽게, 서서히 변하기 때문이다.

또한 라이프는 마약의 일종이다. 환각을 동반하는 극도의 쾌락성이 포함되어 있어 여타 마약과 같다고 치부하며 그 환각을 즐기는 경우가 대부분이다. 그리고 라이프는 마약 중에서도 최상위 급에 속했다.

"로안느는 어떤지 몰라도, 대다수 국가의 지배층 중 마약을 해 보지 않은 사람은 거의 없습니다."

부족함을 느낄 새도 없이 모든 걸 가졌고, 또 마음만 먹는다면 뭐든 가질 수 있기에 채워지지 않는 결핍감을 느끼는 지배층은 매우 많다.

"그래서 그들은 만족감을 원초적인 쾌감에서 찾습니다. 마약에 대한 거부감도 낮은 편이에요. 라이프는 그 점을 노립니다. 그들은 라이프가 주는 아찔한 쾌감에 환호했죠."

사키가 심각한 표정을 지었다.

"일단, 사념에 의한 성격 변화를 원상 복구시키는 건 어렵다고 생각합니다. 사념은 라이프를 알기 전부터 꽤 오랜 시간 연구를 해 왔던 주제인데, 한번 오염된 영혼은 다시 원상태로 돌아가는 게 어려울뿐더러 스스로가 변화할 의지를 가지지 않는다면 치료는 불가능합니다."

이아나는 잠시 고민하다가 물었다.

"그럼 중독 증세는요?"

"중독에 대해서는 열심히 연구 중입니다. 아직 진척이 없어서 말씀드릴 만한 게 없지만, 마약 연구는 우리 살리노에서 성과를 본 게 많으니 기다려 주세요. 꼭 결과를 가져오겠습니다."

"잠시. 정령들에게도 물어보도록 하죠."

"아, 혹시 정령왕……."

"네."

감탄하는 사키를 뒤로하고, 이아나가 신력을 끌어냈다. 손에서 피어오른 붉은 신력은 이내 뜨거운 화염으로 변해 이아나의 손 위에 자그마한 형상을 만들어 냈다.

[이아나다!]

카고마인은 불려 나오자마자 신이 나서 이아나의 손바닥을 파고들었다. 따스한 온기를 품은 털이 부들거리며 이아나의 손을 간지럽혔다.

[흐앙, 보고 싶었어.]

"저번에는 모른 척해서 미안해. 섭섭했겠구나."

이아나가 미안해하자 카고마인이 손바닥 위에서 벌떡 일어나 가슴을 내밀었다.

[아냐. 나도 내가 얼마나 대단한 존재인지 알고 있으니까. 널 이해해! 이렇게 불러 준 것만으로도 고마운걸?]

"그렇게 말해 줘서 고마워."

[그럼 이제 날 부른 이유를 들어 볼까?]

"저번에 시디얀에서 네가 정화해 준 것 있지?"

[정화? 그 더러운 느낌의 액체를 말하는 거야?]

"그래."

이아나는 카고마인에게 라이프와 라이프에 오염된 사람에 대해서 설명해 주었다. 사키는 조용히 이아나와 카고마인의 대화를 듣고 있다가, 라이프를 카고마인의 힘으로 정화했다는 부분에서 눈을 동그랗게 뜨고 입을 막았다.

"그래서 네 힘으로 사념 때문에 성향이 악해진 사람도 정화할 수 있나 해서."

[음, 어려울 것 같은데.]

"왜?"

[내가 그때 사념을 없앨 수 있었던 건 그게 죽은 자의 사념이었기 때문이야. 사념에는 '의지'가 없거든. 그래서 살아 있는 자에게 붙은 채로 계속해서 악영향을 끼치는 죽은 자의 사념까지는 내가 조절해서 없앨 수 있을

것 같긴 해.]

"흐음."

[하지만 산 자의 영혼에는 내가 함부로 손댈 수 없어. 그리고 영향을 받아 변했다면 그걸로 끝이야. 그건 성격의 영역이거든. 변했어도, 그 사람이 그 사람이 아니게 되는 건 아니니까 '정화'라는 이능을 적용할 수 없어.]

"성격의 영역이라."

[응. 그러니까 다시 원래대로 되돌아가는 건 그 사람의 의지야.]

이아나는 이번엔 이니스를 불러냈다.

[꺄아아아! 이아나! 이아나!]

나오자마자 파닥거리며 난리를 치는 이니스를 꽉 붙잡은 이아나가, 마찬가지로 라이프에 대해 설명해 준 후에 물었다.

"혹시 네 힘으로 치료할 수 있어?"

[음, 피에 흐르고 있는 약물은 내 힘으로 없앨 수 있겠지만 이미 망가진 장기를 치료하는 건 어려워. 전에 네 팔을 치료할 때와 같은 경우야.]

"그럼 토우랑 힘을 합친다면?"

[심장과 뇌만 아니라면 치료는 얼마든지 가능해. 심장은 우리가 영혼의 허락 없이는 손댈 수 없는 영역이고, 뇌는 영혼과 육체를 연결하는 매개체라서 손대기가 민감하거든.]

"이니스 님."

이니스를 부른 사키가, 저를 쳐다보는 이아나에게 고개를 숙여 사과했다.

"대화 중에 끼어들어서 죄송합니다. 듣던 도중 한 가지 여쭈고 싶은 게 생겨서……."

"신경 쓰지 말고 편하게 말씀하세요."

이아나가 사키를 옆에 세웠다. 이니스가 흥미롭다는 듯 사키를 보았다.

[물어봐!]

"저, 뇌를 치료할 수는 있다는 말인가요? 마약이 영향을 끼치는 장기는 주로 뇌입니다."

[응. 치료할 수 있긴 해. 그런데 문제가 생길 확률이 몹시 높아. 치료를 하면 영혼이 인식하고 있는 육체 상태와 치료된 육체 사이에 괴리감이 생기는데, 그 괴리감 때문에 뇌가 제대로 활동을 하지 못해서 아예 백치가 될 수도 있어.]

그러면 치료를 하는 의미가 없다. 환자를 바보로 만드는 게 목적이 아닌 이상 쓸 수 없는 방법인 것이다.

"아……."

사키도 그 점을 인지했는지 표정이 살짝 어두워졌다. 그때, 이니스가 꼬리를 살랑살랑 흔들었다.

[하지만 아주아주 천천히 치료를 한다면 괜찮을 거야. 시간은 아주 많이 소요되겠지만, 육체와 영혼이 괴리감을 느끼지 않을 정도로만 조금씩, 지속적으로 치료한다면 언젠가는 정상으로 돌아갈 거라고 확신해. 육체와 영혼이 새로운 상태에 적응할 때마다 우리를 불러내 치료하는 방식이랄까?]

어쨌든 치료법이 존재한다는 사실에 사키와 이아나의 표정이 밝아졌지만, 이니스가 그닥지 않게 낮은 목소리로 말했다.

[그런데 이아나랑 사키, 너희가 치료하고자 하는 사람들이 느림보와 나를 몇 년 동안, 지속적으로 불러낼 만큼 가치 있는 존재들이야? 그들을 위해 그만큼의 생명을 포기할 만큼?]

생각해 볼 만한 주제다.

이아나는 제 심장에 엄청난 양의 신력이 끊임없이 솟아나고 있다는 점을 알고 있지만, 그 신력을 알지도 못하는, 특히 생명을 탐해 스스로 라이프를 마시는 사람들을 위해 쓰기는 싫었다.

'하지만 에이지라면 당연히 써야지.'

"불가능하겠군요."

신력에 여유가 있는 이아나가 치료를 선택할 권리를 가진 반면, 신력이 한정된 사키는 정령을 통한 치료가 절대로 불가능하다고 생각하며 고개를 저었다.

이아나는 정령왕들을 돌려보낸 후, 사키에게 말했다.

"혹시라도 저의 도움이 필요하시거든 언제든 말씀해 주십시오. 저의 지인들이 라이프와 관련되어 있어서 치료 방법에 관심이 많습니다."

"그러겠습니다. 그런데 중독 증세는 정령의 힘보다는 우리 의사들이 조합한 약물로 치료하는 게 더 낫겠군요. 천천히, 지속적으로 치료하는 건 정령들의 방식과 같으니까요."

사키와 이아나는 병원으로 돌아왔다. 두어 시간이 지났음에도 리키젠은 여전히 축 늘어진 채 잠들어 있었다.

간호사와 의사가 병실에 없음을 확인한 사키가 리키젠의 손을 잡았다.

우웅…….

사키가 일으킨 새하얀 신력이 리키젠의 손을 통해 쏟아져 들어갔다. 그러자 리키젠의 혈색이 확연히 좋아지는 게 보였다.

"미스틱은 소화가 되는 풀입니다. 하지만 마나를 끌어당기는 성질을 가졌음과 동시에, 다른 것을 붙잡아 놓는…… 그러니까 흡착력이 몹시 강한 풀이기도 합니다. 이건 리본도 마찬가지일 거예요."

사키가 진지한 표정으로 말을 이어 나갔다.

"소화가 될 만큼 시간이 지났음에도 사람의 체내에서 마법이 지속된다는 건, 리본이 완전히 소화되지 않았다는 뜻입니다. 리본에 고정된 마법이 소화를 방해했을 거라고 사료됩니다. 그리고 소화되지 않은 리본은 특유의 흡착력으로 피와 장기에 들러붙어 있겠죠."

"그럼 리키젠의 상태는 정확히 어떻습니까?"

"리본은 소화되면서 중독성을 발현하고, 육체를 망가뜨립니다. 리키젠 군이 중독성에 괴로워하지 않는 것을 보니, 체내의 리본이 많이 소화되지 않은 것으로 보여요. 그러니 병도 다른 사람들보다 더 심하게 앓고 있는 거겠죠."

사키는 풀의 이름과 원인을 알아냈을 뿐인데 이 상황이 생겨나게 된 원리까지 꿰뚫었다. 과연 세계에서 손꼽히는 대마법사이자 의사답다고 해야 하나.

사키는 품속의 주머니에서 백색의 장침 하나를 꺼냈다. 그 침을 리키젠의 손목에 튀어나와 있는 동맥에 찔러 넣었다.

"그건 뭔가요?"

"라이프 검출 아티팩트입니다. 라이프 공장에서 대량의 라이프 샘플을 얻어 연구한 결과 만들어 낼 수 있었어요. 라이프의 원료가 리본이라면, 이 아티팩트로 리키젠 군의 몸에 존재하는 리본의 양을 측정할 수 있을 겁니다. 기다려 보세요."

장침의 색이 천천히 옅은 회색빛으로 변했다.

시간을 재고 있던 사키가 장침을 빼서 색을 살폈다.

"라이프의 원료가 리본인 건 확정이군요. 그리고 검출된 리본의 양은 극소량입니다. 리키젠 군이 앓고 있는 병은 마법을 제거한 후 몸만 잘 추스르면 해결될 거예요."

"마법을 제거하면 리본이 소화되어 중독 증세를 일으키겠지요. 괜찮겠습니까?"

"워낙 소량이라, 중독 증세가 있더라도 시간이 흐르면 자연스럽게 사라질 겁니다. 문제는 빨리 마법을 제거하는 것인데, 웬만한 마법사의 힘으론 불가능할 것 같군요."

사키가 중얼거리며 다시 리키젠의 손목을 붙잡았다. 한참이나 그의 손을 어루만지던 그녀가 문득 묘한 얼굴을 했다.

"다시 보니 마법의 규모가 몹시 작네요. 마법사가 유지하고 있는 마법이 아니라, 아티팩트처럼 한 물체에 고정되어 있는 마법이라 위력이 많이 약해요."

"그래서요?"

"이 정도라면 실력이 아주 좋은 마법사가 집중해서 없앨 수 있을 것 같기도 합니다. 저도 제거할 수 있어요. 지금 제거할까요?"

"……안 됩니다."

"왜죠?"

"바하무트가 공장 파괴범들을 찾고 있다고 합니다. 당신이 방금 말했듯, 이 마법을 제거할 수 있는 이가 얼마 없으니 마법을 제거한다면 바하무트 측에서 제거자를 용의 선상에 올리고 추적을 시작할 거예요. 전에 이사벨라 황녀가 마법 파훼를 느끼고 공장으로 찾아왔던 방식으로요."

"이런."

사키가 곤란한 표정을 지었다. 하지만 곤란한 감정은 금세 자취를 감추었다.

"그럼 마법사가 알아서 마법을 거두기 전까지는 리키젠 군이 버텨 줘야겠군요. 뿌려진 마법들을 보면, 사람들을 죽이는 게 아니라 괴롭히는 게 목적으로 보입니다. 그러니 이건 체력 싸움입니다. 체력을 유지하면서 포기하지 않고 마법에 맞서 싸우는 게 중요해요. 그리고, 리키젠 군이 여기서 더 악화되지 않도록 마법이 퍼지는 발원지를 찾아서 원인을 제거해야 합니다."

"으윽……."

그때, 리키젠이 앓는 소리를 내며 눈을 떴다.

"이, 아나 님……."

이아나를 발견한 리키젠이 잔뜩 쉰 목소리로 인사하자, 이아나는 속으로 안도의 한숨을 내쉬었다. 상태는 형편없었지만, 그래도 오랜만에 들어 보는 리키젠의 목소리였다.

사키의 신력 덕분인지, 얼굴이 열로 상기되어 있긴 했지만 리키젠의 상태는 아까보다 훨씬 나아 보였다.

"저, 낫고 있는 걸까요? 지, 금 좀 괜찮은 것 같은…… 어?"

리키젠이 제 손을 잡고 있는 고운 손을 발견하고, 사키를 쳐다보았다. 사키가 부드럽게 웃었다.

"안녕하세요, 리키젠 군."

"누구……?"

"이아나 님의 친구입니다. 의사예요. 이아나 님이 리키젠 군을 걱정해서 저를 부르셨어요."

"아······."

리키젠이 사키의 손을 쳐다보았다.

따뜻했다.

잡혀 있을 뿐인데, 고통이 사라지며 온몸이 나른해지는 기분이었다.

의사의 손이 이런 느낌이던가?

아니다. 이 사람이 다를 뿐이다.

사키의 특별함을 눈치 챈 리키젠이 다시 이아나를 보았다.

"혹시 제가 지금, 훨, 씬 나은 기분을 느끼고 있는 게 이아나 님이 데려오신 이분 덕, 분인가요? 아니, 맞죠?"

한눈에 봐도 고마워하고 있다. 이아나는 그의 병을 단숨에 고쳐 줄 수 있음에도 방치한 것에 대한 약간의 죄책감을 느끼고 고개를 돌렸다.

"난 한 게 없어. 하지만 이분이 너의 상태를 호전시켜 준 건 맞아."

이아나를 물끄러미 쳐다보던 리키젠이 씩 웃었다.

"감사합니다······. 역, 시 줄을, 잘 섰다니까요."

"······."

"의사 선생님께도 감사, 드립니다. 그런데······ 제가 나을 수 있을까, 요? 이번 병으로 사람이, 좀 많이, 죽은 것 같던데······."

"리키젠 군은 나을 수 있어요. 이아나 님이 계시니까요."

사키가 아무것도 모르는 리키젠의 입장에선 농담처럼 들릴 수밖에 없는 말을 지껄였다.

이지적인 리키젠이 그 말을 곧이곧대로 받아들일 리가 없다. 이아나가 리키젠의 뚱한 반응을 기다리고 있는데, 리키젠이 웃었다.

"흐흐. 그런, 가요……. 그럴 것 같네요."

아프기 때문일까, 리키젠은 신경 쓰지 않는 것을 넘어서 수긍하는 것처럼 보인다.

"이제 원인을 찾아보죠. 전염성이 있는 마법이 아니니 섭식에 문제가 있을 겁니다. 혹시 이 소년이 잘 먹는 음식이 있습니까?"

"리키젠, 하면 빵입니다만."

"빵, 빵이라……."

잠시 고민하던 사키가 리키젠에게 물었다.

"리키젠 군에게 묻고 싶은 게 있어요. 병원에서 주로 먹은 음식이 뭔가요?"

"수프랑, 야채랑, 빵……?"

"그럼 지금 제일 먹고 싶은 음식이 뭐지요?"

리키젠이 멍한 눈으로 사키를 보더니 중얼거렸다. 그의 입에는 침이 고여 있었다.

"빵……?"

사키가 이아나를 보았다.

"일단, 빵집으로 가 보죠."

사키의 손이 리키젠을 다시 한 번 토닥거렸다. 그녀의 백색 신력이 또 한 번 리키젠에게 흘러들어 갔다.

"자, 그럼 리키젠 군. 나을 때까지 부디 버텨 내세요."

리키젠을 격려한 사키가 자리에서 일어나더니, 먼저 문을 나섰다. 뒤따라서 병실을 나서려던 이아나가 뒤를 돌아보았다. 리키젠은 이아나의 뒷모습을 물끄러미 바라보고 있었다.

입술을 열 듯 말 듯 달싹거리던 이아나가 말했다.

"리키젠, 죽지 마."

리키젠이 미미하게 웃었다.

"안 죽, 어요."

그의 목소리는 힘이 없었지만, 읊조려지는 문장은 확신을 담고 있었다.

"왜, 일까요? 사람이 부지기수로, 죽어 나가는 와중에 살 거라고 확신하는 제 자신이 우습긴 한데. 이아나 님이, 계셔서 죽진 않을 것 같다는 기분이 들어요……."

"……."

"절 진짜로, 낫게 해 주고 말고를 떠나서, 의지가 돼요. 다시 생각해도 진, 짜 줄을, 잘 섰다니, 까……요."

이아나는 중얼거리면서 다시 잠에 빠지는 리키젠을 잠시 지켜보다가, 얼굴을 굳히고 문을 나섰다.

문밖에서는 사키가 기다리고 있었다. 그녀가 웃었다.

"갈까요?"

"리키젠이 왜 저렇게 빵을 먹고 싶어 하는 겁니까?"

"리본이 전부 소화되지 않은 건 아닐 거예요. 어느 정도는 소화되어 중독 증세를 일으켰을 겁니다. 리키젠 군은 리본의 존재를 모르니, 자연스럽게 리본 대신 리본이 들어간 음식을 연상했을 거예요. 그게 빵이고요. 아직 빵에 리본이 들어갔을지는 확실하지 않지만요."

이아나는 그녀를 리키젠이 자주 가는 빵집으로 데려갔다. 종소리와 함께 가게로 들어설 때마다 따스하게 맞아 주던 부부는 볼 수 없었다.

굳게 닫힌 문 위로는 건강 악화로 쉰다는 건조한 말이 쓰인 종이 한 장만이 붙어 있을 뿐이었다.

"열려 있는 빵집으로 가 봐요."

그들은 시내에 있는 모든 빵집을 돌았다. 하지만 문을 연 빵집은 하나도 없었다.

"이상하죠?"

"그렇군요. 빵에 리본이 들어갔을 확률이 높겠습니다."

"평범한 빵집 주인이 빵을 굽는 과정에서 리본을 넣을 리는 없을 테니, 원료를 생각한다면⋯⋯."

"밀가루나 물에 리본이 섞여 있을지도 모르겠군요."

"혹시 밀가루 공용 창고가 있나요? 거기에 가 봐요."

그들은 그길로 곧장 창고로 향했다.

창고 앞에서는 농부 한 명이 꾸벅꾸벅 졸고 있었다. 그들이 코앞에 도달할 때까지 깨어나지 못하던 농부는, 이아나가 어깨를 잡고 흔들고 나서야 잠에서 깼다.

"무슨 일로⋯⋯."

찾아온 이들이 평범한 사람들처럼 보이지는 않았기에, 농부가 엉거주춤 일어나며 조심스레 물었다. 눈 밑이 퀭하고 피부가 거칠한 것이, 상태가 좋아 보이지는 않았다.

"안녕하세요, 형제님."

사키가 앞으로 나섰다.

"라오스의 광명이 형제님과 함께하시기를. 저는 라오스 신전에서 라오스 신을 모시고 있는 사키라고 합니다."

"아이고, 사제님."

사키의 고아한 분위기에 감화된 농부가 허리를 꾸벅꾸벅 숙여 댔다.

"확인하고 싶은 게 있어 그런데, 잠시만 창고 문을 열어 주실 수 있으신가요? 아주 잠깐이면 됩니다."

"그게, 사제님."

농부가 난처한 기색을 보였다.

"여긴 개인 창고가 아니라 국가에서 관리하는 공용 창고라서 개방하려면 관리자에게 허가를 받아야 하는데…… 어?"

농부가 이아나를 발견하고 눈을 크게 떴다.

"저기, 혹시 작년 학술제 검술대회에서 우승한……."

부정하기도 뭣해서 이아나가 고개를 살짝 끄덕이자 농부가 펄쩍 뛰었다.

"아이고! 내가 대체 누구 앞을 막아선 거야?"

"허가가 필요하다면 받아 오도록 하죠. 창고의 관리자가 누굽니까?"

"아니, 아니에요. 허튼짓을 하실 분들도 아니고, 잠시라고 하셨으니 열어 드릴게요. 밀가루밖에 없지만 마음껏 둘러보고 가세요."

농부가 창고 문을 헐레벌떡 열었다.

창고 문을 들어서자마자, 이아나는 은밀하면서도 자욱한 마법의 기운을 느낄 수 있었다.

마나를 느끼지 못하는 자라면 절대 알지 못할 것이요, 마나를 느낄 수 있는 자도 가루 때문에 숨이 막히는 거라고 착각할 것이다.

그만큼 마법은 음습하게 제 모습을 감추고 있었다.

"역시 밀가루인 걸까요."

이아나가 포대를 살짝 풀어 밀가루를 손바닥 위에 부었다. 한참이나 하얀 밀가루가 사락거리며 손 위에 쌓여 가는 걸 보고 있던 이아나가 말했다.

"창고 전체에서 마법의 기운이 느껴지는 건 맞지만, 의외로 밀가루에 섞여 있는 리본의 농도는 낮나 봅니다. 마법의 기운이 거의 느껴지지 않아요."

"저도 그렇게 느꼈어요. 병에 걸리는 기준을 알 수 없어서 고민 중이었는데, 밀가루에 섞인 리본의 농도를 보니 그냥 무작위였던 모양입니다. 리본을 먹은 사람이 운이 없었던 거고요."

"밀가루를 많이 먹는 사람은 발병 확률이 높았을 테고요."

손을 털어 내고 밀가루 포대를 다시 묶은 이아나가 이리저리 포대들을 들춰 보고 있는 사키를 보았다.

"마녀가 밀가루에 손을 댄 거라면 어떻게 한 걸까요? 창고가 여기 한 곳도 아니고, 요새 몸을 사리는 중인 마녀가 창고에 쌓인 포대 위에 직접 리본을 뿌리고 다녔을 거라는 생각은 들지 않는군요. 마찬가지로 제분 과정마다 나타나서 뿌렸을 거라는 생각도 안 듭니다."

사키가 손 위에 쌓인 밀가루를 뚫어져라 쳐다보더니 고개를 끄덕거렸다.

"밀가루를 빻는 과정보다는 더 앞선 단계에서 뿌린 것 같습니다. 몇 번만 뿌려도, 효과는 낮겠지만 아주 광범위하게 퍼져 나가는 곳에."

맞는 말이다.

"밀밭도 아니겠군요. 밀밭도 한두 군데가 아니니까."

"그래요. 그보다는 더 근원적인 장소예요. 저는 밀가루를 보면서 느꼈어요."

사키가 밀가루를 바닥에 흩뿌렸다.

"리본은 밀가루의 외부에 섞인 게 아닌, 내부에 존재한다는 걸."

이아나와 사키의 눈이 마주쳤다.

"그 말은, 재배 과정에서 문제가 생겼다는 거죠."

그들은 동시에 한 장소를 생각했다.

그길로 테오도르를 꿰뚫으며 지나가고 있는 강으로 향했다. 강물은 선선한 바람을 맞으며 느린 유속으로 흐르고 있었다.

"강은 아니에요. 조금만 지나도 저 멀리 흘러가 버리니까 리본의 낭비가 너무 심해요. 아마 물을 모아 두는 장소겠죠."

그래서 강의 상류로 향했다. 강의 상류에는 둑으로 막아 둔 댐이 있었다.

"이곳이군요."

이아나와 사키는 보자마자 이곳이 마법의 발원지임을 알았다.

"마법사는 분명, 이곳에 리본을 대량으로 살포한 거예요. 새로운 마법을 새긴 리본을 제조할 때마다 댐이나 저수지에 뿌려 댔겠죠. 테오도르 내에 몇 개 없을 테니까."

이 평범한 댐에는 물 외에는 볼 것이 없어 찾아오는 사람도 없을뿐더러, 수질 관리를 위해 신분이 보증된 사람이 아니면 들여보내 주지 않기 때문에 인적도 드물었다.

이아나는 물 안에 손을 넣어 휘저었다.

물은 아주 깨끗해 보였다. 하지만 마녀가 마법을 새긴 더러운 리본이 이 안에서 떠돌아다니고 있을 것이다.

'죽인다.'

이런 일을 아무렇지도 않게 할 수 있는 마녀가 싫다.

이아나 저도 이득을 위해 생명을 얼마든지 끊어 낼 수 있는 사람이지만, 전시 상황이 아닌 이상 선량하게 살아가던 사람들을 괴롭히지는 않았다.

그것도 그렇지만, 카마트로스의 일에 훼방을 놓는 것도 모자라 친한 이들에게까지 피해를 끼치는 마녀가 혐오스러웠다. 적대감이 샘솟았다.

그 여자는 발견 즉시 척살이다.

일단, 이아나는 만일을 대비하기 위해 이니스를 불러냈다.

[앗, 오늘은 왜 두 번이나…… 꺄아, 물이다!]

이니스는 불려 나오자마자 잔뜩 느껴지는 물의 기운을 만끽하며 날뛰어 댔다.

그는 댐의 물속으로 퐁당 들어가 헤엄치기 시작하더니 돌고래처럼 튀어나오기도 했다.

그런데 즐겁게 헤엄치던 것도 잠시, 댐 한복판에서 폭탄이 떨어진 것처럼 물이 펑 하고 터져 나갔다. 귀여운 물고기였던 이니스가 물의 회오리로 화해 있었다.

[여기 수질이 왜 이래? 더러운 기운이 엄청 많이 섞여 있잖아! 어떤 놈이 내 물에 이런 장난질을 쳐 놓은 거야!]

이니스는 푼수 같던 모습을 버리고 불같이 화를 냈다. 회오리는 댐을 파괴할 기세로 물 전체에서 휘몰아쳤다.

그 모습을 본 이아나는 드래곤이 정령왕들에게 세계의 비밀을 숨기는 이유를 이해했다.

"날 괴롭히고 싶은 게 아니면 그만해."

[으아아아아아…… 응? 널 괴롭히는 거라고?]

이아나의 말에 분노를 가라앉힌 이니스가 다시 물고기가 되었다. 그러자 물은 다시 원래대로 잠잠해졌다.

[이아나, 이게 뭐야? 이 물을 깨끗하게 만들려고 날 부른 거지? 그럼 지금 당장……!]

"아니."

이아나가 부정하자 금방이라도 힘을 쓸 기세였던 이니스가 주춤하더니 울상을 지었다.

[그, 그럼? 날 괴롭히려는 거야……? 나 이거 너무 싫어.]

"그런 거 아냐. 일단, 네가 물속에 있는 더러운 이물질들을 제거하는 게 가능한지 물어보려고 불렀어."

[당연히 가능해. 물은 내 영역이니까! 아, 물론 이물질을 완전히 없애는 건 불가능해. 여기 섞여 있는 거, 폴의 한 종류지?]

"그래."

[이 세계의 모든 폴은 내숭이와 느림보의 속성을 강하게 타고나서, 그 둘과 상성이 좋은 나는 폴을 없애지 못해. 해체하려면 그 둘의 힘을 빌려야 할 거고, 태워 없애려면 다혈질의 힘을 빌려야 할 거야. 난 내 물에서 밀어

내 모아 놓을 수만 있어.]

"밀어내 모은다고⋯⋯?"

이아나는 그 말을 곱씹어 보았다. 그때 사키가 첨언했다.

"잘됐군요. 이니스 님의 힘을 빌려 리키젠 군을 치료할 수 있겠습니다. 마법을 깨서 바하무트에게 추적당하는 것이 문제였지 않습니까? 마법을 깨지 않고 리본만 체내에서 꺼내는 방법을 이용하면 그들의 시선을 피할 수 있습니다."

[난 이아나 네가 원한다면 뭐든 해 줄 수 있어!]

"이곳의 물도 정령왕의 힘을 빌린다면 몰래 정화할 수 있을 거예요."

[그럼그럼!]

같은 생각을 했던 이아나가 고민에 잠겼다.

마음 같아선 바로 리키젠을 치료해 주고 싶다.

그러나 정령의 힘으로 리키젠을 치료할 거라면, 아르하드에게도 말해 줘야 한다. 아르하드도 리키젠에게 관심을 가지고 있기에, 몰래 치료하는 건 불가능했다.

'아르하드는 정령을 싫어하는데.'

하지만 잘 생각해 보면 그가 정령을 싫어하는 건, 정령을 불러낼 때 제가 신력을 소모해야 하기 때문이다. 그가 제 심장에서 로베르슈타인의 신력이 무한하게 샘솟고 있다는 사실을 안다면 어떨까?

"이아나 님."

그때, 사키가 조심스럽게 말했다.

"한 말씀 올려도 되겠습니까?"

"무슨?"

"정령의 힘은 위대한 자연의 힘입니다. 그중에서도 자연의 정점에 속한 정령왕의 힘은 기적과도 같습니다. 그 힘을 빌리기 위해서는 많은 생명을 소모해야만 하죠."

[그렇지. 내 힘은 위대해!]

이아나는 으쓱거리고 있는 이니스를 지켜보았다. 그렇다. 저렇게 촐싹거리고 귀여운 모습을 하고 있어도 이니스는 아주 전설적인 존재였다.

사키가 침착하게 말을 이어 갔다.

"저는 이아나 님이 정령왕들을 이렇게 여유롭게 부르실 수 있는 이유를 알지 못합니다. 하지만 이아나 님이 계속해서 정령왕의 힘을 빌리는 것에 반대합니다."

[아니, 무슨 소리야!]

사키는 파닥거리는 이니스를 무시하고 자신의 생각을 말했다.

"지인들을 위해 이아나 님의 능력을 쓰는 것에는 찬성합니다. 하지만 인류의 위험을 해결하기 위해 당신이 나서야만 한다는 의무감을 가지지는 마세요. 이 문제는 인간이 일으킨 문제고, 인간의 선에서 해결해야 합니다. 이아나 님이 이 사태를 종결시킬 수 있는 힘이 있음에도 침묵하는 것에 자책감을 느끼는 일은 없어야 합니다."

"……."

"로안느 왕국이 무능하지는 않으니, 이미 이번 사태의 원인이 마법이라는 것을 알아챘을 겁니다. 아마 국민들의 동요를 염려해서 입을 다문 채 대책을 마련하고 있겠지요."

"그렇겠죠."

"오늘부터는 리본을 체내에서 제거하는 방법도 연구하겠습니다. 이번 사태를 해결하기 위함도 있지만 리본은 그 활용도가 무궁무진하고, 훗날 바하무트가 리본을 전쟁에 사용할 수도 있으니 그에 대한 대비책을 마련해 두는 게 좋겠습니다."

이아나가 사키를 물끄러미 쳐다보니, 사키가 고개를 숙였다.

"이아나 님은 본인에게 피해가 가지 않을 정도로만 행동하셨으면 좋겠습니다. 이 사태에 책임감을 느끼실 필요도 없어요. 저는 저번 공장 일로, 이아나 님께 너무나 죄송했습니다."

사키가 하는 말을 이해했다.

하지만 사키는 알지 못한다. 이 문제는 단순히, 대단한 마법사가 부린 마법으로 발생한 것이 아니었다.

이 세계 전체에 퍼져 있는 마나.

완전히 죽지 못한 마나의 주인, 악마.

조각조각 나 세상에 흩어진 악마의 파편들.

파편을 집어삼킨 채 이런 일을 벌이는 작자들.

'바하무트 황실이 이 시대의 폭군으로 자리 잡은 건, 종말에 로베르슈타인이 악마를 완벽하게 죽이지 못했기 때문이다.'

전생이 잘못한 일이니 책임감 따위는 없지만, 그래도 뒷짐만 지고 있을 게 아니라 제게 피해가 가지 않는 선에서 사람들을 돕는 게 좋을 것 같았다.

또, 이 사태는 회귀 전에 없었던 일이다. 회귀한 저 때문에 나비효과가 발생했다는 뜻이다.

결론을 내린 이아나가 사키에게 물었다.

"사키, 연구를 할 샘플이 많이 필요하지요?"

"많을수록 좋습니다. 혹시…… 이 물에서 샘플을 얻어 주실 생각인가요?"

"네. 그러면서 마녀의 의심을 전혀 받지 않고 이 물을 자연스럽게 처리할 방법이 생각나서요."

이아나가 고개를 갸웃거리는 이니스를 보았다.

로안느 왕궁에서는 하루에도 몇 번이나 비상 회의가 열렸다.

"대책이 없군, 대책이."

"마법사에게 척살령을 내려야 합니다. 마법사만 죽이면 다 해결될 일이지 않습니까."

"매번 하는 얘기지만, 누구인 줄 알고?"

로안느에 우수한 마법사는 많고, 병의 원인이 사악한 마법이라는 것은 일찌감치 밝혀졌다.

신가드라 솔사비어, 열 명의 대마법사 중 한 명이 애국을 하는 마당에 원인이 파악되는 건 당연했다.

하지만 원인 제공자가 누구인지 감도 안 잡히는 데다, 병을 유발할 수 있는 원인이 '물'이어서, 수뇌부는 아주 조용히 해결 방안을 찾고 있던 중이었다.

왜냐하면 물을 마시지 않고 살 수는 없으니까.

또, 오염된 물을 머금은 땅에서 나고 자란 작물들은 죄다 병들었을 확률이 높다. 뭘 먹더라도 안심할 수 없었다. 이런 현실이 알려지면 국민들은 심하게 동요할 것이다.

병의 원인이 마법이라는 게 밝혀진 순간부터 마법사를 찾아 죽이자고 끊임없이 주장해 왔던 귀족이 강한 어조로 말했다.

"솔사비어 공작께서, 수준급 마나 제어자가 아니면 이번 사태를 일으킨 마법을 풀기 어렵다고 말씀하셨습니다. 그렇다면 범위는 아주 대단한 마법사로 좁아집니다. 전국에 수배령을 내리고, 국내에 있는 고위 마법사들을 모두 소환하여 검사해야 합니다."

상석에 있던 슈나이더가 미간을 찌푸렸다.

"다시 한 번 말하지만, 마법사들은 개인주의적인 성향이 강하고 자존심이 아주 세다네. 실력이 좋을수록 그 정도는 더 심하지. 로안느에 심한 반감을 가질 거야."

슈나이더가 자세를 바로 하며 표정을 굳혔다.

"물론 이런 상황에서 그런 것들을 따지는 것은 아니네. 그러나 그들을 불러들여 무엇을 어떻게 검사할 텐가, 이게 내가 걱정하는 부분일세. 내가 마법사라서 하는 소리지만, 실력을 감추고자 한다면 얼마든지 감출 수 있거든. 확실한 방법이 없다면, 마법사들과 척을 지고 싶은 게 아닌 이상 그들을 소환해 검사하는 방법은 무익하네. 무엇보다 로안느의 마법사가 아닐 가능성도 있지 않은가?"

"……."

"그렇다고 해서 마법사를 추적하지 않는 건 아닐세. 추적 전문가들이 비밀리에 총력을 다해 찾고 있는 중이니 그들을 믿고 기다리게. 우리가 지금 집중해야 할 사안은 마법이 깃든 물질의 제거 방법일세."

슈나이더는 이어서 근본적인 원인의 제거 방법을 찾지 못한다면 이런 사태가 몇 번이고 벌어질 수 있다고 주장했다.

"나, 솔사비어 공, 그리고 몇몇의 마법사가 마법을 해제할 수 있음을 확인했지만 우리도 인간이며, 모든 병자의 병을 치료하는 건 무리일세. 그러니 우리는 마법이 아닌, 마법이 깃든 '미지의 물질'을 제거하는 방법을 찾아야 하네. 그렇게 되면 오염된 물과 땅도 정화할 수 있을 거고, 병도 없앨 수 있을 걸세. 재발을 방지할 수도 있겠지."

맞은편에 앉아 있던 페르난도가 빈정거리며 말했다.

"그게 언제 되느냐가 문제지."

몇몇 귀족이 동의하며 고개를 끄덕였다. 힘을 얻은 페르난도가 계속해서 말했다.

"어쨌든 마법이 국민을 괴롭히는 건 사실이다. 네 말에도 일리는 있지만 난 국민들에게 알릴 건 알려야 한다고 생각한다만. 이제부터라도 마법사들의 검수를 거쳐 이상이 발견된 테오도르산 작물을 폐기 처분하고, 저수지와 댐은 막아야 한다."

"……."

"다른 지역의 잉여 작물을 거둬 테오도르에 공급하되, 앞으로 이 사태가 몇 년이 갈지 모르니 타국에서 물과 작물을 수입하는 조약을 맺어야 해. 어떤 값을 치르더라도……."

처음에는 마법이 기침만 유발했기에 치명적인 병은 아니라고 판단, 국민들에게 공표하지 않고 일을 해결하고자 비밀리에 움직였다.

그러나 병이 변화하여 사망자가 기하급수적으로 늘어나는 현재,

계속 숨길 수는 없음을 슈나이더도 인지하고 있었다.

앞으로 타국에서 물과 작물을 수입해야 한다는 페르난도의 말에, 슈나이더는 갑갑함을 느꼈다. 로안느의 국력이 약해지는 소리가 들렸다.

그리고 병의 원인이 알려질 경우, 사태가 끝날 때까지 지속될 국민들의 동요와 불안감은 또 어찌할 것인가?

미지의 대마법사에게 노려진다는 스트레스는 마나에 대한 거부감으로 이어질 터다. 거부감은 마나에 기반한 모든 국가적인 기능들을 마비시켜 사회 전반에 문제를 일으킬 것이다.

그러나 해결할 방법이 없었다.

그때, 페르난도가 또 한 번 빈정거렸다.

"슈나이더, 너는 아직도 반대인 거냐? 마법사인 너의 지지도가 떨어질까 저어하여 이 일을 감추자고 주장하는 게 아니냐?"

"우스운 말을 하는군요, 형님."

슈나이더가 냉정한 낯을 했다.

페르난도는 검의 길을 택했으며, 슈나이더는 마법의 길을 택했다. 이로 인해 지지층도 업종별로 나뉜 편이었다.

이번 일로 인해 지지도가 낮아지는 건 기정사실이다. 그러나 슈나이더는 페르난도에게 이길 자신이 있었고, 지지도는 문제가 되지 않았다.

"형님의 말에도 일리가 있음을 인정합니다."

슈나이더는 결국 문제점을 설명하는 것을 포기했다.

이제 결정권은 상석에 앉아 있는 국왕에게 있었다.

"두 왕자 모두 옳다."

이전보다 훨씬 병든 국왕이 초췌한 얼굴로 말했다.

그의 상태는 전쟁이 코앞으로 다가왔음을 의미했다.

라이너스 왕자는 너무 어린데다 세력이 약해 상대가 되지 않으므로 권력자들의 안중에서 벗어났다. 왕위 쟁탈전은 왕세자 페르난도와 2왕자 슈나이더의 일대일 대결이 되었지만, 루리아에게 눈이 먼 국왕은 슈나이더가 아무리 많은 공을 세워도 페르난도를 왕세자로 고집했다.

이 상태로 국왕이 사망한다면 왕세자인 페르난도가 왕이 될 테고, 슈나이더를 포함한 세력들이 축출되는 건 당연하다. 억울하게 죄를 뒤집어쓰고 제거당할 수도 있다.

그러니 전쟁밖에 없다.

양측은 조용히 전쟁을 준비하고 있었다.

"11월 중순의 수확제는 예정대로 한다. 준비를 했으니 하기는 해야지. 그 전까지는 타국과 작물 수입 조약을 최대한 유리한 조건으로 체결하는 데 집중한다."

만약 타국이 테오도르에 발생한 병의 원인을 알게 된다면, 조약의 무게는 타국 쪽으로 심각하게 기운다.

"그리고 수확제 때 병의 원인을 전국에 공표하고 테오도르산 작물과 물을 폐기하도록 한다."

국왕은 국정을 논하기에는 심하게 병들어 있었고 회의에도 몇 번 참석하지 않았지만, 그 판단은 모두가 옳다고 생각하며 고개를 숙였다.

"대체 어떤 미친 마법사가 이따위 짓을 벌였단 말인가?"

슈나이더가 분노를 참지 않으며 소파에 거칠게 앉았다.

"솔사비어 공, 일은 어떻게 되어 가고 있는가?"

회의 내내 입을 다물고 있던 신가드라 솔사비어는 슈나이더의 방에 와서야 입을 열었다.

"진척이 없습니다. 해결될 거라고도 말씀드릴 수 없습니다. 방어계열 전문 마법사인 저는 식물 쪽 지식이 미천하여, 이번 사태를 연구하는 것이 너무 어렵습니다. 무엇보다, 샘플 확보가 너무 힘들어서 제대로 연구할 수도 없습니다."

"물에 녹아 있는 양이 심각할 정도로 적다고 하였던가. 하아. 답이 없군. 가 보게."

슈나이더가 지끈거리는 이마를 짚는 모습을 끝으로 신가드라는 제 저택으로 돌아왔다.

"하아."

그는 답답한 속을 억누르며 외투를 벗었다. 그때, 주인의 옷을 받아 챙기던 집사가 조심스럽게 말했다.

"주인님, 손님이 응접실에 계십니다."

"손님? 내가 당분간은 방문객을 받지 않겠다고 말했을 텐데."

신가드라가 신경질적으로 대답하자 집사가 난처한 얼굴로 말했다.

"그것이…… 제가 결정할 수 있는 선이 아닌 듯하여."

집사는 증조부 때부터 가문 대대로 솔사비어 가문에 충성을 다해 온 집안 출신이다. 집사의 깊은 충심을 알고 있던 신가드라가 의아함을 느꼈다.

"누구기에 자네가 이러는가?"

"직접 만나 보시는 게 어떻겠습니까? 거짓말을 할 사람으로는 안 보였습니다만…… 자신의 이름을 사키 셀츠라고 밝혔습니다. 대마법사 중 한 사람이요."

"……!"

신가드라는 뛰듯이 걸어 응접실로 향했다. 문을 활짝 열어젖힌 그는 익숙한 얼굴을 볼 수 있었다. 응접실에서 따뜻한 차를 마시고 있던 사람이 찻잔을 놓고 천천히 일어났다.

"오랜만이군요, 신가드라."

"……사키."

신가드라는 놀란 기색을 감추지 못했다.

"정말로 사키입니까?"

"그래요."

신가드라는 얼떨떨한 낯으로 사키의 맞은편에 앉은 후, 저를 바라보고 있는 그녀의 얼굴을 뜯어보았다.

"소문으로, 당신의 외양이 변하지 않는다는 얘기는 들었습니다만 정말로 몇십 년 전 봤을 때와 똑같으시군요. 아니, 더 젊어진 것 같기도 합니다."

사키가 고요하게 웃었다.

"제가 변하지 않았나요?"

"……물론 분위기는 좋은 쪽으로 변한 것 같긴 합니다. 당신은 생체 실험을 아무렇지도 않게 하던, 뛰어난 의사이자 잔인한 마법사였으니까. 그때는 가까이하기 어려운 분위기를 풍기셨는데 지금은 정말 온화해지신 듯합니다."

그는 청소년 시절 사키와 인연을 맺었다.

사키는 그때도 유명한 의사였으나, 아는 사람들 사이에서는 사이코라고 불릴 정도로 생체 실험을 많이 하던 여자였다. 그녀는 자신의 의술을 발전시키는 데 미쳐 있었다.

주로 전쟁터에서 적군을 상대로 실험했다지만, 그녀는 몹시 잔인했다. 하지만 그녀의 의술과 마법은 지나치게 뛰어났으며, 그녀에게 도움을 받은 이도 적지 않았으므로 누구도 그녀를 제재하지 않았다. 오히려 지원하기까지 했다.

신가드라는 그 시절의 그녀에게 치료를 받은 것을 계기로, 그녀가 솔사비어 가문에 머물며 지원받는 동안 마법을 수학했다. 하지만 방랑자의 기질이 있는 그녀는 어느 순간 말없이 사라져 버렸다.

그랬던 그녀가 십여 년 후, 치유마법의 대가가 되어 열 명의 대마법사 중 한 명이 되었다는 소식을 들었다.

"라오스 신의 은총이지요. 저는 그 시절의 저를 반성하고 있습니다."

"그렇군요. 그런데 여긴 왜……."

중얼거리던 신가드라가 눈을 크게 떴다.

사키 셀츠스, 이 상황에서 가장 반가운 사람이 아닌가.

"혹시 테오도르에 창궐한 병 때문에 오셨습니까?"

"그래요. 병이 있는 곳이 바로 제가 있을 곳이니까."

신가드라의 얼굴이 확 폈다. 사키 셀츠스는 그가 아는 한 최고의 의사이자, 병과 식물에 한해서는 타의 추종을 불허할 정도로 심도 있게 연구한 마법사다. 그녀라면 이 일을 해결해 줄 수 있을지도 모른다.

"아, 그럼 제가 설명을……."

"그럴 필요 없어요. 이미 모든 걸 파악하고 있으니까요."

'리본'과 블랙폭시 소속의 마법사에 대한 정보는 신가드라에게 순조롭게 전수되었다. 이아나의 얘기가 나오지 않을 수는 없었기에, 이아나는 '친한 이종족 지인'으로 표현되었다.

이아나와 상의하여 풀기로 한 만큼의 지식을 모두 전한 사키가 신가드라의 답을 기다렸다.

"이 또한 블랙폭시의 짓이었다니……. 블랙폭시 측에 이런 짓을 벌일 수 있을 정도로 대단한 마법사가 있단 말입니까?"

신가드라가 심각한 표정을 하고 말했다. 사키는 그를 물끄러미 쳐다보다 눈을 감았다.

블랙폭시는 바하무트의 수족이다. 블랙폭시가 바하무트 소속이라는 것을 알리면 앞으로 무수하게 발생할 희생자의 수를 줄일 수 있다.

하지만 이아나가 말하지 말라고 부탁했으므로, 사키는 침묵을 지켰다. 이아나가 속한 조직은 로안느의 혼란을 바라고 있었고, 사키는 그들을 존중했다. 그녀는 위대한 의사이지만, 권력자들의 야심 또한 이해하고 있었다.

"이종족 친구에 대해서는 당신과 왕자만 알고 계세요."

"물론입니다. 친구분이 이렇게 도움을 주신 것만으로도 감사할 뿐입니다. 리본이라…… 정말 끔찍하군요."

"신가드라, 우리가 앞으로 해야 할 일은 마법이 풀린 이후, 리본의 중독 증세를 치료하는 방법을 찾는 거예요."

"저도 그렇게 판단했습니다."

"하지만 본격적인 연구에 들어가기 전에, 물에 녹아 있는 리본을 분리해 낼 필요가 있어요. 환자가 더 늘어나는 걸 막고 샘플을 확보하기 위해서요."

"리본은 미세입자의 형태로 녹아 있어 걸러 내기 어렵습니다. 어떻게 분리한다는 말씀입니까?"

신가드라가 난처한 얼굴로 물었지만, 사키는 대수롭지 않게 대답했다.

"물의 흐름을 막고 있는 둑을 모두 무너뜨려요. 물을 모두 바다로 흘려보내는 거예요. 그 뒤로는 알아서 할게요."

"그건 안 됩니다. 로안느는 물 부족 국가이기도 하고, 바다로 흘려보냈다가 잘못해서 어류에도 리본이 전이되면 어쩝니까?"

"걱정 말고 우리를 믿어요."

"어떻게 걱정을 안……."

"비가 한동안 아주 많이 올 예정이에요."

신가드라가 창밖의 하늘을 보았다. 가을 하늘은 아주 높았고, 태양은 따스한 볕을 뿜어냈다. 장마철은 지난 지 오래였다.

"날이 이렇게 맑은데……."

"비는 반드시 와요. 당신은 비가 쏟아지기 시작하면 홍수를 핑계로 둑 전부를 무너뜨려서 흘려보내도록 하세요. 나머지는 저와 제 지인이 해결할 테니까."

며칠간, 로안느 관리들은 식량을 주로 취급하는 상단이나 타국

과 계약을 맺느라 바쁘게 뛰어다녔다.

 정보가 생명이라고 할 수 있는 국가적 기관이나 상단 중에 테오도르의 상황을 모르는 곳은 없었다. 이런 상황에서 로안느가 물과 식량을 대량으로 구매하겠다고 나서자 식량이 전염병의 원인인가, 하고 의심하는 이들이 많았다.

 하지만 강수량이 세계 평균에 못 미치는 로안느가 가을쯤 식량을 수입하는 건 매년 있어 왔던 일이고, 올해는 전체적으로 풍년이라 작물이 남아돌아 어디다 판매할 필요가 있었으며, 무엇보다 식량 쪽에 문제가 생긴 거라면 도의적으로라도 계약을 거절할 수 없었다. 로안느에 우호적인 곳은 더욱 그랬다.

 계약은 판매하는 측이 평소보다 더 많은 이득을 얻도록 불공평하게 맺어졌지만, 로안느 측이 손해를 많이 본 건 아니었다.

 문제는 판매를 거부하는 국가나 상단도 많아서 구매 목표량을 반도 채우지 못했다는 것이다.

 전염병 지역으로 직원을 보내기 싫다는 둥, 일정이 바쁘다는 둥 이리저리 핑계를 대며 거부하는 이들의 속셈은 뻔했다. 그들은 계약의 무게가 자기들 쪽으로 심각하게 기우는 때를 기다리고 있었다.

 쿠릉, 쿠르릉…….

 그사이, 청명했던 가을 하늘에는 뿌연 구름이 하나둘 끼기 시작했다. 푸른 하늘을 흐릿하게 뒤덮은 구름은 금세 새카맣게 변해 존재감을 과시했다.

 두껍고 까만 먹구름의 위세는 이번에 내릴 비가 범상치 않을 것임을 짐작게 했다.

병 때문에 신경이 날카롭게 곤두서 있던 사람들은, 이 비도 무슨 문제를 일으키지 않을까 불안해했다.

쏴아아아아.

마침내 비가 내리기 시작했다.

예상했던 대로, 비의 기세는 심상찮았다. 며칠이 지나도 그칠 줄을 모르고 폭발적으로 쏟아져 내렸다.

테오도르를 관통하며 흐르는 강은 금방이라도 넘쳐서 그 근방을 집어삼킬 것 같았다.

"라오스 신이 노하신 게야……."

"아아, 신이여."

사람들은 테오도르 전체가 물에 잠길 거라는 비관론을 떠들어댔다. 신의 분노를 주장하며 용서를 빌어야 한다는 목소리가 커져 갔다. 우울한 분위기는 병보다 더 빠르게 테오도르 전역에 전염되었다.

로안느의 상부에는 비상이 걸렸다.

"어찌해야 합니까?"

로안느에서는 병의 원인인 물을 외부로 흘려보내지 않기 위해 저수지와 댐의 문을 폐쇄하고 있는 상태였다.

하지만 홍수를 막으려면 강의 둑을 높게 쌓고 저수지와 댐의 문을 모두 개방해야 했다.

"……."

답이 없다. 모두가 꿀 먹은 벙어리가 되어 있는 와중에 슈나이더는 팔짱을 낀 채 눈을 감고 있었다.

페르난도가 쯧, 하고 혀를 찼다.

"비가 오는 기세를 보니 하루 이틀 사이에 끝날 것 같지도 않은데 우리에게 선택지가 있나? 어차피 흘러넘칠 거, 물이 더 모여서 폭탄처럼 터지기 전에 내보내야 할 것 아닌가."

"하지만 오염된 물이……."

"그래서 대책이라도 있나? 없으면 입들 닥쳐!"

페르난도가 신경질을 냈다. 하지만 관료들은 걱정을 그만두지 못하고 문제점들을 계속해서 떠들어 댔다.

"수확제에서 병의 원인을 밝히기로 했으니, 오염된 물이 방류됐다는 걸 모두가 알게 될 텐데요."

"그건 그때 일이지. 테오도르 전체를 물에 잠기게라도 할 텐가?"

"전 국가가 비난할 겁니다."

"무슨 상관이지? 로안느는 최강의 국가다. 수많은 버러지들이 짖어 대더라도, 우리의 위상에는 변화가 없을 것이다."

"하지만 식량을 수입해야 하지 않습니까? 반발심을 사면 안 됩니다."

"식량은 이때까지 쌓아 온 부로 해결하면 돼. 돈으로 해결하지 못하는 것은 없지."

"작물값이 천정부지로 치솟아 굶주리는 백성이 많을 것입니다."

페르난도가 오만한 얼굴로 말했다.

"어쩌겠나? 돈 없는 자들의 숙명인 게지. 병든 작물은 창고에 많이 쌓여 있네. 식량이 모자란다면 그거라도 먹으면 될 일이다. 그 부분은 우리가 어찌할 수 없어."

"……."

관료들이 불편한 얼굴로 침묵을 지키는데 슈나이더가 드디어 입을 열었다.

"형님 말대로 저수지와 댐의 문을 개방해야 합니다."

페르난도와 앙숙인 슈나이더까지 찬성을 하고 나섰다. 그 방법밖에 없음을 알고 있음에도 다른 방법이 있지 않을까 고민하고, 또 고민하던 관료들은 고개를 수그렸다.

"차라리 잘된 일입니다. 오염된 물을 평생 썩히고만 있을 수는 없습니다. 폭우 때문에 물의 유속이 빠를 때 방류하는 게 최선입니다. 오염된 물은 다른 땅을 오염시키지 않고 바다로 빠르게 흘러갈 테고, 우리는 깨끗한 물을 새로 받을 수 있겠지요. 욕은 감수해야 합니다."

차분하게 이어지는 조리 있는 설명에 납득한 관료들이 고개를 끄덕거렸다.

"맞는 말씀이십니다."

"이미 재배된 작물들은 어쩔 수 없지만, 폭우로 인해 물과 땅이 깨끗해질 테니 내년의 농사는 문제가 없을 겁니다. 우리 로안느에 축적된 부가 사상 최고이니, 피해자들에게는 아낌없이 구호물품을 지원합시다."

"……흠."

사사건건 시비가 붙는 슈나이더와 뜻밖에도 합이 맞자 페르난도는 제가 한 말을 뒤집어야 하는 거 아닌가, 하는 청개구리 같은 기분을 느꼈다.

하지만 어머니가 말한 것도 있고, 발병 원인이 사라지면 우느라 시끄러운 개돼지들이 더 늘어나지 않을 거라는 생각에 페르난도는 그런 생각을 접었다.

"이물질 제거 방법은 언제 개발되는데? 솔사비어 공이 책임자로 있는 걸로 알고 있는데⋯⋯."

그래도 시비는 한번 걸어야 직성에 풀렸기에, 페르난도가 빈정거렸다.

신가드라 솔사비어는 무서운 대마법사였지만, 뼛속 깊이 슈나이더의 심복인지라 적대감이 두려움을 앞섰다.

슈나이더는 그를 흘끔 쳐다보고는 어깨를 으쓱거렸다.

"그건 제가 알 수 없는 노릇이지요."

그리 말하면서, 슈나이더는 다른 생각을 하고 있었다.

'블랙폭시는 대체 어떻게 된 놈들인가? 정말 난놈들이군. 이런 사태를 일으킬 수 있는 대단한 마법사가 소속되어 있다니.'

영민한 슈나이더는 저번에 왕궁에 저주를 건 마법사 또한 블랙폭시 소속임을 확신했다.

'감히.'

불쾌감이 울컥 샘솟았다. 그때의 마법 때문에 후유증을 겪고 있는 이가 한둘이 아니었다.

사람들이 가슴 깊숙한 곳에 숨긴 채 외면하고 있던 트라우마가 적나라하게 드러났고, 트라우마는 계속해서 상기되며 우울증을 유발했다.

그런데 이번에는 병을 퍼뜨리고 국가 전체에 타격을 주기까지⋯⋯.

'이런 일을 벌일 수 있는 마법사가 한둘이 아니라면 곤란하다.'

신가드라 솔사비어는 명실상부한 로안느 최고의 마법사다. 그런 그조차 상대하기 버거운 마법사들이라면, 로안느는 무기력하게 당할 수밖에 없다.

'대안은 이종족이다.'

국왕탄신일 파티에서 보았던 신비한 이종족은 신묘한 붉은 힘으로 마법을 해제했다. 이번엔 비가 내리는 것까지 예측했으며 심지어 물에 녹아 있는 미지의 물질까지 거둬 주겠다고 말했다.

'아니, 예측이 아니라 비를 불러온 것일지도 몰라.'

이종족에게 욕심이 났다. 마음 같아서는 시아이외를 협박해서라도 그때의 이종족을 데려오라고 하고 싶었다. 하지만 시아이외가 얼마나 강경한지, 한 번만 더 이야기를 꺼냈다간 적대 관계로 돌아설 판이라 마음을 접었다.

솔사비어 저택에 머물고 있는 사키 셀츠스를 찾아가 머리를 숙여서라도 이종족과 친분을 맺고 싶었다. 그러나 사키는 신가드라를 제외한 누구도 만나고 싶지 않아 했다.

사키는 로안느의 왕자인 저만큼 어마어마한 거물인데다, 신가드라의 말에 의하면 선을 넘는 것을 몹시 싫어하며 넘은 대상에게 아주 냉정해진다고 하므로 억지를 부릴 수도 없었다.

그렇다고 해서 이종족을 직접 찾아갈 수도 없다. 슈나이더는 인간에 대한 이종족의 증오를 알고 있었다.

그들의 증오를 푸는 건 개인의 힘으로는 불가능하다. 슈나이더가 그들과 관계를 맺는 데 성공하여 로안느로 불러들인다 하더라도 욕망을 이기지 못한 다른 인간들이 그들을 가만두지 않을 것이다.

'그런데……'

슈나이더는 고민에 빠졌다. 대마법사조차 대적하기 어려운 적들이 초래한 국가적 위기. 그리고 이를 오랜 시간 이겨 내 온 로안느…….

기시감이 들었다.

'이와 비슷한 사례가 적혀 있는 서적을 읽어 본 적이 있어.'

내용이 대강 생각이 나긴 하는데, 거기서 묘사하는 적과 지금의 적이 같다고는 생각하고 싶지 않다. 만약 제 추측이 맞다면 바로 전시 상황에 돌입해야 했다.

슈나이더는 회의가 끝나고 왕실 비고에 가 봐야겠다고 생각했다.

슈나이더와 페르난도가 몇 번 더 날 선 공방을 주고받은 후 회의가 끝났다. 국왕은 미령한 몸 상태 탓에 오늘 회의에 참석하지 못했으므로 왕세자 페르난도에게 최종 결정권이 있었다.

"저수지와 댐의 문을 개방한다!"

콰르르릉!

그의 명령이 떨어진 지 얼마 지나지 않아, 물의 흐름을 막고 있던 모든 문이 열렸다.

고여 있던 물들이 사납게 쏟아져 내리며 하류로 흘러갔다. 거침없는 물의 기세에 모두가 겁에 질려 파르르 떨었다.

하지만 비는 사람이 사는 구역을 침범하지 않을 정도로만 내렸다. 깨끗한 물은 오염된 물을 휘어잡은 채, 더러워진 흙들을 씻어 내며 머나먼 바다로 흘러갔다.

"요즘 분위기가 어수선한데 비까지 오니까 우울해요."

프리실라가 축 처진 채 중얼거렸다.

"동기들이 많이 아파서 수업은 다 휴강이에요. 저도 한때는 기침 때문에 죽는 거 아닌가 싶었는데, 나아서 정말 다행이라고 생각해요."

프리실라가 건강한 모습으로 투덜거릴 수 있는 건 이아나가 신경을 써 준 탓이다. 그녀가 콜록거리다 잠든 틈을 타 이니스에게 부탁해서 리본을 빼 주었기 때문이다.

"⋯⋯."

이아나는 기숙사 침대에 앉아서 창밖의 비 내리는 풍경을 감상하고 있었다.

댐에서 리본을 거두었다면 십에 십의 확률로 마르가리타의 의심을 샀을 터였다.

그래서 마녀의 눈을 피해 비의 형태로 깨끗한 물을 쏟아붓되, 바다로 흘러간 리본은 모조리 긁어모아서 샘플로 만들고 있는 중이었다.

이아나의 신력을 먹으며 내리는 폭우지만, 토우가 이사벨라를 상대할 때 그리했듯 이니스가 신력을 제 빛으로 물들여 소모했기에 누구도 이 비가 인위적이라는 것을 눈치 채지 못했다.

'답답하군.'

이런 짓까지 해 가며 정체를 숨겨야 한다니.

마음 같아서는 바하무트와 정면으로 붙고 싶었다. 하지만 바하무트의 괴물들을 상대하기엔 아직 제 힘이 부족했다. 또, 바하무트가 오랜 기간 축적해 온 힘은 세상을 집어삼키고도 남는다 하니, 그에 맞설 준비가 될 때까지는 정체를 감추고 있어야 했다.

'어서 그날이 왔으면 좋겠네.'

그리 생각하며, 이아나는 세차게 대지를 두들기는 빗줄기를 바라보았다. 붉은 눈에 이채가 감돌았다.

'굉장해.'

신력이 쭉쭉 빠져나가는 게 영 좋은 기분은 아니지만, 그 결과가 이런 기적이라면 불쾌감 정도야 얼마든지 감당할 수 있다.

[기분 좋아!]

저 멀리 하늘을 쏘다니고 있을 이니스의 외침이 영혼에 닿았다. 이니스는 구름 위를 첨벙첨벙 헤엄치며 깨끗한 물을 만드느라 신이 났다.

"……"

너무나 대단한 힘이다.

신력이 한정되어 있었다면 쓸 수 없는 기적이었다.

하지만 테라노우딘의 말처럼, 이아나의 심장에서는 신력이 무한하게 쏟아져 나왔다. 이니스에게 며칠 내내 신력을 공급해도 그녀의 심장은 항상 신력으로 꽉 차 있었다.

사키는 이아나에게 기적을 남용하지 말아야 한다고 말했지만, 그럼에도 이아나가 정령왕의 힘을 사용하겠다고 하자 더 충고하지 않았다.

'천칭은 균형을 추구한다고 했어.'

이아나는 사키의 충고를 들은 후부터 계속해서 고민에 빠져 있었다.

'내게 이런 기적을 일으킬 힘이 주어졌다는 건, 이 힘으로 해야할 일이 있다는 거야. 그게 뭐지?'

바하무트 황족은 아니다. 회귀 전, 아르하드는 그녀 없이 혼자서 황족을 완벽하게 제거했었다.

그러니 이 기적에 대적할 수 있는 존재는 같은 신화적 존재인 악마뿐이다.

드래곤은 그녀가 강해져서 악마의 심장에서 검을 뽑아야 한다고 말했다.

'검을 뽑는 게 해야 할 일인가?'

너무 간단한 일이라 균형이 맞지 않았다. 악마의 심장에서 검을 뽑은 후에도, 이 강력한 힘은 계속 제 심장에 잔재하며 저를 최강자로 만들어 줄 테니.

'검을 뽑은 후에도 할 일이 있는 게 아닐까?'

고민을 이어가던 이아나는 생각을 접기로 했다.

운명이 존재한다면, 알아서 저를 인도할 것이다. 저는 그냥 제가 하고 싶은 일을 하고 있으면 된다.

'그런데 검을 뽑으면 악마는 어떻게 되는 거고 파편 수혜자들은 어떻게 되는 걸까? 아르하드에게 피해를 주는 건 아닐까?'

아르하드에게 해를 끼친다면 운명이든 뭐든 하지 않을 것이다. 운명은 인도하기만 할 뿐, 선택은 제 몫이므로.

'그나저나 며칠 후가 라오스감사절……'

이아나는 건국일, 국왕탄신일, 라오스감사절, 이 세 날에 열리는 파티에 참석하기로 사라체와 약속했었다.

파티가 취소되기를 바랐지만 결국에는 예정대로 열린다고 하니 준비를 해야 했다.

'그래도 어수선해서 괜찮겠어.'

“짜증 나.”

창밖을 내다보던 마르가리타가 욕설을 지껄였다.

“갑자기 무슨 폭우야.”

“리본을 쓸데없이 다 날려 먹게 생겼군.”

페인이 한숨을 쉬었다.

“마법을 고정한 리본을 댐과 저수지에 뿌려 장기적으로 피해를 주는 전술은 어려울 것 같네. 비 한번 거세게 왔다고 다 흘러가 버렸지 않나.”

“흠.”

마르가리타는 변수를 인정하며 고개를 끄덕거렸다.

그녀는 비가 와도 별문제 없다고 생각했었다.

4대 자연 요소 중 물은 유동적인 특성이 강하고 흙은 고정적인 특성이 강하다.

리본은 흙과 상성이 좋기 때문에 물에 녹아 있더라도 흙에 닿기만 하면 물을 떠나 흙에 흡착하는 성질을 가지고 있었다.

그런데 빗줄기가 거세었기 때문인지, 흙에 달라붙지 못하고 그대로 로안느를 벗어나 바다로 떠내려가 버렸다.

“저수지와 댐의 문을 개방하면 흙에 죄다 녹아들어 가서 땅을 제대로 오염시킬 줄 알았는데 말이지. 예상이 빗나갔네.”

마르가리타는 바하무트로 돌아가면 리본의 이 단점을 개량하는 데 매진해야겠다고 결심했다.

“마법의 기운을 알아차린 놈들 때문에, 마법을 고정할 수 있는 물질이 존재한다는 것도 알려졌고. 이러다가 리본의 제거제나 중독성 치료제라도 개발되면……."

"걱정 마요. 우리가 개량한 리본은 만만하지 않으니까."

무표정하던 마르가리타가 입꼬리를 말아 올렸다.

"물은 이미 다 떠내려갔다지만, 그래서 어쩔 건데? 이미 테오도르 거주민 대다수는 병들었어요. 리본을 체내에서 없애지 않는 한, 내가 마법을 풀어 주지 않는다면 병자들이 나을 일은 없어."

"흠. 그렇지. 아쉽긴 하지만 자네 덕분에 얻은 이득은 이미 많아. 오염된 물을 바다로 방류했다는 것에 대한 로안느의 국가 이미지 손상도 있을 테고, 테오도르에서 재배된 작물들에 리본이 들어가서 아쉬운 소리를 잔뜩 해 가며 작물을 수입하느라 재정도 박살 날 테고. 우리는 거기에 껴서 비싼 값에 작물을 팔아먹을 예정이니 일석삼조지."

"그래서 말인데요. 비가 그친 후에 또 뿌리면 안 되려나?"

"그건 어렵지 않을까 하는데. 로안느 놈들이 댐과 저수지의 경비 인력을 대폭 늘렸다는군."

"실험해 볼 마법이 산더미같이 있었는데, 아깝네."

마르가리타가 혀를 찼다.

"그럼 마법을 푸는 기간을 뒤로 늦출래요. 이런 대규모 임상 실험은 바하무트에서도 잘 할 수 없으니까, 이참에 건강한 일반인을 대상으로 실험해서 리본의 성질을 재검토해 보고 싶어요."

"그러시게. 자네가 우리 쪽 주요 인물들의 마법은 착실하게 풀어 주고 있기도 하고. 문제는 없을 것 같네."

맨 처음 마르가리타가 일을 벌였을 때 그녀를 신뢰하지 못해 불안했던 페인은, 마르가리타가 의외로 부지런하게 움직이자 마음이 느긋해진 상태였다.

페인의 병원은 마르가리타가 가끔 무작위로 마법을 해제해 줌으로써 괴질을 치료해 주는 곳이라고 입소문이 나, 수입이 눈에 띄게 늘었다.

하지만 돈보다 더 큰 이익을 얻었다. 꽤 세력 있는 귀족들도 병원에 많이 입원한 덕분에, 치료약이랍시고 준 약에 리본을 대량으로 섞어 그들을 중독시킬 수 있었다. 블랙폭시의 꼭두각시 신세로 전락시켰다는 뜻이다.

또 블랙폭시가 영향력을 미치고 있는 상단과 왕국들을 압박하여 로안느와의 계약을 불발시키고, 차후 로안느에 비싸게 팔아먹을 작물과 물을 순조롭게 준비 중이었다.

콰르르르릉!

폭우는 폭풍으로 변이했다.

번쩍!

번개가 쳤다. 시야를 순간적으로 백색으로 물들이는 그 강한 빛에 마르가리타가 미간을 찌푸렸다.

'도르시아니 년이 생각나는 밤이네.'

재수 없는 년. 마르가리타가 속으로 욕설을 지껄였다.

모든 것에 무심한 척 구는 주제에, 제가 원하는 것들을 모두 가져가 박탈감을 느끼게 하는 사촌.

덤으로 도르시아니가 빼앗아 간 그녀의 귀여운 실험체, 에이지도 떠오른다.

얼마 전 에이지를 정신적으로 몰아붙인 날, 에이지는 마르가리타와 한 공간에서 숨 쉬기 싫다는 듯 밖에서 기다리고 있다가 페인이 그를 찾자 돌아와서 테이블 앞에 앉았다.

에이지는 아무렇지도 않게 페인과 대화했다. 감정의 흔들림 없이 삭막한 분위기로 공적인 이야기를 했으며, 마르가리타가 대화 중에 끼어들어 딴죽을 걸면 차분하게 대답해 주기까지 했다.

그녀가 원했던 건 에이지의 공황 상태였지만, 그는 그새 감정을 완벽하게 갈무리한 듯 냉랭하기만 했다.

"너, 이번 사태의 원인이 리본인 거 알고 아까 나한테 그렇게 성질 낸 거지?"

이야기를 마치고 문을 나선 에이지를 따라간 마르가리타가 그의 가시를 한 번 더, 툭 건드렸다.

에이지가 멈칫하고 서자, 그녀가 그의 옆으로 가서 팔을 매만졌다.

"그래서 화를 못 참고 나한테 그렇게 대든 거야. 우리 고양이, 이젠 화도 낼 줄 알고…… 어쩜 생각하면 할수록 괘씸하네, 응?"

고개를 돌린 에이지와 마르가리타의 눈이 마주쳤다.

"그래, 실험체도 많겠다, 여기서 실험을 좀 더 해야겠어. 로이긴족이 다 죽어 나자빠진 이후로 대규모로 실험할 건수가 없었거든. 앞으로 사람들이 더 심하게 고통받는 건, 다 네가 내게 괘씸하게 굴었기 때문이야."

특정 단어들에 악센트를 준 문장들을 고스란히 듣고 있던 에이지의 눈썹이 꿈틀거렸다.

"실험은 이미 하고 있으면서 어디서 생색질이야. 리본에 마법을 실어서 병을 퍼뜨리는 실험 따위로 내 성질을 돋우려는 거면 번지수 잘못 짚었어."

"그건 실험이 아니야. 이미 성공적으로 끝난 실험의 결과를 재확인하는 과정일 뿐이지."

"……."

"난 너에 대한 실험을 말하는 거야. 여러 가지 자극을 주고 너를 지켜보는 실험. 예전에 로이긴족을 이용해 그리했던 것처럼."

마르가리타가 그의 귓가에 대고 한 마디 한 마디 구겨 넣듯 징그럽게 속삭였다.

"있지, 고양아. 사실 '너 때문에' 리본을 푼 거야. 네가 어떻게 반응할지 궁금해서. 죄 없는 다른 사람들이 고통받고 죽어 나가는 거, 전부 너 때문이라고."

에이지는 반응이 없었다. 그저 새파란 눈동자로 마르가리타를 물끄러미 내려다볼 뿐이었다. 하지만 그가 간신히 가둬 놓은 귀기는 마르가리타가 그를 건들 때마다 아우성치며 튀어나오려 했다.

마르가리타는 에이지의 상태를 눈치 채고 즐거워했다. 페인의 앞에선 멀쩡한 척 연기를 한 주제에 사실은 흔들어 놓은 게 가라앉지 않은 거다. 그녀가 에이지를 협박하기 시작했다.

"그런데 결과물이 꽤 좋네? 네가 감히 내게 반항을 하고, 내 세뇌에 저항했어. 내가 이 사태를 어떻게 생각할 것 같아? 당장 주인님들께 네 상태가 위험하다고, 여전히 네 인간성을 버리지 못하고 널 고문했던 우리를 증오하고 있다는 보고를 올리면 주인님들이 어쩌실 것 같아?"

"어쩌라고?"

에이지가 경멸스럽다는 듯 대꾸하자 마르가리타가 만족스럽게 웃었다.

"네가 다시 내 곁으로 오면 이번 테오도르 사태를 멈춰 줄 수도 있어. 내 발등에 키스하고, 겁에 질린 고양이처럼 내 발밑에서 아양을 떨면 주인님들께도 입을 다물어 줄게. 어때?"

"들을 가치도 없었네."

오물을 떨쳐 내듯 마르가리타의 팔을 쳐 내는 힘에는 증오가 덕지덕지 묻어 있었다.

"당신이 누구에게 무슨 소릴 지껄이든 상관없으니 멋대로 해."

"진심으로 하는 소리야?"

"헛소리에 동참해 줄 이유가 없지. 당신에 대한 증오는 내가 주인님께 충성을 바치는 것과는 별개라는 것 알아 둬. 그리고 내 반항심? 리본에 트라우마가 있는 내가 이번 사태 때문에 기분이 저조한 건 당연한 거 아닌가?"

마르가리타의 얇은 머리카락을 움켜쥐어 잡아당긴 에이지가 또박또박, 한 마디 한 마디에 혐오를 담아 말했다.

"당신들이 나한테 한 짓을 한 번이라도 생각해 보고 지껄여. 내게 리본을 처먹이고 온갖 실험을 하면서 날 세뇌한 당신이라면 알 것 아냐? 세뇌가 남아 있지 않았다면, 당신은 이미 내 손에 사지와 목이 뜯겨 나가 죽었어."

마르가리타가 눈을 가늘게 뜨고 에이지를 쳐다보는데, 갑자기 에이지의 눈매가 휘어졌다.

"헛소리로 날 협박하지 마. 내가 이러는 게 건방져 보여? 그럼 트라우마를 아예 없애 주든가, 내 앞에서 혀 깨물고 뒈져 버려. 그럼 내가 건방지게 굴 일도 없으니까."

"어머나."

서로를 노려보는 마르가리타와 에이지의 중앙에서 번갯불이 튀었다.

"내가 건방지게 구는 것도 싫고, 알아서 돼져 줄 생각도 없으면 날 리본과 관련된 일에 끼워 넣지 마. 테오도르 인간들을 다 죽이든 말든 관심 없으니 나 때문이라는 둥, 내가 당신 밑에서 기면 그만둬 준다는 식의 헛소리 집어치우고 당신 마음대로 해. 아, 그런데 당신이 말하는 걸 듣고 있자니 하나는 확실하게 알겠네."

에이지가 마르가리타를 비웃었다.

"다시 네 고양이가 되면 입을 다물겠다고? 당신이 이렇게 내 배반에 집착하는 건, 결국 주인님에 대한 충성심도 뭣도 아니고 도르시아니가 당신 손에서 날 빼앗아 갔기 때문이겠지. 도르시아니에 대한 열등감으로, 그 여자가 내게 주고 간 자유를 박탈하고 다시 당신 손안의 실험체로 만들고 싶은 거야. 그래야 그 여자를 이긴 기분이 들 테니까!"

짜아아악!

마르가리타의 손이 에이지의 빰을 세게 갈겼다. 늘 여유롭던 마르가리타의 눈매에 맺힌 분노를 목격한 에이지가 터진 입술을 늘어뜨려 웃었다.

"당신의 강력한 마법들은 전부 도르시아니에게서 비롯된 거잖아? 도르시아니의 힘에 기생하는 벌레. 그 여자가 없으면 아무것도 못하는 버러지."

짜아아악!

그 말을 끝으로 마르가리타는 이성을 잃었고, 에이지의 빰을 몇 번이나 더 갈겼다. 그도 잠시 에이지가 날쌔게 도망쳐 버려서, 마르가리타의 손은 허공을 가르고 말았다. 바로 잡으려 했지만, 에이지는 이미 자취를 감춘 후였다.

어찌나 분했는지 아지트에서 갖고 놀고 있던 인간들을 에이지 대신 다 죽여 버렸을 정도였다.

'건방진 새끼.'

건방지게 구는 에이지를 볼 때마다 약이 오른다.

원한을 드러내며 악을 쓰는 다른 놈들과는 다르게, 곱상한 외모로 살려 달라고 빌빌 기는 게 귀여웠다.

그래서 어릴 적부터 고문하고, 실험하고, 세뇌해서 에이지를 애완동물로 만들어 놓았다.

그런데 도르시아니에게 빼앗겼고, 에이지는 변했다.

"재수 없는 년."

아직도 그날을 생각하면 몹시 분해 마르가리타는 이를 갈았다.

전격 계열 마법에서는 따라올 자가 없다는 최연소 대마법사, 도르시아니 데마리포사는 제 관심 분야가 아니면 정말 지독할 정도로 무관심했다. 반면에 제가 원하는 거라면 반드시 가져야 했다.

그리고 도르시아니에게 있어 마르가리타는 전자였고, 에이지는 후자였다.

도르시아니가 악마의 파편을 얻기 전부터 그녀에게 있어도 그만, 없어도 그만이었던 사촌동생 마르가리타는 위프헤이머의 수많은 제자들 중 하나였다.

위프헤이머에게 무릎을 꿇어 가며 제자가 된 마르가리타와는 다르게, 도르시아니는 위프헤이머와 동등한 위치에서 그의 권유를 받아 바하무트의 협력자가 되었다.

그리고 결국엔 악마의 파편까지 얻는 데 성공했다.

그녀의 핏줄 중 악마의 힘을 버티지 못한 자들은 모두 죽었다. 죽지 않고 파편 공유자가 된 마르가리타의 위상은 급등했다.

하지만 마르가리타는 바하무트 황족이 방계傍系를 모두 제거하는 것처럼 도르시아니 또한 무가치한 저를 죽일까 봐 늘 불안했다. 그래서 도르시아니가 가끔 찾아와 뭔가를 요구할 때마다 전부 들어줄 수밖에 없었다.

그리고 어느 날, 도르시아니는 길들여 놓은 에이지를 요구했다.

"흥미로운 아이네. 이 아이, 나 줘."

"……싫은데."

사실 그때까지만 해도 에이지는 귀여운 애완동물이었지만 심사가 뒤틀린다면 죽일 수 있을 정도로 무가치했다.

그런데 도르시아니가 달라고 하자, 제 것이라는 소유욕과 기묘한 집착이 돋아났다. 그런 마르가리타에게 도르시아니가 무심하게 말했다.

"그럼 네가 죽을래?"

도르시아니가 그렇게 나오자 마르가리타는 결국 에이지를 순순히 보내 줄 수밖에 없었다.

　도르시아니는 배신 못 하게, 바하무트의 사생아를 찾는 데 도움이 되도록 제가 잘 키워 보겠다며 위프헤이머와 바하무트 황족을 설득했다.

　도르시아니가 바하무트 성에서 머문다는 전제하에 에이지는 그녀에게 거둬질 수 있었으며, 혈겁 속에서 살아남았다.

　마르가리타가 번쩍번쩍 몰아치는 번개를 보며 이를 갈았다.

　'에이지, 가만두지 않겠어. 감히 나를 도르시아니와 비교해? 네 배반을 밝혀내서 도르시아니와 함께 진창에서 구르게 해 주마.'

　한참이나 하늘을 노려보던 마르가리타가 페인에게 물었다.

　"혹시 에이지가 친하게 지내는 녀석들 있어요? 그 자식이 눈치가 얼마나 빠른지 내가 따라가려고 하면 사라져 있어."

　모름지기, 성공적인 실험을 위해서라면 실험 대상을 진득하게, 오랜 시간, 세세히 관찰해야 한다. 그리하여 리본을 물에다 잔뜩 뿌린 후부터 에이지를 관찰하기 시작하려 했으나 에이지를 따라붙는 것 자체가 불가능했다.

　"나도 그놈을 미행하는 게 불가능하니 이해하네. 그런데 친하게 지내는 사람은 딱히 없는 것 같은데. 엉덩이가 가벼워서 여자가 자주 바뀐다는 얘기는 들었네만."

　"여자, 여자라……. 그 여자들에 대한 정보 좀 모아 줘요."

　"어렵지 않은 문제니 그리하겠네. 그런데 자네는 아직도 에이지를 의심하고 있는 건가?"

　"물론이죠."

　마르가리타가 계속해서 단언하자, 일 잘하는 에이지에게 별

관심이 없던 페인의 마음속에서도 설마, 하고 의심이 살짝 생겨났다.

"흠……. 친분이라. 아, 이 년 전쯤에 에이지가 학술원을 다닌다는 얘기는 들었네."

"학술원?"

마르가리타가 관심을 보이자 페인이 어깨를 으쓱거렸다.

"능력 좋은 평민들이 다니는 아카데미일세. 테오도르 남동쪽에 있는 건물인데, 하인리히가 학장으로 있다네. 학장들이 대대로 기거해 온 마탑에 보관된 마법 연구 기록들을 우리 쪽으로 넘기는 일을 하고 있지."

위프헤이머 다음으로 최고의 마법사라는 하인리히. 마르가리타도 아주 예전에 바하무트에서 그를 본 적이 있었다.

"하인리히 쪽은 관심 없으니까 됐어요. 그런데 에이지가 그 학술원에 왜 가 있는 건데요?"

"능력 있는 인재를 찾겠다고 하던데? 뭐, 그놈 말처럼 소득은 있으니 이제 와서 뭐라고 할 생각은 없지만, 처음에는 유년 시절에 하지 못한 소꿉놀이라도 하고 싶은 건가, 라고 어이없어했던 기억이 있네. 아."

페인이 에이지에 대한 정보를 계속해서 던져 주자 마르가리타는 열심히 경청했다.

"그러고 보니 내 병원 쪽에서 일하는 부하가 에이지를 본 것 같다고 말하던데."

"일개 부하가 블랙폭시 보스의 얼굴을 아는 거예요?"

마르가리타가 의외라고 생각하며 물었다. 에이지에 대한 분노와는 별개로, 마르가리타는 블랙폭시의 생리를 이해하고 있었다. 보스의 얼굴은 블랙폭시의 다른 보스들 외에는 누구도 알지 못하는 게 원칙이었다.

"내가 시디얀에 가 있을 때 여기서 내 명령을 받고 마약상의 총책임을 맡는 최고 간부라 그렇게 됐네. 자네가 마법을 풀어 주러 병원에 갈 때마다 마주치는 녀석 말일세."

"아아."

바쁜 페인 대신 병원에서 마르가리타를 맞이하여 비밀스러운 방에 데려다준 후, 환자를 보내는 남자였다.

"그런데 병원에서 에이지를 봤다고요? 걔는 이미 리본의 만성 중독자인데다, 내 마법이 통하지 않아서 병원에 갈 일이 없을 텐데."

"내 부하도 정보상의 보스가 병원에 무슨 일로 찾아왔나 궁금해서 알아보니 친구의 병문안을 온 것 같다고 하더군. 병원에 학술원 학생들도 많이 입원해 있는데, 아마 에이지가 학술원에서 가식적으로 친해진 녀석 중 하나가 거기 입원한 모양일세."

"혜에……."

마르가리타의 눈이 가늘어졌다.

수확제.

올해가 풍년이라면 내년에도 풍년이기를 기원하고, 흉년이라면 내년은 다르기를 라오스에게 기도하는 축제다.

작물의 수확을 무사히 끝냈음을 축하하며 라오스에게 첫 수확물을 바치는 축제이기도 하다.

수확제는 배고픈 창조물에게 먹을 양식을 내려 주신 라오스에게 감사하는 날이라 하여 라오스감사절이라 이름 붙인 날에 개최되었다.

쏴아아아아…….

수확제 당일 아침에도 여전히 비가 오고 있었다. 비는 거침없이 쏟아졌지만, 테오도르 시민들의 마음은 처음에 비해 많이 평온해져 있었다.

무서운 폭우였지만 그로 인한 피해는 거의 없었다. 강물은 둑을 넘지 않을 정도로만 거세게 흘러 바다로 향했으며, 깨끗한 물은 작물을 키워 내느라 척박해진 토양을 비옥하게 만들었다.

또, 비가 온 이후부터 새로운 증상이 발견되지 않는 데다 사망자도 조금씩 줄고 있다는 보고가, 여러 병원에서 왕국의 중앙보건관리부로 올라갔으며 시민들도 자연스럽게 이를 알게 되었다.

테오도르 시민들은 신이 자신들을 보살폈다며 라오스를 찬양했으며 이번 비를 신의 정화라고 신성시하기 시작했다.

더불어 자신들을 고통으로부터 해방시켜 달라고 평소보다 더 간절하게 기원했다.

"이아나 님!"

해도 다 뜨지 않은 이른 아침, 사키는 이아나를 비밀리에 만났다. 사키는 최근 테오도르의 외진 곳에 마련한 제 연구실에 이아나를 데려갔고, 거기서 이아나는 사키에게 상자를 하나 건네었다.

상자에는 이니스가 모아 온 리본이 담긴 병들이 잔뜩 있었다. 리본은 액체 형태인 것도 있었고, 가루 형태인 것도 있었는데 사악한 기운이 잔뜩 느껴지는 것은 똑같았다.

유리병을 검게 채운 리본을 노려보던 사키가 장갑을 낀 손으로 상자를 조심스럽게 받았다.

"역시 대단하십니다. 연구에 귀중한 자료가 될 겁니다. 그런데 아직까지 비가 내린다는 건……."

"이니스가 말하길, 리본이 땅 전체에 광범위하게 퍼져 있어서 시간이 오래 걸린다더군요. 하지만 오늘 저녁이면 전부 씻어 낼 수 있을 것 같다고 말했습니다."

"며칠 내내 비가 내렸는데……."

사키가 진중한 표정으로 이아나를 살폈다. 이아나의 낯빛이 별로 안 좋았다.

"이아나 님, 몸 상태는 괜찮으십니까? 안색이 조금 창백해 보입니다만, 무리하시는 게 아닌지요?"

"괜찮습니다. 이니스에게 제 몸의 상태를 봐 가며 비를 조절해 달라고 했으니까요."

아니, 무리하는 게 맞다.

이렇게 오랜 기간 신력을 뽑아내며 정령에게 공급한 건 처음이었다.

토우의 본체를 불러냈을 때의 고통과는 비교할 수 없을 정도로 미미한 피로감이었지만, 그 피로가 쌓이고 쌓이다 보니 조금만 움직여도 몸이 축축 처졌다.

아르하드에게는 결국 말을 하지 못했다. 정령이 리키젠을 치료할 수 있다는 말도, 물을 정화하고 땅을 씻어 내고 있는 이 빗줄기를 제 신력으로 만들어 냈다는 말도.

이아나는 아직도 생각을 정리하고 있었다. 무엇을 말하고 빼야 하는지, 아예 말하지 말아야 하는지, 다 털어놔야 하는지, 하루에도 몇 번이나 생각이 왔다 갔다 했다.

아르하드가 이 비의 정체를 눈치 채고 추궁했다면 저도 모르게 횡설수설하며 다 토설했을지도 모른다. 그러나 너무나 자연스러운 비라 아르하드도 깨닫지 못하고 평소처럼 친절하게 굴고 있는 터라 이아나 혼자 불편한 침묵은 아직도 이어지고 있었다.

결국, 이아나는 제 심장 안의 신력이 무한함만큼은 반드시 설명할 수밖에 없다는 결론을 내렸다. 그러지 않으면 무슨 말을 해도 아르하드는 납득하지 못할 것이고, 제가 힘들어하는 모습에 화를 낼 터였다.

그런데 제 안의 신력을 설명하려면 기로하이 사막에서 있었던 일을 처음부터 끝까지 다 설명해야 하는데, 그 뒷감당을 할 자신이 없었다. 아르하드가 어떻게 나올지 상상하기도 어려울뿐더러, 의견 충돌로 괜히 싸우고 싶지도 않았다.

최근에는 이아나의 생각이 말하지 않는 쪽으로 기울었다.

이아나가 그에게 모든 걸 털어놓지 못하는 근본적인 이유는 아르하드는 악마, 이아나는 로베르슈타인과 관련되어 있기 때문이다.

아르하드는 이아나가 신성시대의 비밀을 알았을 때 발생할지도 모를 부정적인 결과를 두려워한다고 말했다. 이아나도 그 때문에 아르하드가 변할까 봐 두렵기는 마찬가지였다.

그러니 제가 로베르슈타인의 힘을 모두 얻고도 변하지 않았음을 증명할 수 있을 때, 악마 때문에 아르하드가 변하지 않는다는 것을 확신했을 때 모든 것을 설명하고 질책받으리라. 이아나는 그리 마음먹었다.

'리키젠, 미안하다. 조금만 더 버텨라.'

사키가 신가드라를 통해 얻은 정보에 의하면 오늘, 괴질이 마법사에 의한 것이라고 공표한 후 왕실 마법사들이 나서서 마법을 파훼해 주기 시작한다고 했다.

그러니 리키젠 체내의 리본을 오늘 제거하고 신가드라 측 마법사들이 치료해 준 척하면 될 것이다.

"연구는 어떻게 하실 예정입니까?"

"여기서 신가드라의 지원을 받으면서 샬리노의 조직원들과 함께 진행해 볼 생각입니다. 진자이 신전에도 장기간의 외출을 허가받아 놨어요."

사키는 제일 먼저 리본의 구조를 밝혀낸 후, 그 구조를 파괴하는 물질을 개발할 거라고 말했다.

그다음에는 리본의 특수한 중독성을 연구하여 중독 증세를 없애고 리본이 망가뜨린 부위를 치료하는 방법을 찾아낼 거라고 했다.

"리본에 마녀의 마법이 덧씌워져 있기 때문에, 그 마법을 벗겨내고 연구하려면 속도가 좀 더디겠지만 기다려 주세요."

"마녀는 최대한 빨리 찾아 죽이겠습니다."

이아나는 마녀가 나타날까 싶어 시간이 날 때마다 댐과 저수지 근처에 잠복하고 있었다. 눈에 띄기만 하면 바로 목을 따 버릴 생각이었는데 매번 허탕 치며 시간만 낭비하다가 결국 수확제를 맞이하고 말았다.

덕분에 피로감만 심하게 쌓였다.

"무리하지 마세요. 아프면 저한테 바로 오시고요."

"그러겠습니다. 그런데 지금도 생각하는 거지만, 사키가 신가드라 솔사비어 공작과 친분이 있을 줄은 몰랐습니다."

"제가 은근히 발이 넓답니다. 만약 만나고 싶은 고위 귀족이 있거든 제게 말씀해 보세요."

"관심 없습니다."

"그럼 라오스 대신전의 고위 성직자는 어떠신가요?"

이아나가 멈칫하자, 사키가 웃으며 상자를 탁자 위에 내려놓았다.

"이아나 님께서 힘쓰시는 동안, 저도 로안느에 온 김에 이아나 님의 부탁을 들어드리려고 뛰어다녔답니다. 그저께 허가를 받아냈어요."

사키에게 한 부탁이라면 라오스 신교의 보물, 라오스의 성물을 보게 해 달라는 것밖에 없었다.

"그 말은……."

"혹시 오늘 로안느의 라오스 대신전 지하의 성물을 보실 생각이 있으신가요?"

사키는 오늘이 라오스감사절이라, 신자들에게만 지하의 성물을 공개한다고 하였다. 이아나는 사키의 종자인 척 흰 천을 뒤집어쓰고 신자들 틈에 끼어서 성물을 보면 되었다.

"제가 시기를 잘 맞춰서 왔더군요."

로안느 대신전에서는 사키의 영향력이 진자이에서만큼은 아닌데다, 로안느의 성물은 진자이의 것보다 보안이 훨씬 철저해서, 사키는 이날이 아니면 이아나를 신전 지하로 데려가 줄 수 없다고도 덧붙여서 말했다.

"아……."

그 순간 이아나는 오늘 파티를 당장 때려치우고 싶다는 생각이 들었다. 오늘 하루는 성물에만 집중하고 싶었다. 하지만 이아나는 약속을 지키는 사람이었다.

이아나는 일정을 빠르게 정리해 보았다. 수확제 파티는 오후 두 시부터 열리고, 지금은 아침이라 시간이 꽤 넉넉하게 남아 있었다.

파티에는 관심 없으니, 파티가 시작되자마자 홀 구석에 박혀서 성물에 대한 생각을 정리한다. 파티가 끝난 후에는 병원에 가서 리키젠을 퇴원시킨 후 치료한다.

깔끔하다.

생각을 끝낸 이아나가 냉큼 내뱉었다.

"사키, 당장 보러 갑시다."

"네? 지금 바로요?"

사키와 이아나는 사람들의 눈을 피해 이른 아침에 만난 상태였다. 유동인구가 별로 없는 지금 신전에 가면 딱 좋긴 했다. 하지만 이아나의 빠른 행동력에는 말을 꺼낸 사키도 놀랄 정도였다.

"비도 오는데 마차를 준비해야 하지 않을까요."

사키는 치료계열의 대마법사, 공간계열 쪽으로는 영 재능이 없었다. 오랜 시간 좌표축을 공부하고 준비하면 텔레포트를 시전할 수는 있지만, 그뿐이다.

"필요 없습니다. 제가 당신을 업겠습니다. 밖에 있을 테니 다 준비하고 나오십시오."

이아나는 빨리 성물을 보고 싶은 마음에 그리 통보한 후 스트레칭을 하러 밖으로 나갔다.

실험실에 덩그러니 남은 사키는 머뭇거리다가, 라오스 신전의 사제임을 증명할 수 있는 패를 챙긴 후 흰 천을 뒤집어쓰고 밖으로 나갔다.

사키가 채비를 마치고 나오자, 이아나는 우산을 펴 들고 사키가 업히기 쉽도록 무릎을 접어 앉았다. 계속 주저하던 사키가 결국 결심한 듯 조심스럽게 업혔다.

"우산은 가져가지 않아도 돼요. 비를 맞지 않도록 제가 마법을 펼치겠습니다."

그 말을 듣고 이아나는 거추장스러운 우산을 버렸다. 출발한다는 말을 짧게 던지고 발에 힘을 주었다.

둘의 신형이 그 자리에서 사라졌다.

팡! 파아앙!

이아나가 발을 내디딜 때마다 짧게 파공성이 터졌다. 시야는 빠르게 변했다. 이아나는 건물의 지붕을 타고 달리면서 아래를 내려다보았다.

비는 오고 있었지만, 천막을 친 장소에서는 축제가 준비되고 있었다.

이번 수확제가 취소되지 않은 건, 어려운 때일수록 더욱 힘을 내서 일상으로 돌아가야 한다는 취지 때문이었다. 도시 전체를 잠식한 우울한 분위기에서 빠져나오기 위한 발악에 가까웠다.

개중에는 라오스에 대한 광신으로, 무슨 일이 있어도 반드시 수확제를 열어 라오스 신께 용서를 빌어야 병이 사라질 거라 믿는 사람들도 많았다.

사키의 연구실과 신전은 꽤 멀리 떨어져 있었지만, 다리에 마나를 얹고 달리자 한 시간 안에 도착할 수 있었다.

"아, 하아."

업혀 왔음에도 잔뜩 지친 사키가 이아나가 내려 주자마자 바닥에 주저앉았다.

이아나는 바들거리며 숨을 고르는 사키를 보고 살짝 미안해졌다. 사키가 아무리 대단하고, 또 젊어 보이더라도 노인이다. 그녀를 배려하지 못한 건가 싶었다.

"미안합니다."

이아나가 사과하자 사키가 괜찮다며 고개를 저었다.

"간간이 운동을 좀 해야겠네요."

사키가 숨을 고르며 이아나가 내민 손을 붙잡고 일어났다.

신전은 이른 아침임에도 사람들로 붐볐다.

라오스 대신전 지하의 성물을 보기 위해 전 세계에서 몰려든 사제들과 라오스 신에게 감사하고자 아침부터 신전을 찾는 일반인들로 라오스감사절마다 인파는 있었다.

하지만 현재 테오도르를 뒤덮은 질병 때문인지 사람 수가 몇 배는 되는 것 같았다. 이래서야 성물을 오랜 시간 관찰하며 샅샅이 분석하는 건 무리였다.

'오늘은 한번 보는 거로 만족해야 할지도.'

밖에서 잠시 기다려 달라는 말을 남기고 신전 안으로 들어갔던 사키가 하얀 옷을 가지고 다시 돌아왔다.

"로안느의 라오스 신전 사제들이 입는 외출복이에요. 이아나 님은 제 수행 사제 신분이시고요."

이아나는 신전 밖에 마련되어 있던 화장실에서 옷을 갈아입었다. 거울을 봤더니, 머리카락이 완전히 감춰지고 얼굴도 반쯤은 가려져서 평범한 사제 같았다.

사키를 따라 줄을 서지 않고 신전 안으로 들어갔다. 이아나는 낯익은 어린아이의 신상을 보고 발이 묶인 듯 멈춰 섰다.

'역시 그 애는 라오스구나.'

판데모니엄에서 얻었던 기억의 편린 속, 가장 마지막에 그녀를 향해 울며 뛰어오던 하얀 소년은 저 신상과 닮아 있었다.

아직도 잊히지 않는 절박한 얼굴이 평온하게 웃고 있는 신상의 얼굴 위로 덧씌워졌다.

'궁금하네. 대체 무슨 일이 있었던 건지.'

이아나는 제집처럼 신전을 돌아다니는 사키를 따라 성기사들이 막아서고 있는 어떤 구역의 입구로 갔다. 이미 모든 절차를 밟아 놓았는지, 사키가 패를 내밀자 성기사들이 고개를 끄덕이곤 안으로 들여보내 줬다.

그 후에도 보안 절차를 몇 번 더 밟으며 점점 더 깊숙한 곳으로 들어갔다.

"복잡하죠? 여기, 일반인들은 절대 출입이 불가능하고 사제들도 신분이 확실해야 들어올 수 있대요."

이아나는 앞서가며 설명하는 사키의 뒷모습을 쳐다보았다.

사키를 알게 되어 정말로 다행이었다. 1년 뒤에 로안느를 떠나야 하는데, 사키가 없었다면 그 전에 신전에 무단 침입을 하거나 이후 로안느를 침공하는 과정에서 강제로 들어왔을 것이다.

사제들이 득실거리는 구역에 들어섰다. 사제들은 지하로 들어가는 계단에서 길게 줄을 서 있었고, 그 줄의 끝에 선 이아나는 차림새를 다시 한 번 정돈했다.

이아나는 이 줄이 향하는 목표물을 상상해 보았다. 머릿속에서 잘 그려지지 않았다.

라오스의 다섯 가지 성물은 페임드라의 일부들이라고 했다. 로베르슈타인 가문 저택 뒷산에 있는 다섯 번째 성물도 페임드라의 밑동이었다.

그런데 대신전의 성물은 왜 비석이라고 말할까? 비석은 보통 돌에만 붙는 이름이었다.

"사키, 진자이 신전의 성물은 어떻게 생겼습니까?"

"나무 지팡이입니다. 신전의 권위를 상징하지요."

진자이 쪽의 성물도 나무 재질이었다.

생각에 잠겨 있던 이아나가 고개를 들어 앞쪽을 보았다. 굳이 머리 싸매고 고민하고 있을 필요가 없었다. 호기심은 곧 풀릴 것이다.

계속해서 내려갔다. 안쪽에서 꽤 오랜 시간 동안 성물을 볼 수 있게 해 주는지 사람이 빠지는 속도는 느렸다. 빨리 보고 싶었지만, 그만큼 저도 성물을 오래 관찰할 수 있다는 말이니 이아나는 느긋한 마음으로 기다렸다.

드디어 마지막 계단을 밟았다.

지하 특유의 축축한 내음이 나더니, 눈앞에 동굴이 펼쳐졌다. 회귀 전 로안느 전체를 돌아다녔던 이아나도 차가운 습기가 단단한 돌벽을 타고 흐르는 이곳에는 처음이었다.

길을 따라 걷다가 거대한 공동으로 보이는 공간의 입구에 도착했다. 그곳에서는 마찬가지로 성기사들이 인원을 통제하고 있었다.

두근, 두근.

이아나는 왼쪽 가슴 위에 손을 올렸다. 다가서면 다가설수록 심장의 박동이 빨라지고 숨이 가빠졌다.

"후우……."

그 속도가 이상할 정도로 빨랐다. 여태 검의 파편 같은 로베르 슈타인의 물건을 봤을 때도 심장이 이상해지긴 했지만, 지금은 심각했다. 피가 혈관을 타고 흐르는 속도가 두 배는 될 것 같았다.

[이아나, 괜찮아?]

여전히 소환되어 있던 이니스가 의지로 걱정을 표현했다. 이아나가 두리번거렸지만 이니스는 보이지 않았다.

'어디에 있니?'

이아나가 그리 생각하자 이니스가 대답해 왔다.

[하늘이야. 지금 내가 있는 곳, 사람이 많아서 가기 좀 그래. 내 말은 너만 들을 수 있으니까, 걱정 말고! 그런데 괜찮은 거야? 심장이 너무 빠르게 뛰어. 무슨 일이야?]

며칠 전, 이아나는 제 심장을 정령과 일시적으로 공유하는 기술을 배웠다. 공유는 거리가 떨어져 있어도 가능했다. 그리하여 며칠 동안 비를 내리면서, 이니스는 무리가 가지 않는 선에서 이아나의 심장 속 신력을 마음껏 사용하고 있었다.

아직 보이지도 않는 주제에 성물이 제게 미치는 영향력은 대단했다. 이아나는 성물을 직접 마주하는 순간이 기대되기 시작했다.

'별일 아니니까 걱정하지 마. 리본을 모으는 일은 잘되어 가고 있어?'

[응, 열심히 해서 오늘 안엔 끝낼 거야! 그런데 매번 말하는 거지만 이거 진짜 독하다. 닿기만 해도 구역질 나.]

이니스가 헛구역질하는 소리를 들으면서, 이아나는 이상할 정도로 조용해진 주변을 둘러보았다. 거의 모든 사제들이 두 손을 모은 채로 눈을 감고 있었다. 뭔가를 느끼고 있는 걸까?

입구에 들어서기 직전, 이아나는 웩웩거리는 이니스에게 물었다.

'이니스, 혹시 봉인을 어떻게 깨는지 알고 있어?'

[봉인? 그냥 봉인의 위치를 인지하고, 깨고 싶다는 의지를 전하면 깨져. 그런데 봉인을 건 존재의 의식보다 해제하고자 하는 자의 의식이 강해야 해.]

마침내 입구를 넘어섰다. 시야가 넓어짐과 동시에 천장을 꿰뚫으며 서 있는 거대한 돌 하나가 시선을 사로잡았다.

로베르슈타인의 '유언'일 문장들이 적힌 '비석'.

모두가 거대한 비석을 주목했지만, 이아나는 비석 전체를 휘감고 있는 녹색 덩굴들을 보았다. 비석에 뿌리를 박은 것처럼 보이는 덩굴은 나뭇잎을 주렁주렁 매단 채 비석 끝까지 성성하게 자라나 있었다.

'저게 페임드라의 일부인가.'

일반인의 눈에는 어디서나 볼 수 있는 볼품없는 덩굴보다는 신의 문장들이 새겨진 비석이 더 신비로워 보였을 것이다.

'저 덩굴에 로베르슈타인의 심장 일부가 봉인되어 있단 말이지.'

이아나는 조금 실망했다. 심장만 아프지, 예전에 검의 파편을 보고 뒤통수를 후려친 것처럼 떠오르던 로베르슈타인의 기억이 이번에는 없었기 때문이다.

"아, 따뜻해요."

옆에서 사키가 몽롱한 목소리로 중얼거렸다.

"제가 사제가 되기로 결심한 건 진자이 신전의 성물을 보고 난 이후였지요. 여기서도 비슷한 느낌이 드는군요. 이 느낌을 받자마자, 신을 불신하던 저는 신의 품에 귀의하고자 마음먹었어요. 그리고 제 안에서 믿음이 커지면 커질수록 전해지는 따뜻함은 강해졌지요."

어째서 따뜻한 기분을 느끼는 걸까? 주변을 둘러보니 사제들 중에는 눈물을 흘리는 이들도 있었고, 벅찬 듯 기도를 올리는 이들도 있었다.

"진자이에 광신도가 많은 건, 성물을 비교적 보기 쉽기 때문일 거예요. 전에 말씀드렸듯 진자이 왕의 즉위식에서 대사제님이 지팡이, 그러니까 성물로 축복을 내려 주는 전통이 있거든요. 성물을 목격한 자들은 신을 맹신하게 되죠."

로베르슈타인의 심장이 봉인된 성물.

라오스의 창조물인 인간들은 거기서 무엇을 느끼는가?

라오스와 붉은 신의 관계가 감각에 영향을 주는 걸까?

'난 무덤덤하기만 한데.'

이아나는 덩굴에 집중했지만, 심장이 미치도록 아픈 것 말고는 별다른 따뜻함을 느낄 수 없었다.

따뜻함보다는…….

예전에 외조부의 심장을 찔렀을 때처럼 저 덩굴을 찢고 싶다는 기이한 충동을 느낄 뿐이다. 저 안에 심장이 봉인되어 있기 때문이 아닐까?

'하지만 그랬다간 라오스 신자들의 분노를 한 몸에 받겠지.'

이아나는 걷잡을 수 없이 세차게 뛰어 대는 심장과 강렬한 충동 때문에 말도 제대로 하기 어려운 상태로 간신히 생각을 이어 갔다. 그리고 비석에 새겨져 있는 익숙한 문장들을 눈에 담았다.

나의 황금의 악마여.

나는 구슬피 통곡한다.

약속의 증표, 페임드라의 생명은 마르고

낙원에는 종말밖에 남지 않았구나.

오늘, 너는 나의 검을 받들고 스러지리라.

탄생과 불멸의 끝에 위치한 판데모니엄.

그곳에서 너는 잠들라.

나 또한 너의 곁에서 함께하노라.

그리고 마침내 세상에는 태양의 눈이 빛나는 순간이 오리니…….

문장을 이루는 단어들은 현재 로안느에서 사용하는 언어로 쓰여 있었다. 창조주인 라오스가 인간에게 언어를 가르쳤다는 점을 생각하면 당연한 부분이다.

이제는 저 문장들을 이해할 수 있다. 신성시대에 종말이 찾아온 이유나, 페임드라의 생명이 마른 이유는 아직 정확히 알 수 없지만, 그 뒤의 말들은 대강 이해할 수 있었다.

로베르슈타인은 분명 악마와 함께 죽고자 했다.

라오스가 창조할 세상을 생각하며, 다시 악마와 함께 태어나 그 세상에서 살아가길 바랐다.

그러나 라오스의 봉인으로 완전히 죽지 못했고, 모든 게 뒤틀려 버렸다.

'라오스가 정말로 살아 있었으면 좋겠네. 무슨 일이 있었는지 자세하게 알고 싶어.'

이아나와 사키는 줄을 따라 비석 주변을 원형으로 돌면서 비석을 꼼꼼하게 눈에 담았다.

이아나는 걷는 내내 봉인을 깨 보려고 노력했다. 하지만 봉인은 높은 절벽을 맨주먹으로 두드려도 티도 안 나는 것처럼 잠잠하기만 했다.

이아나는 포기했다.

'좀 더 강해진 후에 오자.'

그때, 비석을 둘러싼 성기사들이 만든 제지선 너머까지 길게 뻗어 나와 있는 덩굴들이 이아나의 눈에 들어왔다. 일반 사제들은 조심스럽게 덩굴을 만졌고, 곳곳에서 눈을 부릅뜨고 경계하는 성기사들도 그것을 제지하지 않았다.

비석은 허가받은 사제들만 만질 수 있었다. 그리고 성기사들은 비석을 만지는 것만 제지하지, 볼품없는 덩굴을 만지는 것까지는 허용하는 것처럼 보였다.

이아나도 정말 아무 생각 없이 만졌다.

피잉—.

그런데 덩굴에 이아나의 손끝이 닿은 순간, 파문이 일었다. 그녀의 세계가 일그러졌다. 꿈인지 생시인지, 이아나는 덩굴이 손에 휘감기는 감각을 느끼고 화들짝 놀라 물러서려 했다.

하지만 이어진, 덩굴에서 전해지는 충만한 신력에 아찔해졌다. 외조부의 심장에 검을 찔러 넣었을 때와 같았다.

두근, 두근.

마치 빼앗겼던 제 것을 되찾는 듯한, 그런 충족감이 이아나를 사로잡았다. 봉인 안에 고여 있던 신력은 혈관을 타고 흐르며 그녀의 정신을 일깨우고 바닥났던 체력을 채웠다.

두근, 두근.

심장이 거세게 뛰고, 약을 한 것처럼 겪어 보지 못한 세계의 정보가 빨려 들어온다. 기억은 시간의 흐름대로가 아니었고 이리저리 뒤섞여 종잡을 수 없었다.

하지만 한 가지 확실한 건, 기억 속의 그녀는 언제나 고립되어 있었다는 것이다.

가엾은 미물들에게 은혜를 베풀어도, 강한 신들의 알력 다툼에 죽음이 난무하던 전쟁을 종식한 영웅이 되었어도, 끝에는 언제나 홀로 남아 한 그루의 나무에 기댄 채 눈에 감고 있었다.

찾아오는 이 하나 없는 숲에서, 고즈넉한 고요 속에 잠겨 거의 모든 시간을 잠든 채, 그리 있었다.

화아아악!

그렇게 무채색으로 뒤덮여 지나가는 기억들 속에, 어두운 빛깔로 빛나는 강렬한 기억이 있었다. 이아나는 무의식적으로 그것에 집중했다.

그녀의 친구가 땅을 열었다. 깊디깊은 지하, 이제 더 탄생할 신이 없다 여겨 관심을 끊었던 혼돈 속에서 노란 눈을 빛내는 까만 소년을 발견했다. 소년은 황홀한 눈으로 그녀를 직시하고 있었다.

세상이 뒤집혔다.

"로."

낯선 소년이 눈앞에서 손을 흔드는 게 느껴졌다.

"자는 거야?"

말을 하지 않자, 소년은 뺨에 조심스럽게 입술을 비볐다.

"내 눈부신 해님."

그녀는 천천히 눈을 떴다. 까만 소년이 발그레한 뺨으로, 그 빛나는 눈동자에 그녀 하나만을 담아 바라보았다.

그녀가 소년을 안아 주었다. 소년의 몸이 달아올랐다. 소년은 그녀의 목덜미에 얼굴을 묻으며 안겨 들었다.

"너무 좋아. 이렇게 안아 주는 거, 세상에서 제일 좋아. 계속 곁에 있고 싶어. 나는 로, 당신만 있으면 돼."

그 맹목적이고, 그녀밖에 모르는, 어두운 지하에서 홀로 수없이 많은 세월을 보냈음에도 세계를 알고픈 마음조차 없이 그녀에게만 집중하는 소년에게 애틋한 마음이 들었다.

유일한 제 것. 소년의 안목을 넓혀 주고 싶으면서도 이대로 제 새장 속 새처럼 키우고 싶다는 외로운 신의 소유욕이 소년에게 향했다.

"곁에 있어 줄게."

결 좋은 머리카락을 쓰다듬으며 그리 말하자, 소년은 그녀의 품 안으로 더욱더 파고들었다.

"좋아해······."

"그래."

"너무 좋아해."

"그래."

"영원히······."

소년이 세계를 알아 가며 정신이 성장할수록, 정신을 따라 소년의 신체 또한 성장했다.

맹목적인 선망은 시간이 흐를수록 광적인 열망으로 변해 갔다. 그녀를 어루만지던 짧은 손가락은 뺨을 감쌀 정도로 길어졌고 품 안에 안기던 작은 몸은 커져서 그녀를 덮을 정도로 커졌다.

남자가 된 소년의 눈동자는 짙어질 대로 짙어져, 유혹하듯 애정을 뚝뚝 흘려 댔다. 그리고 소년이 말했다.

"영원히······."

이마에 닿은 그, 간절한 흔적.

그 기시감에 이아나는 제 세계 속으로 돌아왔다.

눈을 떴더니 하얀 천장이었다.

"윽."

지끈, 지끈.

정신을 차리자마자 머리가 심하게 욱신거린다. 송곳으로 머리를 찌르면 이러할까 싶을 정도로 끔찍한 두통이었다.

"이아나 님!"

멀리서 어두운 낯으로 물을 담은 그릇과 수건을 들고 오던 사키가 반색하여 달려왔다. 사키가 뭐라고 쫑알거리는데, 이명만 들려올 뿐 그녀의 목소리가 들리지 않았다. 이아나는 멍하니 생각했다.

'또 기절했나. 신성시대와 관련된 뭔가를 할 때마다 정신을 놓는 것도 문제군.'

기절했다가 깨어났을 때의 기분은 별로 좋지 않다. 몸의 통제를 완전히 잃은 채로 제 모든 것이 타인에게 무방비하게 노출되었을 시간이 몹시 불쾌했다.

그런데 드워프들의 공동묘지에서도 그랬고, 이번에도 그렇고, 신성시대와 관련된 일을 하고 있자면 정신이 제 뜻을 따라 주지 않는다.

수십 년간 살면서 기절한 횟수가 손을 꼽을 정도로 극강의 정신력을 자랑하는 이아나로서는 정말 신경 쓰이는 일이었다.

'일단 상황 파악부터 해야 하는데, 아무것도 하기 싫다.'

부지런한 이아나지만, 지금은 모든 게 귀찮아서 누워 있고 싶을 정도로 머리가 아프고 몸이 무거웠다.

"하아……."

이아나가 뜨거운 숨을 뱉으며 축축해서 찝찝하게 느껴지는 이마를 짚었다. 그런데 살결이 아닌 손바닥에 차갑고 묵직한 게 닿았다.

이아나는 눈을 가늘게 뜨고 제 이마 위에 놓여 있던 것을 들어서 정체를 파악했다. 차가운 물에 적신 수건이었다.

'이게 왜 내 이마 위에?'

결국 이아나가 귀찮음을 무릅쓰고 몸을 일으키려는데, 사키가 정색하더니 이아나를 밀어 눕혔다.

이아나는 사키의 가는 손에 밀려 뒤로 넘어가면서, 가쁜 숨을 내뱉었다. 몸에 힘이 하나도 들어가지 않았다.

'몸 상태가 진짜 왜 이래.'

이아나는 눈을 감고 제 몸 내부를 관조했다가 흠칫 놀랐다. 장기는 평상시와 다를 바 없이 움직이고 있고, 혈관을 타고 흐르는 피의 속도 또한 평범하다.

그런데 피와 심장에 담긴 신력의 양이 이상하다. 정신을 잃기 전보다 몇 배나 많아진 신력이 제 몸속에 있었다.

'그러니까, 내가 덩굴을 만졌고…….'

즉시 덩굴과 연결되는 느낌이 들면서 온갖 기억이 사납게 몰아쳐 왔다. 그 후, 눈을 떠 보니 이 상황이다.

이아나는 조금 더 몸을 살폈다. 그러다가 심장에서 기이한 감각을 느끼고 심장에 집중했다.

심장에 있는 봉인의 벽 안에서, 신력이 폭발하듯 튀어나오고 있었다.

이아나가 지금 느끼는 기분은 다음과 같다.

강 하나가 있고, 강과 이어진 저수지가 여러 개 있다. 원래는 첫 번째 저수지의 문만 열려 있어 감당할 수 있을 정도로만 물이 흘러나왔다. 하지만 지금은 두 번째 저수지의 문까지 개방되어 그 안에 있는 물이 강으로 흘러들어 오기 시작했다. 저수지는 심장이고, 이아나의 몸은 강이었다.

이아나는 자연스럽게 제 몸이 어떤 상태인지를 알았다.

'봉인은 깨지 못했어. 하지만 봉인이 불안정한 상태였던 탓에, 그 안에 있던 로베르슈타인의 심장 일부가 봉인을 무시하고 내 심장과 연결되고 말았다.'

예컨대 공유되었다고 할 수 있다. 로베르슈타인의 심장은 신력을 생산한다. 그 심장은 다섯 개로 조각났고 그중 한 개는 이미 저와 연결되어 있었다. 그리고 이제는 연결된 심장이 두 개가 되었다.

그리하여 신력의 양이 놀랍도록 증가했다.

제가 겪고 있는 신성시대의 현상들이 자연스럽게 이해되었다. 이아나는 이런 지식을 제가 어찌 알고 있는 건지 생각해 보았다. 답은 금방 나왔다.

'내 영혼에 잠들어 있던 로베르슈타인의 지식이 일부 깨어난 거다.'

이 두통은 방대한 양의 지식이 잠에서 깨어난 후유증이라고 할 수 있을 것이다. 몸이 이렇게 아픈 것도 마찬가지의 이유에서다.

정신이 조금씩 들면서, 로베르슈타인과 이번에 제가 얻은 것에 대해 생각하고 있자니 이아나의 깊숙한 곳에서부터 구토감이 생겨났다. 속이 미친 듯이 울렁거렸다. 이아나는 헐떡거리며 흐린 눈을 손으로 가렸다.

'……이상한 기분.'

제 것이 아닌 것 같은데도, 제 것인 듯한.

로베르슈타인은 제가 아님에도, 자신인 듯한.

그런 기묘한 일치감.

마치 이아나라는 사람과, 로베르슈타인이라는 신이 뒤섞인 기분이다. 성격, 지식, 감정, 기억…… 대인관계, 세계……. 이아나를 이루는 정체성과 로베르슈타인을 이루는 정체성이 온통 뒤섞여서, 이아나는 구역질이 났다.

이아나의 확고한 정체성은 혼란스럽고 난잡한 이질감을 거부했고, 그녀를 더한 두통으로 밀어 넣었다.

'나는 로베르슈타인인가?'

'아니, 아냐.'

'아닌데…… 맞나?'

이아나의 정신이 무언가에 의해 잡아먹혀 갈 때쯤, 이마 위로 낙인과도 같은 뜨거움이 되새겨졌다.

"영원히……."

농밀한 애정이 담긴 황금빛 눈동자는 그녀의 초점을 꿰뚫으며 영혼 깊은 곳까지 애무하고, 차가운 손가락은 은근하면서도 거미줄처럼 그녀의 뺨에 끈끈하게 달라붙는다.

그가 이마에 입을 맞추는 순간, 그녀는 심장에서 끓어오르는 애틋함을 느꼈다.

"싫어?"

그리고 그가, 아르하드와 겹쳐진다.

붉은 신이 악마에게 가진 애정이, 이아나의 마음속 가장 깊은 곳에 감춰져 있던 유리 정원의 문을 건드리는 순간이었다.

"······!"

정신이 번쩍 든 이아나가 인상을 찌푸리며 몸을 홱 일으켰다. 속으로 욕설을 마구 지껄이며 몸을 일으키는 바람에 툭 떨어진 수건으로 이마를 정신없이 문질렀다.

'어디서 감히.'

로베르슈타인의 기억이 아르하드에 대한 제 감정에 손을 대는 순간, 이아나는 엄청난 불쾌감을 느꼈다.

아르하드에 대한 감정은, 이아나가 마음 밖으로 두른 철옹성 안, 거기서도 가장 안쪽에 있는 유리 정원에서 소중하게 키워 나가고 있는 유일한 꽃 한 송이였다.

그녀는 심혈을 기울여, 조심스럽게 그 꽃을 가꾸고 있었다. 그곳은 누구에게도 간섭당하거나 침범당하고 싶지 않은 절대 영역이었다.

정원 안에는 이아나가 여태 아르하드로부터 얻은 귀중한 감정들이 가득했다. 그 감정들을 머금고 자라나는 꽃과, 꽃이 자라는 정원에 외부의 개입은 절대 용납할 수 없었다.

저 말고는 손댈 수 없는 구역에 감히 누가 손을 대는가?

오직 꽃 한 송이만이 존재할 수 있는 정원 안에, 어딜 아무렇지도 않게 발을 들이밀어 다른 꽃을 심으려 하고, 그녀의 꽃에 영향을 주려 하느냐 말이다.

마음 한구석에서는 여전히 악마에 대한 애틋함이 샘솟고 있었지만, 그 애틋함조차 기분 나빴다. 아르하드가 아닌 다른 남자에게 이런 기분을 느끼고 있는 스스로에게 화가 났다.

로베르슈타인이 악마를 사랑했다 하더라도 그뿐이다. 설령 아르하드가 악마와 깊은 관계가 있더라도 그뿐이다.

아르하드를 향한 이아나의 마음과 악마를 향한 로베르슈타인의 마음은 별개였다.

그것은 맹렬한 소유욕, 혹은 소속감이었다.

온전하게 가질 수 있는 유일한 사람, 무슨 짓을 저질러도 제 편을 들어 주고, 언제 어디서든 제 곁에 있어 줄, 지나치게 맹목적인 호감을 쏟아부어 주는 그 남자.

그런 믿음을 주는 아르하드를 누구에게도 빼앗기고 싶지 않다는 소유욕과, 만일 사랑이라는 것을 한다면 상대는 그밖에 없다는 기묘한 소속감은 이아나의 안에서 날 선 검이 되어 외부의 요소를 차단하고 있었다.

그것은 두 사람의 관계에 다른 어떤 요소의 개입도 용납하고 싶지 않은 이아나의 '의지'이기도 했다.

들끓는 불쾌감에, 이아나의 정체성과 로베르슈타인의 정체성이 분리되기 시작했다. 점점 정신이 들기 시작하자, 이아나는 참지 못하고 속에서 그것을 아예 두 동강 내 버렸다.

그러자 이질감이 일시에 가라앉는다.

'나는 이아나다.'

이아나는 제 정체성을 되찾았다. 동시에 반성했다. 방금 전 정체성의 혼란에 휩싸였던 것은 제 자의식이 로베르슈타인에 비해 약했기 때문이다.

'난 아직 멀었어.'

로베르슈타인의 지식을 얻고 나서 더 뼈저리게 깨달았다. 그녀는 정말 강한 신이었다. 따라잡으려면 아직 멀었다. 앞으로 더 정진하여 그 신이 살아왔을 영겁에 가까운 세월을 뛰어넘어야 했다.

현재로선 그녀의 봉인을 깨는 게 불가능했다.

'하지만 그래 봤자 내 흘러간 전생일 뿐이지. 반드시 집어삼켜서 이용해 주마.'

전생의 존재와 완전히 섞여 주도권을 빼앗길 뻔한 이아나는 의지를 불태웠다. 그러다가 픽, 하고 힘 빠진 웃음을 내뱉었다.

'그런데 웃기는군. 로베르슈타인에게 잡아먹힐 뻔한 내 정체성을 되찾아 준 게 아르하드에 대한 감정이라니.'

그만큼 아르하드 말고 다른 사람이 제 안에 들어올 여지는 없다는 뜻이다. 아르하드는 제게 있어 유일한 왕이자…… 유일한 남자가 될 수 있는 한 사람이었다.

이아나는 제가 얼마나 아르하드를 중요시하고 있는지 다시 한번 깨달았다. 하나밖에 볼 줄 모르는 제 단순한 성정도 다시 한번 깨달았다.

잠시 숨을 고르던 이아나는 완전히 스스로를 되찾았다.

하지만 여전히 몸은 무거웠고, 머리는 쑤셨다.

사키는 이아나의 옆에 앉아 그녀가 진정하기만을 기다리고 있었다. 눈을 뜬 이아나가 그녀에게 물었다.

"어떻게 된 겁니까?"

"아."

이아나가 말을 걸자, 사키가 손을 덥석 붙잡아 왔다.

"이제 좀 진정되셨군요."

아까는 이명 때문에 들리지 않던 사키의 목소리가 이제는 아주 잘 들렸다.

"일단 누우세요."

사키가 이불을 정리해 주며 재촉하자, 이아나는 거절하지 않고 힘없이 누웠다.

"덩굴을 만진 이후의 기억이 없습니다."

"그럴 만도 하지요. 갑자기 쓰러지셨으니까요."

사키는 이아나가 쓰러지자 사람들의 이목이 집중되었다고 말했다. 사키는 당황했지만, 침착하게 그 자리를 수습한 후 신전에 있는 빈방으로 그녀를 데려와 눕혔다고 했다.

그 후 그녀는 더욱 당황했다. 이아나의 몸에서 갑자기 열이 너무 심하게 났기 때문이다. 그녀의 의학적 지식에 의하면 몸 어딘가에 장애가 생기는 게 당연할 정도로 엄청난 고열이었다.

"제가 할 수 있는 모든 조치를 하였지만, 열은 내리지 않았습니다. 그 후에는 옆에서 몸을 식혀 드리는 것밖에 할 수 없어 의사로서 무력감을 느꼈답니다. 이아나 님을 라오스 신의 곁으로 떠나보내는 줄 알았습니다."

"걱정시켜 드려 죄송하군요."

안도의 한숨을 한번 내쉰 사키가 걱정스레 물었다.

"정신을 차리셔서 정말 다행입니다. 지금은 몸이 어떠십니까? 어디 불편한 곳이 있으시다면 바로 말씀해 주세요."

"머리가 많이 아프고, 무척이나 덥습니다……."

이아나가 끙, 하고 앓으며 대답하자 사키가 낯빛을 굳혔다.

"역시 무리하신 거지요? 세계의 규격에 맞출 수 없는 이아나 님이시지만, 정령왕을 그리 오래 부르고 계셨으니 앓아누우실 만도 합니다."

사키의 말을 들으며 이니스의 존재를 떠올린 이아나가 속으로 그를 불렀다. 하지만 이아나가 정신을 잃으며 소환이 해제된 이니스에게서는 답이 돌아오지 않았다.

이아나는 창밖을 보았다.

쏴아아아…….

비는 계속해서 내리고 있었지만, 물보다 흙에 더 잘 들러붙는 리본을 마저 씻어 내려면 평범한 비로는 안 된다. 이니스의 힘이 필요하므로 이니스를 다시 불러내야 했다.

"그것 때문이 아닙니다. 그보다 사키, 혹시 제가 쓰러질 때 비석이나 나무 덩굴에는 변화가 없었습니까?"

"전혀 없었습니다."

분명 덩굴이 손을 휘감는 느낌이었는데, 환상이었나 보다.

잠시 멍하니 있던 이아나가 퍼뜩 정신을 차리고 물었다.

"제가 얼마나 쓰러져 있었습니까?"

사키가 시간을 확인하더니 말해 주었다.

"세 시간 정도 기절해 계셨어요."

그리 긴 시간은 아니어서 다행이다.

사라체, 프리실라와 약속한 시각까지 얼마 남지 않았다. 이아나는 두 손을 들어 제 뺨을 찰싹 때린 후 다시 몸을 일으켰다. 사키가 놀라서 그녀를 말렸다.

"오늘 하루는 푹 쉬셔야 해요."

"아닙니다. 조금 멍하긴 하지만 거동을 못 할 정도는 아니니까 걱정하지 마세요."

사키는 이아나의 고집을 이길 수 없었다. 이아나가 그렇다는데,

사키가 무얼 어쩌겠는가? 이아나가 앓고 있는 고열과 몸살은 그녀의 의학적 지식으로 해결할 수 없는 부분이었다.

"그보다는 비석을 한 번 더 보고 싶은데 가능할까요?"

"가능은 합니다만……."

이아나는 온몸에 힘을 가득 실은 채 침상에서 내려왔다.

'으윽.'

역시나 몸이 정상이 아니다. 이건 여태껏 겪어 왔던 리바운드 현상, 그러니까 심장의 벽 안에서 신력을 대량으로 빼낼 때마다 몸이 겪던 후유증 중에서 가장 심한 수준이었다.

하지만 이아나는 정신력으로 버티며 어물쩍거리는 사키를 이끌었다.

그들은 다시 신전의 지하로 향했다. 이아나는 비석과 덩굴을 보았다. 그것들은 처음 봤을 때와 똑같은 모습으로 신자들에게 감동을 주고 있었다.

이아나는 덩굴을 만져 보았다.

덩굴과 함께 고통하는 듯한 기묘한 느낌이 들었다. 이아나는 덩굴에 봉인된 심장이 저와 이어졌음을 완전히 인식했다.

하지만 그 외 별다른 현상은 없었다.

'완전하지 않은 심장 일부로 읽어 들일 수 있는 정보는 아까 얻은 게 전부라는 건가.'

물론 이번에 얻은 지식도 대단한 수준이다. 한동안 책상에 앉아서 정리해야 할 정도로 많았다.

하지만 뭔가 군데군데 비어 있는 것 같은 느낌이 아쉬운 건 어쩔 수 없었다.

이아나가 치장에 관심이 전혀 없다 보니, 사라체와 프리실라는 파티 며칠 전부터 만나서 의상에 대해 의논하곤 했다.

사라체는 왕년에 사교계에서 꽃이라 불리던 여자였고, 옷과 장신구를 고르는 감각이 좋았다.

일찌감치 프리실라의 재능을 알아본 사라체는 파티에 참석하기 위해 옷을 맞출 일이 있으면 그녀에게 맡겼다.

다정한 사라체와 밝은 프리실라는 성격도 잘 맞아서 자연스럽게 친해졌다.

사라체와 프리실라는 약속 장소로 가며 수다를 떨었다.

"부인은 파티에 꽤 성실하게 참석하시는군요?"

"난 거의 로베르슈타인 영지에 있으니까. 수도에만 오면 다들 파티 초대장을 보내더라고. 그런데 다 안면이 있는 얼굴들이라 거절하기가 어려워."

프리실라가 한숨을 푹 내쉬었다.

"이아나 양도 파티에 자주 참석하면 좋을 텐데."

영 아쉽다. 수련으로 다져진 이아나의 몸매는 그녀가 봐 온 모델의 몸 중 최고라고 자신 있게 말할 수 있었다.

그런 몸과 얼굴을 가졌으면 꾸미는 데 관심을 둘 법도 한데, 이아나는 그저 단순함과 편함만 추구했다.

'뭘 입어도 멋지니 그것도 좋지만.'

이아나를 처음 만난 순간부터 쉴 새 없이 조른 덕분에, 요새 이아나의 옷은 죄다 프리실라가 만들고 있었다.

프리실라는 그 탐나는 몸에 제 옷을 입힐 수 있어 좋았고, 이아나도 옷을 살 필요가 없어 좋으니 그야말로 상부상조였다.

덕분에 프리실라는 중성적인 옷의 매력에 눈을 떴고, 이아나의 옷을 만드는 것만으로도 욕망을 충분히 채울 수 있었다.

그래도 아쉬운 건 아쉬운 거다.

파티에 참석하는 귀족들의 드레스는 사치 그 자체였고, 디자이너들도 비싼 재료들을 아낌없이 써 가며 그야말로 예술의 경지인 드레스를 만들 수 있었다.

'이아나 양이 그런 드레스를 입으면 눈이 부실 텐데.'

프리실라가 망상하는 사이 사라체가 고개를 저었다.

"그 애는 파티를 싫어하니까."

"아예 참석 안 하는 건 아니잖아요? 싫으면 죽어도 안 할 이아나 양인데, 그건 또 아니니까 무슨 생각을 하고 있는 건지 모르겠어요."

사라체가 쓴웃음을 지었다.

이아나가 파티에 참석하는 건 반강제였다.

이아나는 사교계나 귀족들의 세계에 관심이 없다 못해 아예 저와 분리해 놓는 듯했다.

파티에 참석한 건 아직 두 번뿐이지만, 이아나는 파티장에 들어섰다 하면 구석으로 가기 일쑤였다. 지인과 얘기를 나누다가 둘러보면 이미 사라져 있었다.

그만큼 파티에 가치를 느끼지 못한다는 소리다.

로베르슈타인 가문에도 무관심한 건 마찬가지였다.

'참으로 칼 같은 성정이구나.'

한번 아니라고 자르면 절대 뒤돌아보지 않는 그 성격이 대단하면서도 무서웠다.

사라체도 이젠 포기했다. 이아나의 마음을 돌리지 못하는 건 기정사실이고, 사라체는 그저 잘못을 바로잡기 위해 노력했다. 그녀를 데리고 파티에 참석한 체르노와 사라체가 노력하면서, 이아나의 평판은 점점 좋아지고 있었다.

이아나가 로베르슈타인 가문 때문에 잃어야 했던 것들을 되찾아 주는 것. 그것이 사라체가 해야 할 일이었다.

사라체가 생각에 잠긴 사이 저 혼자 아쉬움을 털어 내고 결론을 내린 프리실라가 즐겁게 외쳤다.

"그래도 우리 이아나 양은 멋지니까 됐어요! 솔직한 것도 매력이지만 그렇게 알쏭달쏭한 점도 매력이야. 하여간 매력 덩어리라니까."

사라체가 미소를 지었다.

프리실라의 절제된 드레스는 냉정한 이아나와 너무나 잘 어울려 그녀의 고고함을 돋보이게 해 주었다. 덕분에 이아나를 천하다고 욕하던 귀족들도 그녀 앞에서는 꿀 먹은 벙어리가 되어 버렸다. 프리실라는 사라체에게도 무척 고마운 사람이었다.

"프리실라 양이 이렇게 건강한 모습으로 이아나와 있어 줘서 다행이야. 요즘 테오도르가 전염병 때문에 난리잖아."

"전염병은 아닌 것 같지만…… 복 받았다고는 생각하고 있어요."

길거리는 축제 준비로 한창이었다. 하지만 준비하는 사람들의 얼굴은 어딘가 어둡다.

"저도 사실 얼마 전에 기침 때문에 죽을 것 같았거든요? 그런데 하루 푹 자고 일어났더니 싹 다 나았더라고요. 시기가 안 좋아서 저도 곧 죽겠거니, 하고 착각했었는데 단순한 감기였던 거죠."

"정말 다행이네. 그런데 아까 전염병은 아닌 것 같다고 했지? 왜 그렇게 생각해?"

"이아나 양이 테오도르산 음식은 먹지 말라고 해서, 수입산만 먹었더니 그 이후론 펄펄했거든요. 역시 이아나 양!"

"테오도르 산지 식품들에 문제가 있나 봐. 그런데 이아나는 그 걸 어떻게 안 걸까?"

"이아나 양 친구 중에 아픈 애가 한 명 있거든요. 이아나 양이 그 애 걱정을 많이 하는 것 같았어요. 따로 알아보지 않았을까요?"

"상냥하구나."

사라체가 씁쓸하게 말했지만 그를 눈치 채지 못한 프리실라가 웃었다.

"아닌 척하면서 다 챙겨 준다니까요. 그런데 요즘은 전염병이라고 생각하는 사람 거의 없어요. 다들 먹는 거에 문제가 있다고 생각하지."

사라체와 프리실라는 이아나와 만나기로 한 약속 장소에 조금 일찍 도착했다.

주변을 구경하며 기다리는데, 약속 시각이 되어도 이아나는 오지 않았다.

뭘 하든 칼 같은 이아나는 약속 시각도 칼같이 지키곤 했다. 그런데 그런 이아나가 오지 않자, 사라체와 프리실라는 이아나를 걱정하기 시작했다.

"무슨 일 있는 걸까?"

"이아나 양은 약속 외의 일은 웬만하면 다 무시할 사람이라 절
대 약속에 늦지 않는데…… 별일 아니었으면 좋겠네요."

그 뒤로 몇 분이 더 흐르고, 마침내 이아나가 왔다.

"늦었군요. 죄송합니다."

사라체와 프리실라는 반가운 기분으로 목소리가 들려온 쪽을
돌아보았다가, 이아나의 안색을 보고 낯을 굳혔다.

"이아나, 어디 아프니?"

"좋은 상태는 아니지만, 괜찮습니다."

이아나에게 쪼르르 달려가 찰싹 달라붙은 프리실라가 흠칫하곤
그녀의 이마에 손을 올렸다.

"몸이 뜨거운데. 파티에 안 가고 쉬는 게 좋지 않겠어요?"

프리실라의 눈망울에 맺힌 걱정을 본 이아나가 고개를 절레절
레 저었다.

"그 정도는 아닙니다. 어차피 파티에 오래 있을 생각은 없으니
몸 상태는 상관없습니다. 어서 가시죠."

이아나가 앞장서서 성큼성큼 걸어가자, 사라체와 프리실라는 일
단 걱정스러워하면서도 뒤따를 수밖에 없었다.

로베르슈타인 가문의 수도 별장에 도착한 그들은 치장을 시작
했다.

프리실라는 자신의 뮤즈인 이아나를 다른 사람 손에 맡기기 싫
어 모든 것을 전담하고 있었다.

이아나도 여전히 불편하기만 한 로베르슈타인 가문의 사람보다

는 프리실라가 편했으니 집착에 가까운 뮤즈 타령에 순응해 주었다.

그리하여 한쪽 분장실에는 프리실라와 이아나만 들어왔고, 사라체는 다른 방에서 하녀들에게 도움을 받아 치장하였다.

"짜잔."

프리실라가 준비한 드레스는 아주 단순하면서도 평소처럼 절제미를 강조한 디자인이었다. 이번 드레스는 아주 수수한 느낌이었다.

"계절이 가을인 것과 수확제인 걸 생각해서 짙은 고동색 계열로 준비했어요. 이 시국에 화려한 옷은 좋지 않을 것 같아서 장식은 최소한으로 했고요."

"괜찮네요."

한없이 솔직하면서도 칭찬에 인색한 이아나에게, '괜찮네요'는 무척 마음에 든다는 말이다. 이아나에게 옷을 입혀 주던 프리실라가 뺨을 붉히며 기쁨을 표했다.

하지만 이아나의 허리를 리본으로 조여 매며, 프리실라는 영 찜찜하다는 듯 미간을 좁혔다.

"이아나 양, 정말 괜찮아요? 몸이 정말 뜨거워요. 옆에 있는 저도 땀이 날 정도예요."

이아나는 티를 내지 않으려 했지만, 뜨거운 몸과 달뜬 호흡, 상기된 뺨과 흐려진 눈동자는 쉬이 숨겨지는 게 아니었다.

그래서 프리실라는 몇 번이나 파티에 참석하는 걸 다시 생각해 보는 게 어떠냐고 물었지만, 이아나의 고집은 변하지 않았다.

"당신이 땀을 흘리는 건, 작은 키로 제게 옷을 입혀 준다고 끙

낑대느라 그런 겁니다."

이아나는 말을 돌리기만 했다.

"역시 이아나 양. 겁이 없으니까 말로 키 작은 사람 마음을 후벼 버리네."

프리실라는 투덜거리며 옷매무새를 다듬어 주곤 화장을 해 주기 시작했다.

이아나는 프리실라에게 경고했다.

"파티 참석은 결정된 거니까, 더는 말하지 말아요."

걱정해 주는 건 고맙지만, 안 그래도 머리가 아파 신경이 날카로워져 있는데 프리실라가 자꾸 제 결정에 토를 달면 무슨 독설을 내뱉을지 알 수 없었다.

"우리 이아나 양 고집을 누가 말려."

이아나의 어투에는 날이 서 있었고, 평범한 사람이었으면 이미 겁을 먹고 입을 다물었을 것이다.

하지만 예전에 이아나의 살기까지 이겨 낸 프리실라의 신경은 쇠심줄처럼 단단하면서도 유연했다.

"상태가 안 좋으면 바로 나오기예요? 전 언제나처럼 여기서 기다리고 있을 테니까 오자마자 싹 다 벗겨서 편하게 쉴 수 있게 해 줄게요. 으흐흥."

프리실라는 가볍게 농담하며 이아나를 걱정할 뿐이었다.

"늘 고맙게 생각합니다."

이아나는 그런 프리실라에게 감사를 표했고, 프리실라는 미소를 지었다.

"아파 보이는 건 최대한 화장으로 감춰 볼게요."

"고마워요."

프리실라가 뺨에 분을 묻히는 걸 느끼면서, 이아나는 눈을 감았다.

"……."

프리실라는 화장을 하다 말고 이아나의 왼손 약지에 얌전히 끼워져 있는 고급스러운 반지를 힐끔거리며 음흉한 미소를 지었다.

'아르하드 군, 대단한 남자야. 이 무서운 이아나 양을 구워삶아 연인으로 만들더니 왼손 약지에 반지까지 끼워 주고.'

눈썰미가 좋은 프리실라는 여행을 끝내고 기숙사로 돌아온 이아나를 만나자마자 그녀의 약지에 끼워진 반지를 발견했다. 프리실라는 즐거운 비명을 질러 댔다.

방학이 끝날 때까지 기숙사의 방에 칩거할 예정이었던 이아나에게, 프리실라는 제발 무슨 일이 있었는지 이야기해 달라고 치근덕거렸다.

말을 해 주지 않으면 평생 귀찮게 할 판이라, 이아나는 대충 이야기해 주었다.

그리고 프리실라는 만족했다.

'이아나 양이 먼저 뽀뽀까지 할 정도로 자기를 좋아하게 만들다니. 과연, 그 잘생긴 얼굴만큼 똑똑하고 음흉하구나.'

프리실라가 화장을 멈추고 눈을 감고 있는 이아나의 얼굴을 감상했다.

속눈썹은 길었고 코는 오뚝했다. 오밀조밀한 얼굴에 조금 붙어 있던 젖살이 점점 사라지면서 얼굴은 더욱 작아지고 선은 뚜렷하게 드러났다.

그녀의 예쁘장한 얼굴에 홀딱 빠진 프리실라가 침을 흘리고 있는데 이아나가 눈을 떴다.

그녀의 가장 큰 매력은 이 눈동자가 아닐까?

활활 타오르는 불꽃처럼 아름답고 강인한 색.

그 독특한 색이 아름답고 예뻐서 빨려 들어갈 것 같다는 생각이 종종 든다.

하지만 예쁜 것도 예쁜 거지만 프리실라는 그녀의 눈을 볼 때마다 더없이 안전한 느낌과 함께 평생 옆에 붙어 있고 싶다는 느낌을 받곤 했다.

그런데 지금은 안전하다기보다는 위험하다.

조금 젖어 있어 뭔가 섹시한 느낌이…….

'허억, 허억…….'

프리실라와 잠시 눈을 마주하고 있던 이아나가 물었다.

"뭐 합니까?"

"감상…….'

"감상은 무슨……. 피곤하니까 빨리 끝내 주시면 감사하겠습니다."

이아나가 다시 눈을 감자 프리실라는 손을 움직이면서 계속 그녀의 얼굴을 감상했다.

'갈수록 예뻐지네. 아르하드 군 힘들겠어. 파티에서 이아나 양을 노리는 귀족들이 점점 많아질 것 같은데 괜찮을까?'

프리실라가 아르하드의 연애 전선을 걱정하며 물었다.

"아르하드 군은 이번 파티에 참석하나요?"

"아뇨."

이아나가 냉큼 잘라 버렸다.

아르하드는 착실하게 약속을 지키고 있다. 그녀가 파티에 오지 말라고 협박에 가깝게 윽박지르자 그는 얌전히 탑에 틀어박혀 있겠다고 말했다.

어제, 무슨 일이 있으면 반지로 연락해 달라고 신신당부를 한 그는 언제나처럼 이아나를 여자 기숙사 앞까지 데려다주었다. 이아나를 바라보는 그는 마치 집에 혼자 남겨진 채, 떠나는 주인을 보는 개 같았다.

그래서 마음이 약해질 뻔했지만, 이아나는 마음을 다잡았다.

프리실라가 이해할 수 없다는 듯 물었다.

"왜요? 아르하드 군도 파티를 좋아하지 않는 거예요?"

'하지만 그 사람, 이아나 양을 미치도록 좋아하니까 쫓아오고도 남을 텐데.'

프리실라의 머리에서 의문이 증폭되고 있었지만, 이아나는 글쎄요, 하고 말을 끊어 버렸다.

"이아나 양, 오늘 몸이 안 좋으니까 아르하드 군이 붙어 있는 게 좋지 않겠어요? 제가 불러올까요?"

"절대 안 됩니다."

이아나가 그녀답지 않게 질색을 하며 거부하자 프리실라는 입을 다물었다.

'진짜로 안 돼.'

이렇게 아픈 걸 알게 된 아르하드가 무슨 생각을 할지, 상상도 하기 싫었다. 꼴사납게 아픈 모습을 보이기도 싫었다.

무엇보다 한번 시작한 일은 끝을 봐야 이아나의 성미에 맞았기에, 이아나는 신전에서 나오자마자 이니스를 불러내 리본을 씻어 내는 일을 마무리 짓고 있었다. 아르하드에게 이런 상황을 들킨다니, 생각만 해도 끔찍했다.

하지만 이아나가 걱정이 된 프리실라는 이아나가 알았다면 대경실색할 생각을 몰래 하고 있었다.

'파티에 못 오는 사정이라도 있는 건가? 하지만 언질이라도 줘야겠어. 이아나 양이 아픈 건 처음 보는걸.'

프리실라가 무슨 생각을 하는지도 모르고, 이아나는 그녀의 손길에 치장을 마쳤다.

"다녀오겠습니다."

프리실라에게 인사를 한 이아나가 사라체와 함께 저택을 나서고, 마차는 물보라를 만들어 내며 왕궁 쪽으로 향했다.

프리실라는 저택 밖까지 나와 둘을 배웅했고, 가만히 서서 작아지는 마차의 뒷모습을 지켜보았다.

마차가 시야에서 사라지자마자 프리실라는 빠른 걸음으로 걷기 시작했다. 그녀의 발걸음은 저택 쪽이 아닌 출구 쪽으로 향하고 있었다.

프리실라는 이아나가 돌아오면 탈의를 돕기 위해 로베르슈타인 저택에 대기하고 있을 예정이었다.

이아나는 축제 날 집구석에 처박혀 있겠다는 프리실라에게 미안해했지만, 당사자는 축제를 즐길 기분이 안 든다는 말과 함께 책이나 읽고 있겠다며 손사래를 쳤다.

그랬던 프리실라지만, 이아나의 몸 상태가 지나치게 걱정됐던 그녀는 아르하드를 찾아가기로 했다.

이아나에 대한 걱정으로 가득 차 바삐 걷던 프리실라의 발걸음은 한동안은 무척 빨랐다. 하지만 머릿속을 꽉 채운 걱정들을 비집고 이아나의 강경한 태도가 뭉글뭉글 떠오르자 속도는 점차 느려졌다.

'이아나 양은 아르하드 군이 파티에 오는 걸 심하게 꺼리는 것 같았어. 정말 심각한 사정이 있는 게 아닐까?'

'괜히 파티에 참석 못 하는 아르하드 군 속만 뒤집어 놓는 건 아니겠지?'

'이아나 양, 선 넘는 거 엄청 싫어하는데……. 나 이거 선 넘는 거 아니지? 넘는 건가? 이아나 양이 나랑 연 끊는 거 아니야? 으악, 그건 싫은데.'

'다시 저택으로 돌아가야 하나?'

'이아나 양, 괜찮다고 말했지만 무리하고 있는 게 확실해. 이아나 양이 약한 모습을 보이는 사람은 아르하드 군뿐이니까, 파티는 참석 못 하더라도 그 사람이 마중 나와 있는 게 이아나 양에게도 좋을 거야.'

고뇌하면서도 발걸음을 멈추지 않던 프리실라가 벼락같은 깨달음을 얻고 우뚝 멈춰 섰다.

'미쳤네. 머리를 어디에 두고 사는 거야? 나 아르하드 군이 어디 있는지 모르잖아?'

오늘은 공휴일인데다, 병으로 마비된 학술원의 무거운 분위기가 싫어서 대다수 학생이 외출하는 추세였다. 아르하드가 학술원에 있을 가능성은 낮았다.

기숙사에 틀어박혀 있는 학생들도 없진 않았지만, 아르하드는 기숙생이 아니었다. 그렇다고 해서 그의 집을 알아낼 수 있는 것도 아니었다.

그가 기숙생이 아니라는 것을 알고 사랑에 빠진 수많은 여성이 몇 년간 그의 집을 알아내려고 했으나 죄다 실패했다는 이야기는 여자들 사이에서 흥미로운 수다 주제였다.

비는 추적추적 내리고, 발은 진탕이 된 흙에 파묻히고, 사람들은 어깨를 치며 지나가고.

망연자실한 프리실라가 어찌할 바를 모르고 갈팡질팡하다가, 다시 학술원 쪽으로 움직이기 시작했다.

'일단 수소문이라도 해 보지 뭐. 진짜 못 찾겠으면 돌아가는 거고…….'

그렇게 하염없이 걷고 있는데, 갑자기 사람들의 움직임이 둔해졌다.

'뭐야, 앞에 무슨 일 있나?'

프리실라는 사람들 사이에 낀 채로 천천히 걷다가, 군중의 발걸음이 느려지게 만든 원흉에 도달했다. 사람들이 거리의 중앙 쪽을 피해서 걷고 있었다.

호기심이 생긴 프리실라가 발꿈치를 들고 앞을 기웃거렸다.

"신고한 지가 언젠데, 경비대는 왜 이렇게 늦어?"

"여기저기 쓰러지는 사람이 많으니까."

키가 작아서 잘 보이지는 않았지만, 그곳에는 사람 한 명이 쓰러져 있는 것 같았다.

"이미 죽은 거 아니야?"

"누구 하나라도 치우지."

"그럼 네가 하지그래."

최근에는 누구나 쓰러진 사람을 돕는 걸 꺼렸다. 전염병이 아닌 것 같다는 말이 조심스레 나오고는 있었으나 안심할 단계는 아니었다.

'살기 팍팍하네.'

프리실라가 혀를 쯧쯧 찼다.

"저 옷, 그거잖아."

"그럼 확실하네."

주변에서 들려오는 무정한 대화들 속에서 옷이라는 단어를 골라낸 귀가 쫑긋했다.

'무슨 옷이길래?'

쓰러진 사람이 보이기 시작하여 프리실라가 호기심이 담긴 시선을 던졌다.

"응……?"

프리실라는 익숙한 머리와 몸을 보고 흠칫했다.

프리실라의 예리한 눈썰미는 두상과 신체 치수만으로도 지인을 알아볼 수 있게 했다. 고로, 피에 젖은 넝마 상태로 엎어져 있는 그는 프리실라가 아는 사람일 가능성이 컸다.

프리실라는 설마, 하며 군중을 헤치고 앞으로 나왔다. 죽은 듯 미동도 없는 사람의 얼굴을 조심스레 확인한 프리실라가 비명을 질렀다.

"세상에!"

경악하여 주저앉은 프리실라가 그를 흔들었다. 그녀는 이 지적인 외모의 잿빛 소년을 똑똑히 기억하고 있었다.

"리키젠 군, 정신 차려요!"

병원에 입원해 있던 그가, 환자복을 입은 상태로 길 한복판에 쓰러져 있는 이 상황을 이해하기가 어려웠다. 그것도 잔뜩 다친 상태로.

"아아아, 이게 무슨 일이야."

당황한 프리실라가 우왕좌왕하고 있는데 주변에서 그녀를 타박하기 시작했다.

"거, 아가씨가 아는 사람이요?"

"지인이면 좀 데려갑시다."

"병에 걸렸으면 얌전히 병원에 있어야지, 이게 무슨 민폐요?"

사람들이 무심하게 던지고 가는 말들에 정신을 차린 프리실라가 주변에다 대고 외쳤다.

"좀 도와줘요!"

주춤거리며 쳐다보기만 할 뿐 손을 내미는 사람은 없었다. 프리실라는 이를 악물고 끙끙대며 리키젠을 등에 둘러업으려 했지만, 그녀의 작은 신장으로는 역부족이었다.

축 처진 리키젠의 발이 땅에 질질 끌렸다.

"도와 달라고요! 전염병 아니란 말예욧!"

"흠흠."

대부분의 사람들은 그녀의 시선을 피하며 발걸음을 재촉해 그 자리를 벗어났다.

"거기, 아저씨! 라오스 신이 그렇게 살래요? 제가 업을 테니까 뒤에서 받쳐만 줘요!"

하지만 망설이고 있는 사람도 꽤 많았다. 프리실라가 한 사람을 지목하자, 그는 엉거주춤 나서서 그녀를 도와주었다.

축 늘어진 소년의 몸은 무거웠다. 하지만 리키젠을 악착같이 업어 든 프리실라는 인근의 병원으로 향했다.

그를 침상에 눕힌 프리실라는 일손이 부족한 간호사를 도와 피와 진흙으로 축축하게 젖은 옷을 새로 갈아입히고, 난로 옆에서 깨끗한 수건으로 몸을 닦아 주며 치료를 거들었다.

리키젠은 정신을 차리지 못했다. 몸이 불덩이 같은 게, 상태가 최악으로 악화되어 오락가락하는 게 분명했다.

"이런, 세상에. 어떻게 이런 일이. 아니, 병원에 입원했던 리키젠 군이 왜 이 꼴로 엎어져 있었대? 이거 누구한테 말해야 하는 거야?"

리키젠의 보호자를 떠올려 보려 했지만 생각나지 않았다. 이아나를 중간에 두고 인사를 나누는 사이일 뿐, 리키젠과 친분이 있지는 않았다.

그런 그녀가 이아나를 떠올리는 건 당연했다.

"이아나 양? 하지만 이아나 양은 파티에…… 아아, 난 뭘 하고 있어야 하는 거야?"

프리실라는 혼란스러워하며 한참이나 왔다 갔다 하다가, 일단 리키젠의 곁을 지키기로 하고 그를 간호했다.

한 시간이 채 안 돼서, 리키젠이 앓는 소리를 내며 눈을 떴다.

"리키젠 군!"

반색한 프리실라가 리키젠의 이름을 부르며 다가갔다.

"헉!"

침대가 덜컹거렸다. 리키젠이 경련할 정도로 놀란 탓이었다. 함께 놀란 프리실라도 걸음을 멈추었다.

"당신은······ 하아."

제 이름을 부른 사람의 얼굴을 확인하고, 리키젠은 눈에 띄게 안심했다.

"프리, 쿨럭, 실라 님이군요. 그런데 왜 여기에······."

안심한 것도 잠시, 리키젠이 몸을 벌떡 일으켰다.

"프리실라 님!"

"네, 네?"

다급한 표정의 리키젠이 프리실라의 팔을 움켜쥐었다. 리키젠도 프리실라를 보자마자, 마찬가지로 이아나를 떠올렸다. 프리실라의 룸메이트, 지금 도움이 될 수 있는 사람이었다.

"이아나 님이 어디 계신지 알고 있어요? 네?"

리키젠은 기침을 정신없이 뱉어 내면서도 말을 이어 갔다. 매사에 냉소적이고, 평소 표정 변화가 없는 그의 낯이 지나치게 절박했다.

"아, 아니······ 헉, 아니, 그게 아니라 알고는 있는데."

당황한 프리실라가 말을 더듬거리자 리키젠이 손에 힘을 주었다.

"어딨어요?"

"왕궁에 있어요. 오늘 라오스감사절이잖아요."

리키젠이 침대에서 내려섰다.

"당신, 여자 귀족들 많이 알죠? 빨리 왕궁으로 가요. 가서 아무한테나 부탁해서 이아나 님 좀 불러 줘요. 쿨럭, 쿨럭! 큭!"

"아, 알았어요. 무슨 일인진 몰라도 알았다고요. 제가 불러와 볼 테니까 리키젠 군은 누워요. 움직이면 안 돼요."

"누워 있을 시간 없습니다! 에이지 형님이 위험해요."

"응?"

리키젠만으로도 충분히 뜬금없는데 에이지는 또 왜?

프리실라가 멍하니 리키젠을 보자 그가 죽은 낯으로 외쳤다.

"죽을지도 몰라요!"

프리실라의 눈이 휘둥그레졌다. 리키젠이 쿨럭거리며 프리실라를 떠밀었다.

"어서요!"

"어, 어떡해. 이게 대체 무슨 일이람."

그의 손에 떠밀린 프리실라가 허둥지둥 병원을 나섰다.

몇 시간 전.

이아나와 사키가 다녀간 후, 리키젠의 상태는 좋다고는 말할 수 없었지만 그래도 아침 일찍 일어나 책을 읽을 수 있을 정도로 호전되어 있었다.

죽은 듯이 누워 있는 사람들 사이에서 책을 읽고 있는데, 에이지가 찾아왔다. 에이지는 가끔 다른 사람의 눈을 피해 아침 일찍 리키젠의 병문안을 오곤 했었다.

에이지는 조금 나아 보이는 리키젠을 물끄러미 쳐다보았다.

"괜찮냐."

"좀 낫네요. 그런데 할 일 없어요? 귀찮게 왜 자꾸 찾아옵니까?"

언제나 병든 닭처럼 누워 있던 리키젠이 꽤 나은 모습으로 시비를 걸어 대자 에이지가 피식 웃었다.

"등신, 운동 좀 해라. 맨날 책 먼지만 마시고 있으니까 이런 병에나 걸리지."

"왜 환자한테 시비 걸어요?"

"인마, 시비는 네가 먼저 걸었잖아."

"형님이 자주 찾아와서 귀찮게 하는 건 사실이잖아요. 바쁘지 않습니까? 전 괜찮으니까 이제 신경 쓰지 말고 할 일이나 하세요."

리키젠은 툴툴거렸지만, 그래도 은근히 기뻐하는 게 드러났다. 가족도 없는 마당에, 저를 걱정해서 병문안을 와 주는 지인이 반갑지 않을 리가 없었다.

다만 저 때문에 에이지가 자기 할 일을 못 할까 봐 저렇게 통명스럽게 구는 것이다. 리키젠은 그런 놈이었다.

"내숭 떨지 마, 짜샤. 근데 신기하네. 너 어떻게 이렇게 괜찮아졌냐? 이거 쉽게 나을 병 아닌데?"

"모릅니다. 음, 이아나 님이랑 지인분이 다녀가신 후부터 괜찮아진 것 같기 해요. 그때 몸이 엄청 가벼워졌었거든요. 그 뒤론 또 점점 악화되고 있는 것 같지만."

에이지의 눈빛이 묘해졌다.

"이아나 양이 뭐라도 해 줬냐?"

"그분보다는 지인분이 뭘 해 주신 것 같은데…… 모르겠네요. 음, 지인분도 이아나 님이 데려오신 거니까 뭘 해 주신 건 맞죠. 얼마 전에는 묵은해 음식만 먹으라면서 이것들도 가져다주셨어요."

리키젠이 고갯짓하자 에이지가 옆의 선반을 보았다. 그 위에 놓인 봉지에는 빵이 한가득 담겨 있었다.

"빵?"

"먹고 싶다니까 사다 주셨네요. 작년에 수확한 밀로 만든 빵이라고 합니다."

리키젠이 머리를 긁적거렸다.

"그런데 이상하게 먹어도 먹어도 부족해요."

"빵에 미쳤냐?"

"그게 아니라, 빵이 먹고 싶다고 생각했는데 빵이 아니었던 느낌…… 컥."

"빵이나 처먹어."

리키젠이 이상함을 제대로 표현하기도 전에, 빵을 하나 집어 든 에이지가 그의 입에 빵을 쑤셔 넣었다.

불만스러운 표정으로 우물거리는 리키젠을 내려다보는 에이지의 얼굴이 씁쓸했다.

'아마도 리본을 섭취하고 싶은 거겠지.'

이 모든 게 그의 죄악이었다.

"있지, 고양아. 사실 '너 때문에' 리본을 푼 거야. 네가 어떻게 반응할지 궁금해서. 죄 없는 다른 사람들이 고통받고 죽어 나가는 거, 전부 너 때문이라고."

마르가리타의 저주를 떠올린 에이지의 손에 힘이 들어갔다.

"테오도르 인간들을 다 죽이든 말든 관심 없으니 나 때문이라는 둥, 내가 당신 밑에서 기면 그만둬 준다는 식의 헛소리 집어치우고 당신 마음대로 해."

마르가리타에게 그렇게 말했었지만, 사실 마음대로 하게 내버려 두고 싶지 않다.

불특정 다수에 대한 죄책감은 블랙폭시 일을 하면서 먼 옛날에 희석된 지 오래지만, 그의 친구들에 한해서는 아니었다. 과거에 그가 겪었던 고통을 친구들이 공유하는 걸 원치 않았다. 지인이 아파서 친구들이 마음 아파하는 것도 싫었다.

그래서 마르가리타를 그 자리에서 죽여 버리고 싶었다. 그러나 장소도 장소거니와 무엇보다 마르가리타의 세뇌를 벗어나지 못했기에 죽일 수 없었다.

그리하여 죄책감을 마음 한쪽에 품고 리키젠의 병실을 자주 방문해 온 에이지다. 오늘은 상태가 많이 나아 보이는 리키젠을 보고 에이지도 기분이 조금은 가벼워졌다.

'마르가리타가 리키젠에게 반응하지 않은 걸 보면, 이아나 양이 그 마녀의 눈을 피해 뭔가를 해 준 모양이네.'

무뚝뚝한 주제에 해 줄 건 다 해 주는 그녀를 떠올린 에이지가 낮게 웃었다.

'역시 자기 선 안에 들인 사람은 가만 내버려 두질 못하는구나. 상냥해라.'

인상을 찌푸릴 때는 언제고, 어느새 빵을 맛있게 먹고 있는 리키젠을 보며 에이지가 잔소리를 했다.

"빵만 먹으면 되겠어? 이 빵쟁이 짜샤, 야채나 과일도 좀 먹어야 할 거 아냐."

"안 그래도 상큼한 게 먹고 싶긴 합니다."

"지금 가서 사 올 테니까 얌전히 누워 있어."

리키젠이 히죽 웃었다.

"마실 것도 사다 주세요."

"뻔뻔한 자식."

"아, 그리고 나가기 전에 저기 창문도 닫아 줘요. 요새 비가 왜 이렇게 많이 오는지…… 조금만 문을 열어 놔도 춥네요."

"내가 네 하인이냐?"

에이지는 투덜대면서도 창문을 닫아 주었다.

"하여튼 꼼짝 말고 붙어 있어라."

"네, 네."

에이지가 나가면서 병실 문이 닫히자 조용해진 병실에서 리키젠은 다시 책을 들었다.

그러나 얼마 후 고요는 깨졌다.

문이 벌컥 열렸다.

"너구나?"

리키젠은 에이지가 뭘 내버려 두고 갔나 싶어서 문을 보았다가 의아함을 감추지 못했다. 깡마른 여자 하나가 병실 안으로 성큼성큼 들어오고 있었다.

리키젠은 그녀를 위아래로 훑었다. 모르는 사람이었다.

"네 이름, 리키젠?"

"맞는데, 누구십니까?"

마른 웃음이 리키젠을 향했다.

"잘생긴 소년이네? 내 취향이야."

"……."

갑자기 들어와서 미친 소리를 지껄인다. 할 말을 잃은 리키젠이 미친년 보듯 여자를 쳐다보는데, 그녀가 손가락을 흔들었다.

"아주 잠깐 잠들어 있으렴."

리키젠은 저항할 수 없었고, 이내 기절하듯 잠에 빠졌다.

여자, 마르가리타가 리키젠을 끌어안듯 들어 올렸다.

"지옥이 너를 찾아가기 전, 찰나의 휴식이란다."

리키젠을 허공에 띄운 마르가리타가 창문을 열었다. 그녀가 뒤를 돌아보며 웃었다.

"빨리 쫓아오는 게 좋을 거야. 이 아이가 죽기 전에."

마르가리타는 창문으로 훌쩍 뛰어내렸다. 그리고 느긋하게 콧노래를 부르며 블링크를 시전하여 그녀가 자주 다니는 구역으로 향했다.

자신이 원하는 장소에 도착하여 리키젠을 벽 구석에 떨어뜨린 마르가리타가 마법을 해제했다.

"으음……."

잠들었던 리키젠이 인상을 찌푸리며 신음을 내뱉었다. 눈을 뜬 그가 상황 파악이 되지 않은 채로 주변을 둘러보았다.

"이게 무슨……."

"안녕."

위에서 들려온 목소리에 리키젠이 고개를 들었다. 정신을 잃기 전에 봤던 이상한 여자가 자신을 내려다보고 있었다.

"······누구시죠?"

"에이지의 주인이란다."

'주인?'

리키젠은 에이지가 암흑가에서 정보상으로 일한다는 걸 알고 있었다. 그의 주인이라면, 에이지가 일하는 조직의 보스밖에 없었다.

'그런데 그 사람이 나를 왜?'

마르가리타가 호들갑을 떨었다.

"어머, 어머. 너에게서 분명 내 마법이 느껴지는데······ 좀 옅어 졌네? 에이지가 도와준 거니?"

리키젠이 미미하게 미간을 좁혔다.

'마법······. 좀 옅어졌다······?'

영민한 리키젠은 제 상황과 그녀의 말을 빠르게 조합하였고, 이내 제 병이 마법에 의한 것이며, 이아나가 데려왔던 지인이 마법에 살짝 손을 댔다는 것을 알았다.

그리고 마법을 건 당사자가 눈앞의 여자라면, 테오도르를 잠식한 질병 사태가 어쩌면 에이지의 조직과 관련 있을지도 모른다고 어렴풋이 추측했다.

리키젠의 얼굴이 시니컬한 무표정으로 변했다.

"무슨 소리를 하시는 건지 모르겠네요."

리키젠은 미간을 찌푸리며 아무것도 모르는 척, 상대가 유심히 들여다봐야 알 수 있을 정도로만 파르르 떨었다. 그의 그런 재능 은 천부적이라서 그 노련한 마르가리타조차도 속아 넘어갈 정도 였다.

리키젠이 겁을 먹었지만 겁먹지 않은 척 구는 거라고 생각한 마르가리타가 웃었다.

"응, 몰라도 돼. 그보다 넌 에이지와 무슨 사이니?"

"그냥 아는 '지인' 사이입니다."

"그럴 리가 없어. 에이지는 다른 사람에게 제 시간을 지속적으로 할애할 만큼 여유가 있지 않아. 널 그만큼 아낀다는 소리야. 혹시 너 에이지의 애인이니? 에이지가 남색에 눈을 뜬 거야?"

"그런 거 아닙니다. 그냥 알고 지낼 뿐이에요. 저는 왜 여기로 데려온 거죠? 돌려보내 주세요."

"어머, 꽤 침착한 아이구나. 얘, 넌 몰라도 고양이가 널 아끼는 건 확실하단다. 고양이의 애인이라던 계집애들은 아무것도 모르는 원나잇 상대에 불과했거든. 그리고 고양이는 고문당하는 계집애들을 전혀 신경 쓰지 않았지. 잔인하게도."

'고양이⋯⋯. 고문⋯⋯.'

리키젠은 마르가리타의 몇 마디에 불과한 말들에서 수많은 정보를 얻을 수 있었다. 이 여자에게 에이지가 어떻게 취급당하고 있다든가, 절대 좋은 사이는 아니라든가.

탁한 눈동자가 히죽히죽 웃는 마르가리타를 훑었다. 마르가리타의 손에는 고문용으로 보이는 장침이 보인다. 그 장침들이 제 몸에 꽂힐 예정이라는 것은 쉽게 눈치 챌 수 있었다.

리키젠은 속으로 한숨을 쉬었다.

'나 여기서 죽는 거 아냐?'

제가 여기서 죽을 인물은 아니지만, 리키젠은 최악의 가정부터 했다. 그랬더니 아무리 담대한 리키젠이라도 좀 불안해졌다.

"아, 고양이가 괴로워할 걸 생각하면 즐거워져."

"……."

마르가리타가 리키젠과 시선을 마주하더니 리키젠의 턱을 침 끝으로 들어 올렸다.

"난 너부터 시작해서 그 애가 아끼는 사람들을 차근차근 손봐 줄 생각이거든. 너만 죽는 건 아니니까 너무 억울해하진 마."

에이지 주변의 모든 사람을 건드릴 생각을 하는 듯한 이 미친 마법사에게, 리키젠은 강한 불쾌감을 느꼈다. 하지만 그 속내를 드러내진 않았다.

'일단, 시간을 끌어야 해.'

리키젠의 머리가 기민하게 굴러가기 시작했다.

'고문은 기정사실이다. 하지만 고문이라는 건, 말만 잘하면 시 간을 꽤 오래 끌 수 있어. 내가 정신을 잃기 전에 누군가 날 도 우러 오면 살겠고, 그렇지 않으면 죽겠지.'

그러나 냉정한 이성과는 별개로, 리키젠의 배배 꼬인 성격이 꿈틀거렸다.

'……꼬이는데 속 좀 뒤집어 줄까.'

시간이 조금 지난 후, 에이지가 과일 바구니를 사 들고 돌아왔 을 때 리키젠의 침대는 텅 비어 있었다.

"뭐야, 화장실 갔나?"

에이지는 이아나가 가져다 놓은 빵 봉지 옆에 바구니를 내려놓 고 침대 옆의 의자에 걸터앉았다.

"후-우-우!"

얌전히 앉아 리키젠을 기다리는가 싶던 에이지가 한숨을 내쉬며 손바닥에 얼굴을 묻었다.

"지친다……."

에이지가 중얼거렸다.

'어서 그 여자를 죽여야 하는데.'

마르가리타가 요즘 페인의 옆에 찰싹 달라붙어 있다 보니 죽일 틈이 없다. 끔찍하긴 해도 유인을 해 볼 생각을 안 해 본 건 아니다. 하지만 눈치 빠른 마르가리타는 그 전에 이상함을 느낄 공산이 컸다.

마르가리타를 죽일 방법을 이것저것 생각하던 에이지는, 문득 시계를 보고 놀랐다. 리키젠이 너무 오래 자리를 비우고 있었다.

"똥이라도 싸나?"

시간이 조금 더 지난 후에는 걱정도 되었다.

"어디 나자빠져 있는 거 아니야?"

에이지는 자리에서 일어나 화장실에 가 보았다. 하지만 화장실은 텅텅 비어 있었다.

이쯤 되어 에이지는 불안함을 느끼기 시작했다.

탁, 탁.

일층으로 내려가는 그의 발걸음이, 점차 뜀박질로 변했다. 일층의 접수대로 간 에이지가 엇박자가 된 숨을 고르며 물었다.

"저기, 305호 환자, 못 봤어요?"

"못 봤는데요."

입술을 꾹 다문 에이지가 다시 병실로 향했다.

두리번거리며 병실 내부를 훑어보는데, 몹시 신경 쓰이는 점을 발견했다. 분명 닫았던 창문이 활짝 열려 있었다.

"……."

무표정해진 에이지가 방 전체를 훑었다.

흔적이 교묘하게 남아 있었다.

에이지는 창밖으로 몸을 날렸다. 고의로 남겨진 듯한 흔적을 따라 그가 달릴 수 있는 최고의 속도로 달렸다.

얼마나 달렸을까, 에이지는 한산한데다 비까지 와서 한층 더 음산해진 슬럼 구역에 도달했다. 그리고 그곳에서 죽여 버리고 싶은 여자가 피에 젖은 잿빛 머리카락을 꽉 움켜쥐고 있는 모습을 발견할 수 있었다.

"……."

에이지는 미동이 없는 리키젠을 보며 잠시 침묵했다. 하지만 이내, 피가 머리끝까지 몰리는 걸 느꼈다. 에이지를 발견한 마르가리타가 히죽 웃었다.

"늦었잖아."

"무슨 짓이야?"

"아주 건방지더라. 내 속을 살살 긁는데 나도 모르게 이성을 잃고 패 버렸어. 덕분에 고문은 아주 잠깐밖에 못 했다고."

"죽였어?"

"아니, 숨만 붙여 놨어. 네 앞에서 어떻게 죽여야 잘 죽였다는 생각이 들지 고민 중이야."

"당장 풀어줘."

"싫다면? 풋풋한 정이구나, 에이지. 가장 더러워야 할 네가 이렇게 아무것도 모르는 순진한 사람들과 지내고 있다니. 너 정말,

못쓰겠구나?"

마르가리타가 눈매를 야비하게 휜 채로 에이지를 곁눈질했다.

"더러워……."

에이지가 중얼거렸다.

"응?"

"더러워……. 당신은 정말 너무 더럽고, 더러워! 어떻게 이런 짓들을 해? 당신이 사람이야? 내가 당신한테 무슨 짓을 했는데? 왜 나를 이렇게 괴롭혀?"

에이지가 비명을 질렀다.

"내가 널 괴롭혀?"

"괴롭히고 있잖아! 도르시아니에게 불만이 있으면 그 여자한테 가서 지랄할 것이지 왜 나를 이렇게 가만 내버려 두질 않냐고!"

마르가리타의 눈매가 꿈틀거렸다. 부들부들 떨던 에이지가 숨을 거칠게 내쉬며 말했다.

"그래, 됐어. 나만 건드리면 되잖아. 나만 건들면 됐지, 왜 내 주변 사람들까지 건드리는 건데? 왜!"

"고양아, 너는 일만 해야지. 너 딴짓하라고 여기 보낸 줄 알아? 네가 완전히 노예에서 벗어난 줄 아냐고. 아니? 넌 목줄 달린 고양이야."

"……."

"치즈를 훔쳐 간 쥐새끼를 찾으라고 내버려 뒀는데, 다른 인간들한테 정신 팔리면 어떡하니? 고양이 주제에."

마르가리타가 리키젠의 머리를 들어 기절한 그의 얼굴을 보여 주었다.

"겨우 이깟 놈들 때문에 지금 이렇게 화를 참지 못하고 분노하는 거야? 애처럼 착한 사람들이 너한테 엄청 잘해 준 모양이구나?"

마르가리타가 웃었다.

"아, 그래. 그렇구나. 그럼 네가 소중하게 여기는 사람들, 차례, 차례, 죽여 줄게. 학술원에서 너에게 상냥하게 구는 모두를, 씨알도 남기지 않고 제거해 줄게. 네가 너무 물렁하니까, 내가 옆에서 일에만 집중할 수 있게 도와줄게."

"마르가리타!"

눈이 뒤집힌 에이지가 마르가리타에게 달려들었다. 그녀의 목을 강하게 움켜쥐고 짓눌렀다.

퍼억!

마르가리타가 뒤로 넘어가고, 에이지가 그 위에 올라탔다.

"죽어, 죽어 버려!"

그가 목을 졸랐다. 하지만 그 힘은 약했다.

"죽이지도 못하면서……."

마르가리타가 웃었다.

"자, 여기, 나밖에 없어. 보는 눈도 없어."

마르가리타의 말을 듣는 에이지의 손이 벌벌 떨리고 있었다. 하지만 그 손은 그녀의 목을 놓지 않았다.

"죽여 봐. 하지만 못 죽이겠지? 내 목을 조르는 네 손이 떨리고 있구나."

마르가리타의 눈이 번뜩거렸다.

퍼어어어어억!

마르가리타의 주먹이 에이지의 얼굴을 때렸다.

"자, 내가 이렇게 널 때려도 못 죽이잖아! 그런데 목은 계속 움켜쥐고 있네? 많이 컸다, 에이지?"

"빨리 가!"

에이지가 갑자기 소리를 질렀다. 그제야 퍼뜩 정신을 차린 마르가리타가 리키젠이 앉아 있던 곳을 보았다. 리키젠은 없었다. 어느새 절뚝거리면서도 저 멀리 달려가고 있었다.

리키젠은 에이지가 걱정스러운 듯 뒤를 자꾸 돌아보면서도 걸음을 멈추지는 않았다. 제가 이 상황에 방해가 됐으면 됐지 도움은 될 수 없음을 알기 때문이다.

"이 새끼가……."

눈이 뒤집힌 마르가리타가 에이지를 구타하기 시작했다. 하지만 마르가리타의 목을 조르는 에이지의 손은 풀어지지 않았다.

"이거 놔!"

에이지는 제 손 안에서 발악하는 여자를 흐린 눈으로 내려다보았다.

대체 언제.

난 대체 언제 벗어날 수 있는 건데?

이 여자, 이 여자를 죽이자.

그런데 난 왜 죽이지 못하지?

에이지의 눈앞이 뿌예졌다. 이 나뭇가지 같은 목조차도 부러뜨리지 못하는 제 손은, 먼 옛날 제발 하지 말라고 소리 지르던 작은 손과 같아 보였다. 이 여자에게 손을 대면 다시 실험실에 끌려가 실험용 쥐처럼 실험당할 거라는 확신에 가까운 망상에 머리가 아팠다.

"죽어……."

하지만 이 손을 놓으면 마녀는 리키젠을 쫓아갈 것이기에, 에이지는 머리를 쪼갤 듯한 두통을 견뎌 내며 손에 힘을 주었다.

"죽어 버려!"

"헉……."

드디어 마르가리타의 숨통이 막히기 시작했다. 놀란 기색의 마르가리타가 있는 대로 발악을 했다. 그를 때리고, 목을 조르는 두 손을 떼어 놓으려고 발버둥 쳤다.

에이지는 엄청난 두통에 머리가 깨질 것 같았다. 눈앞이 하얗게 변할 정도로 아팠다.

파악!

발악 도중 마르가리타의 손이 그의 팔을 힘껏 할퀴었다. 그녀의 손가락에 걸린 에이지의 팔찌가 뜯겨 나가고, 이아나가 행운의 상징이라며 줬던 팔찌의 구슬들은 산산이 흩어져 에이지의 눈앞을 어지럽혔다.

에이지는 저도 모르게 마르가리타의 목을 놓고 그 팔찌가 끊어지지 않게 두 손으로 모아 붙잡았다.

퍼어어어어어어억!

풀려난 즉시 주변의 돌을 움켜쥔 마르가리타가 에이지의 머리를 세게 찧었다. 에이지가 옆으로 쓰러지는 사이 마르가리타가 잽싸게 빠져나왔다.

"이게 정말로 나를 죽이려 해?"

마르가리타는 파들파들 떨리는 손으로 품 안의 거울을 꺼내 목에 남은 손자국을 노려보았다. 그러더니 미친 듯이 에이지를 구타하기 시작했다. 그리고 그가 절대 풀지 않는 손을 부술 기세로 짓밟았다.

하지만 어찌나 꽉 쥐었는지 피투성이로 짓이겨 버려도 펴지질 않는다. 에이지가 기절하자, 그제야 만족한 마르가리타가 희열에 가득 차 침을 뱉었다.

"고양아. 앞으로의 네 인생, 기대하는 게 좋을 거야."

테오도르를 잠식한 병은 마법에 의한 것임을 밝히는 국왕의 말과 함께 파티는 시작되었다. 분위기는 즉시 어수선해졌다. 왕실 마법사들조차 해결하기 어려워하는 이번 사태는 수도 귀족들에게도 위기였다.

가십에 대해 떠들어 대는 귀족들은 얼마 없었고 모두들 마법사와 식량 수입에 대해서만 떠들어 댔다.

마법사를 어떻게 찾아 죽일 텐가, 식량은 얼마로 수입할 것인가와 같은.

그 시각, 이아나는 소파에 앉아 휴식을 취하고 있었다. 그녀는 파티장에 도착하자마자 구석으로 향했고, 휴식용으로 마련된 소파에 앉아 기척을 숨겼다.

그러다 이아나에게 시선이 집중되는 일이 발생했다.

귀족들의 중심에서 한참 대화를 나누다가도 가끔 누군가를 찾는 듯 두리번거리던 슈나이더, 그가 이아나를 발견하고 그녀를 향해 똑바로 걸어왔기 때문이었다.

슈나이더도 문제지만, 그를 따라 사람들이 몰려온다.

이아나의 굳어지는 표정을 봤는지, 슈나이더가 잠시 멈칫하고 뒤를 돌아보았다. 그리고 그를 따라오려던 사람들을 물린 다음 다시 천천히 그녀에게 걸어왔다.

'참석자 명단에서, 이아나 영애의 이름을 봤는데.'

슈나이더는 파티장에 들어섰을 때부터 이아나를 찾고 있었다. 그를 찾아온 귀족들에게 붙들려 돌아다닐 시간은 없었지만, 시간 이 날 때마다 눈으로 틈틈이 그녀를 찾았다.

하지만 그녀는 보이지 않았고, 오지 않았나 싶어 실망하고 있을 때쯤 파티장 한구석에 얌전히 앉아 있는 이아나를 발견하고 밝은 표정을 지었다.

그녀는 다소 수수한 옷을 입은 채 저를 드러내고 싶지 않은 듯 어두운 벽 쪽에 붙어 있었음에도, 빛이 나고 있었다.

하지만 그의 밝은 표정에는 금세 먹구름이 끼었다. 이아나의 상태가 좋아 보이지 않았기 때문이다.

"그거 이리 다오."

"예!"

파티장을 바삐 돌아다니는 시종의 쟁반에서 티 포트와 찻잔을 발견한 슈나이더가 그것을 빼앗아 가져왔다.

"이아나 영애. 오랜만이군. 얼굴 보기가 정말 어려워."

"……저하."

이아나는 일어나려 했지만, 슈나이더가 제지했다.

"몸이 안 좋은 것 같은데 앉아 있게."

이아나는 굳이 겸양의 말을 꺼내지 않았다. 그녀의 거리낌 없는 행동이 또 마음에 든 슈나이더가 웃었지만, 이내 다시 정색하며 그녀의 옆자리에 앉았다.

"마법에 당한 것은 아니겠지? 혹시 모르니 왕실 마법사에게 가 보겠나?"

"아닙니다. 그냥 감기입니다."

"그럼 다행이네만."

왜인지는 몰라도 이아나는 건강하리라 믿었다. 실력 좋은 왕실 기사들조차 당한 마법인데도 이아나는 슈나이더에게 그런 믿음을 주었다.

"그래도 얼굴이 영 좋질 않아서 걱정스럽군. 궁의라도 한번 볼 텐가? 바로 오라고 하겠네."

"의사를 볼 정도는 아닙니다. 제가 저하께 그런 호의를 받을 만큼 대단하다고 생각지도 않고요."

"좋아. 그럼 차라도 한잔하게. 이건 괜찮겠지?"

이아나의 거듭된 거절에도 아랑곳하지 않은 슈나이더가 이번엔 거절하기 어려운 선택지를 내밀었다.

"사양하지 않겠습니다."

안 그래도 목이 조금 아팠기에, 이아나는 얌전히 그가 내민 잔을 받아 들었다. 슈나이더는 그녀의 잔에 차를 따라 주며 말했다.

"편지는 항상 잘 받고 있었어. 내 책상 한쪽에는 그대가 보낸 편지들을 소중하게 담아 둔 상자가 있다네."

"한두 마디만 적어 보낸 거절의 편지들을 모아 두시다니, 악취미를 가지고 계시는군요."

이아나가 선을 긋는 게 느껴졌지만, 슈나이더는 그것이 또 재 밌어서 웃었다.

"자네가 편지라도 보내 주는 게 어딘가? 자네에게 편지를 보내 면 답장이 돌아오지 않는 게 보통이라는데 나는 그런 답장이라도 꼬박꼬박 받고 있으니 그나마 다행이야."

"……."

"그런데 여름에는 한 통도 되돌아오지 않더군. 무슨 일 있었 나?"

"서부 대륙 쪽으로 여행을 다녀왔습니다."

"서부. 나도 몇 번 가 본 적 있는데 신비로운 곳이지."

슈나이더는 능숙하게 대화를 끌어냈고, 이아나가 잘 대답하지 않아도 알아서 대화를 이어 갔다.

'이런 능글맞음은 예나 지금이나 똑같군.'

제 것이 되라고 권유를 하지 않는 그의 말은 꽤 들을 만했기 에, 이아나는 차를 마시며 얌전히 듣고만 있었다. 앞을 보고 있던 이아나는 슈나이더가 그녀를 세세히 관찰하고 있는 것을 알지 못 했다.

"이아나 영애는 갈수록 아름다워져."

슈나이더가 느닷없이 기쁘지 않은 칭찬을 늘어놓았다.

"외모 칭찬은 별로 유쾌하지 않습니다만, 감사합니다."

"외모만을 말하는 건 아닐세."

"……?"

의아함을 느끼고 고개를 돌리자마자, 이아나는 제 붉음을 담은 슈나이더의 은빛 눈동자를 볼 수 있었다.

"마나를 깊게 공부하면 할수록, 사람마다 가지고 있는 기운이 구별돼. 그것이 더럽게 느껴질 때도 있고, 빛처럼 느껴질 때도 있지. 그리고 자네는 전에 봤을 때보다 훨씬 강해졌고, 아름다워졌어."

슈나이더가 피식 웃으며 고개를 절레절레 저었다.

"이쯤 되면 나도 포기할 때가 됐는데 영 안 돼. 자네가 갈수록 더 아름다워져 내 욕심을 불러일으키는 탓이다. 포기해야겠다는 생각을 가끔 할 때가 있었는데, 오늘 보니 다시 심기일전해야겠는걸."

"……."

생각지도 못한 칭찬에 이아나가 할 말을 찾지 못해 그저 눈을 깜박거리고 있는데, 그녀의 손가락에서 몹시 고급스러운 반지를 발견한 슈나이더가 비식거리며 웃었다.

"칼리스토 공자와 교제를 하고 있다는 게 정말인가?"

"네."

이아나는 별생각 없이, 당연하다는 듯 대답한 스스로에게 흠칫 놀랐다. 찻잔 속의 액체가 찰랑거렸다. 슈나이더도 스스럼없이 대답한 그녀를 미묘한 눈으로 바라보았다.

"정말 뜻밖의 일이야. 그대는 사랑을 전혀 모르는 철의 여인처럼 보였네만. 올해 초만 해도 그런 관계로 엮지 말라며 내게 화를 내지 않았나."

"……뭐. 그리되었습니다."

"안젤리나는 용서해 주게나. 몇 달 전 그대와 말다툼을 한 이후부터 방에 틀어박혀서 나오질 않는데, 저도 속상할 거야."

"역시 공주님이군요."

"하하, 말에 가시가 박혀 있군."

'그래도 피붙이라고 챙기는 건가? 회귀 전에는 귀찮아하면 귀찮아했지 그리 신경 쓰는 것처럼 보이진 않았는데.'

슈나이더는 아르하드에 비하면 온건했지만, 그래도 제 야망과 국가를 위해서라면 무엇이든 희생시킬 수 있는 냉정한 왕이었다. 거기엔 안젤리나도 해당되었다. 물론 유용한 패였던 이아나는 끝까지 버리지 않았지만······.

이아나가 고개를 갸웃하고 있을 때였다.

"자네가 이해해 줘. 온실 속에서 키운 꽃은 때때로 외부 환경에 영향을 받아 말썽을 피우기도 하거든."

슈나이더의 말에, 이아나가 냉랭하게 말했다.

"공주님이라고 다 이해해야 한다는 소리입니까? 오냐오냐하며 키우면 공주님의 미래에도 좋지 않습니다."

"온실 속 꽃에 비바람이 필요한가?"

"······."

"꽃의 미래를 생각하면 그 정도 앙탈은 가엾게 봐줘도 된다고 생각해. 한창 예쁠 때 정원사에게 꺾여 꽃을 원하는 이에게 팔려 갈 테니."

슈나이더가 냉소적으로 말했다.

"물론 지나치게 날카로워진 가시는 쳐 내야겠지만."

이아나는 냉정하게 말하는 슈나이더에게서 예전의 그를 보았다.

"사랑은 강한 동기가 되어 주는 역동적인 감정이고, 그래서 부정적으로 생각하진 않지만, 그것만으로 모든 일이 용납된다고 생각한다면 곤란해."

그리고 현재, 이런저런 일을 겪어 성격이 많이 변한 이아나가 봤을 때 슈나이더는 최고의 왕재임과 동시에 무척 비정한 면이 있었다.

"저하."

한 시녀가 심각한 얼굴로 다가와 슈나이더의 귓가에 속삭였고, 그는 곧장 낯을 굳혔다.

"이아나 영애, 난 볼일이 있어 가 보겠네. 자네도 피곤해 보이는데 파티는 그만 즐기고 빨리 들어가 보게나."

"예."

슈나이더가 떠난 후에도 이아나는 계속 앉아 있었다. 얼마 지나지 않아 또 다른 남자가 찾아왔다.

"안녕하세요."

이아나는 위를 쓱 올려다보았다. 시아이외 왕자였다.

'슈나이더 다음은 시아이외인가.'

왕자 복이 터졌다. 페르난도와 라이너스까지는 오지 않길 바랄 뿐이다. 이아나가 굳이 인사할 생각이 없어 보이자 시아이외가 웃으며 옆에 앉았다.

"이제 왕자로 대해 주지 않는 겁니까?"

"그래 주길 바랍니까?"

"물론 아닙니다. 그래도 인사라도 해 주시지."

이아나는 몇 달 전 그에게 놀림당한 것을 떠올리며 이를 갈았다.

"한 대 때리지 않는 것을 다행으로 생각하십시오."

"미움을 산 건가요? 곤란한데."

오늘의 화제가 무척 심각한지라 귀족들은 그에 관한 대화를 나누느라 정신이 없었고, 눈에 띄지 않길 원하는 이아나에게 부러 관심을 가져 화제에서 벗어나는 사람들은 없었다.

이아나는 거의 말을 하지 않고 휴식을 취했으며, 시아이외는 억지로 따분한 파티장을 지키고 있는 듯 간간이 하품하며 그녀의 옆에서 책을 읽었다.

시아이외와 이아나는 짧게 짧게 대화를 나눴다. 그와의 대화는 유익했기에, 이아나는 짜증을 느끼지 않았다.

"이 정도면 파티는 충분히 즐기신 것 아닙니까? 몸도 좋아 보이시지 않는데, 돌아가시는 게 어떻습니까?"

30분쯤 지났을 때, 시아이외가 이아나에게 귀가를 권했다. 이아나도 솔깃했다.

'머리가 점점 더 아파지는데…… 돌아갈까.'

시국이 시국이다 보니, 아프다는 이유는 파티에서 퇴장하기 위한 핑계로 매우 적절해 보였다. 평소에도 개회사를 들은 후 한시간 정도만 머무르다 가기 때문에 이아나가 퇴장을 고려하고 있을 때였다.

"저어, 로베르슈타인 영애?"

이아나에게 처음 보는 여귀족이 말을 걸었다. 이아나가 고개를 들어 붉은 눈으로 응시하자, 저도 모르게 긴장해 버린 여자가 흠칫하곤, 쪽지를 건넸다.

"왕성 입구에서 프리실라 양을 만났는데, 이 쪽지를 주며 당신을 불러 달라고 했어요."

'프리실라가?'

드레스에 무슨 문제라도 있나, 라는 생각을 하며 이아나는 쪽지를 펼쳐 보았다. 쪽지에는 짧은 문장들이 급하게 휘갈겨져 있었다.

이아나 양, 도와주세요. 리키젠 군이 많이 다쳤어요. 에이지 군이 위험해요.

"리키젠이라는 소년과 입구에서 기다리겠다고 하던데."

여자가 덧붙인 말에, 상황 파악이 안 되어서 잠시 멍하니 있던 이아나가 자리를 박차고 일어났다.

'병원에 있어야 할 리키젠이 왜 프리실라와? 에이지가 위험하다는 건 또 뭐야?'

정말 뜬금없는 조합들이다. 프리실라가 리키젠을 데리고 왕성에 와서 에이지가 위험하다는 쪽지를 보내기까지의 상황이 얼마나 꼬여 있고 심각할지, 생각만 해도 머리가 아팠다.

손에 들려 있는 쪽지를 호기심에 찬 눈으로 바라보는 시아이외에게, 이아나가 인사했다.

"저하, 일이 있어 가 보겠습니다."

"무슨 일인지는 모르겠지만, 도와 드릴까요?"

이아나는 잠시 고민하다가 고개를 끄덕였다.

"왕성 입구에서 만납시다. 지금 바로요."

"좋습니다."

이아나는 출구가 아닌 다른 쪽으로 성큼성큼 걸어갔다. 눈에 띄지 않는 구석진 곳에 위치한 테라스였다.

벌컥!

테라스에 들어간 이아나가 문을 닫고 커튼을 쳤다.

"후우."

심호흡을 하고 힐을 벗어 든 이아나가 난간으로 날렵하게 올라섰다. 삼층이었지만, 이아나는 아무 거리낌도 없이 난간에서 뛰어내렸다.

"……!"

대수롭지 않던 이아나의 얼굴이 일그러진 건, 낙하하다가 아래쪽에 있던 사람과 눈이 마주쳤을 때였다.

이아나는 떨어지는 중간중간 나뭇가지를 잡아 가며 속도를 조절하다가 땅에 사뿐히 착지했다.

타악!

흐트러진 붉은 머리카락이 나부끼고, 드레스가 허공으로 펄럭거리며 떴다가 내려앉았다.

"……."

"……."

이아나는 천천히 일어나서, 놀란 눈으로 저를 빤히 쳐다보고 있는 한 남자를 다소 당황스러운 기분으로 힐끔 보았다.

슈나이더.

멍청한 표정으로 뒷짐을 지고 서 있는 슈나이더와의 조우에 이아나는 황망했다. 왕자가 뜬금없이 왜 여기에 있단 말인가. 미치도록 어색한 우연이다.

하지만 현재 상황을 떠올린 이아나의 기분이 다시 급속도로 냉각되었다. 침착해진 이아나가 아무렇지도 않게 허리를 숙여 인사하곤 등을 돌렸다.

처음에는 걷다가, 점점 속도를 높여 달리기 시작했다. 그녀의 모습이 사라지는 건 순식간이었다.

하지만 슈나이더의 시선이 그녀가 사라질 때까지 뒷모습에 끈질기게 달라붙었다는 것을, 이아나는 알지 못했다.

"후우, 후우……."

이아나는 바람보다 빠르게 달려 왕성 입구에 도착했다. 입구에서 서성거리고 있는 이들을 발견한 이아나의 눈꼬리에 날이 섰다. 그들도 이아나를 발견했다.

"이아나 님……."

붕대투성이의 리키젠이 프리실라의 부축을 받고 서 있었다.

성큼성큼 걸어 그들의 앞에 선 이아나가 리키젠을 위아래로 훑었다.

"네가 왜 여기에 있어. 꼴은 또 왜 이래."

목구멍을 긁고 나온 목소리는 싸늘했다.

리키젠이 곧장 상황을 설명했다.

"마르가리타라는 이상한 여자가 병원에 찾아왔었습니다. 저를 납치해 어딘가 데려가더니 고문을 했어요. 그때 에이지 형님이 구해 주셨습니다. 마지막으로 뒤돌아봤을 때는 그 여자가 형님을 죽일 기세로 때리고 있었어요. 형님은 쓰러져 계셨고요. 에이지 형님이 위험합니다."

이아나가 주먹을 꽉 움켜쥐었다.

마르가리타…….

미열로 젖은 천처럼 축축하게 젖어 있던 이아나의 눈에 진득한 불길이 일었다. 습기마저 한 번에 증발시킬 정도로 지독한 살의였다.

'죽여 버린다.'

지금 몸 상태가 이따위로 좋지 않은 것에 그 여자가 한몫했다는 것도 열 받는데, 이때까지 그 여자가 거슬리게 깔짝거려 온 시간들과 리키젠과 에이지를 건드린 것까지 생각했더니, 이아나의 가슴속에서 인내하기 어려울 정도로 거센 분노가 들끓었다.

지독한 살의가 공간을 빽빽하게 채우자 왕성을 지키고 있던 기사들이 긴장하고 검자루 위에 손을 얹은 것은 물론이요, 리키젠과 프리실라도 본능적으로 두려움을 느끼고 떨었다.

"어디야."

"……슬럼 쪽입니다. 제가 위치를 알고 있어요. 어서 가요."

이아나는 리키젠을 훑었다. 그의 몸 상태는 지금 당장 쓰러져도 이상하지 않을 정도로 만신창이였다.

이아나 또한 멀쩡한 상태는 아니었지만 그를 업고 다닐 수는 있었다. 그러나 리키젠의 편의에 신경 써 줄 수는 없을 것 같았다.

"내가 널 업겠지만, 힘들 거다."

"죽진 않겠죠. 몸이 이래서 이아나 님에게 폐를 끼치는 게 죄송할 뿐입니다."

"이아나 양, 우리를 도와줄 사람 없을까요?"

프리실라가 울먹거리며 말했다. 이아나는 곧 도착할 시아이외와, 현재 탑에 틀어박혀 있을 아르하드를 떠올렸다.

'아르하드에게 말해야 하나?'

아르하드는 마르가리타와 같은 악마의 파편 수혜자들과 절대 마주치지 않기로 되어 있었다. 잘못해서 바하무트 황실에 노출될 가능성이 있었기 때문이다.

하지만 이아나는 바하무트 황녀에게 쫓겼던 상황에 대해서, 그가 제게 했던 말들을 떠올렸다. 자기 안전은 알아서 챙길 테니 무슨 일 있으면 제발 말해 달라던.

'일단 그가 도울 수 없더라도 보고를 해 두는 게 좋겠어.'

그에게 제 몸 상태를 들키는 게 꺼려졌지만, 그보다는 에이지와 마르가리타가 우선이었다.

'그래도 아픈 건 될 수 있으면 감추고……'

손가락에 끼워진 아티팩트로 연락은 언제든지 할 수 있었다. 상황이 급하다 보니, 가면서 연락하기로 결심한 이아나가 리키젠을 업으려 할 때였다.

"제가 업지요."

남자 하나가 옆에서 불쑥 튀어나왔다.

그는 제 외양을 감추는 청색 로브를 두르고 평범한 가면을 쓴 상태였지만 이아나는 목소리를 듣자마자 그가 시아이외임을 알았다.

리키젠은 시아이외에게 경계심을 가졌지만, 이아나가 제 신변을 맡기자 순순히 감사 인사를 하며 업혔다.

이아나는 프리실라에게 양해를 구했다.

"프리실라, 시간을 들여서 드레스를 갈아입을 만한 상황이 아니라 그대로 입고 갑니다."

프리실라의 드레스는 이아나의 취향대로 움직이기 편하게 만들어졌다. 과장되게 부풀려지지 않아 로브를 입어도 티가 나지 않았으며, 큰 움직임에도 불편함이 없었다.

"드레스가 망가질 것 같지만 이해해 주세요."

"무슨 소리예요. 옷이 중요한 게 아니죠! 어서 가요!"

프리실라가 이아나를 밀자, 고개를 끄덕거린 이아나가 시아이외와 리키젠에게 눈짓했다.

이아나와 시아이외는 리키젠이 가리키는 방향을 따라 달려 나갔다. 프리실라는 멀어지는 그들의 뒷모습을 보며 발을 동동 굴렀다.

"아, 부디 다들 무사해 주세요. 난 대체 뭘 하고 있어야 하지?"

한자리에서 부산스럽게 왔다 갔다 하던 프리실라가, 갑자기 결심한 표정으로 어딘가를 향해 달려 나가기 시작했다.

쏟아지던 장대비의 빗줄기가 어느새 많이 가늘어져 있었다.

[이아나, 다 했어! 리본은 언제나처럼 한곳에 모아 뒀고!]

들뜬 이니스가 칭찬해 달라는 듯 저 하늘에서 외쳤다. 하지만 곧, 이아나와 감정을 공유한 이니스가 조심스럽게 물어 왔다.

[무슨 일 있어?]

'미안해, 지금 좀 바빠서 너와 맘 편히 얘기할 수가 없어. 그런데 아직 너한테 맡길 일이 남아 있거든. 잠시만 기다려 줄래?'

[물론이지!]

우우웅!

이아나가 달리면서 왼손 약지의 반지에 마나를 쑤셔 넣자, 반지 테를 두르며 알알이 박혀 있는 작은 보석들이 빛나기 시작했다.

보석의 겉에는 초정밀기술로 세공된 작은 마법진들이 기하학적으로 얽혀 있었다. 여기에는 마도시대의 마법 지식을 압도적으로 초월하는 고도의 지식들이 담겨 있었다.

마법사들이 봤으면 눈을 벌겋게 물들이고 손을 뻗었을 최상급 보물. 이아나는 마법을 잘 알지 못했지만, 온갖 기능을 담고 있는 이 아티팩트가 값을 매기기 어려울 정도로 귀하다는 것만은 알았기에 아르하드에게 감사를 표했다.

반지의 기능 중 가장 잘 활용하는 것은 바로 공간 마법이다.

츠츠츠츠츠츠……

이아나의 앞에서, 공간이 스스로 찢어지며 틈을 벌렸다. 이아나는 어두운 틈 사이로 스스럼없이 손을 집어넣었다. 잠시 후 공간을 벗어난 그녀의 손에는 평범한 로브, 가면, 부츠가 들려 있었다.

힐을 벗어 부츠로 갈아 신고, 가면으로 화장한 얼굴을 덮고, 로브로 드레스를 감싸는 것은 순식간이었다.

마지막으로, 이아나는 공간에서 검을 뽑아 들었다.

적을 처단할 준비가 되었다.

"속도를 냅시다."

이아나가 앞으로 쏘아져 나갔다.

단순히 외양을 감춘 것만으로 예쁘장한 귀족에서 강인한 무인으로 둔갑한 이아나를, 감탄하며 곁눈질하고 있던 시아이외는 뒤처지지 않기 위해 발을 빠르게 놀렸다.

얼마 지나지 않아, 리키젠이 에이지와 마지막으로 헤어진 장소에 도달했다.

"이건⋯⋯."

이아나의 표정이 경직되었다. 질척질척한 흙에는, 미처 다 씻기지 못한 핏자국이 옅게 남아 있었다. 그리고 거기서 누군가가 한쪽으로 질질 끌려간 듯, 흔적의 한쪽이 짓뭉개져 있었다.

그러나 끌려간 흔적은 초반에만 역력했지 점점 희미해지다 어느 순간부터는 아예 사라져 있었다.

시아이외가 하늘을 보고 땅을 보더니 혀를 찼다.

"추적이 어렵겠군요. 비 때문에 개를 풀어 쫓는 것도 무리겠습니다."

시아이외의 말대로다.

"그런데 누구를 찾고 있는지 물어도 되겠습니까? 친구분입니까?"

"제 친구와 마녀 마르가리타입니다."

그 친구는 시아이외도 알고 있는 '션'이지만, 이아나는 거기까지는 말해 주지 않았다.

"⋯⋯왜 친구분이 그 여자와⋯⋯."

살짝 당황한 듯한 시아이외를 뒤로하고, 이아나는 주변을 홱홱 둘러보았다. 추적의 단서가 있지 않을까 싶어서였다.

하지만 마녀가 추적을 차단하기 위해 꼼꼼하게 뒤처리하고 갔는지, 피 외에는 흔적이 보이지 않았다.

그러다 멀찍이서 뭔가를 발견한 이아나의 눈이 이채를 발했다. 이아나는 그 앞으로 날듯이 뛰어갔다.

벌레처럼 천천히 움직이고 있는 뭔가가 있었다.

하지만 벌레는 아니었다.

그것들은 바람에 휩쓸린 것처럼 데굴데굴 굴러가고 있는 둥근 구슬들이었다. 다른 사람이라면 그것들을 쓰레기와 동일하게 취급했겠지만 이아나는 아니었다. 왜냐하면, 눈에 익은 것들이었으니까.

에이지에게 주었던 팔찌를 이루고 있던 검붉은 구슬들이었다. 이아나는 고개를 들어 구슬들이 굴러가는 방향을 보았다.

확장된 시야 속에서, 멀찍이서 한 방향으로 굴러가고 있는 다른 구슬들을 발견했다.

그에 수상함을 느낀 이아나가 구슬들을 집어 손에 쥐었다. 손을 벗어나려는 구슬들의 미약한 힘이 느껴진다. 구슬은 바람의 힘에 밀려 굴러가고 있던 게 아니었다.

이아나는 바로 토우를 불러냈다.

[이아나!]

토우가 반갑게 이아나를 불렀다. 이아나는 토우의 앞에 구슬들을 내밀었다.

"넌 흙이나 지질에 대해선 모르는 게 없지? 혹시 이거, 알아? 무슨 특성이라도 있어?"

[흠?]

토우는 이아나의 손 위에 올려진 구슬을 유심히 살폈다.

[서부 사막의 열기를 받아 만들어지는 돌이구나. 음, 그래. 기억나. 먼 옛날에, 세상을 구축하며 온갖 것을 만들어 나가던 시절에 만든 돌이다. 이 돌은 머금은 피의 주인을 각인해서 따라다니는 기능이 있다.]

이아나가 눈을 크게 떴다.

[이 돌 덕분에 사막에서 행방불명되었다가 목숨을 건진 사람이 많았다는 군. 지금도 그런 용도로 쓰고 있는지는 모르겠지만, 옛날에는 이 때문에 행운의 돌이라고 불렸었다.]

"……."

그런 건 모르고 그냥 행운의 상징이라고 해서 산 건데, 정말로 행운을 가져다주었다. 이아나는 구슬들이 향하는 방향을 노려보았다.

"토우, 네가 이 돌들의 위치를 알 수는 없어?"

[미안하지만 그런 건 못해. 흙의 생산과 이동, 소멸은 내 권능이지만, 이미 만들어진 것을 추적하는 것은 내 권능이 아니다.]

"그래……."

아쉽지만, 어쨌든 이 구슬이 가리키는 방향을 따라가면 에이지가 있다는 소리다. 이아나는 구슬을 꽉 움켜쥐었다.

이아나는 저를 놀란 눈으로 보고 있는 시아이외에게 토우를 데리고 돌아갔다.

"이젠 정령까지……. 지젤의 정령들보다 훨씬 강한 것 같은 건 제 착각입니까?"

[나를 뛰어넘는 정령은 없다.]

자부심에 차서 말하는 토우의 입을 이아나가 살포시 막았다.

"입단속, 알아서 잘하실 거라 믿습니다."

"물론입니다."

시아이외와는 이제 한 배를 타고 망망대해까지 나온 동료가 되었다. 배신하면 죽음뿐이었다.

이아나는 시아이외의 등에 업혀 있는 리키젠을 살폈다.

"에이지 형님, 어떻게…… 찾을 방법 있어요?"

리키젠은 거의 빈사 상태였다. 오락가락하는 정신줄을 간신히 붙잡고 있는 것처럼 보였다. 땀인지 비인지, 흠뻑 젖은 얼굴은 다시 오른 열 때문에 벌겠다. 이아나는 리키젠의 머리를 쓰다듬어 주었다.

"그래. 네가 고생해 준 덕분이야."

"다행…… 이네요."

"이니스, 토우."

이아나가 두 정령을 불러 모아 리키젠의 치료를 부탁했다.

[어렵지 않지!]

두 정령은 리키젠을 붙잡자마자 그의 몸속으로 녹아 들어가 망가진 리키젠의 몸을 꼼꼼하게 치료해 나갔다.

그의 몸속에 눌어붙어 있던 리본은 정령의 강대한 힘에 떨어져나갔다. 이아나의 신력을 머금은 정령의 활력은 피로감 때문에 늘어져 있던 리키젠의 몸에서 무게를 덜어 주었다.

치료받는 환자의 입장에서, 그것은 마치 새로 태어나는 기분과도 같았다.

"이제 걱정 말고 자고 있어."

리키젠은 제게 그런 기분을 느끼게 해 준 이아나를, 눈에 꽉 차도록 담았다. 잠시 후, 이미 정신적으로 극도로 지친 상태였던 리키젠은 몹시 편안한 기분으로 잠이 들고 말았다.

치료를 끝낸 정령들이 그의 몸에서 나오자, 이아나가 말했다.

"일이 끝나면 부를 테니 잠시 돌아가 있을래?"

[웅!]

예전 같았으면 돌아가기 싫어 떼를 썼을 정령들이었지만, 이아나가 자주 부르겠다고 약속했기에 이젠 순순히 돌아갔다.

"반, 이 애를 안전한 곳으로 데려가서 지켜 주세요. 일이 끝나면 제가 찾아가겠습니다."

"알겠습니다. 37번 아지트에서 기다리고 있겠습니다. 그런데 마르가리타를 혼자 처치할 수 있겠습니까?"

리키젠을 고쳐 업으며 시아이외가 걱정을 표했지만, 이아나는 걱정하지 말라고 말하며 함께 가라고 손짓했다.

시아이외까지 떠나고, 혼자 남은 이아나가 심호흡을 하고 반지에 마나를 밀어 넣었다.

[무슨 일이야?]

이 반지는 제 할 일에 지나치게 충실하다. 일 초도 되지 않았는데 아르하드와 곧장 연결되었다. 이아나는 목을 가다듬고는, 현상황에 관해 설명했다.

"이 일, 제게 맡겨 주십시오."

그리고 아르하드가 뭐라고 하기도 전에 이아나가 단단한 목소리로 말했다.

"그 여자, 제가 처리하겠습니다. 저번에 찝찝하게 끝난 카마트로스 임무의 연장선이에요."

[……]

"또, 마르가리타는 파편 공유자니 당신이 와도 얻는 게 없습니다. 얻는 게 있기는커녕 위험하기만 합니다. 혹시라도 일이 틀어져서 당신을 추적할 단서가 생기는 건 바라지 않습니다."

이아나가 다시 한 번 단호하게 말했다.

"제가 마르가리타를 죽이고, 에이지를 데리고 귀환하겠습니다. 저를 믿어 주세요."

이아나의 목소리에 담긴 의지가 아티팩트 너머 고민하고 있던 남자에게까지 전해졌다.

[너를 믿는다.]

아르하드의 침착한 목소리로 읊조려진 짧은 문장에, 이아나의 심장에 파문이 일었다.

[마음 같아선 위험한 일에서 너를 배제하고 싶지만, 카마트로스에 너를 들인 이상 그런 건 안 되겠지……. 일하는 것에 보람을 느끼는 너도 그런 걸 바라지 않을 테고.]

"……당연합니다."

[능력 있는 수하를 믿고 일을 맡기는 것 또한 상급자의 능력이겠지. 네가 지나치게 유능한 부하인 게 이럴 때 아쉬워.]

그리 중얼거리던 아르하드가 곧, 단단한 목소리로 말했다.

[이렇게 너 혼자 해결하려 들지 않고 내게 말해 줘서 기뻐. 넌 마르가리타를 죽이고 흔적을 남기지 않는 일에만 집중해. 나는 마르가리타 사후 생길 문제들에 대해서 생각하고 있을 테니까.]

몸 상태가 좋지 않아 겹겹이 쌓여 있던 피로감은 지금 이 순간, 완전히 사라졌다. 신뢰가 담긴 허락에, 이아나의 속에서 돋아난 반드시 해내겠다는 책임감과 뭐든 해낼 수 있다는 자신감은 최상의 컨디션을 만들어 냈다.

그와 함께 마르가리타를 향한 살의는 최고조를 찍었다.

[일이 끝나자마자 연락해. 도움이 필요하면 바로 말하고.]

"맡겨 주십시오."

기쁜 목소리로 대답한 이아나가 아티팩트의 연락을 끊었다.

까득.

이아나가 구슬들을 쥔 손에 힘을 주었다. 구슬들이 손 안에서 까득거리면서도, 어서 가자는 양 그녀의 손을 잡아당긴다.

"후우……."

잠시 눈을 감고 숨을 고르던 이아나가 눈을 떴다. 그 눈에서는 불길이 일고 있었다.

그야말로 지옥이었다.

로이긴족은 바하무트 건국 이래 최악의 범죄자들이 되었다. 감옥에서도 중죄를 저지른 죄인들이 갇히는 가장 깊은 지하로 끌려내려가 도축장의 짐승보다 못한 취급을 받았다.

로이긴족은 실험용 쥐처럼 실험을 당했으며 사육당하는 짐승인 양 새끼를 쳤고, 죄인으로서 고문을 받으면서도 화풀이용으로 폭력과 살의에 노출되었다.

그러나 순수하고 깨끗한 엘프의 피와 강력하고 지독한 악마의 영혼으로 인하여 그들은 끔찍한 현실 속에서도 인간성을 유지할 수 있었다. 인간적이었으므로 굴복하지 않고 반항하였으며, 비원을 위해 광기를 머금고 버틸 수 있었다.

비원이란, 바하무트 황족에게 복수하는 것.

로이긴족은 악마의 파편이 모두 모여 악마가 완성되기까지 얼마 남지 않았다고 판단했다. 악마 그 자체가 되고자 수백 년간 노력해 온 바하무트 황족의 야망이 이제 백 년 안이면 빛을 보리라 예상했다.

복수도 복수지만, 마도시대에서 악마의 완전한 힘을 가진 바하무트 황족이 어찌 나올지 뻔했다. 세계는 파괴될 것이었다.

그리하여 로이긴족은 수십 년간 얌전히 엎드린 채로 바하무트 황실의 야망을 부술 준비를 했다. 바하무트 황족의 씨를 훔쳐 그들을 상대할 대항마를 일족에서 배출하는 것이 그들의 목표였다.

대항마가 되어 줄 후예는 어려서부터 믿을 수 있는 이에게 교육받게 하여 올바른 인성을 갖추게 할 것이다.

성장한 후예는 바하무트 일족을 제거하고 세계의 최강자로 군림할 것이다. 분노한 바하무트 황족의 손에 로이긴족은 모두 죽겠지만, 후예는 그들의 희생이 헛된 게 아니라는 증거가 되어 줄 것이다.

세계 평화를 구현한다는 사명감이 복수에 더해지자, 일족이 비원에 집착하는 정도는 광기의 정점을 찍었다.

로이긴족은 아기일 적부터 심혈을 기울여 키워 낸 아름다운 여인의 몸에 수태를 촉진하는 신술을 새겼다. 호색한인 황제에게 여인을 선보였고, 하렘에 무사히 그녀를 들였으며, 씨를 훔쳐 도망 보내는 데 성공했다.

그리고 로이긴족의 처우는 지옥으로 떨어졌다.

바하무트 일족은 로이긴족을 고문하여 여인의 행방을 알아내고자 했지만, 이미 사명감에 광적으로 집착하고 있는 일족이 털어

놓을 리가 없었다.

"차라리 죽여라!"

"우리를 모두 죽여 후예에게 힘을 주어라!"

일족은 자신들의 미래를 한 명에게 내던졌다.

다만, 그 한 명 외 다른 아이들을 배려하지 못했다. 갓 태어난 일족의 아이들에게는 선택권이 없었으며, 그들의 운명은 죽음으로 정해져 있었다.

그리고.

에이지 로이긴.

소년은 후예의 탄생 1년 후에 태어나 지옥에서 짐승처럼 조련 당하며 성장했다.

고문자들은 아이에게 굴욕적인 행위를 시키는 것은 물론이요, 부모의 입을 열고자 부모 앞에서 아이를 고문하기 일쑤였다.

이에 더해 끔찍한 풀, 리본의 실험까지.

아이들은 견디지 못하고 하나둘 죽어 나갔지만, 에이지는 살고 싶다는 의지로 이를 아득 물며 악착같이 살아남았다.

하지만 고통에는 도저히 익숙해질 수가 없었다. 그가 가장 행복하다고 느끼는 날이 고문자에게 불려가지 않는 날일 정도로, 고통은 태어났을 적부터 한 몸처럼 함께해 온 감각임에도 절대로 익숙해지지 않고 소년의 정신을 피폐하게 만들었다.

"기억하렴, 에이지."

어머니는 인간임을 잊지 않고자 에이지에게 언어를 가르쳤지만, 동시에 늘 죽음만을 이야기하며 소년에게 억지로 사명감을 주입 했다.

"우리의 고통은 세계를 위한 거야."

"이때까지 억압당하고 고통받은 일족의 복수를 위한 거란다."

"우리에게 곧 찾아올 죽음은, 헛되지 않을 거야."

영리한 에이지는 언어를 금방 익혔다. 사명감 또한 스펀지처럼 흡수했다.

"아파요."

"살려 주세요."

하지만 그와는 별개로 아이는 아픈 게 너무 싫었다. 썩은 냄새를 풍기는 시체가 되어 땅바닥을 굴러다니고 싶지도 않았다. 그래서 지옥에서 유일하게 배운 언어로 제 고통을 표현할 뿐이었다.

"미안해, 에이지……."

어머니가 죽었다. 눈물 젖은 사과는 사명감 외에는 아무것도 배우지 못한 소년에게 아무런 감흥도 주지 못했다. 뭐가 미안하다는 건지 알 수 없었다. 그녀는 늘 말하던 대로 죽었을 뿐이었다.

하지만 에이지는 어머니처럼 죽고 싶지 않았다. 에이지는 어머니가 죽음으로써 쓸모를 다한 자신에게도 죽음이 찾아올까 싶어 공포에 떨었다.

다행히 바로 죽지는 않았다.

"에이지, 아직도 죽지 않았구나?"

고문자들은 다른 놈들과는 달리 삶에 대한 갈망을 줄줄 뿜어내는 에이지를 신기하게 여겼다. 그래서 죽음을 조금 보류해 주고, 말 그대로 장난감처럼 가지고 놀았다.

아파요.

살려 주세요.

글을 배웠음에도, 에이지가 할 수 있는 말이라곤 그뿐이었다.

말을 할 줄 아는 짐승에 불과했던 에이지.

짐승은 그날도 그의 담당자였던 마르가리타에게 괴롭힘을 당하고 있었다.

그리고 그 여자를 만났다.

"흥미로운 아이네. 이 애, 나 줘."

마르가리타의 사촌 언니인 도르시아니 데마리포사가 변덕스럽게 에이지를 데리고 가겠다고 선언했다. 에이지는 죽어 가는 동포들의 시선을 한 몸에 받으며 지옥에서 빠져나왔다.

"읽어."

"배워."

"씻어."

도르시아니는 이상한 여자였다.

에이지에게 극도로 무관심하면서도, 그를 보살피는 데 시간을 아끼지 않았다.

에이지에게 책과 펜을 주고 도서관에 감금해 두는 게 일반적이었지만, 밖으로 자주 데리고 나가 피 냄새가 아닌 청량한 바람의 냄새를 맡게 해 주었고, 어두운 지하가 아닌 진짜 세상을 보여 주었다.

그녀를 만남으로써 에이지의 세계는 넓어졌다. 더는 고통에 시달리며 울지 않게 되었다. 원초적 생존 욕구에서 벗어나자, 생존 외의 다른 주제에도 관심을 가질 수 있게 되었고 이것저것 생각도 할 수 있게 되었다.

도르시아니는 구세주였다.

하지만 에이지는 늘 불안했다. 몇 년을 함께 지내도 무심한 그녀와 연결되어 있다는 느낌을 받을 수 없었기 때문이다.

도르시아니는 어느 날 갑자기, 바람처럼 그를 버리고 떠나가 버릴 것 같았다. 그녀가 떠나가면, 그는 또다시 지하로 끌려 내려가 고통받을 터였다. 가끔 어쩌다 마주친 마르가리타가 저를 쏘아보던 눈빛을 생각했을 때, 채찍을 맞아 등이 터져 죽을지도 몰랐다.

인간이 된 에이지는 옛날만 생각하면 가슴속에서 차오른 분노로 눈앞이 붉어지고 호흡이 가빠졌지만, 차가운 공포는 언제나 뜨거운 분노를 잔인하게 짓밟았다. 불길은 암흑에 먹혀 모습을 드러내지 않았다.

에이지는 도르시아니에게 버림받을까 봐 그녀가 시키는 것을 모두 했다. 심지어는 고문자들에게 그랬던 것처럼 자진해서 아양을 떨고 성적인 행동까지 하며 그녀의 마음을 제게 붙잡아 두고자 노력했다.

그러나 도르시아니는 에이지가 무엇을 하더라도 가만히 내버려두고 제삼자처럼 관찰할 뿐이었다.

어느 날 침대 위에서, 벌거벗은 에이지가 기분이 나빠 보이지 않는 도르시아니에게 조심스럽게 물었다.

"돌시, 당신이 날 구해 준 이유가 뭐예요……?"

"……."

도르시아니는 대답하지 않고 에이지를 무심하게 바라보았다. 에이지는 겁을 덜컥 먹고 주춤했다.

"후우."

도르시아니가 입술에 물고 있던 담배를 뽑은 후, 에이지의 얼굴 위로 연기를 훅 뿜어냈다.

"변덕."

회색 연기를 코에 직통으로 맞은 에이지가 콜록대며 기침을 하고 있는데, 도르시아니가 담배를 다시 물고 향을 빨아 마시며 말했다.

"그리고 어린 짐승이 품은 가련한 욕망에 느낀 값싼 동정심. 널 구해 준 건 죽고자 하는 로이긴족들 속에서 너 혼자 살고자 했기 때문이야. 발악에 가까운 네 생존 욕구가 작은 동정심과 흥미를 불러일으켰지. 무엇보다 나와 같은 푸른 눈동자가 마음에 들었어. 그래서 건져 왔어."

"……"

"소년, 내게 거창한 이유를 찾지 않는 게 좋아. 기대도 하지 말고. 난 흥미와 충동에 충실하며 사는 여자거든. 네게서 흥미가 떨어지면 버릴 거야."

늘 그녀에게서 느끼고 있던 바를 확인 사살당했다. 에이지는 다급하게 물었다.

"당신에게 버림받지 않기 위해 뭘 해야 할까요?"

"그건 네 똑똑한 머리로 알아서 생각해 보렴."

"돌시한테 버림받기 싫어요. 제발 가르쳐 주세요."

에이지는 고통받지 않고 살아가는 현재가 너무나 좋았다. 그래서 도르시아니를 끌어안으며 서글프게 애원했다.

필사적인 에이지를 보면서도, 그녀는 무표정하기만 했다.

"난 워낙에 변덕이 죽 끓는 여자라 딱히 방법을 가르쳐 줄 수가 없네. 하지만 네가 나 없이도 살아남을 방법 정도는 가르쳐 줄게. 네 앞에 내밀어질 선택지 앞에서, 감정을 감추고 지금처럼 비굴하게 살고자 발버둥 쳐. 복수를 꿈꾸는 자는 일찍 죽지만, 삶을 꿈꾸는 자는 오래 사는 법이니까. 복수는 나중 일이지."

"네……?"

"조만간, 피바람이 불 것 같구나."

도르시아니는 무표정하게 담배를 재떨이에 비벼 껐다.

그녀의 말대로였다.

"이 쓰레기들, 오냐, 죽고 싶다면 죄다 죽여 주마!"

십여 년, 참고 참다가 분노가 폭발해 버린 샤일린스 바하무트의 눈이 뒤집혔다.

지하로 내려와 로이긴족을 세상에서 가장 고통스러운 방법들로 하나둘 죽여 나갔다. 유폐당한 거나 마찬가지인 황제를 제외하고, 황태자와 황녀도 그 학살에 동참했다.

'드디어 이놈들이 죽는구나.'

로이긴족을 고문했던 고문자들은 그 잔인한 광경을 시원섭섭하게 바라보고 있었다.

도르시아니에게 끌려 지하로 내려온 에이지는 그의 동포들이 죽어 나가는 모습을 모두 눈에 담고 있었다. 에이지는 충격을 받았다. 도르시아니의 보호하에 편하게 살고 있던 그와는 달리 동족들은 여전히 그 고통 속에 있었음을, 이 순간 뼈저리게 느끼고 있었다.

분노와 죄책감으로 숨이 가빠질 무렵, 어릴 적 어머니가 우리가 죽는 건 당연하다는 듯 속삭였던 말들이 에이지의 머릿속에서 휘몰아쳤다.

'아, 아아……'

동족들은 목이 떨어져 나가면서도 에이지가 있는 쪽을 보곤 했다. 너는 왜 거기에 있냐는 듯.

'죽기 싫어.'

에이지의 얼굴이 하얘지고 몸이 벌벌 떨렸다. 분노는 또다시 가슴 깊숙이 숨어 버리고, 날 적부터 익숙했던 공포는 그를 순식간에 잡아먹었다.

"저 새끼도 끌고 와!"

로이긴족의 생존자가 에이지밖에 남지 않았을 때, 처참한 꼴의 시신들이 가득 널브러져 있는 그곳의 중앙에서 에이지가 무릎 꿇려졌다.

에이지는 겁에 질려 도르시아니를 간절하게 쳐다보았다. 하지만 그녀는 에이지를 무심한 눈으로 내려다보고 있을 뿐이었다.

그때 에이지는 확실하게 깨달았다. 도르시아니는 정말로 흥미로 자신을 주웠을 뿐 끝까지 구원할 의지는 없다는 것을.

그리하여 에이지는 여태 그녀에게 의지했던 스스로를 버리고, 자신의 삶을 결정했다.

"폐하, 황후 폐하…… 아름다운 주인님."

에이지는 지독한 살의를 담아 내려다보는 샤일린스 앞에서 개처럼 엎드려 그녀의 발등에 키스하고 핥았다.

"살려 주세요. 제발 죽이지 말아 주세요. 주인님이 시키시는 일이라면 뭐든 하겠습니다."

"……."

샤일린스가 말이 없자, 에이지가 눈물을 흠뻑 흘리며 절박하게
말을 덧붙였다.

"주인님들의 피를 훔쳐 간 도둑놈을, 제가 무슨 수를 써서라도
반드시 찾아오겠습니다. 제발 살려 주세요. 살려 주십시오. 살고
싶습니다. 부디 자비를 베풀어 주세요."

"특이한 놈이군."

삶을 구걸하는 에이지는 기묘한 가학성과 함께 분노를 가라앉
히는 쾌감을 불러일으켰다. 원한을 숨기지 않으며 끝까지 반항해
댔던 로이긴족, 그녀를 분노케 했던 그 핏줄이 발밑에서 바르작
대자 정복감이 샘솟았다.

"이런 일이 있을 줄 알고 제가 교육한 아이예요."

그때 도르시아니가 옆에서 툭 내뱉었다.

"필요 없으면 죽이셔도 되지만, 그보단 이 애 여러 용도로 써
보시는 게 어때요. 아주 영특하고 밤일도 잘하는 아이예요. 반반
하고 어린 게 주인님의 취향일 것 같은데, 어때요?"

그 말을 듣고, 샤일린스가 에이지의 얼굴을 살피고 입술을 비
틀었다. 과연 그러했다.

"그리고 알고 계시잖아요? 파편 공유자가 그래도 소유자를 찾
을 가능성이 크다는 거. 주인님들이 찾아다니셔도 괜찮겠지만, 다
들 바쁘시니까 이 애를 시키면 좋을 거예요."

도르시아니가 손으로 로이긴족의 시신들을 가리켰다.

"이 애, 살고 싶어서 이런 상황에서도 주인님의 발에 키스하며

살려 달라고 애원하고 있어요. 배신은 걱정하지 않으셔도 될 거예요."

도르시아니의 도움은 이를 마지막으로 끝났다. 그녀는 무심하게 작별을 고했다.

"주인님, 에이지는 알아서 하시고 저는 이제 마법 연구를 위해 이 성을 떠나고 싶네요. 물론 전 바하무트에 적을 두고 있으니까 언젠간 돌아올게요."

도르시아니는 에이지를 보지도 않고 등을 돌려 지하를 벗어나는 계단에 발을 디뎠다. 샤일린스가 표독스럽게 말했다.

"건방진 년. 네 할 말만 하고 가느냐? 그리고 네가 몇 년이나 키운 이놈에 대해서 할 말이 그것밖에 없어?"

"전 원래 그런 여자잖아요? 궁금한 게 있으면 에이지한테 직접 물어보세요."

어깨를 으쓱거린 도르시아니가 고문자들이 모여 있는 곳에서 저를 노려보고 있는 마르가리타를 한번 쓱 보고 자리를 벗어났다. 끝까지 에이지를 돌아보지 않았다.

"좋다. 살려 주마."

결국 에이지는 살아남았다.

동포들의 시체가 산더미처럼 쌓여 있는 그곳에서, 원수에게 목숨을 구걸하여.

그날 이후, 에이지는 바하무트를 떠나 로안느로 오기 전까지 정보를 처리하는 노예로 열심히 일하여 그 능력을 입증했다. 주기적으로 가학적인 세뇌 작업을 받으며 배신하지 않을 거라는 믿음을 주었다.

그러나 에이지는 더는 지하 감옥 속의 짐승이 아니었다.

인간이 된 에이지의 머릿속에는 분노와 복수심밖에 없었다.

'복수할 거야…… 복수할 거야……'

'이 지옥에서 살아남아서, 반드시 다 죽여 버릴 거야.'

'나를 괴롭힌 네놈들 전부 다, 동족을 모두 죽인 너희, 전부! 반드시 죽인다. 다 죽일 거야.'

'난 그러기 위해 살고 있는 거야.'

거짓말.

아니잖아.

다짐하는 에이지의 귓가로 비꼬는 듯한 목소리들이 맴돌았다.

"에이지, 고양아. 넌 정말로 쓰레기구나. 가족들은 다 죽었는데 너 혼자 구차하게 살아남아선."

세 번 때마다 가해진 마녀의 저주는 에이지의 마음속에 웅크리고 있던 죄책감의 멱살을 잡아 표면으로 끌어냈고, 죄책감은 악몽 속에서 망령으로 나타나 그의 목을 졸라 댔다. 지금처럼.

너는 그저 살고 싶었던 거잖아. 배신자. 복수를 핑계로 대지 마. 더러운 짓을 해서 너 혼자 살아남았다는 죄책감을 복수를 위해 살고 있다는 같잖은 말 따위로 덮지 마.

퍼어어어어억!

에이지가 뺨에 고통을 느끼고 눈을 떴다.

'꿈인가, 생시인가.'

눈앞이 흐릿했다. 눈을 깜빡깜빡하던 에이지가 미간을 좁혔다. 선명해지는 시야에 보기 싫은 얼굴이 담겼기 때문이다.

"고양이, 이 정도로 몇 번씩이나 기절하다니 정말로 나약해졌구나."

그들이 있는 장소는 몹시 어두워서, 사물이 가까이 있지 않으면 무엇인지 알아보기도 어려웠다. 딱 두 개 있는 창문에는 모두 커튼이 쳐져 있었고, 굳게 닫힌 문은 잠겨서 빛을 막고 있었다.

비가 와서 날이 흐린지, 날이 맑았다면 커튼 천을 비집고 들어왔을 빛이 지금은 얼마 없었다. 그리하여 마르가리타의 얼굴에 진 음영은 소름 끼치도록 새파랬다.

타닥, 탁······.

빗방울이 간간이 창문과 벽을 치는 소리가 적막한 건물 내부를 울렸다. 빗소리를 멍하니 듣고 있던 에이지가 고개를 툭 떨구었다.

"우리, 이쯤 하지 않을래?"

마르가리타가 웃으면서 거미의 다리처럼 가느다란 손가락으로 에이지의 뺨을 툭툭 쳤다.

"편해지고 싶지 않니? 숨기고 있는 것들 모두 말해 봐, 응?"

에이지는 간드러지는 회유에도 침묵을 지켰다.

마르가리타를 비꼬지도 않았다.

말을 할 필요가 없었다.

왜냐면 꿈이라고 생각했으니까. 망령들이 현실에서까지 나타나 그의 몸에 치덕치덕 붙어 있을 리가 없지 않은가.

마르가리타와 에이지의 발밑에서는 이미 죽은 로이긴족 사람들이 끅끅대며 피눈물을 흘리고 있었다. 원망으로 일렁거리는 붉은 눈으로 에이지를 쳐다보고 있었다.

배신자, 배신자.

너 혼자 살아남으니까 좋아?

살고 싶어 원수의 발에 입술을 비빈 더러운 개.

망령들의 원망에, 에이지가 그제야 대답했다.

"하지만 더는 아프기 싫었는걸요."

너무 아팠어요. 고통에서 벗어날 수만 있다면 무슨 짓이라도
할 수 있을 것 같았습니다.

"죽기도 싫었어. 당신들처럼 되기 싫었다고."

그래서 당신들을 죽인 적의 발을 핥고, 스스로 목줄을 채워 적
에게 건네었죠.

당신들은 그런 나를 원망하나요?

그래요. 당신들 말대로 복수를 하기 위해서가 아니라, 살고 싶
어서 나를 굽혔습니다.

하지만 복수는 진심이었어.

지금도, 그 무서운 놈들을 상대로 정말로 최선을 다하고 있단
말이야. 당신들이 모든 기대를 쏟아부은 후예를 도와서 열심히
일하고 있다고.

당신들은 그런 나를 경멸하나요?

대체 무슨 권리로?

내가 뭘 그렇게 잘못했어? 난 잘못한 거 없어.

그런 내가 살아 있는 게 왜 잘못이라는 건데……?

"흐…… 흐윽."

"어머, 어머."

고문 끝에 미쳐 버린 듯 허공에다 중얼거리다가, 급기야는 울
기 시작한 에이지를 보며 마르가리타가 혀를 찼다. 그냥 봐선 미

친 것 같지만, 마르가리타는 에이지가 세뇌와 저주에 필사적으로 저항하는 중이라는 걸 알 수 있었다.

에이지를 테오도르 슬럼의 허름한 건물로 끌고 온 지 몇 시간이 지났다. 에이지가 온전하게 제 손 안에 들어와서 신이 난 마르가리타는 제일 먼저 에이지의 손과 발을 묶어 의자에 고정했다.

그 후 약을 먹이고, 사혈마다 장침을 꽂아 고통을 주고, 마법을 걸어 대며 악랄하게 에이지를 괴롭혔지만 그의 입에서 배신을 고백받을 수는 없었다.

"애, 정신 차려."

"윽!"

마르가리타가 뾰족한 장침으로 고통이 심한 곳을 찌르자, 현실과 악몽의 경계에서 허우적대던 에이지의 정신이 현실 쪽으로 약간 기울었다. 에이지는 이를 악물고 고개를 들어 마르가리타를 노려보았다.

망령의 목소리는 여전히 그를 괴롭히고 있었지만, 에이지는 그들을 무시하고 마르가리타의 얼굴에 퉤, 하고 침을 뱉었다.

"꺼져."

마르가리타가 뺨에 묻은 침을 닦아 내며 상냥하게 웃었다.

"이따위로 나오는 거 보니 정신 좀 차렸나 보네?"

짜아아악! 짜악! 짝!

마르가리타가 가면을 벗듯 돌변하여 에이지의 뺨을 몇 차례나 때렸다. 그녀가 번들거리는 눈으로 말했다.

"이 쓰레기야. 감히 내 목을 조르더니 이번엔 침을 뱉어? 진작

죽었어야 하는 게. 도르시아니 년의 입놀림과 주인님들의 자비로
살아남은 더러운 수캐가!"

"킥⋯⋯."

에이지가 터진 입술을 잔뜩 벌리며 웃었다.

그는 죽을 때까지 이 고통의 굴레에서 벗어날 수 없을 것이다.

'아, 너무 힘들다. 지쳤어. 그냥 죽는 게 낫지 않을까. 하지만
날 고문한 놈들이랑 바하무트 황족이 죽는 꼴을 봐야 하는데⋯⋯.'

딴생각을 하며 넋을 놓은 에이지를 지켜보던 마르가리타가 눈
을 잔뜩 휘었다.

"에이지, 고양아. 정말 마지막으로 말할게. 네가 숨기고 있는
것들, 다 말하렴."

마녀는 피투성이가 된 에이지의 뺨을 쓰다듬으며 달콤한 목소
리로 말했다.

"말 안 하면, 네가 소중하게 여기는 연놈들, 여기 죄다 끌고 와
서 네가 보는 앞에서 죽여 버린다."

마르가리타가 무슨 말을 하든 듣는 둥 마는 둥 우두커니 허공
만 올려다보고 있던 에이지의 동공이 흔들렸다.

'아, 이래서 친한 사람 같은 거 만들고 싶지 않았는데.'

나처럼 더러운 놈이 밝은 세계에 얼쩡거려서 그 애들한테 불똥
이 튀었어. 이런 결과가 있을지도 모른다고 생각했었는데, 가까이
해선 안 되는 거였는데 병신같이⋯⋯.

에이지는 제 아래에서 바닥을 구르고 있는 팔찌의 원석들에 아
픈 시선을 주었다. 놓치지 않으려고 꽉 쥐고 있었는데, 마르가리
타가 육체를 조종하는 기술이 너무나 뛰어나서 결국에는 손을 펴

고 말았다.

마르가리타는 에이지가 놓지 않으려 발악한, 그러나 결국 후드득 떨어뜨리고 만 그것들이 너무 형편없어 김이 샜다. 그래서 짓밟고 걷어찬 후 관심을 뗀 지 오래였다.

저 구슬이 마치, 제 삶인 것만 같아 에이지는 서글퍼졌다.

그냥 굴복해 버려.

모든 걸 털어놓고 편해지지그래?

아픈 건 싫잖아?

넌 그런 놈이잖아.

심장을 좀먹는 자괴감에 망령들의 부추김까지 더해지자, 견디지 못한 에이지가 충동적으로 떨리는 입술을 열었다.

"난……."

마르가리타가 반색하며 에이지의 머리카락을 잡아채서 들어 올렸다. 아주 멋진 얼굴이었다. 늘어진 에이지의 얼굴이 마르가리타에게 엄청난 쾌감을 주었다. 아랫배가 부글거릴 정도로 짜릿했다.

"그래, 이 쓰레기야, 고양아. 다 털어놓고 편……."

콰아아아아아아아아앙!

퍼벅!

갑자기 마르가리타의 머리 옆으로 부서진 문이 날아와 벽에 부딪혀 박살이 났다.

"……?!"

마르가리타가 화들짝 놀라 문 쪽을 바라보았다가, 어둠을 꿰뚫으며 화살처럼 쏟아져 들어오는 햇빛 때문에 눈을 찌푸렸다.

투욱. 툭.

밖에는 비가 내리지 않고 있었다. 흐린 비구름이 걷힌 하늘에서는 태양이 이제야 제 역할을 다하며 환한 빛을 세상에 흩뿌리고 있었다.

그럼 저 물 떨어지는 소리는 무엇인가?

툭. 툭.

입구에서, 누군가가 역광 때문에 알아보기 어려운 까만 실루엣을 만들어 내고 있었다. 물소리는 흠뻑 젖은 로브에서 떨어진 깨끗한 물방울이 바닥에 튕기면서 난 것이었다.

입구에서 가만히 멈춰 서 있는, 물에 젖은 부츠 한 켤레 옆에는 벽에서 떨어져 나간 문 경첩이 형편없이 뒹굴었다.

문이 날아가며 만들어 낸 먼지들이 햇빛에 고스란히 노출된 채 고요히 흘렀다.

"……."

폭풍 전야의 고요였다.

놀라서 가만히 서 있던 마르가리타의 머리에서 경종이 울렸다.

콰자자자자작!

실루엣의 당사자가 휘두른 검에서, 붉은 검기가 벌 떼처럼 쏟아져 나왔다. 사방으로 터져 나간 검기는 어두컴컴한 집을 찢어 냈고, 마르가리타까지 찢어발기려 했다.

마르가리타는 다급하게 실드 마법을 펼쳤다. 그녀는 정체불명의 인물이 등장하자 당황했지만, 제가 펼친 실드가 검기의 파편들을 막아 주리라 믿어 의심치 않았다.

하지만 경악스럽게도, 검기는 실드를 뚫고 들어와 마르가리타의 옷깃과 살결을 찢어발겼다. 마르가리타의 눈이 튀어나올 듯 커졌다.

"무슨……!"

기겁한 마르가리타가 도망치기 위해 텔레포트를 하려 했다. 하지만 곧장 마나의 배열이 흐트러지며 마법 계산이 틀어졌다.

"이런 씨……."

이해할 수 없는 상황이 계속해서 발생하자 마르가리타가 욕설을 내뱉으려 했다. 하지만 욕설은 다 이어지지 못했다.

퍼어어억! 콰자자자작!

마르가리타의 몸이 뒤로 날아가 벽에 세게 부딪혔다. 날아온 검이 마르가리타의 어깨를 관통하면서도 힘을 잃지 않고 쏘아져 벽에 굉음과 함께 박힌 것이다.

"아아악!"

마르가리타는 불에 타는 듯한 고통을 느끼며 비명을 질렀다. 사냥당한 새처럼 바르작거리며 제 고통을 표현하고자 했지만, 미처 다 내지르지 못했다.

콰아아앙!

기척도 내지 않고 날듯이 다가온 괴인이, 시끄럽다는 듯 억센 손으로 목을 움켜쥐어 졸랐기 때문이었다.

"쿨럭."

에이지는 자유를 구속하던 의자에 벗어나 바닥에 엎드려 기침을 하고 있었다. 날아온 검기들이 그의 손과 발을 묶고 있던 끈들을 절묘하게 잘라 낸 덕분이었다.

생명을 품은 강인한 기운은 에이지를 괴롭히던 망령, 아니 환상들까지 죄다 날려 버렸다.

믿기 어려운 구원이다.

'누구……'

에이지는 천천히 고개를 들었다. 벽에 처박혀 버둥거리는 마르가리타와, 핏줄 돋은 손으로 그녀의 목을 부러뜨릴 기세인 괴인을 흐릿한 눈으로 보았다.

'아.'

눈이 부셔.

에이지는 눈살을 찌푸렸다. 눈이 부신 게 갑자기 건물 안으로 들어온 빛 탓인지, 저 사람 탓인지 분간하기 어려웠다.

움켜쥔 손에서는 뿌드득거리는 소리가 나고 마르가리타는 그 안에서 컥컥거렸다. 그가 그녀를 노려보며 조용히 말했다.

"어찌할까?"

에이지는 목소리를 듣자마자 그 사람의 정체를 알았다.

'이아나 양.'

시간이 얼마나 지났는지 몰라도, 오늘은 라오스감사절이었다. 이아나는 분명 왕궁 파티장에 있어야 했다.

'어떻게 여기에……'

"컥, 컥."

마르가리타가 이아나의 손목을 붙잡은 채 그 힘을 풀려고 버둥거렸지만, 손은 미동도 없었다. 발로 걷어차도 무쇠를 치는 것처럼 제 발만 아팠다. 무엇보다 마법을 쓰려 해도 번번이 막혀서, 그녀는 돌아 버릴 것 같았다.

저주 마법의 특성상 성과를 입증하기가 어려워 대마법사의 반열에 오르지 못했지만, 마르가리타는 스스로가 몹시 뛰어난 마법사라고 자부하고 있었다. 게다가 악마의 파편 공유자이기도 했다.

그런데 마법이 펼쳐지지 않는다. 목을 움켜쥔 놈의 손에 은은하게 어린 붉은 힘 때문에 불가능했다.

마나를 흩트려 놓는 건 분명 상위 힘, 바로 신력이었다.

마르가리타는 그 기운에 무섭도록 심장이 뛰는 것을 느꼈다. 그로 인해 제 목을 조르는 자의 정체를 알았다.

"너…… 카마, 트로스…… 보스."

에이지의 배반이 확실해졌다. 마르가리타가 핏발이 선 눈으로 에이지 쪽을 보며 악을 썼다.

"에이지, 날 구해! 개새끼, 내가 지금 무슨 짓이라도 당하는 날엔 널 다시 실험실로……."

짜아아악!

이아나의 손이 마르가리타의 뺨을 세게 후려갈겼다. 살이 터지는 타격음과 함께 안이 제대로 터진 마르가리타의 입에서 피가 튀어나왔다.

짜악! 퍽! 퍼억!

마르가리타는 아무 말도 할 수 없었다. 욕설을 뱉으려다가도 고개가 완전히 옆으로 꺾일 정도로 이아나에게 얻어맞아 번번이 강제로 입이 다물어졌다.

마르가리타는 부러진 이를 주르륵 흘리며 말을 하길 포기했다. 살면서 누군가에게 이런 손찌검을 당해 본 적이 없었다. 수치심과 함께 분노가 머리끝까지 치밀어 눈이 벌게졌다.

'이 개 같은…….'

마르가리타가 이아나를 노려봤다.

그리고 저도 모르게 눈을 내리깔고 말았다.

가면 너머로 희번덕거리는 두 눈은 맹수의 것과 같았다. 눈앞의 더러운 것을 깡그리 불태워 버릴 듯 이글거리는 분노와 살의가 저를 향하자, 마르가리타는 기절할 것 같은 공포를 느꼈다.

"죽여 줄까? 아니면 죽이고 싶나? 선택해."

그 말이 제게 향함을 알아챈 에이지의 팔이 덜덜 떨렸다. 에이지는 피폐한 시선을 이아나에게 던지고 있을 뿐, 대답이 없었다. 곧장 답하지 않는 에이지의 태도에 이아나의 눈매에 날이 섰다.

쿠당탕탕!

"크윽!"

이아나가 마르가리타를 그의 앞에 내던졌다. 신음하고 있는 마르가리타의 옆에, 검을 폭 내리꽂았다.

"당신을 모욕하고 괴롭혔던 계집이다."

"컥!"

이아나가 마르가리타의 배를 한 번 걷어차 부츠의 굽으로 그녀의 머리를 밀어 에이지를 향하게 했다.

"죽이려거든 당장 죽여."

땅을 짚은 에이지의 팔이 경련했다. 그의 앞에 마르가리타가 형편없는 모습으로 널브러져 있었다.

'정말 죽여도 되는 건가? 이렇게 쉽게?'

갑자기 주어진 기회에, 에이지는 어찌할 줄을 몰랐다. 손을 쥐었다 폈다 하던 에이지가 검을 잡으려는데, 마르가리타가 씩씩거리며 핏발 선 눈으로 그를 노려보았다. 에이지의 몸이 공포로 경직되었다.

'내가 이 여자를 죽인다고?'

그는 여전히 저 시선에 공포를 느낀다. 저 눈을 하고 있던 마르가리타에게 좋은 꼴을 본 적이 없었다.

에이지의 머릿속이 하얘졌다.

'못하겠어.'

두려움에 잠식당한 머리에 망상이 빼곡하게 들어찼다.

'혹시라도 일이 잘못되어서 내가 이 여자를 못 죽이고, 이 여자가 이곳에서 빠져나가면 어떡하지? 나는 끌려가서 또다시 고문을 받는 건가?'

이 여자에게 손을 댄다는 생각만 해도 머리가 아프고 온몸에 땀이 흥건히 났다. 심장이 터질 듯이 뛰어 대고 구역질이 날 것만 같았다.

'끌려가면 이번에야말로 죽겠지.'

썩어 가는 동족의 시신들 중 하나가 된 제 모습을 떠올린 에이지가 발작하듯 덜덜 떨었다.

이제 죽는 건 두렵지 않다. 살고 싶어 발악하던 짐승은 자취를 감추고 죽음을 완전한 끝, 마지막 휴식처로 마련해 놓은 지친 인간이 이곳에 있었다.

하지만 모순적이게도, 죽음은 미치도록 두렵기도 하다.

죽음이 끝이 아니면 어쩌나 싶어서. 죽어서도 안식을 취하지 못하고 저를 괴롭혀 온 망령들 중 하나가 되면 어쩌나 해서.

에이지가 행동에 옮기지 못하고 떨고만 있자, 지켜보고 있던 이아나가 냉정하게 말했다.

"다시 한 번 선택지를 주지."

에이지가 그 말에 퍼뜩 정신을 차렸다. 이아나를 떨리는 눈으로 올려다보았다.

"죽일래, 죽일까."

나는 죽일 수 없어. 하지만……

"못하겠다면 말해. 당신이 죽이지 않는다면 내가 죽인다."

당신은 나를 위해 이 여자를 죽여 줄 거야?

"죽여 줘."

우두두둑.

그 세 음절에 이아나의 발에 밟혀 있던 마르가리타의 목이 완전히 우두둑 꺾였다.

마치 마른 나뭇가지 하나가 부러진 것처럼.

어이없을 정도로 쉽게.

에이지는 죽어서 힘없이 늘어진 마르가리타를 보며 깨달았다. 그의 목줄을 붙잡고 있던 마녀는 깡마르고 썩은 나뭇가지였음을.

'아.'

에이지는 현기증이 나서 순간 휘청거렸다. 속이 울렁거렸다.

"욱, 우욱."

속에 있는 것을 게워 내고 있는 에이지를 내버려 두고, 이아나가 반지의 공간 마법을 사용했다. 쩍 벌어진 공간 속에서 커다란 기름통을 꺼냈다.

좌아악!

이아나는 망설임 없이 마르가리타의 시신 위에 기름을 쏟아부었다. 그 후에는 온 집 안에다 기름을 뿌려 댔다.

콰작!

그 후 에이지가 묶여 있었던 피 묻은 의자를 잡고 땅에 내리쳐 부순 후 의자 다리를 집어 들었다. 반지에 새겨져 있는 편의용 마법으로 작은 불꽃을 만들어 내 거기에 불을 붙였다.

에이지는 입을 소매로 닦아 내며 이아나의 행동을 멍하니 지켜보고만 있었다.

준비를 모두 끝낸 이아나가 에이지에게 다가왔다. 손에 들고 있던 나무 막대를 그에게 내밀었다.

"이건 당신이 해."

에이지는 떨리는 손으로 이아나가 내민 것을 받았다. 잠시 멈칫거리는가 싶었지만, 에이지는 홀린 듯이 그것을 마르가리타의 몸 위에 살짝 가져다 댔다.

화르르르르륵…….

무섭도록 밝게 타오르는 붉은 불꽃이 마르가리타의 몸을 순식간에 집어삼켰다.

"나가자."

이아나는 에이지의 팔을 제 어깨 위에 얹어 일으켰다. 힘없이 절뚝거리는 그를 부축해 더러운 집에서 데리고 나갔다.

에이지는 문을 나오자마자 손을 들어 눈을 가렸다. 오랜만에 본 햇빛이 너무 눈이 부시고 따가웠다.

안쪽에서부터 천천히 번진 불은 순식간에 건물 전체를 뒤덮었다. 밖으로 나오자마자 주저앉아 버린 에이지는 불타는 그 모습을 멍한 눈으로 지켜보았다.

저렇게 쉽게 죽는 여자였나.

그렇게 고통스럽게 하던, 마녀가.

영원히 괴롭힐 것만 같던 그 여자가.

이아나는 가면을 벗고 에이지의 옆에 섰다. 그녀는 활활 타는 불에서 눈을 떼지 못하는 에이지를 내려다보았다.

"죽이고 싶은데 당신 손으로 죽일 수 없다면 말해. 얼마든지 내 손을 피로 적실 테니까."

"……왜?"

에이지는 멍하니 물었다.

"왜 날 위해 그렇게까지 하는데……?"

"언젠가 당신이, 했던 그 말. 다시 되돌려 주지."

이아나는 말을 골랐다.

"친구를 모욕하는 자가 있다는 걸 알고도 가만히 있을 수는 없어. 나도 모르게 열 받으니까."

에이지는 그녀의 첫 친구였다. 아르하드와는 다른 의미로 소중한 사람이었다. 이아나는 에이지의 옆에 쪼그리고 앉아 그의 등을 토닥여 주었다.

"얼마든지 도와줄 테니 도움이 필요하면 요청해. 위험한 일이라도 에이지 당신을 위한 일이라면 뭐든 하겠다. 혼자 끙끙 앓고 있지 마."

그 토닥임 한 번, 한 번에 에이지의 심장이 울컥거렸다. 에이지의 얼굴이 일그러지더니, 그의 눈에서 눈물이 쏟아져 내렸다.

"흑……. 흑……."

에이지는 이아나의 어깨에 이마를 대고 펑펑 울었다. 이아나는 말없이 그를 다독거렸다.

시간이 좀 흐르고, 에이지가 울음을 그치고 이아나와 떨어지더니 우울하게 중얼거렸다.

"난 더러운 놈이야."

이아나는 옷에 묻은 흔적을 조용히 내려다보았다. 이아나는 제 옷에 늘어진 에이지의 눈물과 콧물을 통통 부은 그의 눈앞에 들이댔다.

"당신 더러운 놈 맞아."

"……진짜 못됐다. 불쌍한 놈이 흘린 건 좀 봐줘. 킁."

에이지는 쿨쩍거리며 웃으려 했지만, 그 얼굴은 금세 울상이 되었다. 에이지의 눈에서 눈물이 쏟아져 내렸다.

"나, 너무 더러워."

"……."

"나, 살려고 정말, 온갖 짓을 다 했거든. 응, 이아나 양이 상상하기도 힘든 짓들을 해 왔거든. 이때까지는 나, 내가 더럽다고 생각은 해도 어쩔 수 없다고 여겼고, 또 별로 신경 쓰지도 않았는데……."

에이지는 두 손으로 눈을 가렸다. 손가락 사이로 눈물이 흥건하게 떨어져 내리고 턱에서 눈물이 줄줄 흘렀다. 잠긴 목소리는 초라했다.

"이아나 양처럼 멋진 사람 옆에 얼쩡대려니, 가까이 가기 미안할 정도로 내 자신이 더럽게 느껴져."

에이지는 사제에게 죄를 고백하는 죄인처럼 두서없이 말을 쏟아 냈다. 이아나는 그의 말을 가만히 들어 주며 순서를 끼워 맞춰 그의 사정을 이해했다.

로이긴족은 분노한 바하무트 황족의 손에 몰살당했지만 에이지는 홀로 살아남아 죄책감을 품고 온갖 짓을 다 해 왔다.

황족의 비위를 맞춰 주고, 고문자들이 시키는 것은 전부 하고, 죄 없는 사람들을 괴롭히고 죽이는 데 서슴지 않는 등…….

"난 내 미래가 상상되질 않아. 다른 사람들 사이에서 부대끼며 사는 것도 이젠 못 할 것 같아. 복수가 끝나 자유가 되어도, 너무 지쳐서 모든 걸 부질없이 놓아 버릴 것 같아."

퍽.

이아나가 참지 못하고 에이지의 뒤통수를 때렸다.

"인간이 왜 이렇게 멍청해? 똑똑한 줄 알았더니 완전히 속았어."

에이지가 눈물을 뚝뚝 흘리며 얼얼한 뒤통수를 감쌌다.

"일단, 당신 잘못 하나도 없어. 아이가 아니더라도 사람이라면 아프기도, 죽기도 싫은 건 당연한 거 아닌가? 로이긴족이 미쳤던 거다. 사명감에 미쳐 아무것도 모르는 애들까지 그 지옥에 끌고 들어가다니, 정말 미쳤군. 그들은 당신에게 잘못했다고 빌었으면 빌었지, 당신 혼자 살아남았다고 원한을 가진 망령이 되어 당신한테 달라붙을 입장이 아냐."

여태 이아나와 함께 지내면서, 에이지는 그녀가 하는 말이 틀린 걸 본 적이 없었다. 그녀는 언제나 솔직했고, 가식은 그녀의 사전에 없었다.

그래서 그녀의 말이 모두 진실하고 옳게 느껴졌다.

에이지의 마음속에서 뭔가가 금이 갔다.

"그런 거야……?"

"그래. 당신은 당신 개인의 복수를 했으면 했지, 그들의 복수에
책임감을 느낄 필요 없어. 그들이 복수를 해 주길 바라는 후예는
아르하드다. 망령이 붙을 거면 아르하드에게 붙어야지. 물론, 그
런 것들이 붙게 내버려 둘 만큼 호락호락한 남자가 아니니 붙을
일도 없겠지만."

"……."

"살고 싶어 발버둥친 당신에게 손가락질할 수 있는 자는 당신
에게 죽은 죄 없는 이들뿐이다. 하지만 이 세상은 서로를 물고
무는 게 당연하지 않나? 아예 피해를 안 끼칠 수는 없어. 그러니
어쩔 수 없이 밟은 이들이 있다면 그들을 애도하되, 앞으로 나아
가기 위해 이기심을 가져. 그들을 밟은 게 헛되지 않을 만큼 성
장해라."

이아나의 신념은 그대로 길을 잃은 에이지에게 흘러 들어와 선
명한 길이 되어 주었다.

챙!

안에서, 뭔가가 깨져서 후둑후둑 떨어져 내렸다.

"트라우마가 생길 만큼 지독한 삶을 살아왔다는 건 알겠지만,
죽는다는 멍청한 생각까지는 하지 마. 난 그런 나약한 놈을 친구
로 두지 않았어. 죽고 싶다는 소리 할 시간에 자빠져서 잠이나
자."

이아나가 신랄하게 말하며 자리에서 일어나는데, 에이지가 그녀
의 로브 자락을 붙잡았다.

"안 죽을게."

"……."

"그런데, 나 복수가 끝나면 뭘 해야 할까? 진짜 모르겠어. 하고 싶은 일이 딱히 없는데."

"뭘 그렇게 거창하게 생각하지? 그냥 하고 싶은 일을 하면 되는 거다. 돈을 모아서 억만장자가 된다든가, 세계 여행을 떠난다든가."

"별로 안 땡기는데."

"어쩌라는 거야? 난 남의 인생을 대신 생각해 줄 만큼 상냥한 사람이 아니야."

이아나는 한숨을 쉬고 귀찮다는 듯 에이지가 붙잡은 로브 자락을 털어 냈다. 로브를 놓친 에이지의 눈이 흐려지려는데, 그녀가 손을 불쑥 내밀었다. 에이지가 동정처럼 느껴지는 그 손을 차마 잡지 못하고 이아나를 올려다보았다.

"그래도 죽는 소리 지껄이며 시간 낭비를 할 정도로 할 일이 없다면."

이아나의 담담한 표정에는 불쌍한 놈을 보는 듯한 동정심이 깃들어 있지 않았다.

"하고 싶은 일이 생길 때까지 내 옆에서 나를 도와라, 션."

션, 그리 불렸지만 이아나가 눈치가 빠르다는 걸 이미 알고 있었기에 에이지는 동요하지 않았다.

그보다는 아무렇지도 않게 불쑥 내뱉어진 그녀의 말에, 에이지는 심장이 뛰는 것을 느꼈다.

"난 할 일이 아주 많아. 아르하드를 도와서 바하무트의 황위를 찬탈해야 하고, 그 후에도 바하무트를 바꿔 나갈 거다. 내 조국이 될 나라를 당신과 같은 희생자를 만들어 내는 쓰레기로 내버려 둘 생각이 없어. 요즘엔…… 갱생이 불가하다 싶어 차라리 새로운 국가를 건국하는 게 덜 힘들겠다는 생각도 들지만, 그래도 노력해 봐야지. 그런 내게, 유능한 당신은 무척이나 큰 도움이 될 거다. 자."

이아나가 잡으라는 듯 손을 털었다.

에이지는 홀린 듯이 그 손을 붙잡았고, 이아나는 힘을 주어 일으켜 세웠다. 에이지가 주춤거리며 서자, 그제야 그의 심한 상처들이 이아나의 눈에 들어왔다.

혀를 찬 이아나가 정령들을 모두 소환했다.

[이아나!]

네 정령왕들은 나오자마자 이아나에게 반가움을 표현하느라 정신이 없었다.

[이제 리본 다 모은 거 칭찬해 줄 수 있어?]

이니스가 신이 나서 꼬리를 살랑거렸다.

"……리본?"

넋을 잃고 정령들을 보고 있던 에이지가 민감한 단어를 듣고 반문했다.

[처음 보는 인간이네? 에헴, 이 몸이 사악한 마녀가 물에다 뿌려 댄 리본이라는 더러운 물질을 죄다 회수했단 말이지, 에헴.]

"……."

에이지의 눈치를 보던 이아나가 이니스의 입을 막았다.

"잘했어. 일단 토우와 이니스는 이 사람을 치료해 주고, 카고마인은 저 건물을 마저 불태워 줘. 시웨아는 흔적도 남지 않게 재를 모두 다른 곳에 날려 보내 주고."

로베르슈타인의 지식과 신력을 얻은 이후, 이아나는 정령을 부리는 데 한층 더 거침없어졌다.

정신력으로 버티고 있지만, 버거울 정도로 몸에 넘쳐나는 신력을 어디론가 쏟아 버리고 싶다는 충동도 한몫했다.

[알았어!]

카고마인이 몸을 웅크리더니 타닥타닥 불타고 있는 건물을 향해 캥, 하고 울었다. 기세 좋게 타고 있던 건물에서, 비교가 불가능할 정도로 거대한 지옥불이 올라와 건물을 순식간에 잿더미로 만들어 버렸다.

불길이 사라진 곳에는 잿더미 말고는 아무것도 없었다.

시웨아는 그 잿더미를 향해 날갯짓을 했다. 날개에서 생겨난 바람이 잿더미를 싣고 하늘로 치솟더니 자취를 감췄다.

"아⋯⋯."

에이지는 토우와 이니스의 힘으로 치료받으며 새로 태어나는 기분을 느끼고 있었다.

찢기고 관통당해 생겨난 상처들은 새살이 돋아나며 흔적도 없이 사라졌고, 손톱이 뽑힌 자리에서는 깨끗하고 매끈한 새 손톱이 새싹이 나듯 돋아났다.

마르가리타가 먹인 약물 때문에 지끈거리던 통증들은 거짓말처럼 가라앉았고, 복잡하던 머릿속은 찬물을 맞은 것처럼 개운해졌다.

[어휴, 얘 몸이 왜 이렇게 엉망이야? 리본이 엄청나게 쌓여 있길래 긁어냈긴 했는데, 이미 몸이 정상이 아니잖아?]

[이아나, 대부분은 치료했지만, 우리가 손을 못 대는 부분도 있었다. 뇌

나 심장 같은······.]

"알았어. 고마워."

꼴이 엉망인 에이지를 깨끗하게 씻겨 주기까지 한 이니스의 권능을 마지막으로, 정령들은 자기들끼리 즐겁게 떠들어 대며 돌아갔다.

에이지는 얼떨떨한 표정을 지으며 엄청나게 가뿐해진 제 몸을 살폈다.

"대단······ 하네."

멍청한 목소리로 중얼거리던 에이지가 입을 꾹 다물었다.

겨우 한 시간도 안 되는 시간 동안 자신에게 일어나고 있는 모든 일이 벅찼다. 조금 전만 해도 절망에 빠져 있었던 자신은 온데간데없고, 완전히 새롭게 태어난 것만 같았다. 모든 게 기적처럼 느껴졌다.

에이지는 그 기적들을 만들어 낸 당사자를 쳐다보았다. 이아나는 다시 가면을 쓰고 있었다.

에이지는 처음부터 궁금했던 것을 물어보기로 했다.

"나, 어떻게 찾아왔어? 정령의 힘으로 나를 찾은 거야?"

"아니, 이거."

이아나가 호주머니를 뒤적거리더니 주먹 쥔 손을 불쑥 내밀었다.

"······?"

에이지는 그녀의 주먹 아래에 손바닥을 받쳤다.

투둑, 투둑.

에이지의 손바닥 위로 익숙한 원석들이 굴러 떨어졌다. 이아나는 원석의 기능과 그를 어떻게 찾아왔는지에 대해 설명해 주었다.

"……."

에이지는 제 손에 놓인 돌들을 일렁이는 푸른 눈으로 한참이나 물끄러미 바라보았다.

그러다 어느 순간, 주먹을 꽉 쥐어 행운을 손안에 넣으며 진심을 담아 말했다.

"고마워, 이아나 양."

"그래. 이걸로 다 해결된 건가."

이아나가 가면을 고쳐 썼다.

"돌아가자."

이아나는 에이지의 옷자락을 잡아끌었고, 에이지는 고개를 끄덕이곤 흔적도 남지 않아 볼 것도 없는 곳에서 미련 없이 시선을 떼고 뒤돌아 걸었다.

"그런데 내가 션이라는 건 언제 안 거야?"

에이지가 말을 걸어 줘서 다행이다. 방금 전, 멍하니 걷다가 의식이 사라져서 발을 헛디딜 뻔했다.

순간, 눈앞이 하얘져서 이아나는 이를 악물었다.

정말 힘들었다.

걱정시키기 싫어 내색은 하지 않고 있지만, 임무가 끝났다는 생각에 긴장감이 풀렸는지 피로감이 한 번에 몰아닥쳤다.

온몸이 후끈거리고 더웠다. 아까부터 눈앞이 캄캄했다가, 아찔해졌다가 난리라서 그냥 그대로 쓰러지고 싶었다.

마르가리타의 팔다리를 부숴 가며 고문한 후에 죽일 수 있었음에도 속전속결로 처리한 건, 그게 에이지에게 좋다고 생각했기 때문이기도 하지만, 몸 상태가 최악이기 때문이기도 했다.

속이 메슥거린다.

뭐라도 하지 않으면 곧 쓰러질 거라는 위기감이 들어서 입을 열었다.

"내 머리를 금붕어 수준으로 보면 곤란하다. 꽤 오래전부터 여러 가지 정황들과 비슷한 체구 때문에 당신이 션이라고 생각은 하고 있었어. 당신이 말하질 않으니 나도 나서서 밝히지 않은 것뿐이지."

조금 낫다. 정신을 잃지 않으려면 대화를 계속해서 이어 가야겠다는 생각이 들었다. 그러자 그녀가 줄곧 홀로 의심해 온 사항이 입 밖으로 툭 튀어나왔다.

"그래. 이걸 알고 싶었는데……. 내가 예전에 입학식 전에 만났다고 당신에게 말했던 검은 로브, 아르하드지? '로' 말이야."

"이아나 양에게 숨길 이유가 없지. 맞아."

에이지의 긍정에, 이제 확신은 진실이 되었다.

"이아나 양이 그때 받았던 약, 하인리히 님이 심혈을 기울여서 만들고 있는 거거든. 혹시 라이프…… 라는 약 알아?"

"알아. 리본으로 만든 원액에 신력이 깃들게 한 약."

에이지는 조심스럽게 물었지만, 이아나의 대답은 시원했다. 이아나의 최대 관심사였으니 모를 리가 없었다.

"역시 시디안에서 라이프 공장 파괴한 거, 이아나 양이구나? 이사벨라 황녀가 찾아다니는 사람도 이아나 양 아냐?"

"맞아."

"이사벨라가 얼마나 미친 년인지 이아나 양이 알아야 하는 데…… 조심해. 아무튼 그 약, 라이프랑 비슷한데 하인리히 님이 리본이 아닌 미스틱을 이용해서 개조한 약이야. 라이프보다 효과 는 떨어지지만 어쨌든 복용자에게 미량의 신력을 제공해. 그럼 혹시 로가 앓고 있는 병도 알아? 아, 맞아. 남부 상행에서 들켰 다고 했던가."

에이지는 아르하드와 많은 정보를 공유하고 있는 듯했다.

"그 남자가 한번 가사 상태에 빠지면, 깨어 있을 때 조금씩 마 시는 양이랑 비교가 되지 않을 정도로 엄청난 양의 약이 주입되 어야 깨어나. 그걸 알면서도 이아나 양한테 그 약을 줬어. 그리고 돌아와서 몇 개월간 가사상태에 있었고."

멍한 와중에도 그 말은 화살처럼 날아와 가슴에 박혔다.

"이아나 양이 검술대회일 밤이 되어서야 그 사람을 만날 수 있 었던 건, 그 사람이 그때까지 줄곧 잠들어 있었기 때문이야. 그 인간, 이아나 양한테 심각하게 미쳐 있는 것 같으니까 못되게 굴 지 말고 잘해 줘."

"혹시 아르하드가 학술원 입학 전에 나를 본 적이 있나? 로베 르슈타인 영지에 온 적이 있다거나. 난 열여섯 살이 되기 전까지 영지에서 나와 다른 지역으로 가 본 적이 없어."

"나도 몰라. 난 그 사람을 사 년 전부터 알았는데, 알아서 잘하 니까 사생활까지는 서로 참견하지 말자는 주의라서. 그러니까 언 제 한번 로베르슈타인 영지에 갔다가 이아나 양을 봤을지도 모르 지?"

하지만 이아나는 로베르슈타인 영지에 있을 때, 서점에 갈 때가 아니면 줄곧 저택에 머물렀다. 뒷산에 가서 검술 수련만 열심히 했었다.

그런데 아르하드가 어찌?

"있지. 그 인간에 대해선 이아나 양이 제일 잘 알걸."

"왜? 얘기 들어 보니 당신도 나름……."

"나랑은 공적인 일에 관해서만 얘기해. 내가 이아나 양과 그 인간 사이에 얽힌 세부사정을 알고 있는 건, 그 인간이 이아나 양 쫓아다니느라 나한테 넘어오거나 미뤄진 일들에 관해서 협의하다 보니 그렇게 된 거야."

이아나는 왠지 미안해졌다.

"아, 이아나 양을 탓하는 건 절대 아니야. 알지? 난 오히려 그 인간이 이아나 양한테 미쳐 있어서 좋아. 그 전까지는 무슨 생각을 하는지 전혀 모르겠는, 찝찝한 인간이었거든. 감정 표현도 거의 없고."

"그 정도였나?"

"잘 생각해 봐, 그 남자 이아나 양 앞에서만 꼬리 흔드는 개처럼 굴지? 막 꼬리 보이잖아."

"개……."

부정할 수 없다는 사실이 웃겼다. 자신도 가끔 그 남자가 덩치 큰 개처럼 느껴질 때가 있으니까.

"이아나 양 관련된 거에만 그래. 나, 예전에 그 남자가 인간이 아니라 무생물 같다고 생각한 적도 있어. 아, 이런 일도 있었다. 그 인간이 가사상태에서 깨어나자마자 이아나 양 보러 간 거 가지고 내가 뭐라고 하니까, 이아나 양을 어떻게 아냐면서 날 죽일 기세로 쳐다보더라니까."

"……."

즉, 아르하드의 과거는 수수께끼 속에 휩싸여 있다.

이아나는 생각에 잠겼다.

'환상이 아니냐던 그 말, 대체 무슨 뜻일까…….'

갑자기 신전에서 얻었던 로베르슈타인의 지식들이 떠오른다.

지식에 의하면, 악마의 영혼은 본디 검었다. 하지만 오랜 세월 어두컴컴한 지하에서 빛을 갈구해 온 악마는 태양과 함께 로베르 슈타인을 본 순간, 완벽한 빛에 감화되었다. 황금빛에 미치도록 집착하다 보니 영혼에도 황금빛이 생겨났다.

그러나 제 본연의 색이라 할 수 있는 칠흑과 빛은 어울리지 않았다. 그리하여 두 색은 섞이지 못하고 따로따로 놀았다.

즉, 악마의 영혼은 검은색과 황금색, 두 색 모두 갖췄다. 그리 하여 그의 완벽한 신체는 까만 몸과 황금빛으로 빛나는 눈동자를 가지게 되었다.

그것은 아르하드의 색이다.

왜일까?

"……로이긴족의 외양이 어때? 소수 민족이라면 폐쇄적이라서 다 비슷비슷할 것 같은데."

"거의? 엘프의 피를 좀 강하게 타고나서 나처럼 거의 다 녹색 머리에 푸른 눈을 가지고 있었어."

"……."

왜.

왜일까?

아르하드는 왜 악마의 색을 타고 태어났을까?

로베르슈타인의 기억에 의하면…….

악마는 로베르슈타인에게 심각할 정도로 집착했었다. 그리고 심장에 품고 있던 뜨거운 사랑을 끊임없이, 그녀가 받아 줄 때까지 고백했었다.

그것은 아르하드가 제게 보이는 행동과 비슷하지 않은가?

로베르슈타인의 영혼을 가진 자신, 그리고 악마의 영혼을 가진 아르하드.

……정말로 그런 걸까?

생각하기도 싫지만, 정말로 아르하드는…….

그녀를 로베르슈타인으로 보고 있는 게 아닐까?

그게 타의든, 자의든.

아르하드는 이아나를 이아나 자체로 보고 있다고 말했고, 이아나도 그가 거짓말을 하지 않았다고 여겼다.

그러나 이아나는 로베르슈타인의 후생. 이아나는 분리하고 있었지만, 그녀를 로베르슈타인과 동일시해도 아예 말이 안 되는 건 아니었다.

환상이 아니냐는 그 말, 그건 로베르슈타인을 지칭한 게 아닐까. 정말로 그런 게 아닐까.

이아나가 제어를 놓친 이성에 의심 한 줄기가 스며든다. 의심은 냉철한 이성을 흐트리고, 그녀를 감정적으로 만들어, 금방이라도 쓰러지고픈 피로감에 엄청난 불쾌감까지 더한다.

이아나의 눈앞이 흐려졌다.

'짜증 나…….'

그녀의 숨이 가빠지고 있을 때였다.

파자자자자자작!

하늘에서 괴이한 파열음이 터졌다. 이아나와 에이지가 흠칫해서 하늘을 올려다보았다.

저 멀리서 번개 한 줄기가 날아오고 있었다. 그리고 얼마 지나지 않아, 하얀 번개가 마른하늘에 빼곡히 들어찼다.

콰르르르르르르르릉!

천공을 꿰뚫어 버리는 굉음이 뒤이어 따라왔다.

그것이 마법적 현상임을 알았기에, 둘 다 경계심을 끌어올리며 하늘을 노려보았다.

퍼엉!

빛줄기 속에서 무언가가 튀어나왔다.

그것은 하얀 전기를 내뿜고 있는 늑대였다. 그리고 그 위에는 놀랍게도 여자 한 명이 타고 있었다.

파지지직!

[크르르르.]

번쩍번쩍 빛나는 거대 늑대가 땅에 착지하자마자 둘을 향해 으르렁거렸다. 하지만 타고 있던 여자가 늑대를 툭툭 두들기자 낑, 하며 몸을 숙였다.

탁.

여자는 늑대에서 훌쩍 뛰어내려 둘 앞에 섰다.

챙!

이아나가 검을 뽑아 들어 정체불명의 여자를 겨눴다.

"안녕."

그녀는 긴 흑발과 탁한 청안을 가진, 고요한 분위기의 미녀였다. 그 여자를 본 에이지의 눈이 풍랑을 만난 돛단배처럼 흔들렸다.

"……돌시?"

"오랜만이구나, 내 귀여운 소년."

"여, 긴 어떻게……."

마르가리타처럼, 오랜 시간이 지났음에도 도르시아니의 얼굴에는 세월의 흔적이 없다. 어린 에이지를 고문장에서 거뒀을 때와 똑같은 얼굴을 하고 있었다.

이십대 후반의 얼굴을 한 도르시아니가 무표정한 얼굴로 제 머리카락을 쓸어 넘겼다.

"마리가 죽은 것 같아서 와 봤는데, 흔적도 없네."

이아나가 에이지를 뒤로 보내며 앞에 섰다. 도르시아니의 눈동자가 이아나를 향했다.

"에이지 네가 마리를 죽일 수 있었을 리는 없고…… 응, 너구나?"

이아나를 시야에 담은 순간, 무감정했던 도르시아니의 두 푸른 눈에 이채가 서렸다.

"흥미로운 여자아이네."

이아나가 검을 고쳐 쥐었다.

감이 말해 주고 있다.

이 여자는 분명 도르시아니 데마리포사.

마르가리타가 공유받고 있던 파편의 소유자다.

"마르가리타의 위치를 알고 왔다고?"

그 말에 경계심이 극도로 높아졌다.

악마의 파편으로는 특정인을 추적하는 게 불가능하다. 그게 가능했다면 바하무트 황실이 악마의 파편을 다 모으지 못한 것도, 아르하드가 추적당하지 않은 것도 말이 되지 않는다.

만약 이 여자가 적이고, 케이거스 드미트리와 비슷한 수작을 부릴 수 있다면 어찌해야 하나? 아픈 제게 마법을 새겨 놓고 도망갔다가, 또 추적하면?

케이거스 때문에 겪었던 일들이 악몽처럼 떠올랐다. 간신히 붙들고 있던 이성이 뚝 끊어지려고 했지만, 이아나는 정신력을 긁어모아 가느다란 이성을 유지했다.

"그 애한테 내 추적 마법을 새겨 놨었거든. 내 힘을 들고 행방불명되면 곤란하니까."

무지한 사람이 들었다면 무슨 소린가 싶었겠지만, 이아나는 알아들었다.

저 말이 사실이라면, 이제 중요한 건 하나다.

"적이냐?"

아군이면 알아서 따라와 줄 테고, 적이면 생포해야 한다.

뒤에 있던 에이지가 입을 뻐끔거리다 헷갈리는 표정으로 이를 악물었다.

"모르겠어."

"……."

몸 상태가 정상이 아니므로 엄청난 마법을 부려 대며 나타난 이 여자를 생포하는 건 어려울 것 같았다.

'하지만 반드시 생포해야 한다. 적아에 관계없이 뒤탈이 없으려

면 그냥 죽이는 게 답이지만, 파편 소유자라면 생살여탈권은 아르하드에게 있어.'

도르시아니는 머리를 굴리고 있는 이아나를 천천히 관찰했다. 이아나를 봤을 때부터, 그녀의 시선은 이아나에게 고정되어 있었다.

"적이 될 가능성이 크지. 왜냐하면 너흰 마리를 죽였고, 난 바하무트 소속이니까……."

도르시아니가 느른하게 말하며 기세를 끌어올렸다. 그녀의 주변에서 번개가 파직거리며 튀었다.

"내가 적이면, 어쩔래? 아니다. 적 맞아."

이아나의 눈이 빛을 잃었다.

'생포.'

복잡한 생각을 하기 힘든 상태였기에, 이아나의 머릿속에 그 한 단어만이 들어찼다.

이아나는 도르시아니를 잡고자 달려들었다.

하지만 몸 상태가 무척 좋지 않은데다, 도르시아니가 어찌나 미꾸라지 같은지 도무지 잡히질 않았다. 번개의 형태로 이곳에 왔던 것처럼, 도르시아니는 이아나를 상대할 때도 번개와 같았다.

"난 이동마법에 일가견이 있단다. 번개 마법 전문가인 나를 잡을 수 있는 사람은 없다고 봐도 좋아."

말하지 않아도 마법임을 알았기에, 이아나는 늘 그래 왔던 것처럼 마나에게 부탁하여 도르시아니의 마법을 흩어 놓으려 했다. 동시에 도르시아니를 체술로 포박하려 했다.

"난 마나만 사용하는 게 아니야."

하지만 마법은 풀리지 않았고, 포박하기 위해 날렸던 몸은 허공을 가르는 신세가 되었다.

그렇다. 도르시아니는 신력으로도 마법을 부리고 있었다.

"돌시, 그만해요! 대체 무슨 생각입니까?"

"글쎄, 흥미?"

깊게 생각할 겨를은 없었다. 이쯤 되자, 축축 늘어지는 몸은 이아나의 뜻에 따라 주지 않았다. 오로지 정신만이 도르시아니의 생포를 열렬하게 바라고 있었다.

콰아아아앙!

이아나의 몸에서 엄청난 양의 신력이 폭발하듯 튀어나왔다. 붉은 신력이 이글거리며 그녀를 감쌌고, 신력은 주인의 신경을 곤두서게 한 당사자를 노려보았다.

"어머……."

도르시아니가 감탄한 듯 웃음을 흘렸지만, 이아나의 눈에 그녀의 세세한 태도는 보이지 않았다.

죽이면 안 된다.

죽이면 안 돼.

그렇다면…….

로베르슈타인의 지식이 이아나를 집어삼켰다.

무엇을 심판할 텐가?

쿠우우우웅!

강력한 의지와 함께, 미증유의 거대한 힘이 그녀를 세계의 진리로 이끌었다. 막대한 양의 신력이 세상 모든 곳에 존재하는 거대한 절대 섭리 속으로 빨려 들어갔다.

저 여자의 생포를 심판한다.

치이이잉…….

힘의 무게가 기운다.

'균형'에 정의를 두고 옳고 그름을 따지는 심판의 힘은 이아나에게 그 반대편에 올려놓을 가치를 요구했다. 이아나는 생포라는 가치를 실현하기 위하여, 생포와 상응하는 가치의 무언가를 희생해야 함을 알았다.

죽지만 않으면 뭐든 상관없어.

그리 생각한 순간, 이아나의 눈이 빛을 잃었다. 그리고 이성을 잃은 육체와 정신이 섭리 속으로 빨려 들어가려던 순간, 그녀의 팔이 뒤로 거칠게 잡아당겨졌다.

누군가에게 꽉 끌어안겼다. 하지만 이아나의 정신이 포악하고 절대적인 진리 속으로 향하는 건 멈추지 않았다.

그러자, 사슬과 같은 황금빛의 힘이 날아와 그녀를 구속했다.

"정신 차려."

폭풍우가 몰아치던 바다에, 극한의 냉기가 몰아닥쳤다. 냉기는 사나운 바다를 순식간에 얼리고 강제로 고요케 했다.

익숙한 목소리다. 이아나의 눈에 흐릿한 빛이 돌아왔다. 그녀의 귓가로 아르하드의 시린 목소리가 파고들었다.

"정신 차렸으면 대답해. 아니면 기절시킨다."

아르하드는 일하다가도 시시때때로 창밖을 내다보았다.

'비가 그치는군.'

하늘에 구멍이 뚫린 것처럼 일주일 정도 줄기차게 내리던 거센 빗줄기가 오늘 아침부터 아주 가늘어졌다. 그리고 이젠 이슬비가 되어 창문의 유리창을 가볍게 두드리고 있었다.

내내 내렸던 비에서는 아주 깨끗한 느낌이 들었다. 자연에서 청량감이 강하게 느껴진다는 것은, 그만큼 자연의 기운이 강하게 깃들었다는 소리다.

'꽤 많은 리본이 물에 씻겨 나갔을 터.'

테오도르의 인간들은 운도 좋다. 어떻게 이렇게 적절한 시기에 이런 깨끗한 비가 내릴 수 있단 말인가?

정령이 의도적으로 비를 만들지 않는 이상 일어날 확률이 제로에 가까운 기막힌 현상이다. 그렇다면 진짜로, 물의 정령이 우연히 제 권역에 뿌려진 더러운 것을 발견하고 비를 내린 게 아닐까?

정령들의 활동이 제한되어 있음을 알고 있으니 이건 망상에 가까운 추측이다. 현재 정령들이 자유롭게 물질계를 활보하는 건 불가능했다. 그래서 운이 좋다는 거고.

뭐, 그런 건 어찌 되든 상관없다. 중요한 건······.

'곧 태양을 볼 수 있는 건가?'

아르하드가 종이 위에 휘갈기던 펜을 내려 두고, 푹신한 의자 등받이에 몸을 기댔다. 그의 시선은 뿌연 구름이 하나둘 걷히고 있는 창밖의 하늘로 고정되어 있었다.

차가운 비는 이제 지겹다. 태양이 보고 싶었다.

아르하드는 태양이 좋았다. 그것은, 다른 이유 때문도 아닌 이아나의 색이기 때문이다. 스스로 빛날 리가 없음에도 빛이 느껴지는 이아나의 색이, 그녀의 색을 휘감은 붉은 태양이, 그 뜨겁고 아름다운 불꽃이, 그는 좋았다.

톡, 토독.

빗방울이 창문을 두드리는 맑은 소리를 들으며, 그는 가만히 눈을 감았다.

태어났을 때부터 붉음에 집착했다.

붉음만 좇았던 백치 상태에서 깨어난 후, 붉음에 대한 기묘한 집착은 살짝 수그러들고 검에 집착하기 시작했다. 그러한 집착의 연계는, 분명 로베르슈타인에 대한 '악마'의 감정에서 기인했다.

그러나 세상을 뒤엎듯, 악마의 감정을 짓누르고 아르하드의 세계를 이끌어 낸 건 그녀의 환한 웃음이었다.

그녀가 웃는 걸 본 그 순간만큼은 그녀의 붉음도, 검도, 모두 상관없었다.

물론 이아나는 악마를 동요시키는 붉음도, 검도, 로베르슈타인도 모두 갖춘 사람이었다. 그래서 회귀 전, 아르하드는 그녀에게 집착하는 것이 로베르슈타인 때문이 아닌가, 의심한 적 있었다.

그러나 어느 순간부터는 깨달았다.

전생의 감정과 현생의 감정은 다르다는 것을.

오히려 로베르슈타인에 대한 악마의 감정이 이아나에 대한 저의 순수한 사랑을 방해하고 있었음을.

전생에 잡아먹혀 악마로 돌아갈 뻔한 그를 아르하드로서 존재하도록 지켜 준 것은, 이아나에 대한 사랑이었다는 것을.

결국, 그 연약한 순수는 회귀 전 악마의 광기에 집어삼켜졌다. 그러나 질기디질겨, 숨죽인 채 심장 안쪽에서 살아남았다.

그리고 현재, 사랑은 그의 안에서 가장 강한 감정이 되었다.

"이아나."

아르하드는 그녀의 이름을 불러 보았다.

이아나, 이아나, 이아나…….

그의 심장에 온기를 불어넣는, 그 아름다운.

절대적인 사랑.

아르하드는 요즘 미치도록 행복했다.

왜냐하면…… 이아나가 변하고 있으니까.

이아나는 분명, 그를 사랑하기 직전이니까.

이것을 깨달은 날은 국왕탄신일, 그 솔직한 이아나가 연인이라고 거짓말을 하고, 마르가리타의 마법에 시달리다가 제 감정을 토로했던 날이다.

감정에 둔한 이아나는 자각하지 못한 채 부모니 어쩌니 하고 있었지만, 아르하드는 알았다.

그녀의 마음은 활짝 열렸고, 그 마음은 아르하드를 받아들일 준비가 되었음을.

환희하는 그의 앞에 기회가 놓여 있었다.

아르하드는 그 기회를 놓치지 않았다. 은근하게 미끼를 던져 유혹했으며, 의심하면서도 조심스레 따라오던 이아나는 우리 안에 갇힌 고양이 신세가 되었다.

현재는 품에 안은 채 그에게서 벗어날 생각을 하지 못하도록 어르고 달래는 중이다. 그녀가 자연스럽게 그에게 사랑을 느끼고 스스로 사랑을 입에 담게 하려고, 아르하드는 그녀를 노골적으로 유혹하고 있었다.

아르하드는 이아나가 먼저 제게 사랑한다고 말해 주길 바랐다.

왜냐하면, 그녀가 사랑을 느끼기 전에 그가 사랑을 고백해 버리면 부담을 느끼고 도망가 버릴지도 모르니까.

기다리고 또 기다리다가 이아나가 언젠가 그를 사랑하게 되면, 솔직한 그녀는 즉시 당당하게 고백해 올 테니까.

그리고, 그는 사랑을 입 밖에 낸 순간부터 인내할 수 없게 될 테니까.

'이아나가 나를 사랑한다라……'

아르하드의 뺨이 슬쩍 열기를 머금었다.

그보다 꿈같은 일은 없을 것이다. 심장 마비로 죽어 버릴지도 모른다.

유혹한 보람이 있는지, 이아나는 뺨에 키스를 해 주는 경지까지 이르렀다. 그런데, 멍청하게 굴지 않으려 해도 이아나가 승부를 걸듯이 뺨에 입술을 대 버리면 머릿속이 통째로 날아가 버린다.

그리고 천천히 입술을 떼는 이아나의 얼굴을 마주할 때마다 더 깊은 사랑에 빠져 버린다. 반짝거리는 장난스러운 눈빛, 아무렇지도 않은 척하지만 살짝 달아오른 얼굴, 무엇보다, 피하지 않고 그의 미친 감정을 마주하는……

그 올곧음, 그 어여쁨, 그 사랑스러움.

어찌 사랑하지 않을 수 있단 말인가?

끝이 보이지 않는 사랑은 갈수록 깊어지고, 또 깊어지고 있다. 진짜로 미친 게 아닌가 싶을 정도로 좋아지고, 더 좋아졌다.

'기다릴 거라고 다짐했지만, 언제까지 참을 수 있을지 모르겠어.'

그리 생각하던 아르하드가 얼굴에 내리쬐는 빛을 느끼고 눈을 떴다. 어느새 구름 사이로 얼굴을 내민 태양이 찬란한 빛을 지상에 흩뿌리고 있었다.

태양을 보고 있자니, 이아나가 보고 싶어졌다.

이아나가 탑에 얌전히 있으라고 경고했기에, 아르하드는 순순히 그 말을 따르고 있었다.

파티장에 따라가고 싶은 마음은 굴뚝같았으나, 그건 이아나와의 약속을 어기는 일이다. 그는 그런 못난 행동은 하고 싶지 않았다. 체면 따위는 아무래도 상관없었지만 이아나가 한심하다고 생각하는 게 싫었다.

본인이 생각해도 얼빠진 행동이었다. 그는 그녀를 유혹하는 처지, 멋진 모습만 보여 줘도 모자랄 판에 그렇게 구질구질하게 굴어 점수를 깎을 수는 없었다.

슈나이더를 생각하면 찝찝했지만, 그는 이아나를 믿었다.

그런 와중에 연락이 왔다.

[이 일, 제게 맡겨 주십시오.]

"너를 믿는다."

이아나의 상황 설명에, 아르하드는 그 뜻을 지지해 주었다. 마르가리타 정도는 이아나가 처리할 수 있고, 또 저번 임무의 불완전한 성공에 책임감을 느끼고 있는 이아나의 체면을 살려 주고 싶었다.

아르하드는 그녀의 빛나는 인생을 사랑했다. 그는 그녀가 하고 싶어 하는 모든 것을 성취할 수 있도록 뒤에서 물심양면으로 돕고 싶었다.

혼자서도 뭐든 잘할 수 있는 이아나지만, 어느 날 외로움을 느끼거나 도움이 필요할 때 저를 제일 먼저 생각해 주는 것만으로도 충분히 행복할 것 같았다.

물론…… 존재는 변하지 않고, 악마의 비정상적인 성격을 그대로 이어받은 아르하드가 이아나에게 집착하는 정도는 일반인의 범주를 넘어선 지 오래다. 하지만 이아나에 대한 신뢰와 사랑이 그 광기를 짓누르고 있었다.

그리하여 아르하드는 기다렸다. 그녀가 돌아오기만을.

'중증이란 말이지.'

주인을 애타게 기다리는 애완견이 된 것 같다는 생각이 들었다. 그런데 그건 그것대로 나쁘지 않았다. 이아나가 고양이든, 제가 강아지든 무슨 상관이랴? 이아나가 사랑해 주기만 한다면 개 취급당해도 상관없었다.

'이 반지도 있고.'

아르하드가 제 왼손 약지에 끼워진 반지를 만지작거렸다. 그들의 반지에는 그의 두뇌에 쌓여 있는 고도의 마법 지식이 들어 있었다.

그의 전생인 악마는, 세상에 흩어진 마나, 마력魔力의 주인이자, 마법魔法의 창시자. 마법으로 못 할 게 거의 없었다.

우웅…….

아르하드는 그녀의 위치를 계속 추적하고 있다. 그녀를 믿지 못하는 건 아니지만, 혹시라도 무슨 일이 있을까 싶어서다.

아르하드는 기분이 무척 좋았다.

창밖에서 고함을 지르는 여자가 물고 온 소식에, 그 기분이 진창으로 곤두박질치는 데는 얼마 걸리지 않았지만.

"아르하드 군─!"

프리실라는 냅다 소리를 질렀다.

"아르하드 군 어딨어요!"

"이아나 양 일로 할 말 있어요! 이아나 양! 아르하드 군!"

비에 홀딱 젖은 프리실라가 학술원 곳곳을 뛰어다니며 소리를 꽥꽥 질러 대고 있었다. 그녀가 학술원의 회색 탑 주변에 도달했을 때였다.

"저를 왜 찾습니까?"

뒤에서 들려온 목소리에, 프리실라가 홱 돌아보았다. 프리실라가 애타게 찾고 있던 아르하드가 팔짱을 낀 채 그녀를 내려다보고 있었다.

"이아나 일로 할 말이라는 게……?"

"다행이다! 학술원에 있었구나! 큰일, 큰일 났어요! 아, 정말, 지금 아르하드 군한테 말해 봤자 뭔 소용인가 싶지만, 일단 위급 사태고, 연인이니까 알고는 있어야 할 것 같고, 또 아르하드 군이라면 어떻게든 도울 수 있지 않을까 해서.”

프리실라가 허둥지둥대며 자초지종을 설명했다.

리키젠이 어떤 여자에게 잡혀갔다가 돌아왔고, 대신 끌려간 에이지가 위험하다는 건 이미 이아나에게 들어 알고 있었다.

그런데.

이아나의 몸 상태가 무척 안 좋다고 한다. 열이 펄펄 끓어 온몸이 뜨거웠던데다가 안색은 백지장처럼 하얗다고 했다.

“어쩜 좋아요. 가만히 있어도 되는 거예요?”

동동거리는 프리실라를 앞에 세워 두고, 아르하드가 잠잠한 반지를 내려다봤다.

“…….”

침묵하는 그의 얼굴이 소름 끼치도록 무표정해졌다. 싸늘한 기운이 흐르는 그에게서 본능적으로 꺼림칙함을 느낀 프리실라가 움찔 놀라 뒤로 물러섰다.

“감사합니다, 프리실라. 나중에 한번 대접하죠.”

낮은 목소리로 감사를 표한 아르하드가, 자리를 피한 후 바로 텔레포트를 시전했다.

프리실라의 말을 듣는 동안 천천히 가슴속에서 지펴진 검은 불이, 머리끝까지 치밀어 눈앞을 흐리게 했다.

완전히 바보가 될 뻔했다.

제 여자가 아픈 것도 모르고 헬렐레하는 얼간이 말이다.

‘대체 왜 그런 걸 말하지 않지? 이번에도 내가 걱정하는 게 싫어서? 설마 위험한 건 아니겠지.’

그는 바로 이아나가 있는 곳 근처에 도달했다.

도착하자마자 세차게 뛰어 대는 심장 덕분에 알았다. 악마의 파편 소유자가 이아나와 함께 있다는 걸.

　아르하드는 이성을 간신히 붙잡고, 멀찍이서 상황을 지켜보았다. 이아나는 마르가리타가 아닌 다른 여자와 싸우고 있었고, 그녀의 옆에는 에이지가 있었다.

　아르하드는 바로 개입하지 않았다. 이아나는 제 능력 발휘에 민감했다. 아프다는 이야기를 듣고 달려왔지만, 혹시라도 그녀가 저를 믿지 않았다는 오해를 할까 싶어서 상황을 지켜보았다.

　'괜찮은 건가?'

　가면을 쓰고 있어 판단이 어렵다. 이아나의 룸메이트는 호들갑을 잘 떠는 타입인 것 같으니 그런대로 괜찮은 상태일 수도 있었다. 그렇다면 이대로 지켜보고 있다가 이아나가 무사히 슬럼에서 빠져나오는 걸 확인하고 탑에 먼저 돌아가서 시침을 떼고 있으면 된다.

　그런데…… 이아나와 싸우는 저 여자.

　'도르시아니 데마리포사.'

　저 계집이 왜 여기에?

　애매한 계집이다.

　저 여자는, 뭐랄까. 이편도 아니고 저편도 아니었다.

　콰아아아아아아앙!

　도르시아니에 대한 생각은 이아나의 온몸에서 분출된 막대한 양의 붉은 신력 때문에 강제로 끊겼다. 아르하드가 무슨 판단을 내리기도 전에, 이아나의 몸을 불길처럼 감싸고 있던 신력은 햇살에 쪼인 안개처럼 사라지기 시작했다.

이아나가 제어를 놓쳐 흩어지는 게 아니다. 분명 소모되고 있다. 그리고, 이 공간 전체에 정체 모를 거대한 존재감이 내려앉기 시작했다. 형태는 없으나 세계의 모든 것을 좌우하는 절대적인 상위 섭리.

세계의 천칭이다.

'설마…… 권능?'

확신한 순간 아르하드가 벼락처럼 이아나에게 달려들었다. 아르하드의 갑작스러운 등장에, 어쩔 줄 몰라 하며 둘을 지켜보고 있던 에이지가 화들짝 놀라 뒤로 물러섰다.

"이아나!"

아르하드가 이아나의 팔을 잡아당겨 끌어안으며 그녀의 이름을 불렀다. 하지만 이아나는 대답하지 않았다. 아르하드는 그녀의 몸에서 느껴지는 강력한 느낌에 직감했다.

현재, 이아나에게 위해를 가할 수 있는 자는 없다. 그녀가 원했던 심판이 종료될 때까지 그녀의 시간은 멈춰 있을 것이고, 모든 충격으로부터 보호받을 것이다. 아르하드가 이를 악물었다.

'잡아먹혔나.'

절대적인 세계의 섭리에 자아를 잃고 휩쓸린 이상, 그녀는 더는 자유의 몸이 아니었다.

이아나가 뭘 원했는지는 몰라도 그 대가를 스스로 지정하지 않으면, 천칭이 무작위로 지정하게 된다. 그것이 뭐가 될지 알 수 없었다. 잘못하면 이아나의 존재 자체가 통째로 사라질 수 있었다.

'안 돼.'

권능에서 빼내는 방법은 두 가지다. 이아나가 정신을 차리고 빠져나오거나, 아예 의식을 잃거나.

하지만 후자는 위험하다. 섭리에 휩쓸린 채 아예 식물인간이
될 수도 있었다.

그래서 아르하드는 이아나를 강제로 섭리에서 끌어내려 정신을
일깨우기로 했다.

후와아아악!

그에게서 뒤섞인 느낌의 검고 지저분한 신력이 사슬처럼 튀어
나왔다. 사슬은 그가 끌어안고 있던 이아나를 칭칭 얽매었다.

츠츠츠츠......

그리고 사슬이 황금빛으로 변화한다. 황금빛으로 변한 신력은,
강압적인 권능으로 발휘되며 강제로 그녀의 시간의 축을 비틀었
다.

"하아."

이아나에게 숨결이 돌아왔다. 아르하드가 그녀를 안은 팔에 힘
을 준 채, 속에서 들끓는 분노를 간신히 참아 내며 말했다.

"정신 차려."

이아나의 눈에 빛이 돌아왔다.

"정신 차렸으면 대답해. 아니면 기절시킨다."

"차렸...... 습니다."

이아나가 거칠어진 목소리로 대답했다.

"그럼 신력 다시 집어넣어."

이아나는 할딱거리며 그의 말을 따랐다. 이아나의 주변에서 불
꽃처럼 끓어오르던 붉은 신력이 냉기를 뒤집어쓴 듯 일시에 사라
졌다.

"으……."

이아나가 앓는 소리를 냈다. 파르르 떨리는 이아나의 몸은 불덩이 같았다. 아르하드도 딱히 좋은 상태는 아니었지만, 제 몸보다는 이아나에 대한 걱정, 그리고 이성을 모조리 불살라 버릴 기세로 치솟는 엄청난 분노가 우선이었다.

"너……."

"욱!"

무슨 말을 하기도 전에 이아나가 가면을 벗더니, 입과 코에서 피를 쏟아 냈다. 뚝뚝 떨어지는 선혈이 아르하드의 시야에 선명하게 새겨졌다.

"여, 긴 왜."

이아나가 아르하드의 팔을 꽉 움켜쥐며 악착같이 물었다. 그 멍청한 질문 때문에, 아르하드의 안에서 인내심이 뚝 끊어졌다.

아르하드가 또 무슨 말을 하려는 이아나의 벌건 입을 틀어막으며 스산한 목소리로 말했다.

"그냥 자든가 입 다물고 있어."

경험상 아르하드가 정신을 놓기 일보 직전임을 본능적으로 알아차린 이아나가 조용히 입을 다물었다.

"우욱."

이아나는 피를 울컥울컥 토하면서도 극한의 정신력을 발휘하여 기절하지 않았다. 아르하드는 비틀거리면서도 끝끝내 주저앉지 않는 이아나를 꽉 끌어안았다.

이아나는 물에 폭 젖어 있었다.

'물 냄새…….'

비 냄새를 말하는 것이 아니다.

정령의 냄새가 강하게 났다.

겨우 몇 시간 전, 인간들의 행운이라고 여겼던 기적이 제 안에서 덜덜 떨고 있는 여자에 의한 것일지도 모른다는 확신을 가슴에 품자마자 아르하드의 턱이 분노로 덜덜 떨렸다.

이아나는 최근 바빴다. 따로 방법을 찾아보겠다며 마르가리타를 찾아다니고, 걱정된다며 리키젠의 병문안을 다니고, 이럴 때일수록 더 노력하겠다며 수련장에 박혀서 검술과 신력 수련을 하고…….

그래도 아티팩트로 연락을 자주 주고받았기 때문에 아르하드는 이아나를 의심하지 못했다. 그녀를 신뢰하고 있었기에 의심할 이유도 없었다. 그래서 이아나가 정확히 무슨 짓을 하고 다니는지 알지 못했다.

하지만 이렇게 붙어 있으니 알겠다.

'이아나…….'

정황을 파악하자마자 가슴에서 치솟은 검은 불길이 온몸을 다 태우는 것 같았다.

눈이 뒤집혀서 팔에 힘이 세게 들어갔다. 약해진 이아나의 몸을 으스러뜨릴 뻔했지만, 아르하드는 간신히 눌러 참았다.

아르하드의 팔 덕분에 서 있기가 한결 편한 듯, 이아나가 한층 안정된 자세로 앞을 바라보자 아르하드도 일단, 분노를 억누르며 앞을 노려보았다.

"……."

요리조리 피해 다니면서 이아나를 극한까지 몰아붙였던 도르시아니가 무릎을 꿇고 바닥에 주저앉아 있었다.

그녀는 이아나를 멍한 눈으로 쳐다보고 있었다.

거역할 수 없는 섭리에 의해 천칭 위에 제물처럼 올려졌던 도르시아니는 아직 그 여파에서 벗어나지 못하고 있었다.

정확히 말하자면, 세계를 지탱하는 거대한 '강제력'이 제게 닿았던 감각을 되새기고 있었다.

그녀의 얄팍한 입술이 열렸다.

"멋져."

도르시아니의 푸른 눈이 미지의 힘에 대한 호기심으로 유례없이 번뜩거렸다. 그 불쾌한 시선을 참지 못한 아르하드가 손을 들었다.

콰아아아아아앙!

도르시아니의 몸이 뒤로 날아가 건물 벽에 세게 부딪쳤다. 벽에 금이 가더니 쓰러진 그녀의 위로 잔해들과 먼지가 쏟아졌다. 옆에서 심란한 표정으로 상황을 지켜보고 있던 에이지가 화들짝 놀랐다.

"콜록."

먼지구름 속에서 도르시아니가 꿈틀거렸다. 한번 얻어맞고 나서야 정신을 차린 그녀가 피 섞인 기침을 쿨럭대며 뱉었다.

그도 잠시, 마나에 억지로 떠밀려 와서 아르하드의 앞에서 엎어졌다. 정말 순식간에 벌어진 일이었다.

도르시아니가 눈을 깜빡거렸다. 눈앞에 그녀가 관심을 가진 소녀의 부츠와 정체 모를 남자의 검은 구두가 보인다.

쿵―. 쿵―.

심장이 쿵쾅대며 터질 듯이 뛴다. 온몸이 눈앞의 남자에게 반응하고 있었다.

도르시아니는 이 감각을 이미 알고 있었다. 흥미로운 소녀에게 정신이 팔려 악마의 파편 소유자가 이곳에 와 있음을 이제야 깨달은 그녀가 고개를 들었다.

찬란한 황금의 눈동자를 보았다.

쿠우우우웅.

즉시 몸 전체를 짓누르는 압력과 함께 이상한 이명이 도르시아니의 뇌를 강타했다. 태양이 자취를 감추고 새까만 어둠이 일시에 내려앉았다.

마법에 당한 것도 아니고, 정신이 나간 것도 아니건만…….

인간의 하찮은 두 눈은 어디로 가고, 황금의 불꽃이 타오르는 괴물의 거대한 눈이 칠흑 같은 어둠 속에서 저를 보고 있었다.

도르시아니는 이런 눈을 가질 수 있는 존재의 정체를 이미 알고 있었고, 또 만난 적이 있었다.

'드래곤.'

하지만 드래곤일 수 없으니 드래곤을 닮은 '미지의 존재'이리라.

뭘까?

도르시아니의 온몸에 소름이 돋았다.

'이 두 사람, 정말 멋져.'

도르시아니가 무척 즐거워하고 있을 때, 어둠 속에서는 그녀의 심장을 노리는 손이 뻗어지고 있었다.

"잠깐!"

괴물의 눈과 도르시아니 사이에 뭔가가 끼어들고, 질척한 어둠은 확 걷혔다. 에이지가 도르시아니에게 등을 보이고 서 있었다.

"죽이지 마요."

"비켜."

공기가 따끔따끔하다. 주변에 있는 마나가 아르하드의 의지에 따라 살기등등하게 날을 세우고 있었다.

"지옥에서 저를 건져 줬던 사람입니다."

'젠장.'

에이지는 스스로가 병신 같다고 속으로 욕하면서도 비키지 않았다. 도르시아니가 이렇게 어이없게 죽는 건 정말로 보고 싶지 않았다. 유년 시절, 떠나지 말아 달라 구걸하고 애원했던 기억이 그녀의 죽음을 거부하고 있었다.

"이 여자 분명 쓸모가 있을 겁니다. 제가 알아서 구슬릴 테니까 죽이지 마세요. 흥미 위주로 행동하는 여자니까 충분히 포섭할 수 있습니다. 확신합니다."

"맞아, 나 쓸모 있을 거야."

도르시아니가 불쑥 말했다.

"결정했어. 이쪽에 붙을래."

에이지는 이 순간, 도르시아니의 변덕스러운 배반이 미치도록 반가웠다.

"한 입으로 두말하는 사람이 아닙니다. 정말로 도움이……."

"비키라고 말했다."

"저, 당신한테 이 정도 요구를 할 권리는 있지 않습니까?"

"널 존중해 주는 건 여기까지다."

에이지의 말을 묵살한 아르하드가 에이지를 확 밀쳐 내려 할 때였다.

"잠…… 깐."

아르하드의 품에 안겨 있던 이아나가 아르하드의 팔뚝을 꽉 붙잡았다. 지칠 대로 지친 손에서 전달되는 힘은 몹시 미약했고, 목소리는 끊어질 것 같았지만 아르하드는 모든 행동을 멈추고 이아나를 내려다보았다.

"에이지, 말대로…… 해 주면 안 되겠습니까?"

에이지는 끙끙 앓으며 말하는 이아나를 보며 입술을 꽉 깨물었다. 그는 그녀가 무척이나 몸이 좋지 않았음에도 저를 구하러 와 줬음을 깨닫고 가슴이 먹먹해졌다.

게다가 저런 상태가 되어서도 끝까지 저를 생각해 주는 이아나 때문에 에이지는 눈물이 날 것 같았다.

"물, 론 당신 판단하에 해가 될 것 같으면 죽여……."

"똑똑하고 예쁜 여자아이네."

현재 제가 처해 있는 상황을 모르는 건지 아는데도 무시하는 건지, 도르시아니는 진심을 담아 이아나를 칭찬했다.

아르하드가 인상을 찌푸리는데, 도르시아니가 이번엔 그를 보았다.

"당신에게서 거대한 악이 느껴져. 바하무트의 사생아, 맞지?"

"그래서?"

아르하드의 살의를 한 몸에 받고도 도르시아니는 제 할 말만 이어 갔다.

"내가 아무 조치도 안 취해 두고 이곳에 무작정 왔을 것 같아?

나 은근히 철두철미한 사람이거든. 내가 죽으면 이곳의 위치가 바로 바하무트 측에 알려질 거야. 마리가 죽고, 나까지 죽었어. 바하무트 측이 로안느에 뭔가가 있다는 걸 알지 않겠어?"

"그딴 싸구려 협박으로 목숨을 흥정하려거든 죽어라."

"까다로운 남자네. 원한다면 마리도 내가 죽였다고 해 줄게. 어때? 아, 내 뇌에 정신 마법을 박아 넣어도 좋아. 또 당신이 내 안의 파편을 필요해질 때까지 협조해 주지."

"……."

"어때?"

아르하드는 도르시아니를 미친 계집 보듯 내려다보았다.

도르시아니 데마리포사, 이 계집은 회귀 전 바하무트와 제가 전면전을 벌일 때 바하무트 측에 없었다. 중요한 시기에 행방이 묘연해져 바하무트 황실이 길길이 날뛰었던 적이 있었다.

그러다가 아르하드가 바하무트 황족을 멸족시킨 직후에 찾아와선, 스스로 죽음을 요청했었다.

에이지와 도르시아니를 한번 번갈아 본 아르하드가 뻔뻔한 표정의 그녀를 쏘아보았다.

"무슨 꿍꿍이냐."

"글쎄, 흥미? 난 진리를 탐구하는 마법사거든."

도르시아니에게 휩쓸리는 듯한 분위기가 짜증 나서 묻긴 했지만, 사실 그녀의 정체나 의도가 무엇이든 관심 없었다.

아르하드는 힘없이 늘어져 있는 이아나를 보았다. 금방이라도 기절할 것 같은데 일이 끝날 때까지 정신을 차리고 있을 기세인 멍청한 여자가 더 무리하는 걸 바라지 않았다.

"좋다. 네 말대로 해 주지."

이아나를 이런 상태가 될 때까지 몰아붙인 것에 화가 났을 뿐, 도르시아니가 쓸모 있는 건 사실이다. 또, 제재만 걸어 두면 배신도 방지할 수 있을뿐더러 나중에라도 얼마든지 죽일 수 있다.

아르하드의 긴 손가락이 도르시아니의 이마를 찔렀다. 그의 손끝에서 복잡한 마법진이 펼쳐졌다.

마나를 빨아들이며 빙글빙글 돌던 마법진은 도르시아니의 뇌에 강력한 제재를 남기며 자취를 감추었다.

도르시아니의 눈이 흥미로 반짝거렸다.

"어머, 이 견고한 마법 구조라니……."

"에이지, 8번 아지트로 이 계집을 데려가. 자세한 건 후에 듣겠다."

아르하드의 냉막한 눈길이 도르시아니를 훑었다.

"도르시아니 데마리포사. 앞으로 내 지시를 어길 시 그 결과를 각오해라. 진리를 탐구한다고? 백치로 만들어 주마."

"그건 싫은데. 뭐, 어길 생각이 없으니 상관없으려나?"

도르시아니가 끙, 하고 아픈 몸을 툭툭 두들기며 일어섰다.

"지금은 나 말고 당신이 아끼는 그 소녀부터 챙기는 게 어때? 나도 그 귀여운 여자아이가 잘못되기를 바라지 않거든."

일이 대충 마무리되는 듯하자, 아르하드의 옷깃을 부여잡은 채 악착같이 정신줄을 붙잡고 있던 이아나가 물었다.

"끝, 난 겁, 니까?"

아르하드가 이를 악물었다. 머리끝까지 치솟은 분노로 아까부터 눈이 멀 것 같았지만 아픈 이아나를 쥐 잡듯 잡을 수는 없어서 꾹 눌러 참고 성의 없이 그렇다고 대답해 주었다.

아르하드가 긍정하자마자 이아나는 안심한 듯 까무룩 기절했다. 정말이지 지긋지긋할 정도로 책임감이 넘쳐 난다고 생각하며, 아르하드가 이를 갈았다.

축 처진 이아나를 안아 든 아르하드가 바로 텔레포트를 시전했다.

슉!

에이지는 우두커니 서서 말도 없이 사라지는 아르하드와 이아나를 지켜보았다.

이아나는 이제 없는데도 창백한 낯과 축 늘어진 팔이 아프도록 눈에 새겨져 에이지의 심장을 울렁거리게 했다.

그들이 사라진 후, 에이지는 허벅지를 툭툭 두들기고 있는 도르시아니를 복잡한 눈으로 쳐다보았다.

"……돌시, 당신은 정말 하나도 변하지 않았군요."

도르시아니가 고개를 들었다.

"인간은 잘 변하지 않지, 에이지."

무정하던 푸른 눈은 그녀답지 않게 약간의 웃음기를 머금고 있었다.

"내 귀여운 소년. 앞으로 잘 부탁해."

라오스감사절, 라오스 신에게 감사하는 그날 기적이 테오도르를 뒤덮었다.

왕궁에서 병의 원인을 공식적으로 발표한 오전만 해도, 테오도르 전역이 절망에 휩싸여 있었다.

대체 어떤 정신 나간 마법사가 테오도르에 이따위 저주를 건단 말인가? 같은 인간이면서 어찌 이런 무도한 짓을 저지를 수 있단 말인가? 도덕심은 그 미친 마법사에게 존재하지 않는단 말인가? 신벌이 두렵지도 않단 말인가?

희대의 개새끼였다.

그저 전염병이라 여겼던 사람들은 분노했다.

하지만 분노를 쏟아 낼 대상은 특정되지 않았고, 라오스 신에게 도와주십사 간절히 기도할 뿐이었다.

그러다, 일주일 내내 오던 비가 오후쯤 그쳤다. 구름이 깨끗하게 걷히고 태양이 그 찬란한 모습을 드러내는 순간 기적이 사람들을 찾았다.

"어……?"

"안 아파."

따뜻한 햇볕을 반긴 지 얼마나 되었을까, 사람들을 좀먹어 가던 마법사의 마법이 한순간에 증발하듯 깨끗하게 사라졌다.

아파서 골골 앓던 사람들이 울면서 집에서 뛰쳐나와 햇볕을 만끽했다.

"신의 은총이다!"

사람들은 눈물을 흘리며 라오스를 찬양했다.

그 후 일주일간, 테오도르는 급속도로 안정을 되찾았다.

그리고 일주일간, 이아나는 심하게 앓았다.

"아, 으으……."

이렇게 아팠던 적이 있나 싶었다. 무기에 베이고 마법에 명중당하여 얻은 외상이 아닌 내부에서부터 온몸을 태우는 듯한 고통은 이아나로서도 참기 힘들었다.

죽을 둥 살 둥 하며 끙끙 앓았던 이아나는 정신을 제대로 차리고 있는 시간이 거의 없었다.

하지만 이따금 몽롱하게나마 정신이 들 때가 있었다. 그리고 눈을 뜰 때마다, 그녀의 곁을 지키고 있는 한 사람의 존재를 확인할 수 있었다.

뜨거운 손을 잡아 주는 차가운 손이 있었다. 너무 아파서 눈을 질끈 감으며 눈물을 흘리면, 눈물을 조심스레 닦아 주는 다정한 손길이 있었다.

"괜찮아."

그 냉기가 지나치게 위로가 되었다. 그 손이 머리를 쓰다듬어 주면, 이아나는 아픈 것도 잊고 다시 잠들곤 했다.

그러던 어느 날, 이아나는 이마에 차가운 느낌을 받고 천천히 눈을 떴다.

"……."

이아나는 눈을 뜨자마자 까칠하고 피곤해 보이는 아르하드를 볼 수 있었다. 그는 손바닥에 턱을 괴고 그녀를 빤히 내려다보고 있었다. 대체 얼마나 이렇게 보고 있었던 걸까?

이마 위에는 차가운 물수건, 그리고 그 위로는 아르하드의 손이 놓여 있었다. 이아나는 아픈 내내 위로가 되어 주었던 그 손을 기억했다. 저도 모르게 그 손 위에 제 손을 얹었다.

"괜찮아?"

이아나의 상태가 퍽 괜찮음을 느낀 아르하드가 물었다.

"네."

일주일 내내 사경을 헤맸던 이아나의 목소리는 잔뜩 갈라져 있었다. 카마트로스 변장용 반지를 꼈을 때의 허스키한 목소리와 분간이 되지 않을 정도였다.

큼큼거리며 목을 가다듬는 이아나를 가만히 쳐다보던 아르하드가 그녀의 이마에서 손을 떼고 따뜻한 물이 담긴 컵과 약을 가져와 건네주었다.

"감사합니다."

아직 상황 파악이 제대로 되지 않은 상태에서 이아나는 인사를 한 후 멍하니 약을 먹었다.

"이아나."

이아나를 빤히 들여다보고 있던 아르하드가 그녀를 불렀다.

"네."

"묻고 싶은 게 있는데."

"말씀하세요."

물을 마셨더니 안개가 낀 것처럼 뿌옇던 머릿속도 깨끗해지는 것 같다.

저도 않는 동안 발생했을 일들에 관해서 물을 게 많았다.

제가 얼마나 잠들어 있었을까? 마르가리타 사후, 일이 어떻게 되었을까? 도르시아니와 에이지는 또 어떻게?

"내가 제정신인 놈으로 보여?"

이아나는 물을 뱉을 뻔했다.

'갑자기 이게 무슨 소리지?'

이아나가 혼란스러워하며 쳐다보자, 아르하드가 표정 없는 얼굴로 다시 한 번 물었다.

"평소에 멀쩡하게 행동하니까, 제정신인 것 같아?"

"……."

이아나는 대답 없이 입술에 대고 있던 컵을 아래로 내렸다. 정신이 없어 세세히 보지 못했던 아르하드가 꽉 차도록 이아나의 세계에 들어찼다.

핏기가 가신 듯 새하얀 안색, 거뭇한 눈 주변, 살짝 충혈된 눈, 바싹 마른 입술, 미끈하지 않고 거친 피부.

그 상태로 의미를 알 수 없는 이상한 질문을 던진다는 건.

'잠을 못 잔 건가.'

제가 얼마나 오래 앓았는지는 모르겠지만, 아르하드가 내내 걱정하여 제 옆에서 간호했으리라는 사실이 명백했다.

아파서 힘들어할 때마다 괜찮다는 말과 함께 그녀의 이마를 어루만져 주던 차가운 손길이 기억 속에 어렴풋이 남아 있었다.

누군가가 심장을 꽉 움켜쥔 듯 답답해졌다.

"제정신인 것 같냐고."

이아나가 대답이 없자 아르하드가 이상한 질문을 반복했다. 기억 속의 상냥함은 어디로 가고, 아르하드는 감정 없는 가면 같은 얼굴로 그녀를 쳐다보고 있었다.

그녀를 제 시야에 담을 때마다 아낌없이 내비치던 온기는 흔적도 없었다. 어딘가에 툭 털어서 버리고 온 듯, 이아나를 대하는 그의 태도는 무미건조하기만 했다.

"내 말이 들리지 않아? 아니면 대답하기 싫어?"

저런 질문을 하는 의도를 모르겠다.

'화난 건 알겠어.'

찔리는 게 몇 개 있었다. 정령왕을 장기간 무리하며 부린 것, 신전에 가서 신성시대의 지식을 얻은 것, 아픈 걸 숨긴 것, 이성을 잃은 상태에서 권능을 쓰려고 한 것.

'아르하드가 제지하지 않았다면, 도르시아니를 생포하는 건 가능했겠지만 뭘 제물로 바쳤을지 몰라.'

로베르슈타인의 심판審判.

그것은 세계의 절대적인 섭리, 균형을 추구하는 천칭의 힘을 빌리는 것이다.

로베르슈타인이 악신의 업보에 살아 있을 가치를 매달아 죄의 무게를 쟀던 것처럼, 섭리에 의한 '균형' 판단은 심판의 기본적인 능력이다.

이 능력의 효용 가치는 무궁무진하다.

그녀가 원하는 가치를 한쪽 저울에 매달고, 그 반대편에 그에 상응하는 제물을 바치면 천칭은 인과관계를 무시하고 그녀의 바람을 이뤄 준다.

제물로는 보통 그녀의 신력을 이용하지만, 다른 것도 사용할 수 있었다. 예를 들면 그녀의 신체 일부라거나, 아니면 '다른 가치'라거나.

다른 가치에는 모든 것이 포함된다. 다만, 다른 존재에게 소속된 것을 제물로 바치고자 할 때는 그녀에게 엄청난 무리가 간다. 당연한 얘기다. 다른 존재의 것을 멋대로 빼앗을 수 있는 존재는 그 위에 절대적으로 군림할 수 있는 '무언가'뿐이다. 이아나는 인간에 불과했다.

　너무나 엄청난 걸 바라서 제물을 올리고 올려도 균형을 잡지 못하면 함부로 천칭을 이용하여 균형을 흩트리려 한 그녀의 영혼이 소멸할 수도 있었다.

　그럼에도 심판이라는 상위 섭리가 세계를 좌지우지할 수 있는 무서운 권능임에는 부정할 수 없다. 그녀의 영혼에 엄청난 부담을 주고, 제약도 많지만, 제물만 바치면 뭐든 이룰 수 있다는 점에서 모든 단점을 상쇄하는 무서운 힘이었다.

　'그리고 로베르슈타인은 심판을 자유롭게 썼던 신이었다.'

　신은 아니나 세계의 창조주創造主인 세계수와 정령왕의 탄생 이후, 세상에 태어난 첫 번째 신. 가장 거대한 혼돈의 조각을 가졌던 세계의 조율자.

　그야말로 절대자.

　이아나는 심판의 권능을 무의식중에 썼다. 도르시아니를 잡지 못해 이성을 살짝 잃은 상태에서, 로베르슈타인의 기억 속에서 얻은 지식이 치고 올라왔다. 그 순간, 심판의 권능을 너무나 당연하게 여겼던 로베르슈타인의 정체성이 이아나를 집어삼켰다.

　그래서 이아나는 너무나 당연하다는 듯, 별생각 없이 권능을 사용했다. 이아나는 그런 스스로를 반성했다.

　잡아먹어야 하는 처지에 잡아먹힐 뻔했다.

　다시는 주도권을 빼앗기고 싶지 않았다.

　로베르슈타인은 대단한 신이다. 하지만 이아나는 그 아마득함에 절망하거나 잡아먹힐까 걱정하지 않았다. 그저 의지를 불태울 뿐이다.

'그래 봤자 내 일부에 불과해. 난 할 수 있어.'

이아나는 눈을 감았다가, 잠시 후 다시 떠서 고요한 눈으로 아르하드를 보았다.

……당신은 어떨까?

이아나는 침착하게 입술을 열었다.

"화가 나셨나요?"

"내 질문은 무시하는 건가? 대답해."

무서운 고집이다. 대체 그 이상한 질문에 대한 답이 왜 필요한지는 몰라도 대답해 주지 않으면 끝까지 물어 올 것 같았다.

"당연히 멀쩡한 정신을 갖춘 사람으로 보입니다."

가끔 이상한 모습을 보였었지만, 그건 이아나가 그를 거부했을 때뿐이었다. 그런 상황만 아니면 아르하드는 언제나 다정하고 따뜻한 사람이었고, 냉철한 이성으로 합리적인 판단을 내릴 줄 아는 주인이었다.

"그래? 그렇게 느꼈어?"

미지근한 어조의 질문은 이아나에게 긴장감 없이 와 닿았고, 이아나는 별 의심 없이 그렇다는 듯 고개를 끄덕였다.

"그래……."

아르하드가 입매를 슬쩍 올려 웃더니 이불 위로 흐르듯 굽이치고 있는 이아나의 붉은 머리카락을 천천히 잡았다. 그녀를 빤히 쳐다보는 시선은 떼어 놓지 않으면서.

아주 소중한 보물을 움켜쥐듯 제 손가락 사이사이로 머리카락을 얽어 쥐는 아르하드의 행동을 이아나는 보고만 있었다. 그가 그녀의 머리카락을 고운 천을 쓰다듬듯 만지작거리는 것은 종종 있었던 일이었고 이아나는 익숙해져 있었다.

그러나 오싹한 이변을 느낀 건, 아르하드의 손 안에서 머리카락이 짓뭉개졌을 때였다.

"네가 그렇게 느꼈다면 내가 나를 너무 감춰 왔던 거겠지."

"무슨······."

"아니, 아니지. 아니야, 이아나."

아니라고 말하는 아르하드의 가면에는 점점 금이 가고 있었다. 텅 빈 듯했던 무심한 눈동자에 언젠가 몇 번 보았던, 낯익으면서도 무서운 감정이 스멀스멀 들어차기 시작했다.

"이때까지 몇 번이고 말했잖아. 너도 사실 알고 있잖아. 나는 너에 한해선 심각할 정도로 비정상이라고. 그런데 넌 그걸 그다지 심각하게 받아들이질 않는구나. 내가 너무 감췄던 걸까? 그래, 감추긴 했구나."

"잠깐, 아르하드······."

심상찮음을 느낀 이아나가 제 머리카락을 세게 움켜쥐고 있는 아르하드의 손을 붙잡았다.

"진정하세요. 제가 잘못했습니다."

"뭘?"

이아나는 무얼 잘못했냐는 질문에 곧장 대답하지 못했다. 잘못한 건 많은데 깨어나자마자 아르하드를 마주하는 바람에 뭘 어떻게 이야기해야 할지 정리하지 못했기 때문이다.

"일단······ 아프다는 걸 숨긴 거요."

평상시였다면, 컨디션 관리를 못 했다는 사실이 부끄러워 주저했을지는 몰라도 분명 아르하드에게 제 상태에 대해 말했을 것이다. 죽어도 제 약한 모습을 보이기 싫어하는 이아나가 유일하게 응석을 부릴 수 있는 상대가 아르하드였다. 그가 챙겨 주는 게 은근히 좋았기에 숨길 이유가 없었다.

하지만 이번에 그녀가 앓은 열병에는 많은 일들이 얽혀 있었다. 상대가 아르하드기에 말하기 어려운 비밀들이.

"그것뿐?"

이아나가 주저하는 사이, 아르하드가 그녀의 손과 함께 쥐고 있던 머리카락을 살짝 잡아당겨서 제 코를 파묻었다.

"정령의 향은 더 이상 나지 않는구나."

이아나의 피부가 쭈뼛 곤두섰다.

"뜬금없는 가을장마는 너의 작품이었겠지."

"……."

들켜 버렸나?

아니, 어떻게?

"일주일 전, 너를 끌어안았을 때 지독할 정도로 깨끗한 자연의 냄새가 풀풀 났으니까."

그녀가 속으로만 품고 있던 의문을 읽은 듯 아르하드가 명확한 답을 내려 주었다.

정령을 오랜 시간 부리면 흔적이 남는다는 깨달음과 동시에, 이아나는 제가 앓아누웠던 시간이 일주일이나 된다는 사실에 놀랐다.

"맞습니다. 제가 했어요. 물의 정령을 불러서 비를 내리고, 물에 뿌려진 리본을 모아 연구 샘플로 만들었습니다."

이아나는 어쩔 수 없이 시인했다. 다 알고 있는 사람 앞에서 거짓을 말할 수는 없었다.

"이아나. 예전에 난 정령을 될 수 있으면 부르지 말아 달라고 사정했고, 넌 알았다고 대답했었어."

꾸욱.

아르하드의 손에 힘이 들어갔다. 그의 손에 잡힌 머리카락이 볏짚처럼 버석거렸다. 이아나는 그 행동이, 차마 제게 손을 댈 수 없어 머리카락에 화풀이하는 것처럼 느껴졌다.

"그런데 넌 어떻게…… 그렇게 거리낌 없이 정령을 부를 수 있지? 네가 내게 했던 약속은 그렇게 하찮은 거였나?"

"아니에요. 절대 하찮게 여기지 않았습니다. 리키젠을 빨리 치료해 주고 싶어서 어쩔 수 없이 그리했어요. 그런데 당신이 싫어하고 걱정할까 봐 정령에 대해서 말할 수 없었습니다."

"그런 사정들은 관심 없어. 언제나 당당하고 솔직하다고 믿었던 네가 앞에선 내게 말을 그렇게 해 놓고 뒤에서 다른 행동을 했다는 게 중요하지."

심장이 비수로 베이는 것 같다.

"만약 정령을 부릴 것 같았으면 내게 말을 했어야 했어. 난 네가 하겠다고 고집을 부렸으면, 걱정은 했겠지만 어쩔 수 없이 져 줬을 거야. 널 신뢰하고, 또 너의 의지를 아끼니까. 이아나, 내가, 네가 죽어도 하겠다는데 끝까지 말린 적 있었어?"

"아니, 아니요……."

"그런데 넌 숨겼어. 왜? 내가 걱정하는 게 싫었어?"

허탈하다는 듯이 그리 말하는 아르하드에게서 깊은 상처가 느껴졌다. 이아나의 손이 떨렸다.

"그게 아닙니다……."

"됐어. 네가 아팠던 건 정령 때문인가?"

"그게……."

정령 때문에 컨디션이 안 좋았던 건 사실이나, 그녀를 이렇게 심각하게 아프게 한 원인은 로베르슈타인의 심장이었다. 감당하기 어려울 정도로 물밀듯이 쏟아진 지식과 신력에 의한 후유증이었다.

아르하드가 고개를 가만히 기울였다.

"말하기 곤란하면 그냥 아팠던 걸로 칠까?"

"……."

"아팠는데 말하지 않은 게 네 잘못이라고 했지? 왜 아픈데 내게 말하지 않았어?"

도무지 할 말이 없다. 미안한데 도저히 제 입 안에서 맴도는 말을 정제할 수가 없어서 입술을 뗄 수가 없었다.

"이것도 말하기 곤란하면 그냥 까먹었던 걸로 할까?"

"……."

"권능은 왜 사용했어? 내가 위험한 힘이니까, 절대 쓰지 말라고 했잖아. 충동에 귀 기울이지 말라고 했잖아."

"그건 저도 모르게."

"아니."

아르하드가 웃었다.

"너는 한다면 하는 여자잖아? 일주일 내내 죽을 고비를 수십 번이나 넘길 정도의 몸 상태로, 일이 모두 해결될 때까지 정신줄을 붙잡고 있던 네가…… 너도 모르게? 말도 안 돼. 만약 네가 내 말을 염두에 뒀다면, 권능을 사용할 생각은 절대 하지 않았을 거다."

그게 아닌데.

그건 정말로 아닌데.

"넌 내가 걱정하는 게 싫다는 핑계로, 앞에선 수긍하는 척 넘어가 놓고 뒤에선 몰래 할 걸 다 하고 있었구나."

이아나는 도망치고 싶은 기분을 느꼈다. 그러나 고개를 돌려 시선조차 피하지 못했다. 아르하드의 상처 입은 눈동자가 이아나의 떨리는 시선을 우악스럽게 붙잡고 놓아주지 않았다.

가슴이 아파서 눈에 열기가 몰리고 호흡이 불규칙해졌다.

"네가, 내 품에서 아파서 정신을 제대로 차리지 못할 때까지······ 나는 아무것도 알지 못했고, 아무것도 하지 못했어. 만약 네 룸메이트가 너의 상태를 말해 주지 않았고, 내가 너를 찾아가지 않았다면, 나는 너를 권능 때문에 잃었을지도 몰라. 그래. 일주일 내내 널 지켜보면서, 그제야 깨달았어."

그제야. 그래, 그제야.

아르하드의 눈동자가 흐려졌다. 그 초라함을 감추려는 듯, 일주일 내내 이아나를 보고 있느라 한 번 깜빡일까 말까 했던 눈을 길게 감았다.

"넌 내 말을 진심으로 받아들인 적이 없었던 거야. 너를 믿는다는 내 말조차."

무슨 말을 해야 하는데, 어디서부터 오해를 바로잡아야 할지 알 수 없어 입술이 달라붙은 듯 떨어지지 않았다. 아르하드가 몰아붙이는 지금, 도저히 할 말을 분간할 정신머리가 없었다.

이 상태로는 모든 것을 토로해 버릴지도 모른다.

여태 격하게 거부해 온, 외면해 온, 볼품없는 의심까지 입 밖으로 낼지도 모른다.

계속해서 유리 화원의 문을 열려 하는 침입자가 있다.

이아나는 흔들리지 않고 문을 잠그고 변함없이 꽃에 물을 주고자 하였다.

그런데 자꾸만, 어떤 의심이 든다. 그 꽃을 꺾어서 선물하고자 하는 상대는…… 누구를 생각하고 있을까, 하는.

어쩌면 그가 긍정할, 또는 답하지 못할 질문을 꺼내기가 두려워 자꾸만 비밀을 만들어 내고 아르하드에게 상처를 주는 제가 싫어서 이아나는 머리가 터질 것 같았다.

하지만 아르하드의 애정이 그녀, 이아나를 향한 게 아니라는 걸 확인받게 되면 견딜 수 없을 것 같았다.

"변명도 하기 싫어? 맞아, 너는 네 선택에 대해선 변명하지 않는 대단한 여자였지. 그래. 넌 정말 멋진 사람이야. 난 너의 빛나는 삶을 아껴. 네 빛을 모두가 보고 감동했으면 좋겠고. 하지만, 이아나, 난 이따금……."

아르하드가 쥐어 챈 이아나의 머리카락 끝에 천천히 입술을 가져갔다.

핏기 없는 마른 입술이 머리카락에 생기 없이 닿는 순간, 아르하드의 눈이 다시 뜨이고 눈을 마주친 순간, 이아나는 심장이 내려앉는 걸 느꼈다.

"……네 인생을 부수고, 네가 내 말을 들을 수밖에 없게 만들고 싶다는 미친 충동이 들어."

그리 말하며 웃는 그에게선 다정한 애정이 전혀 느껴지지 않았다. 그저 저를 망가뜨리고 싶어 하는 증오에 가까운 지독한 집착만이 느껴졌다.

그건, 악마의 파편을 가진 이들이 제게 보이던 감정과 닮아 있었으나, 그보다 훨씬 더 질척하고 어두웠다.

"이때까지 그런 악질적인 충동은 무시하고 참아 왔는데, 지금 심정으론 참지 못할 것 같아. 그래 줄까?"

머리카락이 갑자기 잡아당겨졌다. 몸을 가누지 못한 이아나가 침대에 손을 짚는데, 턱이 강하게 붙잡혀 올라갔다.

"아니면, 전부…… 넘어가 줄까?"

아르하드가 속삭였다.

"더는 너를 믿진 못하겠지만."

그때, 이아나의 눈에서 눈물이 왈칵 쏟아졌다.

"……."

창백한 얼굴을 타고 똑똑 떨어지는 눈물을 목격한 아르하드가 멈칫했다.

"……!"

그제야 정신을 차린 듯, 아르하드의 눈에 초점이 돌아왔다. 아르하드가 입술을 깨물더니, 이아나의 얼굴을 뿌리치듯 놓았다. 두 손으로 제 얼굴을 덮고 거칠게 숨을 내쉬었다.

"미안하다. 내가 화도 나고, 잠도 제대로 못 자서 진짜로 제정신이 아니었나 보다."

이아나는 말이 없었다. 그저 그를 바라보며, 조용히 눈물을 흘렸다. 그 눈물을 흘끗 본 아르하드가 호흡을 가다듬는가 싶더니 자리에서 벌떡 일어났다.

"나가 있을게. 나중에 얘기하자. 쉬어."

눈물을 똑똑 흘리는 이아나를 보고 있기가 힘들어, 그는 곧장 뒤돌았다.

"……."

하지만 올가미에 걸린 듯, 아르하드는 그 자리에서 벗어나지 못했다. 이아나가 그의 옷자락을 붙잡았기 때문이다.

이아나가 이불로 눈물을 훔쳐 내며 아르하드의 옷자락을 쭉 잡아당겼다.

"……지금은 떨어져 있는 게 좋겠다."

아르하드는 그런 이아나를 외면한 채, 억지로 그녀의 손을 제게서 떼어 놓았다.

"여기 있다간 내가 너한테 무슨 말을 할지 모르겠어."

아르하드의 어깨가 어지러운 숨소리와 함께 빠르게 오르락내리락했다. 그의 상태는 무척이나 불안정했다.

감정 조절이 어려워 보이는 아르하드의 뒷모습을 향하는 이아나의 눈매가 처졌다.

그의 호흡은 언제나 고요한 밤하늘처럼 잔잔하여 이아나에게도 안정감을 주곤 했다.

그러나 지금은 그에게서 여유라곤 찾아볼 수 없다. 이아나도 덩달아 극도로 불안해졌다.

아르하드가 성큼성큼 걸어 문 앞까지 갔다. 그 모습에 초조해진 이아나가 이불을 걷고 침대에서 일어났다.

"기다려요."

문을 열다 말고 아르하드가 멈칫했다. 반사적인 반응이었다.

"……어떻게 이야기해야 할지 모르겠지만, 제가 왜 그리 행동했는지 전부 말씀드릴 테니 가지 마세요."

"나중에."

이아나가 거의 공황 상태에 빠진 채로 붙잡았지만, 아르하드는 끝끝내 이아나에게 등을 보이며 방에서 나가 버렸다.

이아나는 우두커니 서서 닫힌 방문을 멀거니 바라보았다. 얼마 지나지 않아, 다리에 힘이 풀려 바닥에 주저앉고 말았다.

아르하드가 이렇게 화가 난 건 처음 봤다. 그가 제게 실망했고 무척이나 상처받았음을, 이아나는 폭우처럼 쏟아졌던 그의 말들 속에서 느낄 수 있었다.

화가 날 만했다. 저였어도 화가 났을 것이다.

의도가 무엇이었든, 아르하드에게 여러 가지 일을 숨겼고 그걸 들킨 마당에 곧장 제대로 된 해명조차 하지 않으니 아르하드가 화를 내는 건 당연했다.

"넌 내 말을, 진심으로 받아들인 적이 없었던 거야."

오해라고 말하고 싶었다. 하지만 오해가 아닐지도 모르기에 입을 다물었다.

이아나는 늘 당당할 수 있었다. 두려울 게 없었으니까.

그래서 아르하드의 앞에서 당당하지 못했다. 두려웠으니까.

이아나는 이제 아르하드가 주는 애정이 영원할 것임을 의심치 않는다. 그런데 결단코 변하지 않을 그의 애정이, 어디에 뿌리박고 있을지 의심했다.

단단하고 순수한 애정이 뿌리부터 잘못되어 있을까 봐, 이아나는 미치도록 두려웠다.

악마의 파편 수혜자들이 제게 집착하는 모습을 확인하고, 로베르슈타인의 기억 속에서 황금의 악마가 로베르슈타인을 집요하게 사랑했음을 느낀 순간 두려움은 더더욱 커졌다.

악마에 대한 로베르슈타인의 애정이 제 마음속에 침범할 뻔한 순간, 악마의 마음도 아르하드에게 영향을 줄 수 있음을 깨닫고 두려움은 극에 달했다.

그리고 방금 아르하드가 무섭도록 몰아붙였을 때 다른 파편 수혜자들과 같은 느낌을 받았다.

한계를 넘어선 두려움이 눈물로 터져 나왔다.

그것은 이아나가 가지고 있는 유일한 두려움이었으며, 늘 정면 돌파를 감행하던 이아나를 도망치게 만들었다.

차라리 알지 못하는 게 낫지 않을까? 그런 마음가짐이 이아나를 초라하게 만들었다. 아르하드의 순수에 대한 의심이 당당했던 그녀를 의기소침하게 하여 이 모든 사달을 냈다.

그리고 이아나는 두려움이라는 괴물에 몰아붙여지고 또 몰아붙여져 결국 벼랑 끝까지 몰렸다.

아르하드가 문을 닫고 나가 버리는 순간 절벽 끄트머리에 올라서게 되었다.

등 뒤는 아무것도 없는 암흑의 바다.

눈앞은 시야를 가리는, 두려움이라는 거대한 괴물.

여태 괴물을 베면 그 앞에 더 큰 절망이 존재할까 봐 피하기만 했지만, 이제 완전히 양자택일의 선택지 앞에 놓여 버렸다. 괴물을 베지 않으면 굴러 떨어져서 모든 것을 잃을 처지에 이르렀다.

아르하드의 신뢰도, 스스로의 당당함도. 괴물을 베지 못하면 계속해서 진창을 구르게 될 것이다.

그래서 이아나는 마음속에서 검을 빼 들었다.

그리고 괴물을 베어 내기 시작했다.

그러자 놀랍도록 마음이 편해졌다.

이아나는 웃었다.

이때까지 얼마나 스트레스를 받았던가. 두려워서 도망치고 숨는 건 이아나의 성미와 절대로 맞지 않았다. 맞지 않은 짓을 하고 있자니 스트레스를 받을 수밖에.

일이 어찌 됐든 스트레스를 유발하는 유일한 원인을 쳐 낼 수 있는 상황에 처하자, 이아나는 우습게도 즐거워졌다. 그것은 어딘가 정상이 아닌 즐거움이었다.

어쩌면 제정신이 아닐지도 모른다.

왜냐하면, 두려움을 베어 치워 냈을 때 아르하드가 저를 배신한다면 제 마음속에서 키우고 있던 꽃을 밟아 짓뭉개 버리겠다는 극단적인 결심까지 하고 있었으니.

아르하드에게는 저를 이렇게 구질구질하게 만들어 놓은 책임이 있었다.

혼자서 신성시대의 비밀을 파헤쳐 그의 마음에 대한 확신을 얻고자 하였으나, 그것이 잘못이었고 그 잘못 때문에 저를 이렇게 몰아붙였다면, 아르하드에게는 이 의심을 없애 줄 의무가 있었다.

오늘, 아르하드의 대답 여하에 따라 이아나는 달라질 것이다.

아르하드가 제게 확신을 준다면 장애물이 사라진 마음은 한층 더 깊어질 것이다. 당연한 일이다.

아르하드가 저를 배반한다면 그는 영원히 제 마음을 얻지 못할 것이다. 이 또한 당연한 일이다.

해명하지 않으면 관계가 엉망이 될 판에, 이아나는 제 두려움을 더 숨길 필요를 느끼지 못했다. 도망치면 비밀은 비밀대로 계속 만들어지고 상황은 악화될 뿐이다.

'될 대로 되라지.'

이아나는 이 순간의 감정에 충실하기로 했다.

결심하자마자 눈물로 엉망진창이 되었던 이아나의 얼굴에 서리가 앉았다. 아픈 감정에 휩싸여 있던 낯이 무표정해지고, 붉었던 뺨이 하얘졌다. 길을 잃은 듯 바삐 움직이던 동공이 정적을 되찾았다. 아프도록 뛰어 대던 심장은 얼어붙은 듯 박동이 점차 느려졌다.

비정상적일 정도로 냉정해진 이아나는 제 구질구질한 꼴을 더 이상 참을 수 없었다.

[이아나아아!]

가장 먼저 이니스를 불러냈다.

[이아나, 흐윽, 괜찮아?]

이니스는 나타나자마자 물방울을 톡톡 떨어뜨리며 울었다.

그러다 이아나의 얼굴까지 헤엄쳐 와 그녀의 눈에 대롱대롱 매달려 있던 눈물에 입 맞춰 주었다.

[울었어? 왜 울었어? 많이 아팠던 거야?]

"이니스, 정신 좀 차리게 나한테 찬물 좀 부어 줘."

[옹? 하지만⋯⋯.]

"아주 차가운 물로 아주 세게, 부탁해."

이니스는 이아나가 평소와 다르다는 걸 느끼고 말없이 그리해 주었다. 그녀의 머리 위에서 얼음물이 폭포수처럼 퍼부어졌다. 입술이 새파래질 때까지 물을 맞던 이아나가 손을 들자 얼음물이 거두어졌다.

이니스가 흠뻑 젖은 이아나에게서 물기를 거두기도 전에, 이아나가 벌떡 일어나서 성큼성큼 걸어가 문을 열었다. 그러고는 열린 문틈으로 훌쩍 나가 버렸다.

[이아⋯⋯.]

이니스도 따라 나가려 하는데, 이아나가 앞으로 더 나아가지 못하고 뒷걸음질 쳐 다시 방으로 밀려왔다.

콰아아아아아앙!

문이 세게 닫혔다. 얼마나 세게 닫혔는지, 문에서 떨어져 나온 나뭇조각이 튈 정도였다.

타악!

이아나의 등이 벽에 세게 부딪쳤다. 이아나가 등에 느껴지는 통증에 인상을 찌푸렸다가, 제 어깨를 세게 부여잡고 있는 두 손을 보고 고개를 들었다.

"뭐 하자는 거야?"

마주친 아르하드의 눈에서 불이 튀는 것 같았다. 이아나는 그런 그를 말없이 물끄러미 쳐다보았다.

"뭐 하자는 거냐고."

아르하드는 도저히 진정이 되질 않아서 이아나가 있던 방으로

부터 빠르게 멀어지던 중이었다. 계속 이아나 옆에 있다간 무슨 짓을 할지 몰라서 스스로를 이아나에게서 떼어 놓고 싶었다.

그러다가 혐오스러운 이변을 느끼고 빠르게 돌아왔다. 방문 앞에 서자마자 정령의 깨끗한 물에 푹 젖은 이아나가 나오는 걸 발견했다.

"이아나."

이아나에 대한 몰이해는, 또다시 엄청난 분노가 되어 아르하드를 집어삼켰다.

분노가 선을 넘는 순간, 그것은 무서운 어둠이 되었다.

"네 행동을 도저히 이해할 수가 없어. 나랑 싸우자는 건가?"

[으와아아악!]

이아나는 여전히 대답이 없었지만, 이니스가 대신 비명을 질러 댔다. 아르하드를 눈에 담은 순간 엄청난 충격을 받고 얼어붙어 있다가, 그제야 정신을 차리고 비명을 지르고 있었다.

[뭐, 뭐, 뭐, 뭐야, 저건!]

이니스가 펄떡거리며 뛰어 댔다.

[이아나, 이아나아. 저, 저거, 헉.]

새카만 감정이 담긴 시선이 천천히 이니스를 향했다. 이니스는 숨을 멈췄다. 무섭도록 진득한 살기에 쏘인 이니스의 꼬리 쪽이 새카맣게 물들었다. 이니스가 제 몸을 오염시키는 어두운 감정에 진저리를 쳤다.

[아, 아, 악, 악마!]

이니스가 소리를 지르며 아르하드의 손 주변을 맴돌았다. 이아나의 어깨에서 아르하드의 손을 떼어 놓고 싶어 하는 눈치였다.

하지만 차마 아르하드에게 닿지는 못했다.

[저리 가! 이 악마 녀석! 이아나한테 무슨 짓이야!]

이니스가 울음을 터뜨릴 기세로 소리를 질러 대다가 결국 꼬리로 아르하드의 손을 때려 대기 시작했다.

이니스의 꼬리는 아르하드를 칠 때마다 검게 물들어 갔다. 얼마나 흥분을 했는지, 이니스의 몸 전체에서 물거품이 부글부글 일고 있었다.

[손 떼! 이런 지독한 감정을 가지고 이아나를 만지다니, 이 소름 끼치는 놈! 이아나한테 이상한 짓 해 봐, 가만두지 않을 거야! 손 떼, 손 떼란 말이야!]

이아나는 필사적이기까지 한 이니스를 보며 잠시 생각에 잠겼다.

이니스는 악마를 혐오한다. 아르하드에게 악마의 파편을 느껴서 저러는 걸까? 하지만 이사벨라 왕녀를 맞닥뜨렸던 토우나 시웨아의 반응은 이렇게까지 격하진 않았다.

그러다 매사에 오두방정을 떠는 이니스의 성격을 생각하고 이해했다. 이해한 후에는, 아르하드가 대체 어떤 지독한 감정을 가지고 제 어깨를 붙잡고 있기에 이니스가 이토록 난리를 치는지 궁금해졌다.

[악! 이아나!]

이아나는 이니스의 비명 소리에 상념에서 깨어났다. 이아나를 구속하고 있던 한 손이 어느새 이니스의 유선형 몸을 꽉 붙잡고 있었다.

[놔, 놔! 싫어!]

“물 치우고 사라져.”

[내가 왜 네 명령을 들어야 하는데?]

이니스는 으르렁거리며 반항하듯 물을 방에 더 뿌려 댔다.

지독한 살기가 이니스에게 쏟아졌다. 이니스의 몸이 빳빳하게 굳는가 싶더니, 투명했던 몸이 검게 물들어 갔다.

퍼어어어어엉!

아르하드의 손아귀에서 이니스가 폭발하며 사라졌다. 강제로 역소환당한 것이다. 어떻게 한 건지는 몰라도, 못하는 게 없는 아르하드니까 가능하겠거니…… 이아나는 무심하게 생각했다.

나중에 이니스에게 사과해야겠다고 생각하며 홀딱 젖어 축축해진 이아나가 머리를 쓸어 넘기는데, 손목이 세게 붙잡혔다. 질질 끌려가 침대에 강제로 앉혀졌다.

그 앞에 선 아르하드의 입술이 금방이라도 폭언을 쏟아 낼 듯 파르르 떨렸다.

“……너를 도저히 이해 못 하겠다.”

내뱉어진 말은 그 한마디뿐이었다. 그 말을 남긴 아르하드가 몸을 돌려 다시 자리를 뜨려는데, 이아나가 침대 옆의 의자를 끌어오며 말했다.

“앉아요.”

“…….”

“앉아요. 저를 이해하기 싫은 게 아니라면. 제가 왜 그랬는지 다 설명할 테니까.”

이아나의 말은 섬뜩할 정도로 예리했다. 하지만 아르하드는 말없이 이아나를 내려다볼 뿐 앉지 않았다.

미간을 찌푸린 이아나가 아르하드의 손을 붙잡아 당기려는데, 붙잡자마자 뒤로 떠밀려 넘어갔다.

　이아나는 곧장 몸을 일으키려 했다. 하지만 어깨가 꾹 짓눌리고, 위로 드리워진 그림자에 압박감이 느껴져 그럴 수 없었다.

　"이아나, 제발 내가 날 제어할 수 있을 만큼만 자극하도록 해."

　이아나는 정면을 보았다. 그녀의 몸을 짓누른 아르하드가 무서운 얼굴을 하고 있었다.

　"난 지금 간신히 정신줄을 붙잡고 있어. 일주일 내내 죽을 듯이 앓는 너를 지켜보면서 몇 번이고……."

　아르하드는 말을 하다 말고 이를 악물고 말을 끊어 냈다.

　"설명하고 싶다고? 조금 진정이 된 후에 이야기하자고 했잖아. 그래, 아까 이성을 잃고 내 할 말만 했지만 네게도 사정은 있었겠지……. 하지만 난 네 말을 듣고 싶지 않아. 내가 걱정하는 게 싫었다는 같잖은 사정을 네가 지껄였다간 또 미치도록 화가 날 것 같거든."

　꾸우우욱.

　이아나의 어깨를 쥔 아르하드의 손에 힘이 강하게 들어갔다.

　"네가 날 배려했다면, 내가 들을 준비가 될 때까지 기다려 줬어야 했어. 그런데 넌, 또 정령을 불렀어. 이제 나를 존중해 주기도 싫어? 그냥 멋대로 하고 싶은 건가?"

　아르하드가 이를 악물었다.

　"……이아나, 난 네게 아무런 가치도 없는 사람이야?"

　무너져 내리고 있다.

　"응? 이아나."

그리고 그 냉정한 아르하드가 저 때문에 불처럼 화를 내고, 무너지는 모습을 지켜보고 있던 이아나는 비뚤어진 희열을 느꼈다.

"이아나."

"그럴 리가요."

감정의 뿌리가 제게 있기만 하다면 아르하드가 어떤 감정을 가져도 좋다고 여기는, 또, 제 이름을 명확하게 부르며 처절할 정도로 불안해하는 그에게 묘한 만족감을 느끼는 제 머리가 어떻게 된 게 아닐까……. 이아나는 그리 생각했다.

벼랑 끝에 몰린 상태에서만 얻을 수 있는 짧은 만족감일 뿐인지, 아니면 오래전부터 내심 이런 모습을 좋아했던 것인지는 중요하지 않았다.

이아나는 아르하드가 부르는 그녀의 이름에 빠듯한 만족감을 느꼈으며, 그녀를 똑바로 보며 쏟아 내는 집착에 허기를 채웠다.

여유를 조금 되찾은 이아나가 아르하드의 팔뚝에 손을 얹고 진정하라는 듯 천천히 매만졌다.

"제게 가장 중요한 사람은 당신입니다."

그 말을 듣고, 아르하드는 흥분이 조금이나마 가라앉는 걸 느꼈다.

"……그럼 나한테 왜 이래."

이니스 때문에 아르하드도 폭 젖어 있었다. 물방울들이 마치 눈물처럼 그의 턱을 타고 흘러 이아나에게로 떨어져 내렸다.

"앉아서 제 말을 들어 주세요. 아픕니다."

진짜로 아팠다. 분명 어깨에 멍이 들었을 것이다.

"……."

아르하드는 제 밑에 깔려 있는 이아나를 잠자코 내려다보다가, 천천히 몸을 일으켜 침대 옆 의자에 털썩 앉았다.

"그래서. 무슨 말을 하고 싶은데."

이아나도 상체를 일으켜서 바로 앉아 아르하드를 똑바로 바라보았다.

"당신이 화난 부분은…… 정령을 부르지 말라고 했던 당신의 말에 알겠다고 대답해 놓고 몰래 정령을 소환한 것, 당신에게 말하지 않고 무리해 가며 며칠 내내 비를 내려 리본을 거둔 것, 그래서 몸이 좋지 않았음에도 당신에게 말하지 않고 마르가리타를 잡으러 간 것, 그리고 권능의 충동에 응하지 말라고 했던 당신의 말을 듣지 않고 권능을 사용하려 한 것…… 이겠죠. 화날 만도 합니다."

"어찌나 잘 아는지, 잘도 줄줄 말하는군. 그래서?"

아직 화가 다 풀리지 않은 아르하드가 빈정거렸지만, 이아나는 아랑곳 않고 차분하게 말을 이어 갔다.

"저는 당신에게 신뢰받고 있다는 사실을 무척이나 기쁘게 생각하고 있습니다."

"……."

"그러니 당신에게는 숨기는 게 없어야 해요. 하지만 제게는 당신에게 숨기고 있는 비밀이 하나 있습니다. 그리고 비밀 하나를 만들었더니, 계속해서 숨겨야 할 것과 몰래 해야 할 일들이 생기더군요. 그런데, 그것도 이젠 지쳐서…… 그냥 말하려고 합니다."

비밀, 그 수상한 두 음절에 이아나의 말을 듣는 아르하드의 태도가 진중해졌다. 이아나는 심호흡을 하고 제 안에 쌓아 놓고만 있던 비밀을 털어놓기 위해 운을 떼었다.

"예전에 제가 신성시대의 악마를 죽인 신과 관련 있다는 말씀을 드렸었죠."

갑작스레 튀어나온 신성시대의 이야기에 아르하드의 몸이 뻣뻣하게 굳었다.

"그 신의 이름은 로베르슈타인. 신성시대의 최상급 신들 중에서도 정점에 있었고, 엄청난 양의 신력을 생산하는 심장, 아니 혼돈의 조각을 가지고 있었습니다."

"어떻게 가능했는지는 몰라도, 신성시대가 종말을 맞고도 그 신의 영혼은 소멸하지 않고 로베르슈타인 가문의 피에 봉인되어 있었습니다. 그리고 그 영혼이 새로운 심장을 얻어 전생轉生했습니다. 그것이 접니다. 로베르슈타인은 저의 전생前生이에요."

거기까지 말하고, 이아나는 아르하드의 표정을 살폈다. 그는 굳은 얼굴로 그녀의 말을 경청할 뿐, 말이 없었다.

믿기 어려운 건지, 아니면 다른 생각이 있는 건지 알 수 없었으나 이아나는 계속해서 말을 이어 가기로 했다.

"저는 그런 저에 대해 알고 싶었습니다. 제 몸인데, 제 통제와 인식을 벗어난 뭔가가 제 몸에 있다는 걸 참을 수 없었어요. 하지만 로베르슈타인이 저의 과거라면, 그 존재를 저와 아예 분리할 수 없다면…… 모두 소화해 제 것으로 만들고 싶었습니다. 그래서 오래전부터 계속 신성시대와 로베르슈타인에 대한 정보를 찾고 있었습니다."

지금껏 한 이야기는 빙산의 일각에 불과하다. 털어놓을 비밀과 해명의 서두를 풀어 놨을 뿐인데 이아나가 말을 끝맺자마자 창백한낮의 아르하드가 그녀의 팔을 붙잡았다.

"네가 그런 사실들을 어떻게 알았는지는 둘째 치고, 전에 내가 말하지 않았나? 너에게 악마를 죽인 신이 있다면, 나에게는 악마가 있다고. 신성시대의 일을 알게 되면 우리의 관계에 분명 나쁜 변화가 있을 거라고. 그래서 신성시대에는 더 관심을 가지지 않는 걸로 얘기 끝나지 않았어?"

"아뇨. 그때도 저는 제 전생인 로베르슈타인을 집어삼키겠다는 목표가 있었습니다. 로베르슈타인과 악마 사이에 얽힌 비화를 알게 되더라도 저는 절대 흔들리지 않을 자신이 있었어요. 다만······ 제가 알고 있는 당신이 변할까 봐, 당신과 그 주제로 이야기하지 않기로 했을 뿐입니다. 당신이 그 주제를 꺼리기도 했고요."

이아나의 목소리가 잠시 떨렸지만, 동요는 순식간에 차분한 어조 속에 감춰졌다.

"당신에게 비밀을 만들고 싶진 않았지만, 이런 이유 탓에 신성시대의 비밀을 캐는 일만큼은 당신에게 숨긴 채로 혼자 진행했습니다. 하지만 계속 숨길 생각은 아니었어요. 모든 것에 확신이 서면 당신에게 모두 고백하려 했습니다."

"······."

아까 전의 흥분이 가라앉은 건지, 아니면 또 어떤 종류의 감정을 눌러 참고 있는 건지, 아르하드의 얼굴에서는 처음 깨어났을 때 본 것처럼 표정이 사라져 있었다.

그의 감정과 생각이 어떻든지 절대 물러서지 않을 것이다. 검을 뽑았으면 무조건 베어야만 한다.

"그런데 설명을 하지 않으면 당신이 제게 실망할 상황이 되어 버렸죠. 그러니 현재 제 상황을 모두 말씀드리고 당신에게 지지를 받겠습니다."

"그래서?"

아르하드가 침대에 손을 짚고, 몸을 천천히 기울였다.

"내게 뭘 숨겼고, ……뭘 알아냈는데?"

삐걱거리는 듯한 불안정한 분위기가 조성된다.

"네가 신성시대에 대해 알아낼 방법은 없었을 텐데. 네가 불러낸 정령왕도, 그 어떤 존재도 깊은 내용은 알지 못했을 텐데."

네가 뭘 알 수 있겠어.

목소리에서 묘한 여유가 묻어났다. 그러나 아르하드의 일렁거리는 눈이, 빳빳해진 뺨이, 창백해진 입술이 드러내는 불안감이 어긋난 긴장감을 자아냈다.

이아나는 아르하드의 태도에서 그가 악마에 대해 많은 것을 알고 있다는 걸 느꼈다.

아르하드는 예전에 종말의 전말에 대해 알고 있다고 말했었다.

어쩌면 그는, 악마의 기억과 감정을 이미 많이 얻었을지도 모른다. 상상했던 것처럼 이미 영향을 받고 있을지도 모른다.

그것이 증오든, 애정이든.

정말로 영향을 받고 있었다면, 똑똑한 아르하드니까 스스로도 그렇다는 걸 알고 있을지도 모른다. 그래서 나쁜 결과를 예상한다며 그녀가 신성시대의 비밀을 들추지 않길 바랐던 걸지도 모른다.

이아나는 입술을 꾹 깨물었다.

실체 없는 두려움을 모조리 베어 냈다.

이제 싸울 때다. 거부감을 갈라내고 그의 진심을 꺼내 볼 시간이었다.

이아나는 빠르게 생각을 정리했다.

다 포기하고 속에 든 답답한 부분을 모조리 뱉을 것이다. 하지만 말하고 싶지 않은 부분은 여전히 존재한다.

그것은 회귀 전의 삶이다.

새로운 삶에 완전히 적응한 지는 꽤 오래되었다. 작년 학술제 때 로베르슈타인 가문을 속에서 털어 내면서 이 삶에 충실하기 시작했고, 지금은 회귀 전의 삶에 대해선 거의 생각하지 않는다.

과거의 기억은, 그 위로 쌓여 가는 새로운 기억들 때문에 점점 더 깊은 곳으로 침잠하게 되었다.

억지로 회상하려 해도 기억이 잘 나지 않을 정도였다. 그저 까마득하게 느껴졌다.

누군가에게 얘기해 봤자 나쁜 꿈 이야기로밖에 들리지 않을, 그리고 그녀조차 이젠 잊어 가는 얘기를 할 필요는 없었다. 하고 싶지도 않았다.

그녀는 열등감에 휩싸여 모질게 굴었고 그는 그녀를 포기하고 끝내 죽였다는 악질적인 이야기를 왜 하겠는가. 안 그래도 변화를 두려워하는 마당에.

그 시간을 후회하지는 않지만, 수치스러운 이유로 아르하드를 미워했기에 입 밖으로 내고 싶진 않다. 아르하드를 아끼게 된 현재, 잊고 싶은 꺼림칙한 과거라고도 할 수 있다.

물론 상대방은 흥밋거리처럼 받아들이겠지만, 그녀로서는 가볍게 꺼낼 이야기가 아니었다.

오랜 시간이 흘러 기나긴 꿈처럼 느껴진다 할지라도, 회귀 전의 삶이 그녀의 삶이 아니게 되는 것은 아니기에.

언젠가는 스쳐 지나가듯 얘기할 수도 있겠지만, 지금은 절대 아니다.

이번 생에 집중하자, 그것이 이아나의 생각이었다. 저를 제외한 모두에게서 지워져 버린 회귀 전의 시간을 지금의 삶을 설명할 때 굳이 끼워 넣을 필요 없었다.

"일단, 제가 정령을 아무렇지도 않게 불러낸 건 신력을 아무리 많이 사용해도 동나지 않기 때문입니다."

침대를 짚은 아르하드의 팔이 순간 눈에 띌 정도로 움찔했다.

"무슨 소리야."

"영혼과 마찬가지로 로베르슈타인의 심장도 여전히 세상에 존재합니다. 현재 봉인되어 있고, 봉인은 조각난 상태지만, 로베르슈타인의 심장은 과거에 그랬던 것처럼 지금도 신력을 생산하고 있고, 그 심장의 일부와 제 심장이 이어져 있어요. 그 때문에 제 몸에는 신력이 끝없이 샘솟는 현상이……."

쿠당탕!

아르하드가 갑자기 벌떡 일어났다. 의자가 요란하게 뒤로 넘어가자, 이아나가 말을 멈추고 올려다보았다.

아까의 차분한 기색은 어디로 가고, 아르하드가 하얀 얼굴로 믿을 수 없다는 듯 중얼거렸다.

"그 신의 심장이 여전히 존재하고, 또 이어졌다고?"

아르하드의 반응이 심상찮음을 느낀 이아나가 조금 긴장했다.

하지만 물러설 생각은 없다.

이아나의 제어 장치는 이미 풀려 있었다.

"네. 심장은 로베르슈타인 저택 뒤에 있는 '나무'에 봉인되어 있었고, 나무가 다섯 개로 쪼개지자 봉인도 함께 분산되었습니다. 하지만 아주 어렸을 적에 나무 그루터기를 만져 하나와 연결되었고, 이번 수확제에 라오스 대신전에 있던 하나와 더 연결되었습니다. 제가 아팠던 건 정령을 소환했기 때문이 아니라, 그에 의한 후유증입니다."

아르하드가 이아나의 어깨를 잡아챘다.

"너, 그럼 로베르슈타인의 기억을 봤어?"

이아나가 속에서 부글부글 끓어오르기 시작하는 감정을 정리하기 위해 눈을 감았다가, 다시 차갑게 눈을 떴다.

"네."

아르하드의 얼굴은 점점 새하얗게 질려 갔다. 그런 아르하드의 반응에 이아나의 불안감도 점점 커져 갔다.

"정말로 그 신의 기억을 얻었다고?"

"……네. 하지만 전부는 아닙니다. 띄엄띄엄한 기억뿐입니다. 봉인과 멀어진 지금은 다시 생각해 내려니 어렵군요."

사실이다. 로베르슈타인의 심장을 완전히 얻지 못했기 때문인지, 지금은 온전히 남아 있는 기억이 거의 없고 인상 깊은 기억 몇 가지와 그대로 휩쓸릴 뻔한 강렬한 느낌만 남아 있었다.

경황이 없어서 기억을 제 것으로 만들지 못한 게 아쉬울 뿐이다. 아니면, 아직 제 것으로 만들 자격이 없었던 건가.

"이아나."

어깨를 쥐고 있던 아르하드의 두 손이 이아나의 젖은 뺨을 감쌌다.

자격이 없었을지도 모른다는 생각에 진득한 향상심을 곱씹고 있던 이아나가 그와 시선을 마주했다.

"네 사정은 이해했다. 어쩔 수 없이 숨겼다는 것도 알았어. 정령이 네 몸에 무리를 주지 않는다면, 그래. 내가 괜히 화를 낸 거지. 미안해."

"……네?"

아직 제대로 풀어 놓은 이야기가 없는데 아르하드는 이해한다고 말한다. 그렇게 화를 냈으면서.

제 잘못이기에 아르하드가 사과할 이유가 없는데 사과까지 했다.

"하지만 그만하자. 여기서 더 깊이 파고드는 건 그만둬. 로베르 슈타인에 대해 알아 가는 거, 나는 싫어."

"……."

아르하드는 그녀를 이해했다지만, 이아나는 그를 이해할 수 없었다. 아니, 이해하기도 싫었다.

"지금의 너로, 만족해 주면 안 될까."

아르하드가 그녀의 뺨을 쥔 채 그리 중얼거릴 때, 이아나는 그의 극심한 불안감을 엿보고 있었다. 불안감은 이전에도 몇 번 봐서 익숙하나 전과 비교가 되지 않을 정도로 심했다.

"부탁이다."

그리 말한 아르하드가 그녀의 뺨을 놓고 물러났다. 몸을 돌려 문 쪽으로 걸어가는 그를 보며 이아나가 벌떡 일어났다.

"거기 서요."

아르하드는 멈추지 않았다. 마치 도망가는 것 같았다.

이아나는 달려가서 열리려는 문을 발로 차서 닫고, 아르하드의 팔을 붙잡아 돌려세웠다. 아르하드가 괴로운 눈으로 그녀를 내려다보자, 이아나가 긁는 듯한 목소리로 말했다.

"지금의 저로 만족하라고요? 아니요, 그럴 수 없습니다."

이아나의 눈에 점점 불길이 일기 시작했다.

"저는 완벽하지 못합니다. 지금의 저에게 아무 영향도 미치지 못하는 전생이라면 버릴 수 있습니다. 하지만, 저는 이 세상의 누구도 함부로 부를 수 없다는 정령왕을 부를 수 있습니다. 신력은 꺼내도 꺼내도 끝이 없고, 신의 권능은 여전히 제 심장에 존재합니다. 어찌 됐건 로베르슈타인은 제 전생이기 때문에, 저와 분리할 수 없고 제 것이나 마찬가지란 소립니다."

"......"

"저는 제 스스로에 대한 무지를 참을 수 없습니다. 왜냐고요? 이때까지 제가 완전히 가질 수 있었고, 오롯이 믿을 수 있었던 건 저 하나와 검 한 자루뿐이었으니까!"

이아나가 제 가슴속 어둠을 모조리 쥐어짜 내며 큰 소리로 말했다.

"가진 게 없는 저는...... 제가 가지고 있는 것을 빼앗길 생각이 전혀 없습니다. 전생이 제 현재에 영향을 미친다는 걸 안 이상, 로베르슈타인의 기억, 지식, 전생을 완전히 제 것으로 만들 겁니다. 휩쓸릴 생각 따위는 전혀 없으니, 지배하기 위해선 로베르슈타인에 대해 알아야 해요."

씨근덕거리며 말을 이어 가던 이아나가 아르하드를 노려보았다.

"이건 당신을 위한 거기도 합니다. 로베르슈타인의 힘을 얻으면 당신의 옆에서 더 훌륭한 검으로 서 있을 수 있을 테니까. 제가 제 자신에 대해 뚜렷하게 알고 있어야, 불안해하는 당신에게 뭘 하든 확신을 줄 수 있을 테니까!"

아르하드의 팔을 쥔 이아나의 손에, 악력이 거세어져 갔다.

"전 절대 그만두지 않을 겁니다. 전생을 안다고 해서 제가 달라지는 일은 절대 없을 테니까요. 그런데 당신은 왜 그런 저에게 아무런 설명 없이 그만두라고만 하죠? 왜 신성시대 따위에 연연하는 거냐고요."

가지고 있는 걸 강탈당할 생각이 없다는 말은 아르하드에게도 해당된다. 이아나는 그를 누구에게도 빼앗기고 싶지 않았다.

로베르슈타인이 아무리 제 것이라지만, 아르하드는 그 무엇도 아닌 이아나, 저를 똑바로 보고 있어야만 했다.

그러니까.

자, 어서 대답해.

내 질문들에 어서 타당한 설명을 하고, 내게 확신을 줘.

이아나가 대답을 기다리고 있는데, 아르하드가 천천히 입을 열었다.

"그렇게 단순한 문제가 아니다. 네가 붉은 신의 심장과 연결된 이상, 신의 삶을 과연 단순히 전생이라 부를 수 있을까?"

이아나의 신경이 곤두섰다.

"전생이 아니라면 뭐란 말이죠?"

"전생이 아니라 본인이라면?"

입술이 일자로 다물어졌다. 할 말을 찾지 못해 침묵하던 이아나가 아르하드의 팔을 놓고 뒤로 물러섰다.

"저는 이아나입니다. 로베르슈타인이 아닙니다."

이아나가 물러나는 만큼 아르하드도 다가가, 거리는 멀어지지도 좁혀지지도 않았다.

"넌 로베르슈타인이었던 영혼이고, 로베르슈타인의 심장을 가지고자 해. 그런데 이아나, 영혼과 심장, 그 두 가지만으로도 한 존재는 완벽하게 완성되거든."

"……."

"예전에, 네가 로베르슈타인의 기억을 봤을 때 환상이 아니라 잊고 있었던 걸 떠올리는 기분이었다고 했지."

이아나는 대답하지 않고 아르하드를 쳐다보기만 했다.

"그건 로베르슈타인과 동화되는 현상이다. 너는 그녀의 기억을 되찾으면 되찾을수록 그 신에게 동조될 거다. 지금의 네가 아니게 될 거야."

이아나가 주먹을 꽉 쥐고 이글거리는 눈으로 심란한 기색의 그를 쏘아보았다.

"저는 언제나 접니다. 저는 변하지 않습니다."

"그렇게 쉽게 생각할 문제가 아니야."

"몇 번을 말해야 합니까? 변하지 않는다잖아요!"

"그럼 말해 봐!"

아르하드가 누가 목을 조른 것처럼 답답하게 막혀 있던 숨을 토했다.

"이번에 로베르슈타인의 기억을 얻었다고 했지? 얻을 때, 그녀의 감정을 죄다 네 것처럼 느끼지 않았어?"

이아나는 대답하지 않았다. 긍정의 뜻으로 받아들인 아르하드가 허탈하다는 듯 웃으며 말했다.

"전생의 심장을 갖는다는 건, 그런 거다. 전생을 더 이상 관조할 수 없게 돼. 전생과 현생이 섞여 하나의 삶이 되는 거다. 그런 상태에서 분리되어 있고 싶다면, 평생토록 강인한 정신력으로 억누르는 방법밖에 없어. 죽을 때까지 두 개의 자아 속에서 싸워야 해."

"……."

"전생의 심장을 얻었을 때 주어지는 선택지는 두 가지뿐이다. 전생과 섞이거나, 전생을 억누르거나. 집어삼키겠다고? 그 말은 그 신을 완전히 네 것으로 받아들여 섞이겠다는 건가, 아니면 억누르겠다는 건가?"

아르하드가 내민 선택지에는 그녀가 원하는 답이 없다. 이아나는 섞일 생각도, 그렇다고 해서 무작정 억누를 생각도 없었다.

"네가 원하는 건 후자겠지."

주도권은 제게 두고, 로베르슈타인을 완전히 수용하여 이용하고 싶을 뿐이지만, 일단 선택지 중에 가까운 것을 고르라면 그쪽이다.

"하지만 신의 기억은 잠자코 잠들어 있다가도 네가 약해질 때마다 불쑥불쑥 섞여 들 거다."

"당신은 어떻게 그런 걸 알고 있죠?"

한동안 대답이 없던 아르하드가 제 얼굴을 손으로 덮으며 낮은 목소리로 말했다.

"악마의 파편이 이와 비슷해. 파편은 기생하고 있는 자의 영혼에 지독하게 영향을 미치면서 제 것과 비슷하게 만들지. 수혜자들에게 주어진 선택지도 두 가지다. 악마에 동화되거나, 싸워서 자신을 유지하거나."

"……."

"혹시라도 '판데모니엄의 균열' 근처로 가서 악마의 심장에 영향을 받고 기억과 감정을 얻는 일이 생기면, 악마의 강력한 감정과 기억에 잡아먹힐 수도 있다. 그리고 난…… 오랜 옛날에 악마의 심장을 가까이한 적 있어. 반쯤은 악마와 동화된 상태야."

그 말에, 이아나는 속이 얹힌 듯한 기분을 느꼈다.

"너는 악마를 죽인 신, 나는 악마. 넌, 로베르슈타인의 것을 가질수록 나를 혐오하게 될 거야. 어쩌면 죽이고 싶어 할지도 모르지."

이아나는 성큼 다가가서 아르하드의 얼굴을 가리고 있는 손을 치워 냈다. 그의 낯빛은 이제 시커멓게 죽어 있었다.

"당신의 말을 듣고 있자니, 당신은 이미 악마와 로베르슈타인에 대해 많이 알고 있었던 것처럼 느껴집니다."

"그래."

"그럼 당신, 혹시, 악마를 죽인 신이 제 전생이라는 걸, 저를 처음 본 순간부터 알고 있었습니까? 그것 때문에 제가 신성 시대에 관해 이야기하는 걸 꺼렸던 거 아닙니까?"

"본인이라고는 생각하지 못했지만, 성도 로베르슈타인이고, 어떻게든 관련이 있다고는 생각하고 있었으니 부정하지 않겠다."

아르하드의 단언에, 이아나가 주먹을 꽉 쥐었다.

"그래서, 당신이 악마의 영혼을 가지고 있고, 제가 그 신의 영혼을 가지고 있어 제가 당신에게 반목하기라도 할 것 같아 이러시는 겁니까?"

"그래!"

아르하드가 이아나를 붙잡아 벽으로 밀어붙였다. 아르하드가 바짝 얼굴을 가져다 댔다.

"로베르슈타인의 기억을 얻었다고 했지? 그럼 그중에 분명 악마가 누군가의 심장을 부수고 신력을 빼앗는 기억도 있을 거다."

이아나는 남부 상행에서 아르하드가 오크의 심장을 부술 때 처음으로 얻었던 로베르슈타인의 기억을 떠올려 냈다.

또 이번에 얻은 기억들을 잘 헤집어 보면…… 그녀에게 사랑을 속삭일 때가 아니면…… 악마는 누군가를 향해 끝없이 적의와 살의를 보였었다.

"왜 그런 기억이 로베르슈타인에게 있을 거라고 확신하는지 알아? 로베르슈타인 앞에서 악마가 보인 모습은 둘 중 하나기 때문이지. 그녀에게 애정을 쏟아붓고 있거나, 뭔가를 죽이고 있거나."

홀로 어둠 속에서 생명을 탐했던 시간들은 악마에게 생에 대한 탐욕을 선사했고, 신들이 버린 부정적인 감정들은 악마에게 신들에 대한 증오와 분노를 심었다. 그래서 악마는 로베르슈타인과 함께 있을 때가 아니면 신들을 죽이고 그들의 생명을 빼앗았다.

아르하드가 입꼬리를 끌어올려 웃었다. 아르하드가 이아나의 얼굴을 붙잡았다.

"이아나, 그 기억을 떠올렸을 때 어떤 감정을 느꼈어? 그 기억과 함께, 분노를 느꼈지?"

부정할 수 없었다. 그녀는 분명 분노했었다.

"로베르슈타인은 악마를 죽인 신이다. 악마를 죽이고 모든 걸

끝내려고 했던 신이라고. 로베르슈타인의 것을 가지면 가질수록 네 안에서 로베르슈타인 쪽의 힘이 강해질 수밖에 없어. 잘못해서 주도권이 넘어가면, 이번에야말로 살아 있는 악마들을 완전히 죽이려 들 수도 있겠지. 죽이진 않더라도 날 혐오하게 될 수도 있어. 그녀는 악마를 혐오했을 테니까."

"싫어하지 않았습니다."

이번에는 명확하게 부정했지만, 아르하드는 비웃을 뿐이다.

"기억의 일부밖에 얻지 못했으면서 어떻게 확신하지?"

왜냐하면, 악마를 죽이면서 그에 대한 절절한 사랑을 느꼈었으니까.

하지만 그 전에 로베르슈타인이 악마에게 가지고 있던 감정이 정확히 뭐였는지는 안개로 뒤덮인 듯 있었기 때문에 이아나는 쉬이 대답할 수 없었다.

이아나는 아르하드의 손을 쳐 냈다.

"그래서, 제가 휩쓸릴 거라고요? 저는 몇 번이나 말했습니다. 저는 변하지 않는다고. 과거에도, 미래에도 로베르슈타인에게 영향을 받지 않을 거라고!"

"정말로 받지 않았다고 할 수 있어?"

이아나의 속에서 일렁거리고 있던 불길이 확 치솟았다. 이아나가 아르하드의 멱살을 붙잡아 당겼다.

"제가 몬스터의 생명을 빼앗았던 당신을 경멸했습니까? 제가 당신이 징그럽다고 도망쳤습니까? 로베르슈타인처럼 화를 내고, 분노하고, 당신을 꺼리고, 싫어했느냔 말입니다!"

"그건 몬스터였으니까. 나는 앞으로 더 많은 악마의 파편을 얻을 거고, 악마의 자아를 짓누르긴 하겠지만 어쩔 수 없이 점점 더 동화될 거다. 너는 내가 고대 악마처럼 인간의 생명을 탐하더라도 곁에 있어 줄 건가? 모든 생명체를 증오해서 네 친구들까지 죄다 죽이고 싶어 하는 '악마'가 되더라도?"

"네. 그래요. 저는 절대 당신의 곁을 떠나지 않을 겁니다. 당신이 생명을 탐한다면 제 안에서 넘쳐나는 신력을 당신에게 퍼부어 주겠습니다. 그럼에도 당신이 무고한 자들을 죽이겠다면 그러지 못하도록 윽박지르고 때려서라도 못 하게 만들겠습니다. 제가 곁에서 당신이, 악마가 아닌 아르하드로 있을 수 있도록 당신을 지키겠다고요!"

이아나가 절박하게 말했지만, 아르하드는 고개를 저었다.

"그러지 못할 거야."

"왜요?"

"붉은 신도 악마를 지켜 주겠다고 약속했었지."

이아나는 숨이 턱 막혔다.

"생을 탐한다면 영원토록 신력을 줄 것이고, 악의를 참을 수 없다면 막아서서 두들겨 팰 것이라고. 성장해서 평범한 존재로서 살아갈 수 있을 때까지 모든 지식을 가르칠 것이고 모든 긍정적인 감정을 선물할 것이라고. 모든 신들이 적대한다 하더라도 그들이 너를 인정하고 받아들이는 그날까지 너를 보호할 거라고."

옛이야기를 하듯 무미건조하게 말을 이어 가던 아르하드가 피식 웃었다.

"그래. 영원히 지켜 주겠다고. 악마가 아닌 제 품 안의 소년, 로이긴으로 있을 수 있도록……."

그가 흔들리는 이아나의 눈을 들여다봤다.

"로베르슈타인의 자만이었다. 악마가 자기를 만나기 전부터 완전히 미쳐 있었다는 건 몰랐겠지. 악마가 자기보다 강해질 줄도 예상하지 못했겠지……. 결국 그녀는 언제나 악마에게 화를 내기만 하다가, 평상시처럼 사랑을 속삭인 직후, 아무 전조도 없이 악마의 심장에 검을 꽂았어. 약속을 어겼지. 그리고 네 속에 있는 붉은 신은 바로 그녀야."

멱살을 쥔 손에 힘이 세게 들어갔다.

"저는 로베르슈타인이 아닙니다. 변하지도 않을 겁니다. 당신도 변하지 않으면 됩니다! 당신도 전에 말했잖아요, 신성시대의 이야기를 알게 되더라도, 당신은 변하지 않을 거라고!"

"물론 너를 아끼는 난 변하지 않아. 하지만 아예 영향을 받지 않는 건 불가능하다. 그리고 난 네게 그런 일이 일어날 가능성이 조금도 없길 바라."

영향. 그놈의 영향!

이아나는 아르하드의 뿌리를 의심하고 있었다. 그런데 저런 말을 한다는 건 아르하드도 영향을 받았다는 뜻일 터다.

이아나의 눈앞이 흐려졌다.

"그래요. 저도 영향을 받을 수 있다고 쳐요. 하지만 저는 로베르슈타인의 자아를 모조리 집어삼키고도 변하지 않을 자신이 있습니다. 저는 당신이 악마의 파편을 모두 얻는다고 해도 변하지 않을 거라 믿습니다. 그러니 당신도 저를 믿어 주세요."

아르하드가 대답이 없자, 이아나가 이를 악물었다.

"……저에게 이기적이라고 하셨습니까? 변하지 않겠다고 다짐하는 저를 믿지 못하고, 제 정체성을 찾는 걸 막는 당신도 이기적입니다!"

이아나의 손이 파르르 떨렸다.

"왜 저를 믿지 못하는 거죠? 저는 당신과 만난 이후 당신에게 단 한 번도 부끄러웠던 적이 없습니다. 당신은 당신에게 모든 것을 바치겠다고 맹세한 사람조차 믿지 못할 정도로 겁쟁이고 못난 사람이었나요?"

"이미 변했다면?"

"무슨 소리죠?"

"너, 아주 어렸을 때 처음으로 로베르슈타인의 심장과 이어졌다고 했지."

"……."

"로베르슈타인은 검을 좋아했어."

너처럼.

그 말을 듣는 순간 이아나의 속에서 뭔가가 뚝 끊어졌다.

아르하드의 말을 듣는 내내, 느꼈다.

설마.

설마.

"설마…… 당신 그 신을 제게 투영해서 보고 있는 겁니까?"

그래, 예전부터. 처음 만났던 그날부터.

검은 로브를 입고 뒤에서 끌어안았던 아르하드는, 로베르슈타인을 제게서 보았단 말인가?

아르하드는, 아끼던 제 검에서 로베르슈타인을 보았던 거란 말인가?

"아……."

이아나의 속에서 엄청난 분노가 치밀었다. 이제껏 미뤄 놨던 까만 생각들이 노도처럼 몰아쳐 왔다. 심장에서 검은 독안개가 꾸역꾸역 올라와 온몸에서 뭉글거렸다. 배신감이 머리끝까지 찌릿하게 치밀었다. 인생이 통째로 부정당하는 느낌이었다.

이아나의 발밑이 무너져 내렸다.

아, 그렇다.

아르하드는 늘 저를 바라고 있었다.

그 뚜렷한 필요로, 저를 받쳐 주고 있었다.

"그게 무슨……."

아르하드가 무슨 말을 하기도 전에, 이아나가 주먹을 꽉 쥔 채 이를 악물었다.

"……그래서, 저를 뒤에서 끌어안았던 겁니까?"

"뭐?"

"둘러댈 생각은 하지 마세요. 부정할 생각도 하지 마세요. 당신은 검술대회에서 저를 처음 본 게 아니잖습니까. 2년 전, 라오스 신전에서 제게 살기를 보냈던 당신, 그리고 저를 뒤에서 끌어안았던 당신은!"

아르하드가 눈을 크게 떴다.

"제가 아니라 로베르슈타인을 본 거겠죠."

언제나 자신을 바라본다고 생각했던 아르하드가 로베르슈타인을 보고 있었다. 설령 로베르슈타인이 제 전생이라 해도, 있어서는 안 되는 일이었다.

"환상이 아니냐는 그 말!"

왜냐하면, 그녀는 이아나이므로.

"로베르슈타인을 뜻한 거겠죠. 당신은 제가 로베르슈타인과 관련되어 있기 때문에 저를 그토록 바랐던 겁니까? 제가 아닌 로베르슈타인을? 당신이 악마의 파편을 가지고 있기 때문에? 그런 겁니까?"

이아나의 눈에서 눈물이 뚝 떨어졌다.

꼴불견이다. 정말 꼴불견이다.

하지만 참을 수 없었다.

왜지? 눈이 마음대로 통제가 안 돼. 심장이 아파.

얼굴을 흠뻑 적신 눈물은 땅바닥을 검게 물들였다.

추해.

뚝뚝 떨어지는 눈물은 검었다.

당신은 나를 보고 있어야 하잖아.

그런데 나를 보고 있는 게 아니었어?

나를 봐 줘. 나를 봐 줘. 누구도 아닌 나를 봐 줘.

누구도 나를 보지 않아도 좋아. 하지만 당신만은 나를 봐야 해…….

아, 추하다. 너무 추하다.

"로베르슈타인이 정의로운 신이라고 했습니까? 다른 신들의 조율자라고 했습니까? 하지만 저는 정의로운 신도, 조율자도 아닙니다. 그저 검밖에 모르는 이기적인 인간에 당신만을 따르기로 맹세한 기사란 말입니다!"

저는 이아나입니다. 태어났을 때부터 죽는 그 순간까지 이아나, 그 이상도 그 이하도 아니라고요. 로베르슈타인은 전생에 불과합니다!

"로베르슈타인이 결국 약속을 어기고 악마를 죽였다고요? 당신이 끝끝내 악마를 이기지 못해 잔혹한 짓들을 한다면, 저는 당신과 함께 악행을 저지를 겁니다. 모두가 당신을 적대시한다면 저는 당신의 앞에서, 당신을 지키면서, 누구보다 더러워질 겁니다!"

그런데 당신은 제가 아닌 그 신을 보고 있었나요?

이아나의 입에서 검은 독이 꿀렁꿀렁 토해졌다.

저는 아무것도 알지 못하는 그 전생 때문에, 저를 바랐던 건가요?

"제가 아닌, 로베르슈타인을?"

아, 추하다.

이아나는 어느새 울기 시작한 저를 깨달으며 아득해졌다.

참으로 추하기도 하지.

미친 듯이 퍼붓던 이아나가 더 참지 못하고 아르하드를 밀치고 방을 나가려 했다.

멍하니 들으면서 서 있던 아르하드가 벼락에 맞은 사람처럼 화들짝 놀라더니 이아나를 뒤에서 꽉 끌어안았다.

"잠깐만!"

"놔!"

아무것도 듣고 싶지 않았다. 좋아했던 손마저도 자신이 아닌 다른 것을 잡고 있는 것만 같아 끔찍했다.

"놓으라고!"

놓지 않으면 너무 기가 막혀서 기절해 버릴 것 같았다. 이아나가 미친 듯이 아르하드를 밀어내자, 아르하드는 결국 이아나를 놓치고 말았다.

콰아앙!

하지만 이아나가 문손잡이를 잡자마자 문을 세게 쳐서 닫고는 열리지 않게 힘을 주었다.

"잠깐, 내 말 좀⋯⋯."

"비켜!"

"이아나!"

아르하드가 귀를 막은 채 자꾸만 제게 등을 보이는 이아나를 돌려세우려 했다.

짜악!

눈이 돌아간 이아나가 결국 아르하드의 뺨을 한 대 세게 후려치고 말았다. 아르하드의 얼굴이 옆으로 젖혀지고, 이아나는 제 손바닥에 남겨진 아릿함에 정신을 살짝 차렸다.

"⋯⋯."

아르하드가 입 안에 고인 피를 뱉었다. 이아나는 그 모습을 가만히 보고 있다가 입술을 열었다.

"⋯⋯악마의 파편 수혜자들은 하나같이 저에게 이유 없는 호감을 품고, 더 나아가 집착하더군요."

케이거스도, 위프헤이머도, 이사벨라도, 도르시아노도.

"영향을 받을 수밖에 없다고요? 그래요. 그들은 당신 말대로 악마의 영혼에 영향을 받는 거겠죠."

어쩌면 마르가리타도, 하인리히도, 헤레이스도, 에이지도.

악마의 힘인 마나도.

아르하드도.

아르하드는 저만을 똑바로 보고 있다고 발악하듯 믿어 왔다. 그 믿음을 아르하드 본인이 산산조각 낸 순간, 이아나는 길을 잃은 아이가 된 것만 같았다.

"악마가 로베르슈타인을 어쩌고 싶은 건지 저는 잘 모르겠지만. 가두고 싶어 하고, 제 것으로 만들고 싶어 하고."

눈에 눈물이 고인 채로, 이아나가 빈정거렸다.

"당신도 그렇지 않습니까?"

이아나는 외면하고 있던 의심을 드디어 제대로 마주했다.

"난, 나는…… 그래."

아르하드가 손에 얼굴을 묻으며 토하듯 거친 숨과 함께 내뱉었다. 그도 몹시 불안정한 상태였다.

"내가 맞아. 내가 너를 뒤에서 끌어안았었어. 네가 말한 라오스 신전의 그 사람, 나 맞아. 하지만 로베르슈타인을 너에게 투영한 게 아냐. 믿어 줘. 나는 언제나 너를 보고 있어, 너를, 이아나 너를."

아르하드가 고개를 번뜩 들어 이아나를 보았다. 그의 두 눈에는 이아나의 형상이 뚜렷하게 담겨 있었다.

"로베르슈타인을 본 게 아니야. 절대로 아냐. 나는 언제나 이아나 너를 똑바로 보고 있었어. 너를!"

아르하드가 필사적으로 말했지만, 이아나는 믿을 수 없었다. 믿을 수 있는 근거가 없었다. 두 눈에 제가 똑바로 비침에도 믿을 수 없었다. 그래서 실없이 웃으면서 말했다.

"그러면 왜 제게 환상이 아니냐고 말한 거죠?"

"……"

"저를 안다는 듯 내뱉었던 그 말은 뭐였습니까? 제게서 로베르 슈타인을 본 게 아니고서야, 이해가 되질 않네요."

아르하드가 고개를 세차게 저었다.

"난 언젠가, 로베르슈타인 영지에 가 본 적이 있었어."

이아나가 멈칫했다.

"나는 네가 학술원에 입학하기 전, 아니 라오스 신전에서 마주친 날보다도 훨씬 오래전에 너를 봤어. 저택의 뒤에 위치한 나지막한 야산, 거대한 나무의 그루터기가 있던 공터."

"……."

"그곳에서 누구보다 활기가 넘치는 얼굴로 검을 휘두르고 있던 소녀. 누구보다 즐겁고 행복하다는 듯 웃던 너."

아르하드가 잡아 뜯을 기세로 앞섶을 움켜쥐었다. 핏줄이 돋은 그의 손은 희게 질려 있었다.

"그 모습이 무채색으로만 보이던 세상을 색으로 뒤덮었고, 목적으로만 도배된 내 삶을 송두리째 뒤흔들었어. 처음으로 맛본 떨림은 너를 알고 싶다는 마음으로 변해…… 너를 내 곁에 두길 원하기 시작했어."

로베르슈타인에 대해 알게 된 건 그 이후야. 그때만 해도, 난 아무것도 알지 못했어. 난 그냥, 기막히게 생동감 넘치는 웃음에, 숨이 막혔어. 네가 너무 눈이 부셔서 내 옆에 두고 싶어졌어.

"그런 이끌림에 이유가 있어야 해? 설령 그것이 본능적인 이끌림이었다 하더라도, 내가 너에게 반한 거야. 로이긴이 로베르슈타인에게가 아닌, 아르하드가 이아나 너에게!"

아르하드가 이아나의 어깨를 움켜쥐었다.

"이아나, 난 지금의 네가 변하는 게 두려워."

이아나가 얼어붙은 것처럼 굳어 서 있자, 아르하드가 절박하게 말했다.

"지금 나에게 잘 웃어 주는 네가, 나에게서 등을 돌리고 떠날까 봐, 그 시절, 그 붉은 신이 그랬던 것처럼 나를 적대하다가, 끝내 나를 향해 검을 들까 봐!"

"……."

"종말쯤에 로베르슈타인이 로이긴을 얼마나 혐오했는지 너는 아직 잘 모르잖아. 그런데 로베르슈타인의 흔적을 하나둘 얻어 가다가 너도 그렇게 되면? 너도 나를 혐오하게 되고, 더 이상 내 곁에 있지 않으려 하면? 날 떠나려고 하면?"

이아나가 마주 본 그의 눈은 엄청난 공포에 질려 있었다.

"생각만 해도 끔찍해. 차라리 네가 로베르슈타인과 아무런 상관도 없는 사람이었으면 좋겠어. 할 수만 있다면 네게서 로베르슈타인을 전부 분리해 내고 싶어. 로베르슈타인 자체를 세상에서 아예 지워 버리고 싶어. 그러니까 제발."

아르하드의 팔이 덜덜 떨렸다.

"제발. ……제발 그런 기억, 찾으려 하지 마."

"하지만."

"이아나, 내가 괜히 이러는 게 아니야. 난 아까 네게 거짓말을 했어. 나는 악마의 파편에 영향을 받고 있지 않아."

이아나를 붙잡은 손에 통제되지 않은 악력이 들어갔다.

"난 악마의 파편 하나를 영혼 삼아 태어났고, 내 심장은 판데모니엄에 처박혀 있는 악마의 심장과 이어져 있어. 네 상황을 이미 겪고 있다는 소리야."

이아나는 그 말을 선뜻 이해하지 못했다.

"내 전생이 악마야. 악마의 영혼이 내 영혼이라고."

그 적나라한 말에, 이아나는 아르하드가 이러는 이유를 완벽하게 이해하고 말았다.

"내 자의식이 약해질 때면, 악마로서의 자아가 치고 올라와. 그럴 때마다 난 아주 잔인해져. 무언가를 취하는 데 수단을 가리지 않게 되고, 생명을 향한 탐욕으로 이성을 잃어. 그래서 가끔, 네가 나를 거부할 때면 너를 무척이나 좋아하고 아끼고 있는 데도, 네가 미치도록 미워져. 왜냐하면…… 로베르슈타인에 대한 악마의 감정 중에는, 수천 년간 쌓인 증오도 있으니까."

아르하드는 악마에 잡아먹히면서 점점 미쳐 갔던 과거의 자신을 떠올렸다.

이아나에게 모질게 거부당할 때마다, 이아나의 모습에 로베르슈타인의 모습이 덧씌워졌다. 이아나에 대한 제 애증과 함께 악마의 지독한 감정까지 가슴속 깊이 파고들어 이아나를 향한 순수한 사랑은 점점 변질되어 갔었다.

제가 그랬던 것처럼, 이아나도 그럴 수 있었다.

아르하드는 그런 상황을 생각만 해도 구역질이 났다.

다리에 힘이 풀린 아르하드가 이아나의 앞에 천천히 주저앉고 말았다. 무릎을 꿇은 채로, 그가 이아나의 다리를 끌어안았다.

"……난 네가 그렇게 되지 않길 바라."

아르하드의 중얼거림을 끝으로, 방에는 침묵이 흘렀다. 이아나는 우두커니 선 채 내려다보았고, 아르하드는 일어나지 못했다.

그러면서도 이아나의 다리를 절박하게 붙들었다.

이아나가 천천히 손을 뻗었다.

사락.

아르하드의 머리에 닿은 그녀의 손가락 사이로 까만 머리카락들이 걸려 흘러내렸다. 손가락을 오므리자 머리카락은 붙잡힌 채 제 손아귀에서 벗어나지 못했다.

이아나가 불쑥 말했다.

"제 이름을 불러 주세요."

"이아나."

"한 번 더."

아르하드가 이아나의 허벅지에 얼굴을 묻으며 중얼거렸다.

"이아나……."

"계속 불러 주세요."

"이아나."

굳어 있던 이아나의 입매가 천천히 말려 올라갔다. 경직되어 있던 눈썹 끝이 힘을 잃고 가라앉고, 날이 섰던 눈매는 둥글게 휘어졌다. 하얗게 질렸던 피부는 생생한 생기와 함께 뜨거운 열기를 되찾았다.

"이아나……."

그가 불러 주는 제 이름에 빠듯한 쾌감이 몰려왔다. 신경마다 번개가 튀었다. 짜릿한 희열이 스쳐 지나간 피부가 오싹했다.

두려움을 베어 내고 모조리 부서져 진창으로 추락한 줄 알았더니, 그곳이 바로 극락이었다.

그렇다. 그가 이렇게 매달리는 대상은 이아나, 자신이었다.

이아나가 마침내 입을 열었다.

"저는 예전에 어떤 문제가 있더라도, 묵힌 채로 오랜 시간을 보내면 그 문제는 결국 아무것도 아니게 된다고 생각했었습니다. 제 유년 시절처럼요. 하지만 아니더군요. 그저 외면했을 뿐이죠. 그땐 그런 일이 있었지, 하고 넘기려 해도 깊이 생각하려 하면 숨이 막히고, 심장이 조여 오고, 애써 다른 생각을 하게 되더군요. 그건 회피였습니다."

"……."

"그래요. 문제가 존재하는 걸 아는데도 덮어 두는 건 회피에 불과합니다. 당신이 제게 그걸 가르쳐 줬습니다. 저는 이제 제 인생에서 어떤 고난이 생기더라도 피하고 싶지 않습니다. 부딪쳐 싸워서, 이기고 극복하고 싶습니다."

이아나가 아르하드의 머리카락을 놓고 천천히 주저앉았다. 팔을 벌려 아르하드를 세게 끌어안았다.

팔을 아르하드의 등에 두르고, 얼굴을 가슴에 묻은 이아나는 체격 차로 인해 끌어안았다기보다는 끌어안긴 모양새였다. 하지만 분명 스스로 아르하드를 끌어안고 있었다.

종종 끌어안기곤 했던 품이 이아나는 익숙했다. 유일하게 의지할 수 있는 든든한 안식처였다.

이아나는 눈을 내리뜬 채 세차게 뛰는 그의 박동을 느꼈다.

그도 잠시, 아르하드의 품에 깊숙이 파고들며 속삭였다.

"당신과 관련된 일에서는 더더욱 피하고 싶지 않습니다."

아르하드의 손에 힘이 들어갔다. 그의 품에 안겨 있는 이아나는 또다시 약속하고 있었다.

"설령 로베르슈타인이 당신을 미워했던 기억들이 있더라도 어떻게든 이겨 내겠습니다. 당신을 이해하고, 당신의 곁에 있고 싶어 하는 제가."

이아나의 말은 달콤했다.

"제 가족에게 받은 상처를, 회피해서 덧내기만 하다가 당신을 만나고 나서야 이겨 낸 것처럼, 당신이 함께 있어 준다면 가능합니다. 그러니 당신도 저를 믿어 주세요. 저는 이아나고, 당신은 아르하드입니다. 설령 전생이 있다고 하더라도, 우리는 우리예요. 저는 언제나 당신의 곁에 있을 테니 저를 신뢰해 주세요. 저는 당신의 기사지 않습니까?"

다음 생에는 당신의 기사가 되리.
당신께 제 인생과 검을 바치겠습니다.

평생을 살아가며 절대로 잊지 않을 그 두 마디가 아르하드의 영혼을 잠식했다. 이아나의 팔이 쇠사슬처럼 여겨졌다. 심장에 빈틈없이 맞닿아 있는 이아나의 몸은 한 자루의 검이었다.

한동안 가만히 있던 이아나는 칭얼거리는 아이가 된 기분으로 아르하드에게 깊숙이 안겨 들었다.

"……저를 언제나 신뢰해 주세요. 당신의 신뢰는 저에게 힘이 됩니다. 당신이 불안해하면 저도 어찌할 바를 모르겠습니다. 저조차도 불안해지고 초조해집니다. 제가 목숨을 버리는 한이 있더라도 당신을 배반하는 일은 결단코 없을 테니…… 저를 믿어 주세요."

누군가 목을 조르는 것처럼 숨이 막히고, 꿰뚫린 심장에서는 고여 있던 감정이 새어 나온다.

제게 안겨 있는 이아나의 동그란 정수리를 내려다보던 아르하드의 영혼이 침잠했다. 아래로, 저 아래로.

아르하드의 눈매가 일그러졌다.

패배자는 말이 없지. 이미 심장이 꿰뚫리고 목이 도려내져 승자에게 바쳐진 후일 테니.

아르하드는 이아나의 앞에서 언제나 패배자였다.

벗어날 수 없는 쇠사슬로 심장을 꿰뚫어, 옴짝달싹할 수 없게 만들어 놓는 너는 언제나 제멋대로에, 이기적이다.

"……그래."

그리고 그에 휘둘릴 수밖에 없는 자신의 처지가 우습지만, 포기한 지 오래다.

단단한 쇠사슬이 아름다운 꽃과 같이 여겨졌다.

너무나 아름다워서, 날카로운 가시덩굴에 찔리는 한이 있더라도 벗어나고 싶지 않은.

이아나가 이렇게 꽁꽁 옭아매 움직일 수조차 없게 쐐기를 박아 넣는 게, 이렇게 먼저 끌어안아 오는 것이 기꺼우니 말 다 했다.

아르하드도 팔을 들어 이아나를 끌어안았다. 안은 손에 힘이 세게 들어갔다.

이아나의 목선에, 아르하드는 얼굴을 묻었다. 검은 머리카락이 이아나의 둥근 어깨 위로 그녀의 붉은 머리카락과 섞여 흐드러졌다.

'네가 좋아.'

아르하드는 천천히 손을 미끄러뜨려 이아나의 목 뒤를 고쳐 쥐었다. 손가락 사이로 엉켜드는 붉은 머리카락의 감촉에 심장이 떨려 왔다.

'미치도록 좋아. 사랑해.'

코끝으로 스며드는 이아나의 체향에 심장이 뛰었다. 정신이 나갈 정도로 색스러웠다. 처음으로 여색을 안 금욕적인 사제처럼, 그저 스스로 빛나고 있을 뿐인 태양이 제 품에 안겨 있자 그 태양을 어둠으로 칭칭 얽어매어 진창으로 끌어내리고 싶은 배덕감이 일시에 몰려들었다.

사랑해.

사랑해. 사랑해…….

난 널 사랑하지 않았던 적이 없었어.

지금도, 널. 사랑해. 너무 사랑해.

미치도록 사랑해.

넌 이런 날…… 몰라?

'아니, 모르는 척하는 거겠지.'

속이 일시에 뒤틀린다. 제어하고 있던 모든 게 해금되어 그의 굳건한 인내를 뒤흔들려 했다. 신을 경애하며 절제하고 금욕하던 광신도가 타락하는 과정이 이러하지 않을까.

정말 지독하게 못됐지만…… 그만큼 귀여운 여자다.

하지만 아르하드는 의심하지 않았다. 제 곁에서만 안심하는 이 여자가 언젠가는 제게 더없는 행복을 안겨 줄 것임을.

그래서 그때까지는 참기로 했다. 참은 세월이 얼마인데 그걸 못 참겠는가.

아르하드는 제 안의 미친 사랑을 내뱉는 대신 이아나를 제 품 안으로 더욱 깊숙이 끌어안았다.

아르하드의 속에서는 폭풍이 불어닥치고 있었지만, 이아나는 뭣도 모르고 눈을 감은 채 그의 품에 폭 안겨 있었다. 푹 젖어 있는 이아나의 몸이 아르하드의 옷까지 적시며 달라붙었다. 아르하드는 그런 이아나를 안은 채로 고민했다.

'이것도 모르는 척인가?'

아르하드가 픽 웃고 말았다.

아무렴 어떤가 싶었다. 뭐가 되더라도 못됐고, 귀여웠다.

한참이나 고개를 묻고 있던 아르하드가 천천히 고개를 들었다. 이아나도 얼굴을 들어 그를 보았다.

웃음기를 띤 이아나의 얼굴, 둥근 호선을 그리고 있는 눈매와 입술이 더없이 예뻤다. 제게만 보여 주는 이 얼굴이, 이 의지가 얼마나 사람을 돌게 만드는지 눈앞의 여자는 몰랐다.

끓는 속을 참으면서 아르하드는 이아나의 머리카락을 옆으로 넘겨 주었다.

"바보 같구나. 그런 걸로 속앓이하고 있었어?"

"당신도 마찬가지 아닙니까?"

그리 말한 이아나가 그의 품을 벗어나 일어났다. 아르하드의 아쉬운 시선이 그녀의 얼굴을 뒤따라갔다.

"……난 다리에 힘이 풀려서 못 일어나겠다."

"당신이야말로 바보 같네요."

이아나가 손을 뻗었다. 아르하드의 뺨을 어루만졌다. 그녀에게 맞았던 뺨은 붉게 달아올라 있었고, 입술은 터져 피가 맺혀 있었다.

"당신은 저를 언제나 좋게 봐 주지만, 저는 절대 멋지고 완벽한 사람이 아닙니다. 오히려 군데군데 많이 결핍된 못난 사람이죠. 이번엔 당신을 때리고 말았군요."

"괜찮아. 내가 말을 잘못한 탓이니까. 오해가 풀린 걸로 충분해."

미안함을 느끼면서도, 그녀는 이 남자에게 이런 상처를 남길 수 있는 유일한 사람이 저라는 사실에 비뚤어진 만족감을 느꼈다.

그리고 새빨간 핏방울이 아르하드의 입술에 젖어 드는 걸 본 순간 이전에 한 번도 느껴 보지 못했던 욕구에 충동질당했다.

이아나는 저 하고 싶은 것을 참는 사람이 아니었다. 그녀가 그의 턱을 움켜쥐어 당겼다.

"……!"

코가 맞물리고, 아르하드의 터진 입술에 생기를 되찾은 이아나의 입술이 닿았다.

너무 갑작스러워 상황을 인지하지 못한 아르하드가 이아나의 감긴 눈에서 길게 뻗어 나와 그림자로 내려앉은 속눈썹을 멍하니 바라보았다.

"……."

예민하고 얇은 피부 너머로 온기가 점점 더해지는 걸 느끼며 이아나가 천천히 눈을 떴다. 아르하드가 무척이나 사랑하는, 이아나의 색이 그대로 담긴 적안에 그의 금안이 선명하게 박혀 있었다.

아르하드는 화염 속으로 빨려 들어가 제 모든 게 불타는 것 같은 기분을 느꼈다.

쪽…….

이아나가 입술을 살짝 벌려 아르하드의 입술에 묻어 있던 피를 살짝 빠는 순간, 그는 따가운 통증을 완전히 뒤덮어 버리는 열기에 완전히 굳어 버렸다.

뺨에 하던 것을 그대로 입술에 옮겨 갔을 뿐이지만, 이아나는 색다른 기분을 느꼈다.

꽤 맘에 들었다.

아르하드와 이렇게 가까이 있는 것이. 가까워질 수 있는 만큼 가까워져 시선을 교환하는 것이. 아르하드가 이렇게 어쩔 줄 몰라 하는 것이. 얼굴을 붉히는 것이.

그녀에게만 허락되는 유일한 행동이라는 것이.

그녀의 인생에 있을 수 없다고 생각했던 입맞춤은, 해 보니 생각보다 나쁘지 않았다. 아니, 오히려 꽤 기분 좋았다.

그 기분을 만끽하던 이아나는 천천히 입술을 떼어 냈다.

달라붙었던 입술이 떨어지는 진득한 감각은 생경했지만 나쁘지 않았다.

"말했지만, 저는 많이 부족한 사람입니다."

아르하드가 할 말을 잃고 멍하니 그녀를 보고 있는데 이아나가 웃으면서 말을 덧붙였다.

"그러니 당신이 제게 부족한 부분을 채워 주십시오."

"도르시아니 님."

페인이 앓는 소리를 내며 제 맞은편 의자에 멍하니 걸터앉아 있는 도르시아니를 불렀다.

도르시아니 데마리포사.

바하무트 북부의 히마라페 빙원 깊숙한 곳에 있다는 진리의 탑, 그곳에 소속된 번개의 대마법사.

진리의 탑은 바하무트 측과 긴밀하게 교류하고 있었고, 도르시아니도 마찬가지였다.

그런데 그건 그거고.

페인은 머리가 아파 왔다. 갑작스레 나타난 그녀가 제 사촌 동생을 죽였다고 담담하게 말했기 때문이다.

"마르가리타 양은 중요한 인재였습니다. 지금은 로안느에 전염병을 일으키는 일을 진행하고 있었고요. 왜 그러셨습니까."

"나만 보면 캥캥대는 게 지겨워서. 내가 없다고 에이지를 괴롭힌 게 짜증 났기도 하고."

도르시아니가 담배 연기를 음미하다가 훅 뿜어냈다.

"왜. 내 힘에 기생하던 사촌 계집애, 내가 죽이겠다는데 문제 있어?"

페인은 대답할 수 없었다. 왜냐하면 그의 주인들도 방계를 모두 죽이는 관습을 수백 년간 유지해 오고 있으니까. 도르시아니를 욕하는 것은 바하무트 황실을 욕하는 것과 같았다.

"사실 살려 두고 있었던 게 우스운 거지."

"하지만……."

"왜. 뭐가 문제지? 아니면."

도르시아니의 고요한 청안이 페인을 꿰뚫었다.

"감히 나를 의심하는 건가?"

담배를 빨아들이는 입술이 붉었다. 뱉어진 연기는 눈앞을 뿌옇게 흐리면서 그녀의 표정을 더욱 모호하게 만들었다. 무섭도록 무감정한 눈동자가 페인의 건방진 감정들을 느긋하게 관찰했다. 페인의 몸이 긴장으로 경직되었다.

'괴물 앞에 산 채로 던져진 먹이가 된 기분이군.'

주인님들과 같은 힘을 가진 여자. 주인들처럼 감정적이지는 않지만, 그녀에게서는 소름 끼치도록 거대한 포식자의 기운이 느껴졌다.

페인은 감히 그녀와 시선을 마주하지 못하고 고개를 숙였다.

"그럴 리가 있겠습니까."

도르시아니가 메마른 미소를 지었다.

"걱정하지 말렴. 검은 여우야."

도르시아니는 순순해진 페인을 바라보며 다시 한 번 담배 연기를 만끽했다.

"내가 여기서, 마르가리타가 해야 할 일을 할 테니."

의욕이라곤 나뭇잎 끝에 달린 이슬만큼도 없어 보였지만 도르시아니는 언제나 그런 사람이었기에 페인은 이상함을 느끼지 못했다.

사망자가 꽤 나오긴 했지만, 이번 사태에서 살아남은 사람들은 바닥났던 체력을 일주일 만에 거의 다 회복했다. 모든 질병이 마

법에서 비롯된 것이기도 했고, 로안느 왕실이 마법사 한 명에게 농락당했다는 오명을 덮기 위해 특별히 제조한 체력 회복제를 뿌려 댔기 때문이다.

그리고 이아나가 일주일 만에 수련장에 건강한 모습으로 등장했다. 학부생들이 이아나를 열렬히 반겼다.

"이아나 양, 비밀 임무 다녀왔다면서요?"

"학장님이 특별히 부탁했다던데!"

"선배님…… 그런 임무도 받으시고, 존경합니다!"

"궁금한데, 물어보면 안 되겠지?"

아르하드는 그녀의 출석률에 문제가 없도록 하인리히를 통해 이아나가 앓느라 결석한 기간을 비밀 임무 기간으로 처리했다.

'철저하기도 하지.'

이아나는 인사를 대충 받아 주며 어제 일을 떠올렸다.

이아나가 앓아누웠던 곳은 건국제 때 가 본 적 있었던 아르하드의 수도 저택이었다.

한바탕 난리를 친 후에 제 모습을 살폈더니, 기절하기 전의 더러운 옷과 흙먼지는 오간 데 없고 깨끗한 상태로 옷이 갈아입혀져 있어서 처음에는 아르하드를 의심했다.

얼굴이 새빨개진 아르하드는 저택에 상주하는 그의 시종, 벨이 한 거라는 변명을 내던지고 도망쳐 버렸다. 이아나는 벨이 공손히 건넨 새 옷을 받으며 사실이냐고 물었고, 벨은 그렇다고 대답했다.

"하지만 저의 도움이 필요하지 않은 다른 간호는 모두 주인님이 하셨습니다. 잠도 자지 않고 아가씨를 보살피셨습니다."

주인을 잘 부탁한다는 벨의 말을 떠올린 이아나가 피식 웃었다. 옷을 갈아입은 이아나가 학술원의 기숙사로 돌아가기 위해 아르하드를 찾았지만, 그는 바람같이 나가 버려 저택에 없었다.

그리고 오늘은 그다음 날이다. 아르하드는 여전히 코빼기도 비치지 않았다.

'의외로 귀여운 행동을 하네.'

제가 보기엔 귀엽다 싶은데, 저 외의 다른 사람에게는 대체 어쩌고 있는 건지…….

기숙사 방에 도착하자마자 눈이 퀭한 프리실라가 엉엉 울며 이아나를 맞이했고, 제가 아르하드에게 몸 상태를 알렸다며 토로했다.

결과적으로는 다 잘 풀렸기에 이아나는 괜찮다고 말했지만, 프리실라는 계속 부들부들 떨었다.

"아르하드 군 정말 무서운 남자 같아요. 눈빛이 싸늘하게 어는데, 저, 겁먹어서 주저앉을 뻔했어요. 다른 사람 말고 아르하드 군 손에 이아나 양이 잘못되는 줄 알았다니까요. 나중에 대접 한번 한댔는데 무서워서 일대일로는 못 만나겠어."

괜히 프리실라에게 미안했다.

"이아나 양!"

헤레이스와 타로가 그녀를 반갑게 맞이했다.

"오랜만에 뵙네요. 무슨 일을 하신 건진 몰라도 고생하셨어요."

"그러게 말여. 이아나 양이 없으니께 허전한 게 말여. 에이지도 맥도 못 추고 있고. 일주일 동안 멍만 때리구 있으."

"맞아요. 에이지 형님 이상해요."

헤레이스와 타로가 한쪽을 보며 조용히 수군거렸고, 이아나는 곧 수련장 구석의 벽을 보며 멍하니 앉아 있는 익숙한 초록 머리를 발견할 수 있었다.

이아나는 에이지와 할 얘기가 있다며 다른 이들이 그녀의 곁에 오지 못하게 했다. 에이지는 이아나가 근처에 올 때까지 그녀의 기척을 알아차리지 못했다.

퍽!

이아나가 에이지의 뒤통수를 후려쳤다.

"으악! 뭐야?"

에이지의 눈에 빛이 돌아왔다. 에이지가 비명을 지르며 저를 친 사람을 돌아보고 눈을 크게 떴다.

"정신 좀 차려."

"우왓! 이아나 양!"

에이지가 벌떡 일어나더니 이아나의 손을 덥석 붙잡았다.

"이아나 양, 괜찮아?"

"건강하다."

"다행이다…… 정말로."

에이지가 안도의 한숨을 내쉬었다.

"그래서. 또 뭐가 문제인데?"

"응?"

"당신이 멍하니 있다고 헤레이스와 타로가 걱정하더군."

"아!"

에이지가 눈을 반짝반짝 빛내며 이아나의 손을 쥔 제 손에 힘을 주었다.

"나, 앞으로 내가 할 일을 정했어!"

"그래? 멍청한 꼴을 더 안 봐도 된다니, 다행이다."

에이지가 한심하다는 듯 혀를 차는 이아나를 벅찬 기분으로 보았다.

일주일 내내 이아나가 구해 줬던 기적 같은 순간을 멍하니 되새겼다. 떠올릴 때마다 마음이 벅차오르고, 이아나에게 아릿한 미안함과 함께 극상의 감사함을 느꼈다.

이렇게 예쁘고 차분한 여자가 며칠 전 마르가리타의 목을 발로 밟아 꺾고 그 몸에 불을 질렀던 무시무시한 인간이라니.

하지만 사실이다. 이아나가 세상에서 제일 멋진 사람이라는 생각도 에이지의 안에서 만고불변의 진리가 되었다.

어둡고 차가웠던 에이지의 세상에 태양이 떴다.

'이런 사람이 내 친구래…….'

에이지의 심장이 뭉클했다.

에이지가 눈을 글썽거리고 있자 이아나가 찝찝한 눈을 하고 에이지를 보았다.

"뭐야?"

"나 이아나 양 쫄따구 할래."

"이게 무슨 어처구니없는 소리야?"

"나, 이아나 양을 위해 일하려고. 맘껏 부려 먹어 주라."

"......."

"날 위해 손을 더럽혀 주겠다고 했지. 그럼 나도 이아나 양을 위해 내 손을 얼마든지 더럽힐 수 있어."

에이지는 진심으로 말하고 있었고, 이아나도 그의 진심을 느끼고 말없이 경청했다.

"점점 더 멋져질 이아나 양을 뒤에서 지켜보고 싶고, 또 돕고 싶어. 이아나 양이 하고 싶어 하는 일을 옆에서 거들 생각을 하니까 살 의지가 팍팍 샘솟는 거 있지?"

즐거워하는 에이지를 물끄러미 보던 이아나가 툭 내뱉었다.

"......당신은 아주 유능하고, 이미 우리 일에서 발을 뺄 수 없는 처지지. 그게 당신의 선택이고, 당신을 살아가게 할 원동력이 된다면 거절하지 않겠어. 하지만 부하는 됐고, 동료로 만족해라. 그것만으로도 나는 당신이 다시는 진창을 구르지 않게 돕겠다."

"역시 이아나 양!"

"하지만 민망하니까 내 얼굴에 금칠 좀 하지 마. 나한테 그리 거창한 거 없는데...... 재미없을 거야. 날 도우면서 당신이 따로 하고 싶은 걸 찾아봐."

"아니."

에이지가 딱 잘라 부정했다.

"앞으로 이아나 양이 하는 모든 게 내겐 대단할 거야. 이아나 양은 그냥 가만히 있어도 대단한걸?"

에이지가 윙크했다.

"이번에 머리라도 다쳤나......."

이아나가 질색하자 에이지가 낄낄대며 웃었다.

"진심인데? 그러니까 이아나 양은 하고 싶은 일을 해. 난 그걸 지켜보는 것만으로도 기쁠 것 같아. 나, 이아나 양을 위해서라면 내 목숨도 바칠게!"

팍!

이아나가 에이지의 손을 뿌리쳤다.

"난 그런 거 싫어. 날 위해 일하고 싶으면 내가 죽을 때까지 살아 있어."

이아나가 신랄한 어조로 못마땅하게 말하곤, 수련하면서 마시려고 가져왔던 물통을 에이지에게 떠안겼다.

"물이나 마시고 정신 좀 차리지그래? 난 넋 빠진 놈 데리고 일하기 싫으니까."

"응. 그래. 이제 정신 차려야지. 고마워."

에이지가 웃으면서 물통을 받아 들었다.

"그리고 다시 한 번 말할게. 정말 고마워, 이아나 양."

"감사 인사는 이제 됐어. 수련하러 간다."

이아나는 손사래를 치고는 가까이에 있는 통에서 목검을 하나 빼 들었다.

에이지는 물통의 뚜껑을 열며 그런 이아나의 뒷모습을 선망을 담아 바라보았다.

태양은 누구의 도움도 필요로 하지 않고 스스로 하늘 위로 뜬다. 그것은 당연한 진리이지만, 그 빛이 가려지지 않게 구름이라도 열심히 치워 주고 싶다.

복수라는, 앞이 보이지 않는 어두운 길밖에 없었던 그의 인생에 목표라는 태양의 빛이 내리쬐기 시작했다. 의욕이 마구 샘솟았다.

'진짜 열심히 해야지.'

에이지가 입꼬리에 웃음을 매단 채 물통을 들어 올렸다.

이아나 양의 명예와 야망, 신념과 꿈을 위하여.

건배!

－에이지 편 終

25. 소드 라이즈 편

25. 소드 라이즈 편

마르가리타 사후 일주일, 그 오랜 시간을 이아나는 비몽사몽하며 앓았다.

보통 사람이라면 그만큼 오래 앓았으니 정신을 차리고 나서도 침대 신세를 지면서 충분한 휴식을 취해야 했다.

하지만 이아나는 다음 날 곧장 수업에 참여했다.

'내 몸이 너무 멀쩡해.'

앓고 앓다가 깨어났을 때, 제대로 정신을 추스르기도 전에 아르하드와 한바탕 싸웠다. 몸을 살필 시간도 없었다.

그래서 기숙사로 돌아와서 제대로 된 이성을 갖춘 후에야 몸 내부를 관조했는데, 결과적으로 그녀의 몸은 지나치게 멀쩡했다.

'내가 아팠던 건 새로운 심장과 연결되어서 생긴 과부하 때문이

다. 일주일 동안 앓으면서 내 육체가 적응한 건가?'

그런 것 같다.

이아나가 열심히 수련한 덕택에 그녀의 몸 내부에서는 심장과 혈관을 타고 이미 엄청난 양의 신력이 순환하고 있었다. 그런데 이번에 불완전하다고 하나 두 번째 심장 조각에 연결된 탓에, 신력의 양이 한 번에 몇 배로 늘어났다.

일주일 전에는 몸이 폭발할 것 같다고 느꼈었다. 하지만 아파서 죽다 살아난 지금은 몹시 쾌적하다. 아주 건강해진 기분이랄까.

'내 마음의 문제일지도 모르지.'

사키의 곁에서 눈을 떴을 당시에는 휘몰아치는 로베르슈타인의 기억과 감정 때문에 미칠 것 같았다. 하지만 이아나는 로베르슈타인과의 주도권 싸움에서 한 차례 이겨 내서 그것들을 억눌렀다.

또 시간이 지날수록 로베르슈타인의 기억들을 아득한 과거일 뿐이라고 생각하며 별 감흥 없이 회상할 수 있게 되었다.

그것은 아르하드가 내밀었던 선택지들과는 다른 선택지였다. 그저 강제로 억눌러 떠올리기조차 않으려 하거나, 두 자아를 완전히 섞는 것이 아닌, '아, 예전에는 그런 일이 있었지…….'라고 생각하며 과거의 흐름 속으로 넘겨 버리는 세 번째 선택지였다.

이는 이아나에게 무척이나 익숙한 사고의 흐름이었다.

왜냐하면 이아나는 이미 그런 적이 많으니까. 회귀 전의 시간들을 과거의 흐름 속에 묻었던 것과 같이, 로베르슈타인의 기억도 그리하면 되었다.

그러자 이아나의 마음이 몹시 편해졌다.

'또, 비밀을 모두 털어 냈기도 하고.'

마음속에 꾹꾹 담아 놓고 숨기고 있던 비밀들을 다 털어놨더니 무척 개운했다. 이아나의 컨디션이 좋은 이유에는 이런 개운함도 한몫했다.

'그래도 아르하드와 해야 할 얘기는 아직 많지.'

이아나는 앞서가는 아르하드의 뒷모습을 노려보았다.

아르하드는 이아나가 수련하고 있던 수련장에 갑자기 등장하더니 그녀가 만나야 할 사람이 있다며 어딘가로 데려가고 있는 중이었다.

"만나야 할 사람이 있다는 건 둘째 치고, 저희 사이에 아직 진지하게 나눠야 할 얘기가 많은 것 같은데요. 어디 갔다가 이제 나타나셨습니까?"

이아나는 불만스럽게 말하면서 아르하드를 살폈다.

"할 일이 많아서."

감정을 추스르지 못해 속내를 모조리 깐 채로 싸웠던 어제와는 달리, 아르하드는 무척이나 차분해져 있었다.

'아니, 차분한 게 아니라 외면하는 것 같기도.'

아르하드는 이아나를 만났을 때부터 계속해서 눈을 마주치지 못하고 있었다.

이아나는 어제의 입맞춤과 그 감촉을 떠올렸다.

'꽤 괜찮았지. 아르하드는 쑥스러워하는 건가?'

이아나가 멀쩡한 낯으로 무슨 생각을 하는지도 모르고, 아르하드는 그녀가 말하는 '진지한 대화'를 생각만 해도 골치가 아픈 듯 어설프게 미소 지었다.

"천천히 하자."

뭘? 입맞춤을?

저도 모르게 감촉을 되새기고 있던 이아나의 사고가 엉뚱한 방향으로 흘렀다.

별로 천천히 하지 않아도…….

"시간은 많으니까, 이젠 오해가 없도록 차분하게 대화를 나눠 보자고."

이아나가 제 머리를 콩 때려 현실로 돌아왔다. 뜬금없는 구타음에 의아함을 느낀 아르하드가 그녀를 돌아보았다.

"뭐야?"

"아무것도 아닙니다."

현실로 돌아오자마자 이아나는 아르하드를 끌고 가서 어딘가에 앉혀 놓고 얘기하고 싶은 마음이 굴뚝같았다. 하지만 천천히 하자는 아르하드의 말에도 일리가 있다 싶어 참았다.

"지금 하인리히 님의 탑에 가는 건가요?"

"맞아. 일단, 네가 반가워할 소식부터 알려 주려고."

하인리히의 탑에 도착해서 꼭대기 층까지 올라왔다.

벌컥!

아르하드가 학장실 문을 열었다. 이아나는 벌어지는 문틈으로 익숙한 얼굴들을 발견했다.

먼저, 정면에서 허허거리며 웃고 있지만, 현재 상황을 어색해하는 듯한 하인리히가 보였다.

"……!"

그리고 그의 왼편에는…… 정신을 잃기 전까지 죽도록 싸웠던 도르시아니 데마리포사가 정말 아무렇지도 않은 얼굴로 앉아 있었다. 입가에 찻잔을 댄 채 뜨거운 차를 후후 불어 가며 마시는 모습이 무척 태평했다.

눈꺼풀을 살짝 들어 올린 도르시아니가 경직된 이아나를 발견하고 찻잔에서 입술을 떼었다.

"안녕?"

마치 어제 만난 무난한 사이의 지인에게 아침 인사를 하는 듯했다. 인사를 한 후에는 저를 느긋하게 관찰하는 도르시아니의 어이없는 태도에 이아나는 순간 할 말을 잊었다.

그도 그럴 것이, 만나자마자 그녀와 서로를 죽일 기세로 싸웠다. 그것도 이아나가 도르시아니의 사촌 동생 마르가리타를 죽인 직후의 시점에.

제가 마르가리타를 죽였다는 사실은 변하지 않는다. 그런데 도르시아니의 시선에는 부정적인 감정이 조금도 비치지 않았다. 부정적이기는커녕 호감이 물씬 풍겼다.

'제 혈족을 죽인 이에게 저렇게 멀쩡하게 인사를 하다니……. 마르가리타와 사이가 나빴던 건가. 아니면 사고방식이 남다른 건가.'

언제는 바하무트 측 사람이라며 적이라더니 곧장 아군으로 돌아서겠다고 선언한 이상한 여자.

당시에는 컨디션이 최악이었던데다가 에이지가 부탁해서 살려 두는 방향으로 갔지만, 완전히 이성을 갖춘 지금은 당연히 도르시아니를 경계했다.

그리고 어떻게 학장실에서 아무렇지도 않게 얼굴을 드러내고 차를 마실 수 있는 건지 이해가 안 간다.

그때 아르하드가 이아나의 어깨를 제 쪽으로 붙잡아 당겨 귓가에 속삭였다.

"도르시아니는 완전히 우리 쪽에 붙었다. 자세한 얘기는 나중에 하자."

그의 말을 듣고 이아나는 경계심을 낮췄다.

'아르하드가 괜찮다고 했으니 괜찮은 거겠지.'

그래도 일이 어떻게 된 건지 사정이 무척 궁금하다.

아르하드의 말대로 시간은 많고 도르시아니에 관한 이야기를 듣는 건 나중으로 미뤄 둬도 문제는 없으니 일단은 신경 끄기로 했다. 도르시아니가 아니더라도 신경 쓰이는 사람들이 이곳에 더 있었다.

"멀쩡한 상태로 보니까 더 예쁘네."

그런 이아나에게, 도르시아니는 마르가리타의 죽음에 관심이 없는 걸 넘어서서 처음 만난 날처럼 이아나에게 추파를 던져 댔다.

'미친 걸지도.'

그리 결론을 내린 이아나가 하인리히의 오른편을 보았다.

"오, 이거 달달하면서 짭짤하고 겉은 바삭하면서 속은 부드러운 것이 입에 쫙쫙 달라붙는구먼."

"인간 놈들은 이렇게 맛있는 걸 늘 먹는단 말이야? 이런 달짝지근한 차 말고 맥주랑 먹어도 맛있겠는데."

"로안느의 식도락 문화가 잘 형성되어 있는 거야. 여기서 먹은 것 중에 맛없는 게 없었어. 그렇지?"

"맞아. 그러니까 어서 부탁하라고."

"하인리히 씨, 저 돌아갈 때 이것도 좀 많이 싸 주시죠."

불꽃 문양이 새겨진 붉은 로브를 두른 채 희끗한 백발과 탁한 금발을 뽐내고 있는 중년 남성과 수염을 북실북실하게 기른 난쟁이가 비스킷을 하나씩 들고 침을 튀겨 가며 대화하고 있었다.

하인리히가 한숨을 쉬며 말했다.

"이때까지 자네가 챙겨 달라고 한 게 창고 하나만큼의 부피라는 걸 알고 있나?"

"아, 이런. 공간 마법 아티팩트를 또 제작해야겠군."

"입을 번개로 지져 버리고 싶네."

도르시아니가 오늘 날씨 좋죠, 라는 평범한 말을 하듯 뜬금없이 웃으면서 말했다.

"어이쿠."

키가 작은 난쟁이는 움찔하며 중년 사내의 옷깃으로 저를 가리며 숨었지만, 사내는 아랑곳 않고 어깨를 들썩거렸다.

"크으. 이 과자의 위대함을 도르시아니 자네도 함께 찬양하지 않겠나? 우리들이 진리를 순서대로 얽어 마법을 구현하는 것과 같이, 이 과자에는 엄청난 장인의 손길이 닿아 있어! 좋은 밀가루를 엄선해서 신선한 계란을 풀고 힘껏 거품기로 저은 뒤 적절한 온도에서 죽여주는 타이밍으로 바삭바삭하게 구워 낸…… 이 찬란한 결과물!"

"과자는 맛있고 흥미롭지만, 당신이 뱉는 더러운 침 때문에 본질이 흐려지고 있어."

"오, 시끄러워서가 아니라 침이 튀는 게 싫어서 내 입을 지지겠다는 거였군! 역시 대마법사여서 그런지 이 과자가 갖는 의의를 이미 알고 있었어!"

"불의 대마법사는 멍청한 사람이었네."

"아리따운 미녀 대마법사에게 매도당하는 것도 꽤 괜찮은 기분 일세. 번개의 대마법사라 그런가? 아주 짜릿한걸. 좀 더 매도해 주게나."

푹신한 소파에 앉아 있는 두 사람은 학장실의 방문자가 자신들을 알 리 없다고 생각하며 테이블 위의 맛있는 다과에만 방정맞게 집중하고 있었다.

"마이마예 님, 하니델프 님."

방문자에게 관심을 끊고 있던 그들이 이아나의 목소리를 듣자마자 고개를 홱 돌렸다.

"오오오오, 이아나 양이었잖아."

"이게 얼마 만이야."

두 사람은 이아나를 발견하자마자 반색을 하며 벌떡 일어섰다. 그들은 마이마예 레비아제와 하니델프였다.

"오랜만에 뵙습니다."

하니델프는 이번에도 어김없이 이아나에게서 따뜻한 기분을 느꼈다.

"일 년 반 만이구나! 어……."

하니델프는 즐겁게 반가움을 표현하려 했지만, 그녀의 옆에 서 있는 아르하드를 발견하고 잔뜩 겁을 먹었다. 아르하드는 몇 번이고 봐도 익숙해지지 않는 무서운 존재였다.

"나는 올해 초에 봤으니 일 년쯤 됐지!"

성큼성큼 다가온 마이마예가 호들갑을 떨며 이아나의 손을 붙들려고 했지만, 아르하드가 그의 손을 자연스럽게 쳐 냈다. 마이 마예가 그를 아니꼽다는 듯 쳐다보았다.

"아름다운 미녀와 위대한 마법사의 조우를 방해하다니! 뭔가? 자네가 아무리 잘생겼다 해도 이아나 양과 별 관계도 없으면서 방해하는 건 용납할 수 없네!"

"관계가 있죠. 이아나는 제 연인이니 함부로 만지지 말아 주셨으면 합니다."

너무나 자연스럽게 튀어나온 그 말에 이아나는 순간 기침을 할 뻔했다.

이렇게 아르하드가 아무렇지도 않게 치고 들어올 때면 익숙하다 싶다가도 순간적으로 평정을 잃곤 했다.

"호오……."

마이마예가 이아나와 아르하드의 왼손 약지를 훑었다.

"이렇게 또 한 명의 미녀를 보내는군! 하지만 언젠가는 이렇게 될 줄 알았다네. 왜냐하면, 쌀쌀맞은 아르하드 군이 누군가를 챙겨 준다는 건 보통 일이 아니니까! 그 전에 친해져서 아르하드 군 몰래 손등에 입이라도 맞춰 볼까 싶었네만 늦어 버렸어. 슬프구나!"

마이마예의 부산스러운 '마이페이스'는 여전했다. 이아나가 한 귀로 듣고 한 귀로 흘려버리고 있는데 마이마예가 능글맞게 웃었다.

"아무튼 잘 어울리는 한 쌍이야. 조만간 결혼식을 할 때 꼭 불러 주게나!"

연인이라는 말을 했을 뿐인데 그의 뇌에서는 이미 결혼까지 진행된 듯했다.

결혼이라니.

아르하드를 차차 받아들이고 있는 이아나였지만, 결혼은 생각지도 못한 주제였다. 전에 술에 취했을 때, 아르하드가 불쌍해서 결혼이라도 해 줘야 하나 고민한 적은 있지만 그건 제정신이 아닌 상태에서 한 생각이다.

그러나…… 이젠 아예 생각하지 않을 수는 없는 건가?

생각에 잠겨 말이 없는 이아나를 살짝 불안한 표정으로 바라보던 아르하드가 부케니 축가니 드레스니 끝없이 떠벌리는 마이마예의 말을 잘랐다.

"쓸데없는 말 하지 말고, 여기 오신 목적을 말씀하시죠."

아르하드의 목소리에 정신을 차린 이아나도 고개를 끄덕거리며 물었다.

"그래요. 어쩐 일로 오셨습니까? 저를 찾아오신 겁니까?"

아르하드가 이들이 모여 있는 학장실에 저를 데려온 이유는 도르시아니, 하인리히와 관련된 바하무트 일도 있지만 극남부에 위치한 뱀피르카 왕국에서 찾아온 마이마예와 하니델프가 제게 볼일이 있기 때문일 가능성이 컸다.

"응? 뭐 때문에 왔더라?"

마이마예가 어벙한 말을 하자 하니델프가 옆에서 한심하다는 듯 그의 허리를 퍽 쳤다.

"검!"

귀를 쩌렁하게 울린 한 단어에 마이마예가 펄쩍 뛰었다.

"아차! 과자에 정신 팔려서 잊고 있었군!"

마이마예가 로브 자락으로 입가에 묻은 과자 부스러기를 후다
닥 털어 내며 말했다.

"하니델프가 어서 자네를 데리러 가자고 닦달해서 함께 여기
왔다네. 도착한 건 며칠 됐는데, 이아나 양이 아프다고 해서 로안
느 관광을 하며 기다리고 있었어. 나도 참, 치매가 오는 건가."

"이아나, 건강해진 거면 어서 카란켈로 가자. 너도 기다렸을 것
아니야!"

하니델프가 주먹을 불끈 쥐며 벅찬 설렘을 숨기지 않았다.

마이마예는 투덜거렸다.

"대체 뭐가 그리 대단하다고?"

"마이마예, 너는 몰라서 그래. 그 검이 얼마나 위대한지!"

"아, 그래, 그래. 날 잔인하게 내팽개치고 카란켈로 돌아가더니
몇 개월은 감감무소식이었을 정도로 위대하시겠지. 섭섭하게시리
뭐가 그리 위대한 건지 말해 달라고 해도 절대 말 안 해 주고 말
야."

"이아나한테 들어. 확실하게 말할 수 있는 건, 그 검이 우리 드
워프 역사상 처음이자 마지막일 것이라 자부할 만큼 위대한 작품
이라는 거다."

"아이고, 드워프가 이렇게 설레발치는 걸 보니 나도 궁금해 미
치겠네."

검과 카란켈.

마이마예와 하니델프가 머나먼 이국, 로안느까지 찾아온 이유.

이아나가 눈을 크게 떴다.

"아, 설마."

마이마예가 힘차게 고개를 끄덕였다.

"첸델프와 카란켈의 드워프들이 자네를 부르고 있네."

첸델프의 호출, 그것은…….

"자네가 의뢰했던 검을 완성했다더군."

로베르슈타인을 이겨 낼 첫발이 될, 그리고 이아나와 평생을 함께할 그녀만의 특별한 검이 마침내 완성되었음을 의미했다.

이아나의 심장이 두근거렸다. 언젠간 완성되겠거니 하며 잊고 있었으나, 완성되었다는 말을 듣자 어서 보고 싶다는 조바심이 들었다.

이아나의 얼굴에 생기가 돌자 그녀를 지켜보고 있던 아르하드가 어쩔 수 없다는 듯 미소 지었다.

마이마예와 하니델프가 눈을 반짝거리며 말했다.

"언제 출발할까?"

지금은 11월 말. 학술원의 정규 학기는 보통 12월 중순에 끝나지만, 마르가리타 사태로 인하여 어쩔 수 없이 전체적으로 2주 정도 보강을 하기로 되어 있었다.

이아나는 수업에 빠진 적이 없으니 보강이 필수는 아니었지만, 똑같이 12월 말에 시험을 쳐야 하는 게 문제였다.

그때 아르하드가 나섰다.

"이아나는 시험을 쳐야 합니다. 1월 초쯤에 출발할 예정이니 먼저 불의 마탑으로 돌아가서 할 일을 하시면서 기다려 주십시오."

"딱히 할 일은 없는데. 함께 돌아가더라도 시간은 똑같겠구먼."

"으음. 그때 로안느에서 출발할 거라면 일정이 좀 늦어지겠는데……. 우리도 꽤 오래 기다려야겠고."

마이마예와 하니델프가 시무룩한 기색을 숨기지 못하자, 아르하드가 차를 홀짝거리고 있는 도르시아니를 가리켰다.

"아뇨. 여기, 도르시아니의 번개 마법을 이용하면 순식간에 갈수 있습니다. 기다리고 계시면 도르시아니가 이아나를 데려다줄 겁니다."

도르시아니의 번개 마법은 아주 다양하게 이용할 수 있었다. 번개는 빠른 속도와 강력한 파괴력을 자랑하며, 이동 마법과 공격 마법 계열 중에서 상위 계급에 속했다.

이아나는 도르시아니가 등장하던 순간을 떠올렸다. 그녀는 벼락이 내리치듯 갑작스레 천공에 등장했다.

그녀는 원래 북부에 있었을 가능성이 크다. 그런데 마르가리타의 죽음을 느끼고 추적해서 찾아오는 데 걸린 시간이 한 시간도채 되지 않았다. 여기서 번개 마법의 뛰어난 장점을 알 수 있었다.

"오오, 그렇군. 아, 그럼 같이 가도록 하지. 나도 도르시아니 양의 번개 마법을 경험해 보고 싶거든!"

"당신은 데려다줄 생각 없어."

도르시아니가 딱 잘라서 거절하자 마이마예가 간절한 시선을 보내며 제 두 손을 맞잡았다.

"어째서……? 같은 대마법사고, 이렇게 만난 것도 인연인데 한 번만 자네의 마법을 경험하게 해 주게나."

"못생기고 나이 든 남자와 엮이고 싶지 않아."

"헉!"

충격을 받은 마이마예가 심장을 움켜쥐고 소파 위로 쓰러졌다.

하니델프가 그런 마이마예를 측은하게 바라보며 손으로 토닥거렸다.

"난 빨리 가고 싶은데……. 이아나와 저 마법사의 사정이 그렇다면 어쩔 수 없지. 우린 불의 마탑에 돌아가 있자고."

"크흐. 이 마이마예가 못생긴 사람 취급을 받다니……."

그들이 그러고 있을 때, 이아나가 이해할 수 없다는 듯 아르하드에게 속삭였다.

"제가 저 여자의 번개 마법으로 불의 마탑에 간다고요?"

"마이마예를 먼저 보내려고 그렇게 말한 거다. 내 텔레포트로 널 데려다줄 거야."

"아, 당신, 저랑 같이 가시려는 겁니까? 어디까지요?"

"저번처럼 드워프 마을까지. 마이마예, 하니델프와 동행할 거다."

"저야 좋습니다."

이아나가 기꺼운 마음으로 말했다가, 곧장 떠오른 생각에 걱정을 표했다.

"하지만 오지로 들어가면 신력이 빨려 나가 힘드시다면서요. 힘드시면 제 신력을 드리면 될 테니 괜찮겠죠?"

제 신력이 무한하다는 것을 밝혔더니, 이제는 이런 말도 술술 나왔다.

아르하드만 괜찮다면 이아나는 아르하드가 신력의 부족함을 느낄 새가 없도록 한가득 떠넘겨 줄 용의가 있었다.

아르하드는 그리 말하는 이아나를 빤히 바라보다가 고개를 저었다.

"아니, 괜찮아."

"왜요? 끝이 없다니까요. 제가 있다면 굳이 약 같은 걸 복용할 필요가 없습니다. 저, 신력을 양도하는 방법도 알고 있습니다."

"대체 정령은 어디까지……."

아르하드가 정령에 대한 못마땅함을 숨기지 못하고 불만을 드러내려는데, 마이마예가 어깨가 축 처진 채로 일어났다. 하지만 늘 긍정적인 그답게 금세 충격을 회복하곤 어깨를 으쓱거렸다.

"그럼 우린 가서 기다리고 있겠네! 한 달 정도만 기다리고 있으면 되겠군. 자네들이 올 즈음엔 지금 로안느에서 챙겨 가는 주전부리들을 다 먹어 치운 상태일 테니, 맛있는 걸 많이 챙겨 와 줬으면 좋겠어. 가자, 하니델프!"

"이아나, 최대한 빨리 와 다오."

하니델프를 챙긴 마이마예가 학장실의 문을 나서고, 이제 방 안에는 하인리히와 도르시아니, 아르하드와 이아나만 남아 침묵을 지켰다.

"앉아."

아르하드가 이아나를 소파에 먼저 앉히고, 자신도 옆자리에 앉았다.

"저 여자에게 물어보고 싶은 게 있으면 직접 물어봐."

이아나는 도르시아니를 훑으며 의심스럽다는 듯 물었다.

"어찌 된 일이지? 정말로 우리 쪽에 붙겠다고?"

"응. 난 이제 바하무트의 숨겨진 황자 편이야. 그런데 하인리히 씨가 배신자일 줄은 몰랐네? 재밌어."

도르시아니가 즐겁다는 듯 종알거리자 하인리히는 마이마예와 하니델프 앞에서 감추고 있던 경계심을 확연히 드러내며 그녀를 노려보았다.

"아르하드 군, 정말로 이 여자를 믿어도 되는 건가? 내가 알기로 이 여자의 변덕은 정말 죽 끓듯 하네."

하인리히는 도르시아니가 십대 후반일 적부터 봐 왔다. 바하무트와 친밀하게 교류하는 진리의 탑에서 온 그녀는 언제나 맹하니 죽은 눈으로 주변을 두리번거리면서 흥밋거리를 찾곤 했다.

제가 처해 있는 상황에는 전혀 관심 없고, 흥미로운 소재를 발견하면 거기에만 몰두하는 4차원적인 여자였다.

"난 저 남자의 정신 마법 때문에 배신할 수 없어요. 또 내가 변덕스럽긴 해도 했던 말은 지키거든. 믿어요. 저 둘이 살아 있는 한, 계속 이쪽에 힘을 보탤 테니까. 오늘 아침엔 페인한테 가서 내가 마르가리타를 죽였다고 했다니까? 앞으로 내게 맡겨지는 일도 대충 할 거고."

도르시아니가 과자를 집어 입에 물었다. 그 느슨하고 빈틈 많은 모습에 긴장감이 풀릴 것 같았지만, 이아나는 마음을 다잡았다.

마르가리타에게 아무리 관심이 없었다 해도 사촌 동생을 죽였다는 말을 아무렇지도 않게 하고, 뜬금없이 자신들 편이 되겠다는 여자는 아무리 생각해도 정신이 나간 게 분명했다.

"날 만났을 때는 적이라고 했으면서 어떻게 이렇게 바로 돌변할 수 있지? 꿍꿍이가 있는 거 아닌가?"

과자를 우물우물 씹어 삼키면서 도르시아니가 느긋하게 말을 이었다.

"난 흥미에 따라 즉흥적으로 행동하지. 그때는 고민 중이었어. 네가 흥미롭긴 한데, 바하무트 쪽과 비교했을 때 어느 쪽이 더 흥미로운지 가늠하고 있었지. 널 시험하고 있었다고 봐도 좋아. 그리고 저쪽의 수상한 황자와 너는 내 흥미를 최고조로 불러일으켰어."

"무슨 흥미?"

"음, 뭐. 저쪽 황자는 드래곤과 아주 깊은 관련이 있는 것 같다는 점에서. 그리고 예쁜 아가씨는, 연구하다 보면 내가 어릴 때부터 갈구하던 진리에 다가설 수 있을 것 같다는 점에서?"

드래곤?

진리라는 단어도 흥미롭지만, 이아나의 신경이 그 말에 확 쏠렸다.

왜냐하면, 이사벨라와 위프헤이머에게 추적당할 때 그녀를 도왔던 드래곤의 색이 악마의 것과 같았고, 아르하드와도 같았기 때문이다.

그리고 아르하드는 어제 자신이 악마의 후생이라고 밝혔었다.

드래곤과 아르하드를 연관시키는 건 망상이라 여겨 왔지만, 도르시아니가 뭘 알고 있는지는 몰라도 저리 말하자 망상에 가까운 가정이 또다시 불쑥 샘솟았다.

사실, 드래곤이 저를 돌아보며 눈을 마주친 순간부터 제 안에서는 망상이라 생각하면서도 무의식중에 계속 의심이 잔재했던 것이다.

드래곤과 아르하드가 동일한 존재가 아닐까 하는.

아, 지금 당장 가둬 놓고 심문하고 싶은 기분이다.

이아나는 조금 엇나간 생각을 하다가, 도르시아니가 그런 그녀를 보며 슬쩍 웃고 있는 걸 발견하고 자세를 바로 하며 물었다.

"어쩌다가 그런 흥미를 느꼈지?"

"일단…… 너에 관해 얘기해 볼까. 일주일 전, 전투 막바지에 한계에 달해 있던 넌 이상한 힘으로 나를 구속했지. 나는 그 힘에서 마법과 신술을 넘어서는 거대한 존재감을 느꼈어. 마치 세계 전체가 인과관계를 무시하고 나를 강제로 억압하는 것 같았다고."

천재 마법사라더니, 과연 감각이 남달랐다. 마법의 경지가 극에 이르면, 제게 가해지는 어떤 현상을 저렇게 자세하게 느낄 수 있는 모양이었다.

도르시아니가 소파에 폭 기대면서 다리를 꼬았다.

"난 그 힘에 대해 알고 싶어. 그 힘이 많은 사람들에게 구원이 될 거라는 예감이 들거든……."

구원?

그 수상한 말에 이아나가 호기심을 보이자 도르시아니가 슬쩍 웃어 보였다.

"……이라는 건 핑계고 사실 내가 궁금해. 그리고 저쪽이 드래곤과 관련되어 있다고 생각한 건…… 음, 이건 노코멘트로 할게. 나에게 네가 발현했던 미지의 힘에 대해 알려 주고 연구하게 해 주면 알려 줄 수도 있지?"

이아나가 아르하드를 올려다보았다. 제 조언을 구하는 듯한 무언의 시선에, 아르하드가 이아나의 어깨를 툭툭 두드렸다.

"더 의심하지 않아도 돼. 저 여자는 정말로 제 흥미에만 관심 있으니까. 그리고……."

잠시 망설이는 듯했던 아르하드가 한숨을 한번 쉬더니 이내 툭 내뱉었다.

"저 여자는 자기가 북부 드래곤의 가디언이라 드래곤과 관련 있느니 없느니 하는 소리를 하는 거다."

"아, 너무하네. 그걸 그렇게 어이없게 알려 줘 버리다니."

드래곤의 가디언?

이아나가 놀란 눈으로 보자 도르시아니가 어쩔 수 없다는 듯 어깨를 으쓱거렸다.

"어쩔 수 없네. 어여쁜 아가씨, 나를 제대로 소개할게. 나는 진리의 탑 소속으로, 진리를 찾아 헤매는 방랑자. 또 어렸을 적부터 빙설의 드래곤 프릴리아누와 계약한 가디언이란다. 이건 저쪽한테만 밝힌 거였는데, 이젠 두 명이나 아는 사람이 더 생겨 버렸네."

이아나는 압실롯과 도르시아니를 비교해 보았다. 전투 시에 위압감이 엄청난 걸 생각했을 때, 외양은 천양지차지만 비슷한 구석이 없진 않았다.

하지만 도르시아니는 너무 젊었다.

'혹시 특수한 이종족이 아닐까? 인간으로 보이지만……'

도르시아니는 북쪽 히마라페 빙원에 있는 진리의 탑에서 왔다고 했다. 그리고 빙원에 사는 이종족은 밝혀지지 않은 상태였다.

생각을 이어 가던 이아나는 회귀 전의 저를 떠올리고 고개를 절레절레 저었다.

'나도 회귀 전 삼십대의 나이일 때 비상식적으로 강했어.'

그때, 도르시아니가 손가락으로 아르하드를 척 가리켰다.

"나는 저쪽이 드래곤이 아니라는 걸 아는데도, 저쪽이 내 심장을 파내려는 순간 아주 무서운 드래곤의 느낌을 받았어. 그래서 그리 말한 거야."

이아나는 아르하드를 흘깃거렸다. 하지만 아르하드는 별말이 없었다. 무어라 긍정할 생각도, 부정할 생각도 없어 보였다.

둘만 있을 때 반드시 물어보고 말리라.

"두 사람이 내게 선사한 흥미는 날 이용해서 바하무트를 상대해도 봐줄 수 있을 정도로 대단해. 그래서 이쪽에 붙었어. 아, 그리고 오랜만에 만난 에이지가 복수하고 싶어서 아등바등하는 게 귀여우니까 좀 도와줄까 하는 마음도 들었고."

"에이지를 구해 줬다고 했나?"

이아나는 도르시아니를 죽이려는 아르하드의 앞을 막아섰던 에이지를 떠올렸다.

도르시아니는 마르가리타의 사촌 언니이고, 바하무트 측 사람이지만 에이지는 그에 구애받지 않는 듯했다. 그는 꽤 필사적으로 보였다.

도르시아니가 입꼬리를 말아 올려 웃었다.

"맞아. 내가 에이지를 죽음에서 건져 내 교육했지. 이것, 저것. 예쁜 미소년이 살고 싶어 바둥거리는 게 내 취향이었거든. 그리고 에이지는 내게 매달렸었지. 별생각 없이 떼어 놨었는데 가끔 생각났던 걸 보면 그 애에 대한 흥미가 떨어지지 않았던 모양이야."

도르시아니가 자리에서 천천히 일어났다.

"아무튼 잘 부탁해. 내가 흥미로워하는 그 힘을 사용할 땐 꼭 나를 불러 주렴. 아, 물론 저 남자를 통해서 만나야 해. 날 받아

주긴 했지만, 너랑 내가 만나는 걸 영 마뜩잖아 하는 것 같거든. 그리고 마이마예를 쉽게 쫓아내려고 날 여기에 부른 건 꽤 재밌는 일이었어."

도르시아니가 세 사람에게 손을 흔들며 작별을 고했다.

"그럼 난 바빠서 이만."

"어딜 가나?"

아직 의심을 버리지 못한 하인리히가 도르시아니를 추궁하자, 그녀는 쉽게 말해 주었다.

"로안느의 식도락을 즐겨야지. 여긴 맛있는 게 참 많더라고. 겨울이 다가오는데도 따뜻하고……. 바하무트와는 비교가 안 돼. 역시 남부 대국의 수도라는 걸까."

거기까지 말한 도르시아니가 쌩하니 밖으로 나가 버렸다.

마법사라는 족속들은 정말 제멋대로다. 제 생각밖에 할 줄 모르는 것 같았다.

헤레이스를 끔찍이 위하는 하인리히를 제외하면.

그러고 보니, 무슨 차이가 있는 걸까?

하인리히나 도르시아니도 악마의 파편 소유자인데, 그들은 이사벨라, 위프헤이머, 케이거스가 제게 보였던 집착의 감정을 딱히 드러내지 않았다. 부담스럽지 않을 정도의 호감만 보이고, 제 목적에만 충실했다.

그건 왜일까?

하인리히는 도르시아니가 나간 문을 쳐다보며 한숨을 내쉬었다.

"난 그래도 걱정되는군. 바하무트 황족은 수백 년간 힘을 축적한 만큼 몹시 강하다네. 또, 그쪽은 거대한 제국이고, 황족을 신으로 추앙하며 절대적인 충성을 보이는 가신들이 많네. 우리가 놈들과 정면 대결을 할 준비가 되기 전까지 변수 없이 일이 진행되길 바랐네만."

"큰 변수긴 하지만 좋은 쪽입니다. 도르시아니는 우리가 바하무트의 눈을 피하는 걸 적극적으로 도와줄 테니."

아르하드가 도르시아니를 옹호하자, 결국 하인리히도 굳어 있던 얼굴을 풀고 고개를 끄덕거렸다.

"자네가 그렇게까지 말한다면 알겠네. 그런데 내게 볼일이라도 있는가? 마이마예와 도르시아니를 만나게 하려고 학장실을 이용한 건 아닌 듯한데."

"드릴 말씀이 있어서. 한 달 후, 이아나가 남부로 갈 때 저도 함께 갑니다. 그 전에 제가 할 일을 모두 처리할 거고, 이후 제가 없을 때는 에이지, 도르시아니와 상의해서 일하시면 됩니다."

"그래. 이아나 양 일이면 자네가 그리하는 게 당연하지."

하인리히는 몸을 사려야 할 보스가 자리를 비우겠다는데도 그럴 줄 알았다는 듯 대수롭지 않게 수긍했다.

이아나는 둘의 대화를 들으면서 기분이 몹시 묘해졌다.

하인리히가 저리 순순한 것은, 아르하드와 제가 연인 관계라고 믿고 있기 때문일까, 아니면 악마의 파편 소유자이자 아르하드의 협력자로서 뭔가를 알고 있기 때문일까.

"알겠네. 그것 말고 용건이 더 있나?"

"제 영혼이 악마였음을 이아나에게 알렸습니다."

시린 얼음물을 뒤집어쓴 것처럼 하인리히의 흰 피부가 새파랗게 질렸다. 소파의 팔걸이에 얹고 있던 마른 손등 위로는 핏줄이

도드라졌다.

'아, 하인리히 님은 이미 알고 있었구나.'

두려움에 찬 하인리히의 눈동자가 이아나를 살폈다. 긴장이 역력한 하인리히를 보고, 이아나는 그가 무엇을 어디까지 더 알고 있는지 궁금해졌다.

그리고 이미 이 사실을 알고 있었음에도 별로 신경 쓰지 않다가, 제가 알았다는 이유로 심하게 긴장하는 하인리히에게 의아함을 느꼈다.

'내가 누설하거나 배신할까 싶어 저러나?'

하인리히는 떨리는 입술을 떼었다 붙였다 하며 쉬이 말문을 열지 못했다. 노인을 저 상태로 계속 내버려 두는 것도 못 할 짓이라, 일단 이아나가 선수를 쳤다.

"상관없습니다. 전 아르하드가 뭘 하더라도 곁을 지킬 테니까요."

"아."

이아나가 불쑥 내뱉은 말에 그녀를 보는 아르하드의 눈빛이 짙어졌다. 그리고 하인리히는 안도의 한숨을 내쉬며 눈을 감았다.

하인리히는 정말로 안심했다.

영문을 모르겠다는 듯 어리둥절해하는 이아나는 알 수 없겠지만…… 저기 저, 어울리지 않게 기분 좋은 것을 티 내는 아르하드는 정말 위험한 존재였다.

전생이 악마라는 것도 두렵지만, 20년이 넘게 지켜봐 왔음에도 감정 변화가 거의 없어 속을 전혀 알 수 없다는 게 가장 무서웠다.

그런 아르하드가 적나라하게 호감을 내비치고 절절하게 매달리는 유일한 상대가 이아나였다.

'저 아가씨를 위해 황제가 되려는 거라는 이상한 소리까지 했었고……'

그래서 이아나가 아르하드와 악마의 관련성을 알았다는 말을 듣자마자 얼어 버렸다. 아르하드와 연인 관계라는 이아나가 혹시라도 그를 싫어하게 되거나 떠나 버릴까 봐.

온화해 보이는 아르하드지만, 맹목적으로 집착하는 이아나와 틀어지면 어떻게 돌변할지 상상할 수 없었다.

그도 그럴 게, 이아나가 아파서 쓰러졌던 일주일간 아르하드는 거의 미친놈이었다.

잠도 안 자고, 밥도 안 먹고.

아르하드는 지저분한 상태로 이아나를 만질 수 없어 씻을 때가 아니면, 모든 시간을 아파서 끙끙 앓는 그녀의 곁에 붙어 간호했었다. 하인리히가 그가 처리해야 할 일을 가져와 책상에 쌓아 놓는 것도 모르고 그녀에게만 몰두했다.

그러니 이아나가 저리 생각해 줘서 다행이었다.

이아나가 아르하드에게서 멀어진다면, 그가 진행하고 있던 모든 일을 때려치울 게 분명했으니까. 그가 이성을 잃을 것이라는 건, 확실하지 않지만 확신하고 있고.

하지만 걱정을 버리지 못한 하인리히가 조심스레 물었다.

"정말 신경 쓰이지…… 않는 건가?"

"괜찮습니다."

이아나는 그의 전생이 악마라는 게 더 마음에 들었다. 우습지만 저 혼자 아등바등하다가 막강한 동지가 생긴 터라 꺼려지기는 커녕 든든하기만 했다.

그리고 뭐랄까, 제가 할 말은 아니지만, 아르하드가 그런 전설적인 존재라는 게 마음에 들었다. 멋있다고 해야 하나.

아무렴, 자기가 모시는 주인이 대단할 정도의 비범함을 갖추고 있으면 아랫사람으로서는 뿌듯함을 느낄 수밖에 없다.

"오히려 더 좋아졌어요."

더불어 설령 그가 모든 신에게 비난받았던 악마라고 해도, 마도시대를 오랜 시간 살아온 평범한 인간이되, 마나가 주는 절대적인 사랑에 심취해 있던 이아나가 아르하드에게 매력을 느끼는 건 당연했다.

"허허……"

이아나는 저도 모르게 만족스러운 표정을 짓고 있었다. 아르하드는 그런 이아나를 물끄러미 바라보았고.

하인리히는 흐뭇한 표정의 이아나를 꼼꼼히 살핀 후, 얼굴을 폈다.

이 얼마나 믿음직스러운 소녀인가.

이아나는 아르하드의 기사가 되기로 맹세했지만, 사실 세상을 지키는 용사나 다름없었다. 이아나가 아르하드를 좋아해서 정말 다행이었다.

하인리히가 안심해서 말했다.

"이아나 양이 아르하드 군을 끝까지 보필해 주길 바랄 뿐일세. 아르하드 군은 이아나 양을 많이 아끼고, 또…… 이아나 양과 있을 땐 정말 사람처럼 보이니까."

"제가 감정적으로 무딘 건 맞지만, 처음부터 인간이었습니다. 그런 식으로 이상한 존재 설명하듯 말씀하지 마십시오."

이때까지 몇 번이고 인간으로 취급하지 않아도 콧방귀만 뀌던 아르하드가 예민하게 굴자 하인리히는 속으로 헛웃음을 지었다.

"그런가. 미안하네."

하인리히는 순순히 사과하며 고개를 끄덕거렸다. 그런 하인리히를 쳐다보고 있던 이아나가 불쑥 뱉었다.

"하인리히 님께 묻고 싶은 게 있습니다."

묻고 싶은 것. 그 말에 하인리히와 아르하드의 시선이 그녀에게로 빨려 들어갔다.

"이제 이아나 양에겐 숨길 게 없으니 뭐든 묻게나."

"그러시다면 편히 묻겠습니다. 저는 이때까지 다수의 파편 소유자를 보았는데, 그들은 모두 저에 대한 이유 없는 집착을 보였습니다. 그러니 하인리히 님께서 저를 어떻게 여기고 계시는지 듣고 싶습니다."

"……."

뭐든 대답해 줄 용의가 있음에도 평정심이 흔들린 하인리히가 눈빛으로 아르하드에게 의사를 물었다.

생각에 잠긴 아르하드가, 하인리히에게 집중하고 있는 이아나의 머리카락을 손가락에 감더니 엄지로 천천히 문질렀다. 이아나는 이미 그에 익숙해져서 반응도 없이 하인리히만 보고 있었다.

아르하드는 쥐고 있던 머리카락을 풀어 주며 말했다.

"괜찮습니다. 솔직하게 말씀하십시오. 악마의 파편이 수혜자에게 미치는 영향까지 모두."

아르하드가 그리 말해 줘서 안심했다.

숨을 고른 하인리히가 입을 열었다.

"먼저, 악마의 파편은 수혜자에게 힘을 가지라고 유혹하고 모든 것을 파괴하기를 종용하네. 악한 성향이 되도록 끊임없이 부추기고, 약해진 사이 부정적인 감정을 심지. 보통은 파편의 유도에 이끌려 악마에 점점 동조하게 되며, 과거의 악마와 비슷해지네. 바하무트 황실 쪽 수혜자들은 그 유혹과 감정을 마음껏 즐기고 이용해서 주체적으로 제 배를 채우는 경우고."

하인리히가 깍지를 끼며 말을 이어 갔다.

"그러나 악마의 파편에 흔들리지 않고 제 갈 길을 가는 이들도 있네. 악마에게 동화되지 않고 이겨 낼 만큼 강한 신념과 의지를 가지고 있기 때문이네. 예를 들자면 뚜렷한 주관 없이 남의 말에 휘둘려 그 꼭두각시가 되는 사람과, 외부의 말에 흔들릴지언정 단단한 신념하에 스스로 판단하고 제 갈 길을 가는 사람의 차이일세. 나의 경우엔 소중한 혈육 헤레이스의 미래를 위해서 최선을 다하겠다는 신념이 있어서 파편에 흔들리지 않아."

거기까지 말한 하인리히가 이아나를 슬쩍 훑었다.

"그러나 이아나 양에게 묘한 호감이 드는 건 사실이야. 왜인지는 모르겠군. 난 그저 평범한 호감이라고 생각했네만, 파편 수혜자 모두가 이아나 양에게 기묘한 집착을 보인다고 하니 생각을 해 보았네. 예상하건대…… 내 악마의 파편은 내 심장에 있고 아르하드 군의 영향을 받지 못했으니 아직 '아르하드 군'의 것이 아닌 신성시대 '악마'의 것이라고 할 수 있네. 하지만 악마 '자체'라고 할 수 있는 아르하드 군의 선명한 감정에 간접적으로는 영향을 받고 있는 게 아닐까 생각되는군."

이아나의 머리에 사고의 전환이 발생했다.

'그럴 수도 있나.'

악마의 것이라고 생각할 때는 불쾌하게만 여겨지던 집착적인 행태들이었다.

그러나 그 집착이 아르하드의 것이라고 생각하니 묘하게 마음에 들었다. 감정의 주인이 아르하드로 바뀌었다는 이유 하나로 손바닥 뒤집듯 평가를 바꾼 스스로가 아이러니했다.

이아나는 고개를 돌려 아르하드를 빤히 올려다보았다.

'그랬으면 좋겠는데. 나중에 둘이 있을 때 물어봐야겠어.'

하인리히가 거칠게 손을 내저었다.

"혹시나 해서 말하는 건데, 부디 오해는 하지 말아 주게. 인간적인 호감이라는 뜻이니까."

"오해하지 않습니다. 아, 그리고 하인리히 님은 아르하드의 전생이 악마라는 걸 어찌 알게 되셨습니까? 아르하드가 말해 줬나요?"

이 총명한 소녀가 던지는 질문 중에는 곤란하지 않은 게 없다.

"솔직하게 다 말씀해 주십시오. 이제 이아나에게 뭘 숨길 수가 없으니까."

하인리히가 또 한 번 아르하드의 의중을 살피려 했으나 그럴 필요도 없었다. 어제 이아나와 지독하게 싸우면서 체념하고 이 현실을 받아들이기로 한 아르하드가 먼저 하인리히에게 다 토설하라고 말한 것이다.

"내가 예전에 로이긴족이 바하무트의 피를 훔쳤고, 아르하드 군을 임신했던 여인이 롯소 산맥을 통과하며 도망쳤다는 걸 말해 줬었지. 나는 그녀를 돕고 있었고."

"그랬었죠. 그 여인은 무사히 탈출해서 아르하드를 낳았다고도 하셨습니다."

"사실일세. 그러나 말하지 않은 부분이 있네. 롯소 산맥을 통과하면서 아주 큰일이 있었어."

그것은 이아나가 예전에 남부 상행을 갔을 때, 어두운 밤에 아르하드가 모닥불 아래에서 해 주었던 이야기의 앞부분, 그리고 하인리히가 숨겼던 비사였다.

아르하드의 모친은 도망치는 도중 배에 심한 공격을 받았고 피를 많이 흘렸다고 했다. 그런 몸에서 바하무트 황족을 모두 죽일 만큼 강한 아이가 태어날 리가 있겠는가. 먹이가 되지 않으면 다행이었다.

로이긴족의 비원은 그렇게 무산되는 듯했다.

그런데 하인리히가 참담함을 느끼고 있던 당시, 갑자기 그의 주변에 어둠이 내려앉았다고 했다.

"아주 무섭게 느껴지는 칠흑이었지. 처음에는 바하무트의 마법에 당했다고 생각했어. 그러나 마법이 아니었다네. 마법과는 비교가 안 되는, 근원에 가까운 거대한 존재감이었어. 그리고 내 앞에, 거대한 황금의 눈이 나타났지."

"악마의 눈이다."

아르하드가 말을 덧붙였다.

"하인리히가 도달했던 장소의 근처에 판데모니엄의 균열이 있었다. 판데모니엄 속, 악마의 심장과 함께 봉인당해 수천 년간 그 자리를 벗어날 수 없던 악마의 거대한 파편이 태아가 가진 파편을 느끼고, 실체화해서 등장한 거다."

하인리히가 생각만 해도 떨리는 듯 한숨을 쉬었다.

"악마는 태아의 심장을 제 두 번째 심장으로 삼았네. 신체를 형성하는 마법으로 여인의 갈라진 배를 붙이고 그녀의 상처를 치료했네. 그리고 나에게 그를 보필할 것을 종용하며 내 뇌에 마법을 걸었지. 거부하면 죽는, 절대적인 마법을. 그래서 아르하드 군을 기르면서 나는 두려움에 떨었다네."

하인리히의 하얀 수염이 파르르 떨렸다.

하지만.

평범해 보이는 아르하드를 흘끗 살핀 하인리히가 살짝 안도한 듯 차를 마셨다.

"지금은 그렇지 않네. 아르하드 군이 꽤 괜찮은 사람이라는 걸 알았으니까…… 내가 아는 것은 거기까지네."

"자세한 건 나중에 내가 이야기해 줄 테니 다른 걸 물어봐."

아르하드가 주제를 바꿀 것을 요청하자, 이야기의 여운에 젖어 있던 이아나는 정신을 차리고 다른 것을 물었다.

"도르시아니가 소속되어 있다는 진리의 탑이 무엇입니까? 처음 들어 보는군요."

"음……."

하인리히는 잠시 생각을 고르는 듯 침묵하는가 싶더니 곧 설명해 주었다.

진리의 탑은 히마라페 빙원 깊숙한 곳에 숨겨져 있는 백색의 탑이다. 그곳에 속한 자들이 형성한 단체에 탑의 이름을 붙여 진리의 탑이라고 부른다고 하였다.

그들은 오랜 옛날부터 바하무트 황실에 협력하는 단체였다. 악마의 파편 연구를 도와주고, 강력한 무력으로 그들의 치세를 돕는 등 지원을 아끼지 않았다.

하지만 그들이 단체를 설립한 이유는 오로지 세계의 진리를 탐구하기 위해서라고 했다.

진리. 쉽게 무엇이라고 설명할 수 없는 그 가치를, 왜, 어떻게 연구한다는 뜻일까?

하인리히는 그 이상으로는 잘 모른다고 덧붙였다. 그들은 아주 비밀스럽게 행동하는 데다, 자신들에 대한 정보를 외부에 절대 누설하지 않는다고 했다. 그래서 캐도 캐도 정보가 없다고 하였다.

하지만 이아나에게라면, 도르시아니가 세세히 알려 줄지도 모른다고 하인리히는 말했다.

왜냐하면…… 진리의 탑에서 파견된 마법사이자 바하무트 측의 강력한 우군이던 그녀가, 바하무트를 버리고 이아나에게서 진리를 찾고 있기 때문이었다.

학장실을 나와 아르하드의 뒤를 따라가던 이아나가 빠르게 달려 아르하드의 앞을 막아섰다.

"이제 둘이서 얘기 좀 하는 게 어떻습니까? 궁금한 게 많은데."

어제와는 달리 생생한 이아나를 빤히 내려다보던 아르하드가 고개를 끄덕이곤 그녀를 제 방으로 데려갔다.

익숙한 방에 들어선 이아나가, 자연스럽게 소파에 앉았다. 아르

하드는 당연한 듯 차를 타 와서 상석에 앉았다. 이젠 너무 익숙
해서 물을 필요도 없는 행동이었다.

뿌연 김이 모락모락 올라오는 차는 추운 날씨에 먹기 딱 좋게
뜨거웠다.

그러나 둘 다 찻잔에 손대지 않고 서로를 말없이 쳐다보았다.
각자 할 말은 있지만, 너무 많아서 입을 닫고 있는 경우였다.

"저기."

이아나가 먼저 입을 열었다. 그녀는 제 속의 번뇌를 모두 날려
버리고 싶었다. 아르하드는 천천히 하자고 했지만, 그와 제 사이
에 있는 앙금을 빨리 없애고 더욱더 가까워지고 싶었다.

그래서 냉큼 물었다.

"악마가 전생이라는 건 왜 숨기셨습니까?"

"……어제 말했다시피."

아르하드는 침착한 표정으로 입술을 떼었다.

"난 네가 악마를 죽인 신인 로베르슈타인과 어떻게든 관련이
있다는 걸 알고 있었어. 내 전생이 악마임을 밝혀서 우리 관계에
조금이라도 틈을 주고 싶지 않았다."

"당신의 전생이 악마라는 걸 어찌 아셨습니까? 하인리히 님이
알려 주셔서요?"

"난 태어날 때부터 내가 '악마'였다는 자각이 있었어."

그건 의외다.

처음부터 자신이 그런 존재라는 걸 인식하고 있었다니…….

아르하드가 뭐든지 남다르고 사고방식도 특이하다는 건 알고
있다. 그래도 그 또한 그녀와 같은 인간이므로, 이아나는 나름대

로 그를 이해하고 있었다.

그럼에도, 처음부터 스스로가 악마의 환생임을 자각한 아르하드가 어렸을 때부터 무슨 생각을 하며 살아왔을지 도저히 상상이 가질 않는다.

"날 때부터…… 말인가요."

"아까 하인리히가 말했던 것처럼 내 모친이 죽어 가던 곳의 주변에 판데모니엄의 균열이 있었지. 그 균열을 통해서 판데모니엄에 있던 심장에 수천 년간 붙어 있었던 악마의 파편이 튀어나왔다. 여기까지는 이해했어?"

"네."

"그때, 태아의 심장에는 새로운 영혼이 깃들지 못한 상태였고, 파편은 그 심장을 차지했다. 그 과정은 판데모니엄의 균열 근처에서 이뤄졌고, 악마의 영향을 아주 많이 받았어. 정신적으로나, 육체적으로나. 그래서 나는 완벽한 성장성을 지닌 육체에 악마의 작은 기억을 가짐과 동시에, 악마임을 자각한 채로 태어났다."

아르하드의 말을 들으면서, 이아나는 제 육체도 꽤 완벽한 구석이 있다는 것을 떠올렸다.

제 몸은 회귀 전부터 몹시 튼튼했고, 시간이 지날수록 무술에 최적화된 완벽한 신체로 빠르게 발달하곤 했다. 어떤 심한 상처를 입든 빨리 낫기도 했다.

그 이유는 로베르슈타인 가문의 피에 봉인된 영혼과 백작가 저택 뒤, 페임드라의 밑동에 봉인되어 있는 로베르슈타인의 심장이 신체 연성에 영향을 줬기 때문이 아닐까?

피에 봉인된 영혼은 악마처럼 자각 상태가 아니었던 것 같지만,

심장을 근처에 둠으로써 무의식중에라도 르보니의 배 속에 있던 제 육신에 영향을 준 게 아닐까?

"그럼 당신이 알고 있는 악마의 지식들은 모두 날 적부터 가지고 있던 건가요?"

"아니. 태아일 때는 바하무트 황제가 가지고 있던 거대한 악마의 파편을 완전히 물려받은 상태가 아니었으니까, 그 파편에 있던 것들은 얻지 못했어. 또, 심장은 직접 접촉하지 않는 이상 연결되지 않기 때문에 처음에는 첫 번째 심장과 연결이 끊겨 있었어. 그러니 태어난 후에도 아는 게 거의 없이 텅텅 빈 상태였다. 예전에 말한 적 있었던가. 어렸을 때, 어떤 물건에도 관심을 가지지 못한 채로 흑백으로만 느껴지는 세계에서 살았다고. 꿈속의 붉음에만 집착하는 백치였고, 검을 보고 나서야 정신을 차렸다고."

예전에 남부 상행을 함께 갔을 때, 모닥불을 보며 말해 준 적이 있었다.

"그건 쪼개져서 완벽하지 못한 영혼을 가지고 있었기 때문에 정신이 완전하지 않았는데도, 내가 가진 영혼에 남겨진 악마의 감정이 너무 강렬했기 때문에 발생한 일이었다. 검을 보고 각성한 이후, 오로지 정신력만으로 제대로 된 사고를 할 수 있게 된 거고."

"그럼 다른 지식들은 어떻게 얻은 겁니까?"

"먼 옛날에, 혼자서 판데모니엄에 간 적이 있어."

"판데모니엄에요?"

판데모니엄의 균열도 아니고 판데모니엄이라니.

"로베르슈타인의 검 조각이 박힌 악마의 심장이 있는, 거기요? 어떻게 가셨는데요?"

"판데모니엄의 균열을 발견하고 그 안으로 뛰어들었어. 악마의 심장을 가지기 위해서였다. 거기서 악마의 심장에 접촉해서 심장을 연결했어. 그때 악마의 지식, 기억, 감정 등등을 온전히 얻었고."

아르하드는 어제처럼 필사적이고 절박하지 않았다. 이 모든 상황을 받아들이기로 한 듯, 술술 대답해 주는 그는 몹시 단정한 태도였다. 이아나는 어제의 제 설득이 아르하드에게 제대로 먹혀들었음을 느끼고 기분이 좋아졌다.

아르하드는 숨을 고르더니 천천히 말을 이어 갔다.

"하지만 악마의 심장에는 로베르슈타인의 검 조각이 꽂혀 있었고, 봉인된 상태라 완전히 내 것으로 만들 수 없었어. 그래서 연결만 하고 온 거고."

"심장을 완전히 자기 것으로 만들 수도 있나요?"

"그래. 어쨌든 내 영혼에 각인된 심장이니까, 지금의 내 심장과 융합할 수도 있지."

그 말에, 이아나에게는 고민거리가 생겼다.

'갖고 싶어.'

하지만 페임드라의 조각들을 한데 모아 봉인을 깼을 때, 로베르슈타인의 심장은 완전할까? 로베르슈타인의 심장은 멀쩡하지 않을 가능성이 크다. 왜냐하면 이아나가 얻은 로베르슈타인의 기억 중, 가장 선명한 종말의 기억 속에서 그녀의 심장은 존재하고자 하는 의지를 잃고 죽어 가고 있었기 때문이다.

'가질 수 있으면 좋을 텐데.'

당장 해결될 문제가 아니기에, 로베르슈타인의 심장에 대한 고민을 미뤄 둔 이아나가 아르하드에게 은근하게 물었다.

"당신은 제가 그 검을 뽑아 주길 바라겠군요?"

그녀가 봉인을 깨고 신의 심장을 갖길 원하는 것처럼.

"……그래."

대답이 늦었지만, 아르하드도 그 검을 뽑아 주길 바란다고 했겠다, 이아나는 앞으로 더욱더 노력하기로 했다. 안 그래도 악마의 심장이라지만 아르하드 소유의 심장에 저와 관련된 검이 박혀 있는 게 마음에 들지 않았다.

'어찌 보면 한 번씩 서로의 심장을 찌른 건가.'

신화처럼 느껴지는 전생에서의 종말.

허상과도 같은 회귀 전의 끝자락.

'우습네.'

작게 실소를 지은 이아나가 주먹을 불끈 쥐었다.

'한 번씩 주고받았으니 그걸로 끝이다.'

속으로 악연의 고리를 썩둑 잘라 버린 이아나가 고개를 끄덕거렸다.

"좋습니다. 모두 이해했어요. 아, 그리고 당신이 알고 있는 악마의 지식에 대해서 모두 듣고 싶은데요."

"그 얘기는…… 꽤 기니까 한 달 뒤에 남부로 갈 때 하도록 하자."

"남부로 갈 때요? 하지만 텔레포트를 쓰신다고……."

"너랑 나랑 다른 일에 방해받지 않고 오랜 시간 같이 있을 시간이 그때밖에 없어. 일정이 급해지면 얼마든지 텔레포트를 쓰면 되니까, 겸사겸사 여행도 좀 할 생각인데, 어때?"

아르하드와의 여행?

생각해 보면, 아르하드와 대부분의 일을 같이하고 있지만 그건 일하는 거다. 휴식을 취할 때도 자주 함께 있곤 하나 그건 쉬는 거다.

전에 둘이서 시간을 보냈던 '데이트'는 꽤 좋았던 것으로 기억에 남아 있지만, 그 직후 자신이 서부로 여행을 떠났고 귀환 후에는 마르가리타의 일이 터지는 바람에, 그 한 번이 끝이었다.

그리고 아르하드와 둘이서 놀러 다녀 본 건 테오도르 주변뿐이다. 넓은 남부 지역을 돌아다니며 '데이트'에 가까운 여행을 하는 걸 상상해 본 이아나가 냉큼 고개를 끄덕거렸다.

"저야 좋습니다."

"그래? 그럼 일단 내가 계획을 짜 볼 텐데, 남부 외에도 네가 가 보고 싶은 곳이 있으면 말하도록 해. 텔레포트로 어디든 갈 수 있으니까."

텔레포트는 초고난도의 마법이어서 그렇지, 시간을 절약하고 체력 소모를 줄이는 데는 만능이었다.

"텔레포트가 쉬운 마법이었으면 세상 참 살기 편했을 텐데요. 큰 아티팩트로 만들어 놓기만 한다면 마석만 있어도 누구나 이용할 수 있을 테고."

"흠……."

"아, 이게 중요한 게 아닌데. 어쨌든 여행은 찬성입니다. 그럼 악마의 지식에 대해서는 그때 이야기하기로 하고, 저 궁금한 게 더 있는데요."

"뭔데?"

"당신 드래곤입니까?"

"……너무 대놓고 묻는걸. 그게 너답지만."

"피하지 마시고요. 롯소 산맥에서 저를 도와준 드래곤, 당신이 냐고요."

아르하드는 한숨을 내쉬고, 고민하는 듯 잠시 말이 없었다. 하지만 고민은 짧았고 그는 이아나의 속이 뻥 뚫리는 말을 해 주었다.

"악마는 거대한 도마뱀의 형태가 원형이고, 드래곤은 악마의 형상을 딴 생명체에 불과하다. 맞아. 네가 본 드래곤은 나였어."

악마는 마나로 신체를 변형하는 데 탁월한 재능이 있었고, 그건 아르하드도 마찬가지였다. 또, 아르하드는 인간형이 본체지만 악마는 드래곤 형태가 본체였다. 드래곤의 육신은 그에게 몹시 익숙한 것이었다.

시디얀에서 이아나가 바하무트의 마법을 깨는 순간, 그들과 피가 이어져 있던 아르하드도 파훼의 파동을 느꼈다. 위치는 정확히 알 수 없지만, 방향은 서부. 이아나가 여행하고 있을 곳이었다.

바하무트의 마법을 깰 수 있는 자들이 없다시피 한 현재, 이아나가 바하무트의 마법을 깬 건 당연했고 바하무트 황족이 그녀에게 관심을 두게 될 것이라는 미래도 명백했다.

그래서 하던 일을 모두 때려치우고 서부로 달려갔다. 아티팩트에 소리가 나는 기능을 넣었기 때문에 함부로 연락할 수가 없어 홀로 이아나의 위치를 추적했다.

그녀를 찾았을 때는 이미 이사벨라와 위프헤이머에게 추적당하며 롯소 산맥으로 진입한 후였다.

그래서 정체를 숨기기 위해 드래곤으로 신체 변형을 했고 드래곤 행세를 하며 적들을 쫓아냈다.

그리고 며칠 내내 기절해 있었다. 이아나의 연락을 받았을 때는 정신이 든 직후였다.

이아나가 그에게 숨기고 일을 진행했기에, 아르하드도 다 알고 있었지만 그녀의 비밀을 지켜 주기 위해 거짓말을 했다.

"말은 이렇게 해도 사실 나도 할 말 없었던 거야. 나도 내 일을 숨기고 있는데 너한테 왜 숨기냐고 추궁할 수는 없는 노릇이니까."

이아나의 머릿속으로, 연락두절이다가 며칠 만에 겨우 연락된 아르하드가 잔뜩 지쳤지만 피로를 억지로 숨기면서 했던 말들이 선명하게 떠올랐다.

"괜찮아. 말 안 해도 된다."
"네가 숨기고 싶어 하는 사생활 몇 개 정도는 존중해 주겠다는 거야."

이상하게 느껴졌던 그 말이, 이런 이유 때문이었나.

모든 이야기를 들은 이아나는 말문이 막혔다. 이미 아르하드가 드래곤임을 확신하고 있었기에 가볍게 던진 질문이었는데, 그가 심하게 고생하였음을 깨닫는 결과가 나왔다. 그녀는 또 그에게 엄청난 신세를 지고 만 것이었다.

그때 아르하드와 연락이 안 되어서 힘들었던 것도 자업자득이었다. 아르하드에게 화를 낼 처지가 아니었다.

이아나의 표정이 안 좋아지자 아르하드가 고개를 저었다.

"신경 쓰지 마. 네가 미안해하는 걸 원하지 않아."

"……감사합니다."

이아나는 애써 얼굴을 폈다.

"이제 당신에게 뭘 숨기는 일은 없을 거예요."

털어놓을 걸 다 털어놨으니 이제는 켕길 게 전혀 없었다. 그녀는 아르하드에게 고마워하면서 지금부터는 정말로, 그에게 비밀을 만들지 않을 것을 다짐했다.

아, 물론 회귀한 건 혼자만의 역사다. 그 시간들이 서로에게 별로 좋지만은 않았던데다가, 이제는 굳이 말할 필요가 없는 재밌는 흥밋거리에 불과하니 제외했다.

"그렇게 생각해 준다면 다행이야."

"로베르슈타인 영지에 왜, 언제 와서 저를 보셨던 겁니까?"

그 질문에, 아르하드는 곧장 대답하지 못하고 이아나를 그저 바라보기만 했다. 이아나는 그녀답지 않게 호기심이 폭발해서 조급함을 느꼈다.

"……지금 내 품에 있는 너는 환상이 아닌가……?"

혹시라도 이아나 저가 아닌 다른 사람을 향해 그 말을 했을까 봐, 껄끄럽게만 느껴져 피하고 싶었던 말. 하지만 지금은 아니다.

설마 그전에 저를 봤을 줄이야.

대체 언제 저를 보고 반했고, 왜 제게 살기를 보였고, 왜 끌어 안고 그런 말을 했고, 왜 몰래 쫓아왔고, 왜 미노타우로스로부터 구해 줬고, 왜 손가락에 키스했고, 왜 모른 척을 했고…… 왜, 왜, 왜?

이것들이 너무 궁금했던 이아나는 질문을 쏟아 냈다.

"왜요?"

어렴풋이 답을 알 것 같은 의문들도 있었지만, 아르하드의 입으로 속 시원하게 듣고 싶었다.

"……."

아르하드는 팔걸이에 팔꿈치를 대었다. 손바닥에는 턱을 괴고, 안달이 나서 그를 재촉하는 이아나를 집요하게 느껴질 정도로 빤히 보았다. 눈을 빛내며 대답을 기다리고 있던 이아나는 조금 머쓱해졌다.

'무슨 생각을 하는 거야?'

아르하드는 오늘따라 이상하다. 몹시 무기력해 보이기도 하고, 뭔가를 외면하는 것 같기도 하고. 순종하는 시종처럼 얌전하기도 하고, 해야 할 말이 아니면 말도 잘 하지 않고.

즉, 그가 몹시 진지하다는 말이다.

지금은 무척이나 집요하다. 어쩐지 관찰당하는 것도 같다. 그 시선을 받고 있자니…… 왜일까? 조금 이상한 기분이 들었다.

이아나는 저도 모르게 슬그머니 눈을 피해 찻잔을 보았다.

그런 상태가 계속되던 중, 아르하드가 먼저 침묵을 깼다.

"일단…… 로베르슈타인 영지에 갔던 건 판데모니엄의 균열을 찾아보려던 이유가 크다. 균열은 롯소 산맥 중앙과 오지로 갈수록 발생할 가능성이 크고, 로베르슈타인 영지는 롯소 산맥 중앙 지역을 바로 등진 곳이니까."

이아나는 그제야 고개를 살짝 들어 그를 보았다. 이제 아르하드는 이아나를 보지 않고 아까 그녀가 그랬던 것처럼 식어서 김이 올라오지 않는 찻잔을 주시하고 있었다.

이아나는 살짝 안심했다.

"그러다가 너를 우연히 발견했다. 난 인재를 찾는 중이었으니까…… 네 손의 굳은살과 단련된 육체를 보고 꽤 괜찮은 무인이라는 걸 알았고, 호기심이 생겨서 따라갔어. 그때까지만 해도 별생각이 없었어."

안심한 것도 잠시였다. 눈꺼풀이 느릿하게 들리고 짙게 가라앉은 눈은 이아나를 담았다.

"하지만 네가 검을 휘두르며 환히 웃는 순간, 내 세상이 모조리 일그러졌어."

이아나는 자기도 모르게 주먹을 쥐었다.

"검이 휘둘러지며 만들어지는 궤적도 멋졌다. 하지만 나는 검 하나에 집중하면서 엄청난 회열과 벅찬 충족감을 숨김없이 내비치며 웃는 네게 정신없이 빠져들었어."

아르하드의 이야기에서 적나라하게 풍겨 나오는 밀도 높은 감정에, 공기마저 답답해진 것 같았다. 숨이 가빠지고 손바닥이 축축해졌다.

"……이아나. 나는 정상이 아니야. 왜냐면 뭘 해도 만족하질 못하거든. 수천 년간 부정적인 감정과 기억들만 들어찬 어두운 공간에서 숨 쉬면서, 아무것도 하지 못한 채 욕망만 크게 키워 왔기 때문일까? 뭘 해도 부족해서 모든 게 우습게 느껴져. 그래서 그런 걸까. 난, 누가 좋아하는 일에 미치도록 몰두하며 즐거워하는 모습을 좋아해. 그리고 넌 정말 최고였지. 너는 만족할 줄 몰랐던 나를 만족시켰어. 내 결핍된 세상을 아예 뒤집어 버리면서 내 생각과 마음을 너로 꽉 채워 버렸지."

이아나는 얼굴을 살짝 붉혔다.

검에 미치긴 했다. 그녀는 검 없이는 살 수 없는 사람이었으며 검술을 단련할 때 가장 큰 즐거움을 느끼곤 했다. 그런데 아르하드가 이렇게까지 좋게 봐 주고 있을 줄은 몰랐다.

"그런 사람은 네가 처음이자 마지막이었다. 그래, 한 가지에 몰두하며 그렇게 즐거워하는 너라면 결핍된 나를 채워 줄 수 있을 거라고 생각했어. 내 옆에 두고 지켜보고 싶어졌지."

"……."

"널 보고 난 이후부턴 짜증이 날 정도로 모든 게 마음에 안 들었어. 널 만나기 전까진 아무렇지도 않던 결핍감이 지긋지긋해서 환장할 노릇이었다. 다시 널 보고 싶어서 숨이 막히더군."

대체 제가 검 좀 휘두르면서 웃은 게 뭐가 그리 좋았다고. 힘들어서 발개진 얼굴로 미친 여자처럼 웃었을 텐데……. 이아나는 어색하게 제 입가를 매만졌다.

"그 기간이 좀 길다 보니, 겉으로 드러내진 못해도 내 불만은 극에 달해 있었다. 그래서 라오스 신전에서 우연히 널 만났을 때 환상인가 싶어서 살의를 보였고, 환상이 아님을 알았을 땐 환희를 느꼈다."

"그 후에는 나도 모르게 뒤따라가 안아 버렸어."

"조금만 더 보고 싶다는 마음에 따라다니다가, 네가 위험한 것 같아서 구해 줬고…… 아픈 것 같아서 내가 복용하던 약도 줬다."

"꽤 오랜 시간 잠들었다가 깨어나, 학술원의 검술대회에서 널 다시 봤을 땐 정말로 놀랐어. 거기서 널 볼 거라곤 생각 못 했거든. 하지만 예전에 내가 한 행동을 쉽게 설명할 수 없으니까…… 모르는 척했다."

숨기느라 답답하지 않았을까 싶을 정도로, 아르하드의 고백은 계속해서 이어졌다. 이상하게 느껴졌던 아르하드의 행동이 하나하나 다 이해가 되는 순간이었다.

'그러니까 요약하자면, 처음 보자마자 반했고 그때부터 내가 너무 좋아서 어쩔 줄 몰랐다, 이건가?'

그리고 이해를 한 이아나의 기분은 점점 고조되었다. 원래도 좋았지만, 차분하고 낮은 목소리에 짙고 농밀한 감정을 담아 이야기를 하는 남자가 갈수록 더 좋아지고 있었다.

아르하드가 불현듯 그녀의 앞으로 손을 내밀었다. 이아나는 저도 모르게 그 위로 손을 얹고 말았다.

"그리고 내 예상은 틀리지 않았어. 네가 내 옆에 있으면 난 결핍감을 느끼지 못해. 네가 하는 모든 게 마음에 들어. 네가 뭘 하든 충족감이 들어. 그래서 네가 날개를 펼치고 활약하는 모습을 옆에서 지켜보면서 이 기분을 만끽하고 싶어. 그런데, 사실, 이아나, 내 다른 진심을 말하자면."

이아나의 손을 감싸고 있던 아르하드의 손에 그녀가 벗어나지 못할 만큼의 힘이 들어갔다.

"네가 나에게만 관심을 보여 줬으면 좋겠어. 내가 좋아하는 네가 몰두하는 모습이, 온전히 내게만 향했으면 좋겠어. 네가 그래 준다면 나는 극상의 만족감을 느끼겠지."

강한 집착이 스며든 말들이 귀를 울렸다. 세게 쥐인 손에서 느껴지는 절박한 압박감에 아픔을 느끼면서, 이아나는 우습게도…… 본인조차 무섭게 느껴지는 비틀린 쾌감과 희열을 느꼈다.

가슴에 크게 뻥 뚫려 있던 구멍이 꽉꽉 메워져 스스로가 완전해지는 것만 같았다. 황량한 대지가 되어 무엇 하나 자라날 수 없다고 생각했던 마음이 푸르른 녹음으로 뒤덮이는 것 같았다.

시끄러운 소음을 내며 돋아나는 풀은 산뜻한 어린 잔디가 아닌 집요한 가시덩굴이었지만, 그것조차도 이 땅에서 자라났다는 게 기적이 아닌가.

그 가시덩굴은 그녀의 마음속에 존재하는 유일한 붉은 꽃이 뿌리를 내려 키워 낸 것이다.

꽃이 성장하며 아름다워질수록 그와 비례하여 가시덩굴은 점점 더 두껍고 사납게 자라났다.

꽃을 누구도 망칠 수 없도록 다가오는 외부인의 목을 조르겠다는. 또, 이 꽃을 꺾어 주고자 하는 이가 절대 도망갈 수 없게 만들고 싶다는…… 그런 무서운 감정이다.

그가 더 절박하게 굴어 줬으면 좋겠다.

제게 뭔가를 더 바라고, 매달렸으면 좋겠다.

그런 스스로가 익숙하지 않았던 이아나는 귓가를 살짝 붉히며 시선을 슬며시 피하고 말았다.

"……중증이시네요."

"맞아. 너에 한해선 정말로 정상이 아니야."

그래서 더 마음에 든다. 지금이 너무나 좋다. 이 남자는 절대로 저를 배신하지 않을 터다. 제가 그에게 모든 걸 주더라도 더 많은 걸 줄 터다. 주고 또 줘도 감정적 우위는 언제나 제게 있을 터다.

그러니 저도 망설이지 않고 그에게 뭐든지 줄 수 있겠지. 이아나라는 사람을 이루는 모든 것을. 모든 마음과, 그 근간까지도.

이 감정은 뭘까?

대체 뭘까?

이런 자신은 정상인 걸까?

아닐 것 같은데.

이아나는 정말로 저의 어딘가가 망가진 게 아닐까 싶었다. 어렸을 때부터 애정 결핍인 상태로 자랐기 때문일까? 아니면 원래 이런 사람이었는데 몰랐던 걸까? 현재, 이아나는 저 하나에 미쳐 있는 남자의 행태에 열렬히 만족하고 있었다.

'나도 정상이 아니야.'

비정상이라도 어쩌겠는가. 이미 이렇게 돼먹은 자신에게 만족하고 있는데.

고쳐야겠다는 위기감이나 경각심 따위는 전혀 느끼지 못했고, 또 고치기도 싫다고 이아나는 생각했다.

그녀는 이런 미친 아르하드와 어울릴 정도로 충분히 미쳐 있고, 또 이를 감당할 수 있을 만한 능력 있는 스스로가 좋았다.

아르하드는 이아나가 무슨 생각을 하고 있는지 알 수 없어 조심스레 그녀를 살필 수밖에 없었다. 얼굴이 살짝 상기되어 있는 이아나를 가만히 지켜보고 있던 아르하드가 조용히 물었다.

"네가, 날 버리지 않을 거라고 믿으니까 내 속내를 털어놨지만…… 혹시 불쾌해?"

무슨 소릴.

"안 불쾌하고, 안 버려요."

"정말로? 내가 계속 이러면 어쩔 건데? 내가 미쳐서 널 가두겠다고 하면?"

"안 그럴 거잖아요. 제가 좋아하는 일을 하면서 즐거워하는 모습을 보는 게 좋다면서요. 그리고 가둬 두면 제가 알아서 나갈 테니 걱정 마시죠."

이아나는 제 능력에서 비롯된 자신감을 겁 없이 뽐냈다. 아르하드가 어쩔 수 없다는 듯 웃고 말았다.

"맞아. 그렇지. 나도 하지 않을 테고, 너도 가만있지 않을 테고."

"당신이 그러지 않아도 전 당신을 떠나지 않습니다. 왜냐하면…… 저도 당신을 떠나기 싫으니까. 다른 사람과 함께 있는 저를 상상할 수가 없습니다."

즐거워하는 이아나를 빤히 보던 아르하드가 시선을 살짝 내리며 중얼거렸다.

"……그럼 다행이지만."

역시, 뭔가를 외면하는 모습이다. 이아나는 아르하드의 그런 태도를 또다시 느끼고 미간을 좁혔다.

"할 얘기는 이걸로 끝난 건가?"

"대충은요."

"그럼 내가 해야 할 일이 있는데……."

"그렇습니까? 일어나 보겠습니다."

"아니, 여기 있어도 되지만……."

아르하드는 이아나를 내보내고 싶은 건지 곁에 두고 싶은 건지, 스스로도 갈피를 못 잡고 갈팡질팡하는 것처럼 보였다.

이아나는 속으로 헛웃음을 지으며 자리에서 일어났다.

아르하드의 아쉬운 시선이 질척하게 따라붙었지만 이아나는 무심하게 그를 지나쳤다.

"아……."

아르하드가 소파에서 일어나며 이아나를 돌아보려던 순간이었다. 엉거주춤한 자세로 돌아보던 그의 얼굴 위로 그림자가 빠르게 드리워졌다.

쪽.

상대의 것을 가볍게 빨았다가 조금 야한 소리를 내며 떨어져 나가는 붉은 입술은 소매치기와 같았다.

"……."

제 입술을 훔쳐간 이아나의 얼굴을 바로 앞에 두고, 아르하드는 아무 말도 하지 못했다.

그러나 이아나의 얼굴에 달라붙은 시선은, 그녀를 옭아맨 채 위험한 빛에 점점 물들어 갔다. 그를 눈치 채지 못한 이아나가 흐트러진 검은 머리카락을 정돈해 주며 말했다.

"이거 때문에 계속 이상하신 겁니까? 제가 실수한 건가요?"

"……."

"전 별생각 없이 한 행동이었습니다. 기분 나쁘셨다면 이제 안 하겠……."

말을 끝내기도 전에 이아나의 얼굴이 움켜쥐어졌다.

아르하드가 허리를 꼿꼿하게 펴고 바로 섰기 때문에, 자세로 인해 좁혀졌던 키 차는 순식간에 다시 늘어났다.

"이번에도 꿈은 아닌 건가?"

질문이었으나, 부정은 용납하지 않겠다는 듯 한없이 진지한 목소리였다. 아르하드가 싫어하지 않는다는 건 이미 알고 있었지만, 놀리려고 했는데 이런 반응이 돌아올 줄은 몰랐던 이아나는 살짝 놀랐다.

이아나가 어색하게 웃으며 말했다.

"꿈은 웬 꿈⋯⋯."

말은 아르하드의 입술에 잡아먹혔다.

천천히, 그러나 진하게 내려앉은 입술은 옆으로 호를 그리며 미끄러졌다. 뜨거운 열기를 전하며 맞물리는 입술은 이아나가 한 것처럼 단순히 새가 쪼듯 닿는 게 아니었다. 이아나는 수상쩍은 오한을 느끼고 살짝 떨었다.

'뭔가 다른데.'

조금 당황한 이아나가 그리 생각하며 손을 들었다 났다 하는 사이, 아르하드는 입술을 맞댄 채 제 눈앞에 있는 이아나를 집요하게 쳐다보았다.

제 두 손에 붙잡힌 얼굴, 진득하게 맞닿아 있는 입술, 뜨거운 숨결과 코끝에 감도는 나른한 체향⋯⋯.

이 모든 게 꿈인가.

꿈일지도 몰라.

하지만 온기는 아르하드의 열렬한 감각을 일깨우기 시작했다.

놀란 듯하면서도 피하거나 쳐 내지 않는 얌전한 손은 현실감각을 북돋웠다.

꿈일 리가 없지. 네가 이렇게 얌전히 내 키스를 받아들이는 꿈 같은 건 꿔 본 적이 없으니까…….

아니, 꿈이 아니어야 한다.

달을 닮은 금안이 형형하게 빛났다. 형언할 수 없는 감정이 북받쳐 올라 번들거렸다.

아르하드는 눈꺼풀을 내리깔며 얼굴을 더욱 밀착시켰다. 가볍게 맞닿아 있을 뿐이었던 아르하드의 입술과 이아나의 입술이 더욱 농밀하게 맞물리고, 서로를 진득하게 파고들었다.

아르하드는 얼굴을 붙잡고 있던 손 중 한 손을 내려 이아나를 품에 거칠게 당겨 안았다. 한 손은 얼기설기 얽듯 이아나의 붉은 머리카락 사이로 밀어 넣었다.

"……!"

뱀처럼 감아 조인 아르하드의 팔에 허리가 젖혀지고, 먹잇감을 낚아챈 솔개처럼 얼굴을 감아쥔 큰 손에 고개가 뒤로 꺾였다. 맞물린 입술 사이로, 이아나가 놀라서 내뱉은 숨을 아르하드가 집어삼켰다.

코로 호흡하는 법을 잊은 이아나는 뜨겁도록 입술을 빨렸다. 혀가 오가진 않았지만, 두 사람의 숨과 타액은 일방적으로 움직이는 입술만으로도 정신없이 섞였다.

이아나가 다리에 힘이 풀려 주춤했지만, 아르하드의 팔에 얽매인 몸은 바닥에 내려앉지 않았다.

'뭐, 뭐…….'

이아나는 머릿속으로 이게 뭐냐는 생각밖에 하지 못했다.

제가 먼저 그의 순진함을 놀리며 입술을 들이박았을 때는 분명 가볍고 산뜻했다.

그러나 그건 말 그대로 들이박은 것이었음을, 이아나는 깨달았다. 아르하드가 지금 제게 하고 있는 이 괴이한 입맞춤은…… 감당하기 어려울 정도로 짙고 야릇한 기분을 동반했다.

심장이 쿵쾅대며 뛰어 댔다. 어지럽고 숨이 막혀서 죽을 것 같았다. 이때까지의 이아나로서는 상상조차 할 수 없었던 행동이기에, 더욱 숨이 막혔다.

아르하드의 옷자락을 구명줄이라도 되는 듯이 꽉 쥔 이아나의 손이 파르르 떨렸다. 코로 숨을 쉬는 법을 잊어 가쁜 호흡으로 헐떡거렸다.

"……."

영원토록 들러붙어 그 맛을 탐닉할 것만 같던 욕심이 끈적거리는 느낌을 남기며 떨어져 나갔다.

입술 대신 침착함을 가장한 무거운 시선이 이아나를 살폈다. 눈도 한번 깜빡이지 못하고 숨을 몰아쉬는 그녀의 얼굴이 아르하드의 시야를 빠듯하게 메웠다.

이런 입맞춤을 난생처음 당해 본 이아나의 피부는 옮겨붙은 열기로 잔뜩 붉어져 있었다.

넋이 살짝 나간 채로 입술을 뻐끔거리고 있는 이아나를, 아르하드는 집요하게 응시했다.

"……."

아르하드가 놓아주자 힘이 빠진 이아나가 입술을 손으로 막으며 비틀거렸다. 아르하드가 그녀를 내려다보며 툭 내뱉었다.

"시작한 건 너야. 네가 먼저 내게 두 번이나 강제로 키스했어."

그리 말하는 와중에 진지한 가면이 불쑥 벗겨졌다. 그 속에서 드러난 미소는 몹시 나른했다.

"싫어?"

이아나가 당황해서 대답을 하지 못하자, 아르하드의 미소가 점점 사나워졌다.

"싫어도 안 돼. 네가 익숙해져."

그 사나움은, 묘하게 뇌쇄적이라 이아나를 긴장시켰다. 살짝 거칠어진 목소리는 사나움을 더해 그녀를 공격했다.

"......"

아르하드가 번들거리는 제 입술을 엄지로 느른히 훑으며 이아나를 핥듯이 보았다. 그 순간, 이아나는 난생처음으로 남자의 충동적인 감정을 방어벽 없이 적나라하게 느꼈다.

"......!"

이아나의 얼굴이 확 달아올랐다. 기묘한 민망함이 온 피부를 간지럽히며 머리끝까지 치솟았다.

쾅!

그런 스스로를 견디지 못한 이아나가 벌떡 일어나서 문을 박차고 나갔다. 그에게 제대로 한 방 먹었다고 속으로 욕을 해 댔다.

처음 경험해 본 이상한 감정 때문에, 이아나의 마음속에서는 어지러운 폭풍이 일었다.

하루, 일주일, 한 달.

시간은 빠르게 흘러 해를 넘겼고, 1월 초가 되어서야 학술원의 파란만장했던 한 학기가 끝났다.

"검술학부 2학년 수석, 이아나!"

이번에도 역시 이아나는 학년 수석이었다.

노력해도 성취가 없었던 회귀 전을 생각하면 엄청난 일이다. 로안느 귀족들의 전유물인 테오도르 아카데미도 아니고 세계적인 청년 엘리트들만 모아 둔 발젠타 학술원에서 학년 수석이라니 말이다.

물론, 교양 수업은 듣지 않고 검술학부 전공 수업만 들었으니 당연한 일이다. 검술에 한해서 이아나를 따라올 이가 있을 리 없었다. 회귀 전의 그녀였더라도 수석을 따냈을 것이다.

박수 소리가 해변으로 밀려오는 파도처럼 쏟아진다.

대부분의 학생들이 힘껏 박수를 쳤다. 검술학부생들은 손바닥이 터져라 쳐 댔다.

그들의 앞에서, 이아나는 상장을 받아 들었다. 우수함의 상징인 상장은 돌돌 말린 채 리본으로 묶여 있었다.

내려가기 전 잠시 단상에 멈춰 선 그녀는 저를 올려다보는 사람들을 내려다보았다.

2년 연속으로 수석을 할 수 있었던 가장 큰 원인은 역시 재능이다.

그러나 살아온 시간, 첫 번째 삶의 경험, 필사의 노력, 아르하드 덕에 여유를 찾은 마음. 이 모든 게 원인이 되어 현재 이아나가 되었음을, 이아나 스스로도 알고 있었다.

'발전한 것 같아서 좋아.'

담담한 표정을 한 이아나가 계단으로 걸어 내려왔다.

"아, 재수 없다."

"수석까지 해 놓고 아무렇지도 않은 척 고고하게 구는 거, 진짜 잘하네."

"다 가졌다 이건가? 저렇게 오만하게 굴면 뭐든 오래가지 않을 텐데."

인간의 유형은 몹시 다양해서, 이아나를 선망하고 좋아하는 사람이 있는 반면 질투하고 싫어하는 사람도 많았다.

그러나 이아나를 아니꼽게 생각하든, 우러러보든, 그녀를 향하는 눈들은 하나같이 호기심을 머금고 있다.

이아나.

그 이름을 모른다면 학술원생이 아니다. 작년에 새로 입학하여 학술제 사건들을 모르는 1학년들도 전부 이아나를 안다. 아니, 테오도르에서 모르는 이가 있을까? 로안느 왕국의 최고 권력자, 슈나이더 레제 로안느 왕자가 그녀를 탐내고 있는데.

"이아나 양, 축하합니다!"

"선배님, 정말 존경해요."

단상에서 내려온 이아나에게 축하가 전해졌다.

2주 전, 학술제가 열리지 않은 대신 따로 특별 검술대회가 개최되었는데, 이번에도 역시 이아나가 압도적인 실력으로 우승했다.

엘리트들만 모인 검술학부 내에서도, 이아나는 이제 논외의 대상이었다. 그녀는 같은 선에서 달리고 있는 게 아니라 저 멀리 날아가고 있었다.

"하나밖에 없는 여자라서 특혜 준 거 아니야?"

"그건 아닐 것 같은데. 저 사람 엄청난 독종이래."

시기와 질투를 품은 자들이 다수 존재함에도 누구도 이아나를 음해할 수 없는 이유는, 모두가 그녀의 노력을 재능과 별개로 인정하고 있기 때문이다.

이아나가 얼마나 노력하는지 모르는 이는 없다.

이아나가 고학년 전공 수업을 시간이 맞는 대로 끼워 넣어서 무차별로 듣는 기행을 벌이고 있기에, 내년 졸업을 목표로 달리고 있다는 소문은 공공연하게 나돌고 있었다.

그녀와 함께 수업을 들으면서, 고학년들은 이아나가 얼마나 열심히 살고 있는지를 알았다.

이아나와 같은 학년인 학생들은 두말할 것도 없다. 2년, 오랜 시간 함께하면서 점점 더 강해지고 아름다워지는 소녀에게, 심각한 수준으로 홀려 가는 이들도 적지 않았다.

이아나는 타인에게는 지독하게 무관심하고 적에게는 잔인하지만, 제 사람만큼은 끝까지 챙기는 모습을 보여 왔다.

이아나는 평민인 그들을 함부로 대하지 않고 늘 존중해 주었다. 제 할 일을 절대 남에게 미루지 않았으며, 수련 후에는 반드시 정리를 깔끔하게 하고 자리를 떴다.

이아나는 검술이든, 공부든, 가르침을 청하면 귀찮아하지 않고 성실하게 알려 주었다. 그녀의 지옥 훈련에 동참한 이들이 쓰러져서 탈진하면 말없이 물을 건네주는 상냥함까지 갖추고 있었다.

귀족들이 얼마나 오만하고 이기적인지 아는 이들은 이아나가 아주 특별하다는 걸 알았다.

'저 사람은 절대 평범하게 살지 않을 거야. 역사에 길이 남을 업적을 쌓겠지.'

'저 사람은 용병단이든 기사단이든…… 뭘 해도 성공할 거야. 부하가 되면 꽤 멋진 인생을 살 수 있을 것 같은데.'

이런 생각을 하며 이아나를 관찰하는 사람도 적지 않았다.

하지만 출세를 바라고 학술원에 들어온 학술원생들은 그녀의 호감을 사기 위해 칭찬은 하되 직접적으로는 그런 뜻을 표하지 않았다.

이아나가 현재 가진 게 없고, 추후에 무엇을 할 것인지 알 수 없기 때문이다.

버려진 첩의 딸이었지만, 작년 학술제 이후부터 백작의 비호를 받기 시작한 그녀를 원하는 사람들은 많았다. 그중에는 타국의 왕족들도 있었다.

그러나 동기들이 은근슬쩍 물어봐도, 그녀는 제 미래에 대해서 전혀 답해 주지 않았다.

그래도 그녀를 머릿속에서 지우는 사람은 거의 없었다. 아무렴, 이상적인 상사의 자질을 보이는 '이아나'라는 귀족을 봐 오며 눈이 높아진 이들이 다른 귀족에게 쉽사리 만족하기는 힘든 일이다.

'저 사람이 가문에서 힘이 있었다면 좋았을 텐데…….'

'로베르슈타인 백작가가 그녀를 지지하기 시작했다지만, 사이는 그다지 좋지 않은 것 같아. 독립하겠지.'

'저 사람이 누군가를 선택해 그 휘하로 들어간다면, 아주 대단한 존재겠군. 슈나이더 왕자라든가.'

'차이판 후작가에서 실습 때 엑사티움으로 오길 바란다는 소문을 들은 적 있는 것 같은데.'

머리를 굴리며 이아나의 행보를 지켜보는 사람들의 생각은 다양했다. 그러나 딱 하나, 공통점이 있었다.

'저 사람이 가문을 이루거나 단체를 만든다면 거기에 들어가고 싶어.'

"역시 내 대장."

학술원 학생들이 이아나를 어떤 시선으로 보고 있는지 모두 파악하고 있던 에이지가, 이아나가 단상에서 내려오자 뿌듯해하면서 고개를 끄덕거렸다.

"뭔 소리야?"

"크게 될 사람이다, 이거야."

"맞아요. 대단한 분이라구요!"

옆에서 헤레이스가 거들며 주먹을 불끈 쥐었다. 그는 옛날부터 이아나의 충실한 추종자였다.

"너무 멋져요! 처음부터 알아봤어요!"

"……그만해."

추종이야 과거에도 받아서 익숙해져 있지만, 마음을 열고 친해진 이들이 이러니 떨떠름했다.

타로가 낄낄거리며 웃었다.

"뭐 어때? 처음부터 대단했던 건 사실이지! 나두 알아봤어!"

"야, 너 처음에 이아나 양 여자라고 무시했잖아. 어디서 은근슬쩍 발 걸치냐?"

에이지의 타박에 타로가 머리를 긁적거렸다.

"무시한 게 아니라, 인간 여자니께. 난 인간 여자는 우리 어머니처럼 다 약한 줄 알았지. 그게 아니라는 건 여기 서부를 벗어나서 이아나 양을 보고 나서야 알았지만서두."

타로가 팔짱을 낀 채 고개를 끄덕거렸다.

"촌에 처박혀 있었드니 세상 물정을 몰랐던 거여. 세상은 역시 돌아보고 볼 일이랑께……."

"음, 맞아. 어디든 한 곳에만 있으면 시야가 무척 좁아지지."

종업식이 파한 후, 학생들이 자유를 외치며 뛰어나가기 시작했다. 헤레이스와 타로도 약속이 있다며 뛰쳐나가 버렸다.

이아나는 그녀의 곁에 남아 있는 에이지에게 살짝 물었다.

"아르하드 못 봤어?"

"일한다고 바빠서 여기 안 왔어. 이아나 양이랑 여행 간다고 들떠선."

"종업식도 안 올 줄이야."

아르하드는 정말로 바빴다. 그녀와의 여행을 위해, 자리를 비우는 기간 동안 일에 일절 신경을 끄기 위해서 정말 죽어라 일하고 있었다. 서류의 산에 파묻혀 있으므로 이아나를 만나러 가지도 못했다. 이아나가 매번 아르하드를 찾아가야 할 정도였다.

"로는 가진 게 너무 많아서 그거 관리하는 일만 해도 종일 해야 해. 그다음 날에는 또 새로운 일이 생기고……. 그런데! 그런 인간이 일 다 때려치우고 애인 데리고 여행을 간다고 하네요! 우와, 다시 생각해도 열 받네. 진짜 너무하지 않냐?"

열변을 토하는 에이지에게, 이아나가 담백하게 말했다.

"너무하지. 그 애인이 나라는 게 슬픈 일이다."

"맞아. 그래서 용서해 주기로 했어."

에이지가 한숨을 폭 내쉬었다.

"그 인간이 행복해하는 건 아니꼽지만, 이아나 양의 행복을 위해서라면 힘 좀 써 보지 뭐. 나만 죽어나게 생겼네."

"그건 고맙군. 그런데 아르하드, 바쁘다고 하지 않았나?"

"바쁜데?"

하지만 멀리서, 인파를 헤치며 그녀에게 오는 사람은 아르하드였다. 이아나가 아르하드를 가리키자, 마찬가지로 그를 발견한 에이지가 어이없다는 듯 쏘아보았다.

아르하드가 그들의 앞에 당도하자 이아나가 그의 말끔한 모습을 살피며 물었다.

"바쁘시다면서요?"

"방금 일 다 끝냈어. 에이지, 마무리하러 가 봐."

"그걸 끝냈다고요? 이 시간에? 대체 무슨 괴물이야? 아악! 쉴 시간을 안 주네!"

제 머리를 쥐어뜯던 에이지가 비틀거리더니 빠른 걸음으로 사라지고, 이아나는 아르하드와 눈을 마주쳤다.

인파 속에서도 그를 발견하는 건 어렵지 않았다. 그는, 언제나 너무나 집요하게 그녀만을 바라보니까.

"사람 눈에 띄고 싶지 않아서 네가 탑에 올 때까지 기다릴까 했는데……."

아르하드가 이아나의 얼굴을 두 손으로 감쌌다.

"기다릴 수가 없어서."

그의 입술이 이아나의 입술에 닿았다.

그 자연스러운, 그림과도 같은 광경에 주변의 시선이 확 쏠렸다.

그렇다. 이아나가 가진 것 중엔 잘생긴 애인도 있었다. 요즘 들어 외모에 물이 힘껏 올라 더 잘생겨진 아르하드 말이다.

그는 여태 마나를 못 쓰는 반쪽짜리 미남 검사에 불과했다.

그러나 이아나가 선택한 남자니 뭔가가 더 있지 않을까? 사람들은 이제, 이아나가 선택했다는 이유 하나만으로도 그를 다른 시각으로 보게 되었다.

"……."

그리고 학술원의 종업식에 참석한 귀빈들이 모여 있는 곳의 최상층. 그곳에서 사람들의 관심을 한 몸에 받고 있는 남자, 슈나이더.

상석에 앉은 순간부터 이아나를 지켜보고 있던 슈나이더는 아르하드와 그녀가 키스하는 순간, 망원경을 내렸다.

"……나답지 않군."

중얼거리는 그의 목소리는 흔들리고 있었다.

아이가 어른에게 귀엽게 입 맞추는 키스가 아닌, 처음으로 성인과 성인의 키스를 해 본 이아나의 번뇌는 질질 끄는 걸 싫어하는 그녀의 성격치고는 오래갔다.

회귀 전, 파티에서 진득하게 키스하는 커플을 한두 번 본 게 아니므로 보는 것엔 익숙했다. 산책하다가 격정적으로 몸을 섞고 있는 장면까지 실시간으로 봤으니 말 다 했다.

당시 그녀는 모두를 배제하고 스스로만 아꼈다. 이기적인 성격에서 비롯한 결벽증을 가지고 있던 그녀는 사실, 키스든 뭐든 끔찍하다고 생각했었다. 자신을 그런 행위에 대입하여 상상하는 건 불가능했다.

아르하드에게 입을 맞춘 건 거의 충동적이었다. 키스 후 이성을 챙겼을 때는 꽤 흡족했기에 끔찍하다는 생각은 지우게 되었다.

그뿐이었다.

그런데, 무슨.

더는 가까워질 수 없다고 생각되는 거리에서 들끓는 시선이 그녀를 훑고, 그녀를 지지하는 말을 해 주던 입술이 그녀의 입술에 끈적하게 들러붙는 순간 이아나의 심장이 세차게 뛰었다.

피가 빠르게 흐르고 온몸이 뜨겁게 달아올랐다. 날뛰어 대는 혈관이 피부까지 간지럽혀 미칠 것 같았다.

처음에는 몸에 열이 오르는 자신을 이해하기 어려웠다.

그래서 도망치듯 돌아온 기숙사에서 베개에 머리를 묻었다. 몸 상태가 안 좋은 것 같다고 여기며 일찍 자 보려고 했다. 그러나 잠이 오지 않았다.

다음 날 아침, 여느 때처럼 수련하며 하루를 시작했다. 하지만 입술을 씻어 낸 지 오래임에도, 그 위에 잔상처럼 내려앉아 떠나지 않는 느낌은 시시때때로 그녀를 멍하게 만들었다.

왜 계속 생각이 날까?

왜 떠올리기만 해도 얼굴이 확 달아오르는 걸까?

왜…… 다시 해도 괜찮을 것 같다는 생각이 드는 걸까?

꽤 오랜 시간 끙끙 앓다가 그것이 자신은 평생 동안 알지 못했던 인간의 본능이겠거니, 하고 결론을 내리는 순간 이아나는 웃어 버렸다.

이아나는 마음이 정리되자마자 달려가서 아르하드의 방문을 세게 열어젖혔다. 아르하드는 그녀를 보자마자, 기다렸다는 듯 슬쩍 웃으며 고개를 옆으로 기울였다.

"고민이 끝났나 보지……?"

그가 기다린 시간은 일주일이었다.

어차피 그녀는 한 달 안에 제 혼란을 정리해야 했다. 왜냐하면, 한 달 후에 여행을 가야 했으니까.

'그것까지 생각하고 저지른 거 아냐?'

이아나는 아르하드가 얄미워졌다. 아르하드를 쏘아보던 이아나는, 성큼성큼 걸어가 그가 무슨 말을 하기도 전에 멱살을 잡아당기며 말했다.

"다시 해 보죠."

그대로 입술을 갖다 박았다. 아르하드의 의사를 묻지 않은 세 번째 강제 키스였다. 지고는 못 사는 이아나기에, 저번엔 제가 졌다고 생각하고 이번엔 이기고 싶어서 덤볐다. 아르하드가 그랬던 것처럼 똑같이 해 보려고 낑낑댔다.

처음에는 이아나의 돌발 행동을 예상하지 못하고 놀란 듯 잠시 얼어붙어 있던 아르하드였다.

"하아……."

하지만 눈앞에서 이아나가 경쟁심을 불태우며 서툴게 입술을 물어뜯고 있자 그의 심장에서 천박한 희열이 샘솟았다.

일하느라 또렷하던 눈은 쾌락에 젖어 풀리고, 나른함이 한 뼘 묻은 더운 숨결은 그의 어둠 속에서 새어 나와 이아나를 어루만졌다.

아르하드가 순진함을 가장하고 있던 손을 들어 이아나의 뺨을 천천히 쓸었다. 부드러운 감촉이 손가락 마디마다 얽히듯 닿았다.

오싹오싹했다.

눈을 감고 아르하드를 이겨 먹는 데만 집중하고 있던 이아나는 뺨에 닿은 감촉을 느끼고 눈을 뜨는 순간, 그녀를 깊숙이 들여다보는 동공 속으로 빨려 들어갔다.

"이아나……."

그가 그녀를 위해 계속 짓누르고, 억압하고, 외면하고, 감추고, 가둬 두었던, 그 어둠 속으로. 무섭도록 어둡게 타오르는 그 감정 속으로.

도망갈까 봐, 싫어할까 봐, 거부할까 봐, 끔찍해할까 봐.

아르하드가 그토록 가두려 했으나, 이아나가 멈춰 있던 시간을 흐르게 하고, 자물쇠를 열어 기어 나오게 하고 만…… 지독한 괴물의 심장 속으로.

그 감정에 발 한쪽을 담그는 순간, 이아나는 지고 말았다.

결국 이아나는 얼굴이 빨개진 상태로 입술을 문지르며 방을 뛰쳐나왔다.

도저히 이해할 수 없었다. 갓 태어난 아기가 되어 거대 몬스터를 맞닥뜨린 것 같았다. 아르하드가 절대 이길 수 없는 괴물처럼 보였다.

그의 과거를 의심하는 건 아니지만, 여자 한번 만나 본 적 없다는 남자가 어떻게 저런 눈빛을 할 수 있는지 이해할 수 없었다.

처음 제게 당했을 때만 해도 얼굴을 새빨갛게 붉히고 도망치던 순진한 남자는 어디로 가 버렸는가?

그 이후로도, 이아나는 계속해서 도전했다.

그리고 졌다.

처음의 승리는 계속되는 패배에 함몰되어 갔다. 그에게서 전해져 오는 농밀한 감정에 매몰당해 도무지 이길 수가 없었다.

우스운 건, 그런 패배감이 기분 나쁘진 않다는 거다.

그건 아마도, 아르하드의 사랑이 그들의 관계에서 가장 밑바닥에 깔려 있기 때문일 것이다.

그의 사랑은 그 아래로 가려고 파내고 또 파내도 끝이 없는 대지와 같다. 그녀가 지려고 해도 질 수가 없는……

패배감을 느껴 봤자 그것조차 이미 승리하여 밟고 있는 대지에서 비롯된 것이니 기분이 나쁠 수가 없다.

아니.

대지가 아니라 늪이던가?

순진과 인내를 벗어던진 그는 이제, 그 안으로 그녀를 잡아당기기 시작했으므로.

1월 1일에 있었던 건국제에는 가볍게 참가했다.

건국제는 병을 몰아냈음을 자축하는 의미에서 어느 때보다 성대했다.

그러나 이아나로서는 심심한 맛이 있었다. 파티의 화려함에는 애초에 관심이 없었으니, 거기서 더 화려해졌다고 해도 그녀의 눈에는 다 똑같아 보였다.

안젤리나는 이아나와 한판 했던 국왕탄신일 이후 파티에 거의 참석하지 않는 듯했다.

이번 건국제에서도 그 아름다운 모습을 보지 못한 청년들이 한숨을 내쉬며 아쉬움을 표했으니 이아나가 발견하지 못하는 것은 아니었다.

그리고 슈나이더도, 파티에는 참석했지만 이아나에게 말을 걸지는 않았다. 이전보다 시선이 훨씬 더 자주 느껴졌기에 평소처럼 능글맞게 다가오지 않는 게 의아했다. 이번엔 특히 드레스를 입고 뛰어내리다가 눈이 마주친 사건에 대해 걸고넘어질 줄 알았는데 말이다.

그래서 짐작해 보았다.

'아무리 무인이라지만, 귀족에다 드레스까지 입은 상태에서 품위 없이 행동한 내게 실망했을지도 모르지.'

슈나이더가 그런 사람이 아니라는 걸 알고 있지만, 그래도 괜찮겠다고 생각했다. 이아나는 그가 제게 관심을 가지는 걸 바라지 않았다.

결국 이아나는 편히 먹고 쉬다 적당한 때에 나왔다. 왕성을 나서서 성문까지 나왔을 때, 기다리고 있던 아르하드와 만났다.

파티에 올 때마다 일이 터져서 그런지, 아르하드는 파티에는 참석하지 않더라도 성 밖에서 그녀가 올 때까지 기다리겠다고 선언했다. 파티가 끝나고 꼭 연락할 테니 집에 있으라고 했지만 그는 이번만큼은 물러서지 않겠다며 막무가내였다.

아르하드에게 이름을 불리며 곧장 끌어안겼다.

그의 품은 이제 너무나 익숙한 것이라, 이아나는 추위를 피해 얌전히 안겨 들었다.

"차갑습니다."

오랜 시간 동안 밖에 서 있었을 그의 몸은 무척 차가웠다. 하늘에서 내리는 흰 눈은 아르하드의 어깨를 차갑게 적신 후였다.

미안함을 느낀 이아나가 왜 이렇게까지 하냐고 묻자 나지막한 대답이 돌아왔다.

"미안."

오히려 춥게 해서 미안하다는 사과로 시작한 말은 이아나의 심장을 술렁거리게 했다.

"너를 기다릴 때의 기분이 좋아. 이젠 오래 기다리더라도 내게 올 거라는 확신이 있으니까 기다리는 시간이 즐거워."

이아나는 그럴 바에야 차라리 파티에 함께 가자고 하려 했다. 그러나 바하무트 제국을 무너뜨릴 때까지 눈에 띄게 하고 싶지 않은 부하의 충성심과는 별개로, 그를 누구에게도 선보이고 싶지 않은 괴이쩍은 소유욕이 그녀의 입을 다물게 하였다.

"슈나이더가 뭐라고 안 해?"

아르하드는 늘 그랬듯이 슈나이더에 관해서 물었다. 그는 이아나가 제 곁을 떠나지 않을 거라 믿는 것과는 별개로 여전히 슈나이더를 경계했고, 의심했으며, 싫어했다.

다른 사람의 러브레터나 영입 제안에는 별로 신경 쓰지 않으면서 슈나이더에게는 거침없이 날을 세우는 건 왜일까? 슈나이더를 그만큼 높게 평가하고 있는 걸까?

이아나가 말 한 마디도 주고받지 않았다고 말하자 아르하드가 흡족하게 웃더니 품에 파묻혀 있는 이아나의 얼굴을 천천히 잡아 올렸다.

화장품 냄새가 옅게 나는 붉은 입술에, 차가운 느낌이 진하게 닿았다. 꿀이 묻은 것처럼 끈적하게 들러붙는 입술을, 이아나는 움찔거리면서도 쳐 내지는 않았다.

그쯤 되어, 이아나는 조금, 아주 조금 그의 입맞춤에 익숙해져 있었다.

하지만 이번에도 역시 그녀는 패배했다.

그의 입술에 묻은 붉은 립스틱 자국이 민망하게 느껴지는 건 왜일까…….

손을 뻗어 흔적을 지우려는데 아르하드가 됐다며 손길을 피하는 행동도, 자기 입술에 남은 붉은 흔적을 마음에 들어 하는 모습도, 묘하게 심장을 울렁거리게 했다.

아르하드와 하는 것들은 죄다 새롭다. 하지만 그 새로움에 거부감을 느끼지 않는 것은, 모두 상대가 아르하드이기 때문일 것이다.

* * *

연인이라는 거짓말은 회귀와 마찬가지로 이아나 인생 최대의 전환점이 되었다.

이아나는 거짓말을 하기 전부터 아르하드를 극도로 신뢰했고,

그와의 관계를 소중히 했다. 사랑의 개념을 저와 결부시키기 전까지의 이아나는, 아르하드에 대한 호감이 이미 최대치에 도달했으며 이보다 더 좋아할 수는 없다고 생각했었다.

하지만 둘의 관계를 다시 생각해 보는 계기가 된 거짓말을 시작으로 호감의 한계는 점점 희미해졌고, 사랑에 대한 거부감을 떨쳐 낸 후에는 그 끝이 보이지 않게 되었다.

그 후로는, 대전쟁이 발발했다.

그들은 정확한 관계 정립을 위해 말, 태도, 감정, 눈치, 스킨십 등등을 무기로 삼는 사령관이 되어 매번 감정적 전쟁을 치렀다.

이아나는 이 색다른 관계에서, 어떻게든 아르하드를 이기고 싶어서 분투 중이었지만 연패를 기록 중이다.

패배하면 패배할수록, 이아나는 수렁에 빠져들었다.

점점 더 아르하드가 좋아진다는 소리다. 무서울 정도다.

솔직히 말해, 이제 고민하지 않고 마음이 가는 대로 내버려 두고 있었기에 이아나 스스로도 어디까지 갈지 예상할 수 없었다.

그러나 이아나는 그에게 사랑을 말하지 않는다. 아직은 알쏭달쏭하고 긴가민가했기 때문이다. 그래서 그녀는 들끓는 마음에 자연스럽게 사랑을 내뱉는 순간이, 사랑을 인정하게 되는 날이라고 생각하기로 했다.

종업식 이후 1주.

오늘은 드디어 여행을 떠나는 날이다.

한겨울, 사람들의 이목을 끄는 게 싫어 여행용 코트를 걸치긴 했지만 그걸 감안해도 이아나의 옷차림은 간소했다. 한 달 가까이 여행할 예정인 사람치고는 가방도 가벼웠다.

모든 게 아르하드가 준 반지 덕분이다.

더울 때는 주변을 서늘하게 만들어 주고 추울 때는 따뜻하게 만들어 주는 온도 조절 기능은 물론, 무제한에 가깝게 물건을 넣을 수 있는 공간 기능까지 갖춘 반지는, 아르하드가 저를 갈아 넣었다 싶을 정도로 성능이 대단했다.

'이거, 가격이 얼마로 매겨질까…….'

마법의 창시자이자 마나의 주인인 악마, 그 삶을 이어받은 이가 공을 들여 제작한 반지. 죽을 때까지 소장하고 있을 테지만 그와 별개로 궁금하긴 했다.

"손 줘 봐."

이아나가 반지를 들여다보고 있는데, 아르하드가 고급스러운 디자인의 가죽 장갑을 그녀의 손에 끼워 주었다.

"춥지 않은데요."

굳이 반지의 힘을 빌리지 않더라도 극강의 무인인 이아나는 나름대로 체온을 조절할 수 있었다. 장갑도 필요 없었다.

"그래도. 혹시라도 추우면 안 되니까."

아르하드는 선물하는 게 낙인 듯했고, 챙겨 주려는 그의 마음이 고마웠기에 이아나는 그냥 얌전히 받기로 했다.

"이제 갈까."

여행의 시작이었다.

아르하드는 동부 대륙을 첫 여행지로 잡았다.

동부 대륙과 별 인연이 없어 회귀 전에도, 회귀 후에도 발을 들일 일이 없었던 이아나에게 동부는 무척 생소했다. 하지만 이번 생에서는 학술원 졸업 후 긴긴 시간을 보내야 할 곳이었다.

아르하드의 말에 의하면, 동부 대륙은 남과 북으로 나눌 수 있다.

남쪽은 하리오스 국왕의 측실인 루리아의 모국, 베고이샤 왕국을 비롯해 블랙폭시에게 먹혀 바하무트의 꼭두각시로 전락한 국가들이다.

북쪽은 세마스티어령이 위치한 우드럽 왕국부터 롯소 산맥 남단의 오스탄, 카르시바, 킬리코 왕국까지, 바하무트와의 일전을 준비하고 있는 아르하드의 주 세력권이다.

북쪽은 이미 아르하드가 이아나를 데리고 몇 번 간 적 있었다. 책상 위에 쌓여 있는 서류만으로는 그가 일궈 놓은 거대한 세력을 실감할 수 없었던 이아나가 직접 보고 싶어 했기 때문이다.

목적지인 극남부의 카란켈 바위 산맥으로 향하는 직선 루트, 그곳에 있는 국가들은 이미 재작년 여름에 파엘라 상단을 따라 남하할 때 느긋하게 구경한 적 있었다.

그래서 그들은 남동부를 두루 둘러보는 경로로 움직이다가 마이마예가 기다리고 있는 뱀피르카 왕국의 불의 마탑으로 가는 여정을 잡았다. 걷다가 지치면 말이나 마차를 타고, 볼거리가 없는 구간이거나 시간이 부족하다고 판단될 경우 텔레포트를 하여 빠르게 움직이기로 했다.

이아나는 아르하드가 준 지도를 펼쳐 그가 꼼꼼하게 메모해 놓은 것들을 살피다가, 눈을 데구루루 굴려 아르하드의 옆얼굴을 흘끗 보았다.

　재작년에도, 파엘라 상단과 함께 움직이긴 했지만 이렇게 아르하드가 제 옆에서 걷고 있었다. 쫓고 쫓기던 선후배 관계로, 카마트로스의 보스와 협력자의 관계를 숨긴 채로.

　그때만 해도 조금은 어색했고, 아르하드의 꿍꿍이를 살피려고 탐색하기 바빴다. 겨우 1년 조금 넘는 시간 동안 이런 관계로 발전할 줄은 상상도 못 했다.

　그러다 이아나는 예전에도 궁금해했었지만 그러려니 하고 그저 넘어간 의문들을 떠올렸다. 이제는 답을 듣고 싶었다.

　"뭐 하나 물어도 됩니까?"

　"얼마든지. 뭔데?"

　"재작년 파엘라 상단 남부 상행, 저 때문에 참가하신 거죠?"

　"당연하지. 이번처럼 없는 시간을 쪼개서 널 따라간 거야."

　이제 당당하게 따라간 거라는 말을 한다. 이아나는 그 당당함이 마음에 들었다.

　"그럼 첸델프의 팔을 본 후부터, 첸델프를 볼 때마다 언짢아했던 건 왜입니까?"

　"네 생명을 깎아서 정령에게 넘기고, 드워프 따위의 팔을 재생시켰다고 생각했으니까. 카마트로스의 보스라는 걸 숨기고 있는 상태에서, 원래 드워프의 손이 없었다는 걸 알고 있는 티를 낼 수도 없었고. 화는 나는데, 화를 낼 자격이나 명분이 없어서 속으로 삭이려고 했지만 그게 겉으로 드러났어."

　역시.

　혼자만의 추측과 아르하드가 직접 대답해 준 진실의 느낌은 천지 차이였다. 이아나는 또 한 번 만족했다.

아르하드와 이야기를 하다 보니 시간이 무척 잘 갔다.

로안느 왕국의 동쪽 국경을 지나 다이닌 왕국으로 넘어간 지도 하루, 산책 겸 산 하나를 넘던 중이었다. 정말, 어김없이 도적들과 조우하고 말았다.

"무기 다 버려!"

"우리는 다이닌에서 제일로 손꼽히는 포코 도적단이다! 몬스터를 개처럼 다룬다는 우리의 악명쯤은 들어 봤겠지?"

서른 명 남짓 되는 도적들이었다. 대부분이 이아나와 아르하드에게 무기를 겨누고 있었지만, 몇몇 도적들은 몬스터 중에서도 흉포한 축에 속하는 오우거 세 마리의 목줄을 잡고 있었다.

쿠워어어!

성인 남성보다 몸집이 두 배는 큰 오우거들이 사납게 울었다. 오우거의 눈알들은 벌겋게 충혈되어 있었다. 그들은 손에 쥔 몽둥이를 획획 휘둘렀다. 바람 소리가 제법 매서웠다.

오우거들을 보자마자, 아르하드가 감상을 남겼다.

"몬스터 주제에 날 보고도 도망가지 않는 걸 보아하니, 오우거들이 새끼일 때부터 약물로 길들였군."

"몬스터가 길들일 수 있는 생물이었나요?"

"모든 몬스터들의 시초는 평범한 인간이나 짐승이다. 판데모니엄의 균열에서 새어 나오는 악마의 기운과 힘에 물들어 변이했을 뿐이지. 진화를 거듭해서 새로운 종으로 인정받게 됐고. 참고로 말하자면, 오우거의 시초는 인간이다."

인간이 몬스터가 되었다니.

보통 감성으로는 납득할 수 없었지만, 판데모니엄에서 감정이 쉴 새 없이 왔다 갔다 했던 경험을 떠올린 이아나는 변이라는 개념을 결국 납득했다. 거기서 정신을 단단히 붙들지 않았으면 이아나도 잡아먹혀 어찌 미쳤을지 모를 일이었다.

"어쨌든 생물이고, 약간의 지능만 있다면 뭐든 길들일 수 있어. 몬스터도 마찬가지다."

"야, 너희 뭐 하는 거야!"

"무기 버리라는 소리 안 들려?"

이아나와 아르하드가 도적들을 신경도 안 쓰고 평온하게 대화를 나누고 있자, 도적들이 속으로 싸한 기분을 느끼면서도 화가 나서 소리를 질러 댔다.

"이 새끼들이. 자비를 베풀어서 노예로라도 살아가게 해 주려했더니!"

"오우거의 먹이가 되고 싶냐!"

어처구니없다. 노예로 팔아먹어 돈을 벌 생각이었던 주제에 자비라는 단어를 함부로 내뱉는다.

이아나가 그들을 흘끗 쳐다보며 아르하드에게 물었다.

"죽일까요?"

"굳이 우리가 손을 더럽힐 필요는 없지."

아르하드가 눈을 감았다가, 천천히 떴다. 오연한 시선이 그를 쏘아보고 있던 오우거들을 꿰뚫었다. 그 후, 아르하드는 아무것도 하지 않고 오우거들을 쳐다만 보고 있었다.

이아나와 도적들은 그가 뭘 하려는지 몰라 어리둥절한 기분을 느꼈다.

크워?

하지만 오우거들의 세상에서는 낮밤이 바뀌었다. 오우거들의 시야가 모조리 암흑으로 뒤덮였다.

오우거들은 의아해하며 고개를 갸웃거리다가, 저를 내려다보고 있는 한 쌍의 거대한 황금 눈을 대면한 순간 경직되어 버렸다.

저것은 절대로 저항할 수 없는 거대한 근원이었다.

잡아먹힐 것 같다.

겁에 질린 오우거들이 벌벌 떨었다.

그때, 아르하드가 다시 눈을 감았다.

쿠워어어!

공포의 포박에서 풀린 오우거들이 미쳐 날뛰기 시작했다. 그제야 아르하드의 존재를 인식하고 도망가려 했다.

"어, 어!"

"이놈들이 왜 이래!"

당황한 도적들이 오우거의 도주를 차단했다. 그러자, 화가 머리 끝까지 난 오우거들이 도적들에게 몽둥이를 휘두르기 시작했다.

"으아악!"

"이런 미친!"

도적들이 거대한 몽둥이에 낙엽처럼 휩쓸리는 꼴을 구경하고 있던 아르하드는, 얼떨떨해 보이는 이아나를 데리고 자리를 떴다.

"오우거들이 갑자기 왜 저러죠?"

"내가 정신이 번쩍 들게 해 줬거든."

어떻게?

아르하드가 한 일이라곤, 눈 한번 감았다가 떠서 오우거들을 쳐다본 것밖에 없었다.

"당신이 진지하게 쳐다만 봐도 겁에 질리는 겁니까?"

"그렇게 말하니 좀 웃긴데."

아르하드는 한숨짓듯 웃었다.

"……오우거들은 내 영혼의 다른 모습을 본 거다."

"영혼의…… 다른 모습이요? 영혼의 모습이 뭔가요?"

"별거 아니야. 본인이 인지하고 있는 '자기 모습'이지."

"그럼 제가 제 모습을 오우거라고 생각하면 제 영혼은 오우거의 형태를 하는 건가요?"

이아나의 말을 상상으로 빚어내 본 아르하드가 실소를 짓더니 고개를 저었다.

"그렇게 단순하지만은 않아. 본인이 그 형태가 맞다는 확고한 믿음을 가지고 있어야 하고, 그 형태에 익숙함과 자연스러움을 느껴야 하니까. 예를 들면…… 너한테 꼬리가 있다고 생각해 봐. 꼬리를 어떻게 움직이는지 알겠어?"

이아나는 잠시 고민하다가, 손을 내저었다.

"모르겠네요. 있어 본 적이 없으니까. 상상해 본 적도 없고."

"그럼 네 영혼의 모습에는 꼬리가 없는 거야. 그런데, 네가 갑자기 꼬리를 가지게 됐고, 움직이는 방법을 알게 됐어. 꼬리에 익숙해져서 꼬리가 있는 게 당연하게 느껴져. 이때, 네 영혼의 모습은 어떨까?"

"예시가 좀 그렇긴 하지만 꼬리가 달려 있겠군요."

"맞아. 이제 다른 예를 또 들어 볼까? 평범한 사람 한 명이 있어. 그런데 불시의 사고로 팔 한쪽을 잃었어. 그 사람의 영혼의 모습은 어떻게 될까?"

"팔 한쪽이 없는 모습일까요?"

"사고를 당하자마자 바로 그렇게 변할까?"

"……."

"처음엔 그렇지 않아. 왜냐하면, 그 모습이 자기 모습이라는 걸 인정하기도 싫고, 바로 익숙해지지도 못하거든. 신체 한 부분이 없는데도 그 부분이 실제로 존재하는 것처럼 감각을 느끼는 유령 감각 현상은, 신체의 모습과 영혼의 모습이 일치하지 못하기 때문에 발생한다."

"그럼 적응하면, 서서히 그런 형태로 변해 가는 건가요?"

"그렇겠지. 적응하지 못해 영혼이 사고를 당하기 전의 모습을 유지한다면 신체와 영혼 사이에 계속 부조화가 발생해서 몸에 무리가 갈 거고."

"이해했습니다. 그런데 오우거들이 당신 영혼의 다른 모습을 봤다니요?"

아르하드의 미려한 얼굴과, 인간의 것이 분명한 신체를 살피던 이아나가 조심스레 물었다.

"당신은…… 인간이잖아요? 영혼의 모습도 인간 아닌가요?"

"인간이지. 인간으로 태어나 인간의 신체를 가졌고 인간의 모습에 익숙해졌으니 인간일 수밖에. 지금 영혼의 모습도 인간일 거고. 하지만 난 드래곤이라고 불리는 괴물이기도 해. 너도 봤잖아."

"……!"

맞다. 아르하드는 그 드래곤이 저라는 걸 인정한 상태였다. 이

440 APODIS
아도니스

이아나는 롯소 산맥에서 쇄도했던 드래곤…… 아니, 아르하드의 압도적인 기운을 떠올리고 저도 모르게 침을 삼켰다.

"최초의 악마는 작고 검은 도마뱀이었지. 긴 시간이 흐르고 끝까지 성장했을 땐 현재 드래곤이라고 불리는 거대한 괴물의 형태가 되었고."

그리고 악마는 아르하드의 전생이다. 그는 지금 악마의 기억과 감정을 대부분 가지고 있고, 악마에 익숙해진 상태다.

"그래서 난 언제든 영혼의 모습을 드래곤으로 바꿀 수 있어. 사실, 인간의 모습보다는 드래곤의 형태가 더 익숙해."

"왜죠……?"

"이 모습으로 산 것과는 비교가 안 될 정도로 오랜 시간 동안 악마, 그러니까 드래곤의 형태로 살았던 기억이 있으니까. 내가 힘을 최대로 발휘하려 하거나 이성을 잃으면 나도 모르게 영혼이 그쪽 모습으로 변해 버려."

그는 이아나에게 더 많은 비밀을 만들고 싶지 않았기에, 그녀가 궁금해하는 모든 걸 말해 주기로 결심한 상태였다. 그래서 예전 같았다면 은근슬쩍 대답을 회피했을 질문에도 진지하게 답해 주었다.

"아까 예시로 들었던 꼬리. 네가 꼬리가 있는 것에도, 없는 것에도 익숙하다면 영혼의 모습에서 꼬리 유무를 얼마든지 조절할 수 있어. 그래서 신성시대의 신들은 수없이 많은 영혼의 모습을 가지고 있었지. 신력만 있다면 신체 변형은 자유롭고, 적응만 할 수 있다면 영혼의 모습은 신체에 맞춰지니까."

아르하드는 태초에 신들이 탄생할 때야 본능적으로 제 영혼의 모습을 따라 신체를 형성했지만, 시간이 꽤 지난 후에는 따로 원하는 형태나 세계의 주류인 신들의 형태로 신체를 변형하면서 살아갔다고 했다.

신력과 정령의 권능만 있으면 얼마든지 신체를 변형할 수 있다고도 덧붙였다.

첸델프의 손을 연성하던 정령들을 떠올린 이아나가 일리가 있다고 생각하며 고개를 끄덕거리자 아르하드가 말을 계속 이어 갔다.

"이제 본론으로 들어가 볼까. 일단, 몬스터는 웬만하면 나한테 대항 못 해. 태어날 때부터 악마의 기운에 영향을 받아서 신체와 영혼 모두 악마에게 종속되어 있으니까. 수백 년 묵은 최상급 몬스터쯤 되면 반항 한번 해 볼 수는 있겠지만…… 글쎄."

그가 인간의 모습을 하고 있더라도, 몬스터들은 본능적으로 악마와 동일한 존재임을 느끼고 공포를 느낀다. 그를 보자마자 절대적인 포식자를 만난 것처럼 대항할 의지를 잃고 도망가 버리거나 굴종해서 그의 하수인이 되려 한다.

하지만 보통은 도망친다. 몬스터에게도 자의식과 정체성을 유지하고자 하는 본능이 있기 때문이다.

그리고 악마에게 영향을 받은 생물들이 완전한 악마의 모습을 한 아르하드의 영혼을 대면하면, 생물의 영혼은 그의 영향력에 놓여, 그의 영혼과 연결되어 강제로 억압당하게 된다.

그 과정에서 그들의 시향계視響界는 일시적으로 물질계物質界에서 영계靈界로 뒤바뀌고, 그들은 악마의 모습을 한 그의 영혼을 환상처럼 마주하게 된다.

암흑의 몸을 가진.

괴물의 황금색 눈을.

그리고 영혼을 연결하느냐 마느냐, 억압하느냐 마느냐는 아르하드가 제어할 수 있는 부분이었다.

"오우거의 경우엔 그렇게 해서 정신을 차리게 해 준 거야. 결론을 말하자면, 오우거들은 악마의 모습을 한 내 영혼을 본 거지."

"듣다 보니 궁금한 게 생겼는데요."

"뭔데?"

"바하무트 황실도 그렇게 제압하면 안 됩니까? 그들도 어쨌든 악마의 영향을 받고 있잖아요?"

"놈들이 소유하고 공유받는 악마의 파편이 보통 양이 아니라서 안 돼. 내가 지배력을 일으키면, 그쪽 파편도 어쨌든 내 파편이라 지배력이 맞불 놓듯 발생해서 잘못하면 역으로 먹힐 수도 있어. 작은 파편이면 가능하겠지만, 절대 안 돼."

이아나가 말없이 고개를 끄덕거렸다.

아르하드의 말을 듣고 나서야 아르하드를 두려워하던 몬스터들의 이상한 행태가 완벽하게 이해되었다.

"드워프들이 당신을 무서워하는 건요?"

"놈들은 날 때부터 최고의 장인이 될 자질을 타고나지. 사물의 본질을 그냥 보기만 해도 어렴풋하게나마 이해하는 게 드워프의 종족 특성이야."

바로 이해했다.

드워프는 거짓말도 꿰뚫어 보는 종족이었다. 그들은 아르하드의 본질을 꿰뚫어 보고 두려움에 떨었던 것이다.

이아나는 한숨을 내쉬었다.

"알고 또 알아도 끝이 없네요. 정말 신기하고 어려운 현상들이 많습니다."

"이 세상에서 발생하는 모든 현상은, '최초의 진리'에서 뻗어 나온 곁가지 같은 진리들에서 잎사귀처럼 피어나지. 진리를 이해하고 거기서부터 세계를 그려 나간다면 이해하지 못할 현상이 없을 거다. 잎사귀부터 보니 어려운 거야."

"최초의 진리라는 건……."

"세계의 천칭이 추구하는 '균형'이다. 뭔가가 있으면, 그와 동일한 가치를 가지는 상반된 것도 존재한다는 거지."

아르하드가 어깨를 으쓱거렸다.

"난 세계를 이해하는 데 관심 없어서 진리에 대해서는 깊게 생각해 본 적이 없어. 이에 대해 논하고 싶다면 도르시아니를 찾아가라. 그 여자가, 진리의 탑은 세계를 이해하고자 하는 현자들이 진리를 찾아 연구하는 비밀 결사 단체라고 고백하더군. 진리를 찾기 위해 어떤 수단도 가리지 않는 미친놈들이 모인……."

아르하드에게 심문당하던 도르시아니가, 추궁의 지겨움을 참지 못하고 털어놓은 진실이었다. 아르하드는 그것을 이아나에게 아낌없이 공개했다.

진리의 탑.

이아나는 그 수상쩍고 신비로운 단체에 관심이 많았다. 아르하드는 미친놈들이라고 평했지만, 그들과 대화하다 보면 얻는 게 많을 거라고 생각해서였다.

그래도 지금은 진리의 탑에 대한 생각을 접어 두기로 했다. 아르하드에게 집중하고 싶었기 때문이다.

하지만 도적들과 몬스터들은 시시때때로 출몰하여 이아나를 방해했다.

로안느의 국경을 벗어나 다른 국가에 왔더니 범죄자와 몬스터의 수가 수직으로 상승했다. 지금뿐만 아니라 남부로 상행을 갈때도 그랬고 서부로 여행을 갈 때도 그랬기에, 로안느의 치안이확실히 우수하다는 걸 알 수 있었다.

이는 로안느의 국방력이 아주 강하고 강한 무인도 많기 때문이었다. 강한 국방력은 주기적인 몬스터 퇴치를 가능케 했고, 큰물에서 놀기 위해 로안느로 온 강자들은 이름을 드높이고자 스스로몬스터와 도적을 잡았다.

다른 국가들은 다른 세력을 경계하랴, 전쟁하랴, 몸 사리랴 바빠서 나라의 시국을 위협하지 않는 이상 자잘한 문젯거리들은 내버려 두기 때문에 도적과 몬스터가 나돌아 다닐 수밖에 없었다.

뭐, 도적들이야 가볍게 처리하면 된다. 몬스터들은 웬만하면 아르하드의 눈에 띄지도 않는 데다, 우연히 조우하더라도 아르하드를 보자마자 도주하니 식후 운동거리도 안 되었다. 아르하드와의대화가 간헐적으로 끊긴다는 게 문제라면 문제일까.

"정말로 꽁지가 빠질세라 도망가네요."

이아나가 도망가는 몬스터들을 보며 중얼거리다, 아르하드를 흘끗댔다.

드래곤…….

"그러니까, 드래곤 말인데요."

"응?"

"당신의 영혼은 드래곤의 형태가 익숙하다는 거죠? 그럼 신체도 그쪽이 익숙하겠군요?"

"맞아."

이아나가 아르하드의 팔을 붙잡았다.

"그럼 이 팔이 드래곤의 팔이 되는 건가요? 어떻게?"

정령들이 첸델프의 손을 형성할 때의 과정을 떠올렸다. 아르하드도 정령의 힘을 빌려 신체 변형을 한다면…… 이 팔이 언덕 하나만큼 커지고, 이 피부에서는 단단하고 검은 비늘이 돋아나고, 단정한 손톱은 날카로운 발톱으로 변하는 걸까?

그렇게 신의 영역을 엿보는 듯한 느낌을 주면서?

이아나는 그 과정이 상상이 되질 않아 그의 팔을 유심히 관찰하며 만지작거렸다. 그런 이아나가 귀여워서 애정을 담아 보던 아르하드가 이아나의 손 위에 제 손을 올렸다.

"아니. 이 몸 자체를 드래곤 형태로 바꿀 수는 없어."

"네? 전에는 신체 변형이 자유롭다면서요? 저번 드래곤도 당신이었고."

"봐."

아르하드가 갑자기 멈춰 서더니, 손가락으로 땅의 한 부분을 가리켰다.

우드드득.

거기서 흙으로 만들어졌지만, 진짜처럼 생긴 꽃 한 송이가 솟아났다. 아르하드의 신기에 놀란 이아나가 눈을 커다랗게 뜨자 아르하드가 질문했다.

"저기서 생명이 느껴져?"

"……아뇨."

진짜처럼 생겼지만 생기는 없었다. 저 꽃에 나비가 앉을 일은 없을 것이다.

"그래. 마나로 만든 것들에서는 생명의 느낌이 나지 않아."

수없이 많은 마법사들이 마나로 생명체를 창조하려 했지만 실패했었다. 마나에는 생명의 성질이 없기 때문이다.

"그리고 지금 네가 만지고 있는 내 몸은 날 때부터 신력으로 형성된 인간의 평범한 신체다. 나는 신력이 극도로 부족하고, 정령들과는 상극이라 다시 만들 수도 없으니, 지금 내 몸이 아주 소중해."

맞다.

아르하드는 정령과 사이가 무척 나빴다. 전에 목격했던 이니스와 아르하드의 대치에서는 심각한 적대감이 넘실거리고 있었다. 정령은 악마를 싫어하고, 아르하드는 악마이기 때문일 터였다.

그러니 신체 변형이 자유로울 리가 없었다.

"그럼 그때 봤던 드래곤의 모습은 뭔가요?"

"지금의 내 신체를 가사 상태로 만들어서 심장으로 두고, 마나로 만든 드래곤의 육체를 심장의 역할을 하게 된 몸 위에 뒤집어 씌우고 연결시킨 거야. 이 발상으로는 굳이 직접적으로 신체 변형을 하지 않더라도 신체의 범위를 얼마든지 확장할 수 있지."

"그런 것도 가능하군요."

이아나가 신기해하자 아르하드가 툭 내뱉었다.

"보고 싶으면 여기서 변신해 줄까?"

"네?"

아르하드는 농담처럼 던졌겠지만, 이아나에게는 그 말이 농담으로 들리지 않았다. 왜냐하면, 그는 제가 바라면 뭐든 해 줄 테니까.

이아나가 고개를 홱홱 저었다.

"아니요. 궁금하긴 하지만 사양하겠습니다."

"왜? 궁금하다며?"

"힘들잖아요."

"……."

"당신, 저를 바하무트의 추적에서 구해 주고 나서…… 왜 한동안 제 연락을 받지 않았습니까? 기절해 있었던 거잖아요? 당신도 그렇다고 사실 확인을 해 줬었고."

생각해 보면 어리석었다. 어떻게 아르하드가 저와 연락이 되는 수단을 몸에서 떼어 놓을 수 있다고 생각했을까?

그가 제게 집착하는 정도가 정상의 범주를 아득히 벗어났음을 상기할 때면 그의 답은 무척이나 모순적으로 느껴졌고 그걸 그대로 믿은 스스로를 때려 주고 싶은 기분이 들었다.

"……."

"삼 일 만에 연락된 건데도, 당신의 목소리는 무척 지쳐 있었습니다. 드래곤이 되는 건 그만큼 힘든 일이라는 거겠죠."

이아나의 목소리가 조금 떨렸다.

그녀의 속은 지금, 들끓고 있었다.

그런데도 변신해 줄까, 와 같은 농담 따먹기식의 말을 하고 앉았단 말이지?

"전부 다 맞아."

이아나의 추론은 정확했고, 아르하드는 그런 이아나를 물끄러미 쳐다보다가 천천히 고개를 끄덕거렸다.

"그만한 신체를 움직이려면, 필연적으로 신력도 과다하게 소모하게 되고 심장에도 무리가……."

아르하드는 말을 끝맺지 못했다. 감정을 이기지 못한 이아나의 입술이 기습하듯 부딪쳐 왔기 때문이었다.

"……."

이아나의 긴 속눈썹이 닿을 듯 가까운 곳에서 보이는 현상은 근 한 달간, 몹시 익숙해질 만큼 자주 겪었음에도 매일매일이 새로웠다. 코끝을 맴도는 이아나의 체향은 아르하드의 심장을 아릿하게 했다.

맨 처음, 한바탕 정신없이 싸우고 난 직후 이아나가 불시에 습격했을 때, 부딪친 두 입술 사이에서 피어난 불꽃은 아르하드의 신경을 모조리 태우고 이성까지 불사르려고 했다.

그 상태로는 스스로가 무슨 짓을 할지 몰랐기에, 아르하드는 도망치듯 황급히 자리를 피했다.

하루가 지났다.

아르하드는 이아나와 좋은 일이 있고 나서 하루가 지나면 이게 꿈인가, 생시인가, 고민하는 나쁜 습관이 있었다.

그것은 어찌 보면 몹시 한심하고 소심한 모습이었지만, 한평생 거부당하기만 한 아르하드로서는 갑자기 찾아온 기막힌 행복을 섣불리 믿지 못하는 게 당연했다.

이아나의 꽁무니를 시선으로 따르면서 의심하고 또 의심하던 아르하드는 이아나가 또다시 키스하며 이젠 하지 말까요, 하고 도발하고 나서야 현실을 받아들였다.

아르하드의 내부에서 수없이 많은 자물쇠가 모조리 열려서 사냥당한 새 떼처럼 후드득 떨어졌다. 심장 한구석에 억눌려 있던 괴물이 머리끝까지 치솟아 눈을 멀게 했다.

이아나의 행동은 사자 입 안에서 새끼 고양이가 재롱을 떠는 것이나 다름없었다. 아무것도 모르고 이겼다는 듯 위풍당당하게 구는 이아나가 몹시 사랑스러웠다.

그래서 살짝 깨물어 주었다.

뭘 제대로 하기도 전에 뺨을 제 머리카락 색만큼 빨갛게 물들이는 이아나의 사랑스러운 모습에, 아르하드는 순수를 파고들기 직전이던 송곳니를 멈추고 말았다.

이아나는 날갯짓하는 새처럼 빠르게 도망쳤다. 싫기만 했던 뒷모습이 그날은 지나치게 예뻤기에, 아르하드는 그녀를 붙잡지 않고 배가 고픈 듯하면서도 부른 모순적인 기분으로 지켜보기만 했다.

그 후 일주일.

아르하드는 기다릴 줄 아는 사람이었다. 얼마나 기다렸는데 그걸 못 기다리겠는가.

이아나가 돌아올 거라는 확신이 없었다면 모를까, 반드시 돌아오게 되어 있다는 걸 알기에 부글거리는 속을 누르고 기다릴 수 있었다.

그리고 기다림을 충족시키고도 남을 정도로 발칙하고 깜찍한 이아나의 도전이 시작되었다.

그래 봤자 절대 이기지 못하겠지만.

"……."

아르하드의 손바닥이 이아나의 뺨을 덮었다. 이아나를 여러 가지 의미에서 괴롭히고 싶은 마음이 굴뚝같았지만, 아르하드는 제가 먼저 뭔가를 하는 게 아니라 이아나가 먼저 다른 행동을 취해 오기를 기다리기로 마음을 정한 상태였다.

준비도 되지 않은 상태에서 급하게 삼켰다간 거부감을 줄 수도 있다는 생각이 그를 그리 결심하게 하였다.

또, 이겨 보겠답시고 색다른 접촉으로 도전해 올 때, 가볍게 짓눌러서 정신을 차리지 못하게 하는 것도 좋을 것 같다는 비뚤어진 심보도 존재했다.

무엇보다 그녀가 이렇게 먼저 입술을 비벼 오는 것도 끔찍할 정도로 좋았기에 그는 얌전히 기분 좋은 승부욕을 즐기기로 했다.

하지만 과연, 예전에 자신만만하게 군 걸 백 번이고 천 번이고 인정해 주고 싶을 정도로, 이아나는 배우는 게 빨랐다.

맨 처음에, 그러니까 이아나가 도장을 찍듯 키스 아닌 키스를 하고 위풍당당하게 굴 때와 비교했을 때 그녀는 정말 엄청나게 성장했다.

'아.'

이아나의 윗입술과 아랫입술 사이에서 빨리고 있는 제 입술 위로 겹겹이 더해지는 짜릿함에, 아르하드는 아뜩함을 느꼈다가 정신줄을 겨우 바로잡았다.

잘못하면, 참지 못할지도.

이아나는 매번 진다고 생각했지만, 아르하드가 티를 내지 않을 뿐이다. 그녀는 그의 인내심을 무너뜨리기 일보 직전의 단계에서 지나칠 정도로 자극하고 있었다.

깨물리고 있던 아르하드가 이아나의 입술을 역으로 살짝 깨물었다. 그리고 그가 무슨 짓을 저지르기도 전에, 이아나가 천천히 떨어져 나갔다.

"후우."

알고서 관둔 건 아니겠지만, 상기되어 있는 얼굴이 너무나 예쁘면서도 조금은 얄미워 보이는 건 왜일까?

아르하드가 무슨 생각을 하는지도 모르고, 그의 짙게 가라앉은 눈동자 바로 앞에서 이아나가 조용히 말했다.

"아주 예전에는 당신이, 제가 신력과 몸을 아끼지 않는다고 화를 내는 걸 이해하지 못했습니다. 왜냐하면, 그때는 누군가가 저를 그렇게 아껴 줄 거라곤 생각 못 했거든요. 내 몸, 내 멋대로 하겠다는데 남이 무슨 상관인가 싶었습니다."

아르하드는 이아나가 말하는 시점이, 그녀가 처음으로 신력을 제어하려 하다가 팔이 갈기갈기 찢겼던 때임을 바로 알아차렸다.

그때, 이아나는 아르하드의 걱정을 이해하지 못했다. 그가 설득하고 또 설득하고 나서야 겨우 납득한 듯 대충 수긍하고 가 버렸다.

사실 이아나는 아르하드의 진심 어린 고백에 심경에 변화가 있었고, 그래서 도망을 친 거지만 그의 입장에서는 그렇게 보였다.

"하지만…… 이젠 완전히 이해해 버렸어요. 당신이 조금이라도 다치지 않길 바랍니다. 저를 위해서라도요."

살짝 부푼 입술로 그리 말하는 이아나는 지나치게 사랑스럽다.

이 여자, 이렇게 사랑스러우면 어쩌자는 걸까?

"그런데 당신은 심장도 약하고. 신력도 없고. 제가 뭐만 잘못해도 머리에서 나사가 빠지는 한심한 남자고……."

"하."

그녀의 말을 감명 깊게 듣고 있던 아르하드가 갑작스런 혹평에 그만 웃어 버렸다.

"그렇게 말하니까 정말 한심하게 들리는걸."

스스로에게 어디 모자란 구석이 있다고는 생각한 적 없는데, 이아나가 말하는 그는 지나치게 약골에 불안정한 못난 놈이었다. 사실이라는 게 또 우스웠다.

"한심한 것 맞습니다."

"그런가……."

"그러니 제가 강해지겠습니다."

이아나가 눈을 반짝거리며 말했다.

"신력도 끝이 없고, 검술도 열심히 수련하고 있고……. 제가 빨리 누구보다 강해져서 당신을 지키겠습니다."

어느 때보다 예쁜 얼굴로.

"윽."

아르하드가 갑자기 심장을 부여잡으며 주저앉았다.

"아르하드!"

돌발 상황에 깜짝 놀란 이아나가 따라 앉아 그의 어깨를 쥐었다. 이아나의 안색이 희게 질렸다.

"왜 그러시죠? 심장에 무슨 문제가 있습니까? 신력이 부족한가요?"

아르하드가 힘들어하는 건 본 적 있지만, 신음을 내뱉으며 고통을 표현한 적은 처음이라 이아나는 당황했다.

"제가 업고 병원으로 갈까요?"

이아나가 황급히 아르하드의 한 팔을 들어 제 어깨에 둘렀다. 그러고는 그대로 뒤를 돌며 둘러메려고 했다.

그때, 큭큭거리는 웃음소리가 그녀의 귓가를 간지럽혔다.

"……."

이아나는 잠시 굳어 있다가, 이내 떨기까지 하면서 웃고 있는 그를 서리가 살짝 내려앉은 얼굴로 돌아보았다.

"뭐죠?"

놀림당한 건가?

맞다. 이아나는 확신했다.

"장난합니까?"

어떻게 이런 걸로 장난을 칠 수가 있지?

이아나는 진심으로 화가 났다. 그녀에게서 뻗어 나온 살벌한 기세가 가장 가까이에 있는 아르하드에게 쇄도했다.

일반인이라면 흠칫해서 물러났겠지만, 아르하드는 화가 난 이아나를 감당하고도 남을 만큼 비범한 남자였다.

"하아."

웃음기가 섞인 한숨을 한번 뱉은 아르하드는 가까이에 있는 이아나의 얼굴을 마음껏 들여다보았다. 그는 이아나가 화를 내는 게 싫었지만, 어처구니없게도 저를 걱정하느라 화를 내는 건 미치도록 좋았다.

화가 난 얼굴조차 예뻐 보였다. 옛날부터 씌어 있던 두꺼운 콩 깍지는 날이 갈수록 더 심해지고 있었다.

"장난하냐고요."

성질이 난 이아나가 그의 팔을 풀어 내팽개치려 하자, 아르하드가 웃음을 멈추고 그녀를 팔로 당겨 안으며 말했다.

"믿음직스럽네."

이아나에게 못난 놈으로 보이는 건 싫었지만, 그것 때문에 그녀가 지켜 주겠다는 사명감에 불타오르는 거라면 어느 정도는 못나 보여도 괜찮을 것 같았다.

믿음직스럽다는 말에도, 이아나의 싸늘한 표정에서는 냉기가 가시질 않았다.

"장난치니까 재밌습니까?"

아르하드는 고개를 저었다.

"장난이 아니었어. 진짜로 아팠으니까."

그 말에 이아나의 낯이 걱정으로 다시 물든다.

"자주 이렇게 아픕니까?"

"응."

"약만 먹으면 괜찮다고 했잖아요. 제대로 진료를 받아 보는 게 어떻습니까? 대체 왜 아픈 겁니까?"

침착함의 대명사인 이아나가 우왕좌왕하는 모습을 빤히 보고 있던 아르하드가 불쑥 내뱉었다.

"네가 찔러서 그렇잖아."

"네? 제가 뭘?"

"네 말과 행동이 내 심장을 푹푹 쑤시는데, 너무 좋아서 심장이 심하게 뛰어. 그래서 아파."

"……."

이아나는 할 말을 잃었다.

결국에는 꾀병이라는 소리다. 그런데 꾀병이라는 말도 진지하게 하니 헛소리가 아니게 되었다. 좋아서 그렇다니 얄밉고 어이가 없는데도 화를 더 낼 수가 없었다.

그러다 아르하드는 대체 저를 얼마나 좋아하는 건가……, 하고 생각하며 이아나가 입술을 삐끗거렸다.

그런 모습조차 예쁘다고 생각하는 아르하드가 평소 무슨 생각을 하고 있고, 무슨 감정을 품고 있는지 적나라하게 드러내면 이아나는 정말로 도망쳐 버릴지도 모른다. 모르는 게 약이었다.

"당신…… 읍."

이아나가 무슨 말을 하려는데, 아르하드가 이아나의 뺨을 감싸고 입을 맞춰서 말이 막혔다.

"……."

이아나는 그를 밀어내 버릴까 고민했지만, 방금 전 제가 먼저 한 짓이 있었기 때문에 그냥 얌전히 있기로 했다.

그리고 점점 열이 오르는 입술에서 전해지는 뜨거운 애정과 기분 좋은 느낌에, 어처구니없던 심정은 솜사탕이 물에 녹듯 사라져 버렸다.

한 달 전만 해도 얼굴을 새빨갛게 물들이고 도망쳐 버렸던 이아나는 이제 조금은 그의 입맞춤에 익숙해졌다. 제가 먼저 입을 맞출 때는 전투적인 자세로 임하는지라 딱히 뭔가를 느낄 여유가 없지만, 아르하드가 해 줄 때면 눈을 감고 그 감각을 소극적이지만 얌전히 즐기는 경지에 도달했다.

"……."

아르하드는 내리뜬 눈으로 제 품에 갇혀 있는 이아나를 응시했다. 그녀는 여전히 좋은 감정을 숨기는 데는 서툴러서, 기분 좋은 티를 내고 있었다.

만약 그것을 놀리거나 지적하면 배우는 게 빠른 이아나는 금세 감춰 버릴 테니, 절대로 말하지 않을 것이다.

"후우."

축축한 소리와 야릇한 느낌이 아르하드를 자극했다. 그는 제 손바닥에 묻혀 있는 이아나의 뺨을 살짝 매만졌다.

사랑스럽기도 하지.

어찌나 사랑스러운지, 통째로 집어삼켜 버리고 싶을 정도다.

기다리겠다고 결심했지만.

어쩌면, 참지 못할지도…….

여행은 관광지 구경과 식도락 위주였다. 아르하드가 어찌나 알찬 정보만 꼼꼼하게 조사를 해 왔는지, 그가 데리고 가는 곳은 명소가 아닌 곳이 없었다. 그중에는 현지인들 사이에서만 입소문 나 있는, 멋진 자연 풍광지도 있었다.

경치를 감상할 때는, 아르하드가 비행 마법을 쓸 줄 알았기에 하늘이든 어디든 자리를 자유롭게 선정할 수 있었다.

경치가 가장 아름다워 보이는 최적의 위치에서 넓은 세상을 시야에 담으며, 이아나는 신세계를 맛보았다.

맛집도 마찬가지다. 아르하드가 이아나의 취향을 집요하게 탐구한 건지, 취향이 상관없을 정도로 맛있는 식당들만 고른 건지는 몰라도 이아나는 먹는 음식마다 만족해서 연신 감탄사를 내뱉었다.

계획하지는 않았지만, 길거리에서 맛있어 보이는 음식을 발견하면 망설이지 않고 사 먹음으로써 로안느와는 다른 식문화를 경험했다. 이아나의 미각은 매일매일 호강하고 있었다.

보고 싶으면 보고. 먹고 싶으면 먹고.

놀고 싶으면 놀고, 쉬고 싶으면 쉬고, 자고 싶으면 자고…….

이아나는 이번 여행에서 하고 싶은 모든 것을 할 수 있었다. 아르하드의 재력과 마법은 그 어떤 것에도 구애받지 않게 해 주었다.

그뿐인가. 껄렁한 누군가와 시비가 붙더라도, 아르하드가 어떤 왕국에서든 어느 정도 영향력을 구축해 놓은 덕에 그의 말 몇 마디면 별다른 문제 없이 금방 해결됐다.

소속된 곳 없이 떠돌아다니며, 얽매이는 것 없이 하고 싶은 걸 마음껏 할 수 있다니.

이아나는 이게 바로 자유라는 건가, 하고 새삼스럽게 자유라는 단어의 의미를 되새겨 볼 정도로 진짜 자유롭다는 게 뭔지 제대로 느끼고 있었다.

게다가 옆에는 그녀가 가장 좋아하는 사람이 있었다.

공부하고 싶으면 공부하고, 대련하고 싶을 땐 대련하고, 대화하고 싶을 땐 대화하고, 장난치고 싶을 땐 장난치고.

닿고 싶을 땐 닿을 수 있고, 웃고 싶을 땐 웃을 수 있다.

뭐든 자유롭다.

이 모든 게 아르하드와 함께이기에 누릴 수 있는 자유였다.

그렇기에 아르하드는 이아나를 자유롭게 해 주는 사람이었다.

홀로 노력하고 노력했지만 '함께'가 아니었기에 가지지 못했던 것들을 모두 안겨 줄 수 있는, 그녀의 사람이었다.

그녀의 모든 바람을 이뤄 줄 수 있는 그녀만의 절대자였다.

"동부는 식물이 무척 많네요."

이아나가 면을 후룩 먹으면서 말했다. 로안느의 주된 면 요리인 스파게티와는 다르게 수프에 얇은 면을 만 음식이었는데, 사골에 우린 수프는 진하고 고소했다.

그들은 다이닌 왕국을 넘어서, 아르하드의 영역이라고 할 수 있는 카르시바 왕국, 오스탄 왕국, 킬리코 왕국을 순회했다.

그리고 블랙폭시의 영역권인 모리안 왕국으로 들어서기 전, 킬리코의 한 식당에 들러 점심 식사를 하는 중이었다.

지금 그들이 있는 식당은 산 하나를 터로 잡고 있어, 식사를 하면서 자연 풍광을 제대로 볼 수 있었다.

오스탄에서도 느낀 바지만, 동부는 식생이 로안느와 비교가 되지 않을 정도로 종류가 다양했고, 개체도 많았다.

수프를 마시고 있던 아르하드가 그릇을 입술에서 떼어 내며 말했다.

"샤우부 대삼림의 영향일 거다. 샤우부는 따로 태초의 정원이라고도 불리는데, 이 세상 모든 식물이 자란다는 전설 때문이라는군. 그래서 식물학자들에게는 꿈의 지역이고."

"흐음."

세상은 넓고, 신비롭다.

카란켈 바위산맥에서는 건조한 흙의 느낌이, 기로하이 불사막에서는 뜨거운 불의 느낌이 강했다. 샤우부 대삼림은 어떤 곳일까? 깨끗한 바람의 느낌이 나는 거대한 숲일까?

회귀 전의 이아나는 오지와 인연이 없었다.

그중에서도 샤우부 대삼림에는 갈 일이 더더욱 없었다. 서부가 연합군이 배수진을 친 지역이었다면, 동부는 완전히 아르하드의 손아귀에 떨어진 구역이었기 때문이었다.

그리고 그때만큼은 아니지만, 동부는 지금도 아르하드의 영향권 아래에 놓여 있었다. 왕국들은 아무것도 모르고 아르하드에게 놀아나고 있고.

이아나는 아르하드를 흘끗 보았다. 비정상적으로 잘생겼지만, 그녀와의 여행을 즐기기 위해 평범한 옷차림을 한 그는 세상에서 손꼽히는 부자인데도 딱히 사치스럽지 않다. 다른 사람을 대하는 걸 보면 사람의 귀천을 따지지도 않는다.

누가 이 남자를 동부의 숨겨진 실세에, 바하무트의 황제가 될 사람이라고 생각할까? 이아나는 속으로 그를 마음껏 칭찬했다.

'대단한 사람.'

그런 아르하드가 미치도록 원하는 사람이 저라는 사실을 상기할 때면, 이아나의 기분은 하늘 위로 붕 떴다.

스스로가 대단한 사람이 된 것 같아, 자부심이 심장에 차곡차곡 쌓였다.

"뭘 생각하기에 그렇게 웃어?"

이아나가 저도 모르게 살짝 웃고 있자 아르하드가 물었다.

그녀는 아무것도 아니라며 고개를 설레설레 저었다. 요즘 들어 뭐만 생각하면 끝이 아르하드로 끝나는데, 어째서인지 그런 자신을 드러내기가 조금 부끄러웠다.

"전쟁 중이라고 하셨죠?"

킬리코와 모리안의 국경에 가까워질수록 폐허가 된 대지가 자주 나타났다.

지금 이아나와 아르하드가 지나고 있는 지역도 그랬다. 시체는 전염병을 우려하여 모두 치웠는지 없었지만, 뭔가가 썩는 듯한 싫은 냄새가 코끝에 자리 잡은 지 오래였다.

"그래. 블랙폭시에게 놀아나고 있는 모리안이 킬리코를 침략했지."

뿐만 아니라, 모리안은 블랙폭시를 통해 모든 군수물자를 구입하면서 돈을 아예 가져다 바치고 있었다.

반면 아르하드가 공작을 한 덕분에 킬리코에는 골드의 서클시타 상단이 질 좋은 무구와 폭탄을 전량 공급한다. 그를 통해 벌어들이는 수입이 어마어마했다.

"이 전쟁은 블랙폭시가 기간을 길게 잡고 킬리코를 아예 먹어 치울 작정으로 시작했어. 몇 년 전부터 치고 빠지기식으로 킬리코와 산발적인 전투를 벌이고 있고."

이아나와 아르하드가 대화를 하며 길을 지나가고 있는데, 앞에서 깡마른 아이 하나가 비틀거리며 다가왔다. 아이는 건장한 아르하드와 상대적으로 가느다란 이아나를 번갈아 보더니 이아나의 앞에서 무릎을 꿇었다.

"자비로운 여행자님. 한 푼만 주세요."

이아나는 제 앞에 내밀어진 두 손과 아이를 번갈아 보았다. 아이의 홀쭉한 뺨과 퀭한 눈이 딱했다.

잠깐의 동정은 이아나의 취향이 아니었다. 그래서 도와주려면 확실히 도와주고, 그러지 못할 거면 매정하더라도 되도록 무시하곤 했다.

힘들어서 한번 도와줬더니 더 많은 것을 바라고, 손을 떼었더니 끝까지 도와주지 않는다고 적반하장 격으로 원망하는 경우를 많이 봤기 때문이다.

동냥하는 이에게 적선하는 것도 마찬가지다. 그들이 동냥하지 않을 때까지 뒤를 봐주며 도울 게 아니면 이아나는 적선하는 것도 삼갔다.

하지만 사정이 영 딱하다 싶을 땐 약간의 돈을 준다. 특히 이 아이처럼, 원하는 삶을 선택할 선택지조차 가지지 못하는 어린 생명들은 특히 이아나의 동정심을 산다.

잘그락.

주머니에 손을 넣었다 뺀 이아나의 손에서 은화가 굴렀다.

찰나의 도움으로는 그들이 원하는 적당한 돈으로 충분하다. 그걸로 필요한 물품을 사든, 뒤에서 조종하는 깡패에게 가져다 바치든, 그 뒤는 알 바 아니다.

찰랑.

아이는 제 손바닥 위로 떨어진 은화를 보더니, 고개를 꾸벅 숙이고 달아나듯 뛰어가며 멀어졌다.

"악!"

그 뒤로도 계속 길을 가던 도중, 아르하드 쪽에서 외마디 비명이 들려왔다.

아르하드는 제 가방에 손을 대려 했던 작은 손을 움켜쥔 채로, 울상을 짓고 있는 아이를 지그시 내려다보았다.

"잘못했어요! 용서해 주세요!"

아이가 소리를 지르며 몸부림을 치자 아르하드가 손아귀에서 힘을 풀었다. 아이는 그길로 줄행랑을 쳤다.

그 후, 꽤 부유한 외부인이 마을로 들어왔다는 소문이 돌기 시작한 모양이었다. 애처로운 표정으로 찾아와 이아나와 아르하드에게 구걸하는 사람이 꽤 많았다. 부모들은 비쩍 마른 자식을 내세워 굽실거리기도 했다.

이아나가 중얼거렸다.

"전쟁 때문에 다들 고생이 심하군요."

그녀는 전쟁의 고통과 후유증을 지겹도록 알고 있었다. 오랜 기간 전쟁을 선두에서 지휘했던 사령관으로서 할 말은 아니지만, 사실 전쟁은 일어나지 않는 게 옳다.

"동정은 적당히 하는 게 좋아."

아르하드가 냉정하게 말했다.

"박애주의자가 되기 시작하면 이 세상에 불쌍하지 않은 사람이 없으니까. 이유 없는 악당도 없고."

"블랙폭시도요?"

"바하무트와 그 산하의 블랙폭시가 남부를 들쑤시는 것에도 나름의 명분은 있어. 북부의 황량한 대지에 사는 바하무트 국민을 굶겨 죽이지 않으려면 남부의 풍족한 자원이 필수니까. 말 그대로 명분이라 그들이 보내는 자원으로 살아남는 이들은 일부지만, 그 일부가 바하무트에 감사함을 느끼며 절대적으로 충성한다는 건 명백한 사실이지. 만약 블랙폭시가 자원을 공급하지 않으면 북부는 금방 무너질걸."

"흐음."

로베르슈타인 영지만 해도 겨울이 되면 몹시 추운데 북부 대륙은 얼마나 추울까? 히마라페 빙원까지 접해 있으니 그 추위가 어마어마할 것이었다.

"만약 블랙폭시가 남부에서 일하지 않는다면 북부 주민들은 굶어 죽어. 불을 피울 땔감도 없어서 차가운 얼음 바람에 동사할 수도 있겠지. 네가 전쟁 때문에 많은 걸 잃은 난민을 동정한다면, 살기 위해 침략하는 북부 주민들은 어때?"

"불쌍하고, 이해가 되긴 하죠."

"그럼 블랙폭시를 욕할 이유가 빛이 바래는군. 어쨌든 블랙폭시는 불쌍한 북부 주민을 먹여 살리고 있으니까."

아르하드의 말대로다. 북부의 침공을 무작정 비난할 수 있을까? 어쨌든 그들도 살아남고자 침략하는 건데.

"북부는 광물 자원이, 남부는 식량 자원이 풍부하지. 사실 바하무트 제국이 본격적으로 전쟁을 벌이기 전에, 북부 주민들은 남부와의 거래를 통해 살아남고자 했다고 한다. 하지만 남부 주민들의 반응은 시큰둥했어. 식량 자원은 생존을 위한 필수품이지만, 광물 자원은 전쟁과 편의에 사용되는 데다 남부에도 광물이 아예 없는 건 아니니 우열은 쉽게 가려졌지. 남부 주민들은 북부 주민들을 비렁뱅이라며 모욕하기 일쑤였고, 거래는 얼마 가지 못하고 끊어졌다."

북부가 나름대로 평화적으로 살아남고자 한 적도 있었던 모양이었다. 지금의 악랄한 대치 관계에는 남부의 우월감도 한몫한 셈이다.

"관계란 참 어렵군요."

"단순하게 생각해. 너 자신을 희생할 생각이 아니라면 적을 향한 동정은 위선일 뿐이다. 네 편의 사람들을 동정하는 것만으로도 충분하다 못해 넘쳐. 이곳의 전쟁 난민처럼 너와 상관없는 사람들에게는 네게 피해가 가지 않는 선에서 적당히 자비를 베푸는 게 좋고."

이아나는 아르하드가 무슨 말을 하는지 알아들었다. 결국엔 눈앞에서 죽어 가는 사람의 고통보다 칼에 베인 내 손가락이 더 아프다는 거다. 아예 희생해서 남들을 위할 게 아니라면 이기적으로 굴라는 거다.

아르하드가 굳이 이런 말을 하는 것은, 훗날을 생각해서 그녀에게 경고하기 위해서이리라. 그는 바하무트를 접수한 후, 정복 전쟁으로 대륙 전체를 괴롭힐 테니까.

"잘 알고 있습니다."

아르하드가 굳이 말하지 않아도, 이아나는 옛날부터 아군에겐 든든한 버팀목이 되어 주고 적에겐 피도 눈물도 없는 행동을 함으로써 그런 이기를 아주 잘 실천하는 사람이었다. 아르하드가 원한다면 피에 찌든 괴물이 될 수도 있는 사람이 이아나였다.

"물론, 바하무트 황실이 전쟁을 벌이는 진짜 이유는 북부 주민의 구원이 아니라 단순히 지배하고 파괴하고자 하는 욕망 때문이다."

"역시 그렇죠?"

이아나가 직접 본 이사벨라와 위프헤이머는 그런 대의적인 이유로 움직일 이들이 아니었다.

"하지만 다른 사람들이 고통받는다고 해서, 황실이 제 욕망을 포기하고 얌전히 살아야만 하나? 만약 그리 주장하는 이들이 있다면 묻고 싶다. 너는 동물이 가엾고 불쌍해서 고기를 먹지 않느냐고. 같은 인간끼리 그러면 안 되지 않느냐고 반박한다면, 너는 살면서 네 목적을 위해 짓밟은 사람들이 없을 것 같으냐고 되묻고 싶군."

아르하드는 인간이 근본적으로 이기적이라고 말하고 있었다. 인간은 세계 전체의 먹이사슬로 봤을 때 최상위층에 속하며, 그 안에서도 제 욕망을 위해 타인을 희생시키고 있다고.

"옳은 말씀입니다."

결국 이 세상은 약육강식이라는 섭리 안에서 돌고 돈다. 약자가 강자에게 잡아먹히는 건 당연한 거다.

그리고 약자가 모두 사라지면 최상위층에 있는 강자도 사라지게 되어 있으니 그야말로 '불평등한 균형'이라고 할 수 있겠다.

하지만 그것은 지나치게 섭리만 강조된 것이 아닌가?

아르하드가 말하는 '강약만 존재하는 세상'은 야만적이었다. 진짜 세상은 그보다 다채로웠다.

선의와 희생, 동정과 자비 같은 인간의 복잡한 감정과 행동은 약육강식의 섭리만으로는 설명할 수 없었다.

노블레스 오블리주라는 개념도, 방금 전 이아나가 구걸하는 아이들에게 동전 몇 닢을 준 행동도, 약육강식의 섭리와는 맞지 않았다.

약육강식이라는 야만적인 섭리와 대립하며 균형을 맞출 수 있는 또 다른 가치.

그것은 한 존재의 가치관과 신념이다.

"그러니……."

"그러니?"

"강자의 신념이 중요하다고 생각합니다."

신념은 누구나 가진다. 그러나 약육강식의 섭리에 의해 약자는 강자에게 이끌려 다닐 수밖에 없다. 제 신념이 어떠하든, 국왕과 귀족들이 정한 법을 따르지 않으면 처벌받듯이.

하지만 강자는 다르다. 약자들을 이끌고 주변을 좌지우지할 수 있는 힘을 가진 강자들은 제 신념을 바탕으로, 섭리를 거부하고 세상을 제가 원하는 방향으로 바꾸어 나간다. 저의 신념과 충돌하는 다른 강자들과는 한바탕 전쟁을 벌인다.

그렇게 승리를 거듭하며, 제 신념을 정의正義로 만든다.

이 세계에서, 강자가 만들 수 있는 가장 큰 체계는 '국가'다. 정의는 강자의 세계에서 법으로 빚어져 그에게 소속된 이들의 신념에 영향을 미친다.

그러니 강자의 신념은 중요할 수밖에 없다.

"흥미로운 이론이야."

이아나의 말을 듣고 있던 아르하드가 재밌어했다.

"그래. 바하무트의 경우에는 파괴와 지배가 그들의 신념이겠지. 바하무트 제국에 소속된 사람들은, 좋든 싫든 그들의 신념을 따를 수밖에 없을 테고."

"그 정의가 옳지 않고, 제 신념에 위배된다고 생각하는 이들은 바하무트에 대립할 거고요."

따라서 이아나는 전쟁이 일어나지 않는 게 옳다고 생각했지만, 아예 일어나지 않을 수는 없다고도 생각했다.

전쟁은 곧 신념의 충돌이다. 자신의 신념을 지키기 위해서 승리해야만 하는.

개인 간에도 신념 차 때문에 소규모 싸움이 자주 일어난다. 그 싸움이 파괴적으로 극대화된 게 국가, 즉 강자 간의 대규모 전쟁이었다.

국가 간 전쟁이 대부분, 바하무트 제국처럼 기득권층의 정복욕에 의해 발발해서 무의미하게 피를 보는 약자들이 많다는 게 문제라면 문제랄까.

"강자의 신념이라."

아르하드가 그 말을 곱씹어 보더니 물었다.

"넌 어떤데?"

"저요? 전…… 개인에 불과해서 세상에 영향을 미칠 수 있는 강자라고는 할 수 없다고 봅니다. 강자는 제가 아니라 당신이겠지요? 그러니 저보다는 제가 따르는 당신의 신념이 무엇인지 듣고 싶습니다. 당신은 바하무트의 황제가 될 예정이고, 당신의 뜻이 곧 정의가 될 테니."

아르하드가 어깨를 으쓱거렸다.

"난 바하무트 황실을 제거하겠다는 생각밖에 없어서 아직 잘 모르겠다. 그래서 네 생각을 듣고 참고하고 싶어."

"저야 마음에 들면 받아들이고 안 들면 쳐 내는 단순한 성격이지 않습니까? 그래서 딱히 깊게 생각해 본 적이 없습니다. 단체를 이끌지 않고 당신의 기사로만 지낼 예정이니 계속 그렇게 살아도 문제가 없고요."

"그래? 하지만 앞으로는 잘 생각해 보는 게 좋겠어."

"왜요? 당신의 옆에서 많이 도울 예정이라서? 하지만 제가 생각하는 것보단, 저의 주인인 당신이 중심을 제대로 잡는 게 먼저입니다. 그래야 돕든지 말든지 할 게 아닙니까?"

이아나가 핀잔을 주었지만 아르하드는 그저 웃을 뿐, 대답하지 않았다.

킬리코에서 모리안으로 넘어가기 전, 이아나와 아르하드는 하루 동안 푹 쉬기로 했다. 모리안부터 목적지인 뱀피르카 직전까지는 죄다 블랙폭시의 영역이라 별다른 일을 하지 않고 빠르게 통과할 예정이었기 때문이다.

킬리코와 모리안의 국경은 피와 살이 튀는 험악한 전쟁터였지만, 킬리코의 외곽 지방은 나름대로 평화로웠다.

접전지 근처의 주민과 군인을 제외한 킬리코 국민들은 전쟁과 상관없다는 듯 제 일상에 집중하며 살고 있었다.

킬리코는 세상에 존재하는 세 개의 바다 중 하나, 페르기니 해와 접한 국가다. 이아나와 아르하드는 킬리코의 평화로운 해안 지역에서 오늘 하루를 보내기로 했다.

"어서 오십시오!"

그들은 거대한 바다를 옆에 낀 큰 레스토랑으로 들어갔다. 아르하드 말로는 현지인에게도, 외지인에게도 아주 유명한 식당이라고 했다.

"헛!"

아르하드가 패를 하나 내밀자 종업원의 표정이 바뀌더니 잠시 기다려 달라는 말과 함께 사라졌다.

"귀빈께서 오셨군요!"

얼마 지나지 않아 식당 주인이 튀어나와 허리를 직각으로 굽히며 그들을 맞이했다. 그 후 주인은 그들을 푸른 바다가 한눈에 보이는 야외 테이블로 안내했다.

"바다는 언제 봐도 멋지군요."

로안느는 내륙에 위치해서 바다가 보이지 않았기에, 이아나는 이번 기회에 바다를 실컷 보았다.

끝이 보이지 않는 푸른 풍경은 가슴이 뻥 뚫리는 시원함을 선사했다. 보고 또 봐도 좋았다.

"호화로운 여행이네요."

종업원이 내오는 풍성한 해산물 요리들을 보며 이아나가 중얼거렸다.

익숙해졌지만 가끔, 정말 가끔, 이런 것에 익숙해져도 되나 하는 의문이 든다. 얼마 전에 가난하다 못해 전쟁으로 고통받던 아이들을 보고 온지라 더 그랬다.

이아나는 검소한 편이었기에 공작이 되어서도 섣부르게 사치를 부리진 않았다. 그런데 아르하드는 그런 이아나의 금전 감각을 차근차근 마비시키고 있었다.

이아나는 살짝 익혀져 나온 흰 생선 살을 포크로 찔러 보았다. 어찌나 싱싱한지 요리된 후에도 살이 탱탱했다.

그 외에도 신선함을 무기로 하는 해산물 요리들이 잔뜩 있었다.

내륙에 위치한 로안느에서는 절대 먹어 볼 수 없었던 요리들이었다. 킬리코에서만 맛볼 수 있는 고급술도 아름다운 유리잔에 담겨 있었다.

죄다 반짝거린다. 돈 냄새가 풍겨 오는 것만 같다.

이아나가 중얼거렸다.

"……고급스러운 것에 익숙해져서 웬만한 것에는 만족하지 못하게 되면 어쩌죠?"

"돈은 내가 다 내 줄 테니 마음껏 사치 부려. 그리고 익숙해지면 그보다 더 고급스러운 걸 사면 되지."

얼핏 들으면 오만하게 거드름을 피우는 말 같지만, 사실 아르하드의 진심이 꽉꽉 들어차다 못해 넘쳐흐르는 말이다. 이아나는 제가 정말로 그렇게 될까 봐 오싹함을 느꼈다.

하지만 소비 문제로 싸우기 시작하면 끝이 없을 것 같아서 이아나는 그냥 포기했다.

포크로 푹 찌른 생선 살을 입에 넣자, 쫄깃한 살점이 혀 위에서 요동쳤다.

이아나의 표정이 상기되었다.

'맛있다.'

그 뒤로 이아나의 말수는 급격히 줄어들었다.

아르하드는 식사하느라 조용해진 이아나를 보았다. 이아나가 맛있는 음식에 한눈을 팔고 있는 터라 그녀의 모습을 세세히 뜯어볼 수 있었다.

말없이 음식에 집중하는 모습조차 귀엽고 예쁘면 어쩌라는 거지…….

아르하드는 여행 오길 잘했다고 생각하며 속으로 흐뭇해했다.

식사 후, 그들은 연극을 보러 갔다. 마침 유명한 극단이 근처의 극장에서 킬리코 사람들이 가장 좋아하는 극을 공연하고 있다는 소식을 접했기 때문이었다.

"표 구합니다!"

"입석도 괜찮으니 표 좀 팔아 주세요!"

극은 인기가 아주 많았고, 표는 매진된 지 오래였다. 극장 입구에서는 암표상조차 없어 표를 사고자 하는 사람들이 난리를 치고 있었다.

하지만 세상에서 벌어지는 문제 중 열에 아홉은 돈으로 해결되는 법이다.

"기다리고 있어."

아르하드는 극장 앞에 서 있는 관계자에게 가더니 이야기를 나누었다. 관계자는 처음에는 난처해하는 듯했지만, 아르하드가 뭔가를 하나 건네자 낯빛이 확 바뀌었다.

그는 곧 쏜살같이 극단 내로 뛰어 들어갔다.

관계자는 얼마 후 다시 나와 아르하드에게 표 두 장을 전해 주었다. 이에 아르하드는 그에게 수표 몇 장을 건네었다.

아르하드는 표를 살피더니 만족스러운 표정으로 이아나에게 다가왔다.

"괜찮은 박스석을 구했어."

"어떻게요?"

"관계자에게 돈을 충분히 줄 테니 박스석 표를 팔아 달라고 했는데, 정말 자리가 없다며 난처해하더군. 그래서 박스석 관객들을 상대로 자리를 구해 보라고 했다. 그리고 결과가 이거."

아르하드가 표 두 장을 내밀었다.

"표 삽니다!"

"제발 팔아 주세요!"

이아나는 얼떨떨한 표정을 지었다. 주변에서는 표를 산다는 쉰 고함 소리가 애처롭게 들려오는데, 아르하드는 삼십 분도 안 되는 시간 안에 표를 구해 왔다.

"이래도 되는 겁니까? 관계자는 왜 당신 말을 들어준 거죠?"

"내가 제시한 푯값의 십 퍼센트를 수수료로 준다고 했거든."

"……푯값으로 대체 얼마를 주셨기에?"

"맞혀 봐. 힌트를 주자면, 원래 값의 몇 배를 줬다."

이아나는 잠시 고민하다가 제 기준에서 최대치를 불러 보았다.

"열 배?"

"열 배 정도로는 안 돼. 표를 팔려는 사람에게도, 관계자에게도 금전 감각을 상실시키는 금액을 불러야 이성이 마비돼서 내가 원하는 대로 행동하니까."

"그냥 말해 주세요."

"천 배를 줬어."

이아나는 그냥 아무 말도 하지 않기로 했다.

아르하드가 돈으로 속을 썩이긴 했지만, 그와 별개로 이아나는 연극을 정말 재밌게 보았다.

극은 웃긴 소재와 진지한 소재가 잘 어우러져 관객들을 웃기고 울렸다. 문화생활을 거의 즐기지 않는 이아나가 연극의 재미에 눈을 떴을 정도니 말 다 했다.

"그래도 진짜로 심합니다."

"응?"

연극을 본 후 숙소로 돌아온 그들은, 지하에 위치한 시끄러운 술집의 바에 앉아 독한 술을 십여 병이나 까며 대작했다. 둘 다 꽤 많이 마신 터라 얼굴이 발그스름했다.

"당신 돈 쓰는 거요."

이아나가 살짝 꼬인 혀로 불만스럽게 말했다.

"너한테만 그렇게 쓰는 건데. 너도 마음껏 써도 돼. 다 대 줄 테니까."

"제가 미쳐서 전 대륙적으로 이상한 사업들을 벌였다가 말아먹고 당신 돈을 죄다 탕진하면 어쩌려고 그렇게 말씀하시는 겁니까?"

"네가 다 쓰려고 용을 써도 절대 다 못 쓸 테니 괜찮아. 따로 하고 싶은 사업 있으면 얼마든지 말하고."

오랜만에 아르하드의 돈 씀씀이에 거부감이 들었던 이아나가 하지만, 하고 말을 덧붙이려 할 때였다.

주변이 소란스러워서 잘 들리지 않을까 봐, 아르하드가 이아나의 귓가에 대고 말했다.

"믿음이 안 가면 지금 당장 네가 평생 펑펑 쓰고 다녀도 다 못 쓸 만큼의 돈을 줄까?"

"풉."

이아나가 간지럽기도 하고 그의 말이 웃기기도 해서 저도 모르게 웃었다. 이아나의 귀를 보고 있던 아르하드는 달아오른 귓바퀴가 살짝 쫑긋하는 뜻밖의 귀여움을 목격하고 말았다.

마찬가지로 술에 취해 있던 아르하드는 순간적으로 충동을 자제하지 못했다. 이아나의 예쁜 귀를 살짝 깨물어 버린 것이다.

"읏."

깨물리는 순간, 이아나는 귀에서부터 발끝까지 찌릿함을 느꼈다. 이상하고 생소하고 야릇한 기분이 이아나를 엄습했다. 깨물린 곳에 더운 숨결이 닿자 온몸에 힘이 들어가고 손가락이 오므라들었다.

수상쩍고 민망한 기분을 느낀 이아나가 흠칫 떨더니, 아르하드에게서 홱 떨어지면서 제 귀를 감쌌다.

"뭐 하신 겁니까?"

아르하드도 정신을 차리고 두 손을 들었다.

"아, 미안. 나도 모르게."

"자기도 모르게 귀를 깨무는 건 대체 무슨 심리입니까?"

당황한 이아나가 아르하드에게 쏘아붙였다.

"실수했어. 미안."

아르하드의 사과고 뭐고, 술기운 때문인지 뭣 때문인지 열이 홧홧하게 올라 가시질 않고 있었다. 얼굴이 화끈거렸다. 이아나는 그런 스스로가 당황스러워 자리에서 벌떡 일어났다.

"먼저 올라가서 씻겠습니다."

이아나는 길쭉한 다리로 성큼성큼 걸어 사라져 버렸다. 아르하드는 잠시 테이블 위에 이마를 묻은 채 제 머리카락을 움켜쥐고 있다가 술값을 지불하고 방으로 돌아갔다.

그들이 빌린 방은 여관에서 가장 크고 호화스러운 방이었다. 커다란 거실 하나에 방 네 칸인데다 방마다 개별 화장실까지 딸려 있는 구조였으므로 각방을 쓰고도 남았다.

노숙을 할 때가 아니면 각방을 쓰는 게 당연했다. 여기서도 거실이나 당구대 등 레저용품들을 둔 방에서 함께 있는 게 아니면 각방을 쓰는 이아나와 아르하드의 행동반경이 겹칠 일은 없었다.

참방.

하지만 숙소로 들어가자마자 미세한 물소리가 감각이 곤두서 있던 아르하드의 청각에 잡혔다. 아르하드는 어쩐지 안절부절못하게 되었다.

씻는다고…….

그리 한번 중얼거렸다가, 아르하드는 정신을 번쩍 차렸다.

이때까지 아무 일 없이 잘 지내 와 놓고 귀 한번 깨문 행동을 계기로 그런 단순한 말에 의미 부여를 하는 스스로가 어이없었다.

제가 술에 취해서 제정신이 아니라고 판단한 아르하드는 결국 밖으로 나가 버렸다.

"뭐야."

이아나는 목욕을 하는 내내 얼굴이 화끈거렸다. 계속해서 깨물린 부분이 신경 쓰였다.

'내가 제대로 술에 취한 모양이군.'

결국 더위를 이기지 못하고 목욕을 관둔 이아나는 발코니에서 꽤 오랜 시간 동안 찬바람을 쐬다가 방으로 돌아왔다.

술집에 버려두고 온 아르하드가 떠올랐다.

'돌아왔으려나?'

벌써 와 있을지도 모른다.

'알아서 잘 들어오겠지.'

확인하려고 방에서 나갔다가 아르하드와 마주치면, 왜인지 조금 어색할 것 같아서 이아나는 바로 침대에 누웠다.

그리고 아르하드는 이아나가 뒤척거리다가 잠들 때까지, 아니 새벽이 넘어서도 돌아오지 않았다.

어색함은 없었다.

술자리에서 벌어진 일이었기에, 이아나는 살짝 찜찜하긴 했지만 술기운 때문에 그랬던 거라고 생각하기로 했다.

그 후 이아나와 아르하드는 블랙폭시의 영역을 빠르게 주파했고, 그날의 기분은 서서히 희미해져 이아나는 평소처럼 아르하드를 대할 수 있게 되었다. 그도 평소처럼 대해 주었기에 솔직히 말해서 이아나는 안심했다.

주요 관광지에 들러 식사만 하고 지나가는데도 사람들의 분위기를 통해 각 국가의 실태를 파악할 수 있었다.

과연 바하무트와 블랙폭시가 뒤에서 조종하고 있는 나라들답다고 할까. 귀족들은 대부분 부패했고, 평민들은 높은 세율에 허덕거리며 팍팍한 하루를 보내고 있었다.

"여기서 거둬진 세금과 블랙폭시가 따로 활동해서 얻은 물자 대부분이 바하무트로 보내진다고 하셨지요? 제국이 비축한 재화의 양이 장난 아니겠군요."

이아나는 바하무트 황족이 얼마나 호화롭게 살고 있을지 상상해 보았다.

"바하무트 제국의 황궁은 어떨까요? 로안느의 왕궁은 비싼 백금과 대리석으로 덮여 있으니, 황궁에는 다이아몬드가 박혀 있으려나요."

그런데 왜일까? 저번에 보았던 이사벨라와 위프헤이머를 사치에 대입하기란 쉽지 않았다.

"황족의 사치는 딱히 심하지 않은 편이다. 황궁도 그냥 질 좋은 흙으로 구운 검은 벽돌로 지어져 있고."

아르하드는 바로 이아나의 알쏭달쏭한 기분을 해소해 주었다.

"사치를 할 돈이 있으면 파괴를 위한 군수 물자 구입과 병사 양성에 소비하는 게 낫다고 생각하는 놈들이니까."

이아나는 회귀 전의 전쟁을 회상했다.

'그렇구나.'

회귀 전 아르하드가 황제의 자리에 올랐을 때, 바하무트가 비축해 둔 것들은 그가 가지고 있던 것들과 합쳐져 세상을 부수는 거대한 힘이 되었을 것이다.

또 바하무트는 오래전부터 블랙폭시를 통해 남부를 타락시키고 있었다. 현재 블랙폭시의 손에서 놀아나는 남동부 국가들은 바하무트에 자진해서 항복하고 그편에서 주변국과 전쟁을 벌여, 악마적인 힘에 무릎 꿇었다고 비난받았던 나라들이었다.

그런데 남동부는 그보다 훨씬 전부터 바하무트의 꼭두각시 신세였던 모양이다. 지금처럼, 남부의 누구도 모르게.

타락한 남부.

강력한 군사력, 막대한 군수 물자, 대단한 인재들.

거기에 엄청난 카리스마의 지배자까지.

모든 원인이 합쳐지자 전 대륙이 바하무트에 짓밟힌 게 당연했다는 결과가 나왔다.

그로부터 며칠, 벰피르카 왕국으로 향하면서 통과하는 지역들은 이아나가 보기에 하나같이 가관이었다.

'심하네.'

사람이 쓰러져 죽어 가고 있어도 누구 하나 눈길을 주지 않을 정도로 인심은 사나웠고, 지나가다 목격한 패싸움이나 범죄 행위만 해도 열 손가락을 넘을 정도로 범죄율도 높았다. 시디얀이 생각날 정도였다.

전쟁 국가들이라더니 싸우기는 또 얼마나 싸워 대는지, 이아나와 아르하드는 숲이나 강을 지나다가 전쟁의 부산물인 시체의 산을 몇 번이고 목격했다.

그럴 때마다 이아나는 앞으로 그녀의 신념을 잘 생각해 보라던 아르하드의 말이 떠올랐다.

신념.

아직 잘 모르겠다.

하지만 왕이 되어 약자를 이끌고자 하는 자라면, 누구보다 강해야 한다는 게 이아나의 기본 생각이었다.

본인에게 소속된 약자들, 그러니까 백성들은 왕이 제 신념을 펼치는 데 발판이 되어 줄 '아군'이므로 그들을 지킬 수 있어야 했다.

그래서 남동부 국가들 왕들은 제 강함의 기준에 미치지 못했다. 또 자의든 타의든 부패를 방치하는 그들의 신념이 그르다는 생각이 들었다.

웃음소리가 사라지고 울음소리만 울려 퍼지는 땅은 우울감이 지나치게 짙어 한시라도 빨리 떠나고 싶은 마음이 들게 했다.

보라. 그릇된 강자가 통치하는 국가의 약자들이 어떻게 살아가고 있는지. 더 강한 강자에게 휘둘리는 지배자를 왕으로 둔 백성들이 얼마나 고통받고 있는지.

그들이 약하지 않았다면, 사람들이 이렇게까지 불행하진 않았을 것이다.

바하무트의 경우에는 자국민에게 어쩌고 있는지 모르기에 평가가 어렵다. 하지만 이아나는 바하무트의 방식이 마음에 안 들었다.

그들은 제 신념과 욕망을 충족시키는 만큼, 짓밟히는 이들의 원한을 감당해야 했다.

파괴와 지배를 즐기는 바하무트로서는 환영할 일일지 몰라도, 이아나의 기준에서 그건 몹시 피곤한 일이었다. 전쟁이 가져오는 파괴적인 결과도 싫었다.

'하지만 다른 이들의 증오를 감당할 자신이 있고 또 그에 따른 책임을 질 힘이 있다면, 욕망에 충실한 것에 뭐라고 할 순 없지. 바하무트는 너무 과격한 경우일 뿐이고, 사실 누구든 이기적으로 살고 있으니까.'

거기까지 생각하던 이아나는 고개를 내저었다. 아르하드가 이상한 말을 해서 별생각을 다 하게 되었다.

그녀 또한 무척 이기적인 사람이었다. 또, 아르하드가 원한다면 적을 무차별적으로 베어 넘길 개인에 불과했다.

"골탕 좀 먹여 줄까?"

이아나와 아르하드는 블랙폭시의 영역을 빠르게 지나치면서 블랙폭시의 아지트가 근처에 있으면 족족 파괴하고 조직원들을 죽여 놓았다.

두 사람의 무력이 무력인지라 그들의 공격은 게릴라 조직의 습격이나 마찬가지였다.

창고 안에 쌓인 재화에는 손을 대지 않았다. 전부 털었다가는 블랙폭시가 그 지역의 사람들에게 패악을 떨 터, 안 그래도 살기 팍팍한 사람들에게 피해를 주고 싶지 않았다.

대신 사람들에게 은근히 소문을 흘렸다. 상황이 절박하거나 대담한 이들은 창고 안의 재화를 챙겨 갔다. 이로써 책임은 그들에게 있었다.

"어떤 새끼들이야아아!"

블랙폭시는 워낙에 그들을 증오하는 이가 많았던 터라 적을 특정할 수 없었다.

그래서 무기력한 평민들보다는 나라 내에서 활동하고 있는 반反블랙폭시 단체들을 무차별적으로 조졌다.

"누군진 몰라도 대단하네."

각 단체들은 블랙폭시의 괴롭힘에 허덕거렸지만, 그 힘듦이 무색할 정도로 블랙폭시가 한 방 먹고 있다는 것에 엄청난 쾌감을 느꼈다.

블랙폭시를 제외한 모두가 이아나와 아르하드의 공격을 만족스러워했다.

이 또한 블랙폭시의 업보라고 할 수 있겠다.

2월 초.

이아나와 아르하드는 드디어 불의 마탑에 도착했다.

"드디어 왔군!"

"드디어어어!"

마이마예와 하니델프는 두 팔 벌려 그들을 환영했다.

"너무 오래 기다리게 했어. 이제 오려나, 내일 오려나. 하니델프와 나는 매일매일 창문 밖으로 목을 뺀 채로 자네들을 애타게 기다리다가, 지독한 감기에 걸려 죽다 살아났단 말일세!"

침을 튀기며 버럭댄 마이마예가 제 코밑을 가리켰다.

"여기 보이나? 콧물 때문에 헐어 버렸다고!"

"금방 온다더니. 너무해!"

하니델프도 서운함을 표했다. 하지만 서운함의 이면에는 극도의 흥분감이 감돌고 있었다. 마이마예도 흥분한 채로 손에 쥐고 있던 지팡이를 바닥에 쿵 내리찍었다.

"쯧쯧! 이아나 양이 종강을 한 건 몇 주 전일 텐데 말이야. 도르시아니 양의 번개 마법이 생각 외로 신통찮은 모양이구먼."

마이마예가 도르시아니가 들었다면 그의 정수리에 벼락을 마구 내리꽂았을 말을 하며 투덜거렸다.

"그런데 도르시아니 양은?"

"다시 돌아갔습니다."

"안면도 익혔는데 얼굴 한번 안 보고 돌아가다니 매정한 여인이로세."

천연덕스럽게 거짓말을 한 아르하드가 어깨를 으쓱거렸다.

"어쨌든 늦어서 죄송하군요. 마이마예 님과 하니델프 씨가 준비되는 대로 출발하죠."

"자네들 안 쉬어도 되나? 아, 도르시아니 양의 번개 마법으로 와서 괜찮은 겐가?"

아르하드가 이아나를 살폈다.

"피곤해?"

"전혀요."

이아나와 아르하드는 동부 대륙을 쭉 돌아보고 온 참이었지만 체력 소모는 크지 않았다. 애초에 체력이 인간의 범주를 뛰어넘는 데다, 휴식을 위한 여행이라고 생각해서 쉬엄쉬엄 다녔기 때문이다.

"오오, 그럼 지금 당장 출발하지! 짐은 이미 한 달 전에 다 싸놨다고!"

"드디어 간다!"

"가자!"

마이마예와 하니델프가 신나서 문으로 뛰쳐나가고 아르하드도 그들을 뒤따르려 할 때, 이아나가 그의 손목을 붙잡았다.

"잠깐만요."

"응?"

이아나가 아르하드의 왼쪽 가슴을 힐끔댔다. 신력을 육안으로 확인할 수 있으면 좋겠지만, 생물의 체외로 노출되지 않은 신력은 다른 이가 볼 수 없었다.

"신력은 충분하십니까? 저번에 오지에 들어갔을 땐 오크의 심장을 부수고 신력을 빼앗으셨잖아요."

"……."

"부족하다면 제가 지금 드리겠습니다."

이아나는 제 신력이 무한하다는 걸 안 이후부터 줄곧 아르하드에게 신력을 나눠 주고 싶다는 생각을 했다. 그래서 그에게 신력이 모자라면 알려 달라고 주기적으로 말하고 있었다.

"괜찮아."

하지만 아르하드는 계속 거절했다. 지금처럼.

"그때는 예상치 못한 여정이어서 대비를 못 한 거야. 지금은 신력을 충분히 가지고 있으니까 괜찮다."

"당신, 계속 그 약을 먹고 계신 건가요?"

이아나는 서부 여행에서 있었던 일과 라이프, 그리고 사키에 대해서 모두 털어놨다. 그래서 아르하드도 그의 약에 대해서 말해 주었다.

바하무트의 마법사들은 미스틱을 리본으로 개량하는 과정에서 탄생한 풀들을 소중히 보관해 두었다. 그 중에는 리본의 끔찍한 중독성이 없는 반면 마나와 신력 응집도를 높인 개량형 미스틱도 있었다.

하인리히는 그 풀을 개량하여 신력을 응집하는 성질을 강화했고, 그것으로 아르하드가 복용하는 약을 제조했다. 풀을 으깨 즙으로 만든 후 바하무트 특제 병에 담고, 몬스터의 심장을 모아 짜낸 신력을 깃들게 하면 끝이었다.

아르하드의 약은 협력하는 엘프 중 하나가 정령의 힘으로 정화하면 치료제도 될 수 있었다.

에이지가 말해 주었던 것과 같다. 그런데 추가된 정보 중 하나가 이아나의 마음에 들지 않았다.

"몬스터들의 신력이 다 섞인 걸 주기적으로 드신다고요? 전에 몬스터의 신력을 흡수하면 신력에 깃들어 있던 영혼의 색 때문에 영향을 받을 수도 있다면서요? 가령 오크라든가."

"난 괜찮아. 그런 놈들한테 절대로 영향 안 받아."

아르하드가 그리 말해도 이아나는 그가 그런 약을 먹는다는 것 자체가 싫었다. 그녀가 빈정거렸다.

"제가 오크처럼 변하면 어쩌시려고 그런 약을 저한테 주셨습니까?"

"그때는 다친 네 팔이 안타까워서 내가 먹어야 할 약을 줘 버린 거야. 바르는 건 문제가 되지 않으니까 괜찮다고 생각했어. 기분 나빠? 미안."

이아나의 귓가가 살짝 붉어졌다. 아르하드가 선물해 준 걸로 싸우면 결국 무조건 이아나가 지게 되어 있었다. 이아나는 시비 거는 걸 그만두고 바로 본론으로 들어갔다.

"아무튼 이제 그런 약을 먹을 필요가 없지 않습니까. 제가 드린 다니까요?"

"……."

"매번 괜찮다고만 말씀하시는데, 왜죠?"

이아나가 아르하드의 손목을 놓고 못마땅한 표정으로 팔짱을 꼈다.

"괜찮은 게 아니라 거부하시는 겁니까?"

정답이다.

아르하드는 이아나의 신력을 받는 게 꺼려졌다. 로베르슈타인의 신력으로 생을 연명하던 악마의 삶이 떠올랐기 때문이다.

이아나의 신력이 무한하다는 게 사실이라면, 그녀가 신력을 제공하는 것이 가장 효율적이며 위험이 적은 수단인 게 맞긴 하다.

하지만 이아나의 생명을 받는 것 자체가 거북했다. 그는 이아나의 빛을 오롯이 지켜 주고 싶었다. 거기서 더욱 빛나게 해 주고 싶었다. 그녀에게 조금이라도 해가 되는 일은 절대 하고 싶지 않았다.

이아나와 동등한 위치에서 서로를 보는 관계가 좋았다. 그런데 이아나의 신력을 받는 순간부터 그녀에게 기생하는 벌레가 된 기분이 들 것만 같았다. 그녀를 감싸는 세상이 아니라, 그녀의 생명을 빨아먹는 괴물이.

과거에 악마가 신력을 자체적으로 만들지 못하는 제 열등한 심장을 증오하고, 로베르슈타인이 신력을 줄 때마다 지독한 자기혐오에 빠졌던 것처럼 말이다.

"그래서 그래."

아르하드는 제 생각을 숨기지 않고 솔직히 말했다. 그리고 이아나는 어이없어했다.

"그럼 앞으로는 저도 당신의 선물을 받지 말까요?"

"그 얘기가 여기서 왜 나와? 싫어."

"왜요? 당신의 비싼 선물들이 부담스러우니 필요하면 그냥 제돈 모아서 사겠다는데. 당신의 논리대로라면 저는 당신의 돈에 기생하는 벌레가 아닙니까? 저도 싫습니다."

아르하드가 멈칫했다. 그는 이아나가 기뻐할 것을 생각하며 선물들을 건네었다. 그런데 그녀는 지금 신력을 선물과 동일시하는 듯이 말하고 있었다.

이아나가 한숨을 푹 쉬었다.

"아르하드, 당신의 부유함은 무제한에 가깝고 벌어들이는 돈도 있으니 제게 뭔가를 선물해 주는 것 정도는 당신의 재력에 조금의 영향도 미치지 않겠죠. 얼마 전에는 저보고 마음껏 사치스럽게 굴라고 말씀하시지 않았습니까?"

"……."

"제 신력도 마찬가지입니다. 원래 많았던데다가 계속 만들어지고 있으니 펑펑 써도 된다고요."

이아나가 눈매를 누그러뜨렸다.

"그동안 당신에게 넘치도록 받기만 했는데, 당신을 위해 뭔가를 해 줄 수 있게 되었어요. 그것도 저만이 마음껏 해 줄 수 있는 일."

이아나의 호감이 넘치도록 쏟아지자 아르하드의 심장이 울렁거렸다.

"당신이 제게 부족한 것을 주듯, 저도 당신에게 부족한 것을 줄 수 있다는 점이 무척 좋습니다. 당신이 제 신력을 써 준다면 전 무척 기쁠 거예요."

"……그렇군."

아르하드는 이아나의 말을 이해했다. 이아나가 제 선물과 신력이 같다고 말해 주자 온몸에 벌레가 기어 다니는 듯했던 거부감도 사라졌다.

그는 이아나를 물끄러미 바라보았다.

'부족함이라.'

아르하드는 그녀의 모든 것이 사랑스러웠다.

부족함조차 예뻤기에, 그녀는 아르하드에게 언제나 완벽한 사람이었다.

다만, 그 부족함 때문에 이아나의 이름이 타인의 더러운 입 따위에서 오르락내리락하는 게 싫었다. 제게는 완벽하기만 한 그녀의 빛에 타인이 흠집을 내려 하는 것을 참을 수 없었다.

그래서 아르하드는 이아나의 부족한 부분을 채워 주고 싶었다. 그에게는 이아나의 부족한 부분을, 그가 여태 쌓아 왔고 앞으로 쌓아 나갈 것들로 메워 줄 능력이 있었다.

그의 어두운 세상에 끌어들여 그가 가지고 있던 어둠을 부족한 부분에 채워 넣는다면 이아나는 더욱더 눈부시게 빛날 수 있었다.

그런데 아르하드를 도울 수 있는 건 이아나도 마찬가지였다. 그녀는 그의 깜깜한 세상을 밝힐 수 있는 밝은 빛이었던 것이었다. 어둠 속에서 아르하드가 자아를 잃지 않게 하고, 방황하지 않도록 길을 만들어 주는.

그리고 방금 전 이아나는 스스로 그러고 싶다고 말했다.

아르하드는 몸에 살짝 열이 오르는 걸 느꼈다. 주먹을 쥐었다 폈다 하며 심호흡을 했다.

"이제 약 안 드실 거지요?"

"……그래."

"부족하면 저한테 말씀하실 거고요?"

아르하드가 말 잘 듣는 아이처럼 고개를 끄덕거렸다. 설득이 통해서 기쁨을 느낀 이아나가 생긋 웃었다.

"좋습니다. 부족하다고 말하는 게 좀 민망하실 테니까 날짜를 정해서 드리는 게 낫겠지요? 하지만 오늘은 오지에 들어갈 테니까 받아 두세요. 많으면 많을수록 좋잖습니까?"

이아나가 아르하드의 손을 덥석 붙잡았다. 뜨거워진 체온에 뜨끔한 아르하드가 저도 모르게 손을 빼려고 했지만 꾹 잡아당기는 힘에 그러지 못했다.

"도망가지 마시고요."

그의 손을 움켜쥔 이아나가 제 심장에서 넘실거리는 신력을 뽑아내 그에게 밀어 넣었다. 아르하드는 손바닥을 꿰뚫는 엄청난 활기에 움찔했다.

만일 그가 유입을 거부한다면 신력은 이아나에게 다시 되돌아갈 것이다. 하지만 이왕 이렇게 된 것, 어쩔 수 없었다. 아르하드는 머뭇거리면서 그녀의 신력을 받아들였다.

츠츠츠츠…….

역동적인 생명이 뜨거운 용암처럼 피를 데우며 아르하드의 몸속으로 흘러들어 가기 시작했다.

'아.'

아르하드는 그 순수한 열기에 녹아내릴 것 같은 기분을 느끼며 입술을 짓씹었다.

고요한 호수의 수면과 같던 몸에 돌이 던져지자 파도가 거세게 일었다. 혈관에서 몸 구석구석으로 퍼져 나간 생명이 온몸에 활력을 돋웠다. 신체를 이루고 있는 모든 게 힘껏 박동하기 시작했다.

복잡한 혈관을 따라 길을 인도받은 신력이 심장의 중심에 자리

잡았다. 뜨겁고 강인한 신력은 섞여 있던 불순한 신력들을 제 아름다운 빛으로 불태우듯 물들여 버렸다.

신력은 주인 그 자체를 담는다. 가치관, 성격, 정신력, 생각, 감정…… 그 모든 게 담겨 있다.

그래서 이아나의 마음이 적나라하게 느껴졌다.

그를 걱정하고 위하는, 좋아하고 아끼는, 그런 마음이.

이아나가 제 심장 안에 들어와 좋아한다고 속삭이고 있는 것 같아, 아르하드는 아찔해졌다.

"후우."

신력 양도가 끝났다. 살짝 긴장했던 이아나가 한숨을 뱉고는 아르하드를 살폈다.

"어떻습니까?"

어떠냐고?

영혼의 색에 물든 신력은 제각각 다른 느낌을 풍긴다. 또, 그 신력의 느낌을 사람마다 다르게 받아들인다.

아르하드가 느끼는 이아나는 뜨거운 불빛이었다. 어둡고 추운 곳에서 얼어붙어 있다가 불을 선물 받은 것 같았다.

소중하고 소중한, 절대 소모하지 않고 품고 있고만 싶은.

그의 심장에 안착하여 불을 지핀 이아나의 신력은 몸 전체를 데웠다. 그 온기에, 아르하드는 뻥 뚫려 있던 부분이 메워지는 듯한 벅찬 쾌감과 충족감을 느끼고 있었다.

아르하드의 손이 떨렸다. 그가 어떤 기분을 느끼고 있는지 알지 못한 채, 이아나가 뿌듯한 표정으로 말했다.

"제가 당신 돈으로 사치를 해도 된다면, 당신은 제 신력으로 건

강하게 오래오래 사세요."

이아나의 손을 붙잡은 아르하드의 손에 힘이 세게 들어갔다. 악력이 손이 아플 정도로 세서, 이아나가 미간을 살짝 좁혔다.

"뭐 잘못되었습니까? 이렇게 주는 것이 아닌가요?"

이아나가 고개를 갸웃했다.

"신력의 색도 없애야 하는 겁니까?"

이아나가 질문했지만 아르하드는 대답이 없었다.

"……?"

이아나는 정말 제가 뭘 잘못했나 싶어 걱정되기 시작했다. 그래서 그의 이름을 부르며 괜찮으냐고 물으려 했는데, 그녀는 말하기도 전에 거칠게 잡아당겨졌다.

빨려 들어가듯 품속에 안기자마자 뜨겁게 키스당했다.

꽤 익숙해진 스킨십들인데도, 이아나는 당황해서 아르하드의 옷자락을 움켜쥐었다.

그의 몸이 지나치게 뜨거워서일까, 아니면 흔치 않은 거친 입맞춤이어서일까.

이대로 가다간 뭔가, 뭔가, 더 심한 짓을 당할 것 같은…….

"이아나……."

이아나의 머릿속에 경종이 울리고 있을 때, 살짝 떨어진 입술 틈에서 달뜬 목소리로 그녀의 이름이 속삭여졌다.

이아나의 얼굴이 확 달아올랐다.

왜일까?

얼마 전 귀가 깨물렸을 때가 생각났다.

"느림보 한 쌍, 빨리 내려오게나!"

밖에서 마이마예가 버럭거리는 소리가 들려왔다. 이아나는 화들짝 놀라 아르하드를 밀어내며 후다닥 떨어졌다. 숨을 몰아쉬다가 아르하드를 올려다본 이아나는, 다시 고개를 푹 숙이고 말았다.

왜일까?

번들거리는 그의 입술이 색스럽게 느껴져 조금 부끄러웠다.

"가, 가죠."

자기도 모르게 말을 더듬은 이아나가 계단으로 빠르게 내려갔다. 아르하드는 시야를 어지럽히는 붉은 머리카락을 물끄러미 바라보다가, 천천히 걸음을 옮겼다.

"빨리, 빨리!"

"어서, 어서!"

신이 난 마이마예와 하니델프의 추임새와 함께, 일행은 카란켈 바위 산맥을 엄청난 속도로 통과했다.

마이마예와 하니델프는 마법으로 하늘을 날았고, 이아나와 아르하드는 달렸다.

이아나는 달리는 내내 아르하드를 관찰했다. 아르하드는 가끔 인상을 찡그렸지만, 본인 스스로 신력을 충분히 챙겼다고 말한 데다 이아나가 보충까지 해 줘서인지 저번처럼 땀을 흘리면서 힘들어하지는 않았다.

아르하드는 심장에 기이한 병을 앓고 있다고 했고, 신력 소모량도 무척 많아서 늘 신력이 부족하다고 했다.

추측하건대, 악마의 거대한 심장과 현재의 심장이 연결되면서 신력이 이중으로 소모되기 시작했고, 그 탓에 심장에도 무리가 가서 병이 생긴 게 아닐까?

'뭐, 심장병은 날 때부터 있었다니 아닐지도.'

하지만 전자는 맞을 것이다.

"그때, 신력이 모자라는 상태는 아니었어. 다만 어딘가에 있을 본체에 빨려 들어가서 모자라진 거야."

"본체?"

"오지의 어딘가에 있을 거대한 균열을 통해, 판데모니엄에 있을 악마의 심장으로."

예전에, 아르하드는 자신이 카란켈에서 보였던 이상한 상태에 대해서 그리 설명했었다.

추측일 뿐이지만 아르하드가 말한 오지의 거대한 균열이란 드래곤들의 결계가 아닐까?

판데모니엄에서는 미지의 인력이 모든 것을 빨아들이고 있었고, 결계는 그 엄청난 힘에 의한 세계의 붕괴를 막고 있었다. 그러니 결계가 있는 곳을 '균열'이라고 해도 문제가 없을 것이다.

궁금해진 이아나는 마이마예와 하니델프가 곯아떨어진 밤에, 아르하드를 따로 불러내서 대놓고 제 추측을 쏟아 냈다.

"다 맞아. 똑똑하네."

아르하드는 잠자코 듣고만 있다가, 말이 끝나자마자 이아나를 칭찬하더니 사실 관계를 깔끔하게 정리해 주었다.

첫째, 아르하드의 심장병은 선천적이다.

둘째, 그의 심장과 악마의 심장이 연결되어 공명하기 시작한 순간부터 그는 이중으로 막대한 신력을 소모하게 되었다.

셋째, 롯소 산맥과 4대 오지는 판데모니엄의 균열이 자주 발생하는 곳이다. 그리고 절대로 메워지지 않는 거대 균열, 그것이 바로 결계다.

넷째, 아르하드의 심장에 쌓여 있던 신력은 판데모니엄의 균열에 가까워질수록 신력이 극도로 부족한 악마의 심장에 빠르게 양도된다.

아르하드는 이와 같은 이유로 오지를 꺼리는 것이었다.

'롯소 산맥에도 결계가 있구나.'

하긴 오지의 드래곤들은 동서남북 하나씩을 맡아 결계를 지킨다고 하였다. 그럼 롯소 산맥에 있는 칸데메이온이 무엇을 하고 있을지도 추측할 수 있다. 그도 결계를 지키고 있을 것이다.

'그럼 칸데메이온이 말한 신의 비밀은 결계일까?'

생각을 이어 가던 이아나가 문득 의아함을 느끼고 아르하드에게 물었다.

"당신은 어떻게 그런 걸 다 아시는 겁니까? 악마의 영혼에서 얻은 지식인가요?"

"드래곤을 만난 적 있으니까."

"드래곤을요? 어떻게요?"

"롯소 산맥에서 칸데메이온을 만났어. 그가 내게 이야기해 줬지."

이아나가 놀라서 입술을 손으로 가렸다.

"언제요?"

"……엄청 오래전에. 롯소 산맥에서 본체화했을 때도 만났고."

잘 생각해 보면, 아르하드가 롯소 산맥에서 드래곤으로 변해서 그 난리를 쳐 댔는데도 칸데메이온이 아르하드를 가만둔 게 이상하다. 실은 옛날부터 안면이 있었던 것이다.

"별로 사이가 좋진 않아. 아니, 사이라는 단어로 엮는 것조차 애매해. 대화도 거의 못 해 봤으니까."

"드래곤이 당신을 죽이지 않아서 다행입니다."

이아나는 드래곤의 상황을 떠올렸다. 드래곤들은 세상의 붕괴를 막기 위해 오지에 틀어박혀 있어야 했다. 그리고 테라노우딘은 세계의 붕괴가 악마의 심장이 균형을 깨뜨렸기 때문에 발생한다고 했다.

만일 일면식도 없었던 이상한 존재 하나 때문에 까마득하게 오랜 세월 동안 자유를 박탈당한다면, 이아나는 그놈을 죽여 버리고 싶을 것 같았다.

아무리 생각해도 드래곤들은 몹시 너그럽다. 그리고 그들이 너그러워서 다행이었다.

"그런데 혹시 칸데메이온이 지키고 있다는 신의 비밀이 뭔지 아십니까?"

"그건 잘. 난 드래곤들이 나…… 아, 그러니까 악마를 본떠 만들어진 존재들이라는 거랑 결계를 쳐 세상의 붕괴를 막고 있다는 것밖에 몰라. 나도 결계가 아닐까 싶은데."

아르하드도 전에 테라노우딘이 제게 이야기해 준 부분까지만 알고 있는 듯했다.

"얘기해 주셔서 감사합니다."

예전부터 쌓여 있던 의문을 다소 해소하자 이아나는 속이 시원해졌다.

시간이 갈수록 잔뜩 엉킨 실타래가 한 올, 한 올 풀려 나가는 듯하여 기분이 좋았다.

아르하드가 고개를 저었다.

"감사할 필요 없이 궁금한 게 있으면 언제든 물어봐. 이제부터는 너한테 뭘 숨기고 싶지 않으니까……."

맹목적인 호의가 담긴 그의 말에 이아나의 심장이 술렁거렸다. 이아나는 빠르게 뛰는 심장을 진정시키려고 아르하드 몰래 심장 부근을 꾸욱 눌렀다.

잠자리로 돌아온 이아나가 몸을 누이면서 조금 떨어진 자리에 눕는 아르하드에게 인사했다.

"안녕히 주무세요."

이제는 잘 자라는 말이 잘 가라는 인사보다 익숙해졌다. 여행하는 내내 붙어 다니다가 잠들 때가 되어서야 떨어지니 인사말이 바뀌는 게 당연했다.

"잘 자."

그의 인사를 들으니 잠이 쏟아졌다.

아르하드의 나지막한 목소리는 달빛이 머무는 밤하늘과 잘 어울렸다.

밤이 목소리를 가지고 있다면 분명 아르하드의 목소리와 같을 것이다. 그의 목소리를 들으며 밤하늘을 보고 있자니 황금빛의 은은한 등을 켜 놓은 채 새까만 비단 이불을 덮고 있는 것 같았다.

게다가 아르하드 덕분에 몬스터를 경계할 필요도 없어 녹은 초콜릿처럼 경계심이 완전히 풀렸다.

이아나는 편안한 기분으로 눈을 감았다. 잠을 청한 지 얼마 되지 않아서 잠들어 버렸다.

"……."

아르하드는 몸을 옆으로 눕힌 채 이아나의 잠든 얼굴을 한참 동안 들여다보았다.

그러다, 온도 조절 아티팩트로 주변을 따뜻하게 조정해 놨음에도 이아나가 덮고 있던 담요 아래에서 몸을 움츠리는 걸 발견했다.

그는 일어나서 제 몫의 담요까지 이아나 위에 덮어 주고는 자리에 돌아와 앉았다.

곧 드워프의 마을에 도착한다. 그는 마을에 들어가지 않고 그 근처에서 기다리고 있을 생각이었으므로 이아나와 잠시 헤어져 있어야 했다.

고작 한 달도 안 되는 시간 동안 함께 있는 것에 지나치게 익숙해졌는지 떨어져 있어야 하는 짧은 시간이 불만스럽다. 하지만 어찌하랴. 이아나는 바쁜 여자인데.

아르하드는 잠으로 시간을 낭비하는 대신 이아나를 마음껏 보기로 했다. 봐도 봐도 질리질 않았다.

시간은 빠르게 흘러 새벽이 되었다. 사위가 점점 밝아지자 아르하드는 이아나에게서 눈을 떼고 지평선 너머를 바라보았다.

태양이 뜨고 있었다.

"……."

아르하드는 어두운 하늘이 빛으로 물드는 광경을 잠시 지켜보았다.

그러다 다시 이아나를 보았다.

붉은 태양이 아르하드의 금안에 잠겨 들었다.

"어라."

길을 가는 도중에 이상한 것들이 계속 목격되었다. 상처 하나 없는 건강한 몬스터들이 여기저기 쓰러져 있었다.

드르렁.

처음에는 죽은 줄 알았는데 잠들어 있는 거였다.

이아나의 표정이 묘해졌다.

"몬스터들이 단체로 수면병이라도 걸린 건가요?"

"아아, 우리보다 앞서가는 무리들이 있었구먼. 수면병은 아니라네. 예전에 말해 줬지 않나? 드워프들과 거래를 하는 유일한 상단."

"아."

마이마예가 이야기한 지 얼마 지나지 않아, 쓰러진 몬스터들 사이를 수레 여러 개를 끌고 지나쳐 가는 수상한 무리를 발견했다. 이아나는 수레에 달린 깃발의 문장을 보고 고개를 끄덕거렸다.

"인사 한번 할까? 어이!"

마이마예가 지팡이를 흔들며 소리치자 그쪽 사람들이 모두 돌아보았다. 선두 쪽에서 한 사람이 말을 타고 달려왔다.

"마이마예 님 아니십니까?"

풍채 좋은 남자가 말에서 뛰어내렸다.

"오랜만에 뵙는군요. 하니델프 님도요."

남자는 반가운 기색을 숨기지 않았다.

"잘 지냈나?"

"그럼요. 두 분도 여전하십니다. 그런데 다른 두 분은……."

남자가 마이마예와 함께 있는 이들이 누군가 싶어 호기심 가득한 눈으로 훑다가 아르하드를 보고 깜짝 놀랐다.

"아르하드 씨 아닙니까?"

"오랜만입니다."

이아나가 옆에서 궁금해하는 표정을 하고 있자 아르하드가 알아서 설명해 주었다.

"사업 문제로 만난 적이 있어. 난 서클시타 상단주의 먼 친척이자 직원이거든."

서클시타의 직원으로 위장하고 만났단 말이렷다.

남자는 하하 웃었다.

"서클시타 상단은 여전히 킬리코에서 꽤나 재미를 보고 있다지요?"

"나쁘지 않지요."

"무슨 그런 겸양의 말씀을. 나일 사벨릭스 씨의 군수 사업 장악력은 정말 대단하다고 생각합니다. 킬리코에 한 발 걸쳐 보려고 이것저것 하고 있는데 번번이 서클시타에 밀려서 물먹고 있거든요."

남자의 낯에 질시의 감정이 얼핏 어렸다가 순식간에 사라졌다.

"나일 사벨릭스 씨에게 안부 전해 주십시오. 그런데 그쪽 여자분은……?"

남자의 관심이 이아나에게 향했다.

"제 연인이자 부하, 이아나입니다."

아르하드는 이아나의 눈길이 제게 향하자 뻔뻔하게 웃었다. 이아나의 눈이 가늘어졌다.

'그냥 친한 선후배 관계라고만 말해도 될 텐데…… 마이마예 씨에게도 냉큼 연인이라고 말해 버리고. 연인이든, 부하든, 소개할 때마다 저렇게 말해서 아예 굳히겠다는 건가?'

아르하드가 저를 인재로서는 욕심내고, 여자로서는 사랑하고 있다는 전제는 그의 속셈을 정확하게 읽을 수 있도록 해 주었다.

'진짜가 될 수밖에 없도록 밑밥을 까는 느낌인데…….'

태연한 낯짝으로 제게 족쇄를 하나둘 채우고 있는 듯한 건 착각일까?

아니, 착각이 아닐 것이다.

하지만 싫진 않다.

이아나는 아르하드를 말없이 새초롬하게 쳐다만 보곤 다시 앞을 보았다.

"아하. 안녕하십니까, 이아나 양. 자벨론 상단의 주인, 자카드 자벨론이라고 합니다."

자벨론 상단은 회귀 전에도 유명해서 익히 알고 있었다. 맥주로 드워프들의 환심을 사서 그들과 유일하게 거래한다는 상단이었다. 세상 모든 무인들이 원하는 드워프의 무구들이 대부분 자벨론 상단을 통해 유통되고 있었기에, 이아나도 알고 있을 수밖에 없었다.

"이아나입니다. 반갑습니다."

인사를 나눈 후, 자카드의 관심은 아르하드에게로 곧장 옮겨붙었다. 자카드 자벨론의 눈빛에는 날 선 경계심이 서려 있었다.

이아나는 아르하드의 뒤로 조금 물러서서 검자루 위에 손을 올렸다.

"그런데 마이마예 님이 이 두 분과 왜 여기 계십니까?"

그는 현재 마이마예가 서클시타 상단과 드워프 사이에 거래를 터 주려 한다고 의심하고 있었다.

'절대 안 돼.'

자벨론 상단은 드워프제 무구 사업으로 이름을 떨치기 시작한 대상단. 현재는 군수 사업까지 영역을 넓혔지만, 드워프제 무구 사업은 자벨론 상단의 정체성으로서 반드시 독점하고 있어야 했다.

'만약 정말로 그렇다면……'

자카드의 머릿속에서 온갖 암계가 난무했다. 이때까지 모든 경쟁자들을 제거한 자벨론 가문의 가주다웠다.

"자카드 씨, 당신이 의심하고 있는 일 때문에 마이마예 님과 함께 있는 게 아니니 마음 놓으십시오. 서클시타는 드워프제 무구를 유통할 계획이 없습니다."

그때 아르하드가 자카드의 경계심을 흩어 놓았다. 자카드는 여전히 의심하면서도 조금 풀린 얼굴로 말했다.

"그렇군요. 아르하드 씨가 그리 말한다면 사실이겠죠. 서클시타와 전쟁을 벌여야 하나 했습니다. 하하. 그럼 왜 카란켈 바위산맥의, 드워프 마을 근처에서 마이마예 님과 함께 계신지?"

"개인적으로 아는 드워프 한 명에게 받을 게 있습니다."

"으음?"

자카드가 눈썹을 꿈틀거렸다.

"그게 뭔지 여쭤 봐도 될는지……?"

"제 연인이 쓸 검입니다."

그 말에 자카드는 이아나의 허리춤에 달린 검을 슬쩍 훑다가 검 자루 위에 놓여 있는 그녀의 손을 발견하고 눈에 이채를 띠었다.

아르하드가 이아나와 자벨론의 사이를 막아섰다.

"의문이 해결되었습니까?"

아르하드가 보이는 경계심에, 자카드가 허허 웃으며 뒤로 물러섰다.

"연인분을 정말로 사랑하시는 모양이로군요."

자카드는 사랑에 빠진 아르하드가 마이마예와의 친분을 이용해서 연인에게 드워프제 무구를 선물해 주려는 상황이라고 판단했다.

자카드가 봤을 때, 연인인 이아나는 여자지만 꽤 괜찮은 검사 같았다. 발검 자세가 아주 능숙해 보였으며 손에 박인 굳은살은 대단했다.

전에 군수 사업 문제로 대면했을 때, 아르하드는 손익을 칼같이 따지는 냉혈한이었다. 아무리 연인이라 한들, 폼으로 검을 들고 다니는 검사에게 드워프제 무구를 주고자 할 리가 없다.

그래도 참 대단한 사랑이다. 좋은 검 하나 주겠다고 오지까지 직접 오다니…….

"이것 참. 의심해서 죄송합니다."

자카드의 표정이 편해졌다.

"아, 그런데 하니델프 님. 요즘 들어 드워프들이 많이 쌀쌀맞아진데다 무구 제작량도 많이 줄었던데, 알고 계신 것 없습니까? 왜 그러는지 물어봐도 비밀이라며 대답해 주지 않더군요."

"아, 요새 우리가 단체로……."

하니델프가 무슨 말을 하려 할 때 마이마예가 하니델프의 다리를 퍽 찼다. 정신을 차린 하니델프가 아차, 하고 입을 때렸다.

드워프들은 이아나의 검에 대한 정보를 외부로 일절 유출하지 않기로 결의한 상태였다.

이아나가 가지게 될 명검의 존재를 알게 되면 욕심 많은 인간들이 어찌 나올지 알 수 없다. 그건 드워프들에게 지극한 호의를 보이는 자벨론에게도 비밀이었다.

검에 대해 말할 권리는 이아나에게만 있었다.

그런데 하니델프는 방금 아무 생각 없이 말할 뻔했다.

"나한테도 비밀이라며, 이 친구야!"

마이마예는 하니델프의 절친한 친구였고, 드워프들에게 나름 괜찮은 인간이라고 평가받고 있었다. 또 인간들의 세상에서 이아나와 소통할 수 있게 해 주는 유일한 창구였다.

그래서 어떤 검인지만 숨기고, 드워프들이 단체로 검을 제작해서 이아나에게 선물해 주기로 했다는 사정은 마이마예에게도 알렸다.

그랬기에 사정을 이해하고 있던 마이마예는 괜히 눈총을 주며 하니델프의 말실수를 막았다.

드워프가 인간에게 검을 주기로 했다는 건 아주 놀라운 일이지만, 거기에 하니델프의 친구 마이마예를 끼워 넣으면 자카드가 그랬던 것처럼 있을 수 있는 일이라고 받아들여질 수 있다. 그러니 여기까지는 말해도 별문제는 없다.

하지만 드워프들이 단체로 1년 넘게 제작해 온 검이라면 말이 달라진다.

이건 절대 말하면 안 되는 비밀이었다.

"섭섭하게 자카드 씨에게는 말하려 했단 말이지?"

"아냐, 실수했어."

하니델프가 커험, 하고 헛기침을 하고는 비장하게 말했다.

"드워프들만의 비밀일세. 자네 상단에 넘기는 물량은 곧 원래대로 돌아갈 테니 걱정 말고."

"그렇습니까? 다들 같은 말씀을 하시는군요."

자카드는 궁금했지만 드워프의 반감을 사기는 싫었으므로 호기심을 접었다.

"알겠습니다. 아, 그런데 하니델프 님의 마을로 가시는 거면 같이 갈까요? 어차피 마을로는 못 들어가실 테니……."

"아냐, 아냐."

마이마예가 손을 내저었다.

"자네 상단의 짐을 보니 같이 가면 하루는 꼬박 더 걸릴 것 같구먼. 우리는 일정이 급해서 먼저 가도록 하겠네. 천천히 오게나."

"그렇게 하죠. 아, 이아나 양."

자카드가 뜬금없이 이아나를 불렀다. 이아나가 의아해하며 앞으로 나오자 자카드가 메고 있던 가방에서 작은 약병 두 개를 꺼냈다.

"이렇게 만난 것도 인연인데 선물 하나 드리겠습니다. 마이마예 님과 함께 오면서 몬스터들이 잠들어 있는 것을 보셨을 겁니다."

자카드가 산뜻한 표정으로 그녀에게 약병을 건네었다.

"저희 가문의 특제 수면제인데 뿌려서 쓰는 겁니다. 하나는 해독제인데 이걸 복용하고 30분 후에 수면제를 쓰시면 됩니다. 1회 용이긴 합니다만, 최상급 몬스터에게도 효과가 곧장 나타나는 대단한 약이니 위험할 때 요긴하게 쓰셨으면 합니다."

결국엔 호신용품으로 쓰라는 말이다.

그런데 예전에 마이마예가, 자벨론 상단의 수면제는 아주 귀한 약이며 비밀리에 사용되고 있다고 말한 적 있었다. 이아나는 약병을 쥔 채로 물었다.

"이렇게 귀한 걸 왜 제게 주시죠?"

"저는 상인입니다. 인연이라는 건 어떻게 될지 모르니 호의로 만남을 마무리하는 편입니다. 마이마예 님과 아르하드 씨의 지인 분이니 더 챙겨야지요. 게다가 드워프와도 인연이 있으시니…… 뭘 바라고 드리는 선물은 아니니 받아 주시지요."

이아나는 자카드의 말을 들으며 약병을 살피다가 고개를 끄덕거렸다.

"주신다니 감사히 받겠습니다."

호신용으로는 쓸 일이 없을 것 같지만, 효용 가치가 좋은 약이니 받아 두기로 했다. 이아나는 요새 약에 관심이 많았다.

"살펴 가십시오."

자카드 자벨론과 헤어진 후, 일행은 마지막으로 속력을 내서 몇 시간을 힘껏 달렸다.

그 결과, 익숙한 드워프의 마을이 눈에 보이기 시작했다.

"나는 여기까지."

아르하드가 멈춰 서자 일행도 멈춰 섰다. 이아나가 숨을 몰아 쉬며 아르하드를 바라보았다.

"주변에서 기다리고 있을 테니 끝나면 연락해."

"최대한 빨리 나올게요."

"아니. 할 것 다 하고 천천히 나와. 일주일은 넘기지 않았으면 좋겠다."

"무슨 일주일입니까? 오늘 나오겠습니다. 당신 혼자 내버려 두는 게 마음에 걸려요."

"내가 무슨 애야? 괜찮다니까. 그냥 있고 싶은 만큼 있어."

지금처럼 아르하드는 괜찮다고, 자기가 좋아서 따라왔다고 계속 말해 줬지만 아무리 생각해도 미안했다.

그리고 최근 계속 붙어 다녀서 그런가? 아르하드와 떨어져 있는 게 어색했다. 조금, 싫은 것 같기도 했다.

이아나는 검을 받고 첸델프를 비롯한 드워프들과 충분히 대화하는 것까지 해서 오늘 하루면 충분하다고 생각했다.

"당신도 당신이고, 드워프의 마을에 인간인 제가 오랜 시간 있는 건 좋지 않습니다. 오늘 나올 거예요."

드워프의 평계를 대자 아르하드가 조금 고민하는 듯하더니 하늘을 보고 고개를 저었다.

"곧 날이 저무는데 오늘 나오긴 뭘 나와?"

"오늘 나올 겁니다. 노숙하더라도 당신이랑 있겠습니다."

"……"

아르하드는 배려를 해 주려는 저를 무시하고 거듭 다짐하는 이아나의 태도가 기쁜 듯 슬쩍 웃었지만, 그래도 고개를 저었다.

"……됐어."

"오늘 나온다니까요?"

"알았어. 타협하자. 나오더라도 내일 나와. 오지에서 고생했는데 하룻밤은 편하게 자."

아르하드는 타협안을 제시했고, 이아나는 고민하다가 받아들이기로 했다.

"상황을 봐서 일이 많으면 내일 아침에 나오겠지만, 오늘 나올 수 있으면 나올게요."

평화로운 드워프 마을에서 피치 못할 사정이 생길 리는 없으므로, 결국 제 고집을 꺾지 않겠다는 소리다.

아르하드는 그녀의 기분 좋은 고집에 어쩔 수 없다는 듯 웃고 말았다.

"어이없긴 한데 네가 그렇게 말해 주니까 기분 좋네. 알았다. 어디 안 가고 근처에 있을 테니 연락해."

"같이 가면 좋을 텐데. 참나. 드워프들은 왜 아르하드 군을 무서워하고 싫어하는 거야? 너무 잘생겨서 그런 겐가?"

이아나와 아르하드의 말다툼 아닌 말다툼을 지켜보고 있던 마이마예가 툴툴대자 하니델프가 한숨을 쉬었다.

"우리도 자네처럼 아무것도 모르면 얼마나 좋을까."

"뭬야? 자네 방금 대마법사이자 이 시대에서 손꼽히는 지성인인 나, 마이마예 레비아제를 멍청하다고 매도한 건가!"

"내가 언제!"

"나에게는 모른다는 말이 즉 멍청하다는 말일세, 이 자식아!"

"뭐, 이 자식아?"

이아나와 아르하드의 일차전이 끝나고 마이마예와 하니델프의 유치한 이차전이 벌어지려던 순간이었다.

지상에 거대한 그림자가 드리웠다.

[그만하고 전부 들어가지.]

몇 번 들어 본 적 있어 익숙한 울림의 목소리가 공간을 메웠다. 모두가 목소리가 들려오는 하늘을 보았다가 덜컥 굳었다.

드래곤의 난데없는 등장이었다.

거칠한 갈색 비늘로 뒤덮인 몸은 거대한 땅덩어리처럼 보였다. 그래서 푸른 하늘에 떠 있는 드래곤은 마치 공중을 부유하는 섬 같았다.

슈우우우우!

드래곤은 낙하하면서 날개를 접었다.

콰드드드드드득.

뼈와 근육이 뒤틀리는 소리가 천지를 울렸다. 드래곤의 거대한 육신은 순식간에 줄어들더니, 흙을 닮은 짧은 갈색 머리칼에 돌 같은 근육을 갖춘 인간의 몸으로 변했다.

탁.

대지에 가볍게 착지한 드래곤이 일행을 시야에 담았다.

"가, 가, 가, 가마다이안 님!"

하니델프가 숨넘어갈 듯 외쳤다.

가마다이안.

그는 남부에 거주하는 대지의 드래곤이었다.

아르하드가 이아나를 홱 붙잡아 제 뒤로 숨겼다.

"경계할 필요 없다."

무표정한 얼굴의 가마다이안이 버석한 목소리로 아르하드에게 말했다.

"나는 널 적대하지 않는다. 네가 뭘 해도 간섭하지 않는다."

"글쎄? 그럼 여기에는 왜 온 거지?"

"좋은 검이 완성되었고, 검의 주인이 될 자가 왔기에 구경하러 온 것뿐이다."

아르하드가 인상을 찌푸렸다.

"드래곤이 그런 이유로 미물들이 바글거리는 곳에 행차했다고? 거짓말하지 마라. 내 뒤의 여자를 보러 온 거겠지."

"검의 주인을 보러 온 것이니 틀린 말은 아니군."

"말장난이 취미인 건가? 경고하는데, 쓸데없는 말을 하거나 이상한 짓을 하면……."

"아르하드."

이아나가 그의 말을 끊으며 앞으로 나섰다. 뒤에서 둘의 대화를 잠자코 듣고 있자니, 아르하드가 가마다이안을 엄청나게 경계하고 있다는 걸 느낄 수 있었다.

"서부의 테라노우딘은 제게 지식을 줬지, 오해를 주지 않았습니다. 드래곤이 제게 뭔가를 말하고자 한다면 뭐든 일단 듣고 제가 알아서 판단하겠습니다. 저를 믿지요?"

"……."

아르하드는 이아나를 뚫어져라 쳐다보다가 한숨을 내쉬었다. 이아나를 제 옆에 세우고 입을 다물었다.

그는 여행을 하면서 이아나와 많은 대화를 나눴다. 얼마 전에는 이아나가 테라노우딘을 만나 무슨 대화를 했고, 뭘 봤는지도 이미 모두 들은 상태였다.

테라노우딘이 이아나에게 언급했던 것들은 그도 이미 모두 알고 있는 부분들이었다.

페임드라의 '예언'을 빼고는.

이아나는 가마다이안과 대화를 나누었다.

"처음 뵙겠습니다. 이아나라고 합니다. 저를 보러 오셨다고 했는데, 제게 하실 말씀이라도?"

"내가 해야 했던 말과 행동은 테라노우딘이 모두 했을 테니 난 그대에게 따로 할 말이 없다. 난 정말로 검과 검의 주인을 보러 온 것뿐이다."

"음……."

"그대가 내게 질문한다면 성실하게 답하겠지만, 우리에게 주어진 권한은 몇 개 되지 않으니 답할 수 없는 부분이 많을 것이다."

"지금은 딱히 묻고 싶은 게 없습니다."

"그런가? 그럼 어서 검을 받으러 가지."

"내가 있다."

이아나가 의아해하자 아르하드가 나서서 가마다이안을 소름 끼치는 살의를 담아 쏘아보았다.

"예언."

페임드라의 예언?

난생처음 듣는 얘기였다.

페임드라가 미래를 보는 권능을 가지고 있었다는 것도, 샤우부 대삼림에서 살아 있다는 것도 알고 있었다.

하지만 자신이 '로'라고 불리고 이아나가 '안'이라고 불리는 예언이라니?

페임드라가 보는 미래는 정확하지 않다.

미래는 특정되어 있지 않았다. 페임드라는 수없이 많은 갈래로 뻗어진 길들 중 가장 가능성이 높은 하나만을 보았다.

그 길에서 벌어진 일들 중 불특정한 시간대의 아주 짧은 장면만을 볼 수 있었다. 그리고 그 미래는 언제든 바뀔 수 있었다.

그가 시간을 지우지 않았다면 '안'은 없었을 터.

그렇다면 페임드라는 그가 시간을 지우고 되돌려서 간신히 지금에 이른 미래를 보았단 말인가?

대체 언제?

어떻게?

마도시대의 페임드라에게 미래를 볼 여력은 없었다. 다 말라비틀어진 채로 로베르슈타인의 심장이 봉인되는 역할을 맡는 순간, 완전히 정신력이 바닥난 페임드라는 가사 상태에 빠져들었다고 했다.

깨어난 건 겨우 수백 년 전. 지금은 샤우부에서 엘프들에게 관리받으며 생을 이어 가고 있는 중이라 했다.

미래를 보는 권능은 감히 시간의 축에 간섭하는 짓이어서 어마어마한 신력을 필요로 하므로, 페임드라는 권능을 함부로 쓸 수 없었다.

회귀 전, 악마의 파편을 모두 얻어 미쳐 가던 아르하드가 찾아가 미래를 보라고 협박했을 때 페임드라가 직접 정령의 입을 통해 그런 제 사정을 설명했었다. 더는 미래를 보기를 원하지 않는다고도 고백했었다.

그러나 그 외, 알고 있는 모든 걸 털어놓으라는 아르하드의 협박에 페임드라는 그저 침묵했다. 그리고 아르하드는 협조하지 않는 페임드라를 저주하고 불태워서 완전히 죽여 버렸다.

그런데 대체 언제 미래를 보고 예언을 했단 말인가?

그 예언은 현재를 말하는 것이 맞는가?

예언의 내용은 또 무엇이고?

혹시라도 나쁜 것이라면…… 무조건 알아내서 바꿔야 한다.

아르하드의 불쾌감과 불안감이 살의로 변해 드래곤을 향했다.

"그렇군……."

그를 가만히 들여다보던 가마다이안이 중얼거렸다.

"이제 예언에 대해서는 말할 수 있겠구나. 예언은 오늘로 끝날 테니."

아르하드가 멈칫했다. 이아나도 놀랐다.

"……오늘 끝난다고?"

"보는 눈이 많으니 이따가 얘기하지."

그리 말을 맺은 가마다이안이 몸을 돌려 드워프의 마을을 가리켰다.

"왔어!"

"왔어, 왔다고!"

"가, 가, 가마다이안 님이 정말로 오셨어. 용아병님들의 말씀이 맞았구나."

"그런데 가마다이안 님 옆에 서 있는 저 검은 남자는 누구지? 너무 무서워."

언제 나왔는지, 드워프들이 모두 마을 밖으로 우르르 달려 나와 그들을 보고 있었다. 그들은 이아나를 반기는 한편 가마다이안을 경외했고, 아르하드를 두려워했다.

가마다이안은 생각에 잠겨 있는 아르하드를 보며 말했다.

"안 갈 텐가?"

"……."

"나도 들어갈 것인데 네가 가지 못할 이유가 없다. 함께 들어가도 될 것이다. 정 싫으면 밖에서 기다리든가."

그리 말을 끝맺은 가마다이안이 먼저 등을 돌려 드워프들의 마을로 걸어갔다. 드워프들은 후다닥 비켜서서 길을 만든 후 땅에 바짝 엎드렸다.

이아나가 아르하드에게 조심스레 물었다.

"들어가실 겁니까?"

아르하드가 인상을 찌푸렸다.

"……가야지. 들어야 할 것도 있고. 저놈이 뭘 할 줄 알고 널 혼자 보내."

결국 아르하드의 드워프 마을행이 결정되었다.

"자, 자, 자네들……."

마이마예는 정신을 놓기 직전이었다. 이아나와 아르하드가 대체 드래곤이라는 전설적인 존재와 무슨 관계인지, 인간은 맞는 건지, 조금 전 나눈 대화는 무엇인지 그의 좋은 머리로도 도저히 추측할 수 없었다.

하니델프도 멍청하게 쳐다보는 건 마찬가지였다.

"아무것도 말해 줄 수 없습니다."

아르하드가 딱 잘랐다. 당연히 궁금하겠지만 절대 알려 줄 수 없었다.

"그, 그러긴가! 이해는 하지만······."

"다른 사람에게도 말하지 마십시오."

"당연하네. 이런 걸 말하고 다녔다간 뭔가 큰일이 벌어질 것 같은 느낌일세. 그래도 궁금한데······."

아르하드는 궁금증으로 미쳐 가는 마이마예를 쳐다보았다.

마이마예는 꽤 괜찮은 인간이었다. 방정맞은 성격과는 다르게 중요한 비밀에 관해서는 입도 무거웠다.

하지만 저렇게 놔두면 궁금증에 미쳐 버린 마이마예가 어디로 튈지 모른다.

죽이는 게 제일 편하지만 이아나의 눈치가 보였다. 마이마예의 머리에 마법을 거는 방향도 고려했지만 여러 가지로 얽힌 게 많아 그것도 관두었다.

대신 그의 주의를 한곳으로 집중시키기로 했다.

"누구에게도 말 안 한다고 약속하신다면 단서를 드리죠."

마이마예가 눈이 찢어져라 크게 떴다.

"말하지 않겠네! 절대로! 뭣하면 계약서라도 쓸까?"

"필요 없고. '황금의 악마'와 '드래곤'을 연구하다 보면 저에 대해서도 알게 되실 겁니다."

"······!"

"그 이상은 알아서 발품 팔아서 탐구해 보십시오. 다른 마법사들을 비롯해 누구도 알지 못하는 지식을."

"......!"

마법사라는 족속들은 하나같이 지식에 대한 욕심이 많다.

하지만 그들은 결과보다는 과정을 즐겼다. 하나하나 단서를 모으고, 조립하듯 지식을 완성하는 것을 좋아했다. 그 지식을 이용해서 세상에서 발생하는 현상을 해부하듯 속속들이 파헤치는 것도 하나의 재미였다.

대마법사까지 이른 마이마예는 어떻겠는가?

"그들을 연구하다 보면 자연스럽게 많은 것을 알게 되실 겁니다. '마나'와 '마법'의 비밀까지도."

마이마예의 성격을 파악하고 있던 아르하드는 위험하고 신비로운 떡밥을 던져 그의 승부욕에 불을 질러 놓곤 이아나를 데리고 드워프의 마을로 향했다. 마이마예와 하니델프는 허겁지겁 그들을 뒤따랐다.

마이마예가 우렁차게 말했다.

"좋아. 내 다음 연구 주제가 정해졌군! 반드시 알아내도록 하겠네!"

그러다 조심스럽게 물었다.

"저기 근데, 계속 아르하드 군이라고 불러도 되겠지?"

"이아나! 어서 와!"

얼굴이 활짝 핀 첸델프가 이아나의 손을 꼭 붙잡고 세게 흔들었다. 격한 환영이었다.

이아나로 인해 새로 만들어진 손은 못 본 새 많이 거칠어져 있었다. 굳은살이 잔뜩 박인 손바닥은 딱딱했고, 손과 팔에는 아파 보이는 흉터들이 여기저기 새겨져 있었다.

오는 길에, 하니델프는 첸델프가 밤낮 가리지 않고 검 제작에만 몰두했다고 말했다.

2년이 채 안 되는 시간이었다. 어찌 보면 짧다고 할 수 있는 시간에 손이 이렇게 된 거면 대체 얼마나 열심히 한 걸까? 또, 얼마나 대단한 검이 제작된 걸까?

이아나는 들뜨기 시작했다.

"가자, 가자!"

첸델프에게 이끌려 빠른 속도로 걷는 이아나를, 아르하드는 무덤덤한 표정으로 뒤따랐다.

그리고 주변의 드워프들은 공포에 떨고 있었다. 그래도 뒤쪽에 전 드워프족의 수호자 격인 가마다이안이 있어서 그런지 두려움을 누르는 눈치다.

"으흐흐"

그리고 마이마예는 이아나의 허락을 받고 따라가면서 내내 궁금했던 검을 실물로 확인할 수 있다는 것에 우스꽝스럽게 웃었다.

"왔어, 왔다구!"

도착한 곳은 드워프들이 공용으로 쓰는 대장간이었다. 첸델프가 이아나를 보며 설레 하는 다른 드워프들을 밀어내고 대장간의 중심으로 향했다.

이아나와 일행들이 첸델프를 따라가는데, 그들을 중심으로 빈 공간이 동그랗게 생겼다. 드워프들이 그들을 따라서 움직였기에 공간은 계속 유지되었다.

그리고 드디어 검이 있는 곳에 도착했다.

화르르륵.

대장간의 중앙에는 대형 화덕이 존재했다. 그 안에는 사시사철 거세게 타오르는 거대한 불이 있었다.

불의 정령은 항상 이 불 속에서 머무르면서 불씨가 꺼지지 않도록 지키고 온도를 마음대로 조절하고 있었다. 그러니 화덕은 불의 정령들이 사는 집이었다. 드워프들에게 있어서는 불을 관장하는 신이 머무는 신전과 같았다.

화덕 앞에는 제단과 같은 역할을 하는 아름다운 장식물이 있었다. 천으로 덮여 있는 장식물의 위는 검이 눕혀져 있는 듯 볼록했다.

첸델프의 손짓에 이아나가 가까이 다가서자마자 화덕에서 불의 정령 몇이 튀어나왔다. 그들은 이아나를 보자마자 신이 나서 들썩거렸다. 그녀에게 비비적대기도 했다.

그에 드워프들은 역시 검의 주인이 될 사람답다, 정령왕들이 저 하나만을 위한 새로운 금속을 만들어 줄 만큼 그들에게 사랑받고 있나 보다, 라면서 쑥덕거렸다.

이아나는 천에 가려져 있는 검의 실루엣을 빤히 쳐다보았다.

'내 검……'

오로지 그녀만을 위한 검.

이제 평생 함께하게 될 그녀의 분신이 이곳에 있었다.

"이아나, 걷어 봐."

첸델프가 두근거리는 마음으로 말했다. 이아나는 망설이지 않고 천을 걷어 냈다.

검에 대한 첫인상은 한 단어로 표현할 수 있다.

'태양'.

이아나의 색과 똑 닮은 색의 검자루에는 태양을 상징하는 장식이 아름답게 새겨져 있었다. 주변에 감도는 은은한 빛은 동틀 무렵 태양이 쏟아 내는 여명과 같았다.

깨끗한 유백색의 검신에서도 검자루에서 옮겨붙은 듯 빛이 나고 있었다. 마치 하늘에 떠 있는 흰 구름이 태양의 빛에 물든 듯한 분위기가 풍겼다.

그래서 검은, 태양이 떠오르는 아침 하늘을 옮겨 담은 듯 아름다웠다.

회귀 전 이아나가 썼던 드워프의 검처럼 값비싼 보석이 알알이 박혀 있진 않았다. 화려한 기교의 무늬가 새겨지지도 않았다.

이아나의 성정처럼 딱 필요한 만큼만 깔끔하고 아름답게 장식된 검은 청명하고 깨끗했다. 그러면서도 여름의 태양처럼 뜨겁게 불타오를 준비가 되었다는 듯 응축된 기세가 도사리고 있었다.

"멋져."

이아나는 저도 모르게 중얼거렸다.

검의 외양도 정말 마음에 들었지만, 형태는 더 끝내줬다. 검은 한눈에 봐도 완벽한 대칭과 균형을 이루고 있었다. 당장 쥐고 싶어서 손이 근질거렸다.

"잡아 봐도 됩니까?"

"당연하지. 네 거다!"

이아나가 좋아하는 게 확연히 보이자, 첸델프가 뿌듯한 마음으로 외쳤다.

이아나는 천천히 손을 뻗었다. 손가락에 검날이 닿았다. 애무하듯 검신을 더듬으며 그 감촉을 음미하다가, 미끄러지듯 타고 올라가 검자루를 매만졌다.

네 손가락으로 검 손잡이를 감싸고, 엄지를 오므려 완전히 쥐었다. 손바닥에 검이 착 달라붙었다.

검을 들어 올려 바로 세웠다.

'완벽해.'

적응 기간 따위는 필요 없었다.

검날의 끝부터 검자루의 끝까지 이아나만을 위해서 제작된 검답게, 이아나가 쥐자마자 검은 그녀의 몸이 되었다. 군더더기 하나 없이 완벽한 검이었다.

"어때? 어색하진 않아?"

"전혀요. 정말 좋습니다. 완벽해요."

"흐흐. 난 그 검을 '검의 본질'을 끌어낸다는 일념으로 제작했어. 하니델프는 온갖 마법 기능을 다 넣자고 말했지만, 그건 순수한 검이 아니라고 생각했다. 검의 기능에만 충실한 결과, 이 검이 나왔다."

그래서 더 마음에 들었다.

"그 검의 대단함은 그뿐만이 아니지! 마나와 신력 전도율이 완벽한 수준이다. 내구성도 완벽해서 손질만 잘해 주면 닳을 일은 없을 거다. 이아나 네가 지금 허리에 차고 있는 검을 쓰다가 이 검을 쓰면 날개를 단 기분일걸."

이아나의 검은 하나같이 빨리 닳곤 했다. 그녀의 강력한 힘을 검이 제대로 감당할 수 없었기 때문이다.

옛날에 슈나이더가 선물했던 드워프의 검도 마찬가지였다. 그래서 이아나는 검에 애착을 거의 가지지 못했다.

그런데 그 문제가 해결되었다니······.

"그리고 제일 중요한 건!"

신이 난 쳰델프가 자꾸 검의 장점만을 늘어놓자 이아나의 기분이 점점 더 고조되기 시작했다. 지금도 만족스러운데 뭐가 더 있단 말인가.

"이 검은 절대 부러지지 않는다."

"부러······ 지지 않는다고요? 어떤 의미에서?"

"말 그대로다. 무슨 수를 써도 절대 부러지지 않아. 자기가 제작한 최고의 명검으로 내리쳤다가 부숴 먹고 울며 돌아간 드워프들이 몇 십인가, 몇 백인가?"

쳰델프의 말을 듣고 있던 드워프들 중 몇이 눈물을 훔쳤다.

"용아병들이 제 무기에 마나, 신력을 주입해 때렸는데도 부러지지 않고."

"그런 테스트로는 '절대'라는 말을 붙일 순 없지."

뒤에서 검을 물끄러미 지켜보고 있던 아르하드가 한 문장으로 찬물을 끼얹었다.

긴장한 쳰델프가 아르하드를 보자, 그가 물었다.

"정말로 자신하나?"

"그, 그렇습······ 아니, 그래!"

"그래?"

아르하드가 제 검집에서 검을 뽑아냈다.

"그럼 실험해 보지."

콰아아아아!

아르하드의 검에 순식간에 응집된 마나가 포악한 굉음을 내질렀다. 아르하드에게 지배당하자, 마나는 새까맣게 물들며 제 본모습을 되찾았다.

"히이익!"

파괴적인 기운이 넘실거리자 드워프들은 낯이 새파래져선 물러났다. 첸델프의 얼굴도 새하얬다.

화르르르륵!

이아나 곁에서 노닥거리던 불의 정령들은 단숨에 몸을 키우며 아르하드를 공격할 태세를 갖추었다. 하지만 이아나가 안 돼, 하고 타이르자 의기소침해져선 다시 돌아왔다.

"체, 체, 첸델프 정말로 괜찮은 거 맞아?"

"괜찮겠지?"

드워프들이 첸델프에게 걱정스럽게 외쳤다.

"……."

첸델프는 이아나를 바라보았다.

정령왕들이 이아나를 위해 만들어 준 금속은 그야말로 검으로 태어나기 위한 재료였다.

이아나가 만들어 준 첸델프의 손과 그가 여태 쌓아 온 실력은 그녀의 검을 제작하기 위한 것이었다.

몇 백만 번을 담금질하고 몇 천만 번을 두드렸던가.

검으로서 가장 완벽하다는 직감이 들었을 때, 검은 완성되었다. 첸델프는 자신이 완성한 검의 본질을 꿰뚫어 보고 눈물을 흘렸다.

그는 제가 제작한 검을 믿고 있었다.

믿음은 굳건한 자신감으로 드러나 위축되려는 몸을 바로 펴게 했다. 조금 불안해하던 이아나는 첸델프를 살펴보곤 안정을 되찾았다. 그리고 아르하드에게 말했다.

"해 보세요."

"좋아. 위험하니까 내려놔."

"아뇨. 제가 직접 받겠습니다. 저는 첸델프와 이 검을 믿습니다."

"……."

이아나가 자세를 바로 했다.

"오세요."

쐐애애애액!

거대한 힘이 검을 향해 휘둘러졌다. 검에 원수라도 진 것 같은 기세였다.

콰아아아아아아아앙!

거대한 굉음과 함께 충격파가 발생했다.

"으아아악!"

첸델프가 데굴데굴 굴러 나가떨어지고, 완전히 폭발한 제단은 파편으로 화해 드워프들을 향해 날았다.

드워프들이 곧 닥칠 충격파에 두려워하며 비명을 지르는 순간, 가만히 지켜보고 있던 가마다이안이 손을 움직여 방어막을 형성해 드워프들과 대장간을 지켜 주었다.

"어, 어떻게 됐지?"

드워프들은 혼신을 다해 제작한 검이 파괴되었을까 봐 두렵기도 했고, 드워프 역사상 최고의 명검답게 멀쩡히 이겨 냈을지도 모른다는 기대감에 흥분되기도 했다.

한쪽 눈을 찔끔 떠서 먼지가 모락모락 피어오르는 충돌의 중심을 본 드워프들이 눈을 크게 떴다.

이아나의 검은 멀쩡했다. 아르하드의 강기를 맨몸으로 받고도 부러지지 않은 것이다.

"만세!"

드워프들이 환호했다.

"굉장해."

이아나는 진심으로 감탄할 수밖에 없었다. 이제는 어떤 강적과 싸우더라도 제 검의 부실함으로 싸움이 끝날 일은 없을 터이다.

"으...... 하하하! 하하하핫!"

첸델프는 너무 근처에 있어서 가마다이안의 보호를 받지 못한 탓에 꼴이 엉망이었다. 하지만 지금 그는 제 꼴에는 전혀 관심 없었다. 자신이 제작한 검이, 저 악마 같은 놈한테 맨몸으로 두들겨 맞고도 멀쩡하다는 것이 제일 중요했다.

"......정말 좋은 검이군."

아르하드가 검을 검집에 넣으며 중얼거렸다.

"신력이나 마나도 한번 주입해 봐."

"네."

이아나는 설레는 마음으로 먼저 마나로 만든 검기를 둘러 보았다. 마나가 검을 감싸며 달라붙는 순간, 이아나는 날개 단 기분이 들 거라던 첸델프의 호언장담에 박수를 쳐 주고 싶었다.

휘익! 휙!

검을 몇 번 휘둘러 본 이아나는 흡족하게 웃었다.

이번엔 심장에서 꿈틀대는 신력을 손으로 인도하여 검 쪽으로 밀어냈다. 쭉쭉 밀려 나간 신력은 검신에서 스멀스멀 제 모습을 드러내더니 이내 검을 완전히 뒤덮었다.

콰콰콰콰…….

동틀 녘의 태양을 모티브로 만들어진 검은 이아나와 그녀의 신력으로 인해 완전한 태양이 되어 떠올랐다. 태양이 그녀의 손에 있었다.

"아아……."

드워프들은 첸델프와 그들이 열심히 제작한 검이 진정한 주인에게 완벽하게 소속되었다는 사실에 감격하는 한편, 이아나의 신력에서 따뜻함을 느끼고 파르르 떨었다. 눈물을 흘리는 드워프들도 있었다.

"……."

첸델프는 제가 심혈을 기울여 제작한 검이 이아나와 완벽하게 합일하는 장면을 홀린 듯이 지켜보았다.

그의 손이 바닥을 버스럭거리며 긁다가 꽉 움켜쥐어졌다.

검을 망치로 두드리면서, 이아나가 완성된 검을 쥐는 장면을 매일매일 상상하면서…… 첸델프에게는 깊은 고민이 하나 생겼다.

고민할 때마다 이건 아니라고, 그렇게 당하고도 정신을 못 차렸냐고 뺨을 때렸다.

"첸델프, 이런 멋진 검을 저를 위해 제작해 주셔서 감사합니다."

하지만 이아나가 검을 쥐고 즐거워하는 장면을 제 눈으로 직접 목격한 순간 첸델프는 그 고민이 정말로 어이없는 것이었다는 걸 깨달았다. 이미 그의 마음은 정해져 있었던 것이다.

'그래. 이건 운명이야.'

첸델프는 천천히 일어났다.

"이아나."

무척 즐거워하는 이아나를 첸델프가 비장하게 불렀다. 기분이 좋았던 그녀가 네, 하고 대답하며 첸델프를 돌아보자 그가 단단한 목소리로 선언했다.

"나는 너를 따라가고 싶다. 너를 위한 무구를 만드는 드워프 장인이 되고 싶다."

첸델프는 검을 벼리면서 많은 생각을 했다.

주인이 정해진 검을 만드는 건 오랜만이었다.

언제나 자체만으로도 빛이 나는 작품들을 만들어 왔지만, 어딘가 부족한 듯한 이유 모를 공허함은 늘 첸델프를 좀먹었다.

첸델프는 공허를 채우기 위해 항상 새로운 영감을 찾아 헤맸다. 영감을 얻으면 제작했고, 제작이 끝난 후에는 다시 공허함을 느끼는 같은 수순을 밟았다.

그러나 이아나의 검을 제작하면서, 그리고 이아나가 그 검을 쥐는 장면을 지켜보면서 깨달았다.

"나는 이번에, 무구는 주인 될 자에게 맞춰서 제작되어야 하고, 주인이 착용하고 나서야 비로소 완성된다는 진리를 얻었다. 정체성이 없는 무구는 쓰레기에 불과하고 제작자에게도 보람을 주지 못해."

제게 이아나의 검을 만들 운명이 주어진 건 왜인가?

"그래서 나는 너를 따라가고 싶다. 너뿐만 아니라 네가 선택한 사람들의 무구를 내가 만들고 싶다.”

이아나가 눈을 크게 떴다.

“지금 당장 따라가겠다는 건 아니야. 그건 네게 부담이겠지. 하지만 난 네가 크게 될 사람이고, 인간들의 세상에서도 엄청난 세력을 이룰 것이라 확신한다. 그런 너에게 드워프 장인인 난 큰 도움이 되겠지. 준비가 된 네가 불러만 준다면, 나는 카란켈을 완전히 떠나 네가 자리 잡은 곳에서 너를 위해 일하다가 죽겠다.”

이아나는 놀랐다.

지금은 불가능하지만, 자리만 잡힌다면 첸델프와 같은 엄청난 무구 장인은 두 손 들고 환영이었다.

훗날 정복 전쟁을 벌일 텐데 첸델프의 실력은 엄청난 전력이 될 터였다.

하지만.

“첸델프는 인간들을 싫어하잖습니까?”

“네 편이면 괜찮아.”

첸델프가 씩 웃었다.

그는 이아나가 선택할 사람들 한정으로 증오를 털어 내기로 결심했다. 증오는 이아나가 적대할 사람들에게 두 배로 향할 것이다.

“절대 부담 가지지는 마라. 난 스스로 내 미래를 선택한 거다. 그리고 날 받아 주는 건 네 선택이야.”

이아나는 아르하드를 쓱 돌아보았다. 그녀가 행복해하는 모습을 줄곧 지켜보고 있던 아르하드가 고개를 살짝 끄덕였다.

이아나의 얼굴이 밝아졌다.

"그럼 그렇게 하겠습니다."

아르하드의 허락도 떨어졌겠다, 이아나는 속전속결로 첸델프를 구두 채용했다.

"열심히 하겠다!"

부담 가지지 말라고는 했지만 내심 조마조마했던 첸델프가 마음이 탁 풀린 나머지 이를 드러내며 웃었다.

이아나와 첸델프의 분위기는 화기애애했다.

그리고 뒤에서 첸델프의 말에 깨달음을 얻고, 또 첸델프를 부러운 눈으로 보고 있던 드워프들 중 하나가 작은 목소리로 중얼거렸다.

"나도 갈까……?"

그날 밤도 역시 축제가 벌어졌다.

첸델프를 비롯한 드워프들이 며칠 머물다 가라고 애원했지만, 이아나는 내일 아침 일찍 떠나겠다는 의지를 꺾지 않았다. 드워프들은 포기하고 술통의 뚜껑을 열었다.

이아나는 1년 6개월의 여정이 결실을 맺어 신이 난 드워프들과 함께 음주를 잠시 즐기다가, 드워프들이 고주망태가 되자 아르하드와 함께 몰래 빠져나왔다. 가마다이안과 이야기를 하기 위해서였다.

하지만 불의 정령들은 끝까지 이아나에게 엉겨 붙어 따라왔다.

'카고마인…….'

이아나는 저를 너무 좋아해 주는 불의 정령들을 보면서 짠한 기분을 느꼈다. 수인족 마을에서도 그랬지만, 카고마인은 신력을 멋대로 빼앗지 말라는 이아나의 경고를 철저하게 지키고 있었다.

'자주 불러 줘야겠어.'

지금처럼 아르하드를 지독하게 경계하는 것에 대해서도 한마디 해야 했고.

"왔나."

가마다이안은 늘어진 바위산 중 하나의 중턱에 앉아 있었다. 가마다이안은 화려한 기품이 느껴지던 테라노우딘과는 달리 우직하고 단단한 느낌의 인간형을 하고 있었다. 공통점이 있다면, 인간 같지 않은 미형이라는 점뿐이다.

"본론만 말해. 예언이 뭐냐."

아르하드가 딱딱한 목소리로 말했다.

"아주 먼 옛날…… 미래가 걱정되었던 페임드라는 권능을 이용해 잔상이 심한 몇몇 장면들을 뒤죽박죽으로 보았다고 한다."

가마다이안은 순순히 아르하드의 재촉에 응했다.

"시간의 흐름대로 말하자면 다음과 같다. 안이 페임드라의 그루터기 근처에서 아주 어린 모습에서부터 성장하는 장면. 검은 로브를 뒤집어쓴 너희가 서로를 로와 안이라고 부르며 적들과 싸워 나가는 장면. 수많은 인간들 사이에서 서로를 마주 보며 구김살 없이 웃는 장면. 그리고 안이 태양을 닮은 검을 쥐는, 오늘의 장면."

가마다이안이 말을 끝맺자마자 아르하드가 질문했다.

"페임드라는 언제 그 미래를 본 거냐."

"말할 수 없다."

아르하드의 눈매에 잠시 날이 섰지만, 곧 가라앉았다. 언제 봤어도 상관없다는 생각이 들었고, 고지식한 드래곤과 말다툼하기도 싫었기 때문이다.

"그래서 그게 끝이라고?"

"그래. 아주 단순한 예언이었지……."

"별거 아니군."

가마다이안이 의미 모를 웃음을 지었다. 아르하드는 그런 가마다이안을 쏘아보다가 한숨을 내쉬었다. 한숨에는 불쾌감이 묻어 있었지만, 안도감도 살짝 섞여 있었다.

"별것도 아닌데 이아나에게 말할 권한이 없다며 숨긴 이유가 뭐냐."

"예언을 알게 된 당사자가 미래를 바꿀 의지를 가지게 되면 예언된 미래라도 바뀔 수 있으니까. 자신은 수많은 미래 중 하나만을 볼 뿐, 미래를 확정 짓는 건 불가능하다…… 라고 페임드라가 말했다지."

"알았다. 결국 예언은 끝났다는 소리군."

찝찝함을 떨쳐낸 아르하드가 이아나를 보았다.

"이아나, 더 궁금한 거 있어?"

아르하드가 제가 궁금한 걸 다 물어보고 있었기에 얌전히 듣고만 있던 이아나가 고개를 저었다.

'예언이 그런 것이었구나.'

그런데 페임드라는 가마다이안이 말한 미래를 언제 본 걸까? 로베르슈타인도, 페임드라의 예언을 들었다고 했었는데.

설마 오늘 들은 예언의 내용이 로베르슈타인이 들은 예언은 아니겠지……. 무려 신성시대인데…….

이아나는 설마설마하면서도 의심스러웠다.

"그럼 가자."

아르하드가 잡아끄는 손에 이아나는 정신을 차렸다. 걷다 보니 이미 가마다이안과 멀어져 있었다.

"잡지 않겠다."

가마다이안이 손을 흔들었다. 이아나도 살짝 고개를 숙여 인사를 하고는, 다시 앞을 보았다.

그들이 멀어지자, 가마다이안이 중얼거렸다.

"태양의 눈이 빛나는 순간인가……."

다음 날 아침, 이아나와 아르하드는 빠르게 드워프의 마을을 나섰다. 해도 뜨지 않은 새벽이었다.

검과 세트인 검집은 흑색의 고급 가죽으로 단순하게 제작되었다. 검집은 마치 밤과 같은 이미지라, 이아나가 검을 뽑을 때면 태양이 뜨는 것 같은 느낌을 주었다.

이아나는 흐뭇한 표정으로 검을 어루만지며 말했다.

"검에 이름을 지어 주고 싶어요."

"고민 좀 해 보고 네가 이거다 싶은 걸로 지어."

"아뇨……. 저는 당신이 지어 줬으면 좋겠습니다."

"왜?"

"사실 어떻게 보면 당신을 따라 노예상으로 갔다가 첸델프를 만났고, 이 검까지 얻게 된 거니까요."

아르하드가 어이없다는 듯 웃었다.

"그렇게 따지면 세상 모든 일이 나 때문에 일어났겠군."

"음. 그것도 이유긴 한데. 사실 저는 당신의 기사니까, 제가 평생 쥐게 될 이 검의 이름을 당신이 지어 줬으면 합니다."

"……."

아르하드는 그리 말하는 이아나를 물끄러미 바라보다가, 하늘을 올려다보았다.

"일출 보러 갈까?"

검 이름을 지어 달라는데 뜬금없는 말을 하고 있다. 고개를 갸웃했지만 나쁠 건 없었기에 아르하드를 따라갔다.

도착한 곳은 높은 바위산의 정상이었다. 때를 잘 맞춘 건지, 정상에 오른 지 얼마 되지 않아 지평선 너머에서 태양이 뜨기 시작했다.

태양의 조각이 하늘과 땅에 이지러졌다. 여명은 어두운 세상에 스며들어 만물을 깨우고, 생명이 오늘 하루 걸을 길을 밝혔다.

"라이즈."

아르하드가 툭 뱉자, 일출을 구경하고 있던 이아나가 그를 보았다.

"검의 이름으로 어때."

"라이즈. 떠오르다……. 좋은 이름이군요."

마음에 들었다.

이아나는 검을 행복한 기분으로 만지작거렸다. 그런 이아나의 모습을 가만히 지켜보고 있던 아르하드가 입술을 떼었다.

"이아나."

"네."

"이번 여행에서 많은 생각을 했어."

"무슨 생각을요?"

아르하드에게 대꾸하면서도, 이아나는 검에 정신이 팔려 있었다. 그런 그녀에게, 아르하드는 아무렇지도 않게 폭탄 발언을 했다.

"나는 바하무트 제국의 황제가 되지 않겠다."

"네?!"

너무 놀라서 검을 떨어뜨릴 뻔했다. 그만큼 아르하드의 선언은 너무 갑작스러웠고, 심하게 충격적이었다. 넋이 나간 이아나에게 아르하드가 말했다.

"너는 바하무트와 블랙폭시의 방식이 마음에 들지 않는다고 말했어. 하지만 바하무트는 내가 승계하더라도 완전히 바꿀 수 없는 구조야. 이미 그들이 저지른 죄악은 돌이킬 수 없고, 그들이 일궈 놓은 걸 가지려면 그 죄악마저 끌어안아야 해. 그러니……."

이아나는 해를 등져서, 해가 모습을 드러내면 드러낼수록 음영이 지는 아르하드의 얼굴을 멍하니 보았다. 단어를 고르던 아르하드가, 정제된 문장을 완성했다.

"새 국가를 세우겠다."

순간, 이아나의 머리가 텅 비었다.

바하무트와 블랙폭시의 악행에 진절머리를 느끼고, 아르하드의 세력을 알았을 때 그냥 새로 국가를 세우는 게 낫겠다는 생각을 한 적은 있지만 현실이 될 수 없는 망상이었을 뿐이었다.

"아……."

회귀 전에 연연하지 않겠다고 생각했지만, 아르하드는 그녀에게 있어 언제나 바하무트의 강력한 황제였다.

그런데 그가 바하무트를 가지지 않겠다고 말한다.

새 나라를 세우겠다고 이야기한다.

이아나는 제가 알고 있던 세상이 완전히 뒤집히는 것만 같았다. 먼지가 되어 흩어지는 것 같았다. 아침이 되면서 어제는 과거로 넘어가 덧없는 기억으로만 남고, 앞을 예측할 수 없는 새로운 오늘이 시작되는 것처럼.

아르하드가 묵묵히 말을 이어 나갔다.

"지금부터는 너의 신념을 실현할 수 있는 세상을 기반부터 제대로 닦아 나가겠다."

"제…… 신념을요?"

이해하지 못한 이아나가 중얼거리는데, 아르하드가 충격적인 발언을 하기 시작했다.

"이아나, 원한다면 네가 새 왕국의 왕이 되어도 좋아. 나는 네 뒤에서 너를 후원하기만 해도 족해. 네가 이 세상 모든 존재의 최정점에 설 수 있게 만들어 주겠다. 어때, 왕이 되고 싶나?"

정말 난데없이 벼락을 맞은 것 같았다. 정신을 번쩍 차린 이아나가 고개를 세차게 저었다.

"아뇨, 아닙니다! 절대로 싫습니다. 진짜로 싫어요. 그…… 나라를 새로 세우시겠다는 말씀은 알겠습니다. 저도 몇 번 그런 생각을 한 적 있으니까 이해했어요. 그런데 왜 제게 왕이 되겠냐는 이상한 소리를 하시죠?"

이아나가 질색을 하며 진심으로 끔찍해하자, 그녀의 안색을 살피던 아르하드가 천천히 말했다.

"나는 네가 원하는 걸 모두 이루어 줄 거다. 혹시라도 네가 왕이 되고 싶어 하면 그렇게 해 주려고 물은 거야."

"아뇨. 전혀. 절대로. 아아⋯⋯."

어쩔 줄 몰라 하던 이아나가 머리를 헤집었다.

"뭐부터 말해야 할지 모르겠는데, 일단 저는 절대 왕재가 아닙니다. 권력에 대한 욕심이 전혀 없어요. 또, 많은 사람들을 책임지게 되어서 그 책임감에 휘둘리고 싶지 않습니다. 오로지 검과 당신에게만 집중하고 싶어요."

주절거리던 이아나가 번개처럼 뇌리를 스쳐 간 생각에 입을 딱 닫았다. 그녀는 망설이다가 제 말을 조용히 경청하고 있는 아르하드에게 조심스레 물었다.

"당신은⋯⋯ 왕이 되고 싶지 않은 겁니까?"

"욕심이 나서 되고 싶었던 적이 있긴 했지. 이 세상의 모든 것을 내 손아귀에 넣고 싶고, 이 세상의 모든 것을 내 발아래에 두고 거만하게 내려다보고 싶은 오만한 욕망이 아주 오래전에 있긴 했었지."

"왜 과거형이죠? 지금은요?"

"네가 내 옆에 있으니까. 오만한 욕망이고 뭐고, 난 이제 뭐가 어떻게 되어도 상관없어."

이아나의 마음이 가라앉았다.

"왕이 되고 싶지 않은 거군요."

이아나가 갈 길을 잃은 아이처럼 손을 들었다 놨다 하는데, 아르하드의 손이 그런 그녀의 손을 붙잡아 왔다.

"아니. 되고 싶어."

"네? 무슨⋯⋯?"

"네가 원하는 모든 것을 주기 위해서. 그리고 대단한 너는, 그 정도는 되어야 만족할 테니까."

아르하드는 이아나의 흔들리는 눈동자를 마주하며, 손등에 키스했다.

"눈이 삔 것들은 너의 가치를 알아보지 못하지만, 사실 너는 이 세상 모든 권력자들이 원할 사람이다. 너를 가지기 위해선, 난 그들 중에서도 최고여야 해. 너에게 걸맞은 자격을 갖춰야 하지."

그 순간, 이아나는 전에 제가 아르하드에게 기사 맹세를 했을 때 그가 흥분해서 두서없이 내뱉었던 말이 떠올랐다.

"나는 너를 위해 반드시 황제가 될 거다……."

그 말은, 저런 생각을 하고 있었기 때문에 나온 말인 걸까…….

"새 국가를 세우려면 할 일이 몇 배나 늘어난다. 세상을 발아래에 둘 날은 멀어지겠지만, 이아나, 나를 믿고 따라 줘. 밑바닥부터 제대로 쌓아서 끝에는 바하무트보다 위대한 나라에서 네 신념을 정의로 만들어 줄 테니."

이아나는 조금 벅찬 기분을 느끼며 입술을 깨물었다.

"당신은 제가 인정하는 유일한 왕이 될 사람입니다."

아르하드는 대단한 사람이었다. 그는 새로운 왕국을 세우더라도 거기서 멈추지 않을 것이다. 왕국을 제국으로 만들어 왕에서 황제가 될 능력이 있는 사람이었다. 그래서 이아나는 그의 결정 하나하나를 믿었다.

"저는 당신의 기사입니다. 당신이 무슨 선택을 하든 따를 거예요. 당신을 지지합니다. 그리고 당신은 당신이 한 말을 지키겠죠."

"그래."

"하지만 저의 신념이라뇨? 저를 아끼시는 건 알겠지만, 당신이 왕이니까 제가 아닌 당신의 신념을……."

"내 신념은 너다."

아르하드가 아무렇지도 않게 내뱉은 짧은 말에 이아나가 멈칫했다.

"넌 내게 강자라고 했었지. 네가 놓친 게 있는데, 우리 둘을 강약으로 나눈다면 네가 강이고 내가 약이야. 넌 날 말 한마디로 좌지우지할 수 있으니까. 내가 왕이 되더라도 마찬가지다. 그러니까, 내 신념은…… 그냥, 너야."

이아나가 입술을 깨물었다.

"들어 봐. 네 말대로, 나에게 세상을 지배할 능력이 있다는 걸 부정하진 않겠어. 하지만 난 바하무트 황실을 제거하는 순간부터 길을 잃을 거다. 그 시점의 나는 날 위협하는 적을 모두 제거했을 테고, 모든 것을 가졌을 테고…… 곁에는 널 두고 있을 테니 목표가 없을 거야."

"……."

"그럼에도, 내가 만약 바하무트의 황제가 되면 정복전쟁을 벌일 거다. 제국이 폭발 직전까지 쌓아 둔 힘을 쏟아 낼 수밖에 없는 것도 이유지만, 방향을 잃은 내 앞에 펼쳐진 유일한 길이 그뿐일 테니. 또, 가장 위대한 국가에서 모든 존재들이 너를 우러러보게 하고 싶을 테고 네가 검을 들고 세상에서 날뛰게 해 주고 싶을 테니 당연히 그리할 거다."

아르하드는 너무나 당연한 것을 말하는 듯한 평범한 어조로 심상찮은 말을 이어 갔다. 이아나는 그를 떨리는 눈으로 바라보았다.

대체 이 남자는…….

"설령 국가를 세우더라도 다른 사람은 어찌 되어도 상관없고 너만 좋으면 그만이라는 마음가짐으로 살아가겠지. 그게 내 신념이니까."

아르하드가 어깨를 으쓱거렸다.

"이런 내가 제대로 된 국가를 만들 수 있을까? 내 신념이 왕이 될 자의 신념으로 적합하다고 생각해?"

빈말로도 좋은 왕이라고 할 수 없다.

이건 뭐, 총희에게 빠져 국정을 방치하는 왕이 아닌가?

이아나가 대답하지 않자 아르하드가 웃었다.

"왕이 된 내가 어떤 나쁜 짓을 할지 몰라. 바하무트 황족과 같은 전철을 밟을 수도 있어. 그러니 이아나, 네가 나를 너의 신념으로 이끌어 주길 바라. 갈 길을 잃은 내 앞에서, 나의 검으로서 뜻을 세워라."

"자신…… 없는데요. 오히려 당신의 탈선을 도울지도 모릅니다."

"네가 나를 어떤 길로 인도하든 상관없어. 네가 바라는 대로 세상을 만들 테니까. 네가 내 앞에서 적과 아군을 지정해라. 너의 적이 나의 적이고, 너의 아군이 나의 아군이다."

아르하드의 말은 벅찬 구석이 있었다.

이아나는 곧바로 대답할 여력이 없어 그저 말없이 일출을 바라보았다.

아르하드는 그녀를 재촉하지 않고 가만히 기다렸다. 그리고 태양이 완전히 하늘로 모습을 드러냈을 때, 이아나가 한숨을 쉬며 말했다.

"노력하겠습니다. 하지만 저 혼자 생각하라니요? 싫습니다. 생각을 하든 뭘 하든 전부 함께해야죠."

아르하드가 웃었다.

"그래."

"휴……."

"그리고 이아나. 이거랑은 관계없는 일인데."

"뭔데요?"

아르하드가 머뭇거리다가 결국엔 완전히 결심한 듯 말을 꺼냈다.

"나중에, 아주 많은 시간이 흐르고 나서…… 네가 많이 강해지면 말하려 했지만, 이왕 이렇게 된 것, 네게 부탁할 게 있다."

이아나의 귀가 쫑긋했다. 강해졌을 때 부탁하려 했던 거라니? 아르하드의 부탁이라면 뭐든 들어줄 용의가 있었지만 호기심을 자극하는 말이었다.

"뭐든 말씀하십시오. 뭡니까?"

아르하드는 이아나를 물끄러미 바라보았다.

"나는…… 세상에 산산이 흩어진 악마의 파편을 모두 모을 거다. 그러기 위해선 많은 목숨을 빼앗아야 해. 그런 내 곁에, 넌 계속 남아 있어 주겠지?"

악마의 파편 수집.

그가 당연히 해야 할 일이다. 악마의 파편은 아르하드의 영혼의 파편이기도 하니까.

그런데 파편을 모두 모으려면 하인리히와 헤레이스도 모두 죽여야 한다. 아르하드도 그들을 염두에 두고 제게 이런 말을 하는 게 아닐까?

"당연합니다."

이아나는 평온한 기색이었다. 최근 이 문제를 해결할 방법이 생겼기 때문이다. 바로 심판의 권능을 이용해 악마의 파편을 빼내는 것이다.

권능이 얼마나 많은 대가를 필요로 할지는 알 수 없지만, 반드시 해내리라.

"하지만 단순히 옆에 있어 달라는 게 부탁은 아니겠지요. 뭘 도와드리면 될까요?"

그 문제에 관해서는 나중에 이야기하면 된다. 그보다, 이아나는 아르하드의 부탁이 뭔지 몹시 궁금했다.

아르하드가 안심한 듯 설핏 웃더니, 이내 단단한 목소리로 말했다.

"파편을 모두 모은 후에, 나와 함께 판데모니엄으로 가 주었으면 한다."

"악마의 심장에서 검을 뽑기 위해서요?"

"그래."

악마의 심장을 취하려는 걸까?

아마 맞을 것이다. 아르하드는 이미 판데모니엄으로 가서 악마의 심장과 제 심장을 연결시켰다. 이아나의 경우엔 아무것도 모르고 그루터기에서 수련하다가 연결된 거지만, 그가 판데모니엄의 심장을 취한 건 의도적이었다.

마도시대에서 가장 중요하다고 할 수 있는 마나. 악마의 파편…… 아니, 그의 영혼을 모두 모아 완전해진 상태에서 악마의 심장까지 취하면 하지 못할 일이 없다.

"알겠습니다."

깔끔하게 승낙한 이아나가 이것저것 생각하고 있을 때, 아르하드가 또다시 입을 열었다.

"그리고."

이아나의 붉은 눈동자가 아르하드를 향했다.

아르하드는, 제 시야에 자신의 태양을 가득히 담았다.

"그 심장을 파괴해 주길 바란다."

새로운 아침이 밝으며, 세계가 미지의 길을 걷기 시작했다.

-소드 라이즈 편 終

-8권에 계속

사막, 두 얼굴의 남자 1, 2
누리 지음

자간zagan이라 불리는 그들은 가늠하기도 힘들 정도로 오랜 시간 동안
수많은 이름으로, 혹은 특정치 않은 모습으로 존재해 왔다.
수 세기 전엔 용의 존재, 현세에는 지상 위의 신으로 경배받으며
후에 기록될 여담에선 인간의 모습으로 존재했다.

검은 뱀이 눈을 떴다. 오랜 시간 어둠이 내려앉은 곳으로 빛이 스몄다.
짐승은 인간의 껍질을 쓰고 정처 없이 헤매었다.
그러다 죽음의 땅인 탄팔로 사막에서 붉은 머리의 여자와 조우했다.

"친구가 될 사이인데 조금 가볍게 부르셔도 됩니다."
"가볍게라면."
"지오반니."

동아

사막에 내리는 눈 1, 2
닐라 지음

신기루 너머 존재하는 사막의 나라 모디아라.
왕 세리자르의 눈앞에 비행기 사고로 사막에 떨어진 여인이 나타났다.

심장의 가장자리를 수백 마리의 개미가 돌아다니며 간질이고 있는 것 같은 기묘한 느낌이 들었다.
이게 대체 무슨 반응인가 생각하는데 문득 하늘의 달이 그의 눈에 들어왔다.
그녀가 말한 세상보다 하나 더 많은 두 개의 달이.

-결혼은 사랑하는 단 한 사람과의 약속이에요.

싸늘한 밤바람에 어느새 달뜬 몸이 식어버렸다.

이건 그냥 일종의 유희이자 시합일 뿐이다.
문을 닫아걸려는 자와 열고 들어가려는 자 사이의.
그러니 그렇게 동요할 필요는 없다. 진심이 될 필요는 더더욱 없다.

'네가 스스로 내 침대에 눕게 만들어 주지.'

분명 시작은 그랬다.

동아

이계궁녀 1, 2

일월성 지음

피비린내 나는 궁이 싫었던 조선의 궁녀, 개똥.
그녀에게 새로운 삶을 살 수 있는 기회가 주어졌다.
자신이 궁녀라는 것을 아무도 모르는 이계에 떨어진 것.
그녀는 하늘이 주신 기회를 놓칠 정도로 어리석은 여인이 아니었다.

"단영이라고 해요. 임단영."

그러나 그녀가 갑자기 이계에 소환된 데에는 그만한 이유가 있었는데…….

"요괴 여섯만 잡으면 된다는 거죠?"

다시는 궁에 발도 들이지 않으리라!
조선의 궁녀가 신분 세탁을 위해 나섰다.

동아×카카오 공모전 특별상 수상작

동아